아메리카의 비극
(상)

아메리카의 비극

AN AMERICAN TRAGEDY

(상)

시어도어 드라이저 지음 · 김욱동 옮김

❀ 을유문화사

옮긴이 김욱동

한국외국어대학교 영문과 및 같은 대학원을 졸업하고 미국 미시시피대학교에서 영문학 석사, 뉴욕주립대학교에서 영문학 박사 학위를 받았다. 현재 서강대학교 인문학부 명예교수로 있다. 번역서로 『위대한 개츠비』, 『노인과 바다』, 『허클베리 핀의 모험』, 『앵무새 죽이기』, 『동물농장』, 『호밀밭의 파수꾼』, 『그리스인 조르바』, 『맥티그』(공역) 등 30여 권이 있다.

을유세계문학전집 106

아메리카의 비극(상)

발행일 · 2020년 10월 10일 초판 1쇄
지은이 · 시어도어 드라이저 | 옮긴이 · 김욱동
펴낸이 · 정무영 | 펴낸곳 · (주)을유문화사
창립일 · 1945년 12월 1일 | 주소 · 서울시 마포구 서교동 469-48
전화 · 02-733-8153 | FAX · 02-732-9154 | 홈페이지 · www.eulyoo.co.kr
ISBN 978-89-324-0494-3 04840   978-89-324-0330-4(세트)

- 값은 뒤표지에 표시되어 있습니다.
- 옮긴이와의 협의하에 인지를 붙이지 않습니다.

차례

제1부

제1장

어느 여름날 땅거미가 질 무렵 인구 40만가량의 미국 도시의 상업 중심가에 높이 치솟은 빌딩의 벽들은 시간이 흐르면 어쩌면 한 토막 우화처럼 남아 사람들의 머릿속에서 맴돌지도 모른다.

이제는 비교적 조용해진 널찍한 큰길 위쪽으로 여섯 명이 조그마한 무리를 지어 걸어가고 있었다. 쉰 살가량의 몸집이 작고 땅딸막한 사내는 검은색 둥근 펠트 모자 밑으로 덥수룩한 머리칼이 삐죽 삐져나와 있어 볼품이라고는 도무지 없었다. 이 사내는 길거리에서 설교하는 사람들이나 가수들이 흔히 들고 다니는 조그마한 휴대용 손풍금을 들고 있었다. 사내보다 다섯 살쯤 젊어 보이는 여자는 그다지 살이 찌지는 않았지만, 사내보다 키가 더 크고 체격이 다부지게 생긴 데다 생기가 넘치고, 얼굴이나 옷차림은 퍽 수수했지만 못생겼다는 느낌은 들지 않았다. 그 여자는 한쪽 손으로는 일곱 살쯤 된 사내아이의 손목을 잡고, 또 다른 손으로는 성경책 한 권과 찬송가 책을 몇 권 들고 사내 옆에서 걷고 있었다. 조금 뒤쪽에는 열다섯 살 소녀와 열두 살 소년, 그리고 아홉 살 난 계집애가 별로 마음이 내키지 않는데 도 고분고분하게 다른 식구들을 따라 걸었다.

날씨는 무더웠지만 그래도 주위에는 기분 좋을 정도로 나른한 기운이 감돌고 있었다.

일행이 걷고 있는 큰 길거리를 직각으로 가로지르면 깊은 협곡처럼 생긴 두 번째 길과 만나게 되었다. 그 길거리는 인파며 마차, 여러 줄로 쭉 늘어선 자동차로 혼잡했다. 자동차들은 요란하게 경적을 울리며 빠른 속도로 물처럼 흐르는 교통의 물결 사이를 누비며 앞쪽으로 빠져나갔다. 그러나 이 조그마한 일행은 앞다퉈 가며 달리는 자동차의 대열 옆으로 흘러가는 인파 사이를 뚫고 나아가는 일 말고는 아무것도 의식하지 않는 것 같았다.

두 번째 큰 길거리의 네거리에 이르자 사내는 걸음을 멈추고 손풍금을 땅바닥에 내려놓았다. 큰 길거리라고는 해도 실제로는 높다란 두 빌딩 사이의 골목길에 지나지 않았고, 지금은 오가는 사람들의 발길마저 끊겨 있었다. 여자는 곧바로 손풍금 뚜껑을 열고 악보대(樂譜臺)를 세우고 그 위에 널찍하고 납작한 찬송가 책을 올려놓았다. 그러고 나서 사내에게 성경책을 건네주고는 뒤로 한 걸음 물러나 사내 곁에 나란히 섰다. 그러는 동안 열두 살 난 사내아이가 손풍금 앞에 조그마한 접는 의자를 갖다 놓았다. 사내는 — 알고 보니 그 아이의 아버지였다 — 짐짓 확신에 찬 듯 눈을 크게 뜨고 주위를 빙 둘러보더니 청중이야 있든 없든 조금도 아랑곳하지 않는 태도로 입을 열었다.

"자, 그럼 찬송가를 먼저 부르겠습니다. 주님을 찬양하고 싶은 분이 있으면 누구든지 함께 불러 주십시오. 자, 헤스터,˚ 그럼 시작해 볼까?"

그러자 그때까지만 해도 될 수 있는 대로 태연한 듯 무관심한 태도를 짓고 있던 큰딸이 간이 의자에 아직 성숙하지 않은 가냘픈 몸을 앉히더니 손풍금에 바람을 넣으면서 악보를 뒤적거리기 시작했다. 그러는 동안 옆에 있던 어머니가 말했다.

"오늘 밤은 27장을 부르는 게 좋겠구나. 〈예수님의 사랑은 향기롭고 그윽하도다〉˚ 말이다."

이때쯤 집을 향해 발걸음을 재촉하던 온갖 부류의 사람들이 이렇게 준비하고 있는 일행을 힐끗 쳐다보려고 잠깐 머뭇거리기도 하고, 무슨 일을 하려는지 알아보려고 걸음을 멈추기도 했다. 사내는 사람들이 머뭇거리는 것을 보고는 비록 일시적일망정 관심을 끈 것으로 생각한 모양이었다. 그래서 이 기회를 놓칠세라 마치 사람들이 일부러 자기 말을 들으러 온 것이라도 되는 것처럼 말을 시작했다.

"그럼 다 같이 27장을 부릅시다. 〈예수님의 사랑은 향기롭고 그윽하도다〉 말입니다."

이 말이 떨어지기 무섭게 소녀는 나지막하지만 정확한 선율로 손풍금을 켜는 동시에 어머니의 목소리에 맞춰 꽤 고음의 소프라노로 노래를 부르기 시작했다. 아버지도 조금 서툰 바리톤 목소리로 그들과 같이 찬송가를 불렀다. 다른 사내아이와 계집아이도 손풍금 위에 쌓아 놓았던 작은 더미에서 찬송가 책을 집어 들고 힘없는 목소리로 찬송가를 따라 불렀다. 일행이 찬송가를 부르자 이렇다 할 특징도, 관심도 없던 거리의 군중은 이 보잘것없는 가족이 삶에 대한 엄청난 회의와 냉담에 맞서 함께 목청을 높이고 있는 이상야릇한 모습에 매혹되어 그들을 빤히 쳐다보고 있었다. 손풍금을 켜는 소녀의 고분고분하면서도 어설픈 모습에 관심을 보이거나 동정을 느끼는 사람들도 있었다. 또 세상 물정에 눈이 어두운 데다 경제적으로 무능한 아버지의 모습에 관심을 보이거나 측은하게 생각하는 사람들도 있었다. 힘없어 보이는 푸른색 눈에 후줄근하고 초라한 옷차림으로 보아 무엇보다도 사회의 낙오자임을 쉽게 알 수 있었다. 일행 중에서 오직 어머니만이 비록 맹목적이거나 그릇될 망정 이 세상에서 성공은 아닐지라도 자기 보존에 필요한 힘과 결의를 지닌 사람처럼 보였다. 다른 어느 식구보다도 어머니는 무식하지만 어딘지 모르게 확신에 차 있고 기품이 있어 보였다. 그녀가 찬송가 책을 옆구리에 떨어뜨린 채 똑바로 앞만 바라보며 노래를 부르는 모습을 지켜본 사람이라면 아마 이렇게 말했을 것이다. "아, 어떤 결함이 있을지라도 일단 자신이 옳다고 믿는 일이라면 어떻게든 관철하고야 말 여자야." 여자가 찬양하는 모든 것을 지배하고 지켜보는 권능의 지혜와 자비를 조금도 흔들리지 않고 단호하게 받아들이는 믿음이 그녀의 얼굴이며 몸짓 구석구석에 배어 있었다.

예수님의 사랑은 나를 건져 주시고,

하나님의 사랑은 나를 인도하여 주시는도다.

　그녀는 높다랗게 솟아 있는 주위 빌딩 벽 사이에서 약간 코에서 나오는 듯한 낭랑한 목소리로 찬송가를 불렀다.

　사내아이는 줄곧 눈을 내리깔고 초조한 듯 한쪽 발에서 다른 발로 몸무게를 옮기면서 건성으로 찬송가를 부를 뿐이었다. 키는 훤칠하지만 가냘픈 몸뚱이 위에 흥미롭게 생긴 머리와 얼굴이 얹혀 있었다. 흰 살결에 검은 머리칼을 한 그 아이는 다른 집안 식구들보다도 관찰력이 뛰어나고 신경이 훨씬 예민해 보였다. 또한 이런 곳에 서 있는 자신의 처지에 몹시 화가 나 있을뿐더러 심지어 고통스럽기까지 한 모양이었다. 누가 봐도 신앙심을 불러일으킨다기보다는 차라리 이교도적이라고 할 주위의 삶에 그 아이는 훨씬 더 흥미를 느끼고 있었다. 물론 사내아이는 이런 삶에 대해서는 아직 충분히 알고 있지 않았다. 다만 이 사내아이에 대해 확실히 말할 수 있는 것은 지금 벌어지고 있는 모든 일에 아무런 흥미도 느끼고 있지 않다는 사실이었다. 나이가 아직 너무 어린 데다 마음은 이 세상의 온갖 아름다움과 향락에 무척 민감한 탓에 부모의 마음을 사로잡고 있는, 그 뜬구름 잡는 듯한 허황된 상상과는 이렇다 할 관련이 없었다.

　실제로 가정생활이나 아이가 지금껏 겪어 온 여러 정신적·물질적 경험 때문에 이 사내아이는 부모가 그토록 확신하고 입에 올리는 모든 신앙의 진리와 힘에 수긍할 수가 없었다. 오히려 아이가 보기에 부모의 삶이 적어도 물질적으로는 대체로 궁핍한 상태에 놓여 있는 것 같았다. 특히 그의 아버지는 언제나 이곳저곳에서 열리는 집회에서, 특히 이 길모퉁이에서 그리 멀지 않은 곳에서 어머니와 함께 운영하는 '전도관(傳導館)'에서 성경을 강독하기도 하고 설교하기도 했다. 사내아이가 알기로는, 그의 부모는 그런 일을 하면서 이곳저곳에서 자선 사업에 관심 있거나 그런 경향이 있는 사업가들한테서 기부금을 모으고 있었다. 그러나 집안 살림은 언제나 '쪼들렸고', 한 번도 좋은 옷을 입어 본 일이 없었으며, 다른 아이들이 흔히 누리는 온갖 안락과 쾌락도 누려 본 적이 없었다. 그런데도 그의 아버지와 어머니는 하나님이 그와 모든 사람을 사랑하고 은총을 베풀어 보살펴 준다고 입에 침이 마르도록 말하고 있었다. 그러나 아무리 생각해 봐도 어디에서 무엇인가 잘못된 것이 틀림없었다. 사내아이는 그것을 바로잡을 길이 없었지만 그렇다고 그의 어머니를 존경하지 않을 수도 없었다. 어머니는 다정하게 대해 주는 것은 말할 것도 없고 강인한 힘과 진지함으로 그를 감동시켰다. 전도 일과 집안일에 늘 쫓기면서도 어떻게 해서든지 명랑하게 보이려고 애썼고, 적어도 집안 식구들을 부양하려 노력했다. 특히 먹거리와 입을 옷이 없어 고통을 겪을 적마다 어머니는 자주 "하나님께서 마련해 주실 거야", "하나님께서 길을 인도해 주실 거야"라고 자못 힘주어 부르짖곤 했다. 그러나 사내아이나 형제자매들이 알고 있는 한, 그들이 곤란에 빠져 하나님의 고마우신 은혜가 절실히 필요할 때조차 하나님은 분명하게 해결책을 가르쳐 주시는 적이 한 번도 없었다.

오늘 저녁만 해도 사내아이는 형제자매와 함께 큰 길거리를 걸어가면서 제발 이런 짓을 좀 그만두었으면 하는 생각이었다. 적어도 자기만이라도 이 일에서 빠져나왔으면 좋겠다고 간절히 바랐다. 다른 집 아이들은 이런 짓을 하지 않았다. 더구나 이런 일은 어쩐지 초라하고 창피스러운 일이 아닐 수 없었다. 그가 이런 식으로 길거리에 끌려 나오기 전에도 동네 아이들이 아이에게 큰소리를 치고 그의 아버지를 놀려 댄 적이 한두 번이 아니었다. 그의 아버지가 길거리 한복판에 나와 사람들 앞에서 종교적 신념이나 확신을 두고 목청을 돋우며 떠들어 댔기 때문이다. 그가 일곱 살 때 그들이 살던 동네에서 아버지가 사람들과 말을 할 때면 으레 "주님을 찬양합시다!"라는 말부터 시작했기 때문에, 동네 아이들이 "애, 저기 '주님 찬양' 그리피스 아저씨 온다"라고 소리치는 것을 들은 적이 있었다. 또 때로는 동네 아이들이 그의 뒤꽁무니를 따라다니며 "야, 너희 누나 풍금쟁이지? 손풍금 말고 다른 악기 켤 수 있는 건 없니?"라고 큰 소리로 외쳐 대곤 했다.

"너희 아버지는 도대체 왜 밤낮 '하나님을 찬양합시다!'라는 말만 하며 돌아다니는 거냐? 다른 사람들은 안 그러잖아."

그 아이들과 사내아이를 괴롭히는 것은 무슨 일에서든지 남들과 같게 되기를 바라는 해묵은 집단 심리 때문이었다. 그의 아버지도 어머니도 여느 다른 사람들과는 달랐다. 언제나 종교에 지나칠 만큼 열성을 보이는 데다 이제는 마침내 종교를 업으로 삼고 있으니 말이다.

오늘 밤만 해도 사내아이는 정상적인 생활에서 억지로 끌려 나와 자동차와 사람들의 왕래가 잦은 고층 건물이 서 있는 큰 길 거리에서, 남들이 하지 않는 짓을 하여 남들 앞에서 구경거리와 놀림거리가 되는 것이 수치스러웠다. 그들 옆쪽으로 쏜살같이 지나가는 멋진 자동차들이며, 아이로서는 머릿속으로 그려 볼 수밖에 없는 환락과 안락을 찾아 어슬렁어슬렁 걸어가는 사람 들이며, 짝을 지어 깔깔 웃어 대기도 하고 서로 농담을 지껄이 는 유쾌한 젊은이들이며, 구경거리처럼 자기 식구들을 빤히 쳐 다보고 있는 '어린아이들'— 이 모두가 자신의 삶, 아니 자기 식 구들의 삶과는 다를뿐더러 훨씬 더 훌륭하고 멋있어 보인다는 생각이 들어 사내아이는 견딜 수가 없었다.

그들 주위에 끊임없이 바뀌면서 흘러가는 부평초 같은 길거 리 군중은 이 아이들에 관한 한 모든 일에 심리적 과오가 있다고 느끼는 것 같았다. 세상에 좀 더 닳고 닳아 무관심한 사람들은 눈썹을 치켜세우며 경멸적인 냉소를 지었으며, 좀 더 동정심 많 고 경험 있는 사람들은 아이들을 이런 자리에 굳이 끌고 나올 필 요가 있을까 하고 말하면서 서로의 옆구리를 팔꿈치로 쿡쿡 찔 러 댔다.

"요새는 거의 밤마다 이곳에서 저 사람들을 보게 되는 군……. 적어도 일주일에 두세 번씩은 말이야." 한 젊은이가 방 금 만난 애인을 레스토랑으로 데리고 가면서 내뱉은 말이었다. "모르긴 해도 아마 종교 단체에서 일하는 사람들인가 봐."

"제일 나이 많은 저 사내아이는 이곳에 있는 게 싫은 모양이군. 아무래도 이런 자리가 거북스러운 거지. 제 걸음으로 걸어 나오지 않는 한, 저런 아이를 억지로 끌고 나오는 건 옳지 않거든. 어쨌든 저 아이는 이게 무슨 일인지도 알지 못할 테니까." 도시의 상업 중심지 주위에서 죽치고 있는 패거리 중 하나로 마흔 살쯤 되어 보이는 건달 사내가 걸음을 멈추고 옆에 서 있던 붙임성 있어 보이는 낯선 사람에게 이렇게 말을 건넸다.

"옳은 말씀이오, 정말 그런 것 같군요." 상대방은 독특하게 생긴 사내아이의 머리와 얼굴을 주의 깊게 들여다보며 맞장구를 쳤다. 사내아이가 얼굴을 쳐들 때마다 불안하고 자의식적인 표정을 짓는 모습을 바라보는 사람이라면, 아직 그 의미도 제대로 이해하지 못하는 철부지 아이에게 좀 더 나이가 들어 생각할 줄 아는 사람들에게나 가장 어울릴 법한 종교적·심리적 의식(儀式)을 사람들 앞에서 강요하는 것이 어처구니없는 일일 뿐만 아니라 조금 잔인하기까지 하다고 생각했으리라.

그래, 정말로 그랬다.

나머지 식구들로 말하자면, 막내딸과 막내아들은 아직 너무 어려 무슨 일인지 잘 모르고 있거나 아랑곳하지 않았다. 또 손풍금을 켜고 있는 큰딸은 그런 일이 마음에 걸린다기보다는 오히려 자기 모습과 노래가 사람들의 시선을 끌고 입에 오르내리는 것을 은근히 즐기는 눈치였다. 낯선 사람들뿐 아니라 부모도 그녀의 목소리에 호소력과 설득력이 있다고 칭찬해 준 적이 여러 번 있었기 때문이다. 그런데 그 말은 전적으로 맞지 않았다.

실제로 큰딸의 목소리는 그다지 좋은 편이 아니었다. 그녀의 부모는 음악을 잘 모르고 있었던 것이다. 신체적으로 보자면, 그녀는 혈색이 좋지 않고 몸매도 말라서 볼품이 없는 데다 정신적 힘이나 깊이도 전혀 없었다. 그녀는 이런 장소야말로 자신을 드러내어 조금이라도 사람들의 관심을 끌 수 있는 더할 나위 없이 좋은 장소라고 쉽게 생각하고 있었다. 그렇다면 그들의 부모는 과연 어떠했는가? 그들 부모는 이 세상 사람들이 될 수 있는 한 영적(靈的)으로 살게 하겠다는 결의로 가득 차 있었다. 그래서 찬송가가 끝나자 아버지는 하나님의 인자하심과 그리스도의 사랑과 죄인에 대한 하나님의 뜻을 몸소 실천함으로써 근심·격정과 죄의식의 무거운 짐에서 벗어나는 기쁨이 얼마나 큰지에 대해 케케묵은 설교를 늘어놓았다.

"주님이 보시기에 모든 사람은 죄인입니다." 사내가 큰 소리로 말했다. "회개하지 않는 사람은, 그리스도와 죄인들에 대한 그분의 사랑과 용서를 믿지 않는 사람은, 영적으로 온전하고 깨끗할 때 느끼는 행복감을 아마 영원히 맛볼 수 없을 겁니다. 아, 형제자매 여러분! 그리스도께서는 여러분을 위해 사시다가 여러분을 위해 돌아가셨습니다. 또한 여러분 앞에 늘 놓여 있는 이 세상의 과업과 근심을 이겨 내도록 여러분을 보호하시고 여러분에게 힘을 주시기 위해 단 한 시간도 쉬지 않고 밤이나 낮이나, 저녁이나 새벽이나 여러분과 함께 걷고 계십니다. 아, 우리 주위 곳곳에 놓여 있는 모든 유혹과 함정! 그리스도께서 우리와 함께 계셔서 우리를 이끌어 주시고, 도와주시고, 용기를 주시고, 우리 상처를 치유하여 우리를 다시 온전하게 만드신다는 사실을 깨달을 때 느끼게 되는 위안! 아, 그런 깨달음에서 얻게 되는 마음의 평화, 만족, 위로, 영광이 어떻겠습니까!"

"아멘!" 그의 아내가 화답했다. 그러자 큰딸인 헤스터(집안 식구들이 부르는 대로 하자면 에스터지만)도 될수록 군중의 동조를 얻어야 한다는 생각에서 어머니를 따라 똑같이 '아멘'을 되풀이했다.

그러나 장남인 클라이드와 두 어린 동생은 땅바닥만 내려다보고 서 있거나 가끔 아버지 쪽을 힐끗 쳐다보고 있었다. 어쩌면 아버지가 하는 말이 하나같이 진실하고 중요할지 모르지만, 왠지 세상의 다른 일만큼 그렇게 소중하고 마음을 끄는 것 같지 않았다. 이런 설교는 이제 신물이 날 만큼 들어 온 데다, 어리고 꿈 많은 마음에 삶이란 이런 길거리 연설이나 전도관의 설교 이상의 그 무엇을 위한 것이었다.

마침내 두 번째 찬송가가 끝나자 이번에는 그리피스 부인이 설교했다. 설교하면서 그녀는 이 근처 길거리에 남편과 함께 운영하는 전도관 사업을 소개하고 또 그리스도를 위해 벌이는 봉사 전반에 관해 설명했다. 세 번째 찬송가가 끝나자 이번에는 전도관 구제 사업을 설명하는 팸플릿을 돌렸다. 청중에게 이 무료 팸플릿을 돌리는 일은 언제나 가장(家長)인 에이서가 맡았다. 조그마한 손풍금을 닫고 휴대용 의자를 접어 클라이드에게 들리고, 그리피스 부인이 성경과 찬송가 책을 집어 들고 아버지 에이서 그리피스가 멜빵 달린 손풍금을 어깨에 걸쳐 멘 뒤 일행은 전도관을 향해 걸어가기 시작했다.

이런 일이 벌어지는 동안 내내 클라이드는 이제는 더 이상 이런 일을 하고 싶지 않다고, 자신과 부모가 바보 같고 정상적이지 않다고, 피할 수만 있다면 두 번 다시 이런 일을 하고 싶지 않다고 마음속으로 다짐하고 있었다. 이런 식으로 길거리로 억지로 끌려 나온 것에 대한 분개심을 솔직하게 표현한다면, '쪽 팔린다'라는 말을 사용했을 것이다. 그를 길거리로 끌고 나온들 부모에게 도대체 무슨 도움이 된단 말인가? 그는 이런 식으로는 절대로 살지 않을 것이다. 다른 애들은 그가 하는 이런 짓 따위는 하지 않아도 되었다. 어떻게 하면 이렇게 길거리에 나오는 일을 그만둘 수 있을지 전에 없이 단호하게 이리저리 머리를 굴려 보았다. 누나야 이런 생활이 좋다면 그대로 계속하라지. 실제로 누나는 이런 일을 좋아했다. 두 동생은 아직 어리니까 상관하지 않을 것이다. 하지만 그는…….

"오늘 밤엔 사람들이 여느 때보다 좀 더 열심히 귀를 기울이고 있는 것 같더군." 그리피스가 걸어가며 아내에게 말을 건넸다. 사람들을 유혹하는 듯한 여름밤의 감미로운 공기 때문에 기분이 누그러진 탓에 그는 언제나 다름없이 냉담한 길거리 사람들의 마음을 보통 때보다 좀 더 너그럽게 해석하고 있었다.

"그랬죠. 팸플릿도 목요일엔 열여덟 권밖에 나가지 않았는데 오늘 밤에는 무려 스물일곱 권이나 나갔어요."

"그리스도의 사랑이 최후에는 승리를 거두는 법이지." 자기 아내 못지않게 자신에게도 용기를 북돋으려는 듯 아버지는 위로 삼아 말했다. "너무도 많은 사람이 세상의 쾌락이나 근심 걱정에 사로잡혀 있지만, 일단 비탄에 빠지게 되면 우리가 뿌린 씨앗의 일부가 뿌리를 내릴 거요."

"저도 그러리라 확신해요. 그렇게 믿고 이렇게 열심히 하고 있는 게 아니겠어요. 슬픔이나 죄의 무거운 짐 때문에 결국 그들 중 몇 명은 걸어온 길이 잘못됐다는 걸 깨닫게 될 겁니다."

일행은 이제 아까 빠져나온 좁다란 뒷골목으로 들어가 모퉁이에서 한 열두서너 채 걸어간 뒤 노랗게 페인트칠을 한 일층 목조 건물의 현관으로 들어갔다. 건물 중앙 현관의 큼직한 창문과 유리창 두 장에는 연한 회색 페인트로 칠해 있었다. 그리고 두 창문과 양쪽으로 여닫는 문의 조그마한 판자에는 페인트로 "희망의 문. 베델 독립 전도관. 집회―매주 수요일과 토요일 밤 8시~10시. 일요일은 오전 11시, 오후 3시, 8시. 누구나 환영함" 이라는 글씨가 적혀 있었다. 그리고 창문마다 이 글 아래쪽에는 "하나님은 사랑이니라"라는 문장이 적혀 있고, 그 아래쪽에는 좀 더 작은 글씨로 "어머니에게 편지를 쓴 지 얼마나 됐습니까?"라는 문장이 적혀 있었다.

일행은 보잘것없는 노란색 문 안으로 들어가더니 모습을 감추어 버렸다.

제2장

이렇게 간략하게 소개한 가족은 보통 가족과는 다르고 조금 특이한 내력이 있다고 짐작해도 무리가 없을 것이다. 그리고 그런 짐작은 크게 빗나가지 않을 것이다. 정말로 이 집안의 비정상적인 심리적·사회적 반응과 동기(動機)를 설명하기 위해서는 아마 심리학자들뿐만 아니라 화학자들과 물리학자들의 기술까지 동원해야 할지도 모른다.* 무엇보다 먼저 아버지 에이서 그리피스로 말하자면, 환경과 종교 이론이 빚어낸 산물로서 기능과 조직이 어설프게 서로 통합되고 결합된 유기체 중 하나였다. 나름대로 삶의 지표가 될 만한 지적 통찰력은 전혀 갖추고 있지 않으면서도 감수성만큼은 발달해 있어 아주 감정적인 데다 현실 감각이 전혀 없었다. 그래서 삶이 그 사람에게 과연 얼마나 호소력이 있는지, 또는 그의 감정이 그것에 어떻게 반응하는지 알아내기란 누구든 쉽지 않을 게 분명했다. 한편 앞에서 이미 밝혔듯 그의 아내는 남편보다 성격이 훨씬 야무졌지만, 그렇다고 어떤 일을 해결할 통찰력이 남편보다 더 뛰어나다거나 실제적이라고 할 수 없었다.

이 부부의 내력은 열두 살 난 아들 클라이드 그리피스에게 영향을 끼친다는 점을 제외하고는 특별히 관심을 끌 만한 것이 없었다. 이 아이는 감정에 쉽게 휩쓸리는 성격과 유별나게 낭만적인 기질을 어머니보다는 아버지한테서 물려받았다. 그런데 이런 기질을 빼놓고 나면 부모보다 좀 더 생기발랄하고 지적인 상상력의 소유자로 기회만 주어진다면 자신의 처지를 개선해 보겠다고 늘 생각하고 있었다. 이런저런 사정만 허락한다면 여러 곳에 가 보고, 많은 일을 해 보고, 또 지금과는 다르게 살고 싶어 했다. 열다섯 살이 될 때까지, 또 돌이켜 보면 그로부터 한참 시간이 지난 뒤에도 클라이드를 가장 괴롭히는 것은 부모의 소명 또는 천직이 남들의 눈에는 보잘것없어 보인다는 점이었다. 아이는 어렸을 때부터 전도관이나 길거리에서 전도하는 부모를 따라 여러 도시—그랜드래피즈, 디트로이트*, 밀워키*, 시카고, 마지막으로 캔자스시티*—를 옮겨 다니며 살았다. 어디를 가나 그와 그의 누이동생들은 그런 부모 때문에 사람들, 적어도 그가 마주친 사내아이들과 계집아이들로부터 멸시를 받아 왔다. 그렇게 멸시를 받으면서도 아무런 반응을 보이지 않는 부모의 기분을 거스르면서까지 그는 발길을 멈추고 아이들과 주먹다짐을 한 적이 한두 번이 아니었다. 그러나 싸움에서 이기든 지든 자신의 부모가 하는 일이 다른 사람들에게 그다지 내세울 것이 없으며 초라하고 보잘것없다는 생각을 한순간도 떨쳐 버릴 수 없었다. 그래서 아이는 일단 가출하여 어떤 장소에 도착하면 무슨 일을 해야 할까 하고 자나 깨나 늘 생각하고 있었다.

클라이드의 부모는 아이들의 장래 문제에 관해 무엇 하나 현실적으로 해결하지 못했다. 그들은 아이들 각자에게 실용적이든 전문적이든 어떤 형태의 훈련을 시켜 직업을 갖게 하는 것이 얼마나 중요하고 필수적인지 깨닫지 못하고 있었다. 자신들의 전도 사업에 얽매인 나머지 아이들을 어느 한곳에 머물면서 학교에 다니게 하는 일에 소홀했다. 그의 부모는 좀 더 크고 좋은 전도 지역을 찾아 심지어 학기 도중에도 이곳저곳 이사하기도 했다. 또한 전도 사업도 별로 신통치 않은 데다 에이서가 가장 잘할 수 있는 두 가지 일에서도—정원사 일과 이런저런 신발 명품을 주문받으러 다니는 일 말이다—그다지 돈을 벌지 못해 먹을거리도 충분치 않고 변변한 옷가지도 살 수 없었다. 그래서 아이들이 학교에 가지 못하는 때도 있었다. 그런 궁핍한 상태에 놓여 있어도 아이들이 무슨 생각을 하든 아랑곳하지 않고 에이서와 그의 아내는 전처럼 여전히 낙관적인 상태로 남아 있었다. 어쩌면 자신들이 마냥 낙관적이라고 스스로 생각하면서도 한층 더 주님과 모든 것을 보살펴 주시리라는 주님의 의지'를 믿어 의심치 않았던 것이다.

어느 모로 보아도 그들 가족이 사는 주택 겸 전도관은 조금이라도 활기 넘치는 평범한 사내아이나 여자아이 같으면 기가 죽을 만큼 무척 을씨년스러웠다. 전도관은 캔자스시티의 인디펜던스 대로에서 북쪽, 트루스트 애비뉴에서 서쪽 구역 비켈이라는 거리에 볼품이라고는 조금도 없고 아무 특색도 없는 낡은 목조 건물의 길쭉한 점포용 일 층 전체를 차지하고 있었다. 비켈 거리는 미주리 애비뉴에서 갈라져 나온 아주 짧은 거리로, 미주리 애비뉴 자체도 조금 길기는 하지만 초라하기는 마찬가지였다. 이 주택이 서 있는 근처 일대는 이미 오래전 서쪽은 아니어도 멀리 남쪽으로 자리를 옮긴 상업 중심지의 분위기를 아주 어렴풋하게나마, 그러나 별로 기분 좋지 않게 남기고 있었다. 그곳은 일주일에 두 번씩 이 광신자 부부와 개종자들이 야외 집회를 여는 장소에서 다섯 블록쯤 떨어져 있었다.

　그들이 사는 집은 이 건물의 일 층에 자리 잡고 있었다. 앞쪽으로는 빅켈 거리를 내다보고 뒤쪽으로는 이 건물 못지않게 을씨년스러운 목조 건물 뒤뜰을 바라보고 있었다. 이 건물의 현관에 들어서면 앞쪽은 12미터가량 길이에 7.5미터가량 넓이의 홀로 나뉘어 있었다. 그 안에는 60여 개의 접는 나무 의자와 강단 한 개, 팔레스타인 또는 성지(聖地)의 지도 한 장이 놓여 있었다. 인쇄한 표어 스물댓 장 정도가 액자에 끼우지 않은 채 벽을 장식했다. 그중 일부에는 다음과 같은 글귀가 적혀 있었다.

　　"약한 술은 사람을 우롱하며, 독한 술은 사람을 미치광이로 만드나니, 이것에 넘어가는 자는 현명한 자가 아니리라."

"방패와 손 방패를 잡으시고 일어나 나를 도우소서."
— 「시편」 35편 2절

"내 양 곧 내 초장의 양 너희는 사람이요 나는 너희 하나님
이라. 주 여호와의 말씀이니라."
— 「에스겔서」 34장 31절

"하나님이여 주는 나의 우매함을 아시오니 나의 죄가
주 앞에서 숨김이 없나이다."
— 「시편」 69편 5절

"이르시되 너희 믿음이 작은 까닭이니라. 진실로 너희에게
이르노니 만일 너희에게 믿음이 겨자씨 한 알만큼만 있어도
이 산을 명하여 여기서 저기로 옮겨지라 하면 옮겨질 것이요.
또 너희가 못할 것이 없으리라."
— 「마태복음」 17장 20절

"여호와께서 만국을 벌할 날이 가까웠나니 네가 행한 대로
너도 받을 것인즉 네가 행한 것이 네 머리로 돌아갈 것이라."
— 「오바댜서」 1장 15절

"대저 행악자는 장래가 없겠고 악인의 등불은 꺼지리라."
— 「잠언」 24장 20절

"술 취하고 음식을 탐하는 자는 가난하여질 것이요,

그것이 마침내 뱀 같이 물 것이요 독사 같이 쏠 것이며."

—「잠언」 23장 21절, 32절

이런 힘찬 권고들은 마치 쇠똥[鑛滓]의 벽 위에 붙어 있는 은 쟁반이나 금 쟁반과 같은 것이었다.

평범하기 그지없는 이 홀의 뒤쪽 12미터가량은 복잡하면서도 가지런하게 조그마한 침실 셋과 거실 하나로 구분되어 있었다. 이 거실에서는 뒷마당과 뒤쪽에 있는 울타리와 별로 다를 것이 없는 판자 울타리가 보였다. 그 밖에 집회용 홀 구석에 붙어 있는 6제곱미터쯤 되어 보이는 부엌과 식당을 겸한 방이 하나 있었으며, 전도용 팸플릿, 찬송가 책, 빈 상자들, 트렁크, 그밖에 지금 당장은 필요 없지만 쓸모 있을 것 같은 집안 물건을 넣어 두는 창고가 하나 있었다. 이 조그마한 특별한 방은 전도 홀 바로 뒤쪽에 있었기 때문에 그리피스 부부가 설교하기 전이나 설교를 끝내고 난 뒤 또는 무슨 중요한 일을 의논할 때 이 방에 들어가곤 했다. 또 이 방에서 묵상하거나 기도를 드리는 때도 있었다.

클라이드와 누이들, 남동생은 그의 부모가 이 방에서 조언이나 도움이 필요해 찾아오는 삶의 낙오자나 어설프게 회개한 영혼을 상대로 상담하는 것을 자주 봐 왔다. 도움을 청하기 위해 찾아오는 사람들이 대부분이었다. 또 부모가 금전적으로 무척 어려움을 겪고 있을 때면 이 방에 들어가 생각에 잠겨 있거나, 때로는 에이서 그리피스가 절망 가운데 입버릇처럼 말하듯 "그들에게 길을 열어 달라""고 기도를 올리곤 했다. 그런데 클라이드가 뒷날 생각하게 된 것처럼 그런 기도는 아무 데도 쓸데없었다.

클라이드는 끊임없이 도움을 청하고 쉬지 않고 기도를 드리고 그런 일을 할 수 있도록 해 준 데 대해 감사를 드려야만 하는 일에 자신도 한몫한다는 것이 끔찍이 싫은 것은 말할 것도 없고, 이웃 전체가 너무 음산하고 지저분해서 이런 동네에 산다고 생각하는 것조차 몸서리칠 정도로 싫었다.

에이서와 결혼하기 전까지만 해도 엘비러 그리피스 부인은 어떤 종류의 종교에 대해서도 별로 생각해 본 적 없이 성장한 무식한 시골 처녀에 지나지 않았다. 그러나 에이서를 사랑하게 되면서부터 그를 사로잡은 복음주의와 개종 사업의 바이러스에 감염되고 말았다. 그래서 그가 어떤 모험을 하든, 또 그가 어떤 기행(奇行)을 일삼던 기꺼이 그리고 열성적으로 그를 따르게 되었다. 자신이 설교할 수 있고 찬송가를 부를 수 있는 데다 실제로 '하나님의 말씀'으로 사람들에게 감동을 주고 설득할 수 있다는 사실에 기분이 꽤 우쭐해진 나머지 그녀는 어느 정도 만족스러운 마음으로 이 일을 계속 밀고 나갔다.

어쩌다 가끔 몇몇 사람들이 설교하는 부부의 뒤를 따라 전도관까지 오기도 했고, 길거리 전도를 통해 전도관의 소재를 알고는 뒤에 찾아오는 일도 있었다. 그 사람들은 어느 곳에나 흔히 볼 수 있는 별난 사람들이거나 머리가 살짝 돌았거나 정신이 혼미한 사람들이었다. 그리고 클라이드는 스스로 자기 행동을 선택하지 못하던 지난 몇 해 동안 이런 모임에 어쩔 수 없이 참석해야만 했다. 그는 전도관에 찾아오는 부류의 남녀들한테서 좋은 영향을 받기보다는 그들 때문에 언제나 짜증이 났다. 대부분 남자였는데, 영락할 대로 영락한 실직자들, 부랑자들, 술주정뱅이들, 건달들, 갈 곳이 없어 찾아온 듯한 삶의 낙오자들과 실패자들이었다. 그 사람들은 언제나 하나님이나 그리스도 또는 신의 은총으로 이런저런 곤경에서 어떻게 빠져나올 수 있었는지 간증하고 있었다. 그러면서도 그 사람들은 자신들이 남을 구제했다는 이야기는 한 번도 하지 않았다. 그러면 그의 부모는 언제나 "아멘!"이니 "주님께 영광!"이니 하고 외치면서 찬송가를 부르고 난 뒤 전도관 홀을 유지하는 데 필요한 비용을 위해 헌금을 걷었다. 그러나 클라이드 짐작으로는 이렇게 걷은 돈은 액수가 아주 적어서 그들이 여러 가지 전도 사업을 가까스로 이끌어 갈 정도였다.

자신의 부모와 관련해 무엇보다도 클라이드의 관심을 가장 끄는 한 가지는 동부 어딘가에 ─ 그가 알기로는 유티카* 근처의 라이커거스*라는 소도시 같았다 ─ 아버지의 형님인 큰아버지 한 분이 살고 있는데, 그분은 동생과는 전혀 다른 생활을 하고 있다는 점이었다. 이름이 새뮤얼 그리피스라는 큰아버지는 부자였다. 클라이드가 이런저런 식으로 부모에게서 어쩌다 얻어들은 말을 종합해서 보면, 큰아버지는 그럴 생각만 있으면 어느 한 사람을 능히 여러모로 도와줄 수 있다는 것이었다. 또 빈틈없고 냉혹한 사업가라든지, 라이커거스에 엄청난 저택과 종업원이 적어도 3백 명쯤 되는 와이셔츠와 칼라 공장을 소유하고 있다든지, 클라이드 또래의 아들 하나가 있고 딸이 적어도 둘은 된다는 이야기를 들은 적이 있었다. 클라이드 생각으로는 그 사람들은 모두 라이커거스에서 호화스러운 생활을 하고 있는 것 같았다. 이런 정보는 모두 아버지 에이서와 에이서의 부친과 형을 잘 알고 있는 사람들의 입을 통해 서부로 전해진 듯했다. 클라이드가 상상하기로는 그의 큰아버지는 동부에서 크로이소스* 못지않게 온갖 안락과 호사를 누리고 사는 것이 틀림없었다. 그런데 이곳 서부 캔자스시티에서는 클라이드 자신도 그의 부모도 그의 형제자매들까지 하나같이 겨우 입에 풀칠하며 늘 단조롭고 비참하게 살아가고 있었다.

그러나 클라이드는 자기 힘으로 할 수 있는 일 말고는 이런 상황을 개선할 방법이 전혀 없다는 사실을 일찍부터 깨닫기 시작했다. 열다섯 살, 아니 그 나이가 미처 되기도 전에 그는 자신도 그의 형제자매도 안타깝게도 교육다운 교육을 받지 못했다는 사실을 깨닫기 시작했다. 돈 있고 집안 좋은 아이들이 특정한 직업에 필요한 교육을 받고 있다는 사실을 생각하면 그가 이런 불리한 조건을 극복하기란 무척 어려울 수밖에 없었다. 이런 악조건에서 도대체 어떻게 인생의 첫발을 내딛을 수 있단 말인가? 열세 살, 열네 살, 열다섯 살 때부터 클라이드는 벌써 어쩌다 가끔 신문을 들여다보는 때가 있었다. 물론 그의 집에서는 너무 세속적이라는 이유로 신문을 구독하지 않았지만, 언젠가 그는 신문에서 숙련공이나 그 당시에는 그다지 흥미를 느끼지 않았던 직종을 배울 견습 소년들을 구한다는 광고를 본 적이 있었다. 미국 젊은이의 기준이라고 할까, 일반적인 미국인의 인생관이라고 할까, 클라이드는 전적으로 육체노동보다는 좀 더 나은 일을 할 수 있으려니 생각하고 있었다. 아니, 뭐라고! 자신과 크게 다를 바 없는 아이들도 사무원이나 약국 보조원이나 은행이나 부동산 회사의 회계원이나 사무원으로 일하고 있는데, 자신만 유독 기계를 움직이거나 벽돌을 쌓거나, 목수 견습공이나 미장이나 배관공 노릇을 하다니! 낡은 헌 옷을 걸치고 아침 일찍 일어나 그런 사람들이 으레 하는 따분한 일을 해야만 한다면 지금까지 살아온 삶과 마찬가지로 비참하지 않겠는가?

클라이드는 가난한 것 못지않게 허영심 많고 자존심 강한 데가 있었다. 그는 자신이 남들과는 다르다고 생각하는 그런 흥미로운 부류였다. 그래서 그가 속해 있는 가족과 완전히 동화된 적이 한 번도 없었고, 자기를 낳아 준 부모에게도 어떤 의무감을 크게 느껴 본 적이 한 번도 없었다. 오히려 그 반대로 그는 부모를 지나치게 신랄하거나 냉혹할 정도는 아니라도, 부모의 자질과 능력을 그런대로 꽤 정확하게 파악하고 있었다. 그러나 그런 식으로 꽤 그럴듯하게 판단하면서도 — 적어도 열여섯 살이 될 때까지는 말이다 — 자신의 장래에 대해서는 이제껏 한 번도 어떤 계획을 세우지 못했으며, 그 뒤에도 어설프게 임시방편으로밖에는 세울 수가 없었다.

그런데 이 무렵 성적 유혹과 호기심이 점점 고개를 쳐들기 시작했다. 클라이드는 벌써 이성(異性)의 아름다움이며, 이성이 자신에게 주는 매력, 이성에 대한 자신의 매력에 관심이 많았고, 또 그 때문에 괴로움을 겪었다. 그와 동시에 자연스럽게 자신의 초라한 옷차림과 외모 때문에 적잖이 고통받기 시작했다. 다른 사람들에게 자신이 어떻게 보일까, 또 다른 아이들은 어떻게 보일까. 자신의 옷이 볼품이 없다든지, 자신이 그다지 잘생기지 않았다든지, 또 관심을 끌 매력도 없다고 생각하자 여간 괴롭지 않았다. 가난한 집안에서 태어나 자신을 위해 무엇인가 해 줄 사람도 없고, 또 혼자서 스스로도 어떻게 해 볼 능력이 없다니 이 얼마나 비참한 일이란 말인가!

클라이드는 우연히 눈에 띄는 거울 속에 자신의 모습을 들여다볼 때면 곧게 우뚝 솟은 잘생긴 코며, 높고 흰 이마며, 파도처럼 나부끼는 반짝이는 검은 머리칼이며, 때로는 조금 우수에 잠긴 듯한 까만 눈동자 등 그다지 못생긴 얼굴도 아니라는 생각이 들었다. 그러나 비참한 집안 형편과 부모가 하는 일과 대인 관계 때문에 친구다운 친구 하나 사귀어 본 적이 없었고, 또 앞으로도 사귈 것 같지 않다는 사실 때문에 마음이 점점 더 의기소침해지고 우울해졌고, 그의 장래가 그다지 밝아 보이지 않았다. 그 때문에 반항적으고 때로는 무감각한 상태에 빠지기도 했다. 그런 부모를 두고 있기 때문에, 실제로는 다른 아이들보다 잘생기고 매력적인데도 그는 자신과는 전혀 다른 부류에 속하는 젊은 아가씨들이 어쩌다 던지는 호감 어린 시선, 즉 그가 흥미를 느끼는지 무관심한지, 용기가 있는지 겁쟁이인지 저울질하려고 던지는 경멸하는 듯하면서도 약간은 유혹적인 시선을 오해하기 일쑤였다.

클라이드는 돈을 벌기 전부터 언제나 다른 아이들처럼 좀 더 멋진 칼라 깃, 좀 더 좋은 셔츠, 좀 더 멋진 구두, 좀 더 말쑥한 양복, 좀 더 호화로운 코트가 있으면 얼마나 좋을까, 하고 늘 생각했다. 아, 훌륭한 양복이며, 깨끗한 집이며, 몇몇 아이들이 치장하고 다니는 손목시계와 반지, 값비싼 넥타이핀이 있다면 얼마나 좋을까! 그와 같은 또래의 아이들은 벌써 맵시를 내고 다니는 게 아닌가! 그 또래 중에는 실제로 아버지가 사 준 자동차를 몰고 돌아다니는 아이들도 있었다. 그 아이들은 캔자스시티의 중심 도로를 마치 풍뎅이처럼 이리저리 휙휙 지나가는 모습을 보이곤 했다. 더구나 예쁜 여자애들을 태우고서 말이다. 하지만 그에게는 아무것도 없었다. 무엇 하나 가져 본 적이 없었다.

그런데도 이 세상에는 할 일이 너무도 많았다. 아주 행복하게 살아가고 있고 엄청난 성공을 거두고 있는 사람들이 너무나 많았다. 그렇다면 클라이드는 무슨 일을 하면 좋을까? 어떤 길을 택해야 할까? 어떤 직업을 골라 익혀야 할까? 그가 앞으로 성공할 수 있는 그 어떤 일 말이다. 그는 그게 무엇인지 말할 수 없었다. 그게 정확하게 무엇인지 딱 못 박아 말할 수 없었던 것이다. 유별난 그의 부모는 그에게 어떤 조언도 해 줄 능력이 없었다.

제3장

클라이드가 자신의 문제를 현실적으로 해결하려고 모색하고 있던 무렵 그리피스 집안 전체를 비탄에 빠뜨린 것은 말할 것도 없고 클라이드까지도 암담하게 만든 사건이 하나 일어났다. 그가 적잖이 관심을 두고 있던 누나 에스터가— 실제로는 두 사람 사이에 이렇다 할 공통점은 없었다— 때마침 캔자스시티에 공연을 왔다가 일시적인 기분으로 그녀를 좋아한 어떤 극단 배우를 따라 집을 나가 버렸다.

에스터에 대해 진실을 말하자면, 엄격한 가정 교육을 받고 자라났고 또 겉으로는 종교적 또는 도덕적 열정으로 들떠 있는 것처럼 보였지만, 실제로는 아직 자신이 무슨 생각을 하고 있는지조차 전혀 모르는, 마음 약하고 관능적인 처녀에 지나지 않았다. 이제까지 살아온 분위기에도 불구하고 그녀는 근본적으로 그 세계와는 동떨어져 있었다. 그 세계의 독단이나 신념을 고백하고 날마다 반복하는 사람들이 대부분 그러하듯, 에스터도 아주 어렸을 적부터 아무 생각 없이 관습이나 태도를 몸에 익혀 온 나머지 지금까지, 또 앞으로도 그것이 무슨 의미를 지니고 있는지 전혀 깨닫지 못하고 있었다. 충고와 계율, 즉 '계시가 된' 진리가 있었기 때문에 자기 힘으로 생각할 필요가 없었고, 이런 것들이 외적 또는 심지어 내적 성격의 상황과 충동에 관한 다른 이론과 충돌을 일으키지 않는 한, 그녀는 충분히 안전할 수가 있었다. 그러나 일단 그런 것들이 충돌하게 되면 그녀의 신앙은 자신의 확신이나 기질적인 편견에 기반을 두고 있지 않기 때문에 그 충격을 견디지 못하게 되리라는 것은 불을 보듯 뻔한 노릇이었다. 그래서 그동안 그녀의 생각과 감정은 남동생 클라이드와 별로 다르지 않게 자신을 부정하고 희생하는 종교적 교리와는 이렇다 하게 관련 없는 것들을 — 즉, 사랑이나 안락함 말이다 — 찾아 이리저리 방황하고 있었다. 그녀의 내부에서는 지금까지 가르침을 받아 온 모든 교의를 어떤 식으로든지 무력하게 하는 꿈들이 화학 작용을 일으키고 있었다.

그러나 에스터에게는 클라이드와 같은 의지력이 없었고 또 그처럼 저항할 힘도 없었다. 그녀는 대체로 부평초처럼 이리저리 움직이며 예쁜 옷과 모자, 구두, 리본 따위 같은 것을 막연하게 동경하고 있었다. 그런 동경심 위에 그래서는 안 된다는 종교적 교리랄까 관념이 덧씌워져 있었다. 아침과 학교 수업이 끝난 오후 그리고 저녁이 되면 환하게 밝은 거리가 길쭉하게 펼쳐져 있었다. 어떤 젊은 여자들은 서로 팔짱을 끼고 은밀한 이야기를 속삭이며 멋지게 길거리를 누비고 다녔다. 사내아이들도 익살스럽기는 하지만 활기차고 우스꽝스러운 동물적 본능을 통해 화학 작용의 힘과 의미', 그리고 젊은이다운 생각과 행동 뒤에 도사리고 있는 짝을 찾으려는 충동을 여지없이 드러내고 있었다. 그리고 에스터도 이따금 길거리 모퉁이나 문가에서 서성거리고 있거나 탐욕스러운 눈초리로 자신을 바라보고 있는 연인들이나 희롱할 대상을 찾고 있는 젊은이들을 바라보았다. 그럴 때면 그녀는 이상하게 마음이 흔들리고 신경 세포가 박동치면서 천국의 막연한 기쁨이 아니라 현실 세계에서 모든 실질적인 즐거움을 찾으라고 큰 소리로 부르짖고 있었다.

에스터의 몸매는 아름다운 데다 하루가 다르게 매력을 더해 가고 있어서 사내아이들의 시선은 마치 보이지 않는 광선처럼 그녀의 몸을 꿰뚫고 있었다. 또한 사내아이들이 느끼는 기분은 그녀의 마음속에서도 그것에 걸맞은 반응을 불러일으켜 세상의 모든 도덕이나 부도덕이 기반을 두고 있는 화학 작용을 뒤바꿔 놓았다.

어느 날 에스터가 학교를 마치고 집에 가고 있을 때 '플레이보이'로 알려진 말재주 좋은 부류에 속하는 사내아이 하나가 유혹하는 듯한 그녀의 미모와 분위기에 끌려 그녀에게 말을 건넸다. 그녀는 바람기가 있다고는 할 수 없을지라도 본질적으로 성격이 고분고분했기 때문에 그녀를 방어해 줄 만한 것이 거의 없었다. 그러나 여자란 정숙하고 조심성 있고 순결해야 한다고 귀가 따갑도록 집에서 들어왔으므로 지금 같은 경우 당장 실수를 저지를 위험성은 없었다. 그러나 이처럼 일단 한번 공격이 이루어지고 나면 다른 공격이 뒤따르고 두 번, 세 번 반복되어 결국에는 그것을 받아들이거나, 받아들이지 않더라도 그렇게 재빨리 도망치는 일이 없게 되기 마련이다. 그래서 가정 교육이 세워놓은 자제(自制)의 벽도 점점 허물어져 갔다. 그녀는 비밀을 간직하게 되었고 자신의 행동을 부모에게 감추게 되었다.

에스터는 자신도 모르는 사이 사내아이들과 함께 걷거나 말을 건넬 때가 가끔 있었다. 그런 사내아이들 때문에 적어도 한때는 사내아이들이 접근하지도 못하게 하던, 지나치게 부끄러워하던 성격이 온데간데없이 사라져 버렸다. 그녀는 다른 접촉을 원하고 있었다. 말하자면 누군가와 나누는 즐겁고 멋지고 신바람 나는 사랑을 꿈꾸었다.

에스터의 마음속에서 이런 기분과 욕망이 느리지만 점차 서서히 커질 무렵 마침내 그 문제의 배우가 나타났다. 허영심이 많은 데다 잘생기고 짐승 같은 이 사내는 옷차림과 으스대는 태도에 관심을 둘 뿐 아무런 도덕이 없는―교양이나 예의나 심지어 진정한 애정도 없는―사내였다. 그러나 자석처럼 묘하게 사람을 끌어당기는 힘이 있어, 겨우 일주일 남짓한 사이 두서너 번 만나는 동안 에스터를 완전히 사로잡아 자기 마음대로 다룰 수 있게 되었다. 그런데 사실 그 남자는 그녀를 조금도 좋아하지 않았다. 멍청한 그 남자에게 에스터는 한낱 많은 여자 중 하나, 그런대로 얼굴이 꽤 예쁜 데다 누가 보아도 관능적이고 경험 없는 처녀에 지나지 않았다. 달콤한 말 몇 마디만

던지거나, 그럴듯하게 진실로 좋아하는 척하거나, 또 함께 여러 대도시에 순회하면서 그의 아내로서 좀 더 넓은 세상에서 자유롭게 살 기회가 있다는 말을 던지면 금방 속아 넘어갈 그런 순진한 바보였다.

그런데도 그 사내가 하는 말은 영원토록 변하지 않을 연인의 입에서나 나올 법한 그런 말이었다. 그가 에스터에게 설명한 말에 따르자면, 그녀는 지금 당장 그를 따라나서 그의 신부가 되어 주기만 하면 되었다. 그것도 지금 당장 말이다. 그들 같은 천생연분의 두 남녀가 만났는데 이 일을 뒤로 미룬다면 얼마나 바보짓이란 말인가. 그 이유를 지금 설명할 수는 없지만— 친구들과 관련된 문제인데— 이곳에서 결혼식을 올리는 것은 어렵지만, 세인트루이스*에 가면 목사인 친구가 있어 그가 결혼시켜 줄 것이라고 했다. 에스터는 이제껏 구경도 못한 새 옷을 입고, 멋진 모험을 하고, 사랑을 나눌 수 있게 될 것이다. 그와 함께 여행하며 드넓은 세상도 구경할 수 있을 것이다. 에스터는 그 남자 한 사람 말고는 이제 아무 일도 걱정할 필요가 없다는 것이었다. 그러나 이 모든 것이 그녀에게는 진실처럼 — 진정한 애정에서 우러나오는 보증 수표 같은 말처럼 — 들렸지만 사내 쪽에서 보면 자주 써먹은, 케케묵었지만 그래도 종종 성공을 거두는 아주 쓸모 있는 감언이설이었다.

그래서 단 일주일 만에 이따금 아침과 낮밤 할 것 없이 이루어지던 이 화학적인 마술이 보기 좋게 그 힘을 발휘하고야 말았다.

사월의 어느 토요일 밤, 클라이드가 정기적으로 모이는 전도관 예배를 피하려고 상업 중심가로 산책하러 나갔다가 꽤 늦게 집에 돌아와 보니 어머니가 에스터의 행방을 걱정하고 있었다. 에스터는 여느 때처럼 그날 밤 모임에서도 손풍금을 켜고 찬송가를 불렀다. 그녀에게서 이상한 기미라고는 전혀 보이지 않았다. 예배가 끝나자 그녀는 몸이 별로 좋지 않아 일찍 잠자리에 들겠다고 하고는 자기 방으로 들어갔다. 하지만 클라이드가 집에 돌아온 열한 시쯤 어머니가 우연히 그녀의 방을 들여다보았더니 방 안에도 없고 집 안에도 없더라는 것이다. 게다가 방이 어딘지 모르게 비어 있는 것 같은 느낌이 들어 — 자질구레한 장신구며 드레스, 눈에 익은 낡은 여행 가방이 눈에 띄지 않았다 — 처음으로 어머니는 이상하게 생각했다. 집 안을 이리저리 찾아보아도 그녀는 보이지 않았다. 아버지 에이서는 길거리 위아래 쪽을 찾아보겠다고 집 밖으로 나갔다. 에스터는 전도관 집회가 한가하거나 문을 닫은 뒤에는 가끔 혼자서 산책하러 나가거나 전도관 앞에 혼자 앉아 있거나 서 있는 때가 가끔 있었기 때문이다.

이렇게 아무리 찾아보아도 찾지 못하자 클라이드는 아버지와 함께 길거리 모퉁이로 걸어갔다가 이어 미주리 애비뉴를 따라가 보았다. 그곳에도 에스터의 모습은 그림자도 보이지 않았다. 밤 열두 시쯤 두 사람은 집으로 돌아왔고, 그 뒤로 시간이 흐를수록 당연히 에스터의 행방이 더욱더 궁금해질 수밖에 없었다.

처음에 가족들은 그저 말없이 어디로 산책하러 나갔으려니 생각했지만 열두 시 반이 지나고 마침내 한 시, 또 한 시 반이 되어도 에스터가 돌아오지 않자 경찰에 신고하려고 했다. 바로 그때 에스터의 방으로 들어간 클라이드가 그녀의 조그마한 나무침대 위 베개에 쪽지 하나가 핀으로 꽂혀 있는 것을 발견했다. 미처 어머니의 눈에는 띄지 않았던 쪽지였다. 자신도 남몰래 가출하고 싶을 때 어떻게 부모에게 알릴까 가끔 생각한 적이 있는 클라이드로서는 호기심도 있고 사정도 이해할 것 같아 즉시 쪽지가 놓여 있는 곳으로 다가갔다. 사사건건 그를 간섭할 수 없는 한, 그의 부모는 그가 가출하는 것을 절대로 허락하지 않을 것임을 잘 알고 있었다. 그런데 지금 에스터는 집에서 나갔고, 여기에 자신이 남겨 놓았을 법한 쪽지를 두었다. 그는 얼른 읽고 싶은 마음에 쪽지를 집어 들었다. 그러나 마침 그때 어머니가 방 안으로 들어와 그가 손에 들고 있는 것을 보고는 "그게 뭐냐? 쪽지냐? 네 누나가 쓴 거야?"라고 큰 소리로 물었다. 그가 쪽지를 넘겨주자 어머니는 급히 그것을 펴서 읽었다. 햇볕에 타늘 적갈색을 띠고 있는 넓죽하고 억센 어머니의 얼굴이 바깥쪽 방을 향하자 백지장처럼 창백하게 변했다. 큼직한 입이 한 일(一) 자로 굳게 오므라졌고, 조그마한 쪽지를 쥐고 있는 크고 억센 손이 아주 가늘게 떨리고 있었다.

"여보, 에이서!" 그녀는 소리를 지르더니 옆방으로 쿵쾅거리며 뛰어 들어갔다. 방에는 둥근 머리 위에 희끗희끗한 고수머리를 헝클어뜨린 채 남편이 앉아 있었다. 그녀가 말했다. "이걸 좀 읽어 봐요!"

어머니 뒤를 따라 방으로 들어간 클라이드 눈에 아버지가 투박한 손으로 걱정스럽게 쪽지를 받아드는 것이 보였다. 그는 나이가 들면서 한가운데 주름살이 깊게 패고 늘 힘없는 입술을 이상야릇하게 움직이고 있었다. 그가 살아온 인생 여정을 잘 알고 있는 사람이라면 그가 뜻밖의 타격을 받을 때 으레 짓던 표정을 조금 더 과장한 것이라고 말했을 것이다.

"쯧! 쯧! 쯧!" 에이서는 처음에는 그저 혀와 입천장으로 젖을 빨 때 내는 소리를 낼 뿐이었다. 클라이드에게는 아주 많이 김빠지고 전혀 어울리지 않는 소리처럼 보였다. 아버지는 또다시 "쯧! 쯧! 쯧!" 소리를 내며 이번에는 머리를 좌우로 흔들기 시작했다. "한데 그 애가 왜 그런 짓을 저질렀을까?"라고 말하더니 머리를 돌려 멍한 표정으로 아내를 쳐다보았고, 그녀 또한 멍한 표정으로 남편을 쳐다보았다. 이어 무의식적으로 그는 뒷짐을 지고 짧은 다리에 어울리지 않는 큰 걸음걸이로 이상하게 걷더니 또다시 머리를 좌우로 흔들면서 김빠진 소리를 내뱉었다. "쯧! 쯧! 쯧!"

언제나 남편보다 훨씬 감정이 풍부한 그리피스 부인은 이런 시련에 부딪히자 눈에 띄게 달라지면서 더욱더 생기에 넘쳤다. 삶에 대한 일종의 짜증이나 불만이, 눈에 띄는 육체적 고통과 함께 마치 눈에 보이는 그림자처럼 그녀의 얼굴을 스쳐 지나가는 것 같았다. 남편이 자리에서 일어나자 그녀는 손을 뻗어 쪽지를 받아들더니 충격으로 주름 잡힌 굳은 얼굴로 다시 한 번 그것을 노려보았다. 마음이 몹시 동요되고 불만스러운 사람, 손가락으로 매듭을 풀려고 안간힘을 쓰지만 풀 수 없는 사람, 불평을 억제하면서 벗어나려고 애쓰면서도 막상 화가 치밀어 불평을 늘어놓는 사람이 지을 법한 태도였다. 지난 세월 동안 전도 사업과 신앙에 몸을 바쳐 왔는데, 그녀의 어설픈 양심에 비춰보더라도 이런 꼴을 당한다는 것은 너무 심한 일이라고 가냘프게나마 소리치는 듯했다. 누가 봐도 죄악이랄 수밖에 없는 일이 벌어지고 있는 이 순간 그녀의 하나님은, 그녀의 그리스도는 도대체 어디에 계신단 말인가? 왜 그분은 그녀를 도와주지 않으시는 것일까? 그분께선 이 일을 어떻게 설명하실 것인가? 성경에서 하신 그 약속들은! 그분의 영원한 인도는! 그분이 내세우시는 자비는!

클라이드 생각으로는 이렇게 엄청난 재앙에 부딪힌 어머니가 적어도 지금 당장은 이 문제를 해결하기가 무척 어려운 것 같았다. 물론 이 문제를 결국에는 어떻게든 해결할 수 있다는 것을 클라이드는 잘 알고 있었다. 광신자들이 모두 그러하듯 어머니와 아버지도 어떤 맹목적이고 이원론적인 방식으로 하나님의 절대적 지배를 인정하면서도 하나님은 재앙이나 오류, 불행과는 아무런 상관이 없다고 주장했다. 즉, 그들은 다른 어떤 것, 하나님의 전지전능한 힘에 직면해서도 사람들을 속이고 배반하는 어떤 사악하고 믿을 수 없고 기만을 일삼는 힘을 찾으려고 할 것이다. 결국 하나님이 창조하시기는 했으되 통제하기 싫어서 통제하지 않는 인간의 마음이 저지른 실수와 사악함에서 그 원인을 찾으려고 할 것이다.

그러나 그 순간 어머니의 마음은 오직 고통과 분노로 가득 차 있었다. 다만 남편처럼 입술을 꿈틀꿈틀 움직이지도 않았고, 또 눈에 극심한 상심의 빛을 띠지도 않았다. 그녀는 한 걸음 뒤로 물러서서 노기에 가까운 표정으로 다시 한 번 그 쪽지를 읽고 나더니 남편에게 말했다. "그 애가 사내 녀석하고 도망치면서 한 마디 말도……." 그러더니 옆에 클라이드와 줄리아, 프랭크가 믿기지 않는 듯한 눈초리로 호기심 있게 열심히 부모를 멍한 표정으로 쳐다보고 있다는 것을 생각하고는 얼른 입을 다물었다. "자, 이쪽으로 좀 들어가죠. 잠깐 할 얘기가 있으니까요." 그녀가 남편을 향해 큰 소리로 말했다. "자, 너희들은 어서 가서 잠을 자거라. 우리도 곧 갈 테니."

그리피스 부인은 남편과 함께 서둘러 전도 홀 뒤쪽 조그마한 방으로 들어갔다. 그러더니 찰칵하고 전등을 켜는 소리가 들렸다. 이어 두 사람이 나지막하게 주고받는 소리가 들렸다. 클라이드와 줄리아, 프랭크는 서로 얼굴을 마주 바라보았다. 아직 열 살밖에 되지 않은 프랭크는 도대체 무슨 영문인지 잘 모르는 눈치였다. 심지어 줄리아도 그 의미를 충분히 알지 못했다. 그러나 클라이드만은 세상 물정을 알고 있는 데다 어머니가 아까 한 말 — 그 애가 사내 녀석하고 도망치면서 — 에서 충분히 사태를 짐작할 수 있었다. 에스터는 자기와 마찬가지로 이런 생활에 진절머리를 냈다. 아마 길거리에서 예쁜 여자아이들을 데리고 다니는 멋쟁이 사내 중 하나와 함께 도망쳤을 것이다. 하지만 도대체 어디로 도망쳤을까? 상대는 어떤 사내일까? 쪽지에는 무엇인가 그런 내용이 적혀 있을 테지만 어머니는 그에게 그것을 보여 주려고 하지 않았다. 그의 손에서 잡아채듯 빼앗아 버리고 말았다. 자기가 먼저 몰래 읽어 보았더라면 좋았을걸!

"네 생각엔 언니가 아주 집에서 나갔을 거 같니?" 클라이드는 부모가 방에 없는 동안 이상야릇한 표정을 짓고 멍하니 서 있는 줄리아에게 미심쩍은 듯 물어보았다.

"그걸 내가 어떻게 알아?" 줄리아는 언니가 집을 나갔다는 사실뿐만 아니라, 부모가 슬픔에 잠겨 있는 데다 비밀을 감추고 있는 태도에 조금 짜증이 나서 대꾸했다. "언니는 내게 아무 말도 하지 않았어. 부끄러워서 차마 말을 할 수 없었겠지."

에스터나 클라이드보다 마음이 냉정한 줄리아는 인습에 젖어 부모를 이해하기 때문에 그만큼 다른 형제들보다 애석한 마음이 더 컸다. 사실 그녀는 언니가 집을 나갔다는 것이 어떤 의미인지 똑똑히 알 수는 없었지만, 아주 조심스럽게 다른 여자아이들과 주고받은 이야기가 있었기에 어렴풋이 짐작은 하고 있었다. 그러나 부모와 형제자매를 버리고 제멋대로 집을 나간 언니의 방식에 그만 화가 벌컥 치밀었다. 이런 식으로 부모의 마음을 아프게 하고 가출하다니. 끔찍스러운 일이었다. 집안은 비참한 분위기로 숨이 막힐 것 같았다.

부모들이 작은 방에서 이야기를 나누고 있는 동안 클라이드는 삶에 대한 호기심이 강한 터라 골똘히 혼자 생각에 잠겨 있었다. 에스터가 정말로 무슨 짓을 한 것일까? 그가 생각하고 두려워하는 것처럼, 길거리나 학교에서 아이들이 늘 몰래 수군거리는 그런 끔찍한 가출이거나 성적(性的)으로 불미스러운 그런 사건을 저질렀을까? 만약 그게 사실이라면 얼마나 부끄러운 짓이란 말인가! 누나는 두 번 다시 집에 돌아오지 않을지도 모른다. 한 사내와 집을 나갔으니 말이다. 젊은 여자가 그런 짓을 한다는 것은 누가 뭐래도 잘못된 일이었다. 그가 듣기로는 젊은 남녀든 성인 남녀든 그들의 온당한 관계는 결국 오직 한 가지, 즉 반드시 결혼으로 이어지게 마련이다. 그런데 지금 집안이 다른 걱정거리로 어지러운데 에스터가 설상가상으로 그런 짓을 저지르고 만 것이다. 그렇지 않아도 꽤 암울한 집안 분위기가 이 일 때문에 더더욱 암울해질 것이다.

마침내 부모가 방에서 나왔다. 그리피스 부인의 얼굴은 여전히 굳고 긴장되어 있었지만 어딘지 모르게 아까와는 조금 달라 보였다. 험악한 표정이 가시고 그 대신 절망적인 체념이 자리 잡은 듯했다.

"에스터는 말이다. 얼마 동안 우리 곁을 떠나는 게 좋겠다고 생각했단다." 아이들이 호기심을 품고 기다리고 있는 모습을 보자 어머니가 내뱉은 첫 마디였다. "그러니 너희들은 이젠 에스터에 대해 걱정할 필요가 전혀 없고, 또 그 일에 대해 생각할 필요도 없다. 곧 돌아올 테니까. 무슨 사정이 있어 잠깐 집을 나가 혼자 살기로 한 거야……. 주님의 뜻이 이루어지기를.'" 그러자 에이서가 옆에서 "주님의 이름에 영광 있으라!"라고 맞장구를 쳤다. "난 에스터가 집에서 행복할 것이라 생각했는데 그 애에겐 그렇지 않았나 보구나. 자기 눈으로 직접 세상을 구경해야 하겠지." 여기서 에이서가 또다시 "쯧! 쯧! 쯧!" 하고 혀를 찼다. "하지만 우린 에스터를 나쁘게 생각해선 안 돼. 그래 봤자 무슨 소용이 있겠니. 그보다는 사랑과 애정만을 생각해야 해." 그러나 어머니의 말투가 어딘지 엄격하고, 말하자면 혀를 차는 것 같아서 앞뒤가 잘 맞지 않았다. "에스터가 이제 곧 자신이 얼마나 바보였는지, 얼마나 생각이 없었는지 깨닫고 돌아오기를 바랄 뿐이지. 이런 식으로 집을 나가 잘될 리가 만무할 테니까. 그건 주님의 길도, 주님의 뜻도 아니거든. 너무 나이가 어려 실수를 범한 거란 말이다. 하지만 우린 그 애를 용서해 줄 거야. 물론 그래야만 하고말고. 마음의 문을 활짝 열어놓고 부드럽고 다정하게 대해 줘야 해." 그녀는 마치 집회에서 설교하듯 말했지만 얼굴 표정과 목소리는 슬프고 딱딱하게 굳어 있었다. "자, 너희들은 그만 가서 자거라. 이제 에스터가 잘못되는 일이 없도록 아침, 낮, 저녁으로 기도를 드릴 수밖에 없겠다. 집을 나가지 않았으면 좋았으련만." 어머니는 지금까지 한 말과는 어긋나게, 그리고 옆에 있는 아이들의 일은 까맣게 잊어버린 채 오직 에스터만 생각하며 이렇게 덧붙였다.

그러나 아버지 에이서는 어떠했던가!

클라이드는 뒷날 가끔 그렇게 생각할 때가 있었지만, 참으로 어처구니없는 아버지였다.

아버지는 자신의 고통을 떠나 아내의 더 큰 슬픔에 영향을 받은 듯했다. 이런 일이 일어나는 동안 그는 바보처럼 방 한구석에 우두커니 서 있을 뿐이었다. 키가 작고 희끗희끗한 곱슬머리에 무기력한 모습으로 말이다.

"아, 주님의 이름에 영광 있으라." 그는 이렇게 이따금 사이사이에 덧붙였다. "우린 마음의 문을 활짝 열어 놓고 있어야지. 암, 비난해서는 안 돼. 희망을 버려서도 안 되고. 아무렴, 아무렴! 주님을 찬양할지어다······. 우린 주님을 찬양해야지! 아멘! 아, 그렇고말고! 쯧! 쯧! 쯧!"

"만약 너희 누나가 어디 갔느냐고 누가 물으면 말이다······." 조금 뒤 그리피스 부인이 남편을 완전히 무시한 채 자기 주위로 바짝 다가온 아이들에게 타일렀다. "누나는 토너원더*에 있는 엄마 친척 집에 가 있다고 그러는 거야. 사실은 그렇지 않지만, 그 애가 어디에 갔는지 알 수 없고, 또 사정은 어떤지 잘 모르니까······. 어쨌든 곧 돌아올 테니 말이다. 우리가 알 때까진 그 애에게 욕되는 어떤 말이나 행동도 절대로 해선 안 돼."

"아무렴, 주님을 찬양할지어다!" 에이서가 연약한 목소리로 부르짖었다.

"그러니 만약 언제든지 누가 묻거든 우리가 사정을 정확히 알 때까진 그렇게 대답하는 거야."

"그럼요." 클라이드가 맞장구를 치듯 순순히 대답하자 줄리아도 "네, 알았어요"라고 덧붙여 말했다.

그리피스 부인은 잠시 말을 멈추고 단호하지만 변명 비슷한 눈초리로 아이들을 둘러보았다. 아버지 에이서로 말할 것 같으면, 여전히 "쯧! 쯧! 쯧!" 소리를 연발하고 나서 아이들에게 잠을 자러 가라고 손짓했다.

클라이드는 에스터의 편지 내용이 알고 싶었지만 어머니가 마음이 내키지 않는 한 가르쳐 주지 않으리라는 것을 오랜 경험으로 잘 알고 있었기 때문에 몸이 피곤한 터라 다시 침실로 돌아갔다. 만약 에스터를 찾아낼 희망이 조금이라도 있다면 왜 좀 더 찾아보려고 하지 않는 것일까? 에스터는 지금 어디에 있을까? 어느 기차 안에 있을까? 발각되고 싶지 않은 것이 틀림없었다. 어쩌면 에스터도 그와 마찬가지로 현재의 생활에 불만을 품고 있었으리라. 클라이드는 바로 최근에도 혼자 집에서 도망쳐 버릴까 생각하며, 집안 식구들이 어떻게 받아들일지 두려워하고 있었는데, 결국 에스터가 먼저 집을 나가고 말았다. 에스터의 가출은 앞으로 그의 생각과 행동에 어떠한 영향을 끼칠 것인가? 솔직하게 말해서 부모가 제아무리 슬퍼한다 해도 가출 자체는 그다지 불행한 일처럼 생각되지 않았다. 이곳 집안에서는 일이 잘 돌아가지 않는다는 사실을 암시하는 또 하나의 사건에 지나지 않았다. 전도 사업은 아무런 의미도 없었다. 신앙심이니 설교니 하는 것도 별것이 아니었다. 그런 것들은 에스터를 구하지 못했다. 에스터도 그 자신처럼 그런 것들을 그다지 믿지 않았던 것이 틀림없었다.

제4장

그렇게 결론을 내리자 클라이드는 전보다도 한층 더 제 일을 곰곰이 생각하게 되었다. 그는 생각한 끝에 되도록 빨리 자신을 위해 무슨 일이든 해야겠다는 결론에 이르렀다. 이제까지 그가 한 일은 고작 열두 살부터 열다섯 살 사이의 사내아이들에게 어쩌다 생기는 허드렛일을 하는 정도였다. 즉, 어느 해 여름 동안 신문 배달을 돕는다거나, 여름 내내 5센트와 10센트짜리 물건을 파는 가게 지하실에서 일한다거나, 또는 겨울철 한동안 토요일마다 상점의 상자를 뜯어 물건을 꺼내는 일을 하여 주급(週給) 5달러라는 그 무렵으로서는 꽤 괜찮은 보수를 받은 일도 있었다. 클라이드는 아주 부자가 된 듯한 기분이 들어 세속적이고 사악한 것이라 하여 연극과 영화를 보지 못하도록 하는 부모 몰래 3등석 표를 구입해 극장이나 영화관에 들어갔다. 이렇게 그는 부모 몰래 기분 전환을 꾀했다. 양친의 반대에도 아랑곳하지 않았다. 자기가 번 돈으로 영화를 볼 권리가 있다는 생각이 들었기 때문이다. 가끔 동생 프랭크를 데리고 갈 때도 있었는데, 동생은 형을 따라 구경 가는 것이 좋아서 부모에게 한 마디도 일러바치지 않았다.

그래도 저물어 갈 무렵, 학업에 너무 뒤처져 있다고 생각한 클라이드는 차라리 학교를 집어치울 생각에서 도시의 싸구려 드럭스토어의 청량 음료수 매점 조수 자리를 얻었다. 극장과 인접한 장소여서 손님이 적잖이 드나드는 가게였다. 그는 학교 가는 길에 '조수 사환 모집'이라는 광고가 나붙어 있는 것을 보고 눈이 끌렸다. 그 뒤에 가게를 찾아가 밑에서 일하면서 일을 배울 젊은 점원을 만나 이야기를 들었다. 그는 청년이 기꺼이 일을 가르쳐 줄 것으로 생각하면서 만약 자신이 일을 제대로 익히기만 하면 일주일에 15달러, 심지어 18달러까지 벌 수 있을 것으로 생각했다. 14번 도로와 볼티모어 거리의 모퉁이에 있는 이스트라우드 상점에서는 점원 중 두 사람에게 그 정도의 보수를 준다는 소문이 있었다. 그가 지금 일자리를 얻으려는 가게의 보수는 대부분 가게의 평균 급여인 12달러였다.

그러나 클라이드가 알고 보니 이 기술을 배우기 위해서는 시간이 걸렸고 숙련공의 친절한 도움이 필요했다. 우선 일주일에 5달러를 받고도―아니, 그때 그가 실망하여 고개를 떨어뜨리자 그렇다면 6달러를 주겠다고 했다―이 가게에 나오고 싶으면 머지않아 여러 가지 음료수를 조합하는 방법과 온갖 종류의 아이스크림에 시럽을 얹어 선디아이스크림*을 만드는 기술에 대해 많은 것을 배울 수 있을 것이라고 했다. 그러나 조수로 있는 동안은 아침 일곱 시 반 이른 시각에 가게 문을 열고 청소를 하고 먼지를 터는 일 말고도, 주인이 시키는 대로 물건을 배달하는 일은 물론이고, 가게 기구와 카운터 기구들을 모두 씻고 닦아야 했다. 또한 바로 그의 윗자리에 있는 시벌링 씨라는 사람이 ― 자신감이 넘치고 수다스러운 스무 살 난 멋쟁이 청년이었다 ― 주문이 너무 많아 손이 모자랄 때는 주문에 따라 레모네이드나 코카콜라 같은 간단한 음료를 배합해야 한다는 것이다.

클라이드는 일단 어머니와 의논한 뒤에 이 흥미로운 일자리를 얻기로 했다. 무엇보다도 공짜로 아이스크림소다를 실컷 마실 수 있다는 이점이 있을 것 같았다. 그로서는 무시할 수 없는 이점이었다. 그다음으로는, 그 무렵 그가 판단하기로 이 일이 무직인 그로서는 어떤 직업에 이르는 첫 관문이 될 수 있다는 이점이 있었다. 더구나 그가 생각하기로는 ― 물론 이것도 전혀 나쁠 것이 없었다 ― 가게에서 밤 열두 시까지 일해야 할 때가 있어 그 대신 낮 동안 몇 시간은 가게를 쉴 수가 있었다. 이렇게 되면 밤에는 집에 있지 않아도 되고, 적어도 밤 열 시의 소년반 집회에서 해방될 수 있었다. 그러니 일요일을 제외하고는 그의 부모도 어떠한 집회에 참석하라고 강요할 수 없었다. 심지어 비록 일요일이라 할지라도 오후와 저녁에도 일하는 것으로 되어 있어 그 집회에도 참석할 필요가 없을지도 몰랐다.

그 밖에 드러그스토어에는 극장 로비로 통하는 문이 하나 있어 청량음료 판매점 점원은 정기적으로 이웃 극장의 지배인 허락을 얻어 당당히 극장 안에 들어갈 수 있다는 것도 클라이드로서는 엄청난 매력이었다. 극장과 이처럼 가깝게 연결된 드러그스토어에서 일한다는 것은 가슴 설레는 일자리가 아닐 수 없었다.

물론 실망을 느낄 때도 있었지만 무엇보다도 가장 신바람 나는 것은 주간 흥행을 전후해 온갖 부류의 젊은 아가씨들이 혼자서 또는 다른 사람들과 함께 그 가게에 찾아온다는 점이었다. 그들은 카운터 앞에 앉아 킬킬거리면서 잡담을 지껄이며 손에 거울을 들고 머리칼과 화장을 고치기도 했다. 세상 물정, 특히 이성에 대해 잘 모르는 클라이드는 그녀들의 아름다운 용모, 대담한 성격, 자신만만한 태도, 사랑스러운 모습을 아무리 바라보아도 싫증이 나지 않았다. 바쁘게 유리잔을 씻거나 아이스크림이나 시럽을 그릇에 담거나, 레몬이나 오렌지를 접시에 담으면서도 그는 난생처음으로 가까운 거리에서 그런 아가씨들을 마음껏 바라볼 수 있었다. 아, 이 얼마나 신비스러운 여자들인가! 그들은 대개 옷을 잘 차려입고 있어 여간 멋져 보이지 않았다. 반지, 장식 핀, 모피, 멋진 모자, 아름다운 구두를 걸치거나 신고 있었다. 또한 파티며 댄스, 저녁 식사, 그들이 본 쇼, 곧 방문하려고 하는 캔자스시티나 그 근교에 있는 장소들, 금년에 유행하는 스타일과 작년에 유행한 스타일이 어떻게 다른지, 지금 이 도시에서 공연하고 있거나 곧 공연하게 될 이런저런 남자 배우들이나 여자 배우들의 매력 — 주로 남자 배우들에 관한 것이었다 — 따위에 대해 재미있게 이야기를 나누는 것을 꽤 자주 엿들었다. 이제까지 자기 집에서는 한마디도 들어 본 적이 없는 이야기들이었다.

또 이런 젊은 아가씨들 가운데는 야회복과 정장용 셔츠, 실크 해트, 나비넥타이, 흰 양피 장갑에 에나멜 구두를 갖춰 차려입은 사내들과 나타나는 경우도 자주 있었다. 그런데 클라이드에게는 그들의 복장이 글자 그대로 멋지고 아름답고 정중하고 행복하다는 결정적인 증거였다. 그런 복장을 그토록 편하고 멋들어지게 입을 수 있다면 얼마나 좋을까! 이렇게 멋을 부려 차려입은 몇몇 사내의 멋진 태도로, 또 자못 여유 있는 태도로 예쁜 아가씨들과 이야기를 나눌 수 있다면 얼마나 좋을까! 이것이야말로 성공의 척도가 아닌가! 그가 생각하기에 이 정도의 복장을 갖추지 않으면 어떤 예쁜 여자도 자신을 거들떠보지 않을 것만 같았다. 누가 뭐래도 그런 물건은 반드시 필요했다. 일단 그가 그런 옷을 얻을 수만 있다면 — 이런 옷만 입을 수 있다면 — 그도 능히 온갖 행복의 길로 들어설 수 있을 것이 아닌가? 그렇게 되면 삶의 온갖 즐거움이 어김없이 그의 앞길에 펼쳐질 것이 확실했다. 아, 다정한 미소! 아마도 남몰래 슬쩍 잡는 손과 손, 누군가의 허리를 두르는 팔, 한 번의 키스, 결혼 약속, 그리고 나서, 또 그러고 나서!

지난 몇 해 동안 부모를 따라 여러 길거리를 전전하면서 전도 모임에 동원되고, 또 예배 모임에 참석하여 볼품없는 별난 사람들이 — 바라만 봐도 마음이 울적해지고 불편해지는 그런 사람들 말이다 — 그리스도가 어떻게 자신들을 구해 줬는지, 하나님이 자신들에게 어떤 은혜를 베풀어 줬다느니 하는 설교를 들어 온 터고 보면, 이런 모든 일이 클라이드에게는 모름지기 섬광 같은 계시나 다름없었다. 이제 자신은 무슨 일이 있어도 그런 일로부터 멀리 벗어날 것이다. 그리고 일을 해서 돈을 모아 그럴듯한 유명 인사가 될 것이다. 평범한 사실이 이렇게 단순하지만 목가적으로 아름답게 결합하면 확실히 정신적 변용(變用) 같은 온갖 영광과 기적이 일어나는 법이다. 마치 사막에서 길을 잃고, 갈증에 헐떡거리며 물을 찾는 희생자의 눈앞에 갑자기 신기루가 나타난 것처럼 말이다.

그러나 시간이 얼마 지나지 않아 금방 드러났듯이 그 특정한 가게에서 일하게 되면 음료수를 조합하는 기술을 배우게 되고 나중에는 일주일에 12달러를 받게 될지 모르지만, 그렇다고 해도 이미 클라이드의 마음을 들뜨게 하는 동경과 야망을 당장 충족시켜 줄 수 없다는 데 문제가 있었다. 게다가 그의 직속 신배인 앨버트 시벌링은 자신이 알고 있는 일을 되도록 그에게 가르쳐 주려고 하지 않았으며, 힘들지 않는 일만 혼자서 독차지하려고 했다. 그뿐 아니라 시벌링은 주인과 마찬가지로 청량음료 판매대에서 자신을 도와주는 일 말고도 가게 주인이 원하는 심부름도 해야 한다고 생각하기 때문에 클라이드는 가게에서 일하는 동안은 그야말로 눈코 뜰 새 없이 바빴다.

따라서 이런 상태라면 지금의 생활과 당장 달라지는 점이 하나도 없었다. 클라이드는 지금보다 맵시 있는 옷을 입는 방도를 도저히 찾을 수 없었다. 그보다도 더욱 딱한 노릇은 돈도 거의 없는 데다 친하게 지낼 사람도 선이 닿을 만한 사람도 없었다는 점이다. 그런 것들이 너무 없는 이상 집 밖에 나와 있든 집에 있든 외롭기는 마찬가지였다. 에스터의 가출은 이곳 전도 사업에 찬물을 끼얹었다. 그렇다고 에스터가 집에 돌아올 기색도 보이지 않았으므로 부모는 이제 달리 뾰족한 수가 없어 이곳을 떠나 콜로라도주 덴버'로 이사할 생각을 하고 있었다. 그러나 클라이드는 부모를 따라갈 생각이 추호도 없었다. 그래 봤자 무슨 소용이 있단 말인가? 하고 그는 자문했다. 그곳에 가도 이곳과 조금도 다를 바 없는 또 다른 전도관이 있을 뿐이다.

클라이드는 지금까지 빅켈 거리의 집, 즉 전도관 뒤쪽 자기 방에서 살았지만 그 생활이 끔찍이도 싫었다. 캔자스시티로 이사온 열한 살 때부터 남자 친구들을 집이나 집 근처에 데리고 오는 것이 부끄러웠다. 그래서 그는 언제나 친구를 피해 홀로 산책하거나 놀았다. 어쩌다 놀이 상대가 되는 것은 그의 남동생이거나 누이들뿐이었다.

그러나 이제 세상 밖으로 나갈 수 있는 열여섯 살이 된 이상 클라이드는 이런 생활에서 벗어나야 했다. 그러나 그의 벌이가 보잘것없어 혼자 산다 해도 도저히 생활을 꾸려 갈 수 없었다. 그렇다고 좀 더 좋은 일자리를 얻을 만한 충분한 기술이나 용기도 아직 그에게는 없었다.

그런데도 부모가 덴버로 이사할 계획을 꺼내면서 그곳에서 일자리를 얻을 수 있다고 제안하자, 클라이드는 따라가지 않는 것이 좋을지 모른다고 넌지시 운을 떼기 시작했다. 그의 부모는 그가 가기 싫어하리라는 생각을 한 번도 해 보지 않았다.

그는 캔자스시티가 좋았다. 다른 곳으로 이사 간들 무슨 소용이 있겠는가? 지금 일자리를 갖고 있고 앞으로 더 좋은 자리를 구할 수 있을지도 모른다. 그러나 그의 부모는 에스터의 일과 그녀에게 닥친 비운을 생각하며 그가 일찍 혼자서 삶의 모험을 시작하여 생기는 결과에 대해 적잖이 의구심을 품고 있었다. 부모가 가고 나면 어디서 산단 말인가? 또 누구와 함께 지낸단 말인가? 그의 삶이 어떤 영향을 받을 것인가? 부모가 해주었던 것처럼 누가 도와주고 조언을 주고 곧고 좁은 길로 인도해 줄 수 있단 말인가? 아무래도 좀 더 곰곰이 생각해 봐야 할 문제였다.

덴버로 이사 갈 날이 하루하루 다가오는 데다 얼마 뒤 시벌링 씨가 젊은 여자를 상대로 지나치게 친절하게 군 일 때문에 가게에서 쫓겨나자 그 대신 빼빼 마르고 냉랭한 사람이 클라이드의 상사로 새로 들어왔다. 그 사람이 그를 조수로 두고 싶어 하지 않는 것 같아 클라이드는 가게를 그만두기로 했다. 그러나 지금 당장 그만두는 것이 아니라 심부름으로 가게를 나갈 때 다른 일자리가 없는지 찾아보기로 했다. 여기저기를 찾아보던 어느 날 우연히 이 도시에서도 가장 큰 호텔 안에 있는 큰 드럭스토어와 관계있는 청량음료 판매대의 지배인에게 이야기해 보기로 했다. 그 호텔로 말하자면, 웅장한 12층 건물로 그의 눈에는 정말로 사치와 안락한 삶의 정수처럼 보였다. 창은 언제나 두꺼운 커튼으로 장식되어 있었고, 전면 현관에는— 그는 그 이상으로는 들여다볼 엄두가 나지 않았다— 유리와 금속으로 화려하게 만든 차일이 쳐 있고, 그 양쪽으로는 종려나무를 죽 늘어놓은 대리석 통로가 뻗어 있었다. 도대체 어떤 사람들이 이런 곳에 드나들까 하고 소년다운 호기심을 느끼며 그 앞을 지나친 적이 한두 번이 아니었다. 현관 앞에는 언제나 택시와 승용차가 기다리고 있었다.

클라이드는 빨리 일자리를 찾아야만 한다는 생각에 볼티모어 거리 14번 도로를 마주 보고 큰길 모퉁이에 서 있는 드러그스토어로 들어가, 입구 근처 조그마한 유리 칸막이 안에 있는 아가씨에게 청량음료 판매대의 책임자가 누구냐고 물었다. 자신 없이 쭈뼛거리는 그의 태도와 제법 매력 있는 깊숙한 두 눈에 흥미를 느낀 데다 또 그가 일자리를 찾고 있다고 직감적으로 판단했는지 그녀가 이렇게 대답했다. "아, 세커 씨 저기 있네요. 이 가게의 매니저 말이죠." 그 여자는 서른다섯 살쯤 되어 보이는 키가 작고 옷을 단정하게 차려입은 사내를 향해 고갯짓을 해 보였다. 사내는 유리 케이스 위에 새로 나온 화장품을 각별하게 진열하는 중이었다. 클라이드는 그에게 다가가긴 했지만, 용건을 어떻게 꺼내야 좋을지 모르는 데다 사내가 일에 몰두해 있는 것을 보자 선뜻 내키지 않아 잠시 동안 한쪽 발에서 다른 발로 무게 중심을 옮기면서 그냥 우두커니 서 있었다. 마침내 사내는 누군가가 옆에서 서성이고 있다는 것을 눈치채고는 고개를 돌려 물었다. "그래, 무슨 일인가?"

"혹시 청량음료 판매대 조수가 필요하지 않으신지요?" 클라이드는 누가 봐도 의미 있는 시선으로 그를 쳐다보았다. "그런 자리가 있으면 저한테 맡겨 주셨으면 합니다. 일자리가 필요해서요."

"없어, 없어. 자리가 없다고." 활달해 보이는 이 금발의 사내는 조금 성미가 급하고 다혈질인 것 같았다. 이 한마디를 던지고는 곧바로 그에게 등을 돌리려고 하다가 클라이드의 얼굴에 실망과 낙담의 빛이 스치는 것을 보고는 다시 몸을 돌리며 덧붙였다. "이런 곳에서 전에 일해 본 경험은 있나?"

"이렇게 훌륭한 데서 일해 본 적은 없습니다. 아니, 없습니다." 클라이드는 주위의 모든 것에 행복하게 압도당한 듯 대답했다. "지금 브루클린 7번 도로에 있는 클링클 씨 가게에서 일하고 있습니다만, 거긴 이렇게 훌륭한 가게는 아니죠. 그래서 될 수 있다면 훌륭한 곳에서 일하고 싶어서요."

"음, 그래?" 클라이드가 무심코 이 가세를 칭찬하는 것이 조금 마음에 들었는지 지배인이 대답했다. "그래, 그렇겠지. 하지만 우리 가게에는 지금 당장 자네에게 줄 만한 일자리가 없어. 우리 가게에는 그다지 변동이 없거든. 하지만 만약 자네가 벨보이 노릇도 괜찮다면 일자리를 얻을 만한 곳을 일러 줄 순 있지. 바로 지금 이 호텔에서 보이 하나를 찾고 있거든. 벨보이 책임자가 그런 소릴 하는 걸 들었어. 어쨌든 그 일 같으면 이곳 청량음료 매점에서 조수 일 하는 것 못지않을 거야."

클라이드의 얼굴이 갑자기 밝아지는 것을 보고서 매니저는 덧붙였다. "하지만 말이야, 내 소개로 왔다고 그러진 말아. 난 너를 잘 모르니까. 그냥 호텔 안으로 들어가서 계단 아래 있는 사무실로 스콰이어스 씨를 찾아가 봐. 그럼 그분이 그 일에 대해 모든 걸 얘기해 줄 거야."

클라이드는 그린데이비슨 호텔 같은 굉장한 건물 안에 일자리가 있고, 더구나 그 일자리를 얻을 수 있을 것 같다는 말을 듣자 두 눈이 휘둥그레지며 흥분으로 온몸이 조금 부들부들 떨리는 것을 느낄 수 있었다. 그는 이 친절한 조언자에게 고맙다는 인사를 하고는 즉시 드럭스토어의 뒤쪽에서 호텔의 로비로 통하는 초록색 대리석 복도를 따라 곧바로 걸어갔다. 일단 복도를 통과하자 로비가 보였다. 오랫동안 가난에 쪼들린 겁쟁이로 자라 한 번도 이런 화려한 세계를 본 적이 없는 그의 넋을 빼앗기에 충분했다. 모든 것이 그저 호화스럽기만 했다. 그가 딛고 서 있는 발밑에는 흑백 바둑판무늬의 대리석 바닥이 깔려 있었다. 그의 머리 위쪽으로는 구리와 금박을 입히고 황금빛으로 채색한 천장이 있었다. 그리고 마루처럼 반들반들 닦은 검은 대리석 원주(圓柱)들이 그야말로 숲을 이루며 천장을 떠받들었다. 원주하나는 왼쪽으로, 다른 하나는 오른쪽으로, 그리고 또 다른 하나는 대림플 애비뉴 바로 앞쪽을 향해, 이렇게 서로 다른 출입구 세 곳으로 뻗어 있는 기둥 사이에는 전등, 조상(彫像), 융단, 종려나무, 의자, 낮은 긴 의자, 마주 보고 앉는 2인용 의자 등 값비싼 가구들이 즐비하게 놓여 있었다. 한마디로 누군가가 일찍이 "일반 서민에게 개방하지 않기" 위해서라고 비꼬아 말했듯이, 어색한 사치품 설비가 가득 차 있었다. 사실 이것은 미국의 번화한 상업 도시에 꼭 필요한 호텔이라기에는 조금 지나치다 싶을 만큼 사치스러웠다. 방이며 홀, 로비, 레스토랑도 모두 무척 호화롭게 장식되어 있어 소박성이나 실용성의 미덕과는 거리가 멀었다.

클라이드가 로비 안을 두리번거리면서 서 있자 많은 사람이 눈에 띄었다. 여자들과 아이들도 있었지만, 대부분은 남자들로 걷거나, 서 있거나, 혼자 또는 나란히 의자에 앉아서 이야기를 나누고 있었다. 책상과 신문철, 전보 접수처, 남성용 잡화점, 꽃가게가 있는 조금 구석진 곳에는 두꺼운 융단이 깔려 있고 값비싼 가구가 놓여 있었는데, 그곳에도 사람들이 무리를 지어 모여 있었다. 마침 그날은 이 도시의 치과 의사 모임이 있는 날이어서 꽤 많은 치과 의사들이 아이들이나 아내들과 함께 이곳에 모여 있었다. 그러나 이런 사실을 잘 모르는 데다 집회가 무엇인지, 또 어떻게 열리는지 전혀 알지 못하는 클라이드로서는 호텔의 일상적인 모습이 으레 이러려니 하고 생각할 따름이었다.

클라이드는 기가 죽고 두려워 주위를 두리번거리고 있다가 스콰이어스의 이름을 기억해 내고는 '계단 밑에' 있다는 그의 사무실을 찾기 시작했다. 오른쪽으로 웅장한 흑백 계단이 두 갈래로 완만한 곡선을 그리며 1층에서 2층으로 뻗어 있었다. 그리고 이 큼직한 두 계단 사이에 사무원이 많이 있는 것으로 보아 호텔의 사무실인 것이 틀림없었다. 바로 곁, 계단 뒤로 지금 그가 지나온 벽 옆 가까이에 커다란 책상 하나가 놓여 있고, 그 앞에 그와 비슷한 나이 또래의 젊은이가 금 단추가 많이 달린 밤색 제복을 입고 서 있었다. 조그마한 둥근 원통형 모자를 멋들어지게 한쪽 귀 위에 비스듬히 걸쳐 쓴 모습이었다. 그는 책상 위에 펼쳐진 장부에 연필로 무엇인가 열심히 써 넣는 중이었다. 이 밖에도 제복을 입은 그와 비슷한 또래의 젊은이들이 근처 의자에 앉아 있기도 하고, 이리저리 분주하게 돌아다니기도 했다. 가끔 종이쪽지, 열쇠, 메모 같은 것을 갖고 의자로 돌아와서는 다음 순번을 기다렸는데, 그 순번이 꽤 빨리 돌아오는 것 같았다. 제복을 입은 젊은이가 서 있는 조그마한 책상 위에 놓여 있는 전화기는 거의 쉴 새 없이 울리고 있었고, 그 젊은이는 전화의 용건을 확인하자 바로 앞에 있는 조그마한 벨을 누르기도 하고, "프런트!" 하고 외치기도 했는데 그럴 때면 의자의 제일 가까운 자리에 앉아 있던 보이가 그 부름에 응했다. 일단 부름을 받으면 보이들은 계단 중 하나를 재빨리 오르거나, 출입구나 엘리베이터 쪽으로 달려가 거의 예외 없이 손님의 여행 가방이나 수트케이스, 외투나 골프채를 받아들고 안내했다. 일단 모습을 감췄다가 쟁반에 음료수를 받쳐 들거나 무슨 꾸러미 같은 것을 들고 또다시 나타나 그것을 2층 방으로 나르는 보이들도 있었다. 만약 운 좋게 그가 이런 화려한 호텔에 고용된다면 자신도 그런 일을 하게 될 것이 분명했다.

모든 것이 활기 넘치고 유쾌하게 느껴지자 클라이드는 운이 좋아 이곳에서 일자리를 얻었으면 하고 바랐다. 그러나 과연 자기를 고용해 줄까? 스콰이어스라는 사람은 어디 있는 것일까? 그는 조그마한 책상 앞에 있는 젊은이에게 다가가 물었다. "스콰이어스 씨는 지금 어디 계시나요?"

"아, 저기 오시네요." 젊은이가 고개를 쳐들고는 날카로운 잿빛 눈으로 클라이드를 훑어보며 대답했다.

젊은이가 가르쳐 준 쪽을 바라보니 스물아홉이나 서른쯤 되는 활발하고 말쑥하며 누가 봐도 세련되어 보이는 사람이 다가오고 있었다. 몸이 명태처럼 호리호리한 데다 야무지고 날카롭게 생긴 얼굴에 옷차림마저 빈틈이 없어 클라이드는 금방 감명받았을 뿐만 아니라 동시에 두려움마저 느꼈다. 한마디로 매우 빈틈없고 교활한 느낌을 주는 사람이었다. 코가 아주 길고 가늘며, 눈빛은 날카롭고, 입술은 얇고, 턱은 뾰족했다.

"방금 스코치 나사 어깨걸이를 걸친 머리칼이 희끗희끗하고 키 큰 노인이 이 앞으로 지나가는 걸 봤지?" 그가 걸음을 멈추고는 책상 옆에 있는 보조원에게 말을 건넸다. 그러자 데스크 보이가 머리를 끄덕였다. "한데, 그 사람 말이야, 듣자니까 란드레일 백작이라는 거야. 오늘 아침 여기 도착했는데, 트렁크 열네 개에 하인을 네 사람이나 데리고 왔단다. 엄청 대단한 거지. 스코틀랜드에선 내로라하는 유명 인사지. 듣자 하니 여행 중엔 그 이름을 절대로 사용하지 않는 모양이야. 숙박부에는 '블런트 씨'라고 쓰여 있더군. 영국 사람들을 어떻게 당하겠어? 계급이라면 사족을 못 쓰는 국민이니까, 안 그래?"

"여부가 있겠습니까!" 그의 보조원이 공손하게 맞장구쳤다.

그때서야 비로소 그는 클라이드 쪽을 힐끗 쳐다봤지만 아무런 관심도 보이지 않았다. 그러자 그의 보조원이 클라이드를 도와주었다.

"이 젊은 친구가 아까부터 뵙겠다고 기다리고 있었습니다." 그가 설명해 주었다.

"자네가 나를 만나고 싶다고?" 벨보이 책임자가 이렇게 묻고는 클라이드 쪽으로 돌아섰다. 그러면서 그의 초라한 옷차림을 살펴보고 동시에 그를 자세히 뜯어보았다.

"드럭스토어 주인 말씀이……." 클라이드가 입을 열었다. 눈앞의 사내 얼굴이 마음에 들지 않았지만 되도록 상냥한 태도를 보이려고 애썼다. "……아니, 그분이 저더러 혹시 벨보이로 일할 수 있는지 알아보라고 말씀하시더군요. 저는 지금 브루클린가 7번 도로에 있는 클링클이라는 드럭스토어에서 조수로 일하고 있는데, 실은 그곳을 그만두려고 합니다. 그분 말씀으로는 선생님께서…… 그러니까…… 이 호텔에서 마침 일자리가 있을지 모른다고 하시더군요." 클라이드는 상대방의 꿰뚫는 듯한 차디찬 시선에 어찌나 당황했는지 숨도 제대로 쉬지 못하고 침을 꿀꺽 삼켜 버렸다.

난생처음으로 클라이드는 만약 이 세상에서 출세하려면 상대방의 호감을 사야 한다는 사실을, 즉 자기에게 호감을 느낄 수 있도록 행동하거나 말해야 한다는 사실을 처음으로 깨달았다. 그래서 그는 스콰이어스 씨에게 애써 환심을 살 만한 미소를 지어 보이면서 덧붙여 말했다. "만약 제게 기회를 주신다면 몸을 아끼지 않고 열심히 일하겠습니다."

상대방은 그저 냉랭한 눈초리로 그를 쳐다볼 뿐이었다. 그러나 계산이 빠르고 나름대로 사리사욕에 밝은 데다 남의 비위를 맞추는 능력과 의지가 있는 사람을 좋아했기 때문에 곧 머리를 가로저으려는 충동을 꾹 누르고는 물었다. "그런데 이 방면에서 일해 본 경험은 없을 테지."

"네, 없습니다. 하지만 열심히 하면 금방 배울 수 있지 않겠습니까?"

"글쎄, 이걸 어떻게 한다." 벨보이 책임자는 마음을 정할 수 없다는 듯 머리를 북북 긁으며 말했다. "어쨌든 오늘은 얘기할 시간이 없네. 그러니 월요일 오후에 다시 한 번 들러 주게. 그래, 그때 만나기로 하지." 그러더니 그는 돌아서서 저쪽으로 가 버렸다.

이런 식으로 혼자 남은 클라이드는 그 말이 무슨 뜻인지 이해가 가지 않아 어떻게 해야 좋을지 몰라 멍하니 앞만 바라보고 서 있었다. 정말로 월요일에 다시 한 번 와 보라는 말인가? 그게 가능할까? 그는 온몸에 전율 같은 것을 느끼며 부랴부랴 그곳을 떠났다. 이게 웬일인가! 그가 그 사람에게 캔자스시티에서 제일가는 호텔에서 일하고 싶다고 부탁했더니 월요일에 다시 한 번와 보라는 것이 아닌가! 아니, 이럴 수가! 이게 도대체 무슨 의미일까? 어쩌면 이 으리으리한 호텔에서, 그것도 이렇게 빨리 일자리를 얻을 수 있지 않을까? 정말 그렇게 될 수 있단 말인가?

제5장

이런 모든 일과 관련하여 클라이드가 어떤 상상력의 날개를 펼쳤는지 — 그토록 호화로운 호텔에서 일한다는 것이 그에게 무슨 의미가 있을지 — 그가 어떤 꿈을 품었는지는 오직 추측할 수밖에 없다. 사치에 대한 그의 생각은 대체로 아주 과장되고 왜곡되고 서툴렀다. 즉, 한낱 억압되어 한 번도 충족된 적이 없는 백일몽의 방황에 지나지 않는 것으로, 지금껏 그런 백일몽을 뒷받침한 것이라곤 오직 터무니없는 상상력밖에는 없었다.

클라이드는 드럭스토어로 돌아가 일을 끝내고 밥을 먹고 잠을 자기 위하여 집으로 돌아갔다. 그러나 금요일의 나머지 시간과 토요일과 일요일 그리고 월요일 오후까지는 그야말로 구름 위를 걷고 있는 기분이었다. 근무 시간에도 마음이 들떠 무슨 일을 하고 있는지도 모를 지경이어서 그의 상관이 "정신 똑바로 차려!"라고 주의를 시킨 것이 한두 번이 아니었다. 그는 근무 시간이 끝난 뒤 곧장 집으로 돌아가지 않고 시내 북쪽으로 큰 호텔이 있는 볼티모어가의 14번 도로 모퉁이로 걸어가서 그 건물을 바라다보았다. 심지어 밤 열두 시가 되었는데도 저마다 거리 하나씩을 향하고 있는 호텔의 세 중심 현관 앞마다 단추가 많이 달린 긴 밤색 코트를 입고, 테두리가 높고 차양이 긴 밤색 모자를 쓴 문지기가 서 있었다. 그리고 고리로 묶고 주름 잡힌 프랑스식 비단 커튼 안에는 아직도 등불이 휘황찬란하게 불을 밝히고 있었고, 건물 한 귀퉁이 근처 지하실에 자리 잡은 일품요리 식당과 미국식 그릴은 그때까지도 영업하고 있었다. 근처에는 택시들과 승용차들이 많이 서 있었다. 어디서인지 몰라도 줄곧 음악 소리가 은은히 들려왔다.

이렇게 금요일 밤에 이어 토요일과 일요일 아침에도 호텔을 둘러본 뒤 클라이드는 스콰이어스 씨의 말대로 월요일 오후 다시 호텔에 찾아갔다. 그런데 그는 클라이드를 거의 잊어버렸는지 조금 무뚝뚝하게 대했다. 그러나 마침 사람이 모자라는 데다 클라이드가 쓸모가 있을지 모른다는 생각이 들어 그는 클라이드를 계단 밑에 있는 조그마한 자기 사무실로 데려가 자못 거만한 태도로 별로 관심도 없이 계속 질문을 퍼부었다. 부모는 어떤 사람들인지, 지금 어디에 살고 있는지, 전에 어디서 어떤 일에 종사했는지, 아버지의 직업은 무엇인지 따위에 관해 물어보았다. 그러나 아버지의 생업에 관한 질문은 클라이드로서는 대답하기 몹시 난처했다. 자존심이 강한 그는 아버지가 전도관을 열고 있으며 길거리에서 설교하고 있다는 말을 하는 게 너무 부끄러웠다. 그래서 그는 자기 아버지가 세탁기와 건조기 회사의 세일즈맨 노릇을 하고 있고 (그런데 이 말은 전혀 거짓말은 아니었다) 일요일에는 사람들을 모아 놓고 신앙에 관해 설교하는 일도 한다고 대답했다. 그런데 종교적이라는 얘기는 가정적이고 보수적인 벨보이 책임자에게는 전혀 불쾌한 것이 아니었다. 지금 일하고 있는 곳에서 추천서를 받아 올 수 있는가? 물론 그럴 수 있었다.

스콰이어스 씨는 계속하여 이 호텔에서는 규율이 매우 엄격하다고 설명했다. 이곳의 화려한 외관에 마음을 뺏기거나, 그런 것에 익숙하지 않은 사람들이 갑자기 분에 넘치는 사치에 노출되다 보니 — 스콰이어스 씨가 그런 표현을 사용하지는 않았지만 — 그만 분수를 잃고 나쁜 길로 빗나가는 젊은이들이 너무 많다는 것이다. 여분으로 돈을 조금 번다고 하여 도리어 처신을 제대로 하지 못하는 벨보이들을 해고해야 하는 일이 자주 일어난다고 했다. 일하는 것을 마다하지 않고 남에게 공손하고 기민하고 모든 사람에게 예의를 갖추는 그런 벨보이들이 자기한테 필요하다는 것이다. 몸도 복장도 깨끗하고 단정해야 하고, 날마다 정해진 시간에, 그것도 일하기에 좋은 상태로 신속하게 출근해야 한다. 그리고 돈이 좀 생겼다고 해서 여자들과 시시덕거린다거나, 손님에게 말대꾸한다거나, 밤늦게까지 파티에 갔다가 지각을 한다거나, 출근은 해 놓고도 피곤해서 신속하고 명랑하게 일할 수 없으면 그 사람은 결국 이곳에서 오래 일할 생각을 하지 말아야 할 것이다. 그런 아이는 즉시 해고될 것이다. 자기는 그런 엉터리 수작은 전혀 용납할 수가 없다. 지금까지 말한 것을 확실히 명심해야 할 것이다.

클라이드는 자주 머리를 끄덕여 보이면서 "네, 그렇습니다" 나 "아닙니다" 하는 몇 마디 대답을 성의 있게 대화 사이에 끼워 넣으면서, 마침내 자신의 성격이나 기질로 보아 그가 지금 대충 설명한 그런 나쁜 짓이나 불성실한 행동을 결코 저지를 리 만무하다고 자신 있게 말했다. 그러자 스콰이어스 씨는 이 호텔의 월급이 한 달에 15달러밖에 되지 않는다는 것과 식사는 지하실에 있는 고용인 식당에서 언제든지 할 수 있다고 설명해 주었다. 그러나 다음 정보를 듣는 순간 클라이드는 그만 깜짝 놀라지 않을 수 없었다. 즉, 벨보이들 중 누구든 손님 시중을 들면—여행 가방을 날라다 준다든지, 물 주전자를 갖다 준다든지, 그 밖에 무슨 일을 헤 주면 말이다—그 손님으로부터 팁을 받을 수 있는데, 때로는 꽤 고액의 팁을 받게 된다고 했다. 10센트, 15센트, 25센트 정도는 보통이며, 어떤 때는 그보다 더 주는 손님도 있다는 것이다. 스콰이어스 씨의 말에 따르면, 이렇게 받는 팁을 모두 합치면 하루 평균 4달러에서 6달러 정도는 되는데, 그보다 적은 경우는 거의 없고 때로는 그보다 더 많다는 것이다. 클라이드로서는 정말로 엄청난 금액이었다. 그렇게 어마어마한 수입 얘기를 듣자 가슴이 쿵쿵 뛰면서 그만 숨이 막힐 것 같았다. 4달러에서 6달러라니! 그러면 일주일에 28달러에서 42달러가 되는 것이 아닌가! 그로서는 정말로 믿어지지 않았다. 게다가 한 달 15달러의 월급에다 식사를 무료로 받는 게 아닌가. 이 밖에도 스콰이어스 씨의 설명에 따르면, 벨보이가 입는 그 멋진 제복도 무료로 지급되었다. 물론 호텔 밖에서 입거나 갖고 나갈 수는 없었다. 스콰이어스 씨가 설명하는 그의 근무 시간은 월요일, 수요일, 금요일, 일요일 나흘은 아침 여섯 시부터 정오까지고, 여섯 시간 쉰 뒤에 다시 저녁 여섯 시부터 자정까지였다. 화요일, 목요일, 토요일 사흘은 정오부터 여섯 시까지만 일하면 되므로 하루걸러 오후나 저녁 시간은 쉴 수 있었다. 그러나 식사는 모두 근무 시간이 아닌 시간에 해야 하고, 당번 날에는 근무 시간이 시작되기 정확히 10분 전에 제복 차림으로 정렬해 책임자에게 검사를 받아야 했다.

스콰이어스 씨는 더 할 말이 없었던 것은 아니었지만 다시는 아무 말도 하지 않았다. 다른 아이들이 알아서 클라이드에게 귀띔을 해 줄 것으로 생각했기 때문이다. 그 대신 스콰이어스 씨가 덧붙인 한마디 말은 그때까지 넋을 잃고 앉아 있던 클라이드에게 충격이 아닐 수 없었다. "지금부터 곧바로 일할 준비는 되어 있겠지?"

"네, 그럼요. 물론이죠." 그가 대답했다.

"그럼, 됐어!" 이 말을 하고 나서 벨보이 책임자는 자리에서 일어나 방금 들어온 문을 열었다. "어이, 오스카!" 그가 의자 앞쪽에 앉아 있는 벨보이를 불렀다. 그러자 몸에 꼭 끼는 단정한 제복 차림에 키와 몸집이 큰 소년이 얼른 대답했다. "이 젊은이를…… 클라이드 그리피스라고 했던가? 12층 의상실로 데리고 가 몸에 맞는 제복이 있는지 제이컵스에게 알아봐. 만약 맞는 게 없으면 내일까지 고쳐 놓으라고 이르고. 실스비가 입고 있던 옷이 잘 맞을 것 같기는 한데."

그러고 난 뒤 벨보이 책임자는 마침 이쪽을 쳐다보고 있던 데스크의 조수 쪽으로 얼굴을 돌렸다. "일단 그 친구를 써 볼 생각이야." 그가 말했다. "오늘 밤이건 언제든지 일을 시작하게 되면 누군가가 일을 좀 가르쳐 주도록 해. 오스카, 어서 가 봐." 그는 클라이드를 맡은 보이에게 일렀다. "풋내기지만 이런 일을 잘해 낼 것 같아." 클라이드와 오스카가 엘리베이터 쪽으로 모습을 감추자, 그는 조수에게 이렇게 한마디 덧붙였다. 그러고 나서 클라이드의 이름을 종업원 명부에 올려놓기 위해 자리를 떴다.

한편 클라이드는 이 새로운 안내자를 따라가면서 아직껏 어디에서도 들어 보지 못한 여러 정보에 귀를 기울이고 있었다.

"전에 이런 일을 해 본 적 없다고 겁을 집어먹을 필요는 없어." 나중에 안 일이지만, 성(姓)이 헤글런드라는 이 소년이 입을 열었다. 뉴저지주의 저지시티' 출신으로 사투리에서 몸짓까지 모든 것이 이국적 냄새를 풍겼다. 키가 크고, 활기 넘치며, 연한 갈색 머리칼에 얼굴에는 주근깨가 많았고, 상냥했지만 수다스러웠다. 두 사람은 '종업원 전용'이라는 표지가 붙은 엘리베이터를 탔다. "일은 별거 아닌디. 난 3년 전에 버팔로에서 이 일을 시작했는디, 거때까진 이 일에 대해 도통 몰랐거든. 딴 작자들이 어떻게 하는지 잘 보고만 있으면 돼. 내 말 알아듣겄어?"

이 안내자보다 교육 정도가 적잖이 높은 클라이드는 상대방이 쓰는 "아닌디", "시작했는디", "도통", "거때", "알아듣겄어"

같은 말투가 비위에 거슬렸지만, 지금의 처지로서는 조그마한 친절이라도 그저 고마울 뿐이었다. 그래서 마음씨 착한 선배의 어떤 결점이라도 너그럽게 용서해 주고 싶었다.

"처음엔 말이지 누구든 남이 하는 걸 잘 지켜보라, 이거야. 그러는 동안에 알게 될 테니께. 그게 방법이지. 자네가 의자 앞쪽에 앉아 있으면 자네 차례니께니 벨이 울리면 벌떡 일어나 잽싸게 뛰어가라, 이거지. 여기선 잽싸게 움직여야 되거든. 자네가 의자 앞쪽에 앉아 있는데 누구든 여행 가방을 들고 현관에서 들어오거나 엘리베이터에서 나오는 걸 보면, 책임자가 벨을 울리든 말든, '프런트!' 하고 소리를 지르든 말든 벌떡 일어나 잽싸게 그쪽으로 달려가라, 이거야. 가끔 책임자도 바쁘거나 보고 있지 않을 때도 있을 테니까니, 그땐 이쪽에서 알아서 하기를 바란다, 이거야. 늘 정신을 바짝 차리고 있어야 해. 가방을 날라 주지 않으면 팁도 받지 못하고 말 테니까. 여행 가방이든, 뭐든 짐을 들어 줘야 할 손님이 있다면 반드시 그걸 들어다 주라, 이거야. 그만두라는 말을 하지 않는 한 말이지. 어디 알아들었거?

하지만 누구든 호텔에 들어와 방을 정하고 숙박부에 이름을 적으려고 할지도 모르니까 데스크 근처에서 기다리고 있어야만 해." 두 사람이 엘리베이터를 타고 위로 올라가자 그는 계속 지껄여 댔다. "대개는 방을 잡거든. 그래서 사무원이 자네에게 열쇠를 줄 테니께, 그러면 그 손님의 짐을 들고 방으로 안내해야 한다, 이거야. 그다음 욕실이나 옷걸이가 있는 방이라면 전등을 켜고 손님에게 그걸 가르쳐 주란 말이야. 욕실과 벽장에 불이 있다면 불을 켜서 그게 어디 있는지 알려 줘야 해. 낮이라면 커튼을 열어 주고, 밤이라면 그야 닫아야지. 방 안에 타월이 있는지 살펴보고, 만약 방에 타월이 없다면 물론 청소 담당 여자에게 알려야 해. 그러고 나서 만약 손님이 팁을 주지 않는다면 그땐 대개 방에서 그냥 나오는 수밖에 없지. 하지만 상대가 지독한 구두쇠가 아니라면 조금 버텨 보는 거지. 말하자면 시간을 끌어 본다, 이거야. 문 열쇠를 만지작거려 본다든지, 채광창 문을 열었다 닫았다 해 본다든지 하면서 말이야. 그러면 어지간한 손님이라면 대개는 팁을 주게 되거든. 하지만 그래도 주지 않는다면 물러날 수밖에 없다, 이거야. 어디 알아듣겠어? 그렇다고 화가 난 내색을 해선 안 돼. 그런 표정을 짓는 건 절대 금물이란 말이지. 그러고 나면 자넨 아래층으로 내려와야 해. 손님이 얼음물이나 뭐 그런 다른 일을 부탁하지 않는 한, 그걸로 일단 일은 끝난 셈이여. 그러면 다시 의자로 잽싸게 돌아오는 거야. 뭐 별일도 아니지. 그저 언제든 민첩하게 움직여라, 이거야. 우물쭈물하는 걸 남의 눈에 띄게 해선 안 돼. 그게 제일 중요하니께.

또 중요한 건 자네가 제복을 입고서 일을 하게 되면, 당번이 끝나서 집에 돌아갈 땐 반드시 책임자에게 1달러를 주는 걸 잊어선 안 된다, 이거야. 당번이 하루에 두 번 있을 땐 2달러, 한 번 있을 땐 1달러씩 말이야. 알아듣겠어? 여기선 이런 식으로 하게 돼 있거든. 그런 식으로 우린 함께 일하는 거야. 그러니 만약 자네도 이 일을 그대로 계속할 작정이라면 그렇게 해야 해. 그러기만 하면 되는 거야. 나머지 돈은 몽땅 자네 주머니에 들어가는 거지."

클라이드는 이제 사정을 이해할 수 있었다.

아까 혼자서 마음속으로 계산한 24달러에서 32달러가 되는 금액 중 일부는—아마 11달러나 12달러가 될 테지—눈앞에서 날아가는 것이 분명했다. 그런들 그게 어떻단 말인가! 그래도 여전히 12달러에서 15달러, 아니 그 이상 남게 될 게 아닌가? 게다가 식사와 제복은 무료다. 이런 천국이 어디 있단 말인가! 또 이런 지상 낙원이 어디 있단 말인가! 이 얼마나 호사스러운 일인가!

저지시티 출신의 헤글런드는 클라이드를 12층 의상실로 안내했다. 그곳에는 나이도 기질도 잘 분간할 수 없는, 머리칼이 희끗희끗하고 주름살투성이의 조그마한 노인이 방을 지키고 있었는데, 노인은 즉시 클라이드의 몸에 맞을 만한 옷을 하나 골라 주었다. 몸에 꼭 들어맞아 다른 옷을 굳이 주문하지 않아도 고칠 필요가 없었다. 그다음에는 이 모자 저 모자를 써 보는 중에 그의 머리에 꼭 맞는 것, 한쪽 귀 위로 아주 맵시 있게 얹히는 것을 찾아낼 수 있었다. 다만 헤글런드가 이렇게 귀띔해 주었다. "머리를 좀 잘라야겠는걸. 뒤쪽을 좀 쳐 내야겠어. 너무 길어." 그러지 않아도 클라이드는 그의 말을 듣기 전부터 벌써 그럴 생각이었다. 그의 머리는 확실히 새 모자에 맞지 않았다. 어서 잘라 버리고 싶었다. 아래층으로 내려와 스콰이어스 씨의 조수인 휘플에게 보고하자 그가 말했다. "아주 좋아. 잘 맞지? 자,

그럼 당장 오늘 여섯 시부터 근무하도록 해. 다섯 시 삼십 분에 출근해서 제복을 입고, 다섯 시 사십오 분까지 여기서 점호를 받아."

그러자 클라이드는 헤글런드가 일러준 대로 제복을 갖고 지하의 탈의실로 내려가 라커룸 담당자로부터 라커를 배정받았다. 그러고 나서 부리나케 정신없이 밖으로 뛰어나왔다. 먼저 머리를 깎고 나서 집안 식구들에게 이 엄청난 행운을 알리기 위해서였다.

클라이드는 드디어 호텔 그린데이비슨의 벨보이로 일하게 되었다. 제복을, 그것도 보기에도 말쑥한 제복을 입게 된 것이다. 그리고 아마도 처음에는 일주일에 11달러나 12달러 넘는 급료를—그는 아직 얼마를 받는지 어머니에게는 말하지 않았다—받을 수 있을 것으로 추측했지만 확신할 수는 없었다. 이제 가족은 몰라도 적어도 자기만은 갑자기 경제적으로 독립하게 되었다. 그런데 진짜 수입이 얼마라고 실토하면 이런저런 요구를 할 것이 뻔했으므로 문제를 복잡하게 만들고 싶지 않았다. 그러나 호텔 식당에서 공짜로 식사할 수 있다는 말만큼은 했다. 그가 바라는 대로 집 밖에서 식사할 수 있게 되었기 때문이다. 게다가 그는 언제나 이 멋진 호텔에서 지내며—마음이 내키지 않으면 집에 돌아갈 필요도 없었다—아, 멋진 제복도 입고 어쩌면 흥미 있는 사람들과 어울리며 유쾌하게 시간을 보낼 수 있게 된 것이 아닌가!

여러 가지 심부름으로 뛰어다니는 동안에도 그의 머릿속에는 극장이나 그런 비슷한 장소로 놀러 가고 싶은 밤에는 집에 돌아가지 않아도 된다는 결정적이고 기분 좋은 생각이 약삭빠르게 머리에 떠올랐다. 시내 중심가에 머물러 있으면서도 일 때문이라고 핑계를 댈 수도 있었다. 게다가 무료로 식사할 수도 있고, 멋진 제복도 제공받다니 생각만 해도 가슴이 벅차오르지 않는가!

이런 모든 일을 생각만 해도 벌써 가슴이 뛰고 황홀하여 오래 생각할 수조차 없었다. 우선 기다리며 두고 봐야 했다. 믿어지지 않을 만큼 신기한 이 멋진 세계에서 그가 과연 정확하게 얼마나 돈을 벌게 될지 기다리고 지켜봐야 했다.

제6장

　지금 형편으로 말하자면, 클라이드가 꿈을 실현하는 데는 그리피스 집안사람들이 — 아버지 에이서나 어머니 엘비러 할 것 없이 — 경제나 사회에 대해 아무것도 모르고 있다는 사실이 그야말로 안성맞춤이었다. 에이서도 엘비러도 그가 이제 막 시작하려는 일자리가 실제로 어떤 것인지 그 자신만큼이나 몰랐고, 그 일이 도덕적으로나 정신적으로나 경제적 또는 다른 면에서 그에게 어떠한 의미가 있는지도 전혀 모르고 있었다. 그의 부모는 그 무렵 4류 이상의 호텔에는 한 번도 발을 들여놓은 적이 없었다. 그들보다 생활 수준이 높은 사람들을 상대로 하는 레스토랑에서 식사를 해 본 적도 없었다. 그래서 그의 부모는 클라이드와 같은 나이와 기질의 사내아이가 손님의 짐을 호텔 현관에서 카운터까지, 또는 카운터에서 현관까지 나르는 것 말고는 다른 일을 하리라고는 생각하지 못했다. 그러므로 이런 일을 하고 받는 보수도 기껏해야 일주일에 5달러나 6달러로, 실제로 클라이드의 능력이나 나이에 비하면 꽤 낮은 액수일 것이라고 순진하게 생각했다.

언제나 남편보다 훨씬 현실적이고 클라이드와 다른 아이들이 경제적으로 안정되기를 바라는 그리피스 부인은 왜 갑자기 클라이드가 근무 시간도 더 길고 보수도 별로 나을 것이 없다면서 일자리를 바꾸는 데 그토록 열성을 보이는지 의아하게 생각했다. 하기야 클라이드는 언제가 될지는 모르지만 호텔에서는 사무직 같은 자리로 승진할 수도 있으며, 보수도 좀 더 빨리 오를 것이라고 말한 적은 있었다.

그러나 월요일 오후, 클라이드가 집으로 달려 들어와 새로운 직장을 구했으니 넥타이와 칼라를 갈아 매고 또 이발하고 곧바로 그 길로 출근해야 한다는 말을 들었을 때는 그녀도 기분이 좀 나아졌다. 클라이드가 어떠한 일에 그렇게 열성을 보이는 모습을 이제껏 단 한 번도 본 적이 없었기 때문이다. 그가 가끔 그러듯 그렇게 시무룩한 표정을 짓지 않고 만족스러워하는 모습을 보니 다행이었다.

그러나 아침 여섯 시부터 밤 열두 시까지 근무하기 시작하고, 일을 하지 않는 밤에 집에 오고 싶으면 어쩌다 일찍 집에 들어와 직장에서 조금 일찍 퇴근했다고 애써 설명하고, 또 왠지 마음이 들떠 잠자리에 들지 않거나 옷을 갈아입지 않거나 할 때는 거의 언제나 집에서 뛰쳐나가고 싶어 안달하는 모습을 보자 그의 어머니는 물론이고 아버지마저도 몹시 당황했다. 호텔! 호텔! 클라이드는 언제나 호텔로 서둘러 급히 달려가야 했다. 그리고 고작 한다는 말이 그곳에서 일하는 것이 몹시 마음에 든다느니, 일은 제대로 잘하고 있는 셈이라느니 하는 것뿐이었다. 그는 호텔 일자리가 청량음료 판매대보다 훨씬 좋은 일자리며, 그게 언제인지는 잘 모르겠지만 이제 머지않아 곧 수입도 더 많아지게 될 것이라고 했다. 그러나 그 이상은 설명하고 싶지 않거나 설명할 수 없었다.

그동안에도 그리피스 부부는 — 클라이드의 부모 말이다 — 에스터의 일 때문에 하루 빨리 이 캔자스시티를 떠나 덴버로 이사해야겠다고 생각하고 있었다. 그러나 클라이드는 지금까지보다 더 강경한 태도로 캔자스시티를 떠나고 싶지 않다고 고집을 부렸다. 부모님은 이사하여도 좋다. 하지만 자신은 모처럼 좋은 일사리를 찾았는데 놓치고 싶지 않다. 그리고 가족들이 이사하면 그는 어딘가에 방을 얻어 잘 지낼 수 있다. 물론 부모는 그런 생각이 전혀 마음에 들지 않았다.

그러는 사이 클라이드의 삶에 엄청난 변화가 일어났다. 첫날 저녁 5시 45분에 직속 상관인 휘플 씨의 앞으로 나아가 인정을 받자 — 그의 제복이 몸에 잘 어울렸을 뿐만 아니라 그의 용모도 비교적 단정했기 때문이다 — 그의 세계는 완전히 달라져버렸다. 그는 로비의 일반 사무실 바로 뒤에 있는 종업원용 홀에서 다른 벨보이 일곱 명과 함께 휘플 씨의 점호를 받았다. 그 뒤 6시 정각에 여덟 명이 일렬로 행진하여 계단 반대쪽 로비로 통하는 문을 지나 휘플 씨 데스크가 있는 곳과는 반대쪽 로

비로 통하는 문을 나와 호텔 프런트 앞에 있는 긴 의자로 나아갔다. 그러자 이번에는 휘플 씨와 교대로 근무하는 반스 씨라는 사람이 책임자 대리 자리를 인계받았다. 벨보이들은 제각기 긴 의자에 앉았는데 클라이드가 제일 끝자리였다. 그러나 앉을 사이도 없이 곧바로 호출을 받고 이 일 저 일을 해야 했다. 한편 근무가 끝난 휘플 씨네 팀은 전처럼 뒤쪽에 있는 종업원용 홀로 인솔되어 그곳에서 해산했다.

"찌르릉!"

객실 담당 사무원 책상 위에 있는 벨이 울리자 맨 앞자리에 앉아 있던 벨보이가 뛰어나갔다.

"찌르릉!" 또 벨이 울리자 두 번째 벨보이가 자리에서 벌떡 일어섰다.

"프런트!" "중앙 현관으로!" 반스 씨가 소리를 지르자 세 번째 벨보이가 긴 대리석 마루 위를 미끄러지듯 달려 중앙 현관 쪽으로 뛰어가 막 들어오는 손님의 여행 가방을 받아들었다. 흰 구레나룻과 발랄하고 화려한 트위드* 양복이 3미터쯤 떨어진 곳에서도 클라이드의 미숙한 눈에 똑똑히 보였다. 신비스러우면서도 성스러운 모습이었다. 팁이 들어오니 말이다!

"프런트!" 반스 씨가 또다시 소리를 지르고 있었다. "913호실 손님이 뭘 원하는지 알아봐. 아마 얼음물 때문인 것 같은데." 그러자 네 번째 벨보이가 달려갔다.

옆에 앉아 있는 혜글런드한테서 자세한 요령을 전수받으면서 차례차례로 긴 의자 앞쪽으로 이동해 가며 클라이드는 온갖 신경을 곤두세우고 바짝 긴장하고 있었다. 너무 긴장하여 숨도 제대로 쉬지 못할 정도로 안절부절못했다. 그러자 보다 못한 혜글런드가 소리를 질렀다. "이봐, 흥분하지 마. 마음 좀 진정시키지 못하겠어? 괜찮을 거니께. 나도 처음엔 그랬지. 도통 안정부절못했거든. 하지만 그럴 필요 없다, 이거야. 이곳에선 느긋하게 마음먹어야 해. 아무도 쳐다보지 않는 것처럼 표정을 지으란 말이야. 똑바로 앞쪽만 쳐다보라, 이거야."

"프런트!" 반스 씨가 또 소리를 질렀다. 클라이드는 혜글런드가 하는 말에 거의 마음 쓸 겨를이 없었다. "115호실 손님이 편지지와 펜을 갖다 달랜다." 그러자 다섯 번째 벨보이가 달려갔다.

"손님들이 편지지와 펜을 원하면 어디서 갖다 주면 되는 거죠?" 클라이드는 마치 막 죽어 가고 있는 사람이 호소하듯 혜글런드에게 물었다.

"열쇠 담당 데스크에서 받는다고 아까 말해 줬잖아. 저기 왼쪽에 있어. 그 사람이 줄 거야. 그리고 얼음물은 조금 전 우리가 점호 받던 홀에 있다, 이거야. 저쪽 끝 말씀이야. 거기에 조그마한 문이 하나 있어. 그 사람한테도 어쩌다 한번 10센트씩 줘야 해. 그렇잖으면 심술을 부리니께."

"찌르릉!" 객실 담당 사무원의 벨이 울렸다. 여섯 번째 벨보이가 말 한마디 없이 용건을 물으러 달려갔다.

"그리고 말이야, 명심할 건……." 혜글런드가 자기 차례가 된 것을 보고는 마지막으로 그에게 주의하라고 했다. "술이나 음료수를 달라고 할 땐 식당 저쪽에 있는 그릴로 가서 달라고 해. 그러나 무슨 음료인지 이름을 똑똑히 알고 있어야지, 그렇지 않으면 손님이 화를 내단 말씀이야. 그리고 만약 객실로 손님을 안내한다면 오늘 밤엔 커튼을 내리고 전등불을 켜야 한다, 이거야. 또 식당에 주문이 있을 때는 웨이터 책임자한테 가야 돼. 팁은 급사장이 갖는 거지.”

“프런트!” 헤글런드가 일어나 가 버렸다.

이리하여 클라이드가 맨 앞쪽에 앉아 있게 되었다. 벌써 네 번째 벨보이가 돌아와서 그의 옆에 앉아 있었지만, 또 어디서 누가 심부름을 시키지 않나 하고 민첩하게 주위를 살피고 있었다.

“프런트!” 반스 씨의 목소리가 들렸다. 클라이드는 얼른 일어나 그의 앞으로 달려갔다. 여행 가방을 들고 들어오는 손님이 아닌 것이 다행이기는 했지만, 자기가 이해할 수 없는 일이거나 쉽게 끝낼 수 없는 일이라면 어떻게 해야 할지 걱정이 앞섰다.

“882호실 손님이 찾고 있으니 어서 가 봐.” 클라이드는 ‘종업원 전용’이라는 표지가 붙은 두 엘리베이터 중 하나로 뛰어갔다. 12층에 올라갈 때 타 본 적이 있으므로 으레 그것을 타는 것이 맞을 것이라고 생각했다. 마침 그때 일반용 급행 엘리베이터에서 내리던 다른 벨보이가 그의 실수를 지적해 주었다.

“객실로 가는 거야?” 그가 물었다. “그럼 객실 전용 엘리베이터를 타야지. 저건 종업원들이나 짐을 나르는 사람들이 타는 거야.”

클라이드는 실수를 감추려고 얼른 그 엘리베이터 안으로 뛰어 들어갔다. 그리고 “8층이요!”라고 소리를 질렀다. 엘리베이터 안에는 다른 사람이라곤 아무도 타고 있지 않았고, 흑인 엘리베이터 보이가 즉시 그에게 인사를 했다.

"새로 왔구먼유? 전에 본 적이 없으니까유."

"그래. 방금 일을 시작했어." 클라이드가 대답했다.

"이 호텔이 마음에 들 거구먼유." 흑인 젊은이가 아주 붙임성 있는 말투로 말했다. "이 호텔이 싫다는 사람 못 봤거든유. 8층이라고 했나유?" 그가 엘리베이터를 세우자 클라이드는 밖으로 나왔다. 그러나 너무 서두른 나머지 방의 방향을 물어보고 오는 것을 그만 깜박 잊고 말았다. 그는 객실을 살펴보다가 복도를 잘못 들어왔다는 것을 깨달았다. 발아래 부드러운 갈색 융단이며, 매끄러운 느낌을 주는 크림색 벽이며, 천장에 박혀 있는 눈처럼 하얀 둥근 전등— 이 모든 것이 그에게 믿어지지 않을 만큼 완벽하고 사회적으로 우월하다는 게 어떤 것인지 보여 주었다. 한마디로 그가 지금까지 알고 있던 세계와는 달라도 너무 다른 별천지였다.

마침내 882호실을 찾아내 머뭇머뭇하며 클라이드가 노크하자 잠시 뒤 푸른색과 흰색 줄무늬 콤비네이션*을 입은 아주 땅딸막하고 건장한 몸뚱이 일부가 나타나고, 그 위에 얹힌 혈색이 좋고 둥그스름한 얼굴의 한쪽 눈과 눈가의 주름살이 그의 눈에 들어왔다.

"자, 여기 1달러 있네, 젊은이." 한쪽 눈이 말하는 것 같더니 이번에는 1달러짜리 지폐를 든 손이 나타났다. 통통하게 살이 찐 빨간 손이었다. "양품점에 가서 양말대님 하나를 사와. 실크로

된 보스턴 대님 말이야. 어서 빨리 갖다 와."

"예, 알겠습니다, 고객님." 클라이드가 대답하고는 지폐를 받아들었다. 문이 닫히자 그는 양품점이라는 것이 도대체 무엇일까라고 곰곰이 생각하면서 홀을 따라 엘리베이터 쪽으로 걸음을 재촉했다. 나이가 열일곱 살이나 되었는데도 그에게는 그 단어가 낯설었다. 전에 한 번도 들어 본 적이 없거나 들어 봤어도 귀담아듣지 않았을 것이다. 만약 손님이 '신사용 물건을 파는 가게'라고 말해 주었더라면 금방 알아들을 수 있었겠지만, '양품점'이라고 했기 때문에 어떤 가게인지 전혀 알 수 없었다. 이마에 식은땀이 솟아 나왔다. 또 무릎이 후들후들 떨렸다. 빌어먹을! 이거 어떻게 한담? 누구한테도, 심지어 헤글런드한테도 이런 걸 물어보면 뭐라고 할지······.

클라이드는 엘리베이터 단추를 눌렀다. 엘리베이터가 내려가기 시작했다. 양품점. 양품점. 그러자 갑자기 기발한 생각 하나가 머리에 떠올랐다. 양품점이 무엇인지 모른다고 그게 무슨 상관이란 말인가? 결국 그 손님은 다만 보스턴표 실크 대님 하나를 사 오라고 했을 뿐이 아닌가. 그렇다면 보스턴표 실크 대님을 어디에서 구입해야 하나? 물론 남자 용품을 파는 가게에 있을 게 아닌가. 두말하면 잔소리지. 신사 용품을 파는 가게 말이야. 그런 가게로 달려가 봐야지. 그런데 클라이드는 아래층으로 내려오는 도중에 역시 친절한 다른 흑인 엘리베이터 보이를 만나자 그에게 물었다. "신사용 물건을 파는 가게가 어디 있지?"

"이 건물 안에 하나 있어유. 남쪽 로비를 나가면 곧바로 있구

만유." 흑인이 대답하자 클라이드는 안도의 숨을 크게 내쉬면서 그쪽으로 달려갔다. 그러나 몸에 꼭 들어맞는 제복에 머리에 특별하게 생긴 모자를 쓰고 있으니 이상야릇한 기분이 들었다. 꼭 들어맞는 조그마한 둥근 모자가 언제고 금방 벗겨질 것만 같아 여간 신경이 쓰이지 않았다. 그는 몇 번씩 그것을 몰래 위에서 꾹꾹 내리눌렀다. 그리고 가게 밖에 전등불이 눈이 부실 정도로 환히 비치고 있는 잡화점 안으로 뛰어 들어가면서 소리를 질렀다. "보스턴표 실크 양말대님 하나 주세요."

"자, 여기 있네, 젊은이." 번질번질한 대머리와 복숭앗빛 얼굴에 금테 안경을 낀 말주변이 좋고 몸집이 작은 사내가 말했다. "호텔 손님이 쓸 거로군? 그럼 75센트만 받기로 하지. 자, 이건 자네 몫인 10센트야." 그는 꾸러미를 포장하고 1달러 지폐를 금전 등록기 안에 넣으면서 말했다. "자네들이 되도록 우리 가게를 이용해 주니 나도 늘 답례를 할 수밖에."

클라이드는 어떻게 하면 좋을지 모른 채 포장한 물건과 거스름돈을 받았다. 주인이 그렇게 말했으니 양말 대님 값은 75센트일 거야. 그러니 손님에게는 25센트만 돌려주면 돼. 그렇다면 10센트는 자신의 몫이 되는 셈이야. 또 누가 알겠어, 어쩌면 손님이 팁을 더 줄지?

클라이드는 서둘러 호텔로 돌아가 엘리베이터 쪽으로 걸어갔다. 어디선가 현악 합주단이 감미로운 선율로 로비를 가득 채웠다. 사람들이 이리저리 움직이고 있었다. 멋진 옷차림에 여유 있는 모습이 길거리나 그 밖의 장소에서 보는 사람들과는 너무나 딴판이었다.

엘리베이터의 문 하나가 휙 열렸다. 여러 부류의 손님이 안으로 들어갔다. 클라이드는 그에게 호기심 어린 시선을 보내는 또 다른 벨보이와 함께 엘리베이터에 탔다. 그 벨보이는 6층에서 내렸다. 8층에서 클라이드와 나이 지긋한 부인이 내렸다. 그는 손님의 방으로 달려가 문에 노크했다. 그러자 아까보다는 옷을 더 많이 걸친 손님이 문을 열어 주었다. 바지를 입고 면도를 하고 있었다.

"갔다 왔나?" 그가 큰 소리로 물었다.

"예, 다녀왔습니다." 클라이드가 포장한 물건과 거스름돈을 내밀면서 대답했다. "75센트라고 합니다."

"이런 도둑 같은 녀석이 다 있나. 하지만 어쨌든 거스름돈은 자네가 갖게." 손님은 이렇게 말하고는 그에게 25센트 은화를 주고는 문을 닫았다. 클라이드는 한순간, 마치 마술에 걸린 사람처럼 넋을 잃고 멍하니 서 있었다. '35센트라니! 아니 35센트라니!' 그가 생각했다. '이까짓 간단한 심부름 하나밖에 한 것이 없는데. 정말로 여기서는 모두가 다 이런 식으로 돌아간단 말인가? 그럴 리가 없어. 안 그렇겠지. 언제나 늘 이렇지는 않을 테지.'

그러고 나서 클라이드는 푹신한 융단을 딛고 서서 한 손으로 주머니 속의 돈을 꾹 움켜쥔 채 큰 소리를 지르거나 크게 웃고 싶어 차마 견딜 수가 없었다. 아, 그 정도의 심부름 값으로 받은 돈이 35센트라니! 손님은 그에게 25센트를, 가게 주인은 그에게 10센트를 주다니. 정말로 그가 한 일이라곤 아무것도 없는데 말이다.

엘리베이터가 아래층에 닿자 클라이드는 서둘러 내렸다. 그의 귀에 또다시 현악 합주곡의 감미로운 선율이 그의 마음을 사로잡았고, 멋지게 옷을 차려입은 사람들의 모습이 마술처럼 그의 마음을 흔들었다. 그는 아까 앉아 있던 긴 의자로 되돌아갔다.

이 일이 있은 뒤 클라이드는 곧 여행용 가방 세 개와 우산을 두 개 든 농장 주인인 듯한 노부부의 짐을 들어다 주었다. 노부부는 5층에 있는 거실과 욕실이 딸린 침실을 예약했다. 도중에 두 사람은 계속 그를 쳐다보았지만 아무 말도 하지 않았다. 그러나 일단 방으로 들어간 다음, 그가 재빨리 문 옆에 있는 전등의 스위치를 켜고 블라인드를 내리고 가방을 선반에 내려놓자, 조금 어색해 보이는 중년의 남편이 — 구레나룻을 기른 꽤 엄숙해 보이는 사람이었다 — 그를 찬찬히 살펴보더니 마침내 입을 열었다. "이봐, 젊은이, 자넨 착하고 동작이 민첩한 것 같군. 우리가 여태껏 보아 온 대부분의 젊은이보다 훌륭한걸."

"정말이지 호텔이라는 곳은 젊은이들이 일할 곳이 못 돼요." 그의 사랑스러운 아내가 유쾌하게 말했다. 몸집이 크고 뚱뚱하게 살이 찐 여성으로 이제는 분주히 옆방을 둘러보느라 정신이 없었다. "우리 집 애들을 절대로 이런 곳에서 일하지 않았으면 해요. 사람들이 하는 짓거리를 보라지."

"이봐, 젊은이." 남편은 외투를 벗고 바지 주머니를 뒤지면서 말했다. "아래로 내려가서, 석간신문을 팔고 있으면 그중에서

서너 가지만 사서 오게. 그리고 얼음물 한 주전자하고. 돌아오면 15센트 주겠네."

"이 호텔은 오마하'의 호텔보다 훨씬 더 좋군요, 여보." 아내가 거드름 피우며 덧붙였다. "융단이나 커튼이 더 훌륭해요."

클라이드는 풋내기였지만 속으로 미소를 짓지 않을 수 없었다. 그러나 겉으로는 전혀 그런 내색을 하지 않고 가면처럼 근엄한 표정을 지으면서 잔돈을 받아들고 객실 밖으로 나왔다. 그리고 잠시 뒤 얼음물과 석간신문을 갖고 돌아와 팁으로 15센트를 받고서 싱글거리며 방을 나왔다.

그러나 그날 밤에 관한 한 이런 일들은 오직 시작에 지나지 않았다. 클라이드는 의자에 거의 궁둥이를 붙일 사이도 없이 529호실에 호출되어 음료수 주문을 받고 — 진저에일 두 병과 소다 두 병이었다 — 바에 내려가야 했다. 이 음료를 주문한 손님들은 옷을 맵시 있게 차려입은 젊은 남녀들로 웃고 떠들었다. 그중 한 명이 살짝 문을 열고 주문을 했다. 그러나 벽난로 장식 위에 놓여 있는 거울로 방 안의 일행을 엿볼 수 있었다. 흰 정장에 모자를 쓴 아름다운 젊은 여자 하나가 의자 끝에 앉아 있고, 그 의자에 기대앉은 젊은 남자 하나가 한쪽 팔로 그녀의 허리를 껴안고 있었다.

클라이드는 쳐다보지 않는 척하면서도 그쪽을 바라보았다. 마치 천국의 문을 통해 안쪽을 들여다본 것 같았다. 그곳에는 자기와 그다지 나이 차이가 나지 않는 젊은 남녀가 시시덕거리며 술까지 마시고 있었다. 게다가 아이스크림소다 따위가 아니라, 그의 부모가 늘 타락의 원인이라고 배척하는 음료, 그리고 그 자신 역시 한 번도 생각해 본 적이 없는 그런 음료를 마시고 있는 게 아닌가.

클라이드는 서둘러 바로 달려 내려가 주문한 음료수와 청구서를 들고 다시 방으로 돌아와, 음료 값 1달러 50센트와 팁 25센트를 받았다. 그는 다시 한 번 방 안의 감동적인 모습을 힐끗 들여다보았다. 이번에는 남녀 한 쌍이 다른 두 쌍이 부르는 노랫소리와 휘파람에 맞추어 춤을 추고 있었다.

그러나 여러 객실에 불려가 손님들의 모습을 얼핏 보는 것 못지않게 그의 흥미를 끄는 것은 파노라마처럼 펼쳐지는 중앙 로비였다. 메인 데스크 뒤에 있는 여러 사무원─객실 담당, 열쇠 담당, 우편물 담당, 회계 담당과 그 조수─의 모습, 그 근처에 있는 온갖 매점과 시설─꽃가게며, 신문 매점, 담배 매점, 전보 취급소, 택시 안내소─등에는 그곳 분위기에 흠뻑 젖어 있는 사람들이 배치된 것처럼 보였다. 그리고 그런 것들 주변과 사이로 유행에 맞게 옷을 차려입고 혈색 좋고 행복해 보이는 위풍당당한 성인 남녀들과 젊은 남녀들이 걸어 다니거나 의자에 앉아 있었다. 그리고 저녁 식사 때쯤이나 조금 늦게 몇몇 손님을 태우고 나타나는 자동차와 마차의 홍수, 휘황한 바깥 전등 불빛에 그는 손님들의 모습을 볼 수 있었다. 그 밖에 그들이 입고 있거나, 벨보이에게 들게 하는 어깨걸이며, 모피 외투, 그 밖의 소지품들도 보였다. 다른 벨보이나 그 자신이 그것들을 들고 로비를 지나 자동차나 식당, 엘리베이터가 있는 쪽으로 갔다. 클라이드가 보기에 그 옷가지들은 하나같이 아주 훌륭한 직물로 만들어져 있었다. 이 얼마나 화려한가! 정말로 부자라는 것이, 또 이 세상에서 출세한다는 것이, 한마디로 돈이 있다는 것이 무엇을 뜻하는지 웅변적으로 말해 주고 있었다. 그것은 곧 자기 마음대로 할 수 있으며 자기와 같은 다른 사람들의 시중을 받는 것을 뜻했다. 이런 모든 사치를 마음껏 누릴 수 있다는 의미였다. 그리고 그것은 가고 싶을 때 가고, 가고 싶은 곳에 가며, 가고 싶은 방식대로 갈 수 있다는 뜻이었다.

제7장

이 무렵 클라이드의 인격 형성에 도움이 되든 해악이 되든 그의 기질로 보아 그에게 가장 위험스러운 것은 바로 이 그린데이비슨 호텔이었다. 미국의 양대 산맥* 사이에 위치한 다른 어떤 지역 중에서 아마 이 호텔보다 더 물질적으로 가식적이고 겉모습이 번지르르한 곳도 찾아볼 수 없을 것이다. 어둠침침하면서도 온갖 색깔의 조명을 받아 화려한 분위기를 자아내는 쿠션이 깔린 어두운 찻집은 더할 나위 없이 좋은 밀회 장소가 되었다. 이곳에는 사치스러운 겉모습에 쉽게 넋을 빼앗기는 철없는 말괄량이 아가씨들*뿐만 아니라, 그들보다는 세상 경험이 더 풍부하지만 미모가 조금 시들어 버린, 그래서 용모를 위해 조금 어두운 조명의 이점을 생각하지 않을 수 없는 미인들에게도 밀회 장소로 안성맞춤이었다. 또 이런 종류의 호텔이 흔히 그러하듯이 호텔에도 나이나 사회적 지위가 애매하지만 야심만만한 부류의 사내들이 자주 출입했다. 그들은 하루에 두 번까지는 아니더라도 적어도 한 번씩 흥청거리는 재미난 시간에 불쑥 나타나 한량으로, 건달로, 돈 꽤나 있는 사람으로, 취미가 고상한 사람으로, 멋쟁이로, 또는 이 모든 것을 두루 갖춘 사람으로 남의 입에 오르내리기를 바랐다.

클라이드가 이곳에서 일하게 된 지 얼마 되지 않아 같이 일하는 별난 벨보이들한테서 ― 그들 중 한두 명은 그들이 '대기 벤치'로 부르는 곳에 늘 그와 같이 앉아 있었다 ― 이 호텔에도 도덕적 관념이 없고 사회적으로 금기시되는 변태들이 드나든다는 말을 들었다. 얼마 되지 않아 이런 현상을 뒷받침하는 여러 실례가 나타나기도 했다. 그런데 이런 사회적 변태들은 그들과 같은 벨보이들을 선동하거나 유혹하기도 하여 어떤 종류의 부정한 관계로 끌어 들이려고 한다는 이야기였지만 클라이드로서는 처음에 그것이 무슨 소리인지 도저히 이해할 수 없었다. 그런 관계는 생각만 해도 속이 다 메스꺼워졌다. 그러나 그도 들어서 알게 된 일이지만 몇몇 벨보이는, 그중에 특히 한 명은 ― 그와 같은 교대 시간에 근무하는 벨보이는 아니었다 ― 다른 젊은이들의 말을 빌리자면 "그런 짓에 홀딱 빠져" 있다는 것이었다.

레스토랑이나 객실은 말할 것도 없고 로비나 그릴에서 오가는 대화를 듣다 보니, 세상 물정을 잘 모르고 아직 분별력이 없는 어떤 소년이라면 돈깨나 있고 사회적 지위가 있는 사람들은 극장에 출입하고 시즌에 야구를 즐기거나, 댄스파티에 참석하고, 자동차로 드라이브하고 친구들을 만찬에 초대하거나, 또는 뉴욕이나 유럽이나 시카고, 캘리포니아 등지로 여행을 떠나는 것이 인생에서 하는 주된 일이라고 생각하기에 충분했다. 벨보이 대부분은 클라이드와 마찬가지로 사치는커녕 안락이나 취미 따위도 아예 모르고 자라 왔기 때문에 눈앞에 보이는 모습을 과장할 뿐만 아니라, 이렇게 갑자기 달라진 환경에서 자신들도 그런 것을 모두 누릴 기회가 있다고 생각하는 경향이 있었다. 돈이 있는 이런 사람들은 도대체 어떤 인간들일까? 또 무슨 일을 했기에 얼핏 봐서는 그들 자신과 별로 다를 바 없는 사람들로 아무것도 없어 보이는데 그렇게 엄청난 사치를 누린단 말인가? 성공한 사람들은 보통 사람들과 무엇이 그렇게 다른 것일까? 클라이드로서는 도저히 이해할 수 없는 노릇이었다. 이런 생각이 뇌리에 스치고 지나가지 않은 벨보이는 단 한 사람도 없었다.

이와 동시에 어떤 부류의 여성이나 젊은 처녀가 개인적으로 넌지시 접근하는 것은 말할 것도 없고 노골적으로 호의를 보이는 태도도 자주 화제가 되었다. 그런 여성들은 어쩌면 자신들이 속해 있는 사회적 환경 때문에 제약을 받고 있지만 부유하다 보니 교묘하게 세상의 눈을 피해 이런 곳에 침투해 간계와 미소와 돈의 힘을 빌려 이런 젊은이들 중 좀 더 매력 있어 보이는 몇 사람의 환심을 살 수 있었다.

클라이드가 호텔에서 근무하게 된 바로 이튿날 오후, 옆자리에 앉아 있던 래터러라는 젊은이가— 홀 담당 보이였다— 온몸을 모피로 감싼 서른 살가량의 몸매가 예쁜 금발 미인 하나가 조그마한 개를 팔에 안고 현관에서 들어오는 것을 보고서 그의 옆구리를 팔꿈치로 살짝 찌르더니 그쪽을 향해 고개로 가볍게 가리키며 속삭였다. "저 여자 보이지? 약삭빠른 여자야. 내 언제 짬이 날 때 자세히 얘기해 줄게. 아, 못하는 게 없는 여자라고!"

"어떤 여잔데?" 클라이드는 그 여자가 뛰어나게 아름답고 매력적이었기 때문에 한층 더 호기심이 끌려 물었다.

"아, 아무것도 아냐. 어쨌든 내가 여기 오고 나서 벌써 남자를 여덟 명씩이나 갈아 치운 거 말고는. 한때 도일에게 푹 빠져 있었지……." 정말로 체스터필드 경(卿)'다운 우아한 태도와 외모를 갖춰 클라이드가 흉내 내고 싶은 또 다른 홀 벨보이가 말했다. "……얼마 동안 빠져 있더니만, 지금은 다른 남자로 갈아탔지 뭐야."

"그게 정말이야?" 무척 놀랍기도 하고 그런 행운이 자신에게도 굴러 들어오지 않을까 생각하면서 클라이드가 물었다.

"두말하면 잔소리지." 래터러가 계속 말을 이었다. "그 방면으론 일가견이 있는 여자거든. 아무리 사귀어도 성이 차지 않는 그런 족속 말이야. 남편이 뭐 캔자스주 어딘가에서 큰 재목상을 하는 모양인데 오래전부터 별거하고 있다더군. 요즘 그 여자는 6층 가장 호화로운 스위트룸에서 살고 있지만 그곳엔 절반도 머물러 있지 않는다는 거야. 객실 청소를 하는 여자가 나한테 귀띔해 주더라고."

래터러라는 이 벨보이는 키가 작고 몸집이 뚱뚱한 편이었지만 잘생기고 늘 웃는 얼굴에 또 성격이 상냥하고 붙임성도 있으며 호감이 가는 젊은이였다. 그래서 클라이드는 그에게 곧 마음이 끌려서 좀 더 가깝게 사귀고 싶었다. 래터러 쪽에서도 클라이드가 순진하고 아직 세상 물정을 모르는 것 같아서 될 수 있으면 무엇이든 도와주려고 했다.

호출당하는 바람에 도중에 대화가 끊겨 그 특별한 여자에 관해서는 화제가 더 이상 계속되지 않았지만 클라이드가 받은 충격은 무척 컸다. 그 여자는 겉보기에 용모도 아름답고 몸가짐도 단정한 데다 살결도 깨끗하고 눈빛도 맑았다. 래터러가 한 말이 과연 사실일까? 어쨌든 그 여자는 굉장한 미인이었다. 클라이드는 멍하니 넋을 잃고 앉아 있었고, 자신도 차마 인정하고 싶지 않은 어떤 환상이 떠올라 머리카락 끝이 쭈뼛쭈뼛했다.

클라이드는 벨보이들의 기질과 인생철학을 점점 더 많이 알게 되었다. 킨셀라라는 벨보이는 키가 작아 땅딸막하고 수염이 없는 얼굴에 조금 우둔한 느낌을 주었지만, 용모만은 남자답게 잘생겼고 소문에 따르면 노름에 관해서는 마술사 같은 재주가 있었다. 그는 클라이드가 호텔에 나온 처음 사흘 동안, 다른 용무가 별로 없을 때는 헤글런드를 대신해 일을 가르쳐 주었다. 그는 헤글런드보다도 훨씬 상냥하고 말씨도 세련되었지만 클라이드가 생각하기에 래터러만큼 잘생기지도, 다정하지도 않았다.

그 밖에 앞에서 언급한 도일이라는— 에드 도일이었다— 벨보이가 있었다. 클라이드는 처음부터 이 아이에게 몹시 흥미를 느꼈다. 너무 잘생긴 데다 몸매가 균형이 잡혀 있고 몸짓이 자연스럽고 우아했으며, 목소리도 아주 부드러웠기 때문에 적잖이 질투심을 느끼고 있었다. 그리고 뭐라고 형용할 수 없는 몸가짐으로 손님을 맞이하여 그를 대하는 사람들은 하나같이―카운터 뒤에 있는 사무원들부터 그에게 이런저런 말을 묻는 낯선 손님들에 이르기까지―첫눈에 마음이 끌렸다. 구두나 칼라도 아주 말쑥하고 단정한 데다 머리는 어느 영화배우의 스타일을 그대로 흉내 내어 깎고 기름을 발라 단정하게 빗질했다. 클라이드는 처음부터 복장에 대한 그의 취향에 완전히 매료되어 있었다. 더할 나위 없이 단정한 갈색 양복과 모자, 그것과 완전히 조화를 이루고 있는 넥타이와 양말을 착용하고 있었다. 클라이드는 그 아이와 마찬가지로 자신도 갈색 벨트가 달린 코트를 입고 갈색 모자도 쓰고 싶었다. 그리고 그가 입은 것처럼 재단이 잘된 멋진 양복도 입고 싶었다.

또한 이곳에서 맨 처음 클라이드에게 일을 가르쳐 준 청년도―오스카 헤글런드 말이다―이와 관련이 없는 것은 아니었지만 다른 점에서 그에게 영향을 끼쳤다. 헤글런드는 벨보이 중에서는 가장 나이가 많고 경험도 많은 축에 드는 데다 호텔 업무를 떠나서는 모든 일에서 친절하고 물불을 가리지 않아 다른 벨보이들에게 상당한 영향력을 행사하고 있었다. 다른 아이들보다 교육도 별로 받지 않았고 매력적이지도 않았지만, 열성적이고 박력이 있는 데다 돈과 쾌락을 즐기는 일에서는 둘째가라면 서러워할 뿐만 아니라 도일도 래터러도 킨셀라도 도저히 따라갈 수 없는 용기와 힘과 무모함을— 때로는 이성의 힘을 뛰어넘는 그런 힘과 무모함 말이다—지니고 있었기 때문에 클라이드의 관심을 끌면서 그의 마음을 사로잡고 말았다. 얼마 뒤 그가 클라이드에게 말한 바에 따르면, 그의 아버지는 스웨덴 사람으로 제과점에서 일하던 직공이었지만 몇 해 전 저지시티에서 어머니를 버리고 행방을 감췄기 때문에 모친이 힘들게 생계를 꾸려 가야 했다는 것이다. 따라서 오스카도 그의 누이동생 마서도 이렇다 할 교육과 사회 경험을 쌓을 수 없었다. 헤글런드는 열네 살 때 몰래 화물 열차에 몸을 싣고 저지시티를 떠난 뒤 오늘날까지 자기 힘으로 살아왔다는 것이다. 그도 클라이드와 마찬가지로 자기 주위에 소용돌이치고 있는 듯한 온갖 쾌락에 온통 정신이 팔려 있었으며, 어떤 방면에서든 모험에 뛰어들려고 했다. 클라이드에게는 그나마 결과를 무서워하는 소극적인 마음이 있었지만 그에게는 그런 마음조차 찾아볼 수 없었다. 또한 그에게는 캔자스시티의 어느 부잣집 운전기사로 일하는 스파서라는 친구가 있었는데, 가끔 주인 몰래 자동차를 몰고 나와 헤글런드를 태우고 이리저리 드라이브를 시켜주곤 했다. 물론 이런 호의는 상식에 벗어나고 부정직한 짓일지는 모르지만 헤글런드는 그 때문에 자신이 멋있고 다른 동료들 중 몇몇보다 훨씬 잘났다고 생각했다. 또 다른 벨보이들의 눈에 헤글런드는 비록 실체는 없었지만 한층 더 찬란한 광채를 내뿜고 있었다.

도일만큼 잘생기지 않은 헤글런드로서는 젊은 아가씨들의 마음을 사로잡는다는 것이 쉽지 않았다. 또 어쩌다 그에게 걸려든 여자들은 매력으로 보나 신분으로 보나 도일의 여자들과는 도저히 상대되지 않았다. 그러나 헤글런드는 가까스로 성공시킨 그런 관계를 터무니없이 뽐내며 그것에 대해 꽤 허풍을 떨었고, 경험이 없는 클라이드는 누구보다도 그의 말을 곧이곧대로 믿었다. 그 때문에 헤글런드는 처음 만났을 때부터 클라이드를 좋아했다. 자기 말을 열심히 그리고 기꺼이 들어주는 사람을 발견했다고 생각했기 때문이다.

그런 이유로 어쩌다 클라이드와 의자에 나란히 앉게 될 때면 헤글런드는 계속 그를 교육했다. 캔자스시티는 살아가는 요령만 터득하면 살기 좋은 장소라는 게 요지였다. 그는 이곳에 오기 전까지 버펄로*, 클리블랜드*, 디트로이트, 세인트루이스 등 여러 도시를 전전했지만 원천적으로 어느 곳도 이 도시만큼 좋은 곳이 없다고 했다. 그때는 일부러 애써 밝히려고 하지 않았지만, 다른 도시에서는 이곳에서처럼 일을 잘해 낼 수 없었기 때문이다. 버펄로에서는 호텔에서 일하기 전에 접시닦이, 세차, 연관공 조수, 그 밖에 다른 몇 가지 일을 하다가 마침내 그곳 호텔에서 일하게 되었다. 그러다가 이제는 이 호텔을 떠난 한 친구의 말을 듣고 캔자스시티로 오게 되었다. 그런데 이곳에 와 보니 사정이 달랐다는 것이다.

"있잖아, 이 호텔에서 받는 팁이 여느 다른 호텔 못지않아. 그건 확실하단 말씀이야. 게다가 이곳에서 일하는 사람들이 좋다, 이거야. 이쪽에서 자기 할 일만 하면 상대도 친절하게 대해 준

단 말이지. 난 벌써 일 년 넘게 이곳에서 일해 왔지만 아무런 불만이 없어. 스콰이어스라는 작자도 이쪽이 먼저 문제만 일으키지 않으면 괜찮은 사람이다, 이거야. 좀 까다롭긴 하지만, 그야 그 사람도 제 몸을 돌봐야 하니까 그것도 당연한 거지. 하지만 이곳에선 까닭 없이 모가지를 자르는 일은 없거든. 그건 내 말을 믿어도 좋다, 이거지. 그리고 나머지 다른 사람들도 아무 문제가 없어. 게다가 근무가 끝나면 마음대로 시간을 쓸 수 있거든. 여기 동료들은 하나같이 좋은 사람들이야. 괜스레 뽐내는 작자도 없고, 인색하게 구는 작자도 없으께. 무슨 일이 생기면 ―어떤 재미난 일이나 뭐 그런 거 말이지― 거의 모두들 놀기를 좋아해. 뭔가 일이 잘못됐다고 쓸데없는 수작을 부리거나 불평을 늘어놓는 사람도 없어. 나도 이제 그 사람들과 자주 어울리니까 잘 알고 있다, 이거야."

헤글런드는 클라이드에게 그다지 냉정하다고까지는 할 수 없어도 어쨌든 조금 쌀쌀맞은 데가 있는 도일 한 사람을 제외하고는 이 호텔 보이들이 하나같이 매우 다정하고 좋은 친구들이라는 인상을 심어 주었다. "그 친구는 꽁무니를 따라다니는 여자들이 너무 많아서 탈이다, 이거야. 지나치게 여자들의 귀여움을 받고 있어." 또 이 젊은이들은 함께 어울려 가끔 댄스홀이나 만찬 모임에 가기도 하고, 강 하류의 둑에 있는 어떤 도박장에 가거나 유흥장에도 출입하는 것 같았다. '케이트 스위니'라는 그곳에는 예쁜 젊은 여자들이 몇 명 있다는 것이다. 클라이드로서는 소문으로라도 한 번도 들어 본 적이 없는 미지의 세계였다.

그는 그런 모든 장소에서 누릴 수 있는 지혜니 매력이니 즐거움을 깊이 생각하고, 꿈꾸고, 의심하고, 걱정하고 또 질문해 보았다. 또 자신에게도 그런 곳에 가도록 허용될 수 있을지에 대해서도 마찬가지였다. 지금까지 살면서 이런 모든 일이 옳지 않다고 가르침을 받아 오지 않았던가? 지금 이런 모든 이야기를 귀기울여 주의 깊게 들으면서 한편으로는 아찔한 전율을 느끼면서 다른 한편으로는 의문을 많이 품지 않을 수 없었다.

다음은 토머스 래터러로, 그 아이는 언뜻 보기에는 어느 누구에게도 적의를 품거나 위험하지 않을 것 같은 유형의 인간이었다. 키는 163센티미터 정도에 토실토실하게 살이 찌고, 검은 머리칼과 올리브 피부 색깔에 물처럼 맑은 눈은 더할 나위 없이 부드러웠다. 얼마 뒤 클라이드가 안 일이지만, 그 아이 역시 보잘것없는 집안 출신으로 사회적 신분에서나 재정적인 면에서 아무런 혜택도 누리지 못하고 자란 젊은이였다. 그러나 그는 자기 나름대로의 삶의 방식을 지니고 있었으며, 다른 벨보이들에게서 호감을 샀다. 너무 호감을 산 나머지 벨보이들은 일이 있을 때면 거의 으레 그에게 의논하곤 했다. 그는 위치타* 태생으로 최근에 캔자스시티로 이주해 온 그는 누이동생과 함께 홀로 된 어머니를 부양했다. 남매는 나이 어린 성장기 때부터 마음씨 곱고 동정심이 많은 어머니가 비정한 아버지에게 무시당하고 학대받는 것을 목격했다. 밥도 제대로 먹지 못할 때가 가끔 있었으며, 집세를 내지 못해 내쫓긴 적도 한두 번이 아니었다. 토미* 남매는 어느 곳에서도 오래 붙어 있지 못한 채 이곳저곳 여러 공립 학교로 옮겨 다녔다. 그리고 마침내 열네 살이 되던 해 캔자스시티로 도망쳐 와 닥치는 대로 여러 일자리를 전전하다가 마침내 이 그린데이비슨 호텔에서 일하게 되었다. 그 뒤 어머니와 누이동생이 위치타에서 이곳으로 이사 오면서 그들과 함께 살고 있었다.

그러나 클라이드가 호텔의 호화스러움이나 재빨리 확실히 파악하기 시작한 동료들보다도 훨씬 더 인상적이었던 것은 잔돈이 매일같이 굴러 들어와서 오른쪽 바지 주머니가 불룩해진다는 사실이었다. 5센트, 10센트, 25센트, 심지어 50센트 은화가 점점 늘어나 아홉 시쯤에는 벌써 4달러가 넘었고, 열두 시에 일을 끝마칠 때에는 6달러하고도 50센트가 되었다. 전에 그가 일주일 동안 일해서 번 돈과 맞먹는 금액이었다.

클라이드가 알기로는 이 모든 돈 중에서 스콰이어스에게 1달러만 주면 되었다. 그 이상은 주지 말라고 헤글런드가 귀띔해주지 않았던가. 그렇다면 나머지 5달러 50센트는 즐겁게 보낸 — 그렇다, 즐겁고 신바람 나게 보낸 — 하룻저녁의 일로 생긴 그의 몫이었다. 정말 믿어지지 않을 정도였다. 알라딘 램프° 같은 환상적인 이야기가 아닌가. 클라이드가 일한 첫날 저녁 열두 시 정각이 되자 어디선지 종소리가 울리더니 구둣발 소리가 나며 벨보이가 세 명이 나타났다. 한 사람은 데스크에 앉아 있는 반스와 교대했고, 나머지 두 사람은 손님의 호출에 대기하는 벨보이였다. 그리고 반스의 지휘로 의자에 모여 있던 여덟 명이 일제히 일어나 옷매무새를 고치고 위풍당당하게 행진을 시작했다. 그러고 나서 바깥 홀을 떠나면서 클라이드는 스콰이어스 씨 앞으로 다가가서 그에게 1달러짜리 은화를 건네주었다. "좋아!" 스콰이어스 씨는 이렇게 한마디 던질 뿐 더 이상 아무 말도 하지 않았다. 그러고 난 뒤 다른 벨보이들과 함께 지하실의 사물함에 가서 옷을 갈아입고는 어두운 길거리로 나섰다. 운이 좋다는 느낌, 앞으로 행운을 잘 지켜야 한다는 책임감으로 흥분한 나머지 그의 온몸이 떨리고 정신이 다 아찔했다.

마침내 이런 일자리를 얻게 되었다니! 이제 날마다 이 정도의 돈을 벌게 될 터였다. 클라이드는 집을 향해 발걸음을 옮겨 놓기 시작했을 때 처음에는 내일 아침 일을 위해 푹 잠을 자야겠다고 생각했다. 그러나 이튿날은 열한 시 반까지는 출근할 필요가 없다는 사실을 깨닫고는 밤새도록 문을 열고 있는 싸구려 식당으로 들어가 커피와 파이를 주문했다. 내일은 낮 열두 시에서 여섯 시까지 일을 하고 나면 이튿날 아침 여섯 시까지 자유의 몸이라는 생각밖에는 없었다. 그러고 나면 더 많은 돈을 벌게 되리라. 자기 마음대로 쓸 수 있는 많은 돈 말이다.

제8장

무엇보다도 먼저 클라이드에게 가장 관심이 가는 것은 자신이 번 돈의 대부분을 어떻게 자기 몫으로 해 두느냐 하는 일이었다. 지금껏 그가 일해서 돈을 받으면 그중에서 상당한 비율의 금액을 가계에 쓰라고 내놓게 되어 있었기 때문이다. 지금까지의 급료는 보잘것없는 액수였지만, 그래도 그중 4분의 3은 가계에 내놓고 있었다. 그러므로 만약 그가 일주일에 버는 돈이 25달러 넘는다는 말을 한다면 ― 그것은 15달러라는 월급을 계산에 넣지 않은 경우의 이야기지만 말이다 ― 부모는 모르긴 몰라도 아마 적어도 10달러에서 12달러 정도는 가계에 내놓으라고 할 게 뻔했다.

그러나 다른 아이들처럼 자신도 맵시를 내고 싶은 마음이 간절한 터에 그런 기회를 얻은 이상 클라이드는 하루라도 빨리 그렇게 하고 싶은 생각이 들었다. 그래서 어머니에게는 호텔에서 받는 팁은 1달러가 채 되지 않는다고 말하기로 결심했다. 그러고 나서 여유 시간을 자유롭게 이용할 수 있도록, 하루걸러 장시간 근무하는 것 말고도 병으로 쉬거나 다른 일을 하게 된 동료의 일을 대신 맡아서 할 때가 자주 있다고 둘러대기로 했다. 그밖에 매니저가 벨보이들에게 호텔 안에서든 호텔 밖에서든 복장을 단정히 하도록 요구하고 있으니 지금 입고 있는 복장으로 언제까지 호텔에 근무할 수는 없다는 말을 덧붙였다. 스콰이어스 씨가 그런 암시를 주었다고 말했다. 그의 난처한 꼴을 차마 보다 못해 동료 벨보이 중 하나가 필요한 모든 물건을 외상으로 살 수 있는 가게를 소개해 주었다는 말까지 덧붙였다.

남을 의심할 줄 모르는 어머니는 아들이 하는 말을 곧이곧대로 믿었다.

그러나 문제는 비단 그것으로 끝나는 게 아니었다. 클라이드는 어떤 방탕한 짓과 나쁜 짓에 이미 발을 디뎌 놓은 그런 부류의 젊은이들과 날마다 접촉하고 있었다. 그 젊은이들은 세상 물정을 더 잘 알고 사치와 그런 생활에서 비롯하는 악에도 익숙해져 있었다. 그런데 이런 방탕하고 악한 짓은 이제껏 클라이드에게는 완전히 금시초문이어서 놀랍고 처음에는 역겨워 입이 딱 벌어질 정도였다. 그래서 이미 헤글런드가 지적한 것처럼 그들 중 몇 명은 — 클라이드도 이제는 그중 하나가 되었지만 — 급료를 받는 날 밤에 보통 벌어지는 모험 길에 함께 나서곤 했다. 그날 밤의 호주머니 상태와 기분에 따라 그들은 우선 그런대로 잘 알려진 그다지 점잖지 못한 레스토랑에 갔다. 그들이 하는 이야기를 들어서 조금씩 짐작한 것이지만, 그들은 떼를 지어 그곳에서 늦게까지 술을 마시고 근사하게 식사를 하고 나서 다운타운 쪽의 수상한 댄스홀로 여자를 낚으러 가거나, 그것에 흥미를 느끼지 못할 때는 어떤 악명 높은— 그들 표현으로는 이름난— 사창가를 찾아갈 때도 있었다. 사창가들은 거의 언제나 하숙집으로 가장하고 있으므로 그들의 주머니에 갖고 있는 돈보다도 훨씬 적은 요금을 내고도 그들이 흔히 뽐내는 것처럼 "그집 아가씨들을 마음대로 차지할" 수가 있었다. 그곳에서 젊고 순진하며 관대하고 상냥한 데다 미남인 젊은이들은 여러 마담과 젊은 여자들에게서 큰 환영을 받았다. 물론 그 여자들은 젊은이들이 또다시 찾아오도록 장삿속에서 그렇게 행동했다.

지금까지 모든 향락에 굶주린 데다 거의 어떤 형태의 쾌락이든 몹시 갈망하던 클라이드는 처음부터 모험이나 쾌락과 관련한 이야기라면 어느 것에나 아주 열심히 귀를 기울였다. 물론 그렇다고 이런 유형의 모험을 훌륭한 행위라고 인정하는 것은 아니었다. 오히려 처음에는 이런 것들이 지금껏 오랫동안 귀에 못이 박이도록 들어 믿게 된 모든 것과는 너무도 어긋난다는 것을 알고 혐오감에 마음이 울적해졌다. 그러나 그는 이제까지의 우울하고 따분한 전도 일에서 갑자기 해방된 데다 환경이 바뀌었기 때문에 다양하고도 다채로운 모험에 대해 알고 싶은 마음이 굴뚝같았다. 클라이드는 때로 귀로 듣는 이야기에 마음속으로 반감을 느끼면서도 감동하여 열심히 귀를 기울였다. 너무나 감동하여 열심히 듣고 있는 것을 보고 젊은이 중 하나가 잇달아 그에게 이 장소 저 장소를 가르쳐 주면서 한번 놀러 가 보라고 권했다. 쇼가 벌어지는 레스토랑이나 그들 중 두세 명이 카드놀이에 빠져 있는 듯한 누군가의 집이나 부도덕한 장소 가운데 하나 말이다. 클라이드는 그런 장소에 가자는 권유를 처음에는 보기 좋게 사양했다. 그러나 점차 래터러나 헤글런드와 마음을 터놓고 지내는 사이가 되고 두 사람이 무척 마음에 들자, 그들로부터 프리셀이라는 레스토랑으로 신나게 저녁을 먹으러 가자는 권유를 받았을 때는 한번 가 보기로 마음을 굳혔다. 그들은 그 저녁 식사 자리를 '흥청거리는 파티'라고 불렀다.

"클라이드, 내일 밤 프리셀에서 한 달에 한 번씩 모이는 큰 파티를 열기로 했어." 래터러가 그에게 말했다. "같이 가 보고 싶지 않니? 넌 아직 한 번도 가 본 적이 없잖아."

이때쯤 해서는 클라이드도 이미 열띤 분위기에 꽤 익숙해져 있었으므로 처음처럼 망설이지 않았다. 이미 그는 열심히 관찰한 도일을 흉내 내어 그의 스타일에 가까운 갈색 양복, 모자, 코트, 양말, 넥타이핀, 구두 따위로 몸치장을 하고 있었다. 그 복장은 그에게 썩 잘 어울렸다. 너무나 잘 어울려 지금까지 그 어느 때보다도 훨씬 더 멋지고 매력적으로 보였다. 이제 부모는 말할 것도 없고 나이 어린 동생들마저도 그의 변화에 적잖이 놀랄 정도였다.

클라이드는 멋진 복장을 무슨 수로 신속하게 갖출 수 있었을까? 그가 지금 몸에 걸치고 있는 것을 구입하는 데 모두 얼마나 많은 돈이 들었을까? 일시적으로 멋을 부리기 위해 설마 바보처럼 급료를 담보로 그런 것을 구입한 것은 아닌가? 장차 앞으로는 그런 옷차림이 필요할지 모른다. 다른 아이들도 물건들이 필요했다. 그리고 노동 시간이 그렇게 길고, 날마다 밤늦게야 집에 돌아오고 급료도 얼마 되지 않는 직장이 도덕적으로나 영적으로나 적절한 일자리일까?

이런 모든 질문에 대해 모두가 하나님의 뜻이라고, 그렇게 열심히 일하고 있는 것은 아니라고 클라이드로서는 제법 교묘하게 대답했다. 더구나 이런 양복 따위는 다른 벨보이의 것에 비하면 그렇게 멋진 옷이 아니라고, 어머니는 다른 아이들이 입고 있는 옷을 한번 두 눈으로 직접 봐야 한다고, 그는 지금 돈을 그렇게 많이 쓰고 있는 것이 아니라고, 어쨌든 구입한 물건 값을 꽤 오랜 시일을 두고 내게 되어 있다고 말이다.

그러나 이번 저녁 식사 파티로 말하자면 클라이드 자신이 생각하기에도 사정이 달랐다. 모르기는 몰라도 집에 돌아오는 시각이 늦을 것이 분명한데, 그토록 늦게까지 밖에 머물러 있는 것에 대해 부모에게 뭐라고 설명해야 할까? 몇 시에 끝나든 간에 언제고 자리에서 일어설 수 있지만, 래터러의 말로는 세 시나 네 시쯤이 될 것이라고 했다. 도중에서 도망쳐 나오면 일행에게 어떻게 보일까? 빌어먹을, 대부분의 친구는 자기처럼 가족과 함께 살고 있지 않았으며, 그중에는 래터러처럼 가족과 함께 살고 있어도 부모들은 그들이 무엇을 하든 상관하지 않았다. 그런데 그렇게 늦게까지 저녁을 먹고 노는 것이 현명한 일일까? 헤글런드도 래터러도 킨셀라도 폴 쉴도 술을 마시는 것쯤은 아무렇지 않게 생각하는 모양이었다. 그런 모임에서 술을 조금 마시는 것을 위험하게 생각하는 자신이 어리석은 것일지도 모른다. 한편 마시고 싶지 않으면 마실 필요가 없다는 것도 사실이었다. 참석했다가 만약 왜 늦었느냐고 잔소리를 듣게 되면 일 때문이라고 둘러대면 될 것이다. 어쩌다 한번쯤 집에 늦게 돌아왔다고 해서 그게 무슨 대수란 말인가? 그는 이제 성인이 아닌가? 집안 식구 중 자기만큼 돈을 버는 사람이 누가 있는가? 그러니 이제 그가 하고 싶은 대로 해도 될 것이 아닌가?

　클라이드는 처음으로 개인적 자유의 기쁨을 맛보고, 개인적인 달콤한 로맨스의 냄새를 맡기 시작하고 있었다. 그래서 그는 어머니가 뭐라고 하든 주눅 들지 않기로 마음먹었다.

제9장

마침내 클라이드가 참석하는 흥미로운 파티 날짜가 다가왔다. 파티는 래터러의 말대로 프리셀에서 갖기로 되어 있었다. 동료 벨보이들과 이제 아주 친한 사이가 된 클라이드는 파티 생각에 기분이 한껏 들떠 있었다. 인생에서 새 출발을 하는 기분이랄까. 두세 주 전까지만 해도 그는 이 세상에서 친구 하나 없는 완전히 외로운 외톨이가 아니었던가! 그런데 이제 곧 흥미진진한 동료들과 함께 이 멋진 만찬 모임에 참석하게 되어 있었다.

젊은이의 환상 속에서는 그런 장소가 실제보다도 훨씬 더 흥미롭게 보이기 마련이었다. 그곳은 한낱 옛날 미국식의 훌륭한 전문 식당에 지나지 않았다. 벽에는 남녀 배우들의 서명이 들어 있는 사진과 여러 시대의 연극 광고가 다닥다닥 붙어 있었다. 지배인의 친절한 태도는 말할 것도 없고 요리가 대체로 훌륭하여 이 도시를 지나가는 배우들과 정치가들, 이 지방 실업가들이 자주 출입하는 곳이었다. 그 뒤를 이어 조금이라도 색다른 것만 있어도 찾아가는 사람들이 늘 출입했다.

벨보이들은 이런저런 때 택시나 승용차 기사들로부터 그 레스토랑이 이 도시에서 가장 훌륭한 식당 중 하나라는 말을 듣고 그곳에서 월례 파티를 하기로 결정했던 것이다. 음식 한 접시에 60센트에서 1달러를 받았다. 커피와 홍차는 주전자로만 팔았다. 술은 무슨 술이든 모두 갖추고 있었다. 집 안으로 들어가서 큰 방 왼쪽에는 다른 곳보다 컴컴하고 천장이 나지막하고 벽난로가 달린 조그마한 방 하나가 있었다. 그곳은 남자들만이 모여서 식사를 한 뒤 담배를 피우거나 신문을 읽거나 하는 방으로, 이 젊은 벨보이들이 경탄해 마지않는 장소였다. 이 방에서 식사하고 있으면 왠지 나이가 들고 좀 더 똑똑해지고 지위가 높아진 듯, 한마디로 진짜로 세상 물정을 잘 아는 사람이라도 된 것 같은 기분이 들었다. 그리고 이제 클라이드가 무척 좋아하게 된 헤글런드나 래터러는 대부분의 다른 동료들과 마찬가지로 이렇게 훌륭한 레스토랑은 캔자스시티 어디를 가도 찾을 수 없을 것이라고 흐뭇해하고 있었다.

그날 정오에 급여를 받고 여섯 시에 근무가 끝나자, 일행은 클라이드가 전에 일자리를 찾으러 들어간 적이 있는 드럭스토어 근처에 모여 들뜬 기분으로 목적지를 향해 출발했다. 헤글런드, 래터러, 폴 쉘, 또 다른 젊은이 데이비스 힉비, 아서 킨셀라, 클라이드까지 모두 여섯 명이었다.

"어이, 어제 세인트루이스에서 온 그 사내가 호텔 사무실에 사기 친 사건 얘기를 들었는가?" 일행이 걷기 시작하자 헤글런드가 먼저 일행을 향해 물었다. "지난주 토요일에 세인트루이스로부터 전보가 날아왔다, 이거야. 부부 동반으로 투숙할 테니 거실과 침실에 욕실 딸린 방을 예약해 달라고. 방에 꽃까지 주문해서 말이지. 객실 담당 지미가 내게 말해 주더군. 그러고 나서 그 사내가 젊은 여자 하나를 데리고 와 숙박부에 부부라고 적어 놓았지. 맙소사, 예쁘게 생긴 여자더라고. 내 눈으로 직접 봤어. 자, 이보게들, 어디 내 말 알아듣겠어? 그러고 나서 사흘쯤 지난 수요일, 호텔 사무실 사람들이 그 작자가 조금 이상하다는 생각이 들기 시작했다, 이거야. 식사를 방으로 갖고 오게 하지를 않나……. 한데 그 작자가 아래층으로 내려와서 하는 소리가, 자기 아내가 세인트루이스로 돌아가게 됐으니 스위트룸은 소용이 없고 조그마한 방 하나면 충분하다는 거야. 아내의 기차 시간이 될 때까지 자기 트렁크와 아내 가방을 새 방으로 옮겨 달라는 게 아니겠어. 하지만 그 트렁크는 그 작자 것이 아니라 여자 거였단 말이다, 이거야. 그 여자는 호텔을 떠날 기색이 보이지 않을뿐더러 트렁크에 대해 아무것도 모르고 있지 않겠어. 호텔을 떠난 건 바로 그 작자였지. 그 작자는 여자랑 트렁크를 방에 남겨 두고 벌써 줄행랑을 쳐 버렸지 뭐야. 물론 돈 한 푼 놓고 갈 리가 없지. 어디 알겠어? 지금 호텔에선 그 여자와 트렁크를 붙잡아 놓고 있는 중이야. 여자는 울고불고하며 사방으로 친구들에게 전보를 치고 있지만 갚아야 할 액수가 어디 한두 푼인

가. 그런 놈을 어떻게 당해 내겠어? 게다가 친절하게 꽃까지 주문하셨으니. 그것도 장미꽃으로 말이야. 식사를 여섯 번씩이나 방으로 날라 오게 한 데다 술까지 잡수셨단 말씀이지."

"암, 그 작자라면 나도 알지." 폴 쉴이 큰 목소리로 말했다. "술을 날라다 준 적이 있으니까. 어쩐지 좀 수상쩍은 구석이 있다 느껴지더라니. 말솜씨가 무척 좋은 데다 목소리가 크더군. 팁은 10센트 이상은 절대로 주지를 않았지."

"그러고 보니 나도 생각나는군." 래터러가 말을 받았다. "월요일 자 시카고 신문을 몽땅 사 오라고 나서 팁은 겨우 10센트를 주더군. 보기에도 허풍쟁이처럼 생겼더구먼."

"어쨌든 프런트에서는 그 작자한테 홀딱 반했었지." 헤글런드가 큰 소리로 말했다. "그러더니 이제 와선 그 여자한테서 돈을 뺏어 내려고 혈안이 돼 있지 뭐야. 너희들이라면 어디 당해 낼 수 있겠어?"

"그 여자는 열여덟, 많아 봤자 스무 살 정도로밖에는 보이지 않던데." 지금껏 아무 말도 없던 아서 킨셀라가 끼어들었다.

"클라이드, 넌 그중 한 사람이라도 봤니?" 클라이드에게 호감이 느껴 모든 일에 그를 끼어 주려던 래터러가 물었다.

"못 봤는데. 두 사람 모두 내 눈에 띄지 않았어. 어느 쪽도 본 기억이 나지 않아." 클라이드가 대답했다.

"아, 그 작자를 보지 못했다면 아까운 구경거리를 놓쳤군. 길게 늘어진 검은색 긴 모닝코트를 입고, 차양이 넓은 까만 중절모를 눈 위로 푹 내려쓰고, 푸르스름한 회백색 스팻*을 신고 있었지. 걷는 품이나 지팡이를 갖고 다니는 품으로 봐서 영국 공작인지 뭔지 되는 걸로 생각했거든. 영국인 행세를 하고, 큰 소리로 떠벌이면서 모든 사람들에게 이것저것 부려 먹지. 그럴 때마다 다 통했던 거지 뭐야."

"그래 맞아. 영국인 행세라는 거 꽤 쓸 만하더군. 언제 나도 한번 그걸 써 먹어 볼 생각이야." 데이비스 힉비가 맞장구를 쳤다.

그들은 무리를 지어 거리 모퉁이를 두 번이나 돌고, 네거리를 둘이나 지난 뒤에 프리셀의 현관에 들어섰다. 사기그릇과 은 식기에 저녁 식사하는 사람들의 얼굴에는 밝은 전등 빛이 반사되고, 손님들이 왁자지껄하게 떠드는 소리가 레스토랑 안에 가득 했다. 그 광경을 보고 클라이드는 여간 감동하지 않았다. 그린데이비슨 호텔을 제외하고는 이런 곳에 와 보기란 머리털 나고 처음이었다. 그것도 경험 많은 똑똑한 젊은 동료들과 함께 말이다.

일행은 벽에 붙은 가죽 의자를 마주 보고 있는 테이블 쪽으로 걸어갔다. 우두머리 웨이터는 래터러와 헤글런드와 킨셀라를 단골손님으로 알아보고는 테이블 둘을 서로 붙여 준 뒤 빵과 버터 그리고 유리잔들을 가져왔다. 그들은 테이블을 둘러싸고 제각기 자리를 잡았다. 클라이드는 래터러와 힉비와 함께 벽 의자에 앉았고, 헤글런드와 킨셀라와 셜은 맞은편 자리에 앉았다.

"자, 그럼 난 맨해튼*부터 시작해 볼까나." 헤글런드가 방 안의 손님들을 이리저리 둘러보면서 마치 대단한 사람이나 된 기분으로 말했다. 검고 불그스레한 얼굴에 날카로운 푸른색 눈동자,

이마로부터 똑바로 위로 치켜올린 붉은색이 감도는 갈색 머리칼 등 그의 모습은 어딘지 모르게 흥분한 큼직한 수탉과 닮아 보였다.

마찬가지로 아서 킨셀라도 이곳에 들어오자마자 으쓱대면서 한껏 용기를 내는 듯했다. 그러고는 자못 허세를 부리는 듯 팔소매를 걷어 올리고 메뉴를 잡더니 뒤쪽에 적혀 있는 술 리스트를 훑어보면서 소리를 질렀다. "자, 난 드라이 마티니* 한 잔으로 시작하겠어."

"그럼 난 스카치에 소다로 시작하겠어." 폴 쉴이 동시에 고기 메뉴를 들여다보면서 엄숙한 목소리로 말했다.

"난 오늘 밤엔 칵테일을 마시지 않을래." 래터러는 상냥하면서도 조심스럽게 말했다. "아까도 얘기했지만 오늘 밤엔 술을 많이 마시지 않을 거야. 정말이라고. 라인산(産) 포도주*에 셀처* 한 잔이면 충분해."

"아니, 이게 무슨 귀신 씻나락 까먹은 소리인겨! 모두들 저 소리 좀 들어 보라고." 헤글런드가 그러면 안 된다는 듯 버럭 소리를 질렀다. "래터러가 라인 포도주로 시작할 거래. 늘 맨해튼이라면 사족을 못 쓰는 녀석이 말이야. 도대체 왜 갑자기 그러는데, 토미? 오늘 밤 신바람 나게 한바탕 놀아 보자고 제안한 게 너 같은데."

"그랬지. 하지만 이 집에 있는 술을 모두 마셔야만 신바람 나게 놀 수 있는 건 아니잖아? 오늘 밤은 취하고 싶지 않아. 아침에 또 깨지고 싶지 않다는 말이지. 지난번엔 하마터면 결근할 뻔했잖아."

"하기야 틀린 말은 아니지." 아서 킨셀라가 맞장구를 쳤다. "나도 정신을 잃을 때까지 마시고 싶진 않아. 하지만 시작부터 그런 걱정하고 싶지 않아."

"넌 뭐로 할래, 힉비?" 헤글런드가 눈이 둥근 아이에게 소리를 질러 물었다.

"나도 맨해튼으로 하겠어." 그는 이렇게 대답하고서 옆에 있는 웨이터를 올려다보면서 물었다. "요즘 재미가 어때, 데니스?"

"아, 그저 그렇죠." 웨이터가 대답했다. "요즘엔 그런대로 괜찮은 것 같아요. 한데 호텔 쪽 경기는 어떤가요?"

"좋아, 좋아." 힉비는 메뉴를 들여다보면서 쾌활한 목소리로 대답했다.

"그리고 너 그리피스는? 뭘 마실래?" 일행의 대표가 되어 주문을 하고 계산을 치르고 웨이터에게 팁을 주는 일을 위임받은 헤글런드가 큰 소리로 물었다.

"누구, 나 말이야? 아, 나 말이군." 클라이드는 그런 질문을 받자 적잖이 불안한 마음이 들어 말했다. 이제껏 — 실제로 바로 이 순간까지 — 그는 커피나 아이스크림소다보다 자극적인 음료수는 입에 대 본 적이 없었다. 그래서 같이 온 젊은이들이 능숙한 솜씨로 칵테일과 위스키를 척척 주문하는 것을 보고 무척 놀랐다. 물론 그는 동료들이 하는 대로 능숙하게 할 수는 없을 터였다! 그러나 오래전부터 이런 젊은이들이 하는 얘기를 들어 온 터라 이런 경우 술을 마신다는 것쯤은 알고 있었다. 다만 어떻게 꽁무니를 빼야 할지는 알 수 없었다. 만약 무엇인가 마시지 않는다면 모두들 그를 어떻게 생각할까? 클라이드는 그들과 어울리면서부터는 어떻게 해서든지 그들처럼 세상 물정을 잘 알고 있는 사람처럼 보이려고 애써 왔다. 그러나 술을 마시고 나쁜 친구와 사귀는 것이 얼마나 '가공할 만한' 짓인지 귀에 못이 박이도록 들어 온 모든 세월이 그의 마음 한구석에 굳게 자리 잡고 있었다. 그 긴 세월 동안 마음속으로는 부모가 늘 암시하던 성경 구절과 교훈에 반감을 품고, 또한 부모가 늘 구원하려고 애쓰던 무능한 건달들과 낙오자들을 쓰레기 같은 인간이라고 몹시 분개했지만, 그래도 막상 이렇게 당하고 보니 어떻게 해야 할지 잠시 망설여지지 않을 수 없었다.' 술을 마셔야 할 것인가, 마시지 말아야 할 것인가?

이런 모든 생각이 머리를 스쳐 가는 것은 오직 한 순간뿐, 클라이드는 머뭇거리다가 마침내 입을 열었다. "글쎄! 난, 아⋯⋯ 나도 라인산 포도주에 셀처 탄산수로 할래." 그의 판단으로는 이렇게 말하는 것이 제일 쉽고 안전할 것 같았다. 이미 헤글런드나 다른 동료들이 라인산 포도주와 셀처는 꽤 약하고 거의 해가 없는 술이라고 말하지 않았던가. 더구나 래터러가 그 술을 주문하고 있는 것으로 보아 자신의 선택이 그렇게 엉뚱하거나 우스꽝스러울 것 같지 않았다.

"어이, 모두들 들었나?" 헤글런드가 매우 놀라며 소리를 질렀다. "이 친구도 라인산 포도주를 마신대. 어째 이 파티는 여덟 시 반쯤이면 끝장날 것 같구면. 우리 중 누군가가 손을 쓰지 않으면 말이지."

얌전해 보이는 외모와는 달리 훨씬 신랄하고 난폭한 데이비스 힉비가 래터러 쪽을 돌아다보며 말했다. "톰, 어째서 넌 이런 초저녁부터 라인산 포도주에 셀처 탄산수 같은 걸 마신단 말이냐? 오늘 밤은 우리와 함께 신바람 나게 놀고 싶지 않은겨?"

"야, 아까 설명했잖아. 게다가 지난번 그 무허가 술집에 들어갈 땐 확실히 주머니 속에 40달러가 있었는데, 나올 때 보니까 동전 한 푼 없더라고. 그래서 오늘 밤은 정신 바짝 차리고 있으려고 해."

'무허가 술집'이라는 말을 듣자 클라이드는 생각했다. 그렇다면 일행은 이곳에서 실컷 마시고 배를 채우고 난 뒤에는 그 '무허가 술집'이라는 곳으로, 보나 마나 사창가가 분명한 그 집으로 갈 생각인 모양이었다. 그런 집이라는 것은 의심할 여지가 없었다. 그 말이 무엇을 의미하는지 그는 잘 알고 있었다. 그런 곳에는 여자들이 — 그것도 행실이 좋지 않은 여자들이, 패륜적인 여자들이 — 있을 것이다. 그런데 일행은 그도 함께 그곳에 가기를 기대하고 있을 것이다. 그도 그곳에 갈 수 있을까? 가고 싶은 마음이 들까?

난생처음으로 지금, 클라이드는 오랫동안 자신과 맞서 얼을 빼놓고 당혹스럽게 하고 조금은 공포감을 느끼게 하는 그 매혹적인 엄청난 신비를 좀 더 정확하게 알고 싶은 욕망을 충족시켜야 할 것인지, 아니면 그만둘 것인지 하는 선택의 갈림길에 서 있었다. 이런 일이나 여자 전반에 관해 생각을 많이 해 보기는 했지만 이런 식으로 여자와 접촉해 본 적은 지금껏 한 번도 없었다. 그런데 지금, 지금……

　갑자기 클라이드는 뜨겁고도 찬 전율이 등줄기를 타고 오르내리면서 온몸을 휘감는 것을 느꼈다. 손과 얼굴이 훅훅 달아오르더니 진땀이 흘러내렸다. 그러더니 두 뺨과 이마가 마치 활활 불에 타는 것만 같았다. 분명히 그는 그것을 느낄 수 있었다. 이상야릇하게 유혹적이면서도 불안한 생각이 섬광처럼 빠르게 그의 의식을 넘나들었다. 머리칼이 다 얼얼하더니 어떤 광경이, 어떤 환락적인 광경이 빠르게 눈앞에 스쳐 지나갔다. 그리고 그 모습을 마음속에서 떨구어 내려 했지만 제대로 되지 않았다. 계속 눈앞에 다시 나타나곤 했기 때문이다. 한편으로는 그 모습이 다시 나타나기를 바라면서도, 다른 한편으로 다시 나타나지 않기를 바라고 있었다. 이런 일을 겪으면서 클라이드는 적잖이 두려웠다. 빌어먹을! 자신한테는 전혀 용기가 없단 말인가? 다른 녀석들은 앞으로 자기 눈앞에서 펼쳐질 일을 조금도 두려워하지 않았다. 오히려 무척 쾌활하게 즐겁게 지내고 있었다. 지난번 이곳에서 우르르 함께 몰려 나간 뒤에 일어난 어떤 재미난 사건에 관해 서로 웃고 놀려 댔다. 만약 그의 어머니가 이 사실을 안다면 어떻게 생각할까? 그의 어머니 말이다! 그는 이 순간 어머니도 아버지도 감히 생각할 수가 없어 그들을 단호히 머릿속에서 물리쳐 버렸다.

　"어이 이봐, 킨셀라. 너하고 같이 시카고로 도망치고 싶어 하던 그 퍼시픽 거리의 무허가 술집의 빨강머리 꼬마 생각나니?"

힉비가 큰 소리로 물었다.

"물론 생각나고말고." 킨셀라가 바로 그때 웨이터가 가지고 온 마티니 잔을 손에 들면서 대답했다. "그 여자는 나더러 호텔 일 같은 건 집어치우고 자기에게 무슨 사업을 차려 달라는 거지 뭐야. '내게 붙어 있으면 전혀 일할 필요가 없어요.' 이러는 게 아니겠어."

"아, 그건 절대 안 되지. 그렇게 되면 넌 한 가지 방법 말고는 일할 필요가 없을 테니." 래터러가 큰 소리로 대꾸했다.

웨이터가 라인산 포도주와 셀처 잔을 클라이드 옆에 갖다 놓았다. 듣고 있던 이야기가 두렵고 긴장되고 매혹적인 데다 흥미가 당겨 그는 술잔을 들어 맛을 보고 부드럽고 달콤한 것을 깨닫자 단숨에 쭉 들이켰다. 그러나 너무 흥분한 나머지 잔을 비운 것조차 깨닫지 못했다.

"잘했어. 너 그 술을 좋아하는구나." 킨셀라가 마음에서 우러나오는 듯한 목소리로 말했다.

"아, 그다지 나쁘진 않은데." 클라이드가 대꾸했다.

헤글런드는 클라이드가 눈 깜짝할 사이에 잔을 비운 것을 보고서 이런 세계에 비로소 발을 들여놓은 풋내기에게 용기를 북돋아 줄 필요가 있는 생각이 들어 웨이터를 불렀다. "이봐, 제리! 이걸로 한 잔 더 갖고 와. 그리고 이번엔 큰 잔으로." 헤글런드가 손등에 입을 대고 웨이터에게 조그마한 목소리로 속삭였다.

디너파티는 이런 식으로 계속되었다. 열한 시 가까이가 되자 일행에게 관심 있는 온갖 지나간 이야기들—과거 여자관계며,

옛날 직업이며, 예전에 벌인 무모한 짓들이 모두 바닥나고 말았다. 그러는 동안 클라이드는 동료들을 충분히 관찰할 수 있었다. 그러고 보니 자신은 그들이 생각하는 만큼 그렇게 풋내기가 아니라는 생각이 들었다. 아니, 비록 그렇다 해도 그들 중 몇 명보다는 상황 판단이 훨씬 빠를뿐더러 실제로 지능이 더 높다는 생각이 들었다. 도대체 이 친구들은 어떤 인간들이며, 어떤 야심을 품고 살아가는 것일까? 그가 보기에 헤글런드는 허영심 많고 요란하고 바보 같았다. 조금만 비위를 맞춰 주면 그만 쉽게 속아 넘어 갔다. 그리고 힉비와 킨셀라는 둘 다 재미있고 매력적인 젊은이기는 하지만 자랑거리도 되지 않는 것을 가지고 자랑했다. 가령 삼촌 한 사람이 자동차 회사에 근무하는 힉비는 자동차에 관해 무엇인가 조금 알고 있다는 게 자랑거리였으며, 킨셀라는 심지어 주사위 노름 같은 도박을 할 수 있다는 게 자랑거리였다. 래터러와 쉴로 말하자면, 얼마 전부터 눈치챈 일이지만 두 사람은 현재의 벨보이 직업에 만족하면서 언제까지나 그 일만을 계속해 나갈 생각이었다. 클라이드로서는 지금 생각해 봐도 영원히 자신이 만족할 만한 일자리는 못 되었다.

이와 동시에 이제 얼마 뒤면 곧 일행이 그가 이제껏 한 번도 간 일이 없는 어떤 장소로 가서, 또 지금껏 꿈에도 생각해 본 적이 없는 그런 짓을 하게 되리라 생각하니 클라이드는 조금 불안을 느끼지 않을 수 없었다. 레스토랑 밖으로 나간 뒤 그들에게 양해를 구하고 집에 가는 쪽이 더 낫지 않을까? 아니면 그들이 어느 방향으로 가든 함께 출발하다가 길모퉁이에서 슬그머니

빠져나와 집에 돌아가면 어떨까? 그런 장소에서는 때로 아주 끔찍한 병에 걸릴 수도 있다는 말을 들은 적이 있지 않던가? 그런 식으로 시작한 나쁜 짓 때문에 결국에는 비참하게 죽음을 맞는다는 말을 들은 적이 있지 않던가? 비록 직접 알고 있지는 않으면서도 그의 어머니는 이런 얘기를 두고 설교를 늘어놓은 적이 있었다. 그런데도 여기 있는 아이들은 지금 마음에 두고 있는 그 일에 들떠 이런 모든 일에 눈곱만큼도 불안해하지 않고 있었다. 오히려 그저 유쾌하고 재미있어 할 뿐이었다.

사실 이제 클라이드를 아주 좋아하게 된 래터러는— 클라이드의 행동이나 말보다도 그의 모습이나 자기에게 무엇인가 묻거나 답에 귀를 기울이는 태도가 마음에 들었기 때문이지만— 이따금씩 그를 팔꿈치로 쿡 찌르고는 웃으면서 물었다. "클라이드, 어때? 오늘 밤 딱지 떼러 갈래?" 그러고 나서 그는 히죽 웃었다. 또는 클라이드가 가끔 여전히 말없이 생각에 젖어 있는 모습을 보고는 덧붙였다. "클라이드, 계집애들이 너를 물어뜯기밖에 더하겠어."

그러자 헤글런드가 래터러의 말을 받아 혼자 잘난 체하며 남을 통렬하게 비꼬는 태도를 멈추고 맞장구쳤다. "클라이드, 그렇게 되면 넌 전과는 완전히 다른 사람이 될 거다, 이거야. 그 누구도 같아질 수가 없거든. 하지만 무슨 일이 생기면 우리 모두 도와줄 거니께."

클라이드는 초조하고 화가 나서 한마디 쏘아붙였다. "야, 너희들 둘, 인제 그만하지. 작작 놀려 대라. 나보다 더 많이 알고 있다는 걸 그렇게 뽐낼 것까진 없잖아?"

그러자 래터러는 헤글런드 쪽으로 눈을 찡긋해 보이면서 이제 그만두자고 신호를 보내고는 클라이드에게 이따금 귓속말을 했다. "뭘 그런 걸 가지고. 화낼 것까진 없어, 이 영감쟁이야. 너도 알잖아, 우린 그저 농담하고 있을 뿐이라는 걸." 그러자 래터러에게 자못 호의를 품고 있던 클라이드는 마음이 누그러지면서 바보처럼 속마음을 드러내 보이지 말걸 하고 후회했다.

마침내 열한 시쯤 되어 실컷 대화를 나누고 음식과 술로 배를 가득 채우자 헤글런드가 앞장서서 레스토랑을 나설 준비를 했다. 상스럽게 음탕한 짓을 하러 가는 데도 그들은 엄숙하거나 정신적 또는 도덕적인 자성이나 자책을 하기는커녕 오히려 유쾌한 장난거리가 기다리고 있다는 듯 웃어 대고 시시덕거릴 뿐이었다. 클라이드로서는 역겹고 놀라운 일이었지만, 그들은 이제 이런 모험에서 한 짓거리를 기억해 내어 늘어놓기 시작했다. 그중에서도 그들 모두가 가장 재미있어 하는 사건은 그들이 언젠가 한 번 방문한 적이 있는 '베티나'라는 무허가 술집인 듯했다. 시내 다른 호텔에 근무하던 '핑키' 존스라는 방종한 젊은이의 안내를 받아 맨 처음 그곳에 갔던 모양이다. 이 아이와 버밍햄이라는 또 다른 아이가 술에 몹시 취한 헤글런드와 함께 그곳에 몰려 들어가 망나니짓을 하다가 하마터면 체포당할 뻔했다는 것이다. 그들의 이야기를 듣고 있노라면, 클라이드로서는 언뜻 이렇게 말끔해 보이는 아이들이 이런 망나니짓을 하리라고는 도저히 믿어지지 않았다. 너무도 추잡하고 역겨워 속이 다

메스꺼울 정도였다.

"오! 내가 그 집을 막 나오려니까 2층에 있는 계집애가 난데없이 내게 양동이로 물을 확 끼얹는 게 아니겠어." 헤글런드가 재미있다는 듯 배꼽을 잡고 껄껄 웃었다.

"그러자 2층에 있던 뚱뚱보 남자가 그 모습을 보려고 허겁지겁 문으로 뛰어나왔지. 생각나?" 킨셀라가 웃어 대며 말했다. "불이 났거나 폭동이 일어난 줄로 착각했나 보더군."

"그리고 너하고 피기라는 그 땅딸보 계집애 말이다. 래터러, 기억나니?" 쉴은 웃어 대며 그 얘기를 하려다 그만 숨이 막혀 꽥꽥거리는 소리를 냈다.

"래터러의 두 다리가 등에 업고 있는 무게 때문에 후들후들 떨리고 있었지 뭐야, 하하하." 헤글런드가 껄껄 웃었다. "마침내 두 사람이 계단 아래로 미끄러져 내려오던 꼬락서니란."

"모두 네놈 때문이었어, 헤글런드." 힉비가 킨셀라 옆에서 큰 소리로 내뱉었다. "네가 다른 계집애로 바꿔 치우는 짓거리만 하지 않았어도 내쫓기진 않았을 텐데."

"그땐 정말 너무 취했었단 말이야." 래터러가 변명했다. "그 집에서 팔던 싸구려 위스키 때문이었지."

"그리고 길게 콧수염을 기르고 빼빼 마른, 텍사스에서 온 꺽다리 친구 말이야. 그 녀석 웃어 대던 꼴은 아마 죽을 때까지 잊지 못할걸." 킨셀라가 덧붙였다. "녀석은 우리에게 맞서는 놈은 아무도 도와주지 않으려고 했어. 기억나지?"

"길바닥에 내동댕이쳐지거나 감방에 갇히지 않은 게 천만다행이었지. 아, 참으로 신바람 나는 밤이었어!" 래터러가 기억을 더듬었다.

클라이드는 그들이 지금 밝히고 있는 것이 어떤 짓거리인지 알아차리자 현기증이 날 것 같았다. 그 '바꿔 치우기'라는 말, 그 말이 뜻하는 것은 오직 한 가지밖에 없었다.

지금 그들은 클라이드에게도 그런 미친 짓거리에 끼어들기를 기대하고 있었다. 그러나 그것은 안 될 소리였다. 그는 그런 비열한 짓을 할 사람이 아니었다. 만약 부모가 이런 끔찍한 이야기를 듣게 된다면 어떻게 생각할까? 그렇기는 하지만……

일행이 이야기꽃을 피우는 동안 어느덧 컴컴하지만 꽤 넓은 거리에 있는 어떤 집 앞에 도착했다. 길거리의 연석(緣石) 양쪽에는 승용차와 택시가 한 블록 넘게 여기저기 주차해 있었다. 그리고 그곳에서 좀 떨어진 길거리 모퉁이에는 젊은 사내 몇이 선 채로 이야기를 나누는 중이었다. 그 길 너머로 더 많은 사람이 있었다. 그리고 반 블록도 가지 않아 일행은 별로 하는 일도 없이 서서 이야기를 나누고 있는 경찰관 두 명 옆을 지나갔다. 어느 창문이나 채광창에서도 불빛이라고는 하나도 보이지 않았지만, 이상하게도 생기발랄한 움직임 같은 것이 느껴졌다. 어두운 거리에 서서도 분명히 느낄 수 있었다. 택시가 경적을 울리며 지나갔고, 구식 마차 두 대가 커튼을 내린 채 달려갔다. 그리고 어디선지 문을 쾅 열었다 닫았다 하는 소리가 들렸다. 어쩌다가 집 안의 밝은 불빛이 바깥 어둠을 뚫고 새어 나오다가 다시 사라졌다. 머리 위로는 많은 별이 총총 반짝이고 있었다.

얼마 후 모두 입을 다문 가운데 헤글런드가 힉비와 쉴과 함께 그 집의 계단을 걸어 올라가 벨을 눌렀다. 그러자 곧바로 빨간 드레스를 입은 젊은 흑인 여자 하나가 문을 열더니 "안녕하세요. 어서들 오세요!"라고 애교 있게 인사를 했다. 여섯 사람은 흑인 여자를 떠밀다시피 하여 이 조그마한 공간과 큰 방들을 갈라놓고 있는 무거운 벨벳 커튼을 지나 안으로 들어갔다. 클라이드는 밝고 화려한 거실인지 응접실인지 모를 곳에 들어갔다. 벽에는 금빛 액자 속에 나체나 반나체의 아가씨들 그림들과 아주 높다란 벽 거울들이 걸려 있었다. 마룻바닥에는 새빨간 융단이 두껍게 깔려 있고, 그 위에는 금빛으로 칠한 의자가 여기저기 놓여 있었다. 뒤쪽으로 아주 새빨간 휘장 앞에 역시 금빛으로 빛나는 스탠드 피아노 한 대가 놓여 있었다. 이 흑인 아가씨 말고는 손님이나 이 집에 사는 사람이라곤 한 명도 없는 것 같았다.

"앉으세요. 자, 편히들 하시죠. 곧 마담을 불러다 드리겠습니다." 그러고는 왼쪽 계단 위쪽을 올라가면서 소리를 질렀다. "오, 마리! 새디! 캐롤라인! 응접실에 젊은 손님 분들이 오셨습니다."

그러자 그 순간 뒤쪽 문이 열리더니 키가 크고 호리호리한 몸매에 어딘지 얼굴색이 창백한 서른여덟이나 마흔 살가량 되어 보이는 여자가 나타났다. 몸이 아주 곧고 빈틈이 없으며 매우 지적이고 우아해 보이는 여자로 속이 비치는 옷을 점잖게 차려입고 있었다. 그 여자는 나른하면서도 애교 있는 미소를 지어보이며 말했다. "어머나, 난 또 누구시라고, 오스카로군요. 그리고 폴도 왔고. 헬로! 헬로! 데이비스! 어느 자리든 모두들 푹 마음 놓고 편히들 앉아요. 패니가 곧 올 거예요. 뭐 마실 걸 가져올 거예요. 이번에 세인트조*에서 피아니스트를 한 사람 새로 불러 왔어요……. 흑인이죠. 한번 기대해 봐도 좋을 거예요. 피아노를 엄청나게 잘 친답니다."

그러고 나서 그 여자는 뒤쪽으로 돌아가더니 크게 소리를 질렀다. "이봐, 샘!"

바로 그때 나이와 모습은 서로 다르지만 누구 한 사람 스물네다섯 살은 넘어 보이지 않는 젊은 여자 아홉 명이 뒤편 한쪽 계단에서 우르르 내려왔다. 그런데 그 여자들은 클라이드가 지금껏 어디에서도 일찍이 본 일이 없는 옷차림을 하고 있었다. 그리고 이쪽으로 걸어 내려오면서 하나같이 웃어 대기도 하고 시시덕거리는 꼴로 보아 몹시 기분 좋고 자신들의 옷차림에 조금도 부끄러워하는 기색이 없었다. 어떤 여자들의 경우에는 클라이드의 입이 딱 벌어질 정도로 무척 유별났다. 그들의 옷차림은 얇고 야한 부인용 네글리제에서 속이 훤히 드러나 보이기는 마찬가지지만 좀 더 점잖은 댄스홀이나 볼룸 가운에 이르기까지 각양각색이었다. 더구나 그들의 키와 몸무게 얼굴색도 호리호리하게 마른 몸매에서 풍성하게 살이 찐 몸매, 그 중간 정도, 키도 큰 키에서 작은 키, 얼굴색도 검은색에서 흰색, 그 중간색에 이르기까지 무척 다양했다. 나이는 차이가 있었지만 하나같이 젊어 보였다. 그리고 모두 부드럽게 환한 미소를 짓고 있었다.

"어머, 우리 애인! 그동안 잘 지냈어요? 저하고 춤 한번 추실 래요?" 하고 말하거나, 또는 "뭘 좀 마실래요?" 하고 말하기도 했다.

제10장

　클라이드는 이런 모든 것과 상반되는 분위기와 교훈 속에 자란 탓에 혐오감을 느낄 것 같았지만, 본디 워낙 관능적이고 낭만적인 기질을 받고 태어난 데다 성(性)에 너무 굶주려 온 까닭에 실제로는 혐오감을 느끼기는커녕 오히려 매혹되어 넋을 잃고 있었다. 아가씨들은 머리가 모자라고 천박해 보일지 모르지만 호사스럽고 육감적인 모습은 얼마 동안 그의 흥미를 끌 만했다. 어쨌든 지금 이 자리에 천박하고 육감적인 젊은 아가씨들이 몸을 훤히 드러낸 채 자신들의 몸을 돈으로 팔려고 하고 있었다. 그리고 이런 아가씨 중 누구한테서도 서먹서먹해하거나 어떤 거리낌 같은 것은 아무리 눈을 씻고 보아도 찾아볼 수 없었다. 검고 붉은 옷에 이마에는 빨간 리본 밴드를 묶고 있는 꽤 귀엽게 생긴 짙은 갈색 머리의 아가씨는 벌써 뒤쪽 방에서 피아노에서 울려 나오는 광란적인 재즈 리듬에 맞춰 힉비와 함께 춤을 추고 있는 것을 보니 그 녀석과 마음이 맞는 듯했다.

래터러도 벌써 금빛 의자에 앉아서 두 무릎 위에 파란 눈에 머리 색이 아주 옅은 키 큰 아가씨를 앉혀 놓고 있는 것을 보고 클라이드는 깜짝 놀랐다. 그 아가씨는 담배를 피우면서 피아노 멜로디에 맞춰 금색 슬리퍼로 마루를 쳤다. 클라이드에게 그 모습은 무척 놀라울뿐더러 마치 알라딘* 같은 장면이었다. 헤글런드의 앞에는 독일계나 스칸디나비아계로 보이는 육감적이고 귀여운 아가씨가 손을 허리에 대고 두 다리를 쩍 벌리고 서 있었다. 클라이드 귀에도 들릴 만큼 그녀는 목소리를 높여 그에게 묻고 있었다. "오늘 밤은 나하고 사랑할 거죠?" 그러나 헤글런드가 이런 접근에 그다지 관심을 보이지 않자 그 여자는 이번에는 킨셀라에게로 다가갔다.

클라이드가 주위를 둘러보면서 생각에 젖어 앉아 있으려니 다른 사람들 눈에는 스물네 살은 되어 보이지만 그가 보기에는 더 어려 보이는 꽤 매력적인 금발 아가씨 하나가 그의 옆으로 의자를 끌고 와서 앉으며 물었다. "춤추지 않을래요?" 그러자 그는 불안해져서 머리를 가로저었다. "내가 가르쳐 줄까요?"

"아, 이곳에선 춤추고 싶지 않은데."

"어머, 아주 쉬워요. 자, 오세요!" 그녀는 계속 재촉했다. 그는 여자가 자기 마음에 들어서 기분이 좋았지만 춤을 추고 싶은 생각은 없었다. 그러자 그녀가 다시 말을 이었다. "그럼, 뭐라도 마실래요?"

"그러죠." 그가 호기롭게 대답하자 아가씨는 웨이트리스 차림으로 돌아온 젊은 흑인 여자에게 손짓을 보냈고, 곧바로 그들 앞쪽에 조그마한 테이블을 갖다 놓고 그 옆에 청량음료와 함께 위스키 한 병을 갖다 놓았다. 클라이드는 그것을 보고 가슴이 덜컹 내려앉으며 불안한 생각이 들었다. 그의 주머니에는 40달러가 있었지만, 동료들 말에 따르면 이런 곳에서는 술 한 잔에 2달러 넘게 한다고 했다. 이런 여자에게 비싼 위스키를 사 주다니! 집에 있는 부모와 동생들은 입에 제대로 풀칠하기도 어려운 형편이었다. 클라이드는 거듭 몇 번씩이나 술을 샀다. 그러는 동안 내내 흥청거린다고 할 수는 없어도 꽤 낭비하고 있다는 생각을 떨칠 수 없었다. 그러나 이런 곳에 온 이상 그렇게 할 수밖에 없었다.

게다가 클라이드가 보기에 그 아가씨는 아주 예뻤다. 담청색 벨벳 이브닝 가운을 입고 있고 가운에 잘 어울리도록 슬리퍼와 스타킹을 신고 있었다. 귀에는 푸른색 귀고리를 달았고, 목덜미며 어깨와 팔이 통통하고 매끄러웠다. 그녀에게서 무엇보다 가장 거북스러운 것은 드레스의 목둘레선이 아주 아래까지 푹 파여 있다는 사실이었다. 그래서 그쪽으로는 차마 시선을 줄 수가 없었다. 뺨과 입술에는 새빨간 립스틱을 바르고 있었는데 누가 봐도 몸을 파는 여자의 표시임이 틀림없었다. 그렇다고 공격적인 느낌은 전혀 들지 않았고 오히려 인정이 있어 보였다. 그녀는 어쩔 줄 몰라 불안해하는 그의 움푹 들어간 검은 두 눈을 재미있다는 듯 계속 쳐다보았다.

"당신도 그린데이비슨 호텔에서 일하죠?" 그녀가 물었다.

"네, 맞아요." 클라이드는 이런 질문이 처음이 아니라는 듯, 이런 장소에 자주 드나든다는 것처럼 보이려고 대답했다. "그런데 그걸 어떻게 알았죠?"

"아, 오스카 헤글런드를 잘 알고 있으니까 그렇죠. 그 사람은 가끔 여길 오거든요." 그녀가 말했다. "당신의 친구죠?"

"맞아요. 나하고 같은 호텔에서 일하고 있어요."

"하지만 손님은 이곳에 아직껏 한 번도 온 적이 없었어요."

"네, 그래요." 클라이드가 마음속에 한 가닥 의구심을 품으며 재빨리 대답했다. 도대체 무엇 때문에 그녀는 그가 이곳에 한 번도 온 적이 없다고 말하는 걸까?

"그런 생각이 들었어요. 다른 손님들은 전에 본 적이 있지만 당신은 처음이거든요. 호텔에서 일한 지 얼마 되지 않았죠?"

"네, 그래요." 클라이드는 이 질문에 조금 짜증이 났다. 그래서 대답하는 동안 눈썹과 이마의 피부가 위로 추켜올려갔다 다시 내려왔다. 불안하거나 깊은 생각에 빠져 있을 때면 으레 자신도 모르게 무의식적으로 피부가 수축했다가 이완했다. "그래서 어떻다는 건가요?"

"아, 아무것도 아니에요. 그저 그렇다는 것뿐이죠. 난 대번에 알아봤거든요. 당신은 다른 분들 같지가 않아요. 어딘지 달라요." 그녀는 마음을 끄는 듯한 이상야릇한 미소를 지었다. 클라이드로서는 그 미소가 무슨 의미인지 알 수 없었다.

"어떻게 다른데요?" 클라이드는 엄숙하고도 퉁명스러운 말투로 반문하면서 술잔을 집어 들었다.

"한 가지는 분명해요." 그녀는 그의 질문을 완전히 무시해 버리고는 되물었다. "당신은 나 같은 여자들은 별로 좋아하지 않죠?"

"아, 천만에요. 좋아합니다." 그가 얼버무리며 대답했다.

"아, 아니에요. 당신은 나를 좋아하지 않아요. 금방 알 수 있거든요. 하지만 난 당신이 마음에 들어요. 다른 사람들보다 세련됐다고나 해야 할까. 정말이에요. 다른 사람들과는 좀 달라요."

"아, 글쎄, 난 잘 모르겠는걸." 클라이드는 아주 기분 좋고 우쭐한 기분이 들어 대답했다. 아까처럼 이마에 주름이 졌다 펴졌다 하고 있었다. 이 여자는 어쩌면 그가 생각했던 것처럼 그렇게 나쁜 여자가 아닐지도 몰랐다. 다른 여자들보다도 훨씬 지적이고 조금 세련되어 보였다. 옷차림도 심하게 천박해 보이지 않았다. 다른 아가씨들이 헤글런드, 힉비, 킨셀라, 래터러에게 몸을 맡기는 것처럼 그녀는 그에게 몸을 맡기지도 않았다. 일행 중 거의 대부분은 방 여기저기 놓여 있는 의자나 소파에 자리를 잡고 있었고, 그들 무릎 위에는 아가씨들이 앉아 있었다. 각자의 커플 앞에는 조그마한 테이블이 있고, 그 위에는 위스키병이 놓여 있었다.

"저 친구가 위스키를 마시고 있는 것 좀 봐!" 킨셀라가 클라이드 쪽을 힐끗 쳐다보면서 자기에게 관심을 돌릴 만한 친구들에게 큰 소리로 말했다.

"하지만 날 무서워할 건 없어요." 여자가 말을 이었다. 클라이드는 그녀의 팔뚝과 목덜미, 지나치게 노출된 가슴을 힐끗 쳐다보고 몸이 얼어붙으면서도 가슴이 설렜다. "이런 곳에 나온 지 얼마 되지 않아요. 만약 내게 불행한 일만 닥치지 않았어도 이런 곳엔 나오지 않았을 거예요. 그렇게 할 수만 있다면 난 집안 식구들과 함께 살고 싶어요. 이제는 나를 받아 주지 않겠지만요." 그녀는 좀 엄숙한 태도로 마룻바닥을 내려다보고 있었지만, 실제로는 세상 물정 모르는 바보인 클라이드에 대해 생각하고 있었다. 이렇게 멍청한 풋내기 말이다. 또 그가 주머니에서 꺼내던 돈에 대해 생각했다. 꽤 상당한 액수였다. 더욱이 그는 꽃미남이거나 박력 있는 사내는 아니었지만 잘생긴 데다 호감이 가는 남자였다. 한편 클라이드는 그 순간 에스터 생각을 하고 있었다. 도대체 어디로 갔을까, 지금은 어디에 있을까? 누나에게 어떤 일이 닥쳤을지 누가 알겠는가? 어떤 일이 일어났을까? 지금 이 여자도 어쩌면 에스터처럼 불행한 일을 겪은 것은 아닐까? 그는 조금 과장되기는 했지만 점차 이 여자를 동정하기 시작했다. 그래서 '불쌍한 아가씨!'라고 말하려는 듯한 표정으로 그녀를 바라보았다. 그러나 지금, 이 순간 그는 무엇을 말하거나 좀 더 캐물어 보고 싶을 만큼의 자신은 없었다.

"이런 곳에 오는 남자들은 우리를 늘 나쁘게 생각하죠. 난 당신이 어떻게 생각하는지 잘 알아요. 하지만 우린 당신들이 생각하는 것처럼 그렇게 나쁜 사람들이 아니에요."

클라이드는 미간을 찡그렸다 다시 폈다. 아마 모르긴 몰라도 이 여자는 그가 생각하는 것만큼 나쁜 여자는 아닐지도 모른다. 다만 천박한 여자라는 사실은 틀림없었다. 사악하지만 예쁜 여자였다. 실제로 클라이드는 가끔 방 주위를 이리저리 살펴봤지만, 이 아가씨보다 더 매력 있는 여자는 단 한 사람도 없었다. 그리고 그녀 역시 다른 어떤 친구들보다 그가 더 낫다고, 좀 더 세련되었다고 생각하고 있었다. 그녀는 그 사실을 금방 알아차릴 수 있었다. 칭찬만큼 마음에 쉽게 꽂히는 것도 없다. 곧 그녀는 그의 술잔에 위스키를 따르며 같이 건배하자고 제안했다. 바로 그때 다른 젊은이들 일행이 집 안으로 들어왔다. 그러자 또 다른 아가씨들이 그들을 맞이하기 위해 신비스러운 뒤쪽 구석방에서 우르르 몰려나왔다. 헤글런드, 래터러, 킨셀라, 힉비는 거실을 두꺼운 커튼으로 갈라놓은 뒤쪽 계단을 올라가 수상쩍게 모습을 감추고 말았다. 새 손님들이 우르르 몰려 들어오자 그녀는 클라이드에게 좀 더 컴컴한 뒤쪽 방 소파에 가서 앉아 있자고 제안했다.

뒤쪽 방 소파에 앉자 그 여자는 클라이드에게 바싹 다가앉아 그의 두 손을 쥐더니 마침내 한쪽 팔을 그의 팔에 꼭 감으며 2층 방들이 멋지니 한번 보러 가지 않겠느냐고 말했다. 이제는 자기 혼자만 있을 뿐 다른 동료 중 어느 누구도 자기를 볼 걱정이 없는 데다 또 아가씨가 다정하고 호의적으로 몸을 기대자 그는 그녀가 이끄는 대로 커튼 뒤쪽 계단을 올라가 분홍색과 푸른색으로 장식한 조그마한 방으로 들어갔다. 이런 짓은 대담하고도 위험천만한 행동이며 결국에는 비참한 결과를 불러오게 될지도 모른다고 자신에게 타이르면서 말이다. 어쩌면 무서운 병에 걸릴지도 모른다. 자기로서는 낼 수 없는 엄청난 요금을 청구할지도 모른다. 클라이드는 이 여자에 대해, 자기 자신에 대해, 아니 모든 일에 대해 두려움을 느꼈다. 두렵고 불안한 나머지 말이 막혀 안절부절못했고 차마 입이 떨어지지 않았다. 그러나 그는 이 여자를 따라갔고, 그가 방에 들어가자 찰칵 문이 잠겼다. 두 사람이 방에 들어서자마자 이 풍만하고 우아한 비너스 여신은 그를 향해 몸을 돌리더니 클라이드를 바싹 끌어안았다. 그러고 나서 그녀는 전신이 드러나 보이는 큼직한 거울 앞에서 침착하게 옷을 벗기 시작했다······.

제11장

　이 모험에서 클라이드가 받은 영향은 이런 세계에 처음 발을 들여놓은 세상 물정 모르는 풋내기가 받을 만한 그런 것이었다. 그만큼 간절한 호기심과 욕망에 이끌려 발을 들여놓고 굴복하기는 했지만, 오랫동안 귀가 따갑게 들어 온 도덕적인 교훈과 자신의 소심하고 미적인 결벽성 때문에 돌이켜 보니 모든 일이 벌을 받을 만한 타락한 짓이었다고 말할 수밖에 없었다. 그의 부모가 이런 짓을 천박하고 수치스러운 행동으로 가르친 것은 어쩌면 옳을지도 몰랐다. 그러나 이런 모든 모험과 모험의 무대가 된 세계가 일단 끝나자 그에게 이 일은 일종의 상스러운 이교적인 아름다움이랄까 천박한 매력으로 찬란하게 빛났다. 그리고 이보다 더 흥미로운 다른 사건이 일어나 이 모험을 갈아치울 때까지 그는 상당한 관심과 유쾌한 추억으로 이 일을 되돌아보지 않을 수 없었다.

더구나 클라이드는 이제 돈을 많이 버는 이상 자기가 가고 싶은 곳에 가고, 하고 싶은 일을 마음대로 할 수 있다고 자신에게 계속 타이르고 있었다. 마음이 내키지 않으면 그런 곳에 다시 갈 필요가 없었다. 어쩌면 그런 곳처럼 심하게 천박하지 않은, 좀 더 세련된 다른 장소에 갈 수도 있었다. 두 번 다시는 그런 식으로 무리를 지어서 가고 싶지는 않았다. 시벌링이나 도일이 교제하는 부류의 여자를 어디선가 찾아낼 수 있다면 그런 여자와 사귀고 싶었다. 이렇듯 지난밤에 있었던 불쾌한 일에도 클라이드는 아직 그 처음 장소는 아니더라도 새로운 환락의 원천에 벌써 마음을 빼앗겼다. 할 수만 있다면 도일처럼 자유분방하고 쾌락적인 아가씨를 찾아내어 그녀를 위해 돈을 쓰고 싶었다. 그런 생각이 들자 이런 식으로 욕망을 충족시킬 기회를 몹시 기다렸다.

　그러나 이 무렵 그 일보다도 더 흥미 있고 그의 목적에 훨씬 잘 맞는 것은, 헤글런드와 래터러가 클라이드에게 적잖이 관심을 보이면서 접근하여 자신들의 일이나 향락 계획에 끼워 주려고 한다는 점이었다. 이런 일이 가능했던 것은 두 사람에 대해 클라이드가 은근히 품고 있는 우월감에도 불구하고, 오히려 그런 우월감을 느끼기 때문이었다. 첫 번째 모험이 있은 지 얼마 안 되어 래터러는 클라이드를 자기 집에 초대했다. 클라이드는 그의 집안이 자신의 집안과는 아주 다르다는 것을 곧 눈치챌 수 있었다. 그리피스 집안에서는 모든 것이 엄숙하고 근엄하며 교리나 신앙의 무게가 느껴질 만큼 조용한 분위기가 감돌았다. 그러나 래터러의 집안은 이와는 정반대라고 할 수 있었다. 래터러와 함께 사는 어머니와 누이동생은 특별한 신앙이 있는 것은 아닌데도 어느 정도의 도덕심은 갖추고 있었지만, 두 사람의 인생관은 도덕군자에게는 자칫 방종하다고까지 보일 정도로 꽤 느슨했다. 엄격한 도덕이니 까다로운 예법이니 하는 것은 아예 처음부터 마음에 두고 있는 것 같지 않았다. 래터러도, 그보다 두 살 아래인 루이즈도 하고 싶은 대로 자유롭게 행동하면서도 별로 개의치 않았다. 그러나 그의 누이동생은 약삭빠르고 개성이 강해서 아무에게나 쉽게 자신을 내맡기려 하지 않았다.

　흥미롭게도 클라이드는 어느 정도 세련된 기질이 있어 대부분의 이런 일을 의심의 눈길로 바라보면서도, 여전히 그런 조야한 삶의 모습과 그것이 가져다주는 자유로움에는 적잖이 매력을 느끼고 있었다. 적어도 이런 사람들과 교류하면서 그는 전에는 가 보지 못한 곳을 갈 수 있고, 해 보지 못한 일을 할 수 있으며, 되어 보지 못한 인물이 될 수도 있었다. 특히 같은 또래의 여자들이 그에게 매력이나 호감을 느끼는지 초조하고 불안해 하던 그는 이제 기분이 좋아지고 자신감이 생겼고, 좀 의구심이 들기는 하지만 이 문제에서 해방된 것 같은 느낌마저 들었다. 바로 그전까지만 해도, 또 최근 헤글런드를 비롯한 일행에 이끌려 태어나 처음으로 '쾌락의 사원'을 방문하기도 했지만 클라이드는 여자들에 관한 한 여전히 그들을 다루는 기술이나 사로잡는 매력이 자신에겐 없다고 믿었다. 여자들이 그저 옆에 있거나 가까이 다가오기만 해도 마음이 움츠러들거나 몸이 뻣뻣이 굳거나 안절부절못하고 가슴이 두근거렸다. 또 다른 젊은이들이 지닌 것 같은 대화나 진지한 농담을 나누는 타고난 능력마저도 제대로 발휘할 수 없었다. 그러나 그는 이제 래터러의 집에 몇 번 드나들면서 이런 수줍음과 불안한 마음을 극복할 수 있는지 시험해 볼 기회가 얼마든지 있다는 사실을 깨닫게 되었다.

래터러의 집은 래터러나 그의 누이동생의 친구들이 자주 모이는 장소였다. 그런데 그들의 살아가는 방식은 하나같이 서로 거의 비슷비슷했다. 그곳에서는 춤을 추거나 카드놀이를 하거나 별로 수치심을 느끼지도 않고 꽤 공개적으로 성행위를 벌였다. 지금까지 클라이드로서는 래터러 부인 같은 부모가 행실과 도덕에 이렇게 방관적이고 무관심한 태도를 보일 수 있다는 게 상상이 되지 않았다. 어떤 어머니라도 래터러 부인 집에서 벌어지고 있는 자유로운 이성 교제를 묵인하리라고는 도저히 상상할 수 없었을 것이다.

클라이드는 래터러의 호의적인 초대를 받고 몇 번 그의 집을 방문했기 때문에 얼마 지나지 않아 그룹의 일원이 되었다. 어떤 관점에서 보자면, 클라이드는 그 그룹의 구성원이 생각하는 것이나 그들이 사용하는 형편없는 영어를 경멸해 마지않았다. 그러나 다른 관점에서 보자면, 저마다 자유를 즐기고, 열성을 내어 사교한다는 점에서 그는 그 집단에 마음이 끌렸다. 그가 그 집단에 끌린 또 다른 이유는 태어나서 처음으로 용기만 낼 수 있다면 자기 또래의 여자와 사귈 수 있었기 때문이다. 클라이드는 곧 래터러나 그의 누이동생 그리고 그들의 친구들의 호의적인 도움에 힘입어 이런 욕망을 성취하려고 했다. 사실 그 일은 그가 래터러 집을 처음 방문했을 때 이미 시작되었다.

　루이즈 래터러는 옷감 가게에 근무하고 있었는데 집에 늦게 돌아오는 일이 잦았다. 그날 밤도 일곱 시쯤이 되어서야 집에 돌아왔고, 그 때문에 집안 식구들의 저녁 식사는 당연히 늦어질 수밖에 없었다. 그러는 동안 루이즈의 여자 친구 둘이 그녀와 무엇인가 상의할 일이 있어 그녀의 집에 찾아왔다. 그들은 루이즈의 귀가가 늦어지고 래터러와 클라이드가 집에 있는 것을 보고 집에서 그냥 기다리기로 했다. 두 아가씨는 클라이드와 그가 입고 있는 새 옷에 꽤 관심이 끌렸다. 클라이드는 이성에 굶주려 있으면서도 부끄러워 여자들에게 짐짓 무관심한 태도를 보이고 있었다. 그녀들은 오히려 그가 잘난 척하는 것으로 착각했다. 결과적으로 그녀들은 그것에 자극되어 자신들이 얼마나 재미있는 여자들인지 과시해 보이려고, 다시 말해서 그를 유혹하려고 마음먹었다. 한편 클라이드에게는 그들의 투박스러운 행동과 뻔뻔한 태도가 오히려 무척 매력적으로 보였다. 그러다 보니 그는 곧 호튼스 브릭스라는 한 아가씨의 매력에 끌렸다. 그녀는 루이즈와 마찬가지로 큰 가게에서 점원 노릇을 하는 교양 없는 여자에 지나지 않았지만 얼굴이 곱상하고 가무잡잡했으며 자신만만한 여자였다. 물론 그는 처음부터 그녀가 적잖이 거칠고 천박한 여자라고 깨닫고 있었다. 한마디로 그가 꿈에 그리던 이상적인 여성과는 꽤 거리가 있는 아가씨였다.

　"아니, 그 애가 아직도 집에 오지 않았어요?" 호튼스는 래터러가 먼저 문을 열어 주자 앞쪽 창가 근처에서 창밖을 내다보고 있던 클라이드를 쳐다보면서 말했다. "이거 어떡하지. 좀 기다려야 할 것 같네요. 실례가 안 된다면요." 그녀가 뽐내듯 이 마지막 말을 내뱉는 것으로 보아 그들이 옆에 있는 것을 신경 쓸 사람이 어디 있겠느냐는 말투였다. 그러더니 그녀는 식당의 불 없는 받침쇠를 장식한 황토색 벽난로 위에 올려놓은 거울 앞에 서서 화장을 고치면서 거기에 비친 자기 모습에 감탄하기 시작했다. 그러자 함께 온 그레터 밀러라는 아가씨가 그 말을 받아 덧붙였다. "아, 그래 네 말이 맞아. 그 애가 올 때까지 우릴 내쫓지 마세요. 우린 식사하러 온 게 아니니까요. 지금쯤이면 벌써 식사를 끝낸 줄로 생각했거든요."

"어디서 배운 말버릇이야? 그 '내쫓는다'는 말?" 래터러가 냉소적인 말투로 대답했다. "너희들이 돌아가고 싶어 하지 않는데도 누군가가 여기서 몰아낼 것처럼 말하는구나. 어서 거기들 앉아서 레코드판이라도 듣고 있어. 아니면 하고 싶은 일을 하거나. 이제 곧 저녁 식사 준비가 끝날 거고, 루이즈도 돌아올 거야." 래터러는 아가씨들에게 클라이드를 소개하고 나서, 읽고 있던 신문을 읽으러 식당으로 들어갔다. 클라이드는 이 두 아가씨의 얼굴과 태도를 보고 나니 갑자기 해도에도 없는 드넓은 바다 한복판에 갑판 없는 조그마한 쪽배로 표류하고 있는 듯한 느낌이 들었다.

"아, 제발 식사하라는 말은 하지 마세요!" 그레터 밀러가 말했다. 그녀는 아까부터 클라이드가 사귈 만한 친구인지 아닌지 판단하려는 듯 조용히 그를 살피고 나서 상대해도 괜찮을 것 같다고 결심하고 있었다. "오늘 밤은 아이스크림이랑 케이크랑 파이랑 샌드위치를 먹어야 하거든요. 루이즈에게 너무 많이 먹지 말라고 일러 주려고 했죠. 톰 오빠도 알겠지만, 오늘 밤 키티 킨 집에서 생일 축하 파티가 있어요. 큼직한 케이크 등 여러 맛있는 음식이 나오기로 돼 있거든요. 오빠도 나중에 오지 않을래요?" 그녀는 클라이드도 어쩌면 따라와 함께 어울릴지 모른다고 생각하면서 말을 맺었다.

"그 생각은 미처 못 했는걸. 저녁 먹고 나서 클라이드와 같이 연극 보러 가려고 생각했거든." 래터러가 부드러운 목소리로 대답했다.

"아니, 무슨 바보 같은 소리예요." 호튼스 브릭스가 두 사람의 관심을 그레터로부터 자기 쪽으로 집중시키려고 끼어들었다. 그녀는 여전히 거울 앞에 서 있었지만 몸을 휙 돌려 특히 클라이드에게 매혹적인 미소를 던졌다. 그녀는 지금 그레터가 그를 낚으려 할지도 모른다고 생각했다. "모처럼 춤을 출 기회인데. 그런 기회를 놓치면 그건 바보짓이에요."

"그래 맞아. 너희 셋 머릿속엔 온통 춤추는 생각밖에 없으니. 너희 둘하고 루이즈 말이야." 래터러가 되받았다. "잠시도 쉬려고 하지 않으니 참 신기하구나. 어쨌든 난 하루 종일 서 있었더니 이젠 잠시 앉아 있고 싶어."

"아, 나한테 앉아 있으란 말은 절대 하지 말아요. 이번 주 약속이 벌써 꽉 차 있어요. 아, 맙소사!" 그레터 밀러가 거만한 웃음을 짓고 왼발로 휙 미끄러지며 춤을 추는 흉내를 내보이며 말했다. 그녀는 일부러 눈썹과 이마를 치켜세우고 연극을 하듯 가슴 앞에 두 손을 꼭 움켜쥐었다. "너무 끔찍해요. 이번 겨울에 있을 댄스파티 생각을 하니. 호튼스, 안 그래? 목요일 밤, 금요일 밤, 그리고 토요일과 일요일 밤에 말이야." 그레터는 손가락을 꼽으면서 능글맞게 수다를 떨었다. "아, 이거야 정말! 어휴 끔찍해." 이렇게 말하면서 그녀는 클라이드를 향해 호소와 동정을 구하는 듯한 미소를 지어 보였다. "톰 오빠, 며칠 전 밤에 우리가 어디 갔었는지 한번 알아맞혀 보세요. 루이즈하고 랠프 소프랑, 호튼스하고 버트 게틀러랑, 그리고 나하고 윌리 배식이랑 이렇게 세 쌍이 웹스터 애비뉴에 있는 페그레인에 갔었어요. 아, 사람들이 어쩜 그렇게 많았는지 오빠도 한번 봤어야 해요. 샘 세이퍼랑 틸리 번스도 왔더라고요. 그곳에서 우린 새벽 네 시까지 춤을 췄죠. 무릎이 나가는 게 아닌가 싶었어요. 그렇게 피곤해 보기는 정말 오랜만이었어요."

"아, 정말 굉장했죠!" 호튼스이 이제 자기 차례가 왔다는 듯 연극조로 두 팔을 번쩍 쳐들면서 끼어들었다. "이튿날 아침 회사에 나가지 못하는 줄 알았어요. 가게에서 손님들이 돌아다니는 게 가까스로 보일 정도였어요. 그리고 어머니한텐 얼마나 심하게 야단맞았다고요! 아이고! 아직도 어머니는 화가 풀리지 않았지 뭐예요. 토요일이나 일요일이라면 그래도 참을 수 있지만, 다음 날 아침 일곱 시에 일어나 회사에 나가야 할 때 늦게까지 놀아선 안 된다는 거죠. 맙소사, 얼마나 잔소리 해대는지!"

"나 같으면 어머님을 탓하진 않을 거야." 래터러 부인이 그때 마침 감자와 빵 접시를 들고 들어오며 한마디 했다. "좀 쉬지 않으면 너희 둘은 병이 날 거야. 루이즈도 마찬가지고. 루이즈한 테도 늘 잔소리해 대고 있지. 잠을 더 많이 자지 않으면 가게에 계속 붙어 있을 수 없거나, 그 애가 견뎌 낼 수 없을 거라고 말이다. 하지만 톰과 마찬가지로 어디 내 말을 들어 먹어야 말이지. 콧방귀도 뀌지 않으니 원."

"아니, 글쎄, 나같이 직장에 나가는 놈이 늘 일찍 집에 돌아오리라고 기대할 순 없죠, 어머니." 래터러가 말했다. 그러자 호튼스 브릭스가 그 말을 받았다. "어머, 전 하룻밤이라도 집 안에 틀어박혀 있으면 그야말로 죽을 것 같아요. 종일 일만 하니 좀 즐겨야죠."

이 얼마나 자유로운 집안인가! 얼마나 자유분방하고 무관심한 가정이란 말인가! 클라이드는 이렇게 마음속으로 생각했다. 그리고 이 두 젊은 아가씨의 쾌활하고 선정적인 몸가짐은 또 어떠한가! 이 아가씨들의 부모는 이런 것에 전혀 신경을 쓰지 않는 모양이었다. 육감적인 작은 입술에 고집 세어 보이는 맑은 두 눈을 한 호튼스 브릭스와 사귈 수 있다면 얼마나 좋을까.

"저는 한 주에 두 번만 일찍 자면 돼요." 그레타 밀러가 능글맞게 말했다. "우리 아버진 저를 보고 정신이 이상하다고 생각하지만, 전 그 이상 자면 도리어 몸에 해가 돼요." 그러고 나서는 익살맞게 깔깔 웃어 댔다. 클라이드는 문법에 맞지 않는 말투에도 불구하고 오히려 아주 신선하다는 인상을 받았다. 여기에 젊음과 쾌활함과 자유와 삶에 대한 사랑이 있었던 것이다.

마침 그때 현관이 열리며 루이즈가 빠른 걸음으로 안으로 들어왔다. 중키에 단정하고 발랄한 아가씨로 빨간 줄무늬의 케이프를 걸치고, 푸른색 펠트 모자를 눈 근처까지 푹 눌러 쓰고 있었다. 그녀의 오빠와는 달리 루이즈는 민첩하고 박력이 있었으며, 두 아가씨보다 몸매가 유연했고 그들 못지않게 예뻤다.

"아니, 이게 누구야! 너희들이 나보다 일찍 와 있었구나!" 루이즈가 큰 소리로 말했다. "오늘 내 장부에 좀 착오가 생겨서 이렇게 늦었지 뭐야. 회계 사무원한테까지 올라갔다 왔어. 하지만 그건 내 실수가 아니었거든. 자기들이 내 전표를 잘못 읽은 거였어." 그러고 나서 비로소 클라이드를 처음 알아보고는 말했다. "누군지 알 것 같네요. 그리피스 씨죠? 오빠한테서 얘기 많이 들었어요. 왜 오빠가 좀 더 빨리 집에 데려오지 않나 생각했어요." 이 말을 듣고 클라이드는 자못 우쭐해져서 자신도 그랬더라면 좋았을 것이라고 중얼거렸다.

두 여자는 앞쪽 조그마한 침실로 들어가서 루이즈와 잠시 무슨 얘기를 나누더니 다시 밖으로 나왔다. 굳이 그럴 필요도 없었지만 래터러가 남아 있어 달라고 간청하자 그들은 그대로 눌러앉았다. 그들이 함께 있게 되자 클라이드는 몹시 흥분되고 긴장되었다. 그들에게 좋은 인상을 주어 이제부터 친한 사이가 되었으면 하고 간절히 바랐다. 세 아가씨도 그가 매력적인 남자라고 생각하고 그의 환심을 사려고 신경을 썼다. 그래서 태어나서 처음으로 클라이드는 아무 거리낌 없이 이성을 대할 수 있었고 말을 건넬 수도 있었다.

"너더러 너무 먹지 말라고 막 주의를 줄 참이었어." 그레터 밀러가 루이즈 쪽을 돌아보며 웃었다. "그런데 여기서 다시 먹으려 하네." 그녀는 마음껏 큰 소리로 웃었다. "키티네 집에 가면 아이스크림이랑 케이크랑 없는 게 없을 텐데 말이야."

"아, 어디 그뿐이야. 금상첨화로 춤도 추기로 돼 있잖아. 참 하나님도 무심하시지. 내 말씀은 이게 전부야." 호튼스가 끼어들었다.

호튼스의 유별나게 예쁜 입, 그리고 말할 때 입을 움츠리는 표정을 바라보며 클라이드는 황홀감으로 그만 정신이 아찔할 정도였다. 그녀는 무척 귀엽게, 아니 멋있어 보였다. 그래서 클라이드는 넋을 잃고 그녀를 바라보다가 허겁지겁 커피를 한꺼번에 많이 마시는 바람에 그만 목이 막힐 뻔했다. 그는 소리를 내어 껄껄 웃었고, 그러자 날아갈 듯 기분이 좋아졌다.

바로 그 순간 호튼스가 클라이드 쪽으로 몸을 돌리고는 말했다. "어머나, 저분한테 내가 실수를 했잖아."

"아, 어디 그뿐만이 아니죠." 클라이드는 갑자기 영감과 생각이 술술 떠오르고 용기가 솟아올라 큰 소리로 대꾸했다. 그녀 때문에 갑작스럽게 조금 바보스럽기는 하지만 배짱이 생겨 덧붙였다. "있잖아요, 이렇게 예쁜 아가씨들과 함께 있으니 머리가 다 멍해지는군요."

"어이, 이봐, 클라이드. 이렇게 일찍 손을 들고 항복하다니."

래터러가 친절하게 충고했다. "이 아가씨들 모두 사기꾼들이야. 자기들이 원하는 곳에 데리고 가 달라고 안달할 거야. 처음부터 그런 식이라면 시작하지 않는 게 좋을걸." 그러자 아니나 다를까 루이즈 래터러가 오빠가 방금 한 말에 아랑곳하지도 않고 입을 열었다. "그리피스 씨, 춤출 줄 알죠?"

"아니, 전혀 못 춥니다." 클라이드가 대답했다. 그러나 갑자기 제정신으로 돌아온 그는 이렇게 대답한 것이 이 그룹에서는 큰 단점이 되는 게 아닌지 후회되었다. "춤을 배웠더라면 좋았을 걸 그랬습니다." 그는 처음에는 호튼스, 그다음으로 그레터 밀러와 루이즈 쪽을 바라보며 용기 있게 거의 호소하듯 말했다. 그러나 호튼스 혼자서 승리감에 취해 마음이 들떠 있을 뿐 나머지 아가씨는 그가 누구를 더 좋아하는지 알지 못하는 척했다. 그녀도 그에게 그토록 마음이 끌렸다고는 확신이 서지 않았지만, 이렇게 쉽고 보기 좋게 다른 사람들을 누르고 승리를 거뒀다는 것은 역시 기분 좋은 일이 아닐 수 없었다. 다른 두 아가씨도 그걸 느낄 수 있었다. "그거 참 안됐군요." 자기가 이 사내의 마음을 먼저 사로잡았다는 사실을 깨달은 이상 우월감을 느끼면서 무관심하다는 듯 그녀가 내뱉었다. "춤을 출 줄 안다면 우리랑 같이 갈 수 있었을 텐데요. 톰도 당신도요. 키티네 집에선 주로 춤추거든요."

클라이드는 갑자기 한 대 얻어맞은 듯한 느낌이 들었고, 그런 표정이 얼굴에 역력히 나타났다. 다만 춤을 출 줄 모른다는 이유 하나로 가장 마음이 끌린 이 아가씨한테서 버림을 받게 되어 결국에는 꿈과 욕망이 한낱 물거품으로 변해 버리다니! 이렇게 된 모든 책임은 빌어먹을 그의 가정 교육에 있었다. 배반당하고 속은 느낌이었다. 춤도 출 줄 모르다니 얼마나 바보처럼 보일 것인가. 루이즈는 조금 어리둥절하면서도 무관심한 표정이었다. 그러나 호튼스처럼 그렇게 그가 좋아하지는 않는 그레터 밀러가 그에게 구원의 손길을 내밀었다. "아, 댄스 같은 건 배우기 어렵지 않아요. 원한다면 저녁 식사 끝난 뒤 몇 분 동안 가르쳐 드릴게요. 스텝만 몇 가지 알고 있으면 돼요. 어쨌든 원하시면 함께 가죠."

클라이드는 고마운 마음이 들어 그렇게 하겠다고 했다. 첫 번째 기회가 있을 때 그곳에서든 다른 곳에서든 춤을 꼭 배우겠다고 굳게 마음먹었다. 왜 이렇게 되기 전에 댄스 교습소에 다니지 않았던가? 그는 새삼스럽게 자신에게 물어보았다. 그런데 무엇보다도 마음 아픈 것은 호튼스를 좋아한다고 분명히 밝혔는데도 그녀가 무관심한 태도를 보인다는 점이었다. 그녀의 관심을 끌 수 없는 것은 어쩌면 아까 그녀가 함께 댄스파티에 갔다고 언급한 버트 게틀러 때문일지도 몰랐다. 이런 식으로 늘 낙오자의 신세를 면할 길이 없단 말인가. 아, 원망스럽구나!

그러나 저녁 식사가 끝나고, 다른 사람들이 아직 이야기를 나누고 있는 동안 댄스 레코드를 틀고서 클라이드에게 두 손을 내민 사람은 뜻밖에도 호튼스였다. 이런 식으로 경쟁 상대에게 지고 마는 것이 그녀로서는 견딜 수가 없었던 것이다. 그녀는 특별히 클라이드에게 관심을 두거나 매력을 느끼지는 않았다. 적어도 그레터만큼 그에 대해 관심을 쓰는 정도는 아니었다. 그러나 친구로부터 이런 식으로 도전을 받게 된다면 상대를 막아 내는 쪽이 더 낫지 않을까? 클라이드가 그녀의 달라진 태도를 잘못 해석하여 어쩌면 이 여자가 자신이 생각하는 것과 달리 그를 좋아하는 것일지 모른다고 생각하는 동안, 그녀는 그의 두 손을 잡으면서 이상하게도 수줍을 타는 사내라고 생각하고 있었다. 그러나 어쨌든 그녀는 그의 오른팔을 자기 허리에 감게 하고, 왼손을 그녀의 손과 깍지를 껴 어깨 위에 얹게 하고 난 뒤 그의 발과 그녀의 발에 주의를 기울이게 하면서 댄스의 기본 동작을 설명했다. 그러나 너무나 고마워하며 우스꽝스러울 정도로 열성을 보이는 그가 그녀는 별로 마음에 들지 않았다. 조금 순진하고 어리다는 생각이 들었기 때문이다. 그러면서도 어딘지 모르게 매력이 느껴져 그를 도와주고 싶다는 마음도 없지 않았다. 얼마 되지 않아 클라이드는 그녀와 함께 꽤 무난하게 몸을 움직일 수 있었다. 그 뒤 그레터와 춤을 추고, 또 그다음에는 루이즈와 춤을 췄지만, 그는 언제나 호튼스와 같이 췄으면 하고 바랐다. 어쨌든 마침내 그가 원한다면 춤을 추러 갈 만큼의 실력은 됐다는 판정을 받았다.

이리하여 클라이드는 호튼스 곁에 있으면서 다시 한 번 그녀와 춤을 출 수 있다는 생각이 들자 젊은 사내 셋이─그중에는 버트 게틀러도 있었다─아가씨들을 동행하려 나타났고 또 래터러와 같이 연극을 보러 가기로 약속했으면서도 다른 친구들을 따라가고 싶다고 밝히지 않을 수가 없었다. 너무나 간곡하게 부탁하는 바람에 래터러도 결국 연극을 보러 가는 것을 단념했다. 그래서 모두들 함께 출발했다. 클라이드는 호튼스와 함께 걷지 못하는 것이 못내 원망스러웠다. 그녀는 게틀러와 같이 걷고 있었고, 이 때문에 그의 경쟁자가 미웠다. 그러나 그에게 관심을 보이면서 편하게 해 주려고 애쓰는 그레터와 루이즈에게 공손하게 대하려고 했다. 래터러는 그가 완전히 한 아가씨한테만 빠진 것을 눈치채고는 둘이서만 있게 되자 클라이드에게 한마디 했다. "저 호튼스 브릭스에게 너무 열을 올리지 않는 게 좋아. 그 앤 보통 사람과는 단수가 달라. 게다가 저 게틀러를 비롯해 다른 친구들과도 사귀고 있거든. 그 여자는 네게 그저 작업을 거는 거야. 넌 아무것도 얻는 게 없을 거란 말이야."

그러나 클라이드는 이런 솔직하고 호의적인 충고에도 좀처럼 단념하려 하지 않았다. 그녀를 한번 보자마자, 또 그 미소의 마법에 취하고 발랄한 젊음과 몸짓에 완전히 현혹된 나머지 그는 한 번 더 그녀의 미소를 바라보고 시선을 받고 손목을 잡아 보기 위해서라면 무엇이라도 기꺼이 바치고 무슨 짓을 해도 좋다고 생각했다. 그녀는 눈곱만큼도 자신의 마음을 잘 알지 못하고, 자신이 원하는 향락과 옷가지를 얻기 위해서라면 같은 또래이거나 조금 손위 사내를 이용하는 것이 가장 손쉽고 이익이 된다는 사실을 막 깨달은 여자인데도 말이다.

그 파티는 이성에 눈을 뜬 젊은이들이 젊음을 분출하는 파티로 판명되었다. 키티 킨의 집은 12월의 앙상한 나무 아래 초라한 길거리에 있는 오두막집에 지나지 않았다. 그러나 갑자기 한 예쁜 아가씨를 보고 그의 가슴에 정열의 불꽃이 활활 타올랐기 때문에 클라이드에게 그 집은 낭만적인 광채와 형체, 화려함을 띠고 있었다. 그가 그곳에서 만난 젊은 남녀들은—래터러, 헤글런드, 호튼스 같은 유형의 아가씨들과 사내들 말이다—발랄한 생기와 자유로움과 만용의 정수(精髓) 같았다. 클라이드는 영혼을 주고서라도 기꺼이 갖고 싶은 것들이었다. 그런데 이상한 것은 조금 불안한 마음이 드는데도 새로 사귀게 된 친구들 덕분에 쾌활한 분위기에 흠뻑 빠질 수 있었다는 점이다.

행운인지 불행인지는 몰라도 클라이드는 지금까지 목격할 기회가 없었던 젊은 남녀의 행동을 이 기회에 목격할 수 있었다. 가령 호튼스나 그레터나 루이즈만 해도 아주 태연하고도 자신 있게 관능적으로 춤을 추었다. 이와 동시에 많은 젊은이가 조그마한 병에 든 위스키를 바지 뒷주머니에 넣고 와서 자신들이 직접 마실 뿐만 아니라, 여자든 남자든 가리지 않고 다른 사람들에게도 마시라고 권했다.

이처럼 술기운 탓에 분위기가 유쾌해지자 그들은 한층 더 허물없는 관계로 발전하여 호튼스와 루이즈와 그레터를 포함해 모두 서로서로 어루만지기 시작했다. 말다툼이 일어나는 때도 있었다. 클라이드가 보기에 문 뒤에서 아가씨를 포옹하고, 외진 구석에 있는 의자에 앉아 여자를 무릎 위에 올려놓고, 소파 위에 여자와 나란히 드러누워 여자에게 정답게 유혹의 말을 속삭이는 것은 조금도 이상한 일 같지 않았다. 그는 호튼스가 그런 짓을 하는 것을 지금껏 한 번도 보지 못했지만, 그래도 그녀는 주저하지 않고 여러 사내의 무릎 위에 앉거나, 문 뒤에서 속삭여 대고 있었다. 얼마 동안 그녀의 그런 꼴이 섭섭하고 화가 치밀어 그는 이제 더 그녀와 상대할 수 없다고, 상대하지 않겠다고 다짐하고 있었다. 한마디로 그녀는 너무 헤프고 저속하고 분별력이 없었던 것이다.

이와 동시에 클라이드는 다른 사람들보다 세상 물정을 잘 모르는 젊은이로 비칠까 봐 권하는 대로 온갖 술을 받아 마신 터라 평소와는 달리 대담하고 무모해졌다. 그래서 호튼스에게 너무 헤프게 행동하지 말라고 간청하는 동시에 비난을 퍼부었다.

"알고 보니 아가씨는 바람둥이로군요. 누구와 희희낙락하든 상관없다는 거죠?" 새벽 한 시가 지났을 무렵 윌킨스라는 청년이 서툴게 연주하는 피아노곡에 맞추어 둘이서 춤을 추고 있을 때였다. 바로 그때 그녀는 흥겹고 육감적인 표정으로 교태를 부리면서 친절하게 그에게 새로운 스텝을 가르쳐 주고 있었다.

"바람둥이라니 그게 무슨 뜻이죠? 무슨 말인지 통 모르겠군요."

"아, 그래요?" 클라이드는 조금 시무룩한 말투로 대꾸했지만 자신의 진짜 기분을 감추려고 여전히 짐짓 미소를 띠며 말했다. "아가씨에 대한 소문을 들었어요. 온갖 사내들과 놀아난다고요."

"아, 내가 그렇대요?" 그녀는 꽤 화가 난 말투로 물었다. "하지만 내가 당신과 놀아난 적은 한 번도 없죠?"

"아니, 그렇게 화낼 것까진 없어요." 그는 반은 애원하는 말투로 또 반은 비난하는 말투로 말했다. 어쩌면 자신의 행동이 너무 지나쳐 그녀를 완전히 잃어버리게 될지도 모른다는 걱정이 들었기 때문이다. "별다른 뜻으로 한 말은 아니에요. 하지만 아가씨가 많은 사내들에게 구애하도록 부추긴 건 부정하지 못하겠죠. 어쨌든 아가씨를 좋아하는 것처럼 보이더군요."

"아, 그럼요. 물론 그 사람들은 나를 좋아들 하겠죠. 하지만 난들 그걸 어떻게 하겠어요?"

"어쨌든 한 가지만 말하고 싶군요." 그는 뽐내는 듯한 말투로 열을 올려 내뱉었다. "난 말이죠, 다른 친구들보다는 아가씨를 위해 훨씬 돈을 많이 쓸 수 있단 말입니다. 돈이 있거든요." 이 말을 내뱉기 바로 직전 그는 주머니 속에 지폐로 잘 넣어 둔 55달러를 머리에 떠올리고 있었다.

"흥, 내가 그걸 어떻게 안담." 그녀가 대꾸했다. 이렇게 현금 공세로 나오자 적잖이 흥미를 느끼면서 동시에 이런 식으로 거의 모든 젊은 사내들의 마음에 불을 지를 수 있다고 생각하니 적잖이 우쭐해지기도 했다. 사실 그녀는 조금 어리석은 데다 머리가 텅텅 비어 있었다. 자신의 매력에 도취되어 거울만 있으면 으레 자신의 모습을 비춰 보며 눈동자, 머리칼, 목덜미, 손, 몸매에 감탄하는가 하면, 이상야릇하게 고혹적인 미소를 짓는 법을 연습하기도 했다.

이와 동시에 호튼스는 클라이드가 아직 풋내기이긴 하지만 적잖이 매력적이라는 사실에 마음이 끌렸다. 그녀는 이런 풋내기를 가지고 노는 것이 무척 재미있었다. 그녀가 보기에 그는 어딘지 어리숙한 데가 있었다. 그러나 그린데이비슨 호텔에 근무하고 있고 옷차림도 훌륭했으며, 그의 말대로 틀림없이 돈도 있어 자기를 위해 쓸 것처럼 보였다. 그녀가 가장 좋아하는 상대 중 몇 사람은 그다지 돈이 많지 않았던 것이다.

"돈 있는 사람 중엔 나한테 돈을 쓰고 싶어 하는 사람이 많아요." 그녀는 머리를 흔들고 눈에 광채를 띠며 가장 내숭 떠는 미소를 다시 지어 보였다.

그 순간 클라이드의 표정이 갑자기 어두워졌다. 교태를 띤 그녀의 얼굴을 차마 쳐다볼 수가 없었다. 그의 이마에 주름살이 잡혔다가 다시 펴졌다. 자신의 궁핍한 삶에 대해 느꼈던 옛 분노가 다시 치밀어 오르면서 그의 두 눈이 탐욕과 비통한 빛을 띠고 활활 타오르고 있었다. 그녀가 하는 말은 하나같이 사실 그대로였다. 자기보다 훨씬 돈 많고 훨씬 더 많이 쓸 수 있는 사내들은 얼마든지 있었다. 그가 돈이 있다고 뽐내어 말해서 우스꽝스러운 꼴이 되고 말았고, 그녀는 지금 그런 그를 비웃고 있었다.

잠시 뒤 그가 힘없이 덧붙였다. "그렇겠죠. 하지만 나보다 아가씨를 원하는 사람은 없을걸요."

솔직하게 무심코 내뱉은 이 한마디 말에 그녀는 적잖이 우쭐해졌다. 결국 그는 그렇게 엉망이지는 않았다. 두 사람은 음악이 계속 울리는 동안 우아하게 미끄러지듯 춤을 추었다.

"아, 있잖아요. 난 여기서처럼 어디서나 말괄량이 짓은 하지 않아요. 여기 모여 있는 사람들은 모두 서로서로 잘 알고 있는 사이거든요. 언제나 같이 몰려다니는 패거리들이죠. 그러니까 지금 보는 광경에 신경 쓸 거 없어요."

호튼스는 그럴싸하게 거짓말을 꾸며 댔지만 그에게는 위안이 되었다. "아, 당신이 나한테 잘해 주기만 한다면 난 무슨 일이라도 해 줄 수 있어요." 그는 황홀한 말투로 애원하듯 말했다. "난 아직껏 아가씨처럼 마음에 드는 여자를 만난 적이 없거든요. 아가씨는 정말 멋져요. 미칠 정도로 좋아해요. 나랑 같이 저녁 식사 하고 식사 뒤에는 극장에 가요. 내일 밤이나 일요일 밤이 어때요? 그 이틀 밤이 비번이거든요. 다른 날 밤에는 일해야 해요."

호튼스는 그와의 교제를 그대로 계속해도 좋을지 어떨지 마음을 정할 수가 없어 처음에는 주저했다. 다른 사내들은 그만두더라도 게틀러가 있었다. 모두 질투의 눈초리로 열을 올리고 있었던 것이다. 비록 그가 자신을 위해 돈을 쓴다 해도 그의 일로 신경 쓰고 싶지 않았다. 그가 벌써 지나치게 열을 올리고 있는 것을 보니 귀찮은 일이 생길지도 모를 일이다. 그러나 타고난 바람기 때문에 그를 포기할 수도 없는 노릇이었다. 그렇게 되면 이 사람은 모르긴 몰라도 루이즈나 그레터의 손에 넘어가고 말 것이 아닌가. 호튼스는 결국 다음 주 화요일에 만나기로 약속했다. 그러나 자기 집에 찾아오거나 오늘 밤 게틀러가 자기를 집까지 데려다주게 되어 있으므로 집까지 바래다줄 수는 없다고 덧붙였다. 두 사람은 돌아오는 화요일 여섯 시 반에 그린데이비슨 호텔 근처에서 만나기로 약속했다. 그들은 프리셀에서 식사를 한 뒤 그곳에서 두 블록밖에 떨어지지 않은 리비 극장에서 〈해적〉*이라는 뮤지컬 코미디를 보러 가기로 했다.

제12장

몇몇 사람들에게는 자칫 시시하게 보일지 모르지만 클라이드에게 이런 만남은 참으로 중요했다. 지금껏 그는 그토록 매력적인 여자를 만나 본 적이 한 번도 없었다. 그런데 그런 그에게 그녀가 황송하게도 관심을 보이는 게 아닌가. 적어도 그에게는 그렇게 생각되었다. 마침내 그는 이제야 그런 여성을 찾아낸 것이다. 더구나 그녀는 예쁜 데다 저녁 식사와 쇼 구경을 하러 같이 가기로 약속까지 해 줄 만큼 관심을 보였다. 어쩌면 그녀는 바람둥이 여자로 어떤 사내와도 진지하게 사귀지 않는 것이 사실이며, 그래서 처음에는 그에게만 관심을 보이기를 기대할 수 없을지도 모른다. 그렇지만 과연 누가 알겠는가? 앞일에 대해 누가 말할 수 있으랴?

호튼스는 약속대로 그다음 화요일 그린데이비슨 호텔 근처 14번 도로와 와이언도트 거리의 모퉁이에서 그와 만났다. 클라이드는 너무 흥분되고 우쭐하고 황홀한 나머지 몹시 혼란스러워 마음과 생각을 제대로 가다듬을 수 없었다. 어쨌든 그는 그녀에 걸맞게 여러 가지로 이국적인 몸치장을 했다. 머리칼에 포마드를 바르고, 새 나비넥타이와 비단 머플러를 두르고, 밝은 갈색 구두를 한층 돋보이게 하려고 특별히 이 데이트를 위해 일부러 산 비단 양말을 신었다.

그러나 일단 호튼스를 다시 만나고 보니 그녀를 위해 공들여 몸치장할 필요가 있었는지 알 수 없었다. 결국 그녀가 관심을 기울이는 것은 오로지 자기 자신의 외모일 뿐 그의 외모에는 조금도 관심이 없었기 때문이다. 더구나 그녀는 일부러 일곱 시 가까이 그를 기다리게 했다. 물론 일종의 농간이었다. 그는 그녀를 기다리면서 얼마 동안 깊은 실의에 빠졌다. 혹 그사이 그녀는 그에게 관심이 없어져 이제는 더 만나지 않으려고 마음먹은 것은 아닐까. 그렇다면 물론 그는 그녀를 포기할 수밖에 없을 것이다. 제아무리 그가 멋진 옷을 입고 돈이 있다 해도 그녀처럼 예쁜 아가씨의 관심을 끌 수 없는 것이다. 그렇다고 해서 예쁘지 않은 아가씨와는 사귀지 않겠다고 그는 결심했다. 래터러나 헤글런드는 상대방 여자가 예쁘든 예쁘지 않든 그런 것에는 아랑곳하지 않는 모양이지만 그에게 예쁘다는 것은 가장 중요했다. 그다지 예쁘지 않은 여자로 만족한다는 것은 생각만 해도 역겨운 일이었다.

클라이드는 컴컴한 길모퉁이에 서서 기다렸다. 수많은 네온 사인과 전등불이 주위를 휘황찬란하게 비추었고, 많은 보행자가 종종걸음으로 여기저기로 발길을 옮기고 있었으며, 여러 사람의 얼굴이 행복한 일과 약속으로 밝게 빛나고 있었다. 그러나 그는 홀로 발걸음을 돌려 어디서 혼자 식사를 하고, 혼자서 극장 구경을 하고, 혼자 쓸쓸히 집으로 돌아가 내일 아침이면 또 일자리로 가야 할 터였다. 결국 자신이 삶의 낙오자라고 막 결론짓는 순간 저만치 군중 사이로 호튼스의 얼굴과 모습이 나타났다. 그녀는 적갈색의 칼라와 커프스가 달린 까만 벨벳 코트를 입고, 역시 같은 천에 옆쪽에 빨간 가죽 버클이 달린 큼직한 베레모를 쓰고 있었다. 그리고 두 뺨과 입술에 립스틱을 살짝 바르고 있었다. 두 눈은 광채를 띠고 있었으며, 전처럼 자신만만한 태도였다.

"아, 안녕하세요. 좀 늦었죠? 어쩔 수 없었어요. 다른 사람과 약속해 놓고 깜박 잊고 있었지 뭐예요. 아, 친구 중 한 사람인데 참 멋진 사람이에요. 여섯 시가 돼서야 이중으로 약속했다는 게 생각났지 뭐예요. 그러니 어리둥절할 수밖에요. 그래서 두 사람 중 한 사람에게 양해를 구할 수밖에 없었죠. 당신에게 막 전화를 걸어 다른 날로 약속을 연기하자고 말할까 생각했지만, 여섯 시 이후에는 호텔에 있지 않다고 한 말이 생각났어요. 톰도 여섯 시 이후에는 있은 적이 없죠. 하지만 찰리는 늘 가게에 여섯 시 반이나 때로는 조금 늦게까지도 남아 있고, 게다가 그 친구는 그런 방면으로 사람이 좋아서 별로 화를 내거나 하는 법이 없거든요. 그 친구도 나를 극장과 저녁 식사에 데리고 가려고 했죠. 바로 저기 오피아에 있는 시가 가게 책임자로 있어요. 그래서 그 사람에게 전화를 걸었죠. 한데, 그랬더니 그리 좋아하지는 않더라고요. 하지만 다음 날 저녁에 만나 주겠다고 했지 뭐예요. 기분이 좋지 않나요? 찰리 같은 대단한 미남을 실망하게 하면서까지 당신에게 친절을 베풀어 주고 있다는 생각이 들지 않나요?"

호튼스가 힐끗 쳐다보니 이렇게 다른 사내에 대해 말할 때 클라이드의 두 눈에 불안과 질투와 함께 두려움이 감돌았다. 그녀는 그에게 질투심을 불어넣는다고 생각하니 기분이 좋았다. 그가 자기에게 홀딱 빠져 있다는 것을 알 수 있었다. 그녀는 머리를 흔들고 생긋 미소를 짓고 나서 그가 길거리 위쪽으로 걷자 나란히 걸음을 맞추기 시작했다.

"어쨌든 와 줘서 고마워요." 클라이드는 억지로 이 한마디를 했지만 찰리를 '대단한 미남'이라고 한 말이 목에 걸리고 심장을 짓누르는 것만 같았다. 이처럼 아름답고 고집 센 여자를 애인으로 삼을 수 있을까? "아, 오늘 밤 정말 멋져 보여요." 그는 억지로 한마디 던졌다. 그렇게 칭찬을 할 수 있다는 사실에 자신도 조금 놀랐다. "모자가 참 잘 어울려요. 코트도 몸에 잘 맞고요." 그는 두 눈에 찬사와 간절함을 가득 담아 그녀를 빤히 쳐다보았다. 그녀의 귀여운 입술에 키스하고 싶었다. 그러나 이런 곳에서, 아니 아직은 다른 어떤 장소에서도 감히 그렇게 할 수 없었다.

"당신 같은 여자가 많은 약속을 거절하는 거야 하나도 이상할 게 없죠. 미인이니까요. 장미꽃이라도 꽂고 싶지 않으세요?" 두 사람이 꽃가게 앞을 지날 때 그는 꽃을 보는 순간 그녀에게 선물하고 싶다는 생각이 머리에 스쳐 갔다. 헤글런드한테서 여자들은 선물을 주는 사내를 좋아한다는 말을 들은 적이 있었다.

"아, 그거 좋죠. 장미를 좋아해요." 그녀는 대답하고 나서 가게 안으로 들어갔다. "아니면 저 오랑캐꽃이 좋을지도 몰라요. 어쩜, 이렇게 고울까. 이 재킷에 썩 잘 어울리겠네요."

호튼스는 클라이드가 꽃을 떠올리다니 멋을 아는 사내라고 생각되어 기뻤다. 또한 여러 가지로 자기를 칭찬해 준 것도 호감이 갔다. 그러나 그녀는 그가 여자애들과 사귀어 본 경험이 거의 없다고 확신했다. 그녀는 좀 더 경험이 풍부하고 호락호락하게 넘어오지 않는, 한마디로 붙잡아 두기 쉽지 않은 젊은이들이나 성인들이 더 좋았다. 그렇지만 클라이드는 그녀가 교제해 온 사내들보다는 낫고 좀 더 세련되었다고 생각하지 않을 수 없었다. 그녀는 자기 안목에서 보면 투박스럽기는 하지만 클라이드를 너그럽게 봐 주기로 했다. 즉 앞으로 그가 어떻게 나올지 한번 두고 볼 생각이었다.

"어머, 참 예쁘네요! 이걸로 할래요." 그녀는 꽤 큼직한 오랑캐꽃 다발을 집어 들어 그 꽃을 재킷에 꽂으며 큰 소리로 말했다. 클라이드가 돈을 치르는 동안 그녀는 거울 앞에 서서 자기 마음에 들게 이리저리 꽂아 보고 있었다. 마침내 마음에 들자 그녀는 클라이드 쪽을 돌아보며 "자, 이젠 준비 끝났어요!"라고 큰 소리로 말하고는 그의 팔을 잡았다.

클라이드는 그녀의 기세와 독특한 버릇에 적잖이 위축되어 지금 순간 무슨 말을 꺼내야 좋을지 몰라 어리둥절하고 있었지만 그런 것에 대해서는 걱정할 필요가 없었다. 그녀의 최대 관심사는 오직 그녀 자신이었기 때문이다.

"아, 지난주는 눈코 뜰 새 없이 얼마나 바빴는지 몰라요. 매일 밤 새벽 세 시까지 밖에 있었거든요. 일요일 거의 날이 샐 때까지 파티를 벌였지 뭐예요. 아이고, 어젯밤 파티는 또 얼마나 야단스러웠는지 몰라요. 기퍼드 페리에 있는 버킷에 가 본 적 있나요? 아, 39번 도로 빅블루강' 위쪽에 있는 참 멋진 곳이죠. 여름철에는 춤을 출 수 있고, 겨울철 얼음이 얼면 밖에서 스케이트를 타면서 얼음 위에서 춤을 출 수도 있어요. 게다가 그곳엔 아주 멋진 조그마한 오케스트라도 있죠."

호튼스가 지껄이는 말에는 별로, 아니 거의 관심을 두지 않은 채 클라이드는 그녀의 입놀림이며, 반짝이는 두 눈, 재빠른 몸짓을 바라보고 있었다.

"윌러스 트론도 우리와 함께 갔죠. 어머, 그 사람 되게 웃기는 사람이더라고요. 그 뒤 모두들 앉아서 아이스크림을 먹고 있을 때, 그 사람은 부엌으로 들어가더니 얼굴에 검정 칠을 하고는 웨이터 에이프런과 옷을 입고 나와 우리들에게 서비스를 하는 게 아니겠어요. 참 웃기는 사내지 뭐예요. 게다가 접시와 스푼을 갖고 온갖 웃기는 재주를 해 보였어요." 클라이드는 트론 같은 재주를 타고나지 못했다는 생각에 한숨을 내쉬었다.

"월요일 아침 새벽 네 시가 다 돼서야 모두 집에 돌아갔죠. 난 일곱 시에 일어나야 했어요. 그런데 몸이 녹초가 되어 있었어요. 그까짓 일자리야 그만둬도 상관없지만요. 가게에서 일하는 사람들과 벡크 씨가 없었다면 아마 그렇게 했을 거예요. 벡크 씨는 우리 가게 부서의 주임이에요. 내가 얼마나 그 사람을 못 살게 구는지 모를 거예요. 확실히 난 그 가게에서 골칫거리죠. 언젠가 하루는 오후 늦게 회사에 나간 적이 있었어요. 다른 점원 애 하나가 나 대신 출근부를 찍었던 거죠. 그런데 벡크 씨가 홀에 있다가 그걸 봤지 뭐예요. 그날 오후 두 시쯤 내게 이렇게 말하는 거예요. '어이, 이봐, 미스 브릭스.' (그분은 언제나 나를 그렇게 부른답니다. 내가 달리 부르지 못하게 하기 때문이죠. 만약 달리 부르게 한다면 아마 주제넘게 굴려고 할 거예요.) '출근부를 대신 찍게 해선 안 되지. 두 번 다시 그렇게 하지 말아요. 이곳은 풍자극을 공연하는 극장이 아니야.' 그 말을 듣고 난 웃을 수밖에 없었죠. 그 사람은 우리 모두에게 가끔 화를 낼 때가 있죠. 하지만 난 그 사람에게 분수를 지키게 해요. 그 사람은 내겐 좀 친절하게 굴어요. 그 사람이라면 무슨 일이 있어도 나를 자르진 않을 거예요. 그래서 이렇게 말해 줬죠. '이봐요, 벡크 선생님, 저한테 그런 식으로 말씀하시면 곤란하죠. 난 지각을 밥 먹듯 자주 하는 게 아니잖아요. 더구나 캔자스시티에 내가 일할 가게가 어디 여기뿐인가요. 만약 어쩌다 늦게 출근할 때마다 이렇게 잔소리를 해댄다면, 저를 잘라 버리면 되잖아요. 그럼 되는 거죠.' 난 그 사람이 무사하게 빠져나가도록 하지 않았어요. 그랬더니 내가 생각에 잠겨 있는 동안 그쪽에서 그만 누그러지더라고요. 그러고는 이렇게 말하는 게 고작이었죠. '어쨌든, 난 지금 당신에게 경고하는 거요. 다음번에 아마 티어니 씨에게 들키기라도 하면 결국 다른 일자리를 찾아야 할 거야.' 그는 자신이 허풍 떨고 있다는 걸 잘 알고 있었죠. 물론 나도 잘 알고 있었고요. 한바탕 웃을 수밖에 없었죠. 그러고 나서 2분쯤 뒤 그 사람이 스콧 씨랑 껄껄 웃어 대는 모습이 보이더라고요. 하지만, 아, 내가 그 가게에서 때로 골칫거리 짓을 하는 건 분명해요."

클라이드와 호튼스는 어느덧 프리셀 식당에 도착했다. 지금까지 클라이드는 한마디도 말할 여유가 거의 없다시피 했고 그래서 오히려 다행이었다. 그는 태어나서 처음 이런 곳으로 여성을 동반하고 가고 있다고 생각하니 여간 가슴 뿌듯하지 않았다. 이제야 겨우 경험이라고 할 만한 것을 겪기 시작하고 있었다. 그러나 이런 로맨스에 자못 불안하고 초조하기도 했다. 호튼스가 자신을 꽤 높이 평가하는 데다 잘 나가는 많은 젊은이와 친밀한 관계를 유지하고 있다고 힘주어 자랑하는 것을 듣고 보니 클라이드는 이 순간까지 제대로 삶다운 삶을 산 것 같지 않은 생각이 들었다. 그녀가 지껄인 다른 세계 이야기가 갑자기 그의 머릿속에 스쳐 갔다. 빅블루강에 있다는 버킷 식당, 얼음판 위에서 타는 스케이트와 춤, 오늘 밤 그녀가 약속했다는 담배 가게의 젊은 점원 찰리 트론, 그녀에게 마음이 꽂혔는지 차마 그녀를 자르지 못한다는 가게 주임 벡크 씨 등. 그리고 그녀가 그의 주머니 사정은 아랑곳하지 않은 채 마음대로 음식을 주문하고 있는 것을 바라보는 동안, 그는 재빠르게 그녀의 얼굴이며, 몸매, 부드럽고도 통통한 팔을 떠올리게 해 주는 손 모양, 벌써 터질 듯 부풀어 오른 젖가슴, 눈썹의 아름다운 곡선, 둥글고 매끄러운 뺨과 턱의 매혹적인 모습을 훔쳐보았다. 그녀의 목소리에는 어딘지 모르게 그의 마음에 호소하며 흔들어 놓는 감동적이고 부드러운 그 무엇인가가 실려 있었다. 그의 귀에 그녀의 목소리는 참으로 감미롭게 들렸다. 아, 이런 여자를 혼자서 차지할 수만 있다면 얼마나 좋을까!

호튼스는 식당 밖과 마찬가지로 이곳 식당 안에서도 여전히 자기 얘기만 계속 지껄여 대고 있었다. 클라이드와 매우 훌륭해 보이는 식당에 와서 저녁 식사를 하고 있다는 사실에는 전혀 관심이 없다는 표정이었다. 거울을 들여다보지 않을 때는 메뉴를 들여다보면서 마음에 드는 음식─즉, 민트젤리 양념을 한 양고기─을 골랐다. 오믈렛은 생각이 없고, 비프도 싫었다. '아, 그렇지, 버섯을 곁들인 필레미뇽'으로 할까.' 마침내 그녀는 필레미뇽에 샐러리와 콜리플라워로 주문하기로 했다. 물론 거기에 칵테일 한 잔을 곁들일 것이다. '암, 그렇고말고!' 클라이드는 술 몇 잔 마시지 않고 하는 식사란 별볼일 없다고 헤글런드가 말하는 것을 들은 적이 있었다. 그래서 그는 슬쩍 칵테일을 마시자고 제안했던 것이다. 칵테일이 한 잔, 또 한 잔 들어가자 그녀는 한층 더 기분이 좋고 쾌활해져서 전보다도 훨씬 더 수다스러워졌다.

그러나 그러는 동안에도 줄곧 클라이드에 관한 한 호튼스의 태도는 꽤 거리감이 느껴지고 서먹서먹하다는 것을 알아차릴 수 있었다. 만약 한순간이라도 화제를 자기 두 사람에 관한 이야기 쪽으로 돌려 보려고 하거나, 개인적으로 그녀에게 관심이 아주 많으며, 지금 말하는 젊은이들 말고 다른 젊은이에 대해서는 진지하게 관심을 기울이고 있는지 넌지시 건네 보기라도 하면, 그녀는 모든 젊은이를 좋아한다고 단언함으로써 그를 무시해 버렸다. 젊은이들이 하나같이 멋지고 그녀에게 친절하게 대해 주니 그럴 수밖에 없지 않겠는가. 만약 그렇게 하지 않는다면 그런 사람들과 교제할 까닭이 없을 테니 말이다. 그녀의 표현을 빌리면 "그런 사람들에게는 딱지를 놓는다"는 것이다. 이런 말을 하면서 그녀는 눈알을 재빠르게 굴리고, 도전적인 태도로 고개를 흔들어 댔다.

클라이드는 이 모든 것에 그만 매혹되었다. 그녀의 몸짓, 자세, 찡그리는 표정, 자태 하나하나가 관능적이며 암시적이었다. 그녀는 상대방을 놀리고, 약속을 하고, 비난과 어떤 결론을 자초하고는 곧 자신은 이런 일과는 아무 상관이 없다는— 한마디로 자신과 관련한 가장 은밀한 일 말고는 아무것도 의식하지 않는다는 태도를 보이는 것 같았다. 대체로 클라이드는 단순히 그녀와 가까이 있다는 사실만으로도 마음이 들뜨고 무척 기분이 좋았다. 그것은 고문과 같은 것이었지만 행복한 고문이었다. 그녀를 힘껏 껴안고는 그녀의 입술에 키스하고, 심지어 그녀를 깨물어 줄 수 있다면 얼마나 행복할까. 그의 머릿속은 이런 짜릿한 생각으로 가득 찼다. 그녀의 입을 자기 입으로 덮을 수만 있다면! 그녀에게 키스를 퍼부어 질식시킬 수만 있다면! 그녀의 아름다운 육체를 으스러지도록 힘껏 껴안고 애무할 수만 있다면! 그녀는 가끔 유혹하는 듯한 시선으로 그를 바라보았고, 그럴 때마다 그는 가볍게 현기증을 느끼며 온몸이 나른해지면서 메스꺼워 토할 것만 같았다. 단 한 가지 그의 꿈이 있다면 매력으로든 돈으로든 무슨 수를 써서라도 그녀의 마음을 사로잡는 것이었다.

그러나 그 뒤 극장 구경을 하고 그녀를 집에 바래다준 다음에도 클라이드는 결국 두 사람 사이에 뚜렷한 진전이 없었다는 것을 깨달을 수 있었다. 리비 극장에서 〈해적〉을 보는 동안 내내 그에 대한 관심이 확실치 않은 호튼스는 연극에만 관심을 두었고, 그녀가 전에 보았던 비슷한 연극과 남녀 배우들에 대해서, 특히 어떤 젊은이가 극장에 데리고 갔는지 대해서만 지껄일 뿐이었다. 그래서 클라이드는 재치나 도전의 힘으로 그녀를 이끌어 나가고 또 그녀의 경험에 자신의 경험으로 맞서는 대신 그냥 그녀를 인정해 주는 것으로 만족할 수밖에 없었다.

그러는 동안 호튼스는 사내 한 명을 더 정복했다고 마음속으로 생각하고 있었다. 이제 더는 요조숙녀가 아닌 그녀는 돈을 조금 갖고 있는 그가 자기를 위해 돈을 쓰게 만들 수 있다는 확신이 들었다. 그래서 옆에 붙잡아 두고 가능하다면 계속 관심을 가질 만큼만 호의를 보이기로 했다. 그녀는 자기가 하고 싶은 대로 다른 사내들과 어울리며 재미를 보는 한편, 별로 재미있는 시간이 없을 때는 클라이드에게 자기가 원하는 물건을 사 주고 무슨 일을 하면서 시간을 메꿔 주도록 할 생각이었다.

제13장

두 사람의 관계는 적어도 네 달 동안 이런 식으로 진행되었다. 이렇게 만난 뒤 클라이드는 일하지 않는 시간 상당 부분을 바쳐 호튼스가 이제 다른 사내들에게 보이는 것 같은 정도의 관심을 자신에게도 갖도록 만들고 있었다. 그러면서도 그녀가 유독 어느 한 남자에게만 애정을 품도록 만들 수 있을지는 확신할 수 없었다. 또한 다른 남자들과의 관계에 순수한 우정만이 있으리라고 믿을 수도 없었다. 클라이드로서는 자신이 그녀에게 완전히 빠져 있었기 때문에 비록 그것이 사실일지라도 결국 그녀도 자기를 더 좋아할 것이라고 생각하니 정신이 그만 아찔할 정도였다. 그녀 주위에 풍기는 관능적인 모습과 다양한 성적 취향, 몸짓과 기분과 목소리, 옷차림에서 풍기는 욕망의 흔적에 매혹되어 그녀를 도저히 포기할 수 있을 것 같지 않았다.

오히려 클라이드는 바보처럼 어리석게 호튼스의 뒤꽁무니를 따라다녔다. 그것을 알자 그녀는 한층 더 그를 멀리하고 쌀쌀맞게 굴고, 때로는 만나는 일까지 피하며, 어쩌다가 만나 주는 것으로 만족하라는 태도를 보였다. 그러면서도 동시에 다른 사내들과 만나서 한 일들을 생생하게 그에게 털어놓았다. 그는 이런 식으로는 더 이상 참으며 그녀 뒤를 쫓을 수 없다고 판단했다. 그럴 때면 그는 화가 치밀어 두 번 다시는 그녀를 만나지 않겠다고 자신에게 다짐했다. 정말이지 그녀는 그에게 아주 쓸모없는 여자였던 것이다. 그러나 다시 그녀를 만나 그 쌀쌀맞고 무관심한 그녀의 말과 행동을 대하게 되면 그의 용기가 꺾이면서 그녀와의 절교를 도저히 생각할 수 없었다.

호튼스는 동시에 조금도 주저하지 않고 필요하거나 갖고 싶은 물건을 사 달라고 그에게 부탁했다. 처음에는 새로 나온 파우더 퍼프, 립스틱, 콤팩트, 향수 같은 자질구레한 물건들을 부탁했다. 나중에 가서는 그저 그때그때 적당한 방법으로 대담하게 물건을 사 달라고 부탁했다. 가령 핸드백, 블라우스, 슬리퍼, 스타킹, 모자 같은 그녀가 돈이 있으면 사고 싶은 그런 물건들 말이다. 그럴 때면 그녀는 클라이드에게 애매하게 애정을 주는 듯한 막연한 몇 가지 행동, 이를 테면 나른한 동작으로 다정하게 그의 팔에 매달리면서 무엇인지 양보할 것처럼 하면서도 언제나 도를 넘는 법은 없었다. 그러면 클라이드는 그녀의 마음을 얻고 환심을 사려고 그런 물건들을 사 주었다. 물론 집안에 다른 일이 생겨 그녀의 부탁을 들어주기가 어려운 때도 있었다. 그러다가 넉 달이 다 지나갈 때까지도 그는 두 사람의 관계가 처음 시작할 때와 달라진 것이 별로 없다는 사실을 깨닫기 시작했다. 한마디로 그는 거의 고통스러울 만큼 열심히 그녀의 뒤를 쫓았지만 그 어떤 뚜렷한 대가도 눈에 보이지 않았던 것이다.

한편 클라이드의 가정 문제에 관한 한, 그리피스 집안 식구들이 헤어날 수 없을 만큼 깊이 빠져 있던 초조와 실의 상태는 옛날과 크게 달라진 것이 없었다. 에스터가 가출한 이후 가족들은 아직도 여전히 침통한 분위기 속에서 살고 있었다. 다만 클라이드에게 그 사건은 속 태우게 하는 신비, 그보다도 짜증나게 하는 어떤 그 무엇 때문에 더욱 복잡했다. 섹스와 관련한 문제로 말하자면, 어떤 부모도 그리피스 집안의 부모보다 더 결벽할 수는 없을 터였다.

그리고 특별히 이 사실은 얼마 동안 에스터를 둘러싼 신비에도 그대로 적용되었다. 그녀는 이제 집을 나가고 없었다. 게다가 아직 돌아오지 않고 있었다. 클라이드와 동생들이 알고 있는 한, 그녀로부터는 어떤 종류의 소식도 받지 못했다. 에스터가 가출한 지 처음 몇 주일 동안 아버지와 어머니는 도대체 그녀가 어디에 있는지, 왜 편지를 보내지 않는지 몹시 걱정하며 안절부절못했지만, 갑자기 걱정하지 않고 오히려 체념하는 듯한 태도를 보였다. 전에 같으면 절망에 빠질 것 같은 상황인데도 고통받지 않는 것 같았다. 클라이드로서는 그 일을 도저히 설명할 길이 없었다. 눈에 띨 정도로 분명한 변화였는데도 부모는 그 일에 관해서는 한마디도 언급하지 않았다. 그러던 어느 날 클라이드는 우연히 어머니가 누구와 편지를 교환하고 있다는 사실을 알게 되었다. 그것은 어머니로서는 무척 보기 드문 일이었다. 어머니는 사교적으로나 사업 일로나 접촉하는 사람이 없어서 편지를 쓰는 일도, 답장을 받는 일도 거의 없었다.

그린데이비슨 호텔에 나가게 된 지 얼마 되지 않은 어느 날 오후, 클라이드는 여느 때보다 일찍 집에 돌아왔다. 그런데 어머니가 분명히 방금 배달된 듯한 편지를 아주 열심히 읽고 있는 모습이 눈에 띄었다. 그 편지에는 비밀로 해야 할 어떤 내용이 적혀 있는 것 같았다. 어머니는 그가 돌아온 것을 보자마자 편지 읽고 있던 것을 부리나케 멈추고는 몹시 당황하면서 자리에서 일어나 무엇을 하고 있었다는 말 한마디 없이 편지를 치워 버렸다. 그러나 클라이드는 어떤 이유에서인지, 어쩌면 직감에서 그 편지가 에스터한테서 온 것이라는 생각이 들었다. 물론 확신할 수는 없었다. 멀리 떨어져 본 탓에 필적을 알아볼 수 없었기 때문이다. 어쨌든 편지가 누구한테서 왔든 어머니는 그 일에 관해서는 한마디도 뻥긋하지 않았다. 오히려 어머니는 그에게 묻지 않았으면 좋겠다는 표정을 지었다. 두 사람 사이는 워낙 말이 없어서 그는 차마 물어보려는 생각조차 하지 않았다. 다만 처음에는 이상하다고 생각하다가 나중에는 머리에서 지워 버리다시피했지만 그렇다고 완전히 잊어버린 것도 아니었다.

이런 일이 있은 지 한 달이나 5주쯤 지났을 때, 이제는 호텔 일에도 비교적 익숙해지고 호튼스 브릭스에 관심을 두기 시작했을 무렵의 어느 날 오후였다. 클라이드가 직장에서 막 돌아오자 어머니는 그녀로서는 아주 특별한 용건을 갖고 그에게 다가왔다. 용건이 무엇인지도 설명하지 않고 클라이드라면 누구보다도 도와줄지 모른다고 언급하면서 어머니는 그를 전도관 홀 안으로 불러들였다. 단호한 표정으로 그를 쳐다보고 안절부절못하면서 어머니는 물었다. "클라이드, 어디서 지금 당장 100달러 마련할 데가 없을까?"

클라이드는 너무 놀라서 혹시 잘못 들은 것은 아닌지 귀를 의심할 정도였다. 불과 몇 주 전까지만 해도 그 앞에서 4달러나 5달러 넘는 돈을 언급하는 일은 상상할 수조차 없었다. 그것은 어머니도 잘 알고 있는 터였다. 그러나 지금 어머니가 그에게 돈을 부탁하는 것을 보니 분명히 그가 그만한 정도의 돈은 어떻게 해서든지 마련할 수 있으리라고 생각하는 모양이었다. 물론 그의 옷차림으로 보나 일반적인 외모로 보나 전보다 그의 형편이 훨씬 나아진 것만은 틀림없는 사실이었다.

이와 동시에 클라이드는 어머니가 그동안 옷차림이나 이상한 행동을 눈여겨봐 왔으며 그가 버는 보수의 액수를 속이고 있다고 확신하고 있는 것은 아닌지 생각했다. 그런 생각이 드는 것도 전혀 근거 없는 것은 아니었다. 최근 들어 클라이드의 태도가 너무 달라졌기 때문에 어머니도 그에 대해 달리 생각할 수밖에 없었으며, 앞으로 그를 어떻게 통제할 수 있을지 적잖이 미덥지 않게 생각하기 시작했다. 최근 들어 호텔에서 일하기 된 이후로 무슨 이유 때문인지 클라이드는 전보다 분별력이 있고 자신감이 생겼으며 불안감도 줄어들고 자기 방식대로 행동하고 자기 생각을 남에게 털어놓는 일도 거의 없는 것 같았다. 이 것은 어떤 의미에서는 어머니에게 적잖이 걱정이 되기도 했지 만, 또 다른 의미에서는 흐뭇한 일이기도 했다. 클라이드는 이 제껏 감수성이 예민하고 정서가 불안정하여 어머니에게 걱정 거리였다. 그러던 그가 이토록 흥미롭게 성장하는 모습을 보는 것이야말로 대단한 일이었다. 물론 최근 그의 화려한 옷차림을 보면 도대체 어떤 친구들과 사귀고 있는 것인지 의심이 들고 걱 정될 때도 있었다. 그러나 근무 시간이 긴 데다 일에 열중하고 있으며 돈을 얼마나 벌든 옷을 사는 데 쓰기 때문에 어머니로서 는 마땅히 불평할 이유는 없었다. 어쩌면 그는 조금 이기적으로 행동하기 시작하는구나, 자신의 안락을 너무 중요하게 여기는 구나, 어머니는 이렇게 생각하기도 했다. 그러나 그가 오랫동안 궁핍하게 살아왔으므로 일시적으로 향락을 좇는다고 해도 비 난할 수 없는 노릇이었다.

클라이드는 어머니의 속마음을 알 수가 없어 그저 멍하니 바 라보며 큰 소리로 대꾸할 뿐이었다. "아니, 엄마, 내가 100달러 나 되는 돈을 어디서 마련할 수 있겠어요?" 그는 최근에야 겨우 찾아낸 벌이를 들어 보지도 못하고 까닭도 알 수 없는 요구로 뺏 기고 말 것 같은 생각이 들었다. 그래서 고통과 불신의 표정이 곧바로 그의 얼굴에 나타났다.

"네가 그 돈을 전부 마련할 수 있으리라곤 기대하지 않았어." 그리피스 부인이 넌지시 제안했다. "대부분은 내가 빌려 볼 생 각이다. 하지만 나머지 모자라는 돈을 어떻게 마련할 수 있을지

네 도움을 청하고 싶었던 거지. 가능하다면 아버지에게까지 걱정을 끼쳐 드리고 싶지 않구나. 이제 너도 나이가 들었으니 어떻게 좀 도와줄 수 있을 테지." 어머니는 클라이드를 대견스럽다는 듯 유심히 쳐다보았다. 그리고 다시 말을 이었다. "네 아버지는 이런 돈 만지는 일엔 서투른 분이잖니. 또 때론 걱정을 많이 하시기도 하고 말이다."

어머니는 큼직하고 나른한 손으로 힘없이 얼굴을 한번 쓱 훑어 내렸다. 클라이드는 어머니가 어떤 난처한 처지에 놓여 걱정하는 모습을 보고 마음이 동요되었다. 동시에 그 많은 액수의 돈을 기꺼이 내야 할지 내지 말아야 할지, 또는 그렇게 많은 돈을 갖고나 있는지 하는 문제를 떠나 이 돈을 도대체 어디에 쓰려고 할까 하는 호기심이 강하게 생겼다. 100달러나 되는 큰돈이 아닌가? 야, 이거야 참!

그러고 나서 잠시 뒤 어머니는 덧붙여 말했다. "내가 그동안 생각해 온 계획을 말해 주마. 무슨 수를 써서라도 100달러를 만들어야 하지만 지금 당장은 네게 그 이유를 말해 줄 수 없구나. 아니, 너뿐만 아니라 다른 누구에게도 말할 수 없어. 너도 내게 묻지 말거라. 내 책상 속에 네 아버지의 낡은 금시계랑 내 순금 반지와 장식 핀이 있단다. 그걸 팔거나 저당 잡히면 적어도 25달러는 받을 수 있을 거야. 그 밖에 순은(純銀) 나이프와 포크 세트도 있고, 은 주전자와 접시도 있으니." 클라이드도 그 기념품을 잘 알고 있었다. "그 은 접시만도 25달러는 나갈 거야. 모두 합하면 적어도 20달러나 25달러는 받을 수 있을 거다.

그 물건들을 네가 나가는 호텔 근처 괜찮은 전당포에 갖고 갈 수 있지 않을까 생각하고 있었어. 그리고 또 얼마 동안만이라도 내게 일주일에 5달러만 더 줄 수는 없는지 말이다." 이 말을 듣자 클라이드는 고개를 떨어뜨렸다. "친구 한 사람한테서 — 너도 알고 있지만 우리 집에 오는 머치 씨 말이다 — 어쩌면 그분한테 부탁해서 돈을 좀 빌려 100달러를 모을 수도 있을 테지. 그러면 네가 내게 주는 돈에서 그 빚을 갚을 수 있거든. 내가 가진 돈도 10달러쯤은 돼."

어머니는 마치 '내가 이렇게 고통을 겪고 있는데 설마 네가 나를 버리진 않겠지'라고 말하듯 클라이드의 얼굴을 빤히 쳐다보았다. 그러자 그는 자기가 버는 돈을 거의 모두 내놔야만 할지 모른다는 사실에도 불구하고 마음이 누그러졌다. 실제로 클라이드는 기념품들을 전당포로 갖고 가서 저당금과 100달러의 차액을 갚을 때까지만 당분간 어머니에게 한 주에 5달러씩 더 주기로 동의했다. 그런데도 그는 그렇게 많은 돈을 벌기 시작한 것이 얼마 되지 않았으므로 자신도 모르게 이 여분의 돈을 지출할 것을 생각하니 화가 치밀어 올랐다. 이제까지의 일을 생각해 보면 어머니가 요구하는 액수가 점점 더 늘어만 가서, 이제는 한 주에 10달러를 내놓아야 할지도 몰랐다. 언제나 일이 잘못되고, 항상 돈이 필요한 일이 생기고 하니 앞으로 이런 요구가 더 없으리라는 보장도 없다고 클라이드는 생각했다.

클라이드는 가장 괜찮아 보이는 전당포를 찾아내어 기념품을 잡히고 모두 45달러를 받았다. 이 돈과 어머니가 가진 10달러를 합치면 55달러, 나머지 45달러는 머치 씨한테서 빌리면 100달러를 마련할 수 있을 터였다. 지금 와서 생각해 보니, 결국 그는 앞으로 9주 동안 매주 5달러 대신 10달러씩 어머니에게 주지 않으면 안 되게 되었다. 옷을 장만하고, 전과는 전혀 다른 방식으로 삶을 즐기려고 기대하고 있는 지금, 이런 일은 조금도 유쾌하지 않았다. 그런데도 그는 어쨌든 그렇게 하기로 했다. 뭐니 뭐니 해도 어머니한테 은혜를 입고 있지 않은가. 어머니는 자기와 동생들을 위해 지금껏 많은 희생을 감수해 왔기 때문에 자기로서도 이기적으로 행동할 수만은 없는 노릇이었다. 그런 행동은 예의에 어긋나는 일이었다.

그러나 무엇보다도 만약 부모가 클라이드에게 경제적으로 도움을 청한다면 이제까지보다도 훨씬 자기 의사를 존중해 줄 것이라는 생각이 들었다. 우선 밤 시간으로 말하자면, 귀가와 외출 시간이 좀 더 자유로워야 할 것이다. 더구나 입는 옷도 자기 돈으로 구입하고 식사도 호텔에서 하고 있는 점 또한 그가 보기에는 무시 못할 사항이었다.

그러나 얼마 되지 않아 또 다른 문제가 생겼다. 사건은 이러했다. 100달러의 문제가 해결된 지 며칠 뒤 클라이드는 먼트로스 거리에서 우연히 어머니를 만났다. 그곳은 빅켈에서 북쪽으로 뻗은 빈민촌 가운데 하나로 목조 단층 건물과 가구가 딸리지 않은 2층 아파트가 두 줄로 밀집되어 있었다. 비록 궁핍하게 살고 있었지만 그리피스 집안이 만약 이런 거리에서 살고 있었다면 아마 창피하게 생각했을 것이다. 어머니는 그런 초라한 집 중에서도 그래도 비교적 나은 편인 어느 집의 현관 계단을 막 내려오는 중이었다. 그 집 앞쪽 아래 창문에는 아주 눈에 띄게 '가구 딸린 셋집 있음'이라는 표지가 붙어 있었다. 어머니는 몸을 돌려, 거리 반대쪽에 있는 클라이드를 미처 발견하지 못한 채 몇 집 떨어져 있는 다른 집을 향해 걸어가고 있었다. 그 집에도 가구 딸린 방을 세 준다는 표지가 붙어 있었다. 어머니는 관심 어린 눈으로 그 집 외부를 살펴보고는 계단을 올라가 벨을 눌렀다.

클라이드는 처음에 어머니가 무슨 일 때문에 알고는 있지만 주소는 잘 모르는 누군가를 찾고 있는 것이려니 생각했다. 그러나 그가 길을 건너 어머니 쪽으로 갔을 때, 마침 그 집 여주인이 문에서 얼굴을 내밀자 어머니가 묻는 소리가 들렸다. "셋방이 있나요?" "네, 있습니다." "목욕탕이 딸려 있습니까?" "아뇨, 없습니다. 하지만 2층에는 공동으로 사용하는 욕실이 있어요." "일주일에 세가 얼마입니까?" "4달러입니다." "좀 보여 주실까요?" "네, 그럼요, 어서 들어오세요."

그러자 어머니는 좀 망설이는 것 같았다. 한편 클라이드는 그곳에서 8미터도 채 떨어지지 않은 곳에서 걸음을 멈추고는 어머니를 올려다보면서 그녀가 뒤돌아보고 자기를 알아보기를 기다리고 있었다. 그러나 어머니는 뒤를 돌아보지도 않은 채 그냥 집 안으로 들어가 버렸다. 클라이드는 잠시 호기심에 찬 얼굴로 멍하니 어머니의 뒷모습을 바라보았다. 어머니가 누구를 위해 방을 구하고 있다는 것은 있을 수 있는 일이었다. 그러나 왜 보통 때 같으면 구세군이나 YWCA에서 일하고 있을 이 시간에 하필 이런 동네에서 셋방을 구하고 있을까. 그대로 그곳에서 기다리고 있다가 어머니가 무엇 때문에 여기 왔는지를 물어보고 싶은 충동이 일었지만 몇 가지 심부름을 나온 길이라 결국 그는 그곳을 떠나고 말았다.

그날 밤 옷을 갈아입으러 집으로 돌아갔다가 어머니가 부엌에 있는 것을 보고서 클라이드가 말했다. "오늘 아침에 먼트로스 거리에서 어머니를 봤어요."

"응, 그래." 어머니가 잠시 뒤 대답했다. 그런데 대답하기 전 그가 묻는 말에 어머니는 움찔 놀라는 듯한 기색이었다. 어머니는 감자 껍질을 벗기면서 호기심에 찬 눈길로 그를 쳐다보았다. "한데, 그게 뭐가 어때서 그러니?" 그녀는 조용한 말투로, 그러나 얼굴을 붉히며 덧붙였다. 클라이드가 보기에 어머니의 행동치고는 분명히 유별난 데가 있었다. 그는 뜻밖의 물음을 받고서 당황하는 어머니의 태도가 흥미롭고도 이상했다. "어머니는 그곳에 있는 어떤 집으로 들어가시던데요. 가구 딸린 셋방을 얻으려는 것 같았어요."

"그래, 맞아." 그리피스 부인이 짤막하게 대답했다. "병들고 돈도 별로 없는 어떤 사람을 위해 방 하나가 필요한데 그런 집을 찾기가 쉽지 않구나." 어머니는 더 이상 그 문제에 관해 말하고 싶지 않다는 듯 돌아서 버렸다. 그래서 클라이드는 어머니의 기분을 잘 알고 있으면서도 한마디 덧붙이지 않을 수 없었다. "아, 그 거리는 셋방을 얻어 살기엔 별로네요." 그린데이비슨 호텔에서 새로 일하고 나서부터 그는 생활 방식에 관한 생각이 전과는 달라졌다. 그 누구의 생활이라도 말이다. 어머니는 이 말에 아무 대꾸도 하지 않았고, 그는 옷을 갈아입으러 자기 방으로 들어갔다.

그런 일이 있은 지 한 달쯤 지난 어느 날 밤, 클라이드가 미주리 애비뉴 동쪽으로 걸어가고 있을 때 서쪽에서 어머니가 걸어오고 있는 모습이 눈에 띄었다. 쭉 늘어선 조그마한 상점 중 하나에서 흘러나오는 불빛을 받으며 어머니가 꽤 무거운 구식 여행용 가방 하나를 운반하고 있었다. 그 가방은 오래전부터 집에 있던 것으로 아무도 사용한 적이 없었다. 그러나 어머니는 그가 자기 쪽으로 가까이 오는 것을 보자 (나중에 그가 생각해보니 그랬다) 갑자기 걸음을 멈추고는 3층 벽돌집 아파트의 입구로 들어가 버렸다. 그곳에 다가가 보니 바깥문은 닫혀 있었다. 그는 문을 열어 보았다. 어두컴컴한 전등이 켜져 있는 계단이 있었고, 아마 어머니는 그 계단 위로 올라간 것 같았다. 클라이드는 일단 이 집에 도착한 이상 어머니가 누구를 찾아온 것일지도 모른다는 생각이 들어 더 이상 살펴보는 것은 그만두기로 했다. 어쨌든 너무나 갑자기 일어난 일이었다. 그러나 바로 다음 길모퉁이에서 기다리고 있으려니 어머니가 곧 다시 길거리로 나오는 것이 보였다. 더구나 점점 그의 호기심을 끈 것은 어머니가 아까처럼 발길을 돌리기 전에 조심스럽게 이쪽저쪽 주위를 살피는 점이었다. 어머니가 자기에게 들키지 않으려고 애쓰고 있다는 생각이 들었다. 그렇다면 도대체 왜 숨기려고 할까?

클라이드는 어머니의 수상한 거동에 흥미를 느끼고는 그 뒤를 따라가 볼까 하는 충동에 사로잡혔다. 그러나 만약 어머니가 자신의 행동을 그에게 알리고 싶어 하지 않는다면, 그 뒤를 따라가지 않는 게 상책이라고 판단했다. 그러면서도 그는 이런 수상한 행동 때문에 호기심이 강하게 발동했다. 도대체 왜 어머니는 가방을 들고 어디론가 가는 것을 그에게 보이기 싫어할까? 어머니는 본디 성격적으로 무엇인가를 회피하거나 숨기거나 하는 사람이 아니었다(이 점에서 그와는 아주 달랐다). 그러자 이때 거의 즉각적으로 그의 마음속에 이 우연한 일이 얼마 전 어머니가 먼트로스 거리의 아파트 계단을 내려오는 모습을 보았을 때의 일과 연관되었다. 이와 함께 어머니가 편지를 읽고 있던 것을 발견한 일이며, 어머니가 무리하여 100달러를 마련해야 했던 일이 생각났다. 도대체 어머니는 지금 어디를 가고 있는 것일까? 도대체 무엇을 감추고 있는 것일까?

클라이드는 이 모든 일을 이리저리 궁리해 봤지만, 자기나 다른 집안 식구와 분명히 관련이 있다고 판단할 수는 없었다. 그러나 마침내 일주일쯤 지난 뒤 그가 볼티모어 거리 근처의 11번 도로를 따라 걷고 있을 때 우연히 에스터를 본 것 같았다. 에스터가 아니라면 에스터와 너무 닮아 어디에서 보든 그녀로 착각할 정도였다. 키도 똑같고, 걷는 모습도 에스터 그대로였다. 다만 자세히 보니 에스터보다는 좀 나이가 들어 보였다. 어쨌든 그녀는 사람들 틈을 뚫고 무척 빠른 걸음으로 가 버렸으므로 분명히 확인할 수가 없었다. 힐끔 바라봤을 정도였지만 너무도 닮

앉기 때문에 그는 몸을 돌려 그녀의 뒤를 따라갔지만 그 장소에 도착했을 때는 벌써 그녀의 모습은 사라져 버린 뒤였다. 그러나 확실히 에스터를 봤다는 생각이 들어 그는 곧장 집으로 돌아갔다. 그는 전도관에 있던 어머니를 만나 방금 에스터를 본 것이 확실하다고 털어놓았다. 에스터가 캔자스시티로 돌아온 것 같다. 그것을 두고 맹세를 할 수 있다. 볼티모어 거리와 11번 도로 근처에서 그녀를 봤거나 본 것 같다. 어머니는 에스터로부터 무슨 소식을 들었는가?

그런데 이상하게도 클라이드는 어머니의 태도가 이런 상황에서 그러리라고 예상했던 것과는 꽤 다르다는 사실을 알 수 있었다. 갑자기 사라진 에스터가 또다시 홀연히 모습을 나타냈기 때문에 그로서는 놀라움과 기쁨, 호기심과 동정심이 서로 뒤섞인 기분이었다. 혹시 어머니는 그 100달러를 에스터를 데려오기 위해 사용했을까? 그러나 왜, 어디서 데려오기 위해 쓴 것이었을까? 그는 이 물음에 답할 수 없었다. 그에게는 모든 것이 수수께끼였다. 만약 그렇다 해도 도대체 왜 에스터는 집으로 돌아오지 않는 것일까? 적어도 이 도시에 와 있다는 사실을 집안 식구들에게 알려야 할 게 아닌가?

클라이드는 어머니가 그의 이야기를 듣고 자기처럼 깜짝 놀라고 당황할 것으로 기대하고 있었다. 그러면서 어서 빨리 자세히 말해 보라고 재촉할 줄 알았다. 그런데 어머니는 마치 이미 알고 있는 사실을 듣고 있으며 다만 어떤 태도를 보여야 좋을지 몰라 어리둥절하고 당황하는 것처럼 보일 뿐이었다.

"아, 그랬어? 어디서 봤는데? 이제 방금이라고 했니? 볼티모어 거리와 11번 도로가 만나는 곳에서? 허, 그것 참 이상하잖니? 곧 아버지께 이 얘기를 전해야겠구나. 그 애가 돌아왔다면 집에 오지 않은 게 이상하구나." 어머니의 두 눈은 놀라는 표정이 아니라, 곤혹스러워 어쩔 줄 몰라 하는 모습이었다. 그리고 난처할 때나 혼란스러울 때면 언제나 그러하듯 어머니는 입술을 이상하게 씰룩거리고 있었다. 입술뿐만 아니라 턱 자체를 움직이는 특유의 독특한 표정을 지었다.

"글쎄다, 글쎄. 그래도 그건 참 이상하구나." 잠시 뒤 어머니가 덧붙였다. "혹시 그저 에스터를 닮은 여자를 본 게 아니었을까?"

그러나 클라이드가 곁눈질로 가만히 어머니의 얼굴을 살펴보니 겉으로 흉내 내는 것처럼 그렇게 놀란 표정을 짓고 있지는 않는 듯했다. 그 뒤 아버지가 방 안으로 들어왔고, 클라이드는 아직 호텔에 나가지 않고 있었다. 부모가 그 문제를 두고 얘기하는 것을 들었지만, 그가 놀랐던 것처럼 그렇게 놀랄 일이 아니라는 듯 이상하리만큼 무관심하고 김빠진 말투였다. 얼마 동안 부모는 그를 불러 설명을 들으려고도 하지 않았다.

그러다가 마치 일부러 이 수수께끼를 풀어 주기라도 하려는 듯 클라이드는 어느 날 어머니가 이번에는 팔에 조그마한 바구니를 들고 스프루스 거리를 따라 걸어가는 모습을 목격했다. 최근 들어 그는 어머니가 아침, 낮, 저녁에 규칙적으로 어디론가 외출한다는 사실을 눈치채고 있었다. 이번에는 어머니가 미처 그의 모습을 보기 전에, 낡은 갈색 코트를 입고 있는 어머니가 이상하게 육중해 보인다고 느끼면서 얼른 머클 거리 쪽으로 몸을 피해 어머니가 지나가기를 기다렸다. 신문 가판대가 그에게 안성맞춤의 피신처가 되어 주었다. 어머니가 옆을 지나가자 반 블록쯤 사이를 두고 그는 어머니 뒤를 따르기 시작했다. 어머니는 댈림플 거리에서 길을 가로질러 보드리 거리 쪽으로 건너갔다. 보드리 거리는 실질적으로는 스프루스 거리의 연장이었지만 그렇게 누추한 지역은 아니었다. 그곳에 있는 집들은 꽤 오래된 옛날 주거 지역이었지만 이제는 하숙집과 셋집으로 개조되어 있었다. 어머니는 이리저리 주위를 살피더니 한 집으로 들어가 모습을 감추었다.

어머니가 안으로 들어가자 클라이드는 그 아파트로 다가가 자못 관심 어린 눈초리로 살펴보았다. 어머니는 도대체 그곳에서 무엇을 하고 있는 것일까? 도대체 누구를 만나러 들어간 것일까? 그는 왜 그렇게 강한 호기심이 생기는지 자신에게 설명할 수는 없었지만, 언젠가 길거리에서 에스터를 봤다는 생각이 든 터라 그녀와 무슨 관계가 있을 것이라고 확신했다. 어머니가 읽던 편지도 그렇고, 100달러도 그랬으며, 먼트로스 거리의 셋방도 그렇지 않은가.

보드리 거리에 있는 아파트에서 대각선으로 길을 가로지르는 곳에 겨울바람에 잎이 모두 떨어져 앙상해진 굵은 나무 한 그루가 서 있고, 바로 그 옆에는 함께 그림자를 만들어 낼 만큼 가까운 거리에 전신주 하나가 서 있었다. 클라이드는 이 두 물체 사이에 몸을 숨긴 채 유리한 지점에서 아파트의 1층과 2층의 정면과 옆쪽 창 몇 개를 잘 관찰할 수 있었다. 정면 2층 창 하나를 통해 어머니가 마치 자기 집인 것처럼 편하게 이리저리 움직이고 있는 모습이 보였다. 그리고 잠시 뒤 놀랍게도 에스터가 두 창 중 하나에 나타나더니 창턱에 무슨 꾸러미를 올려놓았다. 에스터는 가벼운 가운인지 덮개를 어깨에 걸치고 있는 것처럼 보였다. 이번에는 누가 뭐래도 에스터가 틀림없었다. 그 여자가 에스터라는 사실, 더군다나 어머니가 그녀와 함께 있다는 사실을 알게 되자 그는 무척 놀랐다. 도대체 에스터가 무슨 짓을 했기에 이 도시로 돌아와 이렇게 숨어 지낼까? 그녀의 남편, 아니 함께 집에서 도망친 그 사내에게 버림받은 것일까?

클라이드는 너무 호기심이 일어 얼마 동안 이곳에서 기다리며 어머니가 나오지는 않는지 보고 있다가 그 뒤 혼자서 에스터를 찾아가기로 마음먹었다. 무슨 일이 있어도 그녀를 다시 꼭 만나고 싶었고, 이 수수께끼를 풀고 싶었다. 기다리는 동안 그는 에스터를 얼마나 좋아했는지, 그녀가 수수께끼처럼 숨어 있는 것이 얼마나 이상한지 생각하고 있었다.

한 시간쯤 지나자 어머니가 아파트에서 나왔다. 바구니를 가볍게 손에 들고 있는 것으로 보아 비어 있는 것 같았다. 어머니는 전과 마찬가지로 조심스럽게 주위를 살폈다. 요즘 들어 늘 그렇듯 얼굴에는 무감각하면서도 수심이 가득한 표정이었다. 마음을 고양시켜 주는 신앙과 마음을 어지럽게 하는 의혹이 교차하는 듯한 그런 표정 말이다.

클라이드는 어머니가 전도관을 향해 보드리 거리 남쪽으로 걸어가는 것을 바라보았다. 어머니의 모습이 완전히 사라지자 그는 아파트 안으로 들어갔다. 그가 추측한 대로 안에 들어서자 가구 딸린 셋방이 모여 있었고, 몇몇 이름표에는 입주자의 이름이 붙어 있었다. 2층 남동쪽 앞쪽 방에 에스터가 살고 있다고 알고 있었기 때문에 그는 곧장 그곳에 올라가 문을 두드렸다. 아니나 다를까 안에서 가벼운 발소리가 들리더니 무엇인가 재빨리 준비하는지 조금 지체한 뒤 살짝 문이 열리면서 에스터가 얼굴을 밖으로 내밀었다. 그녀는 처음에 의심하는 듯한 얼굴이었지만 다음 순간 놀라며 당황하여 나지막하게 비명을 질렀다. 조심스럽게 경계하는 표정이 사라지자 그녀는 클라이드를 바라보고 있다는 것을 깨달았다. 즉시 그녀는 문을 활짝 열었다.

"아니, 클라이드!" 그녀가 부르짖었다. "어떻게 나를 찾아냈니? 지금 막 네 생각을 하고 있던 참이었는데."

클라이드는 왈칵 그녀를 껴안고 키스를 했다. 그러나 동시에 꽤 달라진 그녀의 모습에 조금 놀라고 화가 났다. 얼굴이 전보다 야위고 창백했으며 눈도 움푹 들어가 있고, 입고 있는 옷차림도 마지막으로 봤을 때보다 더 나을 것이 없었다. 안절부절못하는 데다 침울해 보이기도 했다. 그녀의 남편은 도대체 어디 있지, 하는 의문이 맨 먼저 머리를 스쳐 갔다. 왜 여기에 없는 것일까? 그 사람에게 어떤 일이 일어난 것일까? 클라이드는 주위를 돌아보고 에스터를 쳐다보았다. 그녀는 그를 만나서 조금 기뻐하고는 있었지만, 여전히 어디지 모르게 당황하고 갈피를 잡지 못하는 것 같았다. 미소를 짓고 그를 반가이 맞아 주고 싶어 입이 조금 벌어졌지만 두 눈에는 아직도 어떤 문제로 갈등을 겪고 있는 표정이 감돌았다.

"네가 이곳에 올 줄은 몰랐어." 그가 껴안았던 팔을 푸는 순간 재빨리 그녀가 덧붙였다. 그러고는 "설마 본 건 아닐 테지……" 하더니 말을 잇지 못했다. 그녀는 그에게 알리고 싶지 않은 어떤 말을 막 말하려다가 갑자기 하던 말을 멈췄다.

"그래, 봤어…… 엄마를 봤다고." 그가 말했다. "그래서 알았지 뭐야. 누나가 이곳에 있다는 걸. 방금 전 엄마가 여기서 나가는 걸 봤고, 창을 통해 누나가 여기 2층에 있는 것도 봤어." 그는 한 시간이나 어머니의 뒤를 밟고 와서 밖에 숨어 기다리고 있었다는 말은 고백하고 싶지 않았다. "그런데 언제 돌아온 거야, 누나?" 그가 말을 이었다. "나머지 식구들에게 알리지 않은 게 이상해. 아, 누나는 참 대단해, 정말. 집을 나가서 몇 달이나 있으면서도 우리 중 아무한테도 알리지 않다니. 내게 편지라도 보낼 수 있었을 거 아냐. 우린 언제나 가까운 사이였잖아?"

클라이드는 미심쩍고 호기심 많고 또 단호한 시선으로 그녀를 바라보았다. 한편 에스터로서는 그저 마음이 움츠러들어 똑바로 앞을 볼 수 없었으며, 무엇을 생각하거나 무슨 말을 해야 좋을지 확신이 들지 않았다.

마침내 에스터가 입을 열었다. "누가 찾아올 거라고는 짐작도 할 수 없었어. 이곳에 올 사람은 아무도 없으니까. 한데, 클라이드, 너 굉장히 멋쟁이가 됐구나. 이제는 멋진 양복까지 입고. 전보다 키도 부쩍 컸어. 엄마 말로는 그린데이비슨 호텔에서 일하고 있다던데."

에스터는 감탄스러운 듯 클라이드를 바라보았고, 그는 누나가 자신을 알아주어 기분이 좋았다. 그러나 동시에 누나의 상태를 마음에서 떨구어 낼 수 없었다. 그녀의 얼굴과 눈, 그리고 여위어 있으면서도 어딘지 통통한 몸매에서 눈을 뗄 수 없었다. 그녀의 야윈 얼굴과 허리를 보았을 때 몸이 좋지 않은 상태에 있다는 사실을 알 수 있었다. 그녀는 임신하고 있었던 것이다. 그러자 클라이드에게 아까 그 생각이 다시 떠올랐다. 에스터의 남편은— 아니, 어쨌든 함께 도망친 그 사내는 지금 어디 있는 것일까? 어머니의 말에 따르면, 에스터가 남긴 쪽지에 결혼할 생각이라고 했었다. 그러나 그녀가 결혼하지 않았다는 것은 불을 보듯 뻔했다. 그녀는 버림받고 이 을씨년스러운 방에 홀로 남겨져 있는 것이다. 그는 두 눈으로 똑똑히 보았고, 피부로 느낄 수 있었으며, 완전히 머리로 이해할 수 있었다.

클라이드는 자신의 집안일은 하나같이 이 모양 이 꼴이라는 생각이 들었다. 그는 세상에 나가 성공하고 재미있게 인생을 즐기려고 첫발을 막 내디딘 참이었다. 에스터도 그녀대로 무엇인가 자신을 위해 모험을 감행해 봤지만, 결국 이런 결과로 끝장나고 말았다. 그는 조금 메스꺼우면서 화가 치밀어 올랐다.

"에스터 누나, 이곳에 돌아온 지 얼마나 됐어?" 그는 그 순간무슨 말을 꺼내야 할지 몰라 미덥지 않게 불쑥 한마디 던졌다. 지금 이렇게 에스터와 마주하고 있자니 앞으로 들 비용과 고통과 궁핍의 냄새를 맡을 수밖에 없었다. 그는 호기심을 갖지 말걸 그랬다는 생각이 들기 시작했다. 도대체 왜 호기심을 느꼈던가? 이제 그녀를 도와줄 수밖에 없었던 것이다.

"아, 그리 오래되진 않았어, 클라이드. 한 달쯤 됐을까. 한 달은 넘지 않았어."

"나도 그렇게 생각했어. 한 달쯤 전 볼티모어 거리 근처 11번 도로에서 누나를 우연히 본 적이 있거든. 분명히 봤어." 그는 이렇게 덧붙여 말했지만 아까보다는 덜 반가운 기색이었고, 에스터는 그런 변화를 눈치챘다. 동시에 에스터도 긍정하는 듯 크게 고개를 끄덕였다. "난 분명히 누나를 봤다고 생각했지. 하지만 그때 엄마에게 그 얘기를 했더니 그럴 리가 없다는 거였어. 내가 기대했던 것과는 달리 엄마는 그렇게 놀라지 않더군. 이제야 그 까닭을 알겠어. 마치 나더러 그런 얘기는 제발 하지 말라는 태도였거든. 하지만 역시 내가 생각한 대로였어." 클라이드는 자기의 선견지명이 맞았다는 듯 자못 대견스럽게 이상한 눈으로 에스터를 쳐다보았다. 그러나 그 밖에 다른 어떤 말을 해야 좋을지 몰라 또다시 말문이 막혀 입을 다물었다. 방금 자신이 지껄인 말이 무슨 의미가 있을까 하는 생각이 들었다. 그녀에게 실제로 아무런 도움이 되지 않는 것처럼 보였기 때문이다.

에스터 역시 지금 자기 몸 상태를 슬쩍 넘어가야 할지, 아니면 고백해야 할지 몰라 말문이 막히고 말았다. 그렇다고 가만히 있을 수만은 없는 노릇이었다. 클라이드는 스스로 누나가 큰 곤경에 빠져 있다고 생각하고 있지 않은가. 그녀는 무엇인가 캐는 듯한 그의 시선을 차마 참을 수 없었다. 어머니를 두둔한다기보다는 자신을 변호하려고 에스터는 마침내 입을 열었다. "불쌍한 우리 엄마. 엄마를 이상하게 생각해서는 절대 안 돼, 클라이드. 너도 알겠지만 엄마는 이 일을 어떻게 해야 좋을지 모르셔. 모두 내 잘못이야. 내가 가출만 하지 않았어도 엄마에게 이런 모든 걱정을 끼쳐 드리지 않았을 텐데. 어머니에겐 아무런 책임이 없어. 또 지금껏 얼마나 힘들게 사셨는데." 이렇게 말하면서 그녀는 갑자기 등을 돌렸다. 어깨가 떨리고 옆구리 들썩거리기 시작했다. 그리고 두 손으로 얼굴을 감싸고 고개를 푹 떨어뜨렸다. 그는 에스터가 소리를 내지 않고 조용히 울고 있다는 것을 알 수 있었다.

"아, 누나 왜 그래?" 클라이드는 그 순간 누나가 측은하게 생각되어 얼른 그 옆으로 달려갔다. "왜 그러는 거야? 무엇 때문에 울어? 누나를 데리고 간 남자가 결혼을 안 해 준 거야?"

에스터는 결혼하지 않았다고 고개를 가로저으며 한층 더 흐느껴 울었다. 바로 그 순간 클라이드는 누나가 놓인 처지의 사회적 · 생물학적 의미는 물론 심리적 의미까지도 이해할 수 있었다. 그녀는 임신한 데다 돈도 없고 남편도 없이 곤란한 지경에 빠져 있었다. 그래서 어머니가 셋방을 찾고 있었던 것이다. 또 그런 이유로 그에게서 100달러나 되는 돈을 빌리려고 했던 것이다. 어머니는 에스터와 그녀의 처지가 수치스러웠다. 집안 식구 외의 사람들이 어떻게 생각할지 부끄러웠을 뿐만 아니라 클라이드, 줄리아와 프랭크가 어떻게 생각할지 부끄러웠다. 세상 사람들의 잣대로 볼 때 에스터의 그런 행동은 확실히 옳지 않고

도덕에 어긋나는 행위였기 때문에 동생들에게 어떤 나쁜 영향을 줄까 봐 걱정되었다. 바로 그런 이유에서 어머니는 그 일에 관해 이야기를 꾸며 대면서 감추려고 해 왔다. 이런 일은 어머니로서는 아주 충격적이고 해결하기 힘든 일이 틀림없었다. 그러나 운이 나빠서 그 일도 제대로 해내지 못했던 것이다.

이제 클라이드는 또다시 누나의 상태와 그것이 캔자스시티에 사는 그와 집안 식구들에게 끼칠 영향 때문에 혼란스럽고 당황스러웠다. 그뿐만 아니라 이 문제와 관련해 어머니가 가족을 속인 조금은 비도덕적인 태도 때문에도 이런 감정은 더욱 심해졌다. 이 모든 문제에서 어머니는 실제로 그를 속인 것은 아닐지라도 어쨌든 지금까지 회피해 왔던 것은 부정할 수 없는 사실이었다. 어머니는 지금까지 줄곧 에스터가 다시 돌아왔다는 사실을 알고 있었다. 동시에 클라이드는 이 문제에서 어머니를 동정하지 않을 수도 없었다. 아니, 어머니를 전혀 비난할 수 없었다. 사정이 이렇다 보면 그의 어머니처럼 신앙심이 깊고 정직한 사람도 거짓말을 하지 않을 수 없을 듯했다. 누구라도 이런 일을 세상 사람에게 알리고 싶어 하지 않을 것이다. 그 자신도 그럴 수만 있다면 세상 사람들에게 알리고 싶어 하지 않았을 것이다. 이 일을 알면 세상 사람들이 어떻게 생각하겠는가? 누나나 자기를 두고 뭐라고 말하겠는가? 지금 상태만으로도 집안 꼴이 엉망이지 않은가? 에스터가 울고 있는 동안 그는 서서 물끄러미 누나를 쳐다보며 어찌할 바를 몰랐다. 그녀는 자기 때문에 그가 당황하고 부끄럽게 생각하고 있다는 사실을 깨닫고는 한층 더 서럽게 울었다.

"아, 얼마나 힘들까!" 클라이드는 괴로웠지만 잠시 뒤 동정 어린 말투로 말했다. "하지만 누나도 그 사람을 사랑하지 않았다면 아마 집을 나가지 않았을 테지. 안 그래?" 그는 자신과 호튼스 브릭스를 생각하고 있었다. "에스터 누나, 이렇게 되다니 참 마음이 아파. 정말이야. 하지만 운다고 무슨 소용이 있겠어? 이 세상에 남자가 어디 그 사람뿐인가. 앞으로는 모든 일이 잘 풀리게 될 거야."

"그래, 나도 알아. 하지만 내가 바보였어." 에스터는 여전히 흐느껴 울고 있었다. "그래서 무척 고생했어. 이제 와서 이런 모든 고생을 엄마랑 너희들에게 떠맡기다니." 그녀는 목이 메어 잠시 말을 잇지 못했다. "그 사람은 피츠버그의 한 호텔에 나를 버린 채 돈 한 푼 내지 않고 도망쳐 버렸지 뭐야." 그녀가 덧붙여 말했다. "엄마가 없었으면 내가 무슨 짓을 저질렀을지 몰라. 엄마한테 편지를 보냈더니 내게 100달러를 보내 주셨어. 잠깐 레스토랑에서 일했지. 일할 수 있는 동안은 말이지. 그 사람한테 버림받았다는 편지를 집에 쓰기 정말 끔찍이 싫었어. 너무나 수치스러웠거든. 하지만 몸이 아프기 시작한 막판에는 달리 어떻게 할 수가 있어야지."

에스터는 다시 울음을 터뜨렸다. 클라이드는 어머니가 에스터를 도와주려고 온갖 애를 쓴 것을 깨닫고는 에스터와 마찬가지로 어머니에 대해서도 가엾다는 생각이 들었다. 아니, 오히려 어머니가 더욱 안돼 보였다. 에스터에게는 그래도 도와줄 어머니가 있었지만 어머니한테는 도와줄 사람이 거의 한 사람도 없었기 때문이다.

"난 얼마 동안은 일할 수 없을 거야. 할 수가 없어." 에스터가 계속 말을 이었다. "엄마는 내가 집에 돌아가는 걸 원치 않으셔. 줄리아와 프랭크, 네게 알리고 싶으시지 않아서 그러시지. 나도 그게 옳다고 생각해. 물론 옳고말고. 한데 어머니도 나도 돈이 어디 있어. 때론 이곳에서 혼자 지내는 게 정말 외로워." 그녀의 두 눈에 눈물이 가득 고이며, 또다시 숨이 막히기 시작했다. "정말 난 어리석었어."

클라이드도 순간 눈시울이 뜨거워지며 눈물이 쏟아져 나올 것만 같았다. 세상은 너무 낯설고 살기 힘들 때가 있었다. 지금까지 그도 얼마나 힘든 세월을 보냈던가. 최근까지만 해도 가진 것이라고는 아무것도 없어 언제나 집에서 도망치려고 하지 않았던가. 에스터는 집에서 도망쳐 나갔지만 지금 그녀에게 어떤 일이 일어났는지 보라. 바로 그때 그의 머릿속에 이 도시 번화가의 높다란 건물 벽 사이에서 아버지의 조그마한 손풍금을 연주하며 노래를 부르던 그 천진난만하고 착한 에스터의 얼굴이 떠올랐다. 아, 인생이란 얼마나 고달픈가? 이 얼마나 험난한 인생살이인가? 또 세상만사는 얼마나 이상하게 돌아가는가?

클라이드는 누나의 모습과 방 안을 둘러보았다. 그리고 마침내 이제 누나를 홀로 내버려 두지 않겠다고, 또다시 찾아오겠다고, 어머니에게는 그가 왔다고 절대 말하지 말라고, 수입이 대단하지는 않지만 어쨌든, 무엇인가 필요한 것이 있으면 찾아오라고 말하고 나서 방을 나왔다. 그리고 일을 하러 호텔을 향해 걸어가면서 이 모든 것이 얼마나 비참한지, 또 어머니의 뒤를 쫓아가지 않았더라면 좋았을 것이라는 생각도 했다. 만약 그러지 않았더라면 이 일에 대해 아무것도 모르고 있었을 텐데 말이다. 그러나 생각해 보면 언젠가는 결국 알게 되었을 터였다. 어머니는 언제까지나 그에게 숨길 수는 없었을 것이다. 어쩌면 마침내 그에게 돈을 더 요구하게 될지도 모를 일이었다. 돈 한 푼 없는 누나를 전혀 낯선 대도시의 한복판에 내버리고 도망을 치다니 세상에는 참 지독한 놈도 다 있구나. 몇 달 전에 그린데이비슨 호텔에서 방세와 식비를 지급하지도 않은 채 버림을 받은 아가씨가 떠올랐다. 그 이야기를 들었을 때 그도, 다른 소년들도 얼마나 우스꽝스럽다고 생각했던가. 게다가 음탕한 이야깃거리로 한껏 채색해서 말이다.

그러나 이번 피해자는 다름 아닌 바로 클라이드 자신의 누이였다. 어떤 남자가 자기 누나를 그런 식으로 취급했다. 아무리 생각해 봐도 그는 누나가 방에서 우는 소리를 들었을 때처럼 그렇게 비참한 일은 생각할 수 없었다. 그의 주위에는 사람들과 일로 붐비는 밝고 활기 넘치는 도시가 있고, 그가 근무하는 화려한 호텔도 있었다. 그리 사정이 나쁜 것도 아닌 성싶었다. 더욱이 그에게는 사랑하는 호튼스가 있었고, 즐거움이 있지 않았던가. 에스터에게도 언젠가는 틀림없이 돌파구가 생길 것이다. 건강도 회복하고 다시 정상적으로 돌아올 수 있을 터였다. 그러나 언제나 그토록 가난에 쪼들리는 데다 이런 일이 하나둘씩 일어날 수 있으리라고는 좀처럼 생각되지 않는 집안, 길거리 설교나 하고, 때로는 집세조차 제대로 낼 수 없고, 그의 아버지는 길거리에서 깔개 융단이나 시계를 팔아 입에 겨우 풀칠을 하는 집안의 일원이라고 생각하니 처량하기 그지없었다. 게다가 에스터는 집을 나가 이런 꼴이 되고 말았다. 아, 이게 도대체 무슨 꼴이란 말인가!

제14장

이런 모든 사건이 있고 나니 클라이드는 성 문제를 그전보다 한층 더 명확하게, 그것도 전혀 정통적인 방식이 아닌 새로운 방식으로 생각하게 되었다. 물론 잔인하게 누나를 버린 사내의 소행을 탓하면서도 그렇다고 누나한테 전혀 책임이 없다고는 할 수 없었다. 어쨌든 그녀는 사내를 따라 집을 나가지 않았던 가. 누나 말로 알게 되었지만, 그 사내는 그녀가 가출하기 전해에 일주일 동안 이 도시에 머물러 있었고, 바로 그때 벌써 그는 그녀에게 나타났다. 그리고 그 이듬해 또다시 와서 2주일쯤 체류했을 때는 누나 쪽에서 먼저 그를 찾아간 모양이었다. 호튼스 브릭스에 관한 관심과 기분에 비춰 판단해 보아도 이성이 서로 교제한다는 것 자체는 조금도 나쁘다고 할 수 없었다.

클라이드가 보기에 문제는 오히려 교제 자체에 있는 것이 아니라, 제대로 생각하지 않거나 잘 몰라서 빚어지는 결과에 있었다. 만약 에스터가 관심을 두던 사내에 대해 좀 더 자세히 알아봤더라면, 그 사람과의 그런 관계가 어떤 결과를 가져올지 좀 더 알았더라면, 지금 같은 비참한 상태에 놓여 있지는 않을 것이 아닌가. 호튼스 브릭스와 그레터 그리고 루이즈 같은 여자들은 절대로 에스터 같은 처지에 빠지지 않을 것이다. 아니, 혹 그런 처지에 빠질까? 그래도 그 아가씨들은 여간 약삭빠르지 않았다. 적어도 지금 시점에서 그 아가씨들과 비교해 볼 때 에스터는 고통을 겪고 있었다. 그녀는 좀 더 처신을 잘했어야만 했다. 그래서 그는 에스터를 무관심하게 생각하지는 않더라도 조금은 가혹하게 생각했다.

지금 클라이드에게 영향을 끼치고 고통을 주고 변화시키고 있는 것은 바로 호튼스 브릭스에 빠져 있다는 사실이었다. 그 나이 또래 그런 기질의 젊은이에게는 이보다 더 가슴 설레게 하는 일도 아마 없을 것이다. 몇 번 만나고 난 뒤 그녀야말로 그가 이제껏 여성에게서 바라던 모든 이상을 완전히 갖춘 여자라고 생각했다. 그녀는 아주 쾌활하고, 자만심이 강하고, 매력적이고, 정말로 아름다웠다. 그녀의 두 눈은 마치 불꽃이 춤을 추듯 재빠르게 움직이는 것 같았다. 그녀가 입술을 오므렸다 열었다 할 때의 모습은 무척 매력적이었다. 자기 같은 것은 안중에 없다는 듯 무관심하게 앞쪽을 똑바로 바라보는 모습 또한 그에게는 불꽃인 동시에 열병과도 같았다. 그런 표정을 바라보고 있노라면 마치 새빨갛게 불에 달군 가느다란 철사로 혈관을 지지는 것처럼 온몸이 나른해지고 아찔한 현기증을 느꼈다. 이런 느낌은 의식적인 욕정, 고통스럽기는 하지만 피할 수 없는 그 무엇이라고밖에는 달리 묘사할 수가 없을 것이다. 그러나 호튼스와의 관계에서 그는 포옹과 키스 이상으로는 어떻게 표현할 길이 없었다. 그것은 그녀에 대한 배려와 존경심의 표현이었지만, 그녀는 자신이 그렇게 하도록 부추기면서도 젊은이들이 그렇게 하면 몹시 분개했다. 그녀가 정말로 좋아하고 언제나 찾고 있던 유형의 상대는 그녀의 가식적인 순정과 우월감을 모두 짓밟고 그녀를 억지로 굴복시키는 그런 젊은이였다.

사실 호튼스는 클라이드에 대한 사랑과 혐오 사이에서 끊임없이 오가고 있었다. 따라서 그는 자기가 어느 쪽에 속해 있는지 늘 불확실한 상태에 놓여 있었다. 그녀는 이런 상태를 아주 많이 즐기면서도 그의 마음이 자신에게서 완전히 떠나지 않도록 고삐를 적당히 당겼다 놓았다 했다. 파티나 식사나 극장에 그녀를 데리고 가게 한 뒤 그 중간이나 끝나고 난 뒤 그가 특별히 눈치 있게 굴면 ─ 물론 지나치게 공격적이지는 않았다 ─ 그녀는 기분에 따라 가장 야심만만한 사내라도 좋아할 정도로 고분고분해지고 유혹적인 태도를 취했다. 이런 상태는 그날 밤이 거의 끝날 때까지 계속되었지만, 그 뒤 갑자기 돌변하여 자기 집 문간이라든가, 밤을 함께 보내기로 한 친구 집에 이르면 몸을 확 돌려 아무런 이유도 없이 그저 악수나 형식적인 포옹이나 키스만으로 그를 쫓아 버리곤 했다. 이럴 때 만약 클라이드가 바보처럼 그녀에게 무리하게 호의적인 행위를 강요하면 그녀는 마치 악의에 찬 고양이처럼 발끈 화를 내고는 그에게서 도망쳐 버리곤 했다. 그 순간 그녀는 자신도 잘 모르는 강렬한 적개심으로 불타오르는 것 같았다. 이때 그녀의 정신 상태는 그에게 어떤 일을 강요당하는 것에 대한 반발처럼 보였다. 그러면 그녀에게 빠져 있는 그는 그녀를 잃을까 봐 몹시 두려워 기가 꺾여 암담한 마음으로 그녀와 헤어질 수밖에 없었다.

호튼스의 매력에 사로잡힌 클라이드는 오랫동안 그녀를 만나지 않을 수 없었고, 그녀를 가장 쉽게 만날 수 있는 장소로 저절로 걸음을 옮길 수밖에 없었다. 최근에는 에스터와 관련하여 엄청난 일이 일었는데도 아랑곳하지 않은 채 그는 호튼스와 관련해 달콤하고 관능적인 꿈에 흠뻑 도취되어 살고 있었다. 그녀가 자기를 정말로 좋아한다면 얼마나 좋을까. 밤에는 침대에 누워 그녀를—그녀의 얼굴이며, 눈과 입의 표정이며, 몸매의 윤곽이며, 걸을 때와 춤출 때 그녀의 몸동작을 떠올렸다. 그럴 때면 마치 영화 스크린에서 볼 때처럼 그녀의 모습이 눈앞에 깜박거리며 나타났다. 꿈속에서 그녀는 달콤하고도 아리따운 몸으로 그의 몸을 누르고 있었고, 그러다가 그녀가 모든 것을 그에게 맡기려는 순간 갑자기 눈이 떠지면서 그녀의 모습은 온데간데없고 그 모든 것이 한낱 환상에 지나지 않았다는 것을 깨닫게 되었다.

그러나 클라이드에게는 성공의 조짐처럼 보일 만한 몇 가지 일이 일어났다. 무엇보다도 그녀 역시 자기처럼 집이 가난했다. 즉, 어떤 기계공의 딸로 바로 지금, 이 순간까지 아버지는 겨우 입에 풀칠할 정도의 수입밖에 없었다. 어렸을 적부터 가진 것이라고는 아무것도 없었고, 싸구려 장난감이나 장신구를 잔재주를 부려 겨우 얻을 수 있을 뿐이었다. 바로 최근까지만 해도 그녀의 사회적 지위가 너무도 보잘것없어 푸줏간이나 빵 가게에서 일하는 아이들, 즉 집 근처의 평범한 개구쟁이 아이들과 변변찮은 직업을 꿈꾸는 아이들과 접촉하는 게 고작이었다. 그러나 일찍부터 그녀는 자신의 외모와 매력을 밑천으로 삼을 수 있으며 또 삼아야 한다는 사실을 깨닫고 있었다. 실제로 그녀는 그것을 실천에 옮겼다. 그녀의 환심을 사기 위해 가게 돈을 몰래 훔쳐 내기까지 하는 아이들도 적지 않았다.

그 뒤 일을 할 나이가 되어 지금 관심 있어 하는 젊은이들이나 어른들과 교제할 수 있게 되자, 호튼스는 몸을 너무 많이 허락하지 않고 신중하게 처신하면 전보다 훨씬 더 값비싼 장신구를 얻어 낼 수 있다는 사실을 깨닫기 시작했다. 다만 그녀 자신이 관능적이고 쾌락을 좇는 것을 좋아하기 때문에 늘 자기 이익을 욕정과 따로 떼어 생각할 수 없을 따름이었다. 오히려 이용해야 할 그런 남자에게 호감을 느끼고, 별로 호감이 가지 않는 남자의 환심을 사야 해서 괴로울 때가 있었다.

클라이드의 경우 호튼스는 그를 조금밖에는 좋아하지 않지만 그를 이용해 보고 싶은 욕망을 억제할 수 없었다. 그녀가 조금이라도 관심을 보이는 것 같으면 어떤 물건이라도—가방, 스카프, 지갑, 장갑 말이다—기꺼이 사 주려는 태도가 마음에 들었다. 이런 물건들은 어떤 것이든 지나치게 아양 떨지 않고서도 그런대로 부탁만 하면 얻을 수 있었다. 그러나 눈치 빠르고 교활한 그녀는 그에게 아무래도 굴복하지 않으면—언젠가 그가 열망하는 최후의 대가를 제공해 주지 않는다면—언제까지 그를 붙잡아 놓을 수 없다는 사실을 처음부터 깨닫고 있었다.

무엇보다도 호튼스의 마음을 움직였던 것은, 클라이드가 자기에게 아낌없이 돈을 쓰려고 하는 것으로 봐서 꽤 값비싼 물건도 쉽게 얻어 낼 수 있다는 점이었다. 가령 늘 가게의 진열창에서 부러운 눈으로 들여다보던 금귀고리와 손목시계는 말할 것도 없고 꽤 비싸고 예쁜 드레스며, 모자, 심지어 그 도시에서 선보여 막 유행하기 시작한 모피 코트 같은 물건도 사 줄 것 같았다.

클라이드가 에스터를 발견한 지 얼마 되지 않은 어느 날, 호튼스는 점심 휴식 시간에 같은 가게의 여점원인 도리스 트라인과 함께 15번 도로의 교차점 근처 볼티모어 거리를 따라—이곳은 이 도시에서 가장 세련된 쇼핑 지역이었다—걷고 있었다. 그런데 그다지 고급이 아닌 어느 조그마한 모피 가게 진열창에 진열된 해리(海狸) 모피 재킷이 우연히 눈에 띄었다. 그녀의 독특한 몸매와 색깔, 기질에 비춰 보았을 때 이 코트는 아주 빈약한 그녀의 옷장을 더욱 빛나게 하는 데 안성맞춤이었다. 그다지 값비싼 코트는 아니어서 아마 100달러쯤 할 것 같았다. 그러나 재단한 방식이 독특해서 그 코트를 입으면 자신의 육체적 매력이 한층 더 돋보일 것이라는 생각이 들었다.

생각이 여기까지 이르자 호튼스는 걸음을 멈추고는 큰 소리로 말했다. "아, 저기 좀 봐, 저 모피 코트 품위 있고 근사하지 않니! 아, 저 소매 좀 봐, 도리스." 그녀는 친구의 팔을 억지로 끌어당겼다. "칼라 좀 봐. 안감도 근사하고! 또 저 포켓은! 아, 참 멋지다 멋져!" 그 코트가 어찌나 마음에 드는지 그녀는 몸까지 부르르 떨릴 정도였다. "아, 말로는 표현할 수 없을 만큼 예쁘지 않니? 전부터 저런 코트 하나 샀으면 하고 벼르고 있었어. 아, 정말 죽여 주는 코트다!" 그녀는 즉시 코트 못지않게 진열창 앞에 서 있는 자신의 포즈와 그 포즈가 행인들에게 주는 효과를 의식하면서 자못 감격 어린 목소리로 부르짖었다.

호튼스가 부러운 눈초리로 두 손을 꼭 움켜쥐고 한참 모피 코트를 들여다보고 있을 때, 눈에 띄지 않는 곳에 서 있던 가게 주인의 큰아들 이사도어 루벤스타인이 그녀의 몸짓과 탄성을 눈치채고서 곧바로 만약 가격을 물으면 25달러에서 50달러까지 더 붙여 불러 보리라고 마음먹었다. 원래 그의 가게에서는 100달러의 가격으로 팔려 했다. "아하!"라고 그는 콧소리를 냈다. 관능적이고 낭만적인 데가 있는 사내는 연애의 관점에서 그런 코트의 거래 가격을 혼자 마음속으로 계산해 보고 있었다. 말하자면 가난하고 허영심 강해 보이는 저렇게 예쁜 아가씨가 저 코트를 손에 넣기 위해 과연 어떤 대가를 치를 것인가?

루벤스타인이 이런 생각을 하고 있는 동안 호튼스는 정말 부러운 눈초리로 코트를 이리저리 뜯어보며 점심시간이 끝나기 직전까지 머무르면서 그 코트를 입으면 얼마나 예쁠까 상상함으로써 겨우 허영심을 가라앉히고는 그곳을 떠났다. 그녀는 가게에 들어가 가격을 묻지는 않았다. 이튿날 다시 한 번 그것을 보지 않고서는 견딜 수가 없어 이번에는 혼자서 찾아왔지만, 그 코트를 살 수 있으리라고는 조금도 생각할 수 없었다. 그저 만약 가격이 아주 싸다면 어떻게 살 수 있을지 막연히 생각해 볼 뿐이었다. 그 순간에는 그것을 사 줄 만한 누구도 머리에 떠오르지 않았다. 그러나 다시 한 번 코트를 바라보다가 회유하는 듯 상냥한 눈초리로 가게 안에서 그녀를 내다보고 있던 루벤스타인과 시선이 마주치자, 그녀는 마침내 마음먹고 가게 안으로 들어갔다.

"저 코트가 마음에 드는 모양이죠." 그녀가 문을 열고 들어가자 루벤스타인이 환심을 사려는 듯한 목소리로 말했다. "아, 저 코트를 사고 싶어 하다니 보통 취향은 아니군요. 우리 가게에서 걸어 놓은 물건 중에서도 가장 고급스러운 상품이죠. 진짜로 멋진 옷입니다. 손님같이 아름다운 분이 입으면 얼마나 잘 어울릴까요!" 그는 코트를 진열창에서 꺼내 그녀 앞에 들어 올렸다. "사실 손님이 이제 구경하고 있는 걸 봤죠." 그의 두 눈이 존경스러운 듯 탐욕스러운 빛을 띠며 빛났다.

이 점을 재빠르게 눈치챈 호튼스는 친근하게 구는 것보다는 거리를 두면서도 쌀쌀맞지는 않은 태도로 대하는 쪽이 한층 더 정중한 대우를 받을 수 있다고 생각하고는 짤막하게 대답했다. "그랬어요?"

"네, 정말이고말고요. 이렇게 진짜로 멋진 코트를 한눈에 알아내다니 아주 수준 높은 아가씨라고 생각했죠."

호튼스는 자신도 모르게 번지르르하게 아첨하는 말이 그다지 싫지 않았다.

"이쪽을 보십시오! 이쪽을 보시라고요!" 루벤스타인은 그녀의 앞쪽에 코트를 들고서 아리저리 돌리고 있었다. "오늘 캔자스시티를 다 뒤져도 이만한 물건을 어디서 찾겠습니까? 여기이 비단 안감 좀 보십쇼. 진짜 맬린슨' 비단입니다. 그리고 비스듬히 낸 포켓 모양도 멋지죠. 또 단추는 어떻고요. 이런 것들이 코트에 별 차이가 없다고 생각하나요? 오늘 캔자스시티 시내를 샅샅이 뒤져도 이런 코트는 찾을 수 없을 겁니다. 단 한 벌도요. 앞으로도 있을 수 없죠. 우리가 직접 디자인한 물건으로 우리 가게에서는 한 번 만든 건 두 번 다시 만들지 않죠. 고객을 보호하려는 거죠. 이쪽으로 한번 와서 보십시오." 그 젊은이는 뒤쪽에 있는 삼면경 앞으로 그녀를 안내했다. "이런 코트는 이런 것을 제대로 입을 줄 아는 사람이 입어야 합니다. 그래야만 가장 빛이 납니다. 자, 어디 한번 입어 보시죠."

호튼스는 조명 불빛 아래에서 코트를 입은 모습이 얼마나 멋진지 바라볼 수 있었다. 고개를 숙여 보기도 하고, 옆으로 몸을 돌리기도 하고, 한쪽 귀를 모피 속에 파묻어 보기도 했다. 그러는 동안 루벤스타인은 그 옆에 서서 손을 비비면서 적잖이 감탄하며 그녀를 바라보고 있었다.

"자, 보십시오." 그가 말을 이었다. "어떻습니까? 아가씨에게 그야말로 안성맞춤이라고 하지 않았습니까? 정말 좋은 옷을 찾아낸 겁니다. 횡재한 거죠. 이 도시에선 이런 코트는 어딜 가도 살 수 없죠. 만약 그런 코트를 찾아낸다면 이 물건을 아가씨에게 그냥 선물로 드리겠습니다." 그는 그녀한테 아주 가까이 다가와 통통하게 살이 찐 두 손의 손바닥을 위로 하고 그녀 쪽으로 내밀었다.

"정말, 나한테 썩 잘 어울리는 것 같네요." 허영심에 코트를 몹시 갖고 싶어 하며 호튼스가 대꾸했다. "하긴 이런 옷이라면 무엇이든 몸에 잘 어울려요." 그녀는 그의 존재도 잊어버리고, 그렇게 관심을 두다가는 값이 올라간다는 것도 잊어버린 채 계속 몸을 구부리기도 하고 옆으로 돌려 보기도 했다. 그러고 난 뒤 물었다. "얼마예요?"

"글쎄요, 사실은 200달러는 꼭 받아야 합니다." 루벤스타인은 교활하게 흥정을 시작했다. 그러나 순간 호튼스의 얼굴에 체념의 그림자가 스쳐 가는 것을 보고서 재빨리 덧붙였다. "무척 비싸 보이죠. 하지만 우리 가게에선 그렇게 비싸게 부르지 않습니다. 150달러까지 깎아 드리죠. 만약 이 상품을 저렉 가게에서 산다면 아마 200달러 넘게 값을 치러야 할 겁니다. 우리 가게는 장소도 그렇고, 집세도 비싸지 않으니까요. 하지만 200달러 가치는 충분히 있는 물건이죠."

"어머, 그렇게 비싸요? 너무 비싸네요." 호튼스는 슬픈 듯 말하고는 코트를 벗기 시작했다. 인생이 자신에게서 온갖 재미를 모두 빼앗아 가는 것만 같은 심정이었다. "아, 그 정도 가격이면 '빅스 앤드 벡스' 같은 곳에서도 밍크와 해리 7분 길이 코트를 살 수 있는데요. 그것도 고전적인 스타일로요."

"물론 그야 그렇겠죠. 하지만 저 코트는 다르죠." 루벤스타인도 지려고 하지 않았다. "다시 한 번 보십시오. 옷깃을 보세요. 이것과 똑같은 물건을 그런 가게에서 팔고 있다고요? 만약 팔고 있다면 그걸 사다가 손님에게 100달러로 드리겠습니다. 이건 특제품입니다. 실은 작년 여름 시즌이 시작되기 전에 뉴욕의 가장 멋진 코트 중 하나를 모방한 것이죠. 이런 코트는 어디에서도 살 수 없을 겁니다."

"아, 어쨌든 마찬가지예요. 150달러, 그만한 돈이 있어야죠." 호튼스는 구슬픈 목소리로 말하고는 천연색과 소매에 모피가 달린 낡은 평직물 코트로 바꿔 입고 문 쪽으로 걸어 나갔다.

"잠깐만요! 이 코트가 마음에 드는 거죠?" 어떤 남자한테서 선물로 받는 것이 아닌 이상 그녀의 주머니 상태로는 100달러는 어렵겠다고 판단한 루벤스타인은 교활하게 말했다. "사실 200달러짜리 코트입니다. 솔직히 말하는 겁니다. 하지만 우리 가게에서는 정규 가격이 150달러입니다. 하지만 손님이 꼭 마음에 들어 하는 것 같으니까 120달러로 드리도록 하죠. 그 금액이라면 횡재한 셈입니다. 아가씨 같은 미인이라면 이 코트를 기꺼이 사 줄 사내들이 아마 열 명은 넘을 것 같은데요. 아가씨가 내 기분만 맞춰 준다면 나라도 그러겠습니다."

루벤스타인은 아첨하는 듯한 눈초리로 그녀를 올려다보며 빙긋 웃었고, 호튼스는 수작을 거는 것을 알아차리고 은근히 화가 나 그에게서 조금 물러섰다. 그 아첨이 전적으로 불쾌하지는 않았다. 그러나 그녀는 아직 누구한테나 원하는 물건을 받을 만큼 그렇게까지 천박하지는 않았다. 정말로 그랬다. 그렇게 하려면 자기가 좋아하는 사람이거나, 적어도 자신의 노예가 되어 있는 사내여야 했다.

그러나 루벤스타인이 말하는 동안에도, 또 그 뒤에도 얼마 동안 호튼스는 머릿속에서 코트를 사 줄 만한 사내들을, 그녀의 마술에 끌려 그것을 사 줄 애인들을 분주하게 물색하기 시작했다. 예를 들면 오피아의 담배 가게에서 일하는 찰리 월킨스는 그 나름대로 그녀에게 빠져 있었다. 하지만 그녀가 상당한 것을 대가로 주지 않는 한, 그리 호락호락하게 코트를 사 줄 것 같지는 않았다.

그 밖에 로버트 케인이라는 또 다른 젊은이가 있었다. 키가 크고 성격이 명랑한 데다 호튼스에게 꽤 야심을 품고 있는 젊은이로 이 지방의 전기 회사 지국에 근무하고 있었다. 하지만 수습 사원이기 때문에 수입은 그다지 좋지 않았다. 더구나 늘 장래 일을 말하면서 돈을 많이 모으고 있었다.

그다음은 버트 게틀러로 클라이드가 맨 처음 그녀를 만나던 날 밤 호튼스를 댄스파티에 동반한 젊은이였다. 춤추는 데만 열중하는 경박한 청년인지라 위급할 때 그다지 힘이 될 수 있는 사내는 아니었다. 이 사내는 일주일에 20달러쯤 버는 구두 세일즈맨으로 잔돈 몇 푼 가지고도 꽤 까다롭게 굴었다.

그 밖에는 꽤 돈을 갖고 있고 자기를 위해서라면 기꺼이 돈을 쓰려는 것 같은 클라이드 그리피스가 있었다. 갑자기 그녀의 머릿속에 몇 가지 생각이 스쳐 갔다. 그러나 과연 어떻게 감언이

설로 그 사람을 구슬려 값비싼 물건을 선물로 받아 낼 수 있을까? 그녀는 즉시 자신에게 물어봤다. 아직껏 그녀는 그에게 호의를 베풀어 준 적이 별로 없었다. 오히려 대개는 무관심하게 대한 편이었다. 아무래도 그 사람에게서 받아 낼 자신이 없었다. 그런데도 가게에 서서 코트 값과 멋진 옷에 대해 곰곰이 생각하는 동안 그녀의 머릿속에는 클라이드의 생각이 떠나지 않고 계속 맴돌았다. 그녀가 그러고 있는 동안 루벤스타인은 그녀를 쳐다보면서 그 나름대로 막연하게나마 그녀가 어떤 문제에 직면해 있는지 짐작하고 있었다.

"그럼 이렇게 하는 게 어떻겠습니까, 아가씨." 그가 드디어 입을 열었다. "손님은 이 코트가 꼭 마음에 들어 하는 것 같고, 나 또한 손님이 이 물건을 꼭 사 줬으면 합니다. 그러니 이렇게 하면 어떨까요. 이보다 더 잘해 드릴 순 없습니다. 다른 손님이라면 어림도 없죠. 이 도시에 사는 누구라도 말입니다. 며칠 안으로 115달러만 갖고 오십시오. 월요일이나 수요일, 금요일 언제라도 좋습니다. 만약 이 코트가 그때까지 팔리지 않았다면 손님에게 그 값으로 드리겠습니다. 아니, 팔지 않고 그대로 보관하고 있겠습니다. 어떻습니까? 다음 수요일이나 금요일까지입니다. 누구도 그 이상은 편리를 봐 드리지 못하겠죠?"

루벤스타인은 능글맞게 히죽 웃고 어깨를 으쓱하면서 자못 그녀에게 큰 호의라도 베푸는 듯 굴었다. 호튼스는 가게를 나오면서 만약 115달러에 그 코트를 살 수 있다면 기막히게 싸게 사는 것이라고 생각했다. 더구나 이제 자신이 캔자스시티에서 가장 멋진 옷을 입는 여자가 되리라는 것은 조금도 의심의 여지가 없었다. 무슨 수를 써서라도 다음 주 수요일이나 금요일까지 115달러를 손에 넣을 수 있다면 얼마나 좋을까.

제15장

호튼스가 잘 알고 있는 것처럼 클라이드는 점점 더 굶주린 듯 그녀의 마지막 양보를 재촉하고 있었다. 비록 클라이드에게는 한 번도 털어놓은 적이 없었지만 다른 두 젊은이에게는 그런 특권을 허락하고 있었다. 이제 두 사람이 함께 있을 때면 으레 클라이드는 그녀가 그에게 얼마나 관심을 두는지 진실을 보여 달라고 고집했다. 만약 그녀가 조금이라도 그를 좋아한다면 도대체 왜 이런저런 일을 그렇게 거절할 수 있단 말인가? 왜 그가 원하는 만큼 실컷 키스하도록 해 주지 않고, 그가 원하는 만큼 실컷 안도록 해 주지 않는가? 그녀는 다른 사내들과는 언제나 약속을 지키면서도 자기와의 약속은 늘 깨뜨리거나 약속하기를 거부했다. 다른 사내들과는 과연 어떠한 관계에 있는 것일까? 자기보다 그들을 더 좋아하는가? 실제로 두 사람이 함께 있을 때면 으레 이 친밀한 관계 문제가 최우선 과제였다. 그저 살짝 베일에 감추고 있을 따름이었다.

호튼스는 클라이드를 괴롭힐 때마다 그가 억압된 욕망 때문에 고통받고 있다는 생각에, 또 그의 고통을 완화시켜 주는 힘이 전적으로 자기에게 있다는 생각에 기분이 좋았다. 즉, 그녀의 사디즘적인 경향은 클라이드의 마조히즘적인 갈망이라는 토양에 뿌리를 박고 있었다.

그러나 호튼스가 코트를 갖고 싶어 하는 상황에서 클라이드의 위치와 그에 관한 관심은 점점 더 커 가고 있었다. 그녀는 바로 전날 아침에 다음 주 월요일까지는 저녁마다 약속이 되어 있어 만날 수 없다고 클라이드에게 우쭐대며 통고했던 터였다. 그러나 코트 문제가 눈앞에 떠오르자, 이번에는 자기 쪽에서 먼저 너무 열을 올리는 것처럼 보이지 않게 하면서 한시라도 빨리 그와 약속을 잡을 방법이 없을까 이리저리 궁리해 보았다. 그때쯤 그녀는 될 수 있는 대로 그를 설득하여 코트를 사 달라야겠다고 마음을 굳혔기 때문이다. 물론 그러기 위해서는 그에 대한 태도를 근본적으로 바꿔야 했다. 좀 더 다정하게, 좀 더 마음을 끌게 해야 했다. 실제로 그에게 몸을 허락할 생각까지 한 것은 아니었지만, 마음속에 품고 있는 생각은 근본적으로 그것과 크게 다르지 않았다.

얼마 동안 호튼스는 그 일을 어떻게 추진해야 좋을지 생각해 낼 수 없었다. 바로 오늘이나 아무리 늦어도 내일 만나려면 어떻게 하면 좋을까? 어떻게 그에게 그 선물 ― 그녀는 마침내 '차용'이라는 용어를 쓰기로 했다 ― 이야기를 꺼내야 할까? 코트를 사려고 하는데 돈을 빌려 달라고, 빌린 돈은 나중에 조금씩 갚겠다고 귀띔을 줄 수도 있을 것이다. (하지만 일단 코트를 손에 넣으면 빌린 돈을 갚을 필요가 없으리라는 것을 그녀는 잘 알고 있었다.) 또 만약 그가 그렇게 많은 돈을 갖고 있지 않다면 루벤스타인에게 할부를 부탁할 테니 클라이드가 형편되는 대로 갚아도 된다고 제안할 수 있을지도 모른다. 여기까지 생각이 미치자 그녀의 마음은 갑자기 그쪽으로 기울며, 어떻게 루벤스타인을 구워삶아 코트를 할부로 살 수 있을까 하고 머리를 굴리기 시작했다. 자기 기분만 맞춰 준다면 그 사람도 기꺼이 코트를 사 주겠다고 한 말이 떠올랐다.

이 문제와 관련하여 호튼스의 머리에 맨 처음 떠오른 계획은 루이즈 래터러에게 그녀의 오빠와 클라이드, 루이즈의 댄스 친구인 스컬이라는 젊은이를 그날 저녁 댄스홀에 초대하라고 제안하는 것이었다. 이미 그녀는 꽤 친밀한 관계에 있던 시가 가게 점원과 함께 그날 밤 그 댄스홀에 가기로 되어 있었다. 그러나 그 약속을 취소하고 루이즈와 그레터 두 사람하고만 댄스홀로 가서, 같이 오기로 했던 파트너가 몸이 아파서 오지 못했다고 말할 생각이었다. 그렇게 되면 클라이드와 함께 일찍 자리를 떠서 루벤스타인의 가게 앞을 지날 기회를 만들 수 있을 것 같았다.

그러나 마치 파리를 잡기 위해 거미줄을 치는 거미 같은 기질을 타고난 호튼스는 어쩌면 루이즈가 클라이드나 래터러에게 이 파티 이야기를 처음 꺼낸 사람이 호튼스였다고 말할지도 모른다는 생각이 들었다. 나중에라도 클라이드가 코트에 관한 이야기를 루이즈에게 털어놓을 가능성도 있었고, 그렇게 되면 안 될 일이었다. 어떻게 옷을 마련했는지 친구들 사이에 알리고 싶지는 않았다. 그래서 그녀는 이런 식으로 루이즈나 그레터에게 호소하는 방법은 좋지 않다고 결론 내렸다.

이처럼 클라이드와 어떻게 만나야 할지 이리저리 궁리하고 있을 때였다. 일을 마치고 집에 돌아가는 길에 우연히 그 근처를 지나게 된 클라이드가 그녀가 일하는 가게에 들렀다. 그는 다음 일요일에 그녀와 데이트 약속을 잡으려 했다. 그는 호튼스가 매우 애교 있는 미소를 짓고 손짓을 하면서 아주 반갑게 맞아 주는 것을 보고 하늘을 날 듯 기뻤다. 그녀는 마침 손님 시늉을 드느라고 바빴다. 일이 끝나자 곧 클라이드 쪽으로 가까이 와서, 근무 중에 방문객을 만나면 화를 내는 매장 감독을 곁눈으로 흘깃흘깃 쳐다보면서 그에게 말을 건넸다. "마침 자기 생각을 하던 참이었어. 자기는 나 같은 건 조금도 생각하지 않겠지? 자기 칭찬이 자자하던데." 그러고 나서 나지막한 목소리로 덧붙였다. "내게 말을 걸고 있는 척하지 마. 저쪽에 매장 감시원이 있으니까."

자신을 맞이하는 그녀의 따뜻한 미소와 여느 때 없이 달콤한 목소리에 클라이드는 생기가 돌고 용기가 생겼다. "자기를 생각하고 있었느냐고?" 클라이드가 쾌활한 목소리로 대꾸했다. "자기 말고 누구를 생각하겠어? 이거야 원! 래터러 말로는, 내 머릿속이 온통 자기 생각으로 가득 차 있다고 하던데."

"아, 그 사람이요!" 호튼스는 악의에 차고 경멸하는 듯한 말투로 입을 삐죽이 내밀며 쏘아붙였다. 이상하게도 래터러만은 그녀에게 별 관심이 없었는데, 그녀도 그 사실을 잘 알고 있었다. "자기 딴에는 똑똑한 줄로 생각하고 있어." 그녀가 덧붙였다. "얼마나 많은 여자가 그 사람을 싫어하는데."

"아, 톰은 그렇게 나쁜 사람이 아니야." 클라이드는 친구를 두둔하고 나섰다. "그저 말투가 그래서 그렇지. 그 친구는 자기를 좋아해."

"어머, 천만의 말씀. 그 사람은 날 좋아하지 않아." 호튼스가 대꾸했다. "하지만 그 사람 얘기는 하고 싶지 않거든. 오늘 밤 여섯 시쯤 뭐 해?"

"아, 저런!" 클라이드가 실망하여 대답했다. "오늘 밤에 시간이 있다는 거야? 이거야 원! 데이트 약속이 꽉 차 있으려니 생각했지 뭐야. 오늘 밤은 근무해야 해!" 그녀는 기꺼이 자기와 저녁 시간을 보내려 하는데 이런 기회를 이용할 수 없다고 생각하니 그는 맥이 탁 풀리면서 한숨이 나왔다. 호튼스는 그가 몹시 실망하는 모습을 보고 속으로 기분이 좋았다.

"있잖아, 약속은 있지만 그리 마음이 내키진 않아." 그녀는 경멸하듯 입술을 오므리며 말했다. "차마 거절할 수가 없었어. 하지만 자기가 시간이 있다면 그렇게 해 볼까 해서." 이 말을 듣고 클라이드는 기뻐 심장이 빠르게 뛰기 시작했다.

"아, 이거 일만 아니었으면 얼마나 좋을까." 그러면서 그는 그녀를 빤히 쳐다보았다. "내일 밤에 만나면 안 될까? 비번 날이거든. 그리고 사실은 다음 일요일 오후에 자동차 드라이브할 생각이 없는지 물어보러 잠깐 들른 거야. 헤글런드의 친구에게 패커드' 자동차가 있는데 일요일에 모두 드라이브를 하기로 했지 뭐야. 익셀셔 스프링스'까지 드라이브 갈 친구들을 모아 달라는 거야. 참 괜찮은 친구지." 호튼스가 그리 관심이 없는 듯한 표정을 짓자 마지막 말을 덧붙였다. "자기는 그 사람을 잘 모르겠지만 정말 좋은 친구야. 자, 그 얘긴 나중에 하기로 하지. 내일 밤은 어떻겠어? 내일은 시간이 있는데."

근처에서 서성거리고 있는 매장 감독의 감시를 피하기 위해 호튼스는 클라이드에게 일부러 손수건을 내보이는 척하고 있었다. 그러면서 그를 데리고 코트를 보러 가서 자신의 계략을 실행하는 데 24시간이나 기다려야 한다니 재수가 없다고 생각했다. 그런데도 이튿날 데이트 약속은 그가 생각하는 것보다 훨씬 곤란한 척했다. 만나고 싶은지조차 잘 모르겠다는 시늉까지 해 보였다.

"이 손수건들을 보고 있는 척하고 있어." 그녀는 매장 감독이 방해할까 두려워서 말을 이었다. "나 내일은 다른 약속이 있어. 약속을 취소해야 할지 말아야 할지 잘 모르겠어." 그녀는 잠시 생각에 잠긴 듯하다가 이어 말했다. "가만 있자." 그녀는 깊이 생각에 잠기는 척했다. "글쎄, 자기와 약속할 수 있을 것 같기도 하고. 어떻게 한번 해 볼게. 하지만 딱 이번 한 번이야. 6시 15분에 메인 거리와 15번 도로가 만나는 곳으로 나와. 아니지, 6시 30분이 자기한테 가장 좋은 시간이지? 나도 되도록 나가도록 노력할 테니. 확실한 장담은 할 수 없지만 어떻게 해 볼게. 아니, 할 수 있을 것 같기도 해. 괜찮지?" 그러고는 호튼스는 그에게 가장 달콤한 미소를 지어 보였다. 클라이드는 마치 하늘에라도 날아갈 듯한 기분이었다. 마침내 그녀가 자기를 위해 다른 약속을 취소하려는 게 아닌가. 그녀의 두 눈은 애정으로 반짝였고, 그녀의 입가에는 환하게 미소가 번졌다.

"두말하면 잔소리지." 그는 호텔 벨보이들이 쓰는 말을 흉내 내 말했다. "틀림없이 거기서 기다리고 있을게. 한데 부탁 하나만 들어줘."

"무슨 부탁인데?" 그녀가 조심스럽게 물었다.

"빨간 리본 턱걸이가 달린 조그마한 검정 모자를 쓰고 와. 그렇게 해 줄 수 있지? 그 모자를 쓰면 정말 예뻐서 그래."

"어머, 자기도." 그녀가 웃었다. 클라이드를 속이기란 정말 누워서 떡 먹기였다. "물론, 그렇게 할게." 그녀가 덧붙여 말했다. "그러니 이제 그만 돌아가. 저 영감탱이가 이쪽으로 오고 있어. 잔소리를 해 댈 것 같아. 하지만 그럴 테면 그러라지. 여섯 시 반, 알았지? 그럼 잘 가." 그녀는 몸을 돌려 새로 들어온 손님 쪽으로 주위를 돌렸다. 그녀에게 모슬린 매점을 물어보려고 아까부터 조바심을 내며 기다리고 있던 노파였다. 클라이드는 전혀 예기치 않은 행운에 가슴이 설레어 춤이라도 출 듯 가벼운 걸음걸이로 가장 가까운 출구 쪽으로 걸어 나갔다.

클라이드는 이렇게 뜻하지 않은 호의에도 이상하게 생각하지 않았다. 이튿날 밤 여섯 시 반 정각에 아크등의 눈부신 광선이 내리비치는 아래에서 기다리고 있자니 호튼스가 나타났다. 그가 좋아하는 모자를 쓰고 있는 것이 금방 눈에 띄었다. 그녀는 그 어느 때보다 매혹적으로 발랄하고 다정하게 굴었다. 그가 오늘 밤 그녀의 모습이 여간 아름답지 않다느니, 그 모자를 쓰고 나와서 기분이 좋다느니 하는 말을 꺼내기도 전에 그녀가 먼저 입을 열었다.

"약속을 취소하고 자기를 만나러 오지를 않나, 자기를 기쁘게 해 주려고 마음에 들지도 않는 모자를 쓰고 나오지 않나, 이런 걸 보니 이젠 나도 점점 자기한테 마음이 끌리는 모양이야. 어쩌다 내가 이렇게 됐는지 모르겠어."

클라이드는 마치 큰 승리를 거둔 것처럼 환하게 얼굴에 미소를 지었다. 마침내 그녀의 마음을 사로잡을 수 있게 되었단 말인가?

"호튼스, 그 모자를 쓰면 얼마나 멋져 보이는지 알게 된다면 그런 소리 못 할 거야." 그가 감탄하는 목소리로 말했다. "얼마나 귀엽게 보이는지 자기는 몰라."

"어머, 이 거지 같은 헌 모자를 썼는데도?" 그녀가 경멸하듯 대꾸했다. "자기는 너무 쉽게 감동해."

"그리고 자기 눈은 부드러운 검은 벨벳 같아. 너무나 멋져." 그는 열심히 찬사를 계속 늘어놓았다. 그러면서 그린데이비슨 호텔의 검은 벨벳이 늘어져 있는 벽감(壁龕)을 생각하고 있었다.

"어머, 그럼 오늘 밤 실컷 감상하시지." 그녀는 놀리는 듯 웃었다. "나도 당신에게 한턱 단단히 내야겠네." 그러고 나서 클라이드가 미처 이 말에 대답하기도 전에 그녀는 미리 꾸며 둔 이야기를 늘어놓기 시작했다. 사교계에서 꽤 이름이 알려진 톰 키어리라는 사내가 최근 귀찮을 정도로 자기 뒤꽁무니를 따라다니며 함께 저녁을 먹자는 둥 같이 춤을 추자는 둥 치근거린다느니, 오늘 저녁에서야 그 사내에게 "바람을 맞히고" 클라이드와 데이트를 하러 나오기로 했다는 둥 말이다. 그녀는 키어리에게 전화를 걸어 오늘 밤은 만날 수 없다고, 말하자면 퇴짜를 놓은 셈이라고 말했다. 그런데 그녀가 가게의 종업원 출입문에서 막 나오려는데 놀랍게도 톰 키어리가 밝은 회색 래글런 재킷에 스패츠로 완벽하게 옷을 차려입고 창문을 닫은 세단차를 끌고 와서 자기를 기다리고 있는 게 아닌가. 만약 그녀만 원했더라면 그는 그녀를 그린데이비슨 호텔로 데리고 갔을 거다. 그 사내는 정말로 아주 유쾌한 사람이었으니까. 하지만 그녀는 그의 요구에 응할 수 없었다. 어쨌든 오늘 밤은 그럴 수 없었다. 피할 방법을 찾아내지 않았다면 그 사내한테 붙잡혀 약속 시각에 늦어졌을 것이다. 그녀가 먼저 재빨리 그의 모습을 알아채고는 허겁지겁 다른 출구로 빠져나왔다는 것이다.

"내가 조그마한 발로 눈 깜짝할 사이에 사전트 거리 위쪽으로 바삐 올라가 모퉁이를 돈 뒤 베일리 플레이스로 들어가는 모습을 봤어야 해." 호튼스는 자기도취 상태에서 여기까지 빠져나온 과정을 생생하게 묘사했다. 클라이드는 그녀 자신과 키어리라는 멋진 사내를 실감 나게 묘사하는 호튼스 이야기에 그만 넋이 나가 사소하게 꾸며 낸 거짓 이야기를 진실로 받아들였다.

그러고 나서 두 사람은 10번 도로 근처 와이언도트 거리에 있는 개스파이라는 레스토랑을 향해 걸어갔다. 아주 최근에 그는 이 식당이 프리셀보다 훨씬 더 낫다는 사실을 알았다. 호튼스는 걸으면서 가끔 걸음을 멈추고는 이 가게 저 가게의 진열창을 기웃거렸다. 그러면서 지금 자기에게 알맞은 작은 코트를 하나 찾고 있는 중이라느니, 지금 입고 있는 코트가 점점 낡아져서 이제 새것으로 바꿔야 한다느니 하고 말했다. 클라이드는 의아해하며 그녀가 지금 자기에게 그것을 사 달라고 암시하는 것은 아닌지 생각했다. 한편 그녀한테 코트가 필요하다니 만약 작은 코트를 한 벌 사 주면 그녀와의 사이가 그만큼 더 가까워질지도 모른다는 생각이 들었다.

얼마 뒤 그 거리의 같은 쪽에 있는 루벤스타인의 가게가 나타나면서 알맞게 조명한 진열장 속에 그 코트가 눈에 띄자 호튼스는 계획대로 걸음을 멈췄다.

"어머, 저 코트 좀 봐!" 그녀는 마치 그 아름다운 코트에 반한 것처럼 황홀하다는 듯 호들갑을 떨기 시작했다. 그녀는 코트를 지금 처음 보고 한눈에 반했다는 태도였다. "아, 지금껏 봤던 코트 중에서 제일 예쁘고, 귀엽고, 멋지지 않아?" 그녀가 계속 말을 이었다. 그녀의 연기력은 코트를 갖고 싶은 욕망으로 점점 더 빛을 내뿜었다. "아, 저 칼라, 저 소매와 주머니를 좀 봐. 이제껏 본 것 중에서 제일 멋지지 않아? 저 코트에 손을 넣는다면 얼마나 따스할까?" 그녀는 곁눈질로 그를 쳐다보며 자기가 한 말이 효과를 거두고 있는지 확인해 보았다.

클라이드는 호튼스가 무척 관심을 보이자 적잖이 호기심 어린 눈초리로 코트를 쳐다보았다. 의심할 여지없이 예쁜, 정말로 멋진 코트였다. 그러나 아, 그런 코트라면 도대체 그 값이 얼마나 나갈까? 혹시 그녀가 자기더러 사 달라고 하려고 저렇게 관심을 보이고 있는 것은 아닐까? 글쎄, 적어도 200달러는 됨직한 코트였다. 어쨌든 그로서는 그런 물건의 가격은 짐작할 수도 없었다. 자기 같은 사람은 구입할 엄두도 내지 못할 물건이었다. 특히 지금처럼 에스터를 위해 그의 수입 중 상당 부분을 내놓아야 하는 상황에서는 더더욱 그랬다. 그러나 그녀의 태도로 미루어 보아 그 코트가 바로 그녀가 염두에 두고 있는 물건인 것 같았다. 처음에는 오싹해지더니 이내 그의 온몸이 마비된 듯 힘이 쑥 빠졌다.

안타깝지만 만약 호튼스가 꼭 그 코트를 갖고 싶다면 그것을 사 줄 사람을 찾을 것이 확실하다는 생각이 들었다. 이를 테면 방금 그녀가 말하던 톰 키어리라는 사내가 있지 않은가? 설상가상으로 그녀는 바로 그런 종류의 여자가 아니던가? 만약 그가 코트를 사 줄 수 없다면 다른 누군가가 사 줄 것이고, 그렇게 되면 그녀는 그런 것 하나 사 주지 못한다고 자기를 경멸할 것이다.

"아, 저런 코트를 얻기 위해서라면 무엇인들 내줄 수 없겠어!" 호튼스가 큰 소리로 외쳤다. 이 말을 듣고 클라이드는 몹시 실망하고 불만을 느꼈다. 그 순간 그녀는 그렇게까지 노골적으로 이 문제를 표현할 작정은 아니었다. 마음속 깊이 자리 잡고 있는 그 생각을 클라이드가 눈치채지 못하게 눈치껏 전달할 생각이었다.

　세상 물정을 잘 모르는 데다 그런 일에 민감하지 않은 클라이드였지만 그 말뜻을 충분히 짐작할 수 있었다. 그 의미는― 그러니까 그 의미는…… 순간 그는 차마 그 말의 의미를 생각해내기가 싫었다. 그녀가 그 코트를 손에 넣기 위해 그 어떤 방법을 생각하고 있다는 것쯤은 그도 잘 알 수 있었기 때문이다. 그렇다면 이 문제를 어떻게 해결해야 좋단 말인가? 도대체 어떻게? 만약 그가 그녀에게 코트를 사 줄 수 있다면, 그게 그다지 비싼 가격이 아니어서 언제까지 사 주겠다는 약속을 할 수 있다면, 그렇게 된다면 어떻게 될까? 이 코트 가격을 알아본 뒤에 오늘 밤이나 내일 용기를 내어 그녀에게 이렇게 제안해 보면 어떨까? 만약 그녀가 그렇게 하겠다면― 그렇다 해도 왜, 정말 그렇다 해도 도대체 왜― 코트나 그녀가 정말로 갖고 싶은 것이라면 무엇이든지 다 사 주겠다고 제안해 보면 어떨까? 다만 비록 값비싼 물건은 아니었지만, 지금까지 그랬던 것처럼 선물을 받고 그를 바보로 만들면 절대로 안 된다는 확신은 가져야 했다. 그녀에게 코트를 사 주고서도 아무런 대가가 없다면 참을 수 없을 것이다. 이번에는 절대로 그럴 수 없어!

　이런 생각을 하면서 클라이드는 그녀 옆에서 실제로 전율을 느끼고 온몸을 부르르 떨고 있었다. 그녀는 그녀대로 그 자리에 서서 코트를 바라보면서 만약 그가 자기에게 코트를 사 주고 그녀가 주겠다고 암시한 것을― 코트의 대가로 그녀가 치르려는 것 말이다—얻을 만한 눈치가 없다면, 그와의 교제는 이제 이것으로 끝장이라고 생각하고 있었다. 그녀를 위해 이 정도의 것도 해 줄 수 없거나 해 줄 생각이 없는 그런 남자와 노닥거리려 한다고 생각한다면 큰 오산이었다. 절대로 그럴 수 없지!

두 사람은 개스파이 레스토랑을 향해 다시 걷기 시작했다. 저녁 식사를 하는 동안 줄곧 호튼스는 다른 이야기는 거의 하지 않고 그 코트가 얼마나 예쁜지, 자기에게 얼마나 잘 어울리는지 등의 말만 늘어놓았다.

"정말이라니까!" 한번은 호튼스가 자기에게 코트를 사 줄 능력이 클라이드에게 있는지 확신이 서지 않자 도전하듯 내뱉었다. "어떻게든 그 코트를 살 방법을 찾을 거야. 루벤스타인 가게에 가서 계약금을 충분히 치르면 할부로 해 줄지도 몰라. 우리 백화점에서 일하는 애도 언젠가 그렇게 해서 코트를 장만한 적이 있었거든." 이렇게 말하면 클라이드가 도와준다고 할지 모른다는 생각에서 그녀는 즉시 거짓말까지 늘어놓았다. 그러나 클라이드는 자칫 잘못하다가는 예상치 않게 돈을 내놔야 할 것이 두려워 선뜻 어떻게 하겠다고 말을 꺼내기를 꺼렸다. 그런 물건이 도대체 얼마나 할지 통 짐작할 수조차 없었다. 200달러가 될지, 아니 심지어 300달러나 할지도 모른다. 그래서 섣불리 말했다가 나중에 감당하지 못하게 될까 봐 약속하기가 두려웠다.

"값이 얼마인지 모르지?" 클라이드가 초조하게 물어보았다. 동시에 그는 지금 어떤 확실한 언질도 받지 않고 현금을 선물로 준다면, 무슨 권리로 지금껏 그가 받아 온 것 이상의 대가를 기대할 수 있을지 생각하고 있었다. 그녀는 그를 구워삶아 자기가 갖고 싶은 물건을 사게 한 뒤에는 심지어 키스 한 번도 해 주지 않았다. 자기를 아무렇게나 농락해도 괜찮다고 느끼는 것 같다고 생각하자 화가 치밀어 올라 얼굴이 달아오르고 속이 뒤집혔다. 그러나 방금 코트를 사 주는 사람에게는 무슨 짓이라도 하겠다고 털어놓지 않았던가. 어쨌든 그녀는 그와 비슷한 얘기를 했다.

"모-올-라!" 그녀는 처음에는 머뭇거렸다. 순간 코트 값을 정확하게 말해야 할까, 아니면 좀 더 값을 올려서 말해야 할 것인지 몰랐기 때문이다. 만약 할부로 해 달라고 하면 루벤스타인 씨가 값을 더 올려 받을지도 몰랐기 때문이다. 그러나 너무 값을 올려 말하면 클라이드가 도와주려고 하지 않을지도 몰랐다. "하지만 125달러는 넘지 않을 거야. 그 이상이라면 나도 살 생각이 없어."

이 말을 듣자 클라이드는 비로소 안도의 한숨을 내쉬었다. 결국 200달러나 300달러는 아니었다. 만약 그녀가 합당한 계약 금액을 — 가령 50달러나 60달러 정도 말이다 — 지불할 수 있다면, 자신이 두 주나 세 주 안에 돈을 모두 갚을 수 있다고 생각하기 시작했다. 그러나 만약 120달러를 한꺼번에 요구한다면 호튼스는 얼마 동안 기다릴 수밖에 없을 것이다. 더구나 그는 그녀로부터 대가를 보상받을 수 있을지 없을지부터 알아내야 했다. 그것도 분명하게 말이다.

"호튼스, 그러는 게 좋겠어." 그는 무엇 때문에 그렇게 마음에 들었는지 말하지도 않은 채 큰 소리로 말했다. "그렇게 해. 먼저 가격을 물어봐. 그리고 계약금으로 얼마나 요구하는지도. 어쩌면 내가 도와줄 수 있을지도 모르니까."

"어머, 이렇게 좋을 수가!" 호튼스는 손뼉을 쳤다. "아, 자기가 그래 줄래? 아, 정말 멋지지 않아? 이제야 그 코트를 갖게 되는 군. 역시 말만 잘하면 선뜻 사 주는 사람들이 있는 거야."

클라이드가 염려했던 것처럼 호튼스는 그 코트를 사 주려는 사람이 다름 아닌 그라는 사실을 까맣게 잊어버리고 있는 듯했다. 그가 생각했던 그대로였다. 돈을 내는 사람이 그라는 사실을 그녀는 당연한 일처럼 받아들이고 있는 것 같았다.

그러나 다음 순간 시무룩한 클라이드의 표정을 보고 나서야 호튼스는 이렇게 덧붙였다. "아, 이렇게 나를 도와주다니 자기는 정말, 정말 다정하고 멋진 남자야. 그 고마움은 정말 잊지 않을게. 어디 두고 봐. 절대로 후회하지 않을 거야. 조금만 기다려 보라고." 그녀의 두 눈이 그를 향해 환희의 빛, 심지어 무엇이든 아낌없이 주려는 듯한 관대함의 빛마저 띠고 있었다.

클라이드는 젊고 다루기 쉬운 사내일지 모르지만 인색하지는 않은 것 같았다. 그래서 그에게 꼭 보답해 주리라고 그녀는 결심했다. 그 코트가 일주일, 늦어도 두 주일 안에 손에 들어오는 대로 그에게 아주 다정하게, 그를 위해 무엇인가 해 주리라고 마음먹었다. 그러고는 그 생각을 강조하고 자신의 의도를 그에게 전달하기 위해 두 눈에 상냥한 빛을 띠고는 눈물을 글썽이며 약속이라도 하듯 그를 오랫동안 바라보았다. 이렇게 자못 낭만적인 연기를 보자 그는 갑자기 온몸에 힘이 빠지면서 안절부절못했다. 왈칵 쏟아 내는 그녀의 애정 표현이 조금 겁나기도 했다. 마음을 흔들어 놓는 불안한 생명력에 그는 맞설 수 없을 것 같았기 때문이다. 그녀의 참다운 애정이 무엇을 의미할까 생각하니 지금 그녀 앞에서 조금 위축되었다. 아니, 조금 겁이 난다고 해야 할까.

클라이드는 만약 그 코트의 가격이 125달러가 넘지 않는다면, 25달러를 계약금으로 즉시 지불하고, 나머지는 50달러씩 두 차례에 걸쳐 지불해도 좋다면 그렇게 할 수 있겠다고 말했다. 그러자 그녀는 내일 당장 알아보러 가겠다고 대답했다. 루벤스타인 씨는 아마 그녀에게 선금 25달러로 그녀에게 코트를 넘겨줄지도 모른다. 만약 그렇게 할 수 없다면 모든 돈을 거의 다 치르게 되는 둘째 주 말에는 그렇게 해 줄 것이다.

클라이드에게 정말로 감사하는 마음에서 호튼스는 레스토랑을 나오면서 마치 고양이처럼 그르렁거리는 소리를 내며 그에게 속삭였다. 이 일을 절대로 잊지 않겠다느니, 어디 두고 보느니, 손에 넣자마자 코트를 입은 모습을 누구에게보다도 먼저 그에게 보여 주겠다고 말했다. 그때 만약 그가 근무하는 날이 아니라면 함께 어디로 저녁 식사를 하러 가고 싶다고 했다. 만약 그때까지 코트를 얻을 수 없다면, 클라이드인지 헤글런드가 제안한 다음 일요일의 드라이브 날까지는 ─ 물론 연기될 수 있을지도 모른다 ─ 확실히 그 코트를 손에 넣을 수 있다고 했다.

호튼스는 댄스홀에 가자고 제안했다. 도발적으로 그에게 바싹 매달려 선정적으로 춤을 추고 그 뒤에는 성적 분위기를 암시하는 말을 하기도 했다. 그러자 클라이드는 조금 몸이 떨리며 정신이 아찔해졌다.

마침내 클라이드는 그날을 꿈꾸며 집에 돌아왔다. 처음 지불할 현금이 비록 50달러가 된다 해도 구하는 데 별문제가 없을 것 같아 기분이 좋았다. 이렇게 희망의 빛에 자극받은 그는 래터러나 헤글런드에게서 25달러를 빌려 달라고 해서 코트 값을 모두 지불한 뒤에 갚을 참이었다.

아, 아름다운 호튼스! 그녀의 매력, 몸이 녹아 버릴 것처럼 엄청난 환희! 마침내 그리고 이렇게 일찍 그녀가 그의 애인이 되다니! 분명히 꿈속처럼 믿을 수 없는 일이 실제로 일어나고 있었다. 도저히 믿을 수 없는 일이 현실로 나타나고 있었던 것이다.

제16장

호튼스는 약속대로 이튿날 루벤스타인의 가게로 찾아가 이런 저런 조건과 함께 자신이 놓여 있는 딜레마를 설명하면서 교묘하게 그와 흥정했다. 혹 좋은 조건의 할부로 115달러에 그 코트를 팔 수 없는가? 그러나 루벤스타인은 즉시 그렇게는 곤란하다고 고개를 가로저었다. 자기 가게는 할부로 물건을 판매하는 곳이 아니라는 것이다. 더구나 만약 할부로 판다면 200달러를 불러도 쉽게 팔 수 있다고 했다.

"하지만 코트를 가져갈 때 50달러는 현금으로 지불할 수 있어요." 호튼스가 말했다.

"좋아요. 하지만 나머지 65달러는 누가 보증해 주죠? 그리고 언제요?"

"다음주에 25달러, 그다음 주에 25달러, 또 그다음 주에 15달러를 치를게요."

"물론 그러겠죠. 하지만 만약 손님이 그 코트를 산 이튿날 자동차에라도 치어 사망하게 되면 어떻게 되나요? 그땐 어디 가서 돈을 받아야 하죠?"

이제 그것이 문제였다. 그녀를 대신해 누군가가 코트 대금을 지불해 줄 사람이 있다는 것을 증명할 길이 없었다. 그보다도 먼저 번거롭지만, 계약서를 작성하고 정말로 믿을 만한 사람을—이를테면 은행업자 말이다—보증인으로 내세워야만 했다. 그러니 절대로, 절대로 그렇게는 할 수 없다. 이 가게는 손쉽게 할부로 물건을 살 수 있는 곳이 아니다. 현금으로만 거래하는 집이다. 그래서 그녀에게 코트 가격을 115달러로 제시한 것이며, 그 가격에서는 1달러도 깎아 줄 수 없다. 단 1달러도 말이다.

루벤스타인은 한숨을 쉬고 나서 다시 말을 이었다. 마침내 호튼스는 맨 처음에 75달러를 현금으로 지불하고, 일주일 뒤에 나머지 40달러를 치르면 어떻겠냐고 물어보았다. 그렇게 하면 코트를 내주겠느냐, 집에 갖고 가게 해 줄 수 있겠느냐?

"일주일이라, 일주일이라, 그 일주일이 무슨 상관이 있나요?" 루벤스타인 씨도 지지 않았다. "내일이나 다음 주에 75달러를 가져오고, 일주일 뒤나 열흘 뒤에 나머지 40달러를 지불할 거라면 일주일만 기다렸다 115달러를 한꺼번에 가져오면 되지 않겠습니까? 그렇게 되면 코트는 손님 물건이 될 텐데요. 이게 제일 간단한 방법입니다. 코트는 그냥 두고 가세요. 내일 돌아와 25달러나 30달러를 계약금으로 내면 당장 저 옷을 진열창에서 꺼내 보관해 둘게요. 그렇게 되면 어느 누구의 눈에도 띄지 않을 겁니다. 다음 주나 두 주 안으로 나머지 돈을 갖고 오십시오. 그때 물건을 내드리죠." 루벤스타인 씨는 마치 그 일이 이해하기 어려운 일이나 되는 것처럼 과정을 설명했다.

듣고 보니 이치에 맞는 말이었다. 호튼스가 논박할 여지가 거의 없었다. 그렇긴 하지만 지금 당장 손에 넣을 수 없다고 생각하니 적잖이 실망스러웠다. 지금 당장 가져갈 수 없다니. 그러나 일단 가게 밖으로 나오자 또다시 기분이 되살아났다. 약속한 시간이 금방 지날 것이고, 클라이드가 곧바로 약속을 지켜 준다면 그 코트는 자기 것이 될 게 아닌가. 지금 당장 그에게 25달러나 30달러를 달라고 하여 이 멋진 계약을 맺는 것이 필요했다. 그러나 지금 그녀는 그 코트에 어울릴 새 모자를 살 필요가 있어 클라이드에게 코트 가격을 115달러가 아닌 125달러라고 말하기로 마음먹었다.

호튼스가 이렇게 내린 결론을 클라이드에게 말해 주자 그는 모든 일을 고려할 때 아주 합리적인 거래라고 생각했다. 호튼스와 마지막으로 이야기를 나눈 이후 지금까지 줄곧 그의 마음을 짓누르고 있던 근심거리에서 풀려난 기분이었다. 첫 주 안에 35달러 넘는 돈을 융통할 방도가 전혀 서지 않았기 때문이다. 다음 주라면 융통하기가 조금 쉬울 것 같았다. 래터러에게 부탁해서 20달러나 25달러쯤 빌릴 계획이었고, 그 돈에 팁으로 받는 수입을 합하면 두 번째 할부금은 충분히 지불할 수 있을 것 같았다. 그다음 주에는 헤글런드로부터 적어도

10달러나 15달러를 — 어쩌면 그 이상이 될지도 모른다 — 빌릴 생각이었다. 만약 그 돈으로 모자라면 몇 달 전에 구입한 시계를 저당 잡혀 15달러쯤 만들 작정이었다. 적어도 15달러는 받을 수 있을 터였다. 무려 50달러나 주고 산 시계였다.

그러나 클라이드는 초라한 셋방에서 단 한 번의 가장 불행한 로맨스가 빚어낸 결과라고 할 갓난아이 분만을 기다리고 있는 에스터를 생각하지 않을 수 없었다. 에스터뿐만 아니라 집안 전체의 재정적 문제에 휩쓸리는 일이 두려우면서도 에스터가 어떻게 제대로 살아갈 수 있을지 생각해 보았다. 그의 아버지는 예나 지금이나 금전적으로 어머니에게 전혀 도움이 되지 못했다. 그래서 만약 자신이 이 문제의 부담을 떠맡게 된다면 어떻게 해결해 나갈 것인가? 도대체 그의 아버지는 무엇 때문에 밤낮 길거리에서 설교나 하고, 시계와 융단을 팔고 있는 것일까? 도대체 어쩌자고 그의 부모는 전도 사업을 집어치우지 않는 것일까?

어쨌든 클라이드가 도와주지 않는다면 도저히 사태를 해결할 방법이 있을 것 같지 않았다. 그 구체적인 증거는 그가 호튼스에게 약속한 지 두 번째 주말에 나타났다. 다음 일요일에 호튼스에게 건네줄 50달러를 주머니에 넣은 채 옷을 갈아입고 있으려니 갑자기 어머니가 그의 침실 안을 들여다보며 말했다. "클라이드, 나가기 전에 잠깐 나 좀 보자꾸나." 그는 이 말을 하는 어머니의 얼굴이 심상치 않다는 것을 알 수 있었다. 사실 며칠 전부터 어머니가 무엇인가 고민하는 것을 눈치채고 있었다. 그러나 지금처럼 그가 버는 돈이 담보로 잡히고 있는 상황에서 그로서도 어떻게 할 도리가 없었다. 그가 도와준다는 것은 곧 호튼스를 잃어버린다는 것을 뜻했다. 하늘이 무너져도 그렇게는 할 수 없는 노릇이었다.

그러나 어머니를 도와주지 못하는 데 대해 과연 어떻게 그럴듯하게 변명할 수 있을까? 특히 양복을 말쑥하게 차려입고 일을 핑계 삼아 이리저리 돌아다니며 놀고 있다는 사실을 생각하면 더더욱 그랬다. 어쩌면 어머니는 그가 생각하는 만큼 속아 넘어가고 있지 않을지도 몰랐다. 물론 두 달 전 그는 어머니에게 다섯 달 동안 일주일에 10달러씩 더 주기로 약속했고, 실제로 그렇게 해 왔다. 그러나 오히려 그렇게 양보했기 때문에 어머니는 그가 여분으로 돈을 더 내놓을 수 있을지 모른다고 생각할 수도 있었다. 그때 그렇게 양보하기 위해서 그는 몹시 절약할 수밖에 없다고 분명히 밝혔지만 말이다. 그러나 그가 아무리 어머니를 돕는 쪽으로 기운다 해도 호튼스에 대한 욕망이 바로 눈앞에 놓여 있는 이상 그럴 수는 없었다.

클라이드는 잠시 뒤 거실로 들어갔다. 그러자 어머니는 늘 그러듯 그를 곧 전도관 안에 있는 의자로 데리고 갔다. 요즈음 들어 더더욱 을씨년스럽고 추운 방이었다.

"클라이드, 네게 이런 얘기는 하고 싶지 않았다만, 나로선 어떻게 달리 해결할 방법이 없구나. 이제 너도 어른이 되고 있으니 내가 의지할 사람은 너밖에 없단다. 하지만 이제부터 할 얘긴 어느 누구한테도 절대로 해선 안 된다. 프랭크나 줄리아, 아버지한테도 말이다. 다른 식구들에겐 알리고 싶지 않거든. 사실 에스터가 캔자스시티로 돌아와서 지금 무척 고생하고 있어. 어떻게 하면 좋을지 나도 잘 모르겠어. 내게 돈이라곤 몇 푼밖에 없는 데다 또 네 아버지는 더 이상 내게 별로 도움이 되지 못하잖니."

그러고 나서 어머니는 야윈 손으로 힘없이 이마를 쓸었고, 클라이드는 어머니가 무슨 말을 하는지 알 수 있었다. 지금까지 오랫동안 이런 식으로 감춰 왔기 때문에 처음에는 에스터가 이 도시로 와 있다는 사실을 모르는 척할까 하고 생각했다. 그러나 지금 와서 갑자기 어머니가 고백한 데다 그로서도 계속 감추자면 놀라는 시늉을 해야 해서 솔직하게 내뱉었다. "나도 알고 있었어요."

"알고 있었다고?" 어머니는 깜짝 놀라며 되물었다.

"네, 알고 있었다고요." 클라이드가 되풀이해서 말했다. "어느 날 보드리 거리를 걷고 있을 때 어머니가 그곳에 있는 셋집으로 들어가는 걸 봤어요." 그는 이제 차분한 마음으로 설명했다. "조금 있다가 에스터가 창밖을 내다보고 있는 모습이 보였어요. 그래서 어머니가 돌아간 뒤에 안으로 들어갔었죠."

"그게 언제 일이냐?" 무엇보다도 시간을 벌려는 듯 어머니가 물었다.

"아, 대여섯 주쯤 됐을까요. 그 후로도 두서너 차례 더 누나를 만나러 갔어요. 하지만 누나가 절대로 아무한테도 말하지 말라고 부탁을 하더군요."

"쯧! 쯧! 쯧!" 그리피스 부인이 혀를 찼다. "그렇다면 어떤 걱정거린지 잘 알고 있겠구나."

"네!" 클라이드가 대답했다.

"그럼, 그건 어떻게 할 수 없다 치자." 어머니는 체념하는 듯 말했다. "설마 프랭크나 줄리아에게 얘기하지는 않았겠지?"

"물론이죠." 클라이드는 비밀로 하려던 어머니의 의도가 실패로 돌아갔다고 생각하며 사려 깊게 대답했다. 어머니는 사람을 속일 그런 사람은 아니었고, 그 점은 아버지도 마찬가지였다. 클라이드는 자신이 어머니나 아버지보다 훨씬 교활하다고 생각했다.

"그래, 정말로 말해선 안 돼." 어머니가 근엄하게 주의하라고 경고하였다. "집안 식구들이 알아서 좋을 게 없거든. 지금 상태로도 말이 아니잖니." 어머니는 입술을 일그러지게 뒤틀면서 덧붙였다. 그러는 동안 클라이드는 자기 자신과 호튼스에 대해 생각하고 있었다.

"네 누나가 자신은 물론 집안 식구들에게까지 이런 고통을 불러오다니." 잠시 뒤 어머니는 잿빛 안개에 뒤덮인 듯 슬픈 두 눈에 눈물을 글썽이며 덧붙였다. "지금처럼 해 줄 수 있는 일이 아무것도 없을 때 말이야. 그렇게 애써 기르고 가르쳤는데도 말이지. '배신자의 길은……'."

어머니는 고개를 흔들고 큼직한 두 손을 한데 모아 굳게 움켜잡고 있었다. 그러는 동안 클라이드는 그 모습을 물끄러미 바라보면서 현재의 이런 상황과 그 상황이 가져올 부담에 대해 생각하고 있었다.

어머니는 이 모든 일에서 자신이 맡게 된 기묘한 역할에 어리 둥절해서 풀이 죽은 상태로 앉아 있었다. 따지고 보면 어머니도 여느 다른 사람들과 마찬가지로 거짓말을 해 온 셈이다. 그리고 지금 이 자리에는 어머니의 거짓말과 계략에 대해 모두 알아 버 린 클라이드가 앉아 있었다. 이런 상황에서 어머니는 진실하지 못한 모습을 바보처럼 멍청하게 드러내 보이는 것이었다. 그러 나 그녀는 이 모든 일을 클라이드가— 클라이드와 다른 아이들 이— 겪지 않도록 하려고 애써 오지 않았던가? 이제 클라이드 는 그런 것쯤은 이해할 수 있는 나이에 이르렀다. 어머니는 왜 일이 이 지경이 되었는지 설명하고, 또 얼마나 비참한 생각이 들었는지 말하기 시작했다. 그러면서 그 문제와 관련해 지금 그 에게 도움을 청할 수밖에 없다고 설명했다.

"에스터는 이제 곧 몸 상태가 아주 좋지 않게 될 거야." 어머니 가 갑자기 단호한 목소리로 말했다. 이렇게 말하면서 차마 클라 이드를 쳐다볼 수 없었고 적어도 그러고 싶지 않았지만 될 수 있 는 대로 솔직하게 털어놓으리라고 마음먹었다. "이제 곧 의사를 불러야 하고, 내가 그곳에 없을 때 돌봐줄 사람이 필요해. 그래 서 말인데, 돈을 구해야 하는데 적어도 50달러는 마련해야 하거 든. 그렇게 많은 돈을 어떻게 네 친구들한테서 몇 주일만 빌릴 수 없을까? 네가 마음만 있다면 넌 그 돈을 곧바로 갚을 수 있겠 지. 그렇게만 해 주면 그 돈을 갚을 때까진 네 방세를 주지 않아 도 괜찮아."

어머니가 너무 강렬하고도 절실하게 클라이드를 쳐다보고 있어서 그는 그 간곡한 요구에 그만 마음이 흔들렸다. 가뜩이나 어머니의 걱정스러운 표정에 또 다른 걱정을 보탤 말이 그의 입에서 미처 나오기도 전에 어머니가 덧붙였다. "요전 돈은 네 누나를 이곳으로 데려오는 데 썼단다. 네 누나의…… 네 누나의……." 어머니는 적절할 말을 찾느라고 머뭇거리다 마침내 이렇게 내뱉었다. "남편이 피츠버그에서 그 애를 버리고는 어디론가 가 버린 뒤에 말이다. 그 얘긴 네 누나한테서 들었겠구나."

"네, 들었어요." 클라이드가 착 가라앉은 슬픈 목소리로 대답했다. 결국 에스터는 분명히 위급한 상태에 놓여 있는 게 틀림없었다. 그는 지금껏 한 번도 그 문제를 깊이 있게 생각해 보지 않았다.

"어쩌지, 엄마!" 클라이드는 지금 주머니 속에 50달러를 가지고 있지만, 그 돈을 어디에 쓸 계획인지 생각하자 마음이 무거워져 큰 소리로 외치듯 말했다. 50달러는 어머니가 지금 요구하고 있는 금액과 똑같은 액수가 아닌가. "글쎄요, 돈을 빌릴 수 있을지, 어떨지 잘 모르겠네요. 돈을 빌릴 만큼 호텔에서 일하는 아이들을 잘 알지 못하거든요. 게다가 그 애들 벌이도 나만큼밖에는 안 돼요. 적은 돈이라면 빌릴 수 있겠지만 그것으론 별 도움이 되지 않을 것 같아서요." 이런 식으로 어머니에게 거짓말을 한다는 것은 그리 쉬운 일이 아니라서 그는 말을 할 때 목이 막혀 침을 꿀꺽 삼켰다. 지금까지 이처럼 사정이 딱할 때 그토록 비열하게 거짓말을 해 본 적은 한 번도 없었다. 지금 그의 주머니 속에는 50달러가 들어 있었다. 이 돈을 호튼스를 위해 쓸 수도 있고, 어머니와 누나를 위해 쓸 수도 있었다. 이 돈으로 호튼스의 문제를 완전히 해결할 수 있듯 어머니의 문제도 말끔히, 아니 좀 더 훌륭하게 해결할 수 있었다. 어머니가 고통을 겪고 있는데 도와주지 않는다는 것은 정말 괴로운 일이었다. 어머니의 부탁을 차마 어떻게 거절할 수 있단 말인가? 그는 초조해져 혀로 입술을 핥으며 한 손으로는 이마를 쓰다듬었다. 얼굴에 땀이 송골송골 솟아 있었기 때문이다. 이런 상황에 놓여 있자니 몸이 긴장되고 자신이 비열하고 무능하게 느껴질 뿐이었다.

"그럼, 지금 내게 줄 만한 돈이 한 푼도 없단 말이지?" 어머니가 애원하듯 물었다. 에스터의 상태와 관련해서는 해야 할 일이 많아서 당장 현금이 필요한데 어머니한테는 거의 돈이 없었던 것이다.

"네, 없어요, 엄마." 클라이드는 부끄러운 눈빛으로 잠깐 어머니를 쳐다보고는 곧 시선을 돌렸다. 만약 어머니가 그때 넋을 잃고 있지만 않았다면 그의 얼굴에서 거짓말의 표정을 읽었을 것이다. 사실 그는 어머니가 고통스러워하는 모습을 보고 동정심과 자존심이 뒤섞인 채 양심의 가책을 느꼈다. 그렇다고 해서 차마 호튼스를 놓칠 수는 없는 노릇이었다. 무슨 일이 있어도 그녀를 손에 넣고 싶었다. 그러나 어머니의 모습은 너무 쓸쓸하고 풀이 죽어 보였다. 이런 짓을 하다가는 나중에 천벌을 받는 것이 아닐까?

클라이드는 이 밖에 다른 방법, 즉 50달러 조금 넘는 돈을 손에 넣을 방법을 생각해 보았다. 시간이 조금만 더, 다만 몇 주 만이라도 더 있었으면 싶었다. 호튼스가 갑자기 코트 이야기만 꺼내지 않았다면 좋았으련만.

"할 수 있는 한 어떻게 해 볼게요." 어머니가 절망적으로 "쯧! 쯧! 쯧!" 혀를 차는 소리를 들으면서 클라이드는 자기도 모르게 바보처럼 맥 빠진 소리로 말을 이었다. "5달러라도 도움이 되겠어요?"

"물론 없는 것보단 낫겠지. 도움이 되고말고." 어머니가 대답했다.

"그럼, 그거라도 드릴게요." 그는 다음 주 팁에서 어떻게 돌려 보리라고, 다른 때보다도 재수가 좋기를 바라면서 덧붙였다. "다음 주에 어떻게 할 수 있는지 알아볼게요. 어쩌면 10달러 정도는 드릴 수 있을지도 몰라요. 하지만 장담할 순 없습니다. 실은 요전번에 어머니에게 돈을 드리기 위해 친구들한테서 돈을 빌렸거든요. 아직 그 돈을 전부 갚지 못했어요. 돈을 더 빌려 달라고 하면 어쩌면 친구들이…… 어쨌든, 어머니도 사정을 잘 아시잖아요."

어머니는 지금까지 하나밖에 없는 아들에게 이렇게 의지해야 한다니 비참한 생각이 들어 한숨을 내쉬었다. 더구나 자식이 이제 막 세상에서 첫걸음을 내딛으려고 하지 않는가. 뒷날 그가 어머니와 에스터에 대해 그리고 가족에 대해 어떻게 생각할까? 출세해 보겠다는 야망과 용기와 욕구는 참으로 가상하지만, 어머니의 눈으로 볼 때 클라이드는 몸도 그다지 건강하지 못했고,

도덕적으로나 정신적으로도 바위처럼 굳건하지 못했다. 정신력으로 보나 정서적으로 보나 어머니보다는 아버지를 닮은 것 같았다. 대체로 그는 쉽게 흥분했고, 쉽게 마음에 부담을 느끼고 긴장했다. 부담과 긴장 어느 쪽도 잘 견뎌 내지 못하는 듯했다. 그리고 에스터와 그녀의 남편, 집안 식구들의 불우한 삶 때문에 어머니는 아들에게 큰 부담만 자꾸 떠맡겨 왔던 것이다.

"그래, 안 돼도 할 수 없지." 어머니가 말했다. "나도 다른 방도를 찾아보마." 말은 그렇게 해도 그 순간 어머니에게는 다른 해결 방법이 뚜렷이 보이지 않았다.

제17장

혜글런드가 자가용 운전기사인 친구와 다음 일요일에 하기로 한 자동차 드라이브 계획은 변경되었다. 자동차를— 앞서 말한 그 비싼 패커드 차 말이다— 사정이 여의치 못해 그날은 사용할 수 없고 다음 주 목요일이나 금요일에 사용할 수 있다는 것이었다. 아니, 어쩌면 그때도 아예 사용할 수 없을지도 몰랐다. 사실을 조금 부풀려 모두에게 설명한 대로, 그 자동차는 킴바크라는 어떤 나이 지긋한 부호의 것인데, 그 사람은 지금 아시아를 여행 중이라는 것이다. 또한 혜글런드의 친구라는 젊은이가 킴바크 씨의 운전기사라는 것도 진실과는 거리가 멀었다. 사실 그 친구는 킴바크 씨 소유의 목장 관리인 스파서의 바람기 많은 건달 아들이었다. 자기를 목장 관리인의 아들 이상으로 보이고 싶어 안달하는 데다 어쩌다가 경비원으로 고용되어 자동차에 접근할 수 있어 그중에서 제일 좋은 차를 골라 드라이브하기로 했던 것이다.

자기와 호텔 친구들을 데리고 재미있는 드라이브를 해 보자고 제안한 사람은 헤글런드였다. 그러나 모두를 초대해 놓고 난 뒤에 킴바크 씨가 몇 주 안으로 귀국할 것 같다는 통지를 받았다. 윌러드 스파서는 더 이상 자동차를 타고 돌아다니지 않는 것이 좋겠다고 판단했다. 킴바크 씨가 예상치 않게 갑자기 돌아오게 되면 들통 날지도 모르기 때문이다. 이런 어려움을 헤글런드에게 털어놓았지만, 드라이브 계획에 열을 올리고 있던 헤글런드는 스파서의 생각을 일축했다. 어쨌든 한 번만 더 자동차를 사용하지 못할 이유가 어디 있단 말인가? 그는 벌써 친구들의 관심을 불러일으켜 놓은 터라 이제 새삼스럽게 그들을 실망시키고 싶지 않았다. 결국 이번 주 금요일 정오에서 여섯 시까지로 드라이브 스케줄을 잡았다. 클라이드는 물론 초대를 받았고, 호튼스도 계획을 바꿨기 때문에 그를 따라가기로 했다.

헤글런드는 래터러와 힉비에게 주인의 승낙 없이 자동차를 사용하는 것이라 조금 멀리 떨어진 장소에서 만나자고 미리 설명했다. 즉, 남자들은 웨스트 프로스펙트와 17번 도로 근처 조용한 거리에서 만나 그곳에서 아가씨들이 모이기에 편리한 워싱턴과 20번 도로로 가기로 했다. 그곳에서 만나 다시 서쪽 파크웨이를 빠져나가 해니벌 브리지를 북동쪽으로 달려, 할렘과 티나와 미너빌로 들어가 다시 리버티와 모스비를 통과해 익셀셔 스프링스로 갈 예정이었다. 그들의 목적지는 익셀셔로부터

2, 3킬로미터쯤 떨어진 곳에 있는 위그웜*이라는 조그마한 여관으로 일 년 내내 영업하는 집이었다. 실제로는 레스토랑과 댄스홀, 호텔을 겸한 장소였다. 그곳에서는 빅토리아 축음기*와 윌리처*의 자동 피아노가 있어 필요한 음악을 틀어 주었다. 그들 그룹이 자주 찾는 장소로 그곳에 몇 번 가 본 적이 있는 헤글런드와 힉비는 멋진 곳이라고 칭찬했다. 음식 맛도 좋고, 드라이브 길도 기분이 좋다는 것이다. 그 마을 바로 아래쪽에는 조그마한 강이 있어 여름이면 보트 놀이와 낚시를 할 수 있었다. 겨울에는 얼음이 얼면 스케이트를 타기도 했다. 지금 같은 1월이면 도로는 눈이 꽤 쌓여 있겠지만 자동차는 그다지 어렵지 않게 달릴 수 있고, 경관도 볼 만하다고 했다. 또 익셀셔에서 그리 멀지 않은 곳에 조그마한 호수가 있고, 일 년 중 이 무렵이면 호수가 온통 꽁꽁 얼어붙었다. 지나치다 싶을 만큼 상상력이 풍부하고 기분파인 헤글런드는 호수에서 스케이트를 탈 수 있을 것이라고 했다.

"이런 드라이브 여행에 스케이트를 타자니 무슨 뚱딴지같은 소리야!" 래터러가 조금 비꼬는 말투로 내뱉었다. 모처럼 나왔는데 그런 시시한 운동을 할 게 아니라 전적으로 연애를 해야 한다고 그는 생각했다.

"어, 빌어먹을! 재미있는 제안 하나 했다고 그렇게 사람 무안하게 할 거까지야." 스케이트를 제안한 장본인이 반박했다.

이 계획에 불안감을 느끼고 있는 사람은 스파서를 제외하면 클라이드 한 사람뿐이었다. 그들이 타고 가는 자동차가 스파서의 차가 아니라, 고용주의 자동차라는 것이 처음부터 마음에 걸리고 꽤 신경이 쓰였기 때문이다. 비록 잠깐 사용하는 것이라 해도 남의 것을 멋대로 사용한다는 게 마음에 들지 않았다. 어쩌면 사고라도 생길지 모른다. 또 누구한테 들킬지도 모를 일이었다.

"그런 차로 드라이브 나가도 위험하지 않을까?" 클라이드는 드라이브를 나가기 며칠 전 자동차의 주인이 누구인지 알게 되자 래터러에게 물어보았다.

"글쎄, 잘 모르겠는걸." 이런 짓거리에 익숙해진 래터러가 별로 걱정되지 않는 듯 대답했다. "차를 끌어 내는 게 나도 아니고, 또 너도 아니잖아? 그 녀석이 차를 끌어 내고 싶으면 그 녀석이 알아서 할 일이지 뭐야. 난 같이 가자니까 가는 것뿐이야. 그러니 내가 거절할 필요는 없잖아? 그저 근무 시간에 늦지 않게 돌아와 주기만 바랄 뿐이지. 걱정되는 건 그것밖엔 없어."

그때 마침 그곳에 온 힉비도 이구동성으로 똑같은 말을 했다. 그러나 클라이드는 여전히 걱정되었다. 혹 일이 잘못될지도 몰랐다. 또 이 일 때문에 직장을 잃게 될 수도 있었다. 그러나 호튼스와 함께, 또 다른 아가씨들과 친구들과 함께 호화로운 자동차를 타고 드라이브를 한다는 생각에 가슴이 부풀어 그 유혹을 뿌리칠 수가 없었다.

기다리던 금요일 정오 직후 드라이브에 참여할 사람들이 하나씩 약속한 장소에 모여들기 시작했다. 헤글런드, 래터러, 힉비, 클라이드는 기차 정거장 근처 웨스트 프로스펙트와 18번 도로에 모였고, 헤글런드의 여자 친구인 메이더 액셀로드, 래터러의 여자 친구 중 하나인 루실 니컬러스, 힉비의 여자 친구인 티나 코젤, 그 밖에 스파서에게 소개해 주기 위해 티나 코젤이 데리고 온 로러 사이프 등은 워싱턴과 20번가에 모였다. 호튼스만이 마지막 순간에 클라이드에게 전화를 걸어, 갑자기 볼일이 생겨 집에 들렀다 가야만 해서 제너시 45번 도로 그녀의 집까지 차로 데리러 와 주었으면 좋겠다고 했다. 모두들 아무런 불평도 하지 않고 그대로 했다.

1월의 하순으로 특히 캔자스시티 주변에는 구름이 나직이 깔린 흐린 날씨였다. 심지어 금방이라도 눈이 휘몰아칠 것 같았다. 도시 안에 사는 사람들에게는 자못 흥미롭고 그림 같은 풍경이었다. 일행은 이런 날씨가 좋았다.

"아, 정말 눈이 내렸으면 좋겠네." 누군가가 눈이 내릴지도 모르겠다고 말하자 티나 코젤이 큰 소리로 받았다. 루실 니컬러스도 한마디 덧붙였다. "아, 나도 때론 눈이 내리는 게 너무 좋아." 그들은 웨스트블러프 도로를 따라 워싱턴과 2번 도로를 지나, 마침내 해니벌 브리지를 건너 할렘으로 갔고, 그곳에서 구불구불하고 보초를 서는 듯한 언덕배기 강둑길을 따라 랜돌프 하이츠와 미너빌로 들어섰다. 그리고 모스비와 리버티를 지나자 길이 더 좋아졌고, 조그마한 농가들과 눈이 하얗게 덮여 있는 1월의 황량한 언덕들이 눈에 들어왔다.

클라이드는 그동안 몇 해나 캔자스시티에서 살고 있으면서도 동쪽으로는 스워프 공원의 원시 자연림, 서쪽으로는 캔자스주의 캔자스시티' 너머로는 한 번도 가 본 적이 없었다. 또 캔자스 강이나 미주리강을 따르는 방향에서는 한쪽으론 아젠틴, 반대쪽 방향으로는 랜돌프 하이츠 너머로 가 본 적이 없었다. 그래서 그는 이렇게 멀리 여행한다고 생각하니 무척 기분이 들떴다. 지금까지의 틀에 박힌 일상생활과는 아주 달랐기 때문이다. 호튼스는 아주 상냥하고 다정하게 굴었다. 그에게 몸을 착 붙이고 앉았고, 다른 친구들이 벌써 자기 여자 친구를 다정하게 껴안고 있는 모습을 보고는 클라이드가 살며시 그녀의 몸에 팔을 감고 껴안아도 뿌리치려 하지 않았다. 오히려 얼굴을 쳐들고 이렇게 말할 따름이었다. "이젠 모자를 벗어야겠는걸." 이 말에 모두들 와 하고 웃었다. 그녀의 시원시원하고 당돌한 태도에는 때로 사람들을 웃기는 그 무엇이 있었다. 게다가 그녀는 헤어스타일을 새롭게 바꿔 그 어느 때보다 더욱 예뻐 보였다. 그녀는 그 헤어스타일을 다른 사람들에게 보이고 싶어 안달이었다.

"이런 곳에서도 춤을 출 수 있을까?" 그녀는 고개를 돌리지 않은 채 다른 사람들에게 물었다.

"두말하면 잔소리지!" 힉비가 대답했다. 이즈음 그는 벌써 티나 코젤을 설득해 모자를 벗게 하고는 그녀를 꼭 껴안고 있었다. "거기 가면 자동 피아노도 있고 축음기도 있어. 이럴 줄 알았으면 코넷'을 갖고 올 걸. 이래 봬도 나는 〈딕시〉' 정도는 연주할 줄 알거든."

자동차는 들판 사이로 하얗게 눈이 덮인 도로를 따라 맹렬한 속력으로 달리고 있었다. 스파서는 그 순간 자동차의 주인이요,

일류 운전기사라고 생각하고 있었던 터라 그런 도로에서 얼마나 빨리 달릴 수 있는지 시험해 보고 싶어 했다.

비네트 삽화 같은 어둠에 잠긴 검은 숲이 좌우를 스치고 빠르게 지나갔다. 들판이 순식간에 사라지고, 보초를 서는 듯한 언덕이 파도처럼 기복을 이루며 휙휙 지나갔다. 어느 한 들판에는 길 가까운 곳에 두 팔을 넓게 벌린 허수아비 하나가 다 해진 모자를 한쪽으로 삐뚜름하게 쓰고는 바람에 흔들흔들 흔들리면서 서 있었다. 그 근처로 까마귀 떼가 푸드덕 날아올라 눈을 전경으로 흐릿하게 그려진 먼 숲을 향해 곧장 날아갔다.

앞좌석에서는 스파서가 로러 사이프를 옆에 앉혀 놓고 이런 고급 자동차는 별것 아니라는 태도로 차를 몰고 있었다. 사실 그는 호튼스에게 관심이 있었지만, 지금 당장은 로러 사이프에게 관심을 기울여야 한다고 생각하고 있었다. 그리고 여성에게 예의를 지키는 것으로 말하자면 누구한테도 지지 않는다는 듯 그는 한 팔로 로러 사이프의 어깨를 껴안고, 또 한 손으로는 핸들을 잡고 있었다. 남의 자동차를 마음대로 끌고 나온 터라 아직도 마음이 편치 않았던 클라이드는 아슬아슬한 운전에 가슴을 졸였다. 이렇게 속력을 내다가는 교통사고가 날지도 몰랐다. 호튼스는 스파서가 분명히 자기에게 관심을 보였다는 사실, 그리고 싫든 좋든 그가 로러 사이프에게 신경을 써야 한다는 사실에만 관심을 두고 있었다. 그가 로러를 끌어당기며 호기 있게 캔자스시티를 이리저리 드라이브해 본 적이 있느냐고 묻는 모습을 볼 때 그녀는 혼자 미소를 지을 뿐이었다.

그러나 래터러는 재빨리 그들의 동작을 눈치채고는 루실 니컬러스를 팔꿈치로 꾹 찔렀고, 그녀는 또 옆의 힉비를 꾹 찔러 앞자리에서 벌어지고 있는 광경으로 눈을 돌리게 했다.

"그쪽 앞자리에선 꽤 분위기가 좋은 것 같은데, 윌러드." 래터러가 그와 가까워지고 싶어 다정하게 큰 소리로 말했다.

"두말하면 잔소리지!" 스파서가 몸을 돌리지도 않은 채 쾌활한 목소리로 대꾸했다. "어떠신가, 아가씨는?"

"아, 기분 좋아요." 로러 사이프가 대답했다.

클라이드는 이 드라이브에 참석한 모든 아가씨 중에서 호튼스만큼 예쁜 여자가 없다고 생각하고 있었다. 모두들 그녀와는 비교도 되지 않는다고 말이다. 그녀는 빨간색과 검은색 무늬의 드레스를 입고 있었고, 옷에 어울리도록 앞창이 쑥 나온 아주 짙은 붉은색 보닛 모자를 쓰고 있었다. 립스틱을 바른 조그마한 입 바로 아래 왼쪽 뺨에는 미모의 어떤 여배우 사진을 흉내 내어 조그마한 네모난 반창고를 붙였다. 사실 드라이브를 나오기 전에 그녀는 다른 여자들보다 더 예쁘게 보이려고 작정하고 있었고, 이제 생각대로 성공을 거뒀다고 느꼈다. 클라이드 역시 그녀의 생각과 다르지 않았다.

"자기가 이중에서 제일 예뻐." 클라이드는 이렇게 속삭이며 그녀를 부드럽게 껴안았다.

"어머, 비행기 태울 줄도 아네." 그녀가 큰 소리로 말하는 바람에 모두들 와 하고 웃었다. 그러자 클라이드는 조금 얼굴을 붉혔다.

그들은 미너빌을 지나 10킬로미터쯤 떨어진 분지의 커브 길에 자동차를 멈췄다. 그곳에는 시골 가게 하나가 있어 헤글런드와 힉비와 래터러가 차에서 내려 캔디와 담배, 아이스크림콘과 진저에일을 사 왔다. 그다음으로 리버티를 지나, 익셀셔 스프링스 쪽 길을 몇 킬로미터 더 달리자 위그웜이 눈에 들어왔다. 위그웜은 불룩 솟아오른 언덕을 등지고 서 있는 2층짜리 낡은 농가에 지나지 않았다. 그러나 그 옆에 훨씬 크고 새로 지은 단층 부속 건물 한 채가 있었는데 그곳에 식당과 댄스홀, 한쪽 끝에는 칸막이로 보이지 않게 한 바가 있었다. 큼직한 벽난로에는 기분 좋게 불이 활활 타올랐다. 길을 가로질러 아래쪽 우묵하게 파인 곳은 꽁꽁 얼어붙은 벤튼강이나 개울이 보일 것 같았다.

"저기, 네가 말한 강이 있어." 힉비가 티나 코젤을 부축해 차에서 내리며 쾌활한 목소리로 말했다. 오는 도중 차 안에서 술을 몇 잔 마셨기 때문에 벌써 상당히 취기가 돌았다. 그들은 모두 잠시 걸음을 멈추고는 나무 사이로 흐르고 있는 강을 바라보았다. "우리 모두 스케이트를 갖고 가 한바탕 타 보고 싶었는데 말이야." 헤글런드가 한숨을 내쉬었다. "그런데 모두 그럴 생각이 없었지 뭐야. 하지만 괜찮다, 이거야."

그때쯤 루실 니컬러스가 여관의 조그마한 창문 하나에 난로 불빛이 나부끼고 있는 것을 보고서 큰 소리로 부르짖었다. "아, 저기 좀 봐, 불을 피워 놓았어."

자동차를 주차한 뒤 일행은 우르르 여관으로 몰려 들어갔다. 들어가자마자 힉비는 곧바로 시끄럽게 덜거덕거리는 큼직한 주크박스로 다가가 5센트짜리 니켈 동화를 집어넣었다. 그러자 이번에는 헤글런드가 힉비와 경쟁이라도 하듯 장난삼아 한 귀퉁이에 놓여 있던 빅터 축음기 쪽으로 달려가 마침 그곳에 놓여 있는 〈회색 곰〉'의 레코드를 걸었다.

모두가 알고 있는 곡이 흘러나오자 티나 코젤이 큰 소리로 말했다. "자, 모두 춤추지 않을래? 저 거지 같은 주크박스 소리는 끌 수 없겠어?"

"물론 그럴 수 있고말고. 저절로 멈추면 말이지." 래터러가 웃으며 받아넘겼다. "5센트짜리 동전만 넣지 않으면 저절로 꺼져."

그때 마침 웨이터가 들어오자 힉비가 모두에게 주문을 받기 시작했다. 이럭저럭 하는 사이 호튼스가 모든 사람의 관심을 끌기 위해 마루 한가운데로 나가 곰이 뒷발로 서서 걷는 흉내를 내기 시작했다. 그녀는 제법 재미있고 우아하게 흉내 냈다. 스파서가 방 한가운데서 그녀 혼자 춤을 추는 모습을 보고서 환심을 사기 위해 그녀를 따라가 뒤쪽에서 흉내를 내기 시작했다. 그의 흉내가 재치 있어 보였다. 호튼스는 그가 자기와 춤을 추고 싶어 한다는 것을 알아채자 곧 곰 흉내를 그만두고는 그에게 두 팔을 건네주고 원스텝으로 발랄하게 춤을 추기 시작했다. 춤이 서투른 클라이드는 즉시 고통스러울 만큼 질투를 느꼈다. 호튼스에 대한 집착이 강한 만큼 초반부터 그녀가 일찍 그를 무시하는 것이 억울했다. 클라이드보다 훨씬 세상 물정을 잘 알고 있어 보이는 스파서에게 마음이 끌린 호튼스는 클라이드에게는 한동안 전혀 관심을 기울이지 않았다. 스파서의 리드미컬한 기교가 자신의 기교에 너무 잘 맞자 그녀는 새로 정복한 사내와 함께 계속 춤을 추었다. 그러자 다른 일행도 이에 질세라 즉시 파트너를 찾아 춤을 추기 시작했다. 헤글런드는 메이더, 래터러는 루실, 그리고 힉비는 티나 코젤과 춤을 췄다. 그러다 보니 클라이드에게 남아 있는 아가씨는 그가 별로 좋아하지 않는 로러 사이프뿐이었다. 그녀는 전혀 예쁘지가 않았다. 몸집이 있는 데다 얼굴에도 포동포동 살이 붙고, 푸른 눈이 어울리지 않게 관능적이었다. 클라이드는 댄스의 기교를 전혀 모르고 있어 다른 일행이 허리를 구부리기도 하고 다리를 서로 꼬기도 하며 빙빙 원을 그리며 껴안고 돌고 있을 때 두 사람은 흔해 빠진 원스텝만 출 수밖에 없었다.

아직도 호튼스와 춤을 추고 있는 스파서가 이제는 그녀를 꼭 껴안고 그녀의 두 눈을 빤히 쳐다보고 있는 모습을 보자 클라이드는 그만 피가 솟구쳐 오르는 것 같았다. 더구나 그녀는 스파서에게 그렇게 하도록 그냥 내버려 두고 있는 게 아닌가. 클라이드는 위(胃) 밑바닥에 무거운 납덩어리가 들어 있는 기분이었다. 그녀는 남의 자동차를 제 마음대로 타고 돌아다니는 저런 건달이 마음에 들기 시작했단 말인가? 분명히 그녀는 당분간 그를 좋아하겠다고 약속했었다. 그녀의 모습을 보니 변덕스러운 여자, 어쩌면 자기 같은 것은 전혀 안중에도 없는 여자 같은 생각이 들었다. 클라이드는 댄스를 그만두고 그녀를 스파서한테서 떼어 놓거나 아니면 다른 무슨 일이든 하고 싶었다. 그러나 흐르는 음악이 끝날 때까지는 그렇게 할 수 없는 노릇이었다.

댄스가 끝난 뒤 웨이터가 쟁반을 들고 돌아와 테이블 세 개를 한데 붙인 데다 칵테일과 진저에일, 샌드위치를 놓았다. 호튼스와 스파서를 제외한 다른 일행은 댄스를 그만두고 테이블로 모여들었다. 클라이드는 물론 금방 그것을 알아차렸다. 이 얼마나 무정한 바람둥이란 말인가! 결국 클라이드 같은 존재는 전혀 안중에도 없었다. 불과 최근까지만 해도 자기를 좋아한다고 생각하도록 만들어 놓은 다음 코트를 사는 데 도와달라고 해 놓고는 말이다. 지옥에나 떨어져라. 어디 본때를 보여 주마. 자기를 기다리도록 하다니! 참는 데도 한도가 있지 않은가? 호튼스와 스파서는 마침내 모두들 난롯가에 모여 있는 것을 알아차리고는 댄스를 그만두고 그쪽으로 왔다. 클라이드는 얼굴색이 백지장처럼 하얗게 변해 시무룩한 표정을 짓고 있었다. 언뜻 보기에 그는 무관심한 모습으로 한쪽에 서 있었다. 그가 화난 이유를 이미 알고 있던 로러 사이프가 그의 곁을 떠나 티나 코젤이 있는 데로 가서 그녀에게 나지막한 목소리로 클라이드가 왜 화가 나 있는지 설명했다.

바로 그때 호튼스는 클라이드가 화가 난 것을 알아채자 〈회색 곰〉의 한 구절을 흥얼거리며 클라이드에게로 다가왔다.

"아, 신나지 않았어? 저런 곡에 맞춰 춤추는 거 나 엄청 좋아하거든!" 그녀가 입을 열었다.

"물론, 자기한테나 신났겠지." 클라이드는 질투심과 실망감으로 화가 나서 내뱉듯 쏘아붙였다.

"어머, 왜 그러는 거야?" 그녀는 상처를 받은 듯한 나지막한 목소리로 물었다. 왜 그가 화를 내고 있는지 그 까닭을 알 수 없는 척했지만, 사실은 그 까닭을 너무나도 잘 알고 있었다. "설마 그 사람과 먼저 춤을 췄다고 화내고 있는 건 아니겠지? 아이, 시시해라! 그럼 얼른 나한테로 와서 같이 출 것이지. 그 사람이 바로 저 자리에 버티고 있는데 어떻게 거절할 수 있겠어?"

"아, 물론 그럴 수 없었겠지." 호튼스 못지않게 다른 일행이 들었으면 해서 클라이드는 나지막하지만 긴장한 목소리로 빈정대며 대답했다. "그래도 그 사람에게 몸을 맡기고 넋을 잃은 눈초리로 그의 눈을 들여다볼 것까진 없잖나?" 그는 몹시 화가 치밀어 올랐다. "그러지 않았다고 할 순 없을걸. 내 눈으로 똑똑히 보았으니까."

그 말을 듣자 호튼스는 클라이드의 신경이 날카로워져 있을 뿐만 아니라, 자신에게 그토록 단호하게 나온 것이 처음이라는 사실을 알아채고는 이상한 눈초리로 그를 힐끗 쳐다보았다. 이제 그는 그녀에 대해 너무 자신만만하게 생각하고 있는 게 틀림없었다. 지금까지 그에게 너무 지나치게 관심을 기울여 온 것도 사실이었다. 그렇다고 그에게 클라이드가 믿는 것만큼 그렇게 좋아하지는 않는다고 털어놓을 상황도 아니었다. 이미 사 주겠다고 약속한 코트를 갖고 싶었기 때문이다.

"아, 이거야 원, 더 참아야 하나?" 호튼스는 그의 말이 무엇보다도 옳자 한층 더 짜증이 나서 화를 내며 대답했다. "이제 봤더니 잘 토라지는 남자잖아. 자기가 질투를 느낀다 해도 난 어쩔 수 없어. 도대체 내가 뭘 잘못했다는 거야. 다만 그 사람하고 춤을 좀 췄을 뿐인데. 자기가 그런 걸 갖고 화를 내리라곤 미처 생각도 못 했어." 그녀는 마치 그의 곁을 떠나려는 듯 몸을 움직였지만 두 사람 사이에서 이미 맺은 약속이 있으며, 그 약속을 받아 내리려면 그를 달랠 필요가 있겠다는 사실을 깨닫고는 살며시 그의 재킷의 옷깃을 끌고 다른 사람들에게 말소리가 들리지 않을 만한 곳으로 갔다. 물론 일행은 벌써 두 사람을 바라보면서 귀를 쫑긋 기울이고 있었다.

"자, 제발 이런 식으로 굴지 마. 뭐 딴 뜻은 없었어. 맹세코, 아무런 의도가 없었다고. 어쨌든 누구나 다 그렇게 추는 거잖아. 그렇다고 무슨 의도가 있는 건 아니거든. 내가 말한 것처럼 자기에게 얌전하게 굴고 싶어. 그런 여자가 되도록 해 주지 않을 거야? 아님, 그런 여자가 되는 게 싫은 거야?"

호튼스는 온갖 아양을 떨고 애교를 부리면서도 타산적인 눈초리로 똑바로 그의 눈을 들여다보았다. 여기 모여 있는 사내들 가운데 그녀가 제일 좋아하는 사람은 클라이드밖에는 없는 것처럼 말이다. 그러고는 일부러 육감적으로 입술을 삐죽해 보이더니 마치 그에게 키스하고 싶은 듯 입술을 움직였다. 그런 입술을 보자 그는 그만 정신이 아찔해졌다.

"그래, 알았어." 그는 순순히 그리고 힘없이 그녀를 바라보며 말했다. "난 바보인가 봐. 하지만 내 눈으로 자기가 그러는 걸 똑똑히 봤거든. 호튼스, 내가 자기를 얼마나 좋아하는지 알잖아. 미칠 듯 좋아하거든. 나도 어쩔 수 없어. 나도 그러지 않았으면 좋겠어. 그렇게 바보가 아니었으면 좋겠다고." 그러고 나서 그녀를 바라보자니 마음이 슬퍼졌다. 호튼스는 그를 마음대로 다룰 수 있게 되었고 또 얼마나 쉽게 그렇게 할 수 있는지 깨닫고는 부드러운 목소리로 대꾸했다. "아, 그렇게 마음 아파할 것까지는 없어. 얌전하게 굴면, 나중에 다른 사람들이 보지 않을 때 키스해 줄게." 동시에 그녀는 스파서가 자기를 쳐다보고 있다는 것을 의식하고 있었다. 또한 스파서가 자기에게 몹시 끌리고 있으며, 최근 만난 누구보다도 그를 더 좋아하고 있다고 생각하고 있었다.

제18장

그날 오후의 클라이맥스는 몇 차례 더 춤을 추고 술잔을 돌리고 난 뒤에 시작되었다. 창밖을 내다보고 있던 헤글런드가 갑자기 큰 소리를 지르는 바람에 모든 사람의 관심이 다시 한 번 조그마한 강 쪽에 쏠렸다. "저기 저 얼음이 어떻게 된 거야? 저 멋진 얼음 좀 봐. 모두들 저곳에 내려가 한바탕 미끄러지면서 놀면 어떨까 몰라."

이 말을 듣고 일행은 모두 허둥지둥 밖으로 뛰어나갔다. 래터러는 티나 코젤의 손을 잡고, 스파서는 방금 같이 춤을 춘 루실 니컬러스의 손을 잡고, 힉비는 기분 전환하기에는 그런 대로 재미있는 로러 사이프의 손을 잡고, 클라이드는 호튼스의 손을 잡고서 말이다. 그곳은 구불구불 흐르는 좁은 개울로 여기저기 눈이 바람에 날려 군데군데 얼음의 표면이 훤히 드러나 보이고 잎이 떨어진 앙상한 나무 사이로 구부러져 있었다. 일단 얼음판에 도착하자 일행은 마치 저 옛날 젊은 사티로스'와 님프'가 된 듯한 기분이었다. 그들은 얼음 위를 이리저리 뛰어다니다가 미끄럼을 타기도 하고 미끄러지기도 했다. 힉비와 루실과 메이더는 즉시 얼음 위에 엉덩방아를 찧었지만, 웃음을 터뜨리며 기어오르듯 일어났다.

호튼스는 처음에는 클라이드의 손을 잡고 여기저기 조금씩 발을 떼고 걸어갔다. 그러나 곧 일부러 무서운 듯 비명을 지르면서 달리고 미끄러지기 시작했다. 이제는 스파서뿐만 아니라 힉비까지도 클라이드가 있는데도 호튼스에게 노골적으로 관심을 보였다. 그들은 함께 미끄러지기도 하고, 그녀를 뒤에서 쫓아가기도 하며, 일부러 그녀의 다리를 걸어차 넘어지도록 하다가 막상 넘어질 때는 붙잡아 주기도 했다. 그녀와 다른 일행을 아랑곳하지 않은 채 스파서는 억지로 그녀의 손을 끌고 멀리 상류 쪽으로 뛰어가 커브를 돌더니 그만 모습을 감추고 말았다. 이제 더 경계하거나 질투를 느끼지 않기로 마음먹은 클라이드는 뒤에 그냥 남아 있었다. 그러나 스파서가 이 기회를 이용해 그녀와 데이트를 하거나 어쩌면 키스를 할지도 모른다는 생각이 들었다. 그녀는 거절하는 시늉을 하겠지만 충분히 그렇게 하도록 허락할 여자였다. 생각이 거기에 미치자 클라이드는 여간 고통스럽지 않았다.

클라이드는 자신도 모르게 절망감으로 몸이 욱신거리기 시작했다. 그는 이제 그들의 모습이 나타났으면 하고 바라기 시작했다. 그러나 그때 마침 헤글런드가 모두 손을 붙잡고 줄서기 놀이를 하자고 제안했다. 클라이드는 하는 수 없이 루실 니컬러스의 한 손을 잡았고, 그녀는 다른 쪽 손으로 헤글런드의 한 손을 잡았으며, 그는 나머지 손으로 메이더 액셀로드의 한 손을 잡았고, 그녀는 다른 손으로 래터러를 잡았다. 그리고 힉비와 로러 사이프가 그 꼬리 부분을 붙잡으려고 할 때 스파서와 호튼스가 서로 손을 꼭 붙잡고 얼음 위를 미끄럼질하며 돌아오고 있었다. 이 두 사람도 대열의 끝자락에 붙었다. 그러고 나서 헤글런드와 나머지 일행이 앞으로 달렸다가 앞뒤로 급히 물러서는 바람에 마침내 메이더 너머의 일행이 쓰러지면서 그만 손을 놓고 말았다. 클라이드가 재빨리 그쪽을 쳐다봤더니 호튼스와 스파서는 한데 엉겨 쓰러지며 눈과 마른 잎과 작은 나뭇가지들이 바람에 날려 수북이 쌓인 강둑 쪽으로 굴러갔다. 그 바람에 호튼스의 스커트가 무릎 위까지 올라갔다. 그러나 클라이드의 기대와는 달리 그녀는 조금도 당황하는 기색을 보이지 않은 채 얼마 동안 그 자리에 그냥 앉아 있었다. 그녀는 수치심을 느끼기는커녕 오히려 깔깔 웃어 댔다. 더구나 스파서와 그녀는 여전히 손을 꼭 잡은 게 아닌가. 로러 사이프도 뒹구는 바람에 힉비의 발을 걸어찼으므로 그들도 한데 어울려 쓰러져 클라이드가 보기에 자못 선정적인 자세로 뒤엉킨 채 깔깔 웃어 대고 있었다. 로러 사이프의 스커트도 무릎 위까지 걷어 올라가 있는 것이 보였다. 스파서는 이제 일어나 앉아서 손가락으로 호튼스의 아름다운 다리를 가리키며 이빨을 대부분 드러내 놓고 큰 소리로 껄껄 웃었다. 나머지 사람들도 하나같이 껄껄거리며 따라 웃었다.

'빌어먹을! 도대체 왜 저놈은 늘 호튼스에게만 붙어 있는 걸까?' 클라이드가 마음속으로 부르짖었다. '즐기고 싶으면 제 여자를 데리고 올 것이지. 무슨 권리로 모두가 보지 않는 곳으로 사라지는 것이람? 그러면서도 그녀는 내게 그런 짓은 아무것도 아니라고 말하고 있으니. 그녀는 나하고 있을 땐 한 번도 저렇게 유쾌하게 웃은 적이 없었어. 도대체 나를 어떻게 생각하기에 그렇게 대할까?' 클라이드는 시무룩하게 얼굴을 찡그렸다. 그가 이런 생각을 하는 것도 아랑곳하지 않고 일행은 또다시 놀이하려고 한 줄로 쭉 늘어섰다. 이번에는 루실 니컬러스가 그의 손을 잡았다. 스파서와 호튼스는 또다시 줄 끄트머리에 섰다. 그러나 클라이드의 기분을 의식하지 못한 채 그저 장난에만 열중하고 있던 헤글런드가 소리를 질렀다. "이번엔 다른 사람이 끝에 서는 게 좋지 않겠어?" 이것이 공평하다고 생각하고 래터러와 메이더 액셀로드, 클라이드와 루실 니컬러스는 힉비와 로러 사이프, 호튼스와 스파서의 뒤로 자리를 옮겼다. 호튼스는 여전히 스파서의 한 손을 잡은 채 클라이드 쪽으로 몸을 움직여 다른 손으로 그의 손을 잡았다. 클라이드는 뒤쪽으로 그녀의 오른편에 서게 되고 스파서가 앞쪽으로 왼편에 서 있었기 때문이다. 클라이드는 무척 화가 났다. 스파서는 무엇 때문에 그를 위해 일부러 데리고 온 로러 사이프 옆에 붙어 있지 않은 걸까? 더구나 호튼스는 스파서를 부추기고 있었다.

클라이드는 기분이 몹시 울적했다. 화가 나고 비통한 마음이 들어 놀고 싶은 기분이 들지 않았다. 차라리 노는 것을 집어치우고 스파서에게 싸움을 걸어 보고 싶었다. 그러나 이때 헤글런드가 갑자기 잽싸게 움직이는 바람에 클라이드는 그럴 엄두조차 낼 수 없었다.

클라이드는 이런 가운데에서도 몸의 균형을 잡으려고 애썼지만 루실과 래터러와 메이더 액셀로드와 함께 보기 좋게 꽝하고 쓰러지면서 얼음판 위에 팽이처럼 나뒹굴고 말았다. 호튼스는 그가 쓰러지는 순간 그의 손을 놓으면서 스파서의 손에 매달리고 싶은 모양이었다. 서로 뒤엉킨 채 클라이드와 일행은 반들반들한 얼음 표면을 12미터 넘게 미끄러져 눈 덮인 강둑에서 포개졌다. 맨 마지막에는 루실 니컬러스가 얼굴을 땅에 처박고 마치 매를 맞는 자세로 그의 무릎을 타고 있었기 때문에 그 꼴이 하도 우스워서 그는 소리를 내어 깔깔 웃을 수밖에 없었다. 메이더 액셀로드는 래터러 옆에 벌렁 나자빠져 두 다리를 번쩍 하늘 쪽을 향해 쳐들고 있었는데 일부러 그러는 것이 아닌가 하는 생각이 들었다. 그 아가씨도 클라이드에게는 대담하고 천박해 보였다. 모두들 즐거운 나머지 껄껄거리며 실없이 웃어 댔다. 웃는 소리가 얼마나 큰지 아마 1킬로미터 밖까지도 들렸을 것이다. 언제나 조금만 건드려도 웃기 잘하는 헤글런드는 얼음 위에 털썩 무릎을 꿇고 주저앉아 넓적다리를 찰싹 때리면서 울부짖듯 웃어 댔다. 스파서는 큼직한 입을 쩍 벌리고 웃는 바람에 목구멍이 막히고 인상을 쓴 나머지 얼굴이 다 시뻘겋게 되었다. 웃음도 전염이 되는지 클라이드도 얼마 동안 질투심을 잊을 정도로 주위를 둘러보며 함께 웃었다. 그러나 그의 기분이 완전히 달라진 것은 아니었다. 여전히 호튼스가 부당하게 처신하고 있다는 생각을 떨칠 수 없었다.

이런 놀이가 모두 끝나자 루실 니컬러스와 티나 코젤이 피로한지 대열에서 빠졌다. 호튼스도 마찬가지였다. 그러자 클라이드는 곧 대열에서 벗어나 그녀 옆으로 다가갔다. 그리고 나서 래터러가 루실 뒤를 따랐다. 이렇게 나머지 일행도 하나둘 떨어져 나가자 헤글런드는 메이더 액셀로드를 뒤에서 밀면서 하류로 내려가 모퉁이를 돌아 모습을 감췄다. 이 행동에 암시를 받았는지 힉비도 티나 코젤을 상류로 밀고 올라갔고, 래터러와 루실도 무슨 재미난 것을 발견했는지 둘이서 이야기를 나누고 킬킬거리면서 관목 숲으로 들어갔다. 스파서와 로러마저 자리를 뜨자 이제 남은 것은 클라이드와 호튼스 두 사람뿐이었다.

그러고 나서 두 사람은 강과 나란히 쓰러져 있는 썩은 나무를 향해 어슬렁어슬렁 걸어갔고, 그녀는 그 나무 위에 걸터앉았다. 그러나 클라이드는 마음의 상처로 고통스러워하며 얼마 동안 그대로 묵묵히 서 있었다. 한편 눈치가 빠른 호튼스는 재빨리 그의 코트 벨트를 잡고는 끌어당기기 시작했다.

"이랴 낄낄, 내 말! 이랴 낄낄. 어서 내게 얼음을 태워 줘!" 호튼스가 장난스럽게 말했다.

클라이드는 속으로 울분을 느끼며 시무룩한 표정으로 그녀를 물끄러미 바라보았다. 지금 느끼는 울분을 쉽게 가라앉힐 수가 없었다.

"왜 스파서가 자기 주위에 어정거리도록 그냥 내버려 두는 거지?" 그가 다그쳐 물었다. "아까 그 작자와 함께 상류 쪽으로 올라가는 것을 이 눈으로 똑똑히 봤거든. 그곳에서 그 작자가 무슨 소릴 했지?"

"아무 말도 안 했는데."

"아, 그래? 물론 아무 말도 안 했겠지." 그가 냉소적인 말투로 날카롭게 쏘아붙였다. "물론 키스도 안 했겠지."

"그걸 말이라고 해." 그녀도 지지 않고 발끈 화를 냈다. "도대체 나를 어떻게 생각하는 거야? 처음 만난 남자에게 키스를 허락할 그런 여자는 아니거든, 요 똑똑한 척하는 사람아. 그 점을 잘 알았으면 좋겠어. 자기한테도 허락하지 않았잖아?"

"아, 그 문제는 그렇다 쳐. 하지만 자기는 그 작자만큼 나를 좋아하지 않았잖아."

"어머, 내가 그랬나? 글쎄, 어쩌면 그랬을지도 모르지. 한데 자기는 도대체 무슨 권리로 내가 그 사람을 좋아하고 있다고 말하는 거야? 난 자기가 늘 지켜보지 않는 데서는 다른 사람하고 조금도 재미를 보지 못하나? 사람 참 지겹게 하네. 정말 피곤하게 말이야." 클라이드가 마치 남편처럼 행세하는 것을 보자 그녀도 이제는 정말 화가 났다.

클라이드는 그녀의 돌발적인 반격을 받고 당황해서 지금 당장은 자기의 태도를 바꾸는 것이 좋겠다고 생각했다. 결국 그녀는 지금껏, 심지어 코트를 사 주겠다고 묵시적으로 약속했을 때조차 그를 사랑한다는 말을 한 번도 한 적이 없었다.

"아, 글쎄." 얼마 뒤 그는 시무룩하게 조금 서글픈 어조로 말했다. "이것 한 가지만은 분명해. 자기가 나를 좋아한다고 말하는 만큼 내가 누구를 가끔 좋아한다 해도, 난 지금 이곳에서 자기가 그러는 것처럼 다른 작자에게 추파를 던지고 싶지 않을 거야."

"아아, 그러셔?"

"그럼, 물론이지."

"한데 지금 누가 추파를 던진다는 거야?"

"누군 누구야, 자기지."

"난 아니지. 그런 일로 나랑 싸우는 일밖에 없다면 혼자 있게 해 줘. 그 사람하고 레스토랑에서 춤을 췄다는 이유만으로, 내가 추파를 던지고 있다고 생각해선 안 되지. 아, 사람 정말 피곤하게 만드네."

"정말이야, 그 말?"

"그럼 정말이고말고."

"그래, 내가 그렇게까지 방해가 된다면 더 이상 괴롭히지 않고 물러나는 게 좋겠는걸." 어머니한테서 조금 물려받은 용기가 그의 마음속에서 솟아오르면서 그가 대꾸했다.

"음, 늘 이런 식으로 굴 거면 차라리 그게 좋겠어." 그녀는 대답하고는 화가 나서 구두 발끝으로 얼음을 걸어찼다. 그러나 클라이드는 도저히 이 일을 밀고 나갈 수 없었다. 그러기에는 결국 그녀에게 너무 마음이 끌렸고, 지나치게 무릎을 꿇고 있었다. 그는 마음이 약해져 불안한 표정으로 그녀를 힐끗 쳐다보았다. 그녀는 그녀대로 다시 한 번 코트 일을 생각하고는 지금은 얌전히 굴기로 마음먹었다.

"그 사람 눈을 들여다보고 있지 않았단 거야?" 그녀가 스파서와 춤을 추고 있을 때 일이 생각나서 그가 힘없이 물었다.

"언제 말이야?"

"그 작자와 춤을 추고 있을 때 말이야."

"아니, 그런 적 없어. 어쨌든 통 생각이 나지 않아. 설령 그랬다 쳐. 그게 뭐 어떻다는 거야? 특별히 무슨 생각이 있어서 그런 게 아닌데. 참, 이거야 원. 마음대로 남의 눈도 쳐다볼 수가 없는 거야?"

"자기가 그 녀석의 눈을 들여다본 식으로는, 다른 사람을 좋아한다고 주장한다면 그런 시선은 곤란하지." 클라이드는 미간을 오므렸다 펴고 눈을 가늘게 떴다. 호튼스는 조바심이 나고 화가 나는 듯 혀를 찼다.

"쯧! 쯧! 쯧! 이젠 그만 집어치워!"

"그리고 조금 전 얼음판에서도 그랬잖아." 클라이드는 단호하지만 서글픈 목소리로 말을 이었다. "상류 쪽에서 돌아왔을 때 내가 있는 곳으로 오지 않고 그 녀석과 함께 또 줄 맨 끝으로 갔어. 내 눈으로 똑똑히 봤거든. 돌아올 때도 사이좋게 손을 꼭 잡고 있던데그래. 그 뒤 얼음판에서 미끄러졌을 때도 그 작자 손을 꼭 쥐고 앉아 있었지 뭐야. 그게 추파를 던지는 게 아니고 뭐냔 말이야. 도대체 뭐냐? 그 녀석도 틀림없이 그렇게 생각하고 있었을걸."

"글쎄, 어쨌든 난 그 사람에게 추파를 던지지 않았거든. 자기가 무슨 소릴 하든 상관없어. 하지만 하고 싶은 대로 해. 난들 어떻게 하겠어. 자기는 너무 질투심이 많아서 다른 사람들이 내게 무슨 짓을 하는 게 싫은 거야. 그게 자기 문제야. 만약 다른 사람의 손을 맞잡지 않는다면 무슨 수로 얼음판에서 놀 수 있겠어? 안 그래? 아, 이거야 원! 자기하고 루실 니컬러스, 그건 도대체 뭐야? 그 애가 자기 무릎을 타고 있으니까 자기도 기분 좋아서 껄껄 웃어 대고 있었잖아. 난 그걸 보고도 아무런 생각도 하지 않았거든. 도대체 나더러 어떻게 하라는 거야? 모처럼 이런 곳까지 와서 그저 바보처럼 통나무 위에 멍하니 앉아 있으라는 거야? 자기 뒤꽁무니만 따라다니란 말이야? 아니면 당신이 내 꽁무닐 따라다니거나? 도대체 나를 어떻게 생각하는 거야? 설마 나를 머리가 살짝 돈 여자로 생각하는 건 아니겠지?”

아무리 생각해도 호튼스는 클라이드한테 꾸중을 듣는 것이 싫었다. 그 무렵 스파서 쪽이 클라이드보다 몇 배는 더 매력이 있다고 생각하고 있었다. 훨씬 세상 물정에 밝고 낭만적이었으며, 좀 더 딱 부러졌다.

클라이드는 얼굴을 돌리고는 모자를 벗어 들고 침울한 기분으로 머리를 쓰다듬었다. 한편 호튼스는 그를 바라보면서 처음에는 그를, 그다음에는 스파서를 생각했다. 스파서는 어린애처럼 우는 소리 하는 법이 없이 훨씬 남자다웠다. 그 사람이라면 이렇게 언제까지나 죽치고 앉아 불평만 늘어놓고 있지는 않을 것이다. 아마 영원히 그녀 곁을 떠나 두 번 다시 상관하지 않을 것이다. 그러나 클라이드는 클라이드대로 재미난 데가 있고 쓸모가 있었다. 클라이드만큼 그녀를 위해 줄 사내가 또 있을까? 어쨌든 다른 사람들은 모두들 어디론가 가 버렸는데 클라이드 만은 그대로 남았고 또 그녀를 억지로 어디로 끌고 가려고 하지 않았다. 사실 그녀가 계획하고 얻어 내고 싶은 것에 앞서 그가 그렇게 하면 어떻게 하나 하고 미리 겁을 집어먹고 있었다. 하지만 이런 싸움 때문에 그러지 못하게 되었던 것이다.

"자, 이봐. 클라이드, 언제까지나 싸움만 하고 있을 거야?" 잠시 뒤 호튼스가 입을 열었다. 그녀는 그의 노여움을 풀어 주는 것이 좋겠다고 판단했고, 또 그를 구슬린다는 것이 그리 어렵지 않다고 생각했다. "나하고 늘 이렇게 싸워 봤자 무슨 소용이 있어? 싸우려고 나를 이런 곳에 데리고 온 건 아니잖아? 하루 종일 이럴 줄 알았다면 난 차라리 오지 않았을 거야."

호튼스는 몸을 돌려 구두의 조그마한 끝으로 가볍게 얼음을 걷어찼다. 그러자 또다시 그녀의 매혹에 사로잡힌 클라이드는 그녀를 두 팔로 감고 끌어당기는 동시에 젖가슴을 더듬고 그의 입술로 그녀의 입술을 짓누르며 애무하려고 했다. 그러나 갑자기 스파서가 좋아진 데다 조금 전 클라이드에 대한 분노가 아직 가라앉지 않은 터라 그녀는 자신과 그에 대해 화가 나서 그의 팔을 뿌리쳤다. 어쨌든 지금 이 순간 그럴 기분도 나지 않는데 참으면서까지 그에게 그런 짓을 하도록 허용해 줄 필요는 없다고 마음속으로 생각했다. 그날은 그가 바라는 대로 친절하게 대해 주고 싶다는 생각이 들지 않았다. 아직은 그렇지 않았다. 어쨌든 지금 당장은 그가 이런 식으로 다루는 것이 싫었다. 그가 무슨 짓을 하려고 생각하던 그렇게 하고 싶지 않았던 것이다. 한편 클라이드는 이제야 자기에 대한 그녀의 기분이 어떤지 깨닫고는 뒤로 물러나 탐욕스러운 눈으로 침울하게 그녀를 힐끗 쳐다보았다. 그녀 또한 그를 응시할 뿐이었다.

"나를 좋아한다고 한 것 같은데." 그는 그날 멋진 드라이브의 꿈이 한낱 물거품으로 돌아간 것을 깨닫고는 매몰차게 내뱉었다.

"아, 자기가 내게 친절하게 굴 때는 그렇지." 그녀는 그에게 처음 했던 약속과 관련해 문제를 회피할 방법을 찾으면서 교묘하게 얼버무리며 대꾸했다.

"그래, 그렇지." 그가 투덜거렸다. "그랬어. 한데 우리가 이곳에 온 뒤로 손도 대지 못하게 하잖아. 이제까지 내게 한 말은 도대체 무슨 뜻인지 모르겠어."

"그래, 도대체 내가 뭐라고 했기에?" 그녀는 오직 시간을 벌기 위해 능청을 부렸다.

"마치 아무것도 모르는 것처럼 말하는군."

"아, 글쎄. 그건 지금 당장 그렇게 해 준다는 건 아니었잖아? 내 생각으론 우리가……." 그녀는 잠시 말을 잇지 못하고 망설였다.

"그때 뭐라고 했는지 난 잘 알고 있거든." 그가 계속 말을 이어 나갔다. "인제 보니 나를 좋아하지 않는 거야. 그러면 말 다 한 거지. 만약 정말로 나를 좋아한다면, 지금이나 다음 주, 또는 그다음 주에 내가 잘해 주든 말든 그게 무슨 상관이야? 이거 놀랐는걸! 나를 좋아하는 이유는 당신에게 사 주는 물건 때문인 거야." 고통을 느끼고 있던 그는 용기가 솟아나면서 갑자기 감정이 격해졌다.

"아니거든!" 호튼스는 그가 한 말이 틀리지 않는다는 사실에 짜증이 나자 화를 내며 날카롭게 쏘아붙였다. "내게 그런 말을 하다니. 내가 말해 줄까. 난 그까짓 거지 같은 코트 눈곱만큼도 상관없어. 보내 준 그 돈도 달라면 얼마든지 돌려줄게. 필요 없으니까. 그러니 이제부터 절대로 나를 건드리지 마." 그녀가 다시 덧붙였다. "도와주지 않아도 난 그까짓 코트 얼마든지 손에 넣을 수 있거든." 이렇게 내뱉고 나서 그녀는 몸을 휙 돌리더니 그 자리를 떴다.

클라이드는 언제나 그랬던 것처럼 그녀를 달래고 싶은 나머지 허겁지겁 그녀 뒤를 쫓아갔다. "이봐, 가지 마, 호튼스. 잠깐만 기다려 봐!" 그가 애원했다. "진심에서 한 말이 아냐. 정말이야. 내가 자기를 미친 듯 좋아하잖아. 정말이라고. 그걸 모르겠어? 아, 제발 그렇게 가지 마. 대가를 받으려고 돈을 준 게 아냐. 원한다면 아무런 대가 없이 그 돈을 가져도 돼. 내겐 이 세상에서 오직 자기 한 사람밖에 없으니까. 자기밖엔 없다고. 그 돈 가져도 난 조금도 상관 안 해. 돌려줄 필요 없어. 아, 그래도 나를 조금은 좋아할 줄 알았는데. 호튼스, 나를 조금도 좋아하지 않는 거야?" 그는 겁을 집어먹고 위축된 듯 보였다. 그녀는 그의 마음을 완전히 사로잡았다고 느끼자 마음이 조금 누그러졌다.

"그야 물론 좋아하지." 그녀가 말했다. "그렇다고 해서 나를 아무렇게나 다뤄도 좋다는 건 아니잖아. 여자란 남자들이 아무리 조른다고 해도, 뭐든 척척 다 내주지 않는다는 걸 모르고 있는 것 같아."

"그게 무슨 뜻이지?" 그녀가 어떤 의도로 그런 말을 한지 몰라 클라이드가 물었다. "무슨 말인지 모르겠어."

"어머, 뭘, 뻔히 알면서." 그녀는 그가 그 말뜻을 모른다는 것이 도무지 믿어지지 않았다.

"아, 무슨 말인지는 알 것 같아. 무슨 말을 하려는지 알아." 그가 풀이 죽어 대꾸했다. "여자들이 늘 써먹는 그 낯익은 수작이잖아. 그건 나도 잘 알고 있지."

클라이드는 호텔의 벨보이들이 — 힉비와 래터러와 에디 도일 말이다 — 그런 문제와 관련해 그에게 들려주던 말을 거의 글자 그대로 되풀이하고 있었다. 그 친구들은 젊은 여자들이란 이런 식으로 거짓말을 함으로써 난처한 딜레마에서 빠져나간다고 말하면서 그 말뜻을 완벽하게 깨닫게 해 주었다. 그러자 호튼스는 그가 모든 것을 알고 있다고 깨달았다.

"어머, 비열해." 그녀는 짐짓 마음에 상처를 받은 듯 내뱉었다. "아무 말도 못 한다니까. 믿게 할 수도 없고, 어쨌든 믿든 믿지 않든 내가 한 말은 진실이거든."

"아, 자기가 어떤 사람인지 난 잘 알고 있어." 그는 마치 해묵은 상황이라도 되는 듯 서글프지만 그래도 조금 거들먹거리며 대답했다. "자기는 어쨌든 나를 별로 좋아하지 않아. 이제야 겨우 그걸 깨닫게 됐지 뭐야."

"어머, 비열한 사람!" 호튼스는 여전히 짐짓 감정이 상했다는 태도를 지어 보이며 말했다. "정말이라니까. 믿든 말든 난 맹세할 수 있어. 절대로 거짓말은 안 해."

클라이드는 그 자리에 그대로 서 있었다. 그런 속임수에도 불구하고 그가 보기에는 무엇이라고 더 할 말이 없었다. 그녀에게 무리하게 강요할 수도 없는 노릇이었다. 만약 그녀가 거짓말이라고 속이고 싶다면 그는 그저 그것을 믿는 시늉을 할 수밖에는 별다른 도리가 없을 것이다. 그렇지만 서글픔이 묵직한 납덩어리처럼 그의 가슴을 짓눌렀다. 결국 그녀를 자기 것으로 만들수는 없었다. 그것은 불을 보듯 뻔한 노릇이었다. 그래서 그는 돌아섰고, 그녀는 자신의 거짓말이 탄로 났다고 확신하자 어떻게 해서든 사태를 수습할, 다시 한 번 그를 자기에게 관심을 갖도록 할 필요가 있었다.

"제발, 클라이드, 제발 그러지 마." 그녀는 자못 교활하게 아양을 떨기 시작했다. "진심이야. 정말이라니까. 그래도 믿지 못하는 거야? 내가 하는 말은 한 마디 한 마디 진심이거든. 정말이야. 난 자기가 좋아, 그것도 아주 많이. 정말 그 말도 믿지 못하겠어?"

호튼스가 수완을 부려 내뱉은 그녀의 마지막 말을 듣고 머리끝부터 발끝까지 온몸에 전율을 느낀 클라이드는 그녀의 말을 믿겠다고 말했다. 그러고 나서 다시 한 번 미소를 지으며 쾌활한 기분을 되찾았다. 두 사람은 자동차를 주차해 놓은 장소까지 걸어갔다. 시간이 별로 없어서 헤글런드가 소리를 질러 나머지 일행을 그곳에 모이게 했다. 클라이드는 호튼스의 손을 잡고 가끔 키스했다. 이제야 그는 지금껏 꿈꾸어 온 꿈이 확실히 이루어졌다는 확신이 들었다. 아, 그 꿈이 실현됐을 때의 황홀함이란!

제19장

캔자스시티로 돌아오는 동안 클라이드가 취해 있는 달콤한 꿈을 깨뜨릴 만한 일은 하나도 일어나지 않았다. 호튼스는 계속 그의 어깨에 머리를 기대고 앉아 있었다. 운전대에 앉기 전에 일행이 자동차에 타기를 기다리고 있던 스파서가 호튼스의 팔을 꼭 쥐었고 그녀가 알았다는 표정을 지어 보냈지만, 클라이드는 그것을 전혀 눈치채지 못했다.

시간이 늦고 헤글런드와 래터러와 힉비가 속도를 내라고 독촉하는 데다 스파서는 호튼스가 보내는 표정으로 더할 나위 없이 기분이 좋고 자못 술에 취한 탓에 운전한 지 그리 시간이 지나지 않아 도시 주변의 외딴 전등 불빛들이 보이기 시작했다. 자동차는 도로 위를 그야말로 맹렬한 속력으로 달렸다. 그러나 동부 간선 철도 중 하나가 도시에 접근하는 지점에 수평 건널목이 있었는데 때마침 화물 열차 두 대가 서로 엇갈리고 있어 예상치 않게 차들이 혼잡을 이루며 오랫동안 기다리고 있었다. 저 멀리 노스캔자스시티*에서는 축축한 함박눈이 많이 내리기 시작했다. 눈이 내리자 도로 표면이 미끄러운 진흙층으로 살짝 덮여 보통 때보다 훨씬 조심해서 운전해야 했다. 그때 시각은 다섯 시 반이었다. 보통 때라면 속력을 내서 8분만 더 달리면 호텔에서 한 두 블록 떨어진 데까지 갈 수 있었다. 그러나 수평 건널목 때문에 해니벌 다리 근처에서 또 한 번 지체한 탓에 다리를 건너 와이언도트 거리에 도착했을 때는 여섯 시가 되기 20분 전이었다. 일행 중 네 남자는 그날 여행에서 느낀 즐거움도, 아가씨들을 동행하여 누린 기쁨도 모두 사라지고 말았다. 근무 시간에 늦지 않게 호텔에 닿을 수 있을지 걱정되어 벌써부터 안절부절못했다. 까다롭고 엄격한 스콰이어스 씨의 얼굴이 그들의 눈앞에 가물거렸다.

"이거 참, 이런 상태라면 곤란한데." 조바심을 내면 시계를 만지작거리고 있는 힉비에게 래터러가 말했다. "아무래도 늦을 것 같은데. 옷을 갈아입을 시간도 없겠는걸."

그 말을 듣고 클라이드가 큰 소리로 말했다. "아, 이거야 참! 조그만 빨리 달렸으면 좋겠는데. 제장, 차라리 오늘 그곳에 가지 않았으면 좋았을걸. 늦으면 이거 큰일인데."

클라이드가 갑자기 서두르며 불안해하는 것을 보고 호튼스가 말했다. "시간에 대지 못할 것 같은 거야?"

"응, 이런 꼴이라면." 그가 대답했다. 클라이드는 정말 걱정이 되었다. 지금까지 차창 밖으로 함박눈이 내리며 하늘을 하얀 솜으로 점점이 수놓는 모습을 물끄러미 바라보고만 있던 헤글런드가 스파서에게 소리를 질렀다. "이봐, 월러드. 이보다 더 빨리 달려야 한다, 이거야. 만약 시간에 늦으면 우린 모두 모가지야."

그때까지 도박사처럼 뻔뻔스럽다 싶을 만큼 조용히 있던 힉비가 흥분하여 덧붙였다. "뭐라고 그럴듯하게 핑계 대지 않는 한 정말 모두 쫓겨나겠는걸. 누가 근사한 핑계를 꾸며 볼 수 없어?" 클라이드로 말하자면, 그는 안절부절못하며 한숨만 내쉴 뿐이었다.

그러고 나서 마치 그들에게 고통을 주려는 듯 예상치 않게 교차로마다 차들로 혼잡을 이루고 있었다. 이 특별한 혼잡에 짜증을 내던 스파서는 와이언도트와 9번 도로의 교차로에서 그를 향해 교통경찰이 손을 번쩍 들어 올리는 것을 조바심을 내며 바라보고 있었다. "또 스톱이야!" 그가 소리를 질렀다. "나더러 도대체 어떻게 하란 말이야! 차라리 워싱턴 거리로 빠져나가고 싶지만, 그쪽으로 간다고 시간을 절약할 수 있을지는 잘 몰라."

충분히 1분이 지나서야 비로소 교통경찰은 스파서에게 앞으로 나아가라는 신호를 보냈다. 그는 재빨리 오른쪽으로 차를 돌려 세 블록쯤 나아간 뒤에 워싱턴 거리로 접어들었다.

그러나 그 거리는 다른 거리보다도 사정이 더 좋지 않았다. 꽉 늘어선 자동차들이 두 대열로 반대 방향으로 움직이고 있었다. 이어지는 모퉁이마다 서로 엇갈린 차들 때문에 소중한 시간을 허비해야 했다. 그러고 나서 스파서는 또다시 차의 대열 사이를 이리저리 누비며 될 수 있는 대로 빨리 다음 모퉁이로 차를 몰았다.

위싱턴 거리와 15번 도로에서 클라이드는 래터러에게 큰 소리로 말했다. "차라리 17번 도로로 나가 호텔까지 걸어가는 게 어떨까?"

"그곳으로 돌아간대 해도 시간을 절약할 순 없어. 너희들보다 내가 더 빨리 도착할 수 있거든." 스파서가 대꾸했다.

스파서는 몇 뼘 여유를 두지 않은 채 다른 차들을 뚫고 나갔다. 위싱턴 거리와 16번 도로에서 왼쪽으로 돌면 그런대로 한적한 길이 나올 거라고 생각하고 그는 그곳에서 차를 돌려 다시 한 번 와이언도트까지 큰길을 따라 맹렬히 차를 몰았다. 모퉁이에 막 이르러 연석에 가까이 붙어 속도를 내어 차를 돌리려고 한 순간, 아홉 살쯤 되는 여자아이 하나가 건널목을 향해 뛰어가다가 갑자기 자동차와 정면으로 부딪쳤다. 차를 돌려 피할 사이도 없이 여자아이는 차에 받혀 몇 미터 앞까지 질질 끌려가고 나서야 겨우 차가 멈춰 섰다. 이와 동시에 적어도 여자 대여섯 명이 귀가 찢어질 듯 날카롭게 비명을 질렀고, 사고를 목격한 많은 사람도 소리를 질렀다.

다음 순간 사람들은 넘어진 뒤 바퀴에 깔린 여자아이 쪽으로 달려갔다. 스파서는 차창을 통해 넘어진 아이 주위에 모여드는 사람들을 보자 뭐라고 형용할 수 없는 이상한 공포감에 사로잡혔다. 공포를 느끼는 순간 경찰, 형무소, 아버지, 자동차 주인, 온갖 형태의 무서운 형벌이 그의 머릿속을 스쳐 갔다. 차에 타고 있던 일행은 이제야 일어서서 고뇌의 비명을 질렀다. "아, 맙소사! 어린애를 치었잖아." "아, 애가 죽었어!" "아, 저런!" "아,

하나님 맙소사!" "아, 이제 우린 어떻게 하나?" 그때 스파서가 몸을 돌리더니 소리를 질렀다. "빌어먹을, 저기 경찰이 온다! 어서 여기서 차를 빼야만 해."

공포에 질려 말도 못 하고 멍하니 서 있는 구경꾼들에게 한마디 말도 없이 스파서는 갑자기 자동차 기아를 1단, 2단, 다시 고속으로 넣고 엔진을 가동해 전속력으로 다음 모퉁이를 향해 돌진해 나갔다.

그러나 그 근처 다른 모퉁이들에도 교통경찰이 한 사람 서 있었다. 서쪽 모퉁이에서 소요가 일어난 것을 보고 무슨 일인지 확인하려고 경찰은 자기 자리를 떠나 그쪽을 향해 벌써 출발하고 있었다. 바로 그때 갑자기, "저 차를 붙잡아라!"니, "저 차를 세워라!" 하고 부르짖는 소리가 경찰의 귓가에 들렸다. 어떤 사람 하나가 사고 현장에서 뛰어나온 세단을 향해 달려오면서 손으로 가리키며 고래고래 소리를 지르고 있었다. "저 차를 세워라! 저 차를 세워! 어린아이를 친 차야."

그제야 경찰은 사태를 파악하고는 자동차를 향해 몸을 돌리면서 호루라기를 불었다. 그러나 스파서는 이때쯤 구경꾼들의 소리를 듣고 경찰이 자리를 뜨는 것을 보자 재빨리 그를 지나쳐 17번 도로로 쏜살같이 돌진해 나갔다. 시속 65킬로미터 가까운 속도로 한 번은 트럭의 바퀴에 닿을까 말까 하게, 또 한 번은 승용차의 펜더를 긁으면서, 또 다른 자동차들과 보행자들 옆을 몇 센티미터 차이로 아슬아슬하게 빠져나갔다. 한편 차 안에 있는 일행은 몸을 곧추 펴고 긴장감 속에 앉아서 눈을 크게 부릅뜨고 주먹을 움켜쥐고 얼굴과 입술을 악물고 있었다. 호튼스와 루실 니컬러스와 티나 코젤의 경우에는 한목소리로 비명을 질러 대고 있었다. "아, 맙소사!" "아, 이제 우린 어떻게 되는 거지?"

그러나 경찰과 그들의 뒤를 쫓기 시작한 사람들을 빨리 따돌릴 수는 없었다. 번호판을 확인할 수도 없는 데다 자동차의 첫 움직임으로 보아 멈출 생각이 없다고 판단한 경찰은 호루라기를 길고도 크게 불었다. 그다음 모퉁이에 있던 교통경찰은 자동차가 맹렬한 기세로 지나가는 것으로 보아 심상치 않은 일이 발생했다고 단정하고는 요란하게 호루라기를 불고 나서, 옆에 지나던 관광차의 발판에 뛰어올라 도망가는 차를 추적하라고 명령했다. 그러자 무슨 일이 일어났다고 생각했는지 다른 자동차 세 대도 모험심에 이끌려 요란하게 경적을 울려 대며 추적에 합세했다.

패커드는 추적해 오는 사람들의 차보다 훨씬 속력이 빨랐다. 처음 몇 블록 추적하는 동안은 "저 차를 붙잡아!"니 "저 차를 세워!" 하고 외쳤지만, 도망치는 차의 속력이 너무 빠른 탓에 외침 소리가 들리는 대신 요란하고 길게 마구 울려 대는 경적 소리만이 들려올 뿐이었다.

이제 추적자들을 꽤 따돌리고 있었지만 곧은길로 차를 몰다가는 계속 따돌리기는 어렵다는 사실을 깨닫고는 스파서는 갑자기 비교적 한산한 거리인 맥지 거리로 방향을 틀었다. 그 길을 따라 몇 블록 달린 뒤 남쪽으로 나 있는 구부러지고 널찍한 길험 파크웨이로 들어섰다. 맹렬한 속도로 그곳을 조금 달리고 난 뒤 그는 31번 도로에서 또다시 방향을 바꾸기로 마음먹었다. 멀리 보이는 집들이 혼란스러운 데다 북쪽 교외가 추적자들을 뿌리치는 데는 더할 나위 없이 유리하겠다는 생각이 들었기 때문이다. 그래서 그는 왼쪽으로 차를 꺾어 한길로 들어갔다. 그의 생각으로는 거리가 이렇게 한산하다면 골목을 들어갔다 나왔다 운전하며 추격자들을 따돌릴 수 있을 듯했다. 적어도 어느 지점에서 차 안에 있는 사람들을 내려놓고 차를 차고에 갖다 놓을 만한 시간적 여유는 충분히 있을 것 같았다.

만약 스파서가 집도 보행자도 보이지 않는 이 지역의 외딴 거리 중 하나에 들어서면서 자동차의 위치를 숨기려고 라이트를 끄지만 않았다면 그의 계산대로 모든 일이 잘 풀렸을 것이다. 라이트를 끄고 동쪽으로, 북쪽으로, 다시 동쪽으로, 남쪽으로 차례로 달린 뒤 마침내 어느 거리에 들어섰는데 100미터 가까이 앞에서 포장도로가 갑자기 끝나 있었다. 그러나 100미터쯤 떨어진 곳에 교차로가 눈에 띄었기 때문에 그는 그곳으로 방향을 돌리면 다시 한 번 포장도로를 찾아낼 수 있을 것으로 생각하고 속력을 내어 왼쪽으로 커브를 틀었다. 그러다가 도로를 포장하려고 건설업자가 쌓아놓은 포장용 돌무더기와 그만 충돌하고 말았다. 라이트를 켜고 있지 않았기 때문에 미처 그것을 보지 못했던 것이다. 게다가 돌무더기와 대각선으로 맞은편에는 새로 생길 보도(步道)에 집을 지을 건축용 재목이 산더미처럼 세로로 쌓여 있었다.

전속력으로 포장용 돌무더기 끝자락에 부딪친 자동차는 튕겨

나오면서 거의 전복될 것처럼 반대편 목재 더미를 향해 곧장 뛰어들어 그것과 충돌했다. 그러나 정면으로 충돌하는 대신 한쪽 끝에 부딪혔기 때문에 자동차는 나자빠졌지만, 오른쪽 바퀴가 목재 더미 위에 올라간 뒤 완전히 왼쪽으로 기울어 보도 건너 풀과 눈 속으로 구르고 말았다. 그러자 차 안의 사람들은 유리가 깨지고 몸이 서로 뒤죽박죽이 된 채 한 덩어리가 되어 왼쪽 앞으로 내동댕이쳐졌다.

그 뒤에 일어난 일은 클라이드뿐만 아니라 다른 일행에게도 수수께끼처럼 여간 혼란스럽지 않았다. 앞자리에 앉아 있던 스파서와 로러 사이프는 앞 유리와 천장에 머리를 부딪치고는 기절하고 말았다. 스파서는 어깨와 엉덩이, 왼쪽 무릎에 상처를 입어 앰뷸런스가 올 때까지 그 자세 그대로 자동차 안에 누워 있어야 했다. 자동차가 옆으로 쓰러졌기 때문에 도저히 차 문을 통해서는 그를 끌어낼 수가 없었다. 현재 상태로 차 문은 지붕이 있을 곳에 있었다. 뒷자리에는 왼쪽 문에서 가장 가까운 곳에 클라이드가 앉아 있었고, 그와 나란히 호튼스, 루실 니컬러스, 래터러의 순서로 앉아 있었다. 클라이드는 사람들 밑에 깔렸지만 다행히 그들의 체중으로 압사당하지는 않았다. 호튼스는 차가 쓰러지는 순간 자리에서 내동댕이쳐져 그의 머리 위를 넘어 이제는 왼쪽 벽이 되어 있는 천장에 모로 부딪혔다. 그녀 바로 옆에 앉아 있던 루실은 클라이드의 어깨 위에 가로질러 떨어졌을 뿐이었고, 네 사람 중에서 제일 가에 있던 래터러는 쓰러지는 순간 앞자리로 내동댕이쳐지고 말았다. 그러나 떨어지는 순간 스파서가 손을 놓아 버린 운전대를 꼭 붙잡았기 때문에 밑으로 떨어지는 충격이 그만큼 덜했다. 그래도 얼굴과 손이 찢기고 타박상을 입었고, 팔과 엉덩이도 조금 삐었다. 하지만 다른 사람들을 구출해 내는 데 지장이 있을 정도는 아니었다. 그는 즉시 자신과 다른 일행이 놓여 있는 위기 상황을 깨닫고 또 비명에 흥분되어 얼른 몸을 일으켜 위쪽인지 옆문인지를 열어젖히고 다른 일행을 밟고 차에서 가까스로 빠져나왔다.

일단 밖으로 나오자 래터러는 옆으로 쓰러져 있는 차대(車臺) 위로 올라가 아래쪽으로 손을 뻗쳐 신음을 내며 나오려고 하는 루실의 손을 붙잡았다. 다른 일행과 마찬가지로 그녀는 차 밖으로 기어 나오려고 안간힘을 쓰고 있었지만 그렇게 할 수 없었다. 래터러는 "이봐, 침착하게 굴어. 내가 붙잡고 있어. 이제 괜찮아. 내가 곧 꺼내 줄게"라고 외치면서 있는 힘을 다해 그녀를 안아 올려 문 옆에 앉히고 나서 눈 위로 끌어 내렸다. 눈 위에 올려놓자 루실은 앉아서 엉엉 울면서 팔과 머리를 더듬고 있었다. 그다음에는 호튼스를 구출해 냈다. 그녀는 왼쪽 뺨과 이마와 두 손에 상처를 입어 출혈하고 있었지만 그렇게 심각하지는 않았다. 그때는 아직 상처가 난 사실을 전혀 모르고 있는 것 같았다. 다만 훌쩍거리며 온몸을 부들부들 떨고 있을 뿐이었다. 그녀는 첫 번째 충돌 직후 거의 실신에 가까운 멍한 상태에 뒤따라 일어나는 일종의 신경적 오한을 느끼고 있었다.

그 순간 클라이드는 옆문 위로 얼떨떨한 얼굴을 내밀며 자기도 어서 빨리 차 밖으로 서둘러 나가야겠다고 생각했다. 그는 왼쪽 뺨과 어깨와 팔에 상처를 입었을 뿐 다행히 다른 신체 부위는 다치지 않았다. 어린애를 치어 죽였고, 남의 차는 몰래 끌고 나와 이처럼 엉망으로 만들어 놓았으니 일자리에서도 쫓겨날 것이 불을 보듯 뻔했으며, 경찰이 뒤쫓고 있어 지금이라도 당장 체포될 것만 같았다. 그의 발밑에는 스파서가 길게 나자빠져 있었는데 래터러가 벌써 그를 돌보고 있었다. 그 옆에는 로러 사이프가 역시 실신한 채 쓰러져 있었다. 클라이드는 무엇인가, 가령 래터러가 손을 뻗쳐 로러 사이프에게 상처를 입히지 않은 채 그녀를 구출하는 것을 도와야겠다고 느끼고 있었다. 그러나 그의 정신이 너무 혼란스러워 만약 래터러가 버럭 소리를 지르지 않았더라면 아무도 돕지 못하고 그냥 서 있었을 것이다. "클라이드, 좀 도와줘! 저 여자를 끄집어 낼 수 있는지 어디 한번 해 보자. 지금 기절해 있어." 클라이드는 차 밖으로 기어 나가는 대신 몸을 돌려 밑에 깔린 옆 창문의 깨진 유리를 밟고서 그녀의 몸을 스파서의 몸에서 떼어 내어 안쪽에서 그녀를 들어 올려서 밖으로 끌어 내려고 했다. 그러나 그것은 도저히 불가능한 일이었다. 그녀가 축 늘어져 있는 데다 너무 무거웠다. 클라이드는 겨우 스파서의 몸에서 떼어 내어 그녀를 앞자리와 뒷자리 사이 자동차의 옆 부분에 뉘어 놓을 수 있었다.

한편 뒷자리에 있던 혜글런드는 자동차 천장에 제일 가까운 곳에 있는 데다 정신을 조금밖에 잃지 않은 상태였기 때문에 가장 가까이 있는 문에 손을 뻗쳐 가까스로 그것을 열어젖힐 수 있었다. 그는 운동으로 다져진 몸이라 몸을 일으켜 세우고는 밖으로 기어 나왔다. 그러면서 그는 중얼거렸다. "아, 젠장! 이게 무슨 꼴이람! 아, 제기랄, 이젠 모두 끝장이로구나! 어, 맙소사, 경찰이 도착하기 전에 어서 이곳에서 도망치는 게 좋겠어."

그러나 자기 아래 깔린 다른 일행을 보고 또 그들이 지르는 신음을 듣자 차마 도망칠 수가 없었다. 대신 그는 일단 차 밖으로 기어 나오자 몸을 돌려 아래쪽에서 메이더를 발견하고 소리를 질렀다. "어이, 제발 이리 손을 줘. 이곳에서 잽싸게 줄행랑을 쳐야 한다, 이거야." 그러고 나서 그는 그 순간 부상당해 쑤시는 머리를 더듬고 있던 메이더에서 몸을 돌려 차체 맨 위로 올라가 아래쪽을 들여다보며 티나 코젤의 손을 붙잡았다. 그녀는 잠깐 기절했을 뿐으로 이제는 힉비 위에 무겁게 올라탄 채 앉은 자세를 취하려고 애쓰고 있었다. 다른 일행의 중량에서 해방되자 힉비는 벌써 무릎을 꿇고 두 손으로 머리와 얼굴을 더듬고 있었다.

"자, 어서 손을 내밀어, 데이브." 헤글런드가 소리를 질렀다. "제발 어서 빨리! 지금 우물쭈물하고 있을 때가 아니란 말이야. 어디 다치기라도 한 거야? 제기랄, 어서 이곳을 빠져나가야 해. 저기 사람이 오고 있잖아. 경찰인지 아닌지는 잘 모르겠지만." 그는 힉비의 왼손을 잡으려고 했지만 힉비는 뿌리쳤다.

"어허, 잡아당기지 마. 난 괜찮아. 혼자서 나갈 수 있어. 다른 친구들이나 구해 줘." 힉비가 큰 소리로 말했다. 그는 문 높이보다 위쪽으로 머리를 내민 채 일어서더니 차 안을 돌아보며 발판이 될 만한 것을 찾기 시작했다. 뒷자리의 쿠션이 빠져 앞에 떨어져 있어 그것에 한 발을 걸치고 문 높이까지 몸을 일으키고 나서 문에 걸터앉은 뒤 다리를 차 밖으로 뻗었다. 그러고 나서 그는 헤글런드가 스파서와 함께 래터러와 클라이드를 도와주려고 하는 것을 보고 그들을 돕기 시작했다.

자동차 밖에서는 이상야릇하고 묘한 사건이 벌써 일어나고 있었다. 클라이드보다 먼저 구출되어 갑자기 얼굴을 더듬고 있던 호튼스가 왼쪽 뺨과 이마가 벗어졌을 뿐만 아니라 그곳에서 줄줄 피가 흐르고 있는 것을 발견했다. 이 사고로 자신의 미모가 영원히 손상될지 모른다는 불안한 생각에 사로잡혀 그녀는 즉시 이기적인 공포 상태에 빠져들고 말았다. 그녀는 이제 다른 사람들이 다쳐 고통받고 있다는 사실뿐만 아니라, 경찰에 발각될지 모른다는 위험도, 어린아이가 차에 치였다는 사실도, 값비싼 자동차가 망가졌다는 것도 까맣게 잊고 있었다. 즉, 그녀의 머릿속에는 온통 자기 자신과 자신의 미모가 망가질지도 모른다는 생각밖에는 없었다. 그 순간 그녀는 훌쩍거리며 두 손을 위아래로 흔들었다. "아, 어떡하면 좋아, 이 일을!" 그녀는 절망적으로 부르짖었다. "아, 이 얼마나 끔찍한 일인가! 아, 이 얼마나 무서운 일인가! 아, 내 얼굴이 상처투성이라니!" 어서 빨리 무슨 조치를 해야겠다고 생각하며 그녀는 갑자기 35번 도로를 따라 불빛이 환한 시내 번화가 쪽을 향해 서둘러 갔다. 클라이드는 여전히 차 안에서 래터러를 돕고 있었는데 그녀는 누구한테도 한마디 말도 하지 않고서 가 버리고 말았다. 그녀의 머릿속에는 가능한 한 빨리 집으로 돌아가 상처를 치료해야겠다는 생각밖에는 아무 생각이 없었다.

클라이드와 스파서와 래터러와 그 밖의 다른 여자들에 대해서 호튼스는 눈곱만큼도 관심이 없었다. 그들이 그녀에게 무슨 의미가 있단 말인가. 자신의 미모가 엉망이 되었다고 걱정하는 사이사이 어쩌다 자동차에 친 어린아이의 일을 떠올릴 마음이 생길 뿐이었다. 그 가공할 만한 사건을 비롯해 경찰의 추적, 그 자동차가 스파서의 소유가 아니며 완전히 부서졌다는 사실, 이 일로 모두가 자칫 체포될지 모른다는 사실은 그녀에게는 그다지 문제가 되지 않았다. 클라이드와 관련해서는 자기를 비운의 여행에 초대한 장본인, 이 모든 책임이 그에게 있다고 생각할 뿐이었다. 그 짐승 같은 얼빠진 사내들, 자기를 이런 재난 속으로 끌어들인 뒤 제대로 사태를 수습할 머리도 없지 않은가.

로러 사이프를 제외한 다른 아가씨들은 부상 정도가 그렇게 심각하지 않았다. 그보다는 오히려 겁에 질려 있었다. 그들은 이번 사고로 경찰에 체포되어, 신분이 노출되고 처벌을 받으면 어떻게 하나 하는 공포에 떨고 있었다. 그래서 그들은 주위에 서서 큰 소리를 질렀다. "아, 어서들 빨리 서두를 수 없나요? 아, 어서 빨리 여기서 빠져나가야 해요. 아, 이렇게 끔찍할 수가." 그러자 견디다 못해 헤글런드가 호통을 쳤다. "제발, 조용히들 하지 못하겠어? 지금 최선을 다하고 있잖아, 안 그래? 너희들이 그렇게들 야단법석 떨고 있으니 경찰들이 지금 당장이라도 우리를 덮치지."

그때 마침 헤글런드의 말에 응하기라도 하듯, 사고 현장에서 들판을 가로질러 네 블록쯤 떨어진 교외에 살고 있는 주민 한 사람이 자동차가 충돌하는 소리와 밤에 떠들썩한 소리를 듣고 도대체 무슨 일인지 보려고 어슬렁어슬렁 걸어오더니 가까이 다가와서는 호기심 어린 눈으로 겁에 질린 일행과 자동차를 바라보았다.

"교통사고가 난 거야?" 그가 자못 친절한 목소리로 물었다. "중상 입은 사람은 없는가? 아, 이거 참 딱하게 됐군. 자동차는 또 얼마나 멋지고. 내가 뭐 도와줄 건 없는가?"

클라이드는 주민이 말하는 소리를 듣고 주위를 둘러보았지만 어디에도 호튼스의 모습은 보이지 않았다. 그래서 스파서를 자동차 바닥에 그대로 내버려 둔 채 걱정스러운 표정으로 주위를 힐끗 쳐다보았다. 경찰이 확실히 쫓아올 것이라는 생각이 너무나 강렬했다. 그는 어서 이곳을 빠져나가야 했다. 이곳에서 붙잡혀서는 안 되었다. 만약 체포된다면 그에게 무슨 일이 일어날지 한번 생각해 보라. 아마 모르긴 몰라도 창피를 톡톡히 당한 뒤 처벌을 받게 될 것이 뻔했다. 그가 한마디 변명도 하기 전에 지금까지의 즐거웠던 세계가 눈 깜짝할 사이에 완전히 사라지고 말 터였다. 그의 어머니에게도, 스콰이어스 씨에게도 아니, 모든 사람들에게 알려질 것이다. 그리고 십중팔구 그는 교도소에 가야 할 것이다. 아, 생각만 해도 끔찍했다. 마치 분쇄기가 그의 살을 도려 내는 것만 같았다. 그들은 이제 더 이상 스파서를 어떻게 할 방법이 없었다. 이렇게 우물쭈물하고 있다가는 체포되는 수밖에 없었다. "호튼스 브릭스는 도대체 어디로 갔을까?"

이렇게 자문하며 클라이드는 자동차 밖으로 기어 나온 뒤 눈이 덮인 컴컴한 들판을 둘러보며 그녀를 찾기 시작했다. 무엇보다도 먼저 그녀가 가고 싶은 곳이라면 어디든 그녀를 도와주리라고 생각하고 있었다.

바로 그때 어디선가 두 대 이상의 오토바이가 경적과 엔진 소리를 내며 사고 난 쪽을 향해 전속력으로 달려오고 있었다. 사고 현장을 보러 온 사내의 아내가 이미 충돌 소리와 비명을 듣고서 경찰에 전화로 연락해 사고가 일어났다고 알렸던 것이다. 그러자 사내가 설명했다. "경찰이야. 아내에게 경찰에 전화를 걸어 앰뷸런스를 부르도록 했거든." 어떤 일이 일어날지 잘 알고 있던 일행은 이 말을 듣자마자 도망치기 시작했다. 더구나 들판을 가로질러 접근해 오고 있는 자동차들의 불빛이 보였다. 그 불빛은 모두가 31번 도로와 클리블랜드 애비뉴의 건널목에 함께 도착했다. 그중 한 대가 남쪽으로 방향을 돌려 클리블랜드 애비뉴를 따라 곧장 충돌 현장으로 질주해 왔다. 다른 차는 사고 현장을 향해 그대로 31번 도로에서 동쪽으로 계속 달리면서 사건을 정찰하고 있었다.

"어이, 제발 어서 도망쳐! 모두들!" 헤글런드가 흥분한 목소리로 속삭였다. "흩어져!" 그러고는 메이더 액셀로드의 손목을 잡고는 자동차가 나자빠져 있는 35번 도로를 따라 동쪽을 향해 달리기 시작했는데, 이곳은 동쪽 교외에서 외딴 길이었다. 그러나 이 길 가지고는 안 되겠다고, 이 길에서는 쉽게 추적당할 수 있겠다고 판단한 그는 북동쪽으로 틀어 곧바로 탁 트인 들판을 가로질러 시가지와 반대 방향으로 도망치기 시작했다.

한편 클라이드도 만약 체포되는 날에는 쾌락에 대한 모든 꿈이 산산조각 나고 치욕을 겪을 뿐만 아니라 어쩌면 감옥살이를 해야 할지도 모르겠다는 생각이 갑자기 머릿속을 스치자 도망치기 시작했다. 다만 그의 경우는 헤글런드나 다른 일행의 뒤를 쫓는 대신 클리블랜드 애비뉴를 따라 남쪽으로 몸을 돌려 시가지 남쪽 경계 쪽으로 뛰었다. 그러나 헤글런드와 마찬가지로 그도 넓은 길을 뛰다가는 쉽게 추적당할지 모른다는 것을 깨닫고는 탁 트인 넓은 들판으로 뛰어 들어갔다. 그러면서도 전처럼 시가지에서 도망치는 대신 남서쪽으로 방향을 틀어 40번 도로 남쪽에 있는 거리를 향해 달려갔다. 그러나 그곳까지 도착하기 전에 넓은 들판이 펼쳐져 있고 가까운 거리에는 나무 덤불이 보였다. 오토바이의 불빛이 벌써 그의 뒤쪽 길을 따라 바싹 쫓아오자, 순간 그는 나무 덤불에 뛰어들어 그 뒤에 몸을 숨겼다.

사고가 난 자동차 안에는 스파서와 로러 사이프만이 남아 있었는데, 로러는 바로 그 순간 의식이 깨어나고 있었다. 낯선 교외의 주민은 깜짝 놀란 표정으로 자동차 밖에 서 있었다.

"응, 이제야 알겠군!" 그는 갑자기 혼잣말로 중얼거렸다. "놈들은 남의 차를 훔친 거로구나. 그놈들의 차가 아니었어."

바로 그때 첫 번째 오토바이가 현장에 도착했다. 클라이드가 숨어 있는 장소는 현장에서 그리 멀리 떨어져 있지 않았기 때문에 그들이 주고받는 말소리가 들렸다. "그래, 결국 자동차를 가지고 도망칠 수 없었겠지? 네놈은 꽤나 똑똑하다고 생각했겠지만, 도망칠 순 없었던 거야. 결국 네놈은 잡혔지. 그래 나머지 다른 놈들은 어떻게 됐어? 다 어디 있냔 말이야?"

이 말을 듣자 교외에 사는 주민은 자신은 이 사건과는 아무 상관이 없으며, 이 차에 타고 있던 사람들은 도망쳤지만 경찰이 원한다면 곧 찾아낼 수 있다고 확신에 차서 대답했다. 아직도 그들이 하는 말을 들을 수 있는 거리에 있던 클라이드는 처음에는 손과 무릎으로 눈 위를 엉금엉금 기어서 남쪽과 남서쪽으로 향해, 멀리 보이는 거리 쪽을 향해 나아갔다. 가로등이 희미하게 반짝이는 거리의 남서쪽, 만약 붙잡히지만 않는다면 바로 그곳에 숨고 싶었다. 또 만약 운명이 그의 편을 들어 준다면 그곳에서 모습을 감추고 그의 눈앞에 닥친 불행과 처벌과 끝없는 불만과 실망을 피하고 싶었던 것이다.

제2부

제1장

　새뮤얼 그리피스의 집은 뉴욕주 유티카와 올버니 중간쯤에 위치한 인구 2만 5천 명가량의 작은 도시 라이커거스*에 있었다. 저녁 식사 시간이 다가오자 가족들이 하나둘씩 식탁으로 모여들기 시작했다. 이 집안의 가장이자 아버지인 새뮤얼 그리피스 씨가 시카고에서 열린 칼라-셔츠 생산업자 회의에 참석하느라고 나흘 동안 집을 비웠다가 돌아왔기 때문에 이날 만찬은 여느 때보다도 특별히 정성을 들여 준비했다. 서부의 신흥 경쟁자들이 가격을 내리는 바람에 동부 생산업자들이 모여 불가피하게 타협과 조정을 해야 했다. 이날 오후에 일찍 도착한 그리피스 씨는 집에 전화를 걸어 도착 소식을 알리며 공장 사무실에 들렀다가 저녁 식사에 맞춰 집에 가겠다고 일렀다.
　실제적이고 자신만만하여 자신을 믿고 자신의 판단과 결정이 거의 언제나 옳고 최종적이라고 생각하는 남편의 생활 태도에 오랫동안 익숙한 그리피스 부인은 이런 일에는 아무렇지도 않게 생각하고 있었다. 남편은 어쨌든 일이 끝나면 늘 그랬듯이 집에 돌아와 인사를 해 줄 터였다.

남편이 무엇보다도 새끼 양의 다리 고기를 좋아한다는 것을 잘 알고 있는 부인은 얼굴은 예쁜 편이 아니지만 일을 잘하는 가정부 트루스테일 부인과 상의한 끝에 새끼 양을 주문했다. 그 밖에 적당한 채소와 디저트를 결정한 다음, 몇 해 전 스미스대학을 졸업했지만 아직 결혼하지 않은 맏딸 마이라로 생각이 미쳤다. 그리피스 부인이 잘 알고 있으면서도 남들 앞에서 시인하지는 않았지만, 마이라가 아직 결혼하지 못한 것은 얼굴이 그리 예쁘지 못했기 때문이었다. 코가 지나치게 길고, 두 눈 사이가 너무 좁으며, 턱이 그다지 둥글지 않아 젊은 여자처럼 앳되고 호감을 주는 데가 별로 없었다. 대체로 그녀는 생각이 깊고 학구적인 것처럼 보였다. 일반적으로 그녀는 그 도시의 평범한 사교 생활에는 그다지 관심이 없었다. 또한 젊은 사내들의 마음을 끄는 특별한 매력은 물론 재치조차 없었다. 이런 매력은 예쁘지는 않아도 젊은 몇몇 여자에게서 찾아볼 수 있었다. 어머니가 보기에도 딸은 주위 사람들보다 머리가 꽤 뛰어나서 지나치게 비판적이고 이지적이었다.

생계를 꾸려 나가는 데 아무런 어려움도 모르고 비교적 윤택한 집안에서 자라난 마이라였지만 사교와 연애에서만은 어려움에 부딪혔다. 이 두 가지는 미모나 매력이 뒷받침되지 않고서는 마치 거지가 백만장자가 되려고 하는 것만큼이나 어려웠다. 열네 살 때부터 12년째 그녀는 이 작은 도시에서 여러 젊은 남녀가 자못 즐겁게 살아가는 모습을 지켜보아 왔다. 한편 그녀 자신은 책을 읽고 음악을 듣고 될수록 단정하고 매력적으로 옷치장을 하며 어쩌면 자기에게 흥미를 느낄 만한 변덕쟁이 남자를 만나게 될지도 모른다는 생각으로 친구 집을 방문하는 일로 시간을 보낸다는 것이 비통하지는 않더라도 서글펐다. 부모나 그녀 자신이 보기 드물게 물질적 풍요를 누리고 있는데도 말이다.

마이라는 마치 세상만사가 귀찮다는 듯한 표정으로 어머니 방 앞을 지나 자기 방으로 들어갔다. 어머니가 무엇인가 맏딸의 기분을 살려 줄 수 있는 말을 해 주리라고 생각하고 있을 때 둘째 딸 벨라가 갑자기 문을 열고 방으로 들어왔다. 벨라는 스네데커 학교에서 돌아오는 길에 이웃에 사는 부잣집인 핀칠리 집에 잠깐 들렀다가 지금 막 돌아오는 참이었다.

키가 크고 피부색이 검으며 조금 혈색이 나쁜 언니와는 달리, 벨라는 키는 작았지만 몸매는 훨씬 우아하고 발랄해 보였다. 머리칼은 짙은 갈색으로 — 거의 흑발에 가까웠다 — 살갗은 붉은색이 감도는 갈색과 올리브색에, 다정한 갈색 눈은 반짝반짝 빛이 났다. 건강하고 유연한 몸매에 눈부실 만큼 생기가 흘러넘쳤다. 팔다리는 우아하면서도 힘이 있었다. 누가 봐도 그녀는 삶이 즐거워 있는 그대로 삶을 만끽하려고 했다. 그래서 언니와는 달리 남녀노소 할 것 없이 모든 사람한테서 귀여움을 받고 있었다. 이 점에 대해서는 그녀의 부모도 잘 알고 있었다. 그래서 시

집갈 나이가 되면 청혼이 들어오지 않을까 걱정할 필요는 전혀 없었다. 어머니가 보기에는, 벌써 그녀 주위에 젊은이들이 몰려들고 있어, 그녀에게 어떻게 마땅한 신랑감을 골라 줄까 하고 고민해야 할 정도였다. 벨라는 누구와도 쉽게 친해지는 경향이 있었다. 이 도시에서 가장 존경받는 유서 깊은 보수적인 집안의 아들딸들과 사귈 뿐만 아니라, 어머니가 자못 못마땅하게 생각하지만 이 도시의 사회 계층에서 조금 낮은 위치를 차지하는 집안— 이를테면 베이컨 제조업자, 통조림 제조업자, 진공청소기 제조업자, 가구나 대나무 가구 제조업자, 타이프라이터 제조업자 등 말이다— 아들딸들과도 곧잘 어울리고 있었다. 그들은 이 도시에서 튼튼한 재력을 갖추고 있으면서도 이 지역에서는 '신흥 부자'라고 할 부류에 속해 있었다.

그리피스 부인 생각으로는, 벨라는 어른들의 감시도 없이 댄스파티, 클럽 출입, 이 도시 저 도시로 드라이브하는 일이 너무 잦았다. 그러나 언니 마이라처럼 걱정하지 않아도 된다니 이 얼마나 다행인가. 그리피스 부인이 벨라의 교제와 열망과 기분 전환을 걱정하거나 심지어 반대하는 것은 다만 적절히 감독을 받아야 한다거나 교회에서 결혼식을 올릴 때까지는 조심해야 하기 때문이었다. 한마디로 벨라를 보호해 주고 싶었다.

"그래, 어딜 갔었니?" 딸이 방 안에 뛰어 들어와 책들을 내던지고 활활 불길이 타오르는 벽난로 쪽으로 다가서자 어머니가 물었다.

"엄마, 생각만 해도 참 멋지지 않아요?" 벨라는 어머니가 묻는 말에는 대답도 하지 않고 엉뚱한 소리를 늘어놓기 시작했다. "핀칠리 씨네 가족이 올여름에 그린우드 호수에 있는 별장을 처분하고 파인포인트 근처 트웰프스 호수로 간대요. 그곳에 별장을 새로 짓는대요. 손드라 말로는, 요전번처럼 별장을 물가에서 떨어진 곳에 짓지 않고 바로 물가에 짓는다지 뭐예요. 바닥에는 원목을 깐 굉장히 큰 베란다를 만들 거래요. 또 핀칠리 아저씨가 스튜어트에게 9미터 넘는 모터보트를 사 줄 건데, 그걸 넣어 둘 큼직한 보트 하우스까지 짓는다고 하더라고요. 멋지지 않아요, 엄마? 엄마만 승낙해 주면 나도 같이 가도 괜찮대요. 여름 내내 머물고 싶은 만큼 머물러도 된다고 그랬어요. 질 오빠도 생각이 있으면 같이 오래요. 엄마도 알겠지만, 에머리 로지와 이스트 게이트 호텔 바로 맞은편이에요. 팬츠 씨네 별장—아니, 있잖아요, 유티카에 사는 팬츠네 집 말이에요— 이 샤린* 근처 바로 아래쪽에 있다지 뭐예요. 어때요, 굉장하죠? 엄마 아빠도 그곳에다 별장 하나 지으면 얼마나 좋을까요, 엄마. 이곳에 내로라하는 사람은 하나같이 그리로 옮겨 가는 것 같아요."

벨라가 너무 빨리 지껄이면서 벽난로의 불길 쪽으로 시선을 주기도 하고, 앞뜰 잔디밭과 겨울 초저녁에 가로등이 켜진 와이키지 애비뉴가 훤히 내다보이는 높은 두 창문 쪽으로 시선을 주기도 하는 바람에 어머니는 좀처럼 끼어들 겨를이 없었다. 딸의 말이 끝난 뒤에야 비로소 어머니는 겨우 입을 열 수 있었다. "그래? 안토니 씨네 집하고, 니컬슨 씨네 집하고, 테일러 씨네 집은 어떻다든? 그 집 식구들이 그린우드를 떠난다는 얘기는 아직

못 들었거든."

"아, 그분들은 어림도 없죠. 앤터니 씨네랑, 니컬슨 씨네랑, 테일러 씨네랑은 옮겨 갈 사람들이 아니죠. 그 사람들이 옮겨 갈 거라고 생각할 사람이 누가 있겠어요? 그러기엔 너무 구식 양반들이죠. 어디로 옮길 사람들이 아니잖아요? 그렇게 생각하는 사람은 아마 하나도 없을걸요. 어쨌든 그린우드는 트웰프스 호수와는 달라요. 그건 엄마도 잘 알고 있을 테죠. 사우스쇼어에서 내로라하는 하는 사람들은 모두 그곳으로 옮겨 가고 있는 건 확실해요. 손드라가 그러는데, 크랜스턴 씨네 집도 내년에 그렇게 할 모양이에요. 그다음에는 해리엇 씨네 집도 그럴 거고요."

"또 크랜스턴 씨네, 해리엇 씨네, 핀칠리 씨네와 손드라 얘기냐." 어머니는 한편으로는 우습기도 하고 다른 한편으로는 짜증스럽기도 하여 말했다. "크랜스턴 씨네, 너, 비타인, 손드라—요즘엔 온통 그 사람들 얘기밖에는 없구나." 크랜스턴 집안이나 핀칠리 집안사람들은 이 지방의 신흥 계급 중에서는 그런대로 성공을 거두었는데도 다른 어떤 사람들보다 평판이 좋지 않았다. 그들은 올버니에 있던 크랜스턴 고리버들 제품 회사와 버펄로에 있던 핀칠리 전기 진공청소기 회사를 각각 이 지역으로 옮기면서 모호크강 남쪽 강변에 큰 공장을 지었다. 뿐만 아니라 와이키지 애비뉴에 엄청난 저택을 새로 지었고, 이 도시에서 북서쪽으로 30킬로미터 조금 넘게 떨어진 그린우드에 여름 별장을 지은 그 사람들은 꽤나 허세를 부리는 바람에 이 지역의 모든 부유한 주민들 눈에 거슬렸다. 사치스럽게 옷을 입고, 자동차나 오락

시설도 최신식 유행을 따르는 탓에 그들보다 재력이 딸려 지금 누리고 있는 지위와 장비만으로도 흥미 있고 매력적이라고 여기는 사람들에게는 골칫거리였다. 크랜스턴 집안과 핀칠리 집안은 지나치게 허식적이고 공격적이라서 대체로 라이커거스의 엘리트 계층에게는 눈엣가시와 같은 존재였다.

"버타인이나 레타 해리엇이나 그 애 오빠하곤 너무 어울리지 말라고 내가 얼마나 자주 말해 왔니? 그 애들은 너무 겁이 없어. 너무 설치고 쏘다니지를 않나, 말도 많고 과시하려 들지 못해 야단들이지. 네 아버지도 내 생각과 다르지 않으셔. 손드라 핀칠리가 버타인과 너더러 오라고 해도 가선 안 돼. 게다가 네 아버지가 너를 혼자 놀러 보내는 건 찬성하지 않으실 거다. 넌 아직 나이가 어려. 트웰프스 호수의 핀칠리 별장에 간다는 이야기는, 우리 집안 식구들이 모두 함께 가는 게 아니라면 보낼 수 없어." 물질적으로는 덜 풍요로울지 몰라도 좀 더 유서 깊은 집안의 가풍과 전통에 의존하는 그리피스 부인은 책망하는 듯한 표정으로 딸을 흘겨보았다.

그러나 이 말을 듣고 벨라는 짜증을 내기보다는 오히려 무안해했다. 그녀는 어머니를 잘 파악했고, 어머니가 자기를 귀여워한다는 사실도 잘 알고 있었다. 또한 어머니가 아버지와 마찬가지로 딸의 신체적인 매력과 이 도시 사교계에서 성공을 거두고 있다는 사실을 흡족하게 생각하고 있다는 사실도 알고 있었다. 아버지는 둘째 딸을 완벽하다고 여기고 있었으며, 그녀는 그동안 익힌 미소를 조금 짓기만 해도 아버지 마음을 마음대로 움직일 수 있었다.

"아직도 어리다, 아직도 어리다." 벨라가 투덜거렸다. "엄마, 내 말 좀 들어 볼래요? 이제 7월이면 나도 열여덟 살이 되거든요. 엄마 아빠는 도대체 내가 몇 살이나 돼야 혼자 나다닐 수 있다고 생각하는 거죠? 엄마 아빠 가는 곳이면 어디나 나도 따라가야만 하고, 또 내가 가고 싶은 곳엔 언제나 엄마 아빠가 따라와야 한다니."

"벨라." 어머니가 책망하듯 대꾸했다. 딸이 조바심내면서 서 있는 것을 잠깐 바라보고 나서 이렇게 덧붙였다. "물론 그렇게 할 수밖에 없잖니? 네가 스물한 살이나 스물두 살이 되고 그때까지도 결혼하지 않는다면 혼자 돌아다닐 생각을 해도 좋겠지. 하지만 지금 네 나이로는 그런 생각을 해선 안 돼." 벨라는 예쁜 얼굴을 조금 갸우뚱해 보였다. 바로 그때 아래층 옆문이 열리는 소리가 나더니, 이 집안의 외아들 길버트 그리피스가 집 안으로 들어와 2층으로 올라왔다. 길버트는 태도와 박력에서는 아닐지라도 얼굴 생김새와 체격에서는 서부에 사는 그의 사촌 클라이드와 닮아 있었다.

이 무렵 길버트는 박력 있고 자기중심적이며 허영심 강한 스물세 살 난 청년이었다. 그는 두 누이동생보다 훨씬 엄격하고 현실적인 것처럼 보였다. 또한 그는 사업에서는 — 동생들은 눈곱만큼도 관심 없는 분야였다 — 훨씬 더 빈틈없고 공격적이었다. 게다가 태도가 민첩한 데다 성미가 급했다. 길버트는 자신의 사회적 지위가 완벽하게 확고하다고 생각하여 사업 성공 외의 다른 모든 것을 극도로 경멸했다. 그러면서도 자신과 가족이 중요한 지위를 차지하고 있는 지방 사교계의 동향에 지대한 관심을 기울였다. 이 지방 사회에서 자기 집안의 체면과 사회적 지위를 언제나 의식하고 있던 길버트는 그것에 걸맞게 말과 행동을 조심했다. 보통 그는 처음 만나는 사람들에게 나이에 알맞은 젊은 기백과 장난기가 없이 꽤 영리하고 거만하다고 인상을 풍겼다. 그래도 그는 여전히 젊고 매력적이며 흥미로운 청년이었다. 재치 있지는 않아도 신랄하게 말할 수 있었다. 때로는 발랄하고 냉소적인 말을 내뱉을 수 있는 재능도 있었다. 그의 가문과 사회적 지위 때문에 그는 라이커거스에서 가장 바람직한 신랑감으로 간주되었다. 그러나 그는 자신에게만 지나치게 관심이 있어서 다른 누구도 진정으로 깊이 있게 이해하려고 해 본 적이 한 번도 없었다.

오빠가 아래층에서 올라와 집 뒤쪽 벨라 방에 붙어 있는 자기 방으로 들어가는 소리를 듣고 벨라는 곧바로 어머니 방에서 나와 그의 방문 앞으로 가면서 큰 소리로 말했다.

"아, 오빠, 들어가도 돼?"

"그래, 들어와." 그는 어디로 놀러 가려는지 야회복으로 갈아입을 준비를 하면서 가볍게 휘파람을 불고 있었다.

"어디 가는데?"

"아무 데도 아냐. 그냥 저녁 먹으러 가려고. 저녁 먹은 뒤에는 와이넌트 씨네 가려고 해."

"아, 그럼 콘스턴스 만나겠네."

"아니, 콘스턴스는 확실히 아냐. 한데 그 애긴 도대체 어디서 들은 거야?"

"내가 아무것도 모를 줄 알고."

"그만두시지. 그런 소리 하러 들어온 거야?"

"천만의 말씀. 그런 말 하려고 온 건 아냐. 오빠, 어떻게 생각해? 핀칠리 씨네가 이번 여름에 트웰프스 호수에다 새로 별장을 짓는대. 팬트 씨네 별장 바로 옆에다. 그리고 핀칠리 아저씨가 스튜어트에게 9미터가 넘는 보트를 사 준다나. 그 보트를 보관하려고 호수 물가 위로 일광욕실까지 딸린 보트 하우스를 짓는대. 오빠, 정말 죽여 주잖아, 응?"

"그 '죽여 준다'는 말 좀 쓰지 않을 수 없어? 그리고 '응'이라는 말도. 그런 속된 말을 사용하지 않을 수 없는 거야? 말투가 꼭 공장에서 일하는 여자 직공 같구나. 너희 학교에선 그런 말투만 가르쳐 주니?"

"지금 나더러 속된 말 쓰지 말라고 하는 게 누구신가? 오빠는 어떻고. 다 오빠가 모범을 보여서 그렇지 뭐야."

"이봐, 난 너보다 다섯 살이나 많아. 게다가 난 남자잖아. 마이라가 그런 말투 쓰는 거 본 적 있니?"

"아, 언니 말이야. 어쨌든 이제 그런 이야긴 집어치워. 핀칠리 씨네가 여름에 거기다 새 별장을 짓는 일이랑, 그곳에 가서 재미있게 놀 일이나 생각해 봐. 우리도 그리로 별장을 옮기면 좋지 않겠어? 우리 집에서도 그럴 생각이 있다면 얼마든지 그럴 수 있을 텐데 말이야. 아빠와 엄마만 찬성하면 말이지."

"아, 그곳이 과연 그렇게 훌륭한 곳인지 잘 모르겠는걸." 길버트는 마음속으로 아주 꽤 흥미가 끌리면서도 겉으로는 아무렇지도 않은 듯 대답했다. "트웰프스 호수 말고도 좋은 곳은 많아."

"누가 그런 곳이 없다고 했나? 하지만 이곳에서 우리가 아는 사람들한테는 그렇다는 거지. 올버니와 유티카에서 명문 가문 사람들도 이젠 모두 그리로 가나 봐. 손드라 말로는, 서쪽 호반 일대를 따라 최고급 별장들이 생겨서 머지않아 곧 진짜 중심지가 된다지 뭐야. 어쨌든 크랜스턴 씨네도, 램버트 씨네도, 해리엇 씨네도 머지않아 그리로 별장을 옮길 거래." 벨라는 도전이라도 하듯 아주 분명하게 덧붙였다. "그렇게 되면 그린우드 호수에는 남아 있는 집이 별로 없게 돼. 앤터니 씨네랑 니컬슨 씨네가 남는다고 해도 말이지."

"크랜스턴 씨네 사람들이 그곳으로 별장을 옮긴다고 누가 그러든?" 이제는 자못 관심이 있다는 말투로 길버트가 물었다.

"누구긴 누구야, 손드라지!"

"그 앤 또 누구한테서 들었대?"

"버타인한테서 들었대."

"이거야 원, 갈수록 점점 재미있어지는걸." 길버트는 조금 부러운 듯하면서도 이상야릇한 말투로 말했다. "이러다가는 곧 라이커거스가 너무 좁다고들 하겠는데." 그는 나비넥타이를 가운데로 오도록 끌어당기다가 셔츠 깃이 목을 조금 조이자 얼굴을 찡그렸다.

길버트는 최근 아버지의 칼라-셔츠 공장으로 들어가 생산 관리 책임자 일을 맡고 있었지만 결국에는 이 기업 전체를 맡아 관리하고 경영하게 되어 있었다. 그런데도 그는 같은 또래의 젊은 이 그랜트 크랜스턴에 질투심을 느꼈다. 크랜스턴은 생김새가 아주 매력적이고 호감이 가는 데다 젊은 여자들을 다루는 솜씨가 대범하고 인기가 있었다. 크랜스턴이 아버지의 일을 도우면서 적당히 사교 생활을 즐기는 듯한 태도를 길버트로서는 찬성할 수가 없었다. 사실 길버트는 그럴 수만 있다면 그랜트를 방종하다고 비난하고 싶었다. 다만 그랜트는 좀처럼 절제에서 벗어나는 일이 없었다. 그리고 크랜스턴 고리버들 회사는 누가 보더라도 라이커거스에서 손꼽히는 기업 중의 하나로 앞장서고 있었다.

"글쎄, 그 사람들은 사업을 너무 빨리 확장하고 있어. 만약 내가 그들 기업을 경영한다면 그렇게 벌여 놓진 않을 텐데." 잠시 뒤 그가 덧붙였다. "그 사람들이 세계에서 제일가는 부자도 아닌데 말이야." 그러면서도 그는 자신이나 자기 부모와는 달리 크랜스턴 집안사람들이 사교적인 삶을 더 즐긴다고는 할 수 없을지 몰라도 훨씬 대담하다고 생각하고 있었다. 그래서 그 사람들이 부러웠다.

"참, 그리고 있잖아." 벨라가 열을 올리며 덧붙였다. "핀칠리 씨네는 보트 하우스 위에다 댄스 룸도 만든대. 손드라가 그러는데, 스튜어트는 올여름 오빠가 그곳에 와서 오래 머물렀으면 한다는 거야."

"아, 그랬대?" 길버트는 부러운 듯하면서도 조금은 냉소적인 말투로 대답했다. "네 말은 그 녀석이 너더러 그곳에 와서 오랫동안 같이 놀아 달라는 거겠지. 난 이번 여름엔 일해야 해."

"그런 말은 입도 뻥긋하지 않았어. 게다가 우리가 그곳에 가기라도 하면 어디 덧나나? 그린우드에서는 이제 별로 할 일이 없잖아. 여자들끼리 파티만 열고."

"그렇게 생각해? 어디 엄마한테 그런 소리 해 보시지."

"물론 오빠가 일러바치겠지."

"정말, 아냐. 내가 왜 일러바쳐. 하지만 우린 아직 핀칠리 씨네나 크랜스턴 씨네 뒤를 졸졸 따라서 트웰프스 호수까지 가지는 않을 거다. 그렇게 가고 싶으면 너나 가면 되잖니. 물론 아빠가 허락하시면 말이다."

바로 그때 아래층에서 다시 한 번 찰까닥하고 현관문이 열리는 소리가 들렸다. 그 소리에 벨라는 오빠와 다투던 일도 잊은 채 아버지를 맞으려 계단을 뛰어 내려갔다.

제2장

　라이커거스에 사는 그리피스 집안의 가장은 캔자스시티에 사는 그리피스 집안의 아버지와는 대조적으로 자못 눈길을 끄는 인물이었다. '소망의 문'을 경영하는 키가 작고 어리둥절해 보이는 동생을 그는 지난 30년 동안 한 번도 만난 적이 없었다. 동생과는 달리 형은 키가 보통보다 조금 더 크고, 체격이 비교적 날씬하면서도 다부지며, 눈매가 날카롭고 태도나 말투에서도 단호했다. 오랫동안 자기 힘으로 세파를 헤쳐 온 데다 노력과 그 결과로 통찰력과 사업 수완에서 자신이 보통 수준을 넘는다는 사실을 잘 알고 있는 그로서는 그렇지 못한 사람들을 용납하지 못할 때가 가끔 있었다. 물론 남을 가혹하다거나 불쾌하게 대하지는 않았지만 언제나 차분하고 공정한 자세를 유지하려고 애썼다. 이런 태도에 대해 그는 다른 사람들이 자신처럼 성공한 모든 사람을 평가하는 대로 받아들이고 있을 뿐이라고 스스로에게 변명하고 있었다.

25년쯤 전 약간의 자본과 새로운 칼라 제조업 제안을 받고 그것에 투자하려 결심하고 라이커거스에 처음 도착한 새뮤얼 그리피스는 예상 밖으로 크게 성공을 거두었다. 당연히 그는 자신의 성공에 자부심을 품게 되었다. 25년이 지난 지금 그의 가족은 라이커거스에서도 가장 품위 있게 건설한 고급 주택 중 한 채에 살고 있었다. 집안 식구들은 이 지방 도시에서 오래된 가문은 아니었어도 적어도 가장 보수적이고 점잖고 성공한 집안 축에 속했기 때문에 최고 명문 가문의 하나로 존경받고 있었다. 또한 첫아이는 아니더라도 그 밑에 두 아이는 발랄한 젊은 층 사이에서는 두각을 나타내었다. 지금껏 그의 체면이 깎이거나 빛을 잃게 할 일은 한 번도 일어난 적이 없었다.

시카고에서 앞으로 적어도 일 년 동안은 업계의 화합과 번영을 보장해 줄 몇 가지 협정을 맺고 돌아온 그날, 새뮤얼 그리피스 씨는 마치 무거운 짐을 벗은 듯 마음이 가볍고 기분이 무척 좋았다. 여행을 망칠 만한 어떤 일도 전혀 일어나지 않았다. '그리피스 칼라-셔츠 회사'는 그가 없는 동안에도 모든 일이 순조롭게 돌아가고 있었다. 그 무렵 주문 양도 여전히 많았다.

집 안에 들어서자 새뮤얼은 무거운 가방과 최신식으로 재단한 외투를 벗어 던지고는 몸을 돌려 기대한 대로 벨라가 자기를 마중하러 나오지 않나 살폈다. 바로 그때 아니나 다를까 벨라가 달려 나오고 있었다. 정말 그녀는 아빠가 애지중지하는 귀염둥이로 가장 마음에 드는 둘도 없는 예술품 같은 딸이었다. 그가 일생에 걸쳐 얻은 모든 것이 — 젊음과 건강과 행복과 지성과 애정 말이다— 바로 이 아름다운 딸의 모습에 모두 구현되어 있었다.

"아, 아빠! 아빠예요?" 아버지가 들어오는 것을 보자 벨라는 가장 달콤하고 간드러진 목소리로 외쳤다.

"그래. 이제야 비로소 조금은 나 자신을 찾은 것처럼 느껴지는구나. 그래 우리 꼬마 아가씨는 잘 있었나?" 그는 두 팔을 벌리고는 달려드는 막내딸을 안았다. "착하고 튼튼하고 건강한 아가씨로군." 그는 딸에게서 애정 어린 입술을 떼면서 입을 열었다. "아빠가 없는 동안 얌전하게 행동했겠지? 이번에는 거짓말해선 안 돼."

"아, 그럼요, 잘 지냈어요, 아빠. 누구에게든 물어보세요. 이보다 더 얌전하게 굴 순 없었을걸요."

"그리고 네 엄마는?"

"지금 2층 방에 계세요. 아빠가 돌아오신 걸 아직 듣지 못하셨나 봐요."

"마이라는? 올버니에서 돌아와 있을 테지?"

"그럼요. 언니도 자기 방에 있어요. 조금 전에 피아노 치는 소리가 들렸거든요. 저도 바로 조금 전에 돌아왔어요."

"거봐. 또 쏘다녔구나. 내가 널 모르겠느냐." 그는 위협하는 듯 벨라를 향해 상냥하게 집게손가락을 들어 보였다. 한편 벨라는 벌써 아버지의 한쪽 팔에 매달려 함께 보조를 맞춰 계단을 올라가기 시작했다.

"아, 천만의 말씀이에요. 쏘다니지 않았거든요." 벨라는 교묘하면서도 달콤한 목소리로 아버지에게 속삭였다. "아빠, 저를 놀려 대시는 거죠. 조금 전에 손드라의 집에 놀러 갔다 왔을 뿐이에요. 손드라 집에선 그린우드 별장을 팔고 곧 트웰프스 호수에 큰 별장을 새로 근사하게 짓는대요. 그리고 핀칠리 아저씨는 스튜어트에게 큰 모터보트를 사 주고, 모두 올해 여름 5월에서 10월까지 여름 내내 그곳에서 지내게 될지도 모른대요. 그리고 또 크랜스턴 아저씨네도 그리로 옮길 모양이던데요."

둘째 딸의 속임수에 이미 익숙한 그리피스 씨는 그 순간 딸이 말하려는 속셈보다는 — 즉, 트웰프스 호수가 그린우드보다도 사교에서 더 바람직하다는 의도 말이다 — 핀칠리 집안사람들이 단순히 사교 목적으로 갑자기 그렇게 막대한 돈을 들인다는 사실에 오히려 관심이 쏠릴 뿐이었다.

새뮤얼은 벨라 말에는 대답도 하지 않고 곧바로 2층으로 올라가 아내의 방으로 들어갔다. 아내에게 키스하고, 자기를 맞이하러 문가에 나온 마이라를 포옹한 뒤 이번 여행에서 좋은 성과가 있었다고 아내에게 말했다. 그런데 그가 아내를 껴안는 품으로 미뤄 보아 부부간에 불화가 전혀 없이 사랑으로 서로를 이해하는 사이라는 것을 알 수 있었다. 또한 맏딸 마이라를 맞이하는 품에서도 비록 그녀의 기질과 생각에는 딱히 동조하지는 않아도 그의 넉넉한 애정으로 그녀를 감싸고 있다는 사실을 잘 알 수 있었다.

가족들이 서로 이야기를 나누는 동안 가정부 트루스데일 부인이 저녁 식사 준비가 되었다고 알렸다. 이때 몸치장을 마친 길버트가 방 안으로 들어왔다.

"저, 아버지. 흥미로운 일이 한 가지 있는데, 내일 아침에 상의 드리고 싶습니다. 그래도 되죠?" 그가 큰 소리로 말했다.

"물론이지. 내일 회사에서 보기로 하자. 정오쯤 내 방으로 오너라."

"자, 모두들 내려가요. 이러다 음식이 식겠어요." 그리피스 부인이 진지한 목소리로 재촉했다. 그러자 길버트가 맨 먼저 몸을 돌려 아래층으로 내려갔고, 그 뒤를 따라 여전히 자기 팔에 매달리고 있는 벨라와 함께 그리피스 씨가 뒤따랐다. 그리고 그 뒤로 그리피스 부인과 그때 막 자기 방에서 나온 마이라가 뒤따라 아래층으로 내려갔다.

식탁에 둘러앉자 가족들은 이 도시에서 최근에 일어난 일을 화제로 삼아 이야기를 나눴다. 대체로 이 집안에서 사교계 뉴스의 가장 중요한 소식통은 역시 벨라였다. 그녀는 대부분 뉴스를 사교계의 모든 소식을 제일 빨리 접하는 스네데커 학교에서 얻어들었다. 그녀가 갑자기 입을 열었다. "저 말이야, 엄마. 어떻게 생각해요? 로제터 니컬슨, 아니 왜 디스턴 니컬슨 아주머니 조카딸 말이에요. 지난해 여름 올버니에서 이사 온 애 있잖아요. 엄마도 알다시피, 우리 집 잔디밭에서 열린 동창회 가든파티에도 왔잖아요. 기억나죠? 머리칼이 노랗고 조금 사팔뜨기에 푸른 눈을 한 애 말이에요. 그 애 아빠가 큰 식료품 도매상을 하고 있죠. 한데 있잖아요, 그 애가 작년 여름 램버트 아주머니를 찾아온 유티카 출신의 허버트 틱컴이랑 약혼했다지 뭐예요. 엄마는 기억 못 할지 모르지만 난 똑똑히 기억하고 있거든요. 키가 크고 얼굴이 검고, 어딘지 모르게 행동이 어색하고 혈색이 몹시 나쁘지만 아주 잘생겼어요. 아, 꼭 영화배우 빼닮았잖아요."

"있잖아요, 어머니." 길버트가 약삭빠르게 끼어들며 비꼬는 듯한 목소리로 말했다. "스네데커 자매가 운영하는 명문학교 대표들은 가끔 몰래 수업을 빼먹고 영화배우 얼굴을 연구하나 보죠."

그때 갑자기 그리피스 씨가 입을 열었다. "이번에 난 시카고에서 이상한 경험을 했는데, 너희들도 아마 관심 있어 할 거다." 그는 이틀 전에 시카고에서 우연히 그의 동생 에이서의 맏아들이라고 판단되는 청년을 만났던 일을 지금 머릿속에 떠올리고 있었다. 또한 그 조카아이에 대해 내린 결정을 생각하고 있었다.

"아, 뭔데요, 아빠? 어서 빨리 말해 봐요." 즉시 벨라가 재촉했다. "어서 얘기해 보세요."

"무슨 소식인데요?" 길버트도 아버지의 총애를 받는 터라 언제나 친근감을 느끼고 자못 자유로운 상태에서 이렇게 덧붙였다.

"글쎄 말이다. 내가 시카고의 유니언리그 클럽'에 갔다가 그곳에서 어떤 청년을 하나 만났어. 그런데 얘기를 들어 보니, 우리하고 친척이고, 너희들 세 남매와는 사촌 사이가 되는 셈이더구나. 내 아우 에이서의 맏아들이었어. 너희들 작은아버지는 지금 덴버'에 사시는 모양이더라. 동생과는 30년 동안이나 서로 만난 일도 없고 소식을 들은 일도 없었지." 그는 여기서 잠깐 말을 멈추고는 반신반의하듯 생각에 잠겼다.

"아빠, 어디선가 전도사 노릇을 한다는 바로 그분 아녜요?" 벨라가 아버지를 올려다보며 물었다.

"그래. 바로 그 전도사 동생이야. 집을 떠난 뒤 적어도 얼마 동안은 전도사 노릇을 한 것으로 안다. 그러나 그 아들 말을 들어보면 지금은 전도사 일을 그만뒀다는구나. 덴버에서 어떤 사업에 관계하고 있는 모양이더라……. 아마 호텔이랬지."

"그 사촌이란 사람 어떻게 생겼어요, 아빠?" 지금 누리고 있는 사회적 신분과 집안의 감독을 받고 있어 몸치레를 잘하고 겉으로는 보수적으로 보이는 청년들이나 신사들만 알고 있던 벨라가 몹시 흥미를 느끼며 물었다. 서부의 호텔 경영자의 아들이라니!

"사촌이라고요? 몇 살이나 됐어요?" 길버트도 곧바로 사촌의 성격과 사회적 지위와 능력에 흥미를 느끼면서 물었다.

"음, 꽤 흥미로운 청년이더구나." 그리피스 씨는 이 청년에 대해 아직 마음을 정하지 않았기 때문에 조금 머뭇거리며 모호하게 대답했다. "잘생긴 데다 행동거지도 공손하더라. 길, 아마 네나이 또래로 너하고 얼굴 생김새가 아주 비슷해. 눈이며 입이며 턱이 너랑 많이 닮았어." 그러면서 그는 아들의 얼굴을 찬찬히 뜯어보았다. "키는 너보다 조금 큰 것 같고, 몸은 너보다 조금 마른 것 같더구나. 사실은 그렇지 않을지도 모르지."

얼굴 생김새가 자기와 똑같고 어느 모로 보나 자기처럼 매력이 있고 성(姓)이 같은 사촌이 있다고 생각하자, 어쩐지 길버트는 몸이 오싹하고 머리칼이 조금 쭈뼛해졌다. 지금까지 그는 이곳 라이커거스에서 이 집안의 외아들이요 아버지의 사업을 인계받을 미래의 후계자로서, 아버지 유산 중 적어도 3분의 1은 상속받을 수 있는 사람으로서 널리 알려져 있고, 또 사람들로부터 호의를 받아 왔기 때문이다. 그런데 지금 와서 나이도 같고 얼굴과 행동도 비슷한 사촌이 있다는 사실이 우연히 알려진다고 생각하자 그만 기분이 상해 고개를 치켜들었다. 즉시 그는 그 사내가 싫다고 단정 지어 버렸다. 그로서는 이해할 수도, 제대로 억제할 수도 없는 심리적 반응이었다.

"지금 뭘 하고 있는데요?" 길버트는 그런 티를 내지 않으려고 했지만 결국 못마땅한 목소리로 짤막하게 물었다.

"글쎄, 그리 신통한 일자리는 아니더구나." 새뮤얼 그리피스 씨는 생각에 잠긴 듯 미소를 지으며 대답했다. "지금은 시카고의 유니언리그 클럽 호텔에서 벨보이 노릇을 하고 있지만, 매우 호감이 가고 신사다운 청년이더라. 내 마음에 들더구나. 지금 일하는 곳에서는 도저히 출세할 가망이 없는 데다 어디 좀 더 성공할 수 있는 곳으로 옮기고 싶다기에 우리한테 와서 한번 운에 맡겨 볼 생각이 있으면 조금 도와주겠다고 했다. 적어도 능력을 발휘할 기회쯤은 주겠다고 말이야."

새뮤얼은 조카에 관심 있다는 말을 집에 돌아오자마자 이 정도까지 털어놓을 생각은 아니었다. 다른 때 적당한 기회를 보아 아내와 아들과 상의하리라 생각하고 있었는데 기회가 생기자 그만 말해 버리고 만 것이다. 이렇게 털어놓고 나니 오히려 기분이 홀가분했다. 클라이드가 길버트를 너무나 닮았기 때문에 그를 위해 무엇인가 조금이라도 도움을 주고 싶었기 때문이다.

그러나 그 이야기를 듣고 길버트는 마음이 편치 않았다. 한편 혈육이나 어떤 경쟁자도 없는 쪽이 차라리 낫다고 생각할 만큼 모든 일에서 외아들을 편애하는 그리피스 부인은 그렇다 쳐도, 벨라와 마이라는 그 소식을 듣고 꽤 반가웠다. 잘생기고 길버트와 같은 또래인 데다 아버지 말에 따르면 꽤 붙임성 있고 점잖은 사촌이라니 벨라와 마이라는 기분이 좋았다. 그러나 그리피스 부인은 길버트의 표정이 어두워지는 것을 보고 그렇지가 못했다. 길버트는 사촌을 좋아하지 않는 것 같았다. 모든 일에서 남편의 권위와 능력을 존중하는 그녀로서는 조용히 입을 다물고 있었다. 그러나 벨라는 입을 다물고 있을 수가 없었다.

"오, 아빠, 그 사촌에게 일자리를 주시려고요?" 그녀가 말했다. "참 재미있네요. 다른 사촌들보다도 더 잘생겼으면 좋겠어요."

"벨라!" 그리피스 부인이 핀잔을 주었다. 마이라는 몇 해 전 버몬트주에서 눈치 없던 큰아버지와 사촌이 방문해서 며칠 묵고 갔던 일을 떠올리며 혼자 미소를 짓고 있었다. 한편 길버트는 속으로 조바심을 내면서 마음속으로 갈등을 일으키고 있었다. 그로서는 아버지의 태도를 전혀 이해할 수 없었다. "물론 지금 우리 회사에서는 입사해 일을 배우고 싶어 하는 지원자들을 돌려보내지는 않죠."

"아, 그건 나도 알고 있지." 아버지가 대꾸했다. "하지만 그 사람들은 사촌들이나 조카들은 아니지. 더구나 그 아이는 내가 보기에 아주 총명하고 야심만만하더라. 우리 친척 중 한 사람쯤 이곳에 불러서 능력을 발휘하게 하는 것도 그리 나쁜 일은 아니지. 다른 사람들을 고용하면서 그 애라고 고용하지 못할 까닭이 없거든."

"오빠는 자기와 성이 같고 또 자기를 닮은 사람이 라이커거스에 있는 게 싫은가 봐." 벨라는 늘 오빠가 자기를 비판하는 것을 밉살스럽게 생각해 오던 터라 조금 악의를 품고 장난스럽게 꼬집었다.

"야, 무슨 바보 같은 소리를 하는 거야!" 길버트가 버럭 화를 내며 쏘아붙였다. "어쩌다 한 번이라도 말이 되는 소리는 못 하겠니? 성이 같든 같지 않든, 나를 닮았든 닮지 않았든 그게 무슨 상관이야?" 그 순간 그는 몹시 못마땅한 표정을 지었다.

"길버트! 무슨 말을 그렇게 하니?" 어머니가 달래듯 하면서도 꾸짖었다. "그것도 네 누이동생한테 말이야."

"뭐, 그 젊은이 문제로 우리 집안에 어색한 감정이 생긴다면 난 이 일을 없는 것으로 하겠다." 그리피스 씨가 나섰다. "다만 내가 알기로는, 그 애 아버지가 세상 물정이 그다지 밝지 못하고, 클라이드가 아직껏 기회다운 기회를 얻은 적이 없지 않았나 하는 생각이 들어 그러는 것뿐이야." 길버트는 아버지가 이렇게 다정하게 사촌의 이름으로 입에 올리자 움찔했다. "그 애를 이곳에 데려오려는 건 그에게 기회를 한번 주자는 것뿐이지. 과연 기회를 잘 활용할지 어떨지는 나도 전혀 모를 일이야. 잘될 수도 있고, 잘되지 않을 수도 있거든. 만약 일이 잘 안된다면……." 그는 한 손을 들어 올리며 마치 이렇게 말하려는 것 같았다. '만약 일이 잘 안 되면, 물론 그땐 쫓아 버릴 수밖에 없겠지.'

"당신은 참 인정도 많으셔요, 여보." 그리피스 부인이 이쪽저쪽 눈치를 보며 상냥하게 말했다. "그 애도 잘 풀렸으면 좋겠어요."

"그리고 또 한 가지 일러둘 말이 있다." 그리피스 씨는 선언하는 말투로 현명하게 다시 말을 이었다. "그 애가 우리 회사에 종업원으로 있는 한, 내 조카라고 해서 일반 종업원들과 다르게 취급받는 일은 없을 거야. 일하러 오는 거지 놀러 오는 게 아니니까. 또 그 애가 여기 와서 일을 배우는 동안 너희 중 누구도 그 애에게 사교적으로 신경을 써 주지 말았으면 해. 조금이라도 말이야. 보아하니 무리하게 우리에게 기대려는 그런 청년은 아닌 것 같더라. 적어도 나에겐 그렇게 보였어. 이곳에 와서 우리와 동등하게 지낼 생각을 하지는 않을 거야. 만약 그런 생각을 하고 온다면 그건 큰 오산이지. 뒤에 가서 능력을 입증해 보이고, 처신을 잘하고, 자기 분수를 잘 알고 그것을 지킬 줄 안다면, 또 너희 중 누가 그 애에게 조금이라도 신경을 쓰고 싶다면, 그때 가서 생각해 봐도 늦지 않을 거야. 어쨌든 그전에는 절대로 안 돼."

그때쯤 트루스데일 부인을 돕는 하녀 어맨더가 저녁 식사 요리 접시를 치우고는 디저트를 준비하기 시작했다. 그러나 그리피스 씨는 디저트를 먹는 일이 거의 없었으며, 손님이 있지 않은 한 보통 이때를 이용해 서재의 조그마한 책상에 앉아 주식과 은행 관계 서류를 들여다보았다. 그날 밤에도 그는 천천히 의자를 밀고 일어나 가족들에게 양해를 구한 뒤 식당 옆에 붙어 있는 서재로 들어갔다. 다른 식구들은 식당에 그대로 앉아 있었다.

"어떤 사람인지 한번 보고 싶네. 엄마는 궁금하지 않아요?" 마이라가 어머니에게 물었다.

"물론 궁금하지. 정말로 아버지 기대에 어긋나지 않는 아이였으면 좋겠구나. 그렇지 않다면 아빠가 실망하실 테니."

"난 이해할 수 없어요. 새로 사람을 데려오다니." 길버트가 내뱉었다. "지금 데리고 있는 사람들을 돌보기도 어려운데 말이죠. 더구나 우리 사촌이 여기 오기 전에 벨보이 노릇을 하던 사람이라는 걸 알게 되면 이곳 사람들이 뭐라고 할지 한번 상상해보세요!"

"아, 글쎄. 사람들이 그걸 알 리가 없잖아?" 마이라가 나섰다.

"그걸 모르게 될까? 우리가 미리 단단히 주의를 주지 않는 한, 제 입으로 말하는 걸 어떻게 막아? 또 그곳에서 벨보이 노릇하는 걸 본 사람이 이곳에 올 수도 있고." 이렇게 말하는 그의 눈에 갑자기 심술궂은 표정이 감돌았다. "그러지 않기를 바랄 뿐이지. 어쨌든 이곳에 있는 우리한테 도움이 되지 않을 건 확실해."

그러자 이번에는 벨라가 덧붙였다. "난 사촌이 앨런 큰아버지네 두 아들처럼 그렇게 멍청하지 않았으면 좋겠어. 그렇게 재미 없는 애들은 처음 봤다니까."

"벨라!" 어머니가 다시 한 번 주의를 주었다.

제3장

새뮤얼 그리피스가 시카고의 유니언리그 클럽에서 만났다고 말한 클라이드는 3년 전 캔자스시티에서 도망칠 때와는 조금 달라져 있었다. 지금 그의 나이는 스무 살로 전보다는 키도 조금 더 크고 몸이 건강하다고는 할 수 없어도 좀 더 튼튼해졌으며, 경험도 꽤 풍부해졌다. 캔자스시티의 집과 직장을 떠나 비천한 일을 하고, 초라한 방에서 살고, 이렇다 할 친한 친구들도 없이 어떻게든 입에 풀칠하면서 온갖 세파에 시달리면서 고생하는 동안, 그는 3년 전 그에게서는 찾아볼 수 없는 자립심과 매끄러운 말솜씨를 익히고 있었다. 캔자스시티에서 도망쳐 나올 때처럼 그렇게 멋지게 옷을 차려입지는 못했지만, 그는 어딘지 모르게 의식적으로 점잖은 분위기를 풍기고 있어 처음에는 사람들의 주의를 끌지는 못해도 호감을 살 수는 있었다. 유개 화물차에 몸을 싣고 캔자스시티를 탈출하던 무렵의 클라이드에게서는 좀처럼 찾아볼 수 없는 모습으로 훨씬 더 조심하고 자제하려는 태도가 역력해 보였다.

캔자스시티를 빠져나온 뒤 이런저런 보잘것없는 일을 하면서 힘들게 살아오는 동안 클라이드는 그의 장래가 오직 자신의 손에 달려 있다는 결론에 이르렀다. 어머니도, 아버지도, 에스터도 그 누구 할 것 없이 그의 가족은 그에게 이제 아무런 도움을 줄 수 없다는 사실을 분명하게 깨닫고 있었다. 그의 가족은 세상 물정에는 너무 어두웠고 너무나도 가난했다.

그러나 가족이 비록 어려운 형편에 놓여 있기는 해도 클라이드는 웬일인지 집안 식구들을 그리워하지 않을 수 없었다. 특히 어머니, 그가 어린 시절을 보내던 무렵의 가정생활, 에스터를 포함한 남동생과 누이들이 더욱 그랬다. 지금 생각해 보면 에스터도 자신처럼 어쩔 수 없는 환경 때문에 전락한 것이 아닌가. 그리고 가끔 어머니에게 섭섭하게 대한 일이며, 갑자기 캔자스시티의 일자리를 중단해야 했던 일이며, 그야말로 엄청난 충격이었던 호튼스 브릭스를 잃게 된 일이며, 그 뒤 그가 겪어야 했던 온갖 시련이며, 자기 때문에 어머니와 에스터가 겪었을 고통을 생각할 때면 정말로 가슴이 미어지는 듯했다.

희뿌연 어느 겨울날 아침, 화물 기차 안에 숨어 있다가 그만 제동수(制動手) 두 사람에게 들켜 시계와 외투를 빼앗기고 캔자스시티로부터 160킬로미터쯤 떨어진 눈 속에 내동댕이쳐지기도 하면서 도망친 지 이틀 뒤 클라이드는 세인트루이스에 도착했다. 그는 도착하자마자 곧 캔자스시티에서 발행하는 신문

「스타」를 사 보고는 사건과 관련해 자신이 걱정하던 최악의 사태가 사실로 판명되었다는 것을 알 수 있었다. 2단짜리 제목 아래 1단 반의 지면이 사건의 기사로 가득 차 있었다. 캔자스시티의 어느 부유한 집안의 열한 살짜리 딸이 자동차에 치여 한 시간 뒤에 사망했고, 스파서와 로러 사이프는 체포된 상태에서 병원에 입원 중인데 경찰관 한 사람이 두 사람의 회복을 기다리며 병원에 배치되어 있으며, 고급 자동차는 많이 부서졌고, 차 주인에게 고용되어 있던 스파서의 아버지는 주인이 없는 사이에 아들이 저지른 범죄 행위에 해당할지도 모르는 어리석고 무모한 행동에 노발대발하면서 비탄에 잠겨 있다는 것이다.

　설상가상으로 이미 절도죄와 과실치사 혐의로 기소된 스파서는 이 사건의 책임을 되도록 가볍게 하려고 차에 타고 있던 사람들의 이름과 직장을 상세하게 폭로했을 뿐만 아니라, 그들이 자기가 싫다고 거절했는데도 무리하게 과속하도록 부추겼으므로―그것은 확실히 사실이었다―그들에게도 자기 못지않게 죄가 있다고 비난하고 있었다. 그래서 그 즉시 호텔로 수사관의 손이 뻗치게 되었고, 스콰이어스 씨의 입을 통해 그들의 부모 이름과 주소가 경찰과 신문사에 알려졌다.

　이 기사의 마지막 부분은 어떤 것보다도 가장 치명적이었다. 사고 기사 다음에 그들의 범행을 알게 된 부모와 친척들의 반응이 상세하게 보도되어 있었기 때문이다. 톰의 어머니인 래터러 부인은 울부짖으며 정말이지 착한 아들이 그런 나쁜 짓을 하리라고는 상상도 할 수 없다고 말했다. 헤글런드 부인은― 오스카가 사랑해 마지않는 나이 많은 어머니 말이다— 자기 아들만큼 정직하고 상냥한 아이는 이 세상 어디에도 없을 텐데 아마 틀림없이 술을 마셨을 것이라고 했다. 그리고 클라이드 자신의 집에서는 「스타」지의 보도에 따르면, 그의 어머니는 몹시 놀라서 얼굴이 새파랗게 질려 넋을 잃고 장승처럼 서서 두 손을 쥐었다 폈다 하면서 무슨 영문인지 전혀 모르겠다는 표정을 지었다. 그러면서 자기 아들이 그런 나쁜 무리에 끼어 있었다고는 믿어지지 않으며, 어쨌든 아들이 확실히 곧 집으로 돌아와 모든 것을 해명하겠지만 아마 무슨 착오가 있을 것이라고 말했다는 것이다.

그러나 클라이드는 집에 돌아가지 않았다. 그 후 그는 그 사건에 대해서는 아무 소식도 듣지 못했다. 경찰이 무섭고, 어머니의 비탄에 젖은 절망적인 눈이 두려워 편지조차 쓰지 못했고, 몇 달이 지난 뒤에 겨우 그저 잘 지내고 있으니 걱정하지 말라는 소식을 어머니에게 써 보냈을 뿐이다. 그 편지에는 주소도 이름도 적지 않았다. 그 후 그는 세인트루이스, 피오리아*, 시카고, 밀워키*를 전전하면서 식당에서 접시를 닦고, 조그마한 드럭스토어에서 청량음료를 팔고, 구둣방과 식료품점 등에서 일을 배우려고 한 적도 있었지만, 해고당하기도 하고 마음에 들지 않아 스스로 그만두기도 했다. 형편에 따라 여유가 생겨 한 번은 10달러를, 또 한 번은 5달러를 어머니에게 송금한 적도 있었다. 이렇게 하여 일 년 반쯤이 지났을 무렵 이제는 경찰 수사도 어느 정도 시들해졌거나, 그 사건에 그가 관련되어 있었다는 것이 잊히

거나, 아니면 계속 수사할 만큼 사건 자체가 중요하지 않을 것이라고 단정했다. 때마침 시카고의 어느 상점에서 물건을 배달하는 자동차의 운전기사 자리를 얻어 일주일에 15달러를 받게 되어 그런대로 생활이 안정되자 어머니에게 편지를 쓰기로 했다. 이제 그리 부끄럽지 않은 일자리를 얻은 데다 아직 이름을 감추고 있지만, 오랫동안 얌전하게 행동해 왔다고 할 수 있었기 때문이다.

그래서 이 무렵 시카고의 웨스트사이드 폴리나 거리의 문간방에서 살고 있을 때 그는 어머니에게 다음과 같은 편지를 보냈다.

사랑하는 어머니께

아직도 캔자스시티에 살고 계십니까? 어머님이 편지로 그쪽 소식을 전해 주셨으면 좋겠습니다. 어머니의 소식이 몹시 궁금합니다. 어머니가 원하신다면 저도 다시 편지 드리고 싶습니다. 정말이에요, 어머니. 저는 이곳에서 너무 외롭게 지내 왔습니다. 그렇지만 제가 이곳에 있다는 것은 누구에게도 알리지 마십시오. 알려 봤자 아무런 도움이 되지 않을 것이고, 새 출발을 해 보려고 발버둥 치고 있는 지금 오히려 큰 방해가 될지도 모르니까요. 그때 저는 아무것도 잘못한 것이 없습니다. 정말입니다. 신문 보도와는 달리 저는 잘못한 일이 없고 다만 일행을 따라갔을 뿐입니다. 그러나 하지도 않은 일 때문에 벌을 받는 것이 무서웠습니다. 그래서 집에 돌아갈 수 없었던 것입니다. 비록 비난을 받을 만한 일은 하지 않았지만, 어머니나 아버지가 어떻게 생각하실지 두려웠습니다. 엄마, 그 애들이 같이 가자고 초대해서 갔을 뿐이에요. 자동차를 무단으로 훔쳐 내라는 둥, 좀 더 속력을 내라는 둥 한 적이 없습니다. 그 애가 혼자서 제 마음대로 차를 훔쳐 내 갖고 와서 저와 다른 애들더러 드라이브를 가자고 한 것입니다. 물론 그 어린 여자애를 친 것은 우리 모두의 책임인지 모르지만, 일부러 그렇게 한 짓은 아닙니다. 우리 중 아무도 그럴 생각이 없었습니다. 그 사건이 있었던 뒤 저는 가슴이 무척 아팠습니다. 저 때문에 어머니가 얼마나 고통을 받으셨겠어요! 그것도 어머니에게 제가 가장 필요할 때 말이에요. 아, 엄마! 저를 용서해 주십시오. 그러실 수 있으시죠?

어머니가 어떻게 지내고 계시는지 그게 늘 궁금합니다. 그리고 에스터와 줄리아, 프랭크, 아버지도 궁금하고요. 이제 어디서 어떻게 살고 계시는지 알고 싶습니다. 엄마, 제가 엄마를 많이 생각한다는 것을 아시죠? 전보다는 무척 철이 들었고, 생각하는 것도 달라졌어요. 이 세상에서 무엇인가 하고 싶습니다. 성공하고 싶습니다. 지금의 일자리는 캔자스시티의 직장만은 못합니다만 그래도 꽤 좋은 편이고, 그때 일과는 전혀 다른 분야의 일입니다. 되도록 두 번 다시 호텔 일만은 하고 싶지 않습니다. 좀 더 나은 일을 하고 싶습니다. 호텔 일은 저 같은 젊은이에게는 그다지 좋은 일자리가 아닌 것 같습니다. 뭐랄까 너무 화려하다고 할까요. 저는 그때와는 비교도 되지 않을 만큼 세상을 바라보는 눈이 달라졌습니다. 지금 일하고 있는 곳에서는 모두들 잘해 주고 있지만, 저는 출세하고 싶습니다. 더구나 지금 받는 급료로는 생활비가 고작이고 방세와 식비와 옷값을 빼면 거의 남는 게 없습니다. 그러나 성공하고 무엇인가 배울 수 있는 업종에 종사할 생각으로 어떻게 해서든지 조금씩 저축하고 있습니다. 요즈음에는 무슨 일이든지 성공하려면 역시 어떤 전문 직종이 필요합니다. 이제야 비로소 이것을 깨달았습니다.

꼭 제게 편지로 집안 식구들이 어떻게 지내는지 소식을 알려 주시기 바랍니다. 궁금합니다. 만약 모두가 함께 살고 있다면 프랭크에게도, 줄리아에게도, 아버지께도, 에스터에게도 안부를 전해 주십시오. 저는 언제나 다름없이 어머니를 사랑하고 있습니다. 어머니께서도 저를 조금은 마음에 두고 계시겠죠? 아직 위험할 것 같아 제 진짜 이름은 쓰지 않겠습니다. (캔자스시티를 떠난 뒤로는 한 번도 본명을 쓴 적이 없습니다.) 그러나 다른 이름으로 편지를 보내지만 이제 곧 그런 이름을 버리고 본명을 사용할 생각입니다. 지금이라도 당장 그렇게 하고 싶은 생각이지만 아직은 겁이 납니다. 그러니 제게 편지를 주실 때는 다음과 같이 써 주십시오.

해리 테닛
시카고 유치(留置) 우편

며칠 안으로 우체국에 연락해 보겠습니다. 제가 이런 식으

로 서명하는 것은 만약의 경우 어머니에게나 저에게 말썽이
생기지 않도록 하기 위해서입니다. 그 사건이 모두 가라앉았
다는 확신이 들면 곧바로 다시 본명을 사용할 생각입니다.

사랑하는

어머니의 아들 올림

클라이드는 서명해야 할 부분에 선을 긋고는 그 아래에 '아시
겠죠'라고 써넣고는 편지를 부쳤다.

그의 어머니는 그동안 줄곧 아들을 걱정하며 어디서 지내고
있는지 궁금해하고 있던 터라 그의 편지를 받자 곧 답장을 보냈
다. 편지에 덴버의 우편 소인이 찍혀 있는 것을 보고 그는 무척
놀랐다. 그는 어머니가 아직도 캔자스시티에 살고 있으리라고
생각했기 때문이다.

사랑하는 아들에게

네 편지를 받고 네가 무사히 살아 있다는 것을 알고 놀라움
과 기쁨으로 가슴이 터질 것 같구나. 나는 네가 꼭 곧고 좁은
길*로 돌아오기를 원했고, 또 그렇게 되도록 기도를 드려 왔단
다. 그 길만이 어떤 일에서든지 성공과 행복으로 이끌어 주는
유일한 길이기 때문이다. 그리고 네가 무사히 잘 지내며 어디
에선지 일하고 있다는 소식이 오기를 하나님에게 기도 드리
고 있었다. 하나님께서 이제 내 기도에 응답해 주셨구나. 하나

님의 이름을 거룩하게 하옵소서.'

　네가 그런 끔찍한 사건에 가담하여 너와 우리에게 그토록 고통과 치욕을 안겨 준 잘못이 전적으로 너한테만 있다고 탓하지는 않는다. 악마가 항상 우리 모든 인간에게, 특히 너같이 젊은 어린아이를 쫓아다니며 유혹하고 있다는 것을 잘 알고 있기 때문이다. 오, 아들아, 네가 그런 함정에 빠지지 않도록 얼마나 경계를 해야 하는지 늘 깨닫고 있었으면 하고 바랄 뿐이다. 네 앞길이 창창하니 말이다. 너는 이 어미가 늘 네 마음속에 새겨 주려고 했던 우리 구세주의 가르침을 명심하고 늘 따르려고 노력해야 하지 않겠니? 항상 우리와 더불어 계시고, 우리가 상상하는 것 이상으로 아름다운 천국에 이르는 험난한 길로 우리의 발길을 안전하게 인도해 주시는 하나님의 목소리에 발을 멈추고 귀를 기울여야 하지 않겠니? 내 아들아, 어려서 배운 가르침을 꼭 지키고, "정의는 곧 힘"'이라는 말을 항상 명심하겠다고 약속해라. 또 누가 권하든 어떤 술도 절대로 입에 대지 않겠다고 약속해라. 술이 있는 곳에는 악마가 활개를 치고 다니며, 약한 자들을 포로로 만들 만반의 준비를 하고 있단다. 내가 늘 자주 하던 "독한 술은 광기를 몰고 오고, 약한 술은 사람을 우롱한다"'라는 말을 늘 가슴에 간직해라. 네가 유혹을 받을 때 항상 이 말이 네 귀에 쟁쟁 울리기를 간절히 기도하겠다. 그 끔찍한 사건의 진짜 원인도 술 때문이었으리라고 나는 믿어 의심치 않는다.

　클라이드, 나는 그 사건 때문에 무척이나 고생했단다. 그러지 않아도 에스터의 일로 가혹한 시련을 겪고 있던 터에 말이다. 하마터면 그 애를 잃을 뻔했구나. 얼마나 고통을 겪었는지 몰라. 그 불쌍한 것이 죗값을 너무 혹독하게 치렀지 뭐냐. 우리는 빚을 많이 졌고, 그 돈을 갚느라고 오랜 시간이 걸렸단다. 그러나 마침내 이제는 겨우 빚을 청산해서 전처럼 그리 어렵지는 않게 되었다.

너도 알다시피 지금 우리는 덴버에 살고 있다. 이곳에 우리가 소유하고 있는 전도관에는 우리 가족이 살 수 있는 방들이 있다. 세놓을 방도 몇 개 있어 에스터가—이제는 닉슨 부인이지만 말이다—관리하고 있지. 에스터가 잘생긴 사내아이를 낳았는데, 그 애를 볼 때마다 아버지와 나는 젖먹이 시절의 너를 생각한단다. 재롱부리는 모습까지 어쩌나 너를 닮았는지 우리는 네가 아직 함께 있는 것 같은 착각이 들 때가 많다. 그 때문에 위안을 받을 때도 있지.

프랭크와 줄리아는 이제 많이 커서 내게 큰 도움이 되고 있단다. 프랭크는 신문 배달을 하여 얼마 되지 않는 돈을 버는데 살림에 도움이 되는구나. 에스터는 힘닿는 데까지 동생들을 계속 학교에 보내고 싶어 해.

네 아버지는 건강이 별로 좋지 않으셔. 물론 나이가 드시니 그럴 수밖에 없겠지. 그래도 최선을 다하고 계신다.

클라이드, 네가 모든 일에서 훌륭한 사람이 되려고 그토록 노력하고 있다니 기쁘기 그지없구나. 어젯밤에도 네 아버지는 라이커거스에 있는 네 큰아버지 새뮤얼 그리피스가 큰 부자로 성공했다는 말을 하시더라. 만약 네가 큰아버지에게 일을 배울 수 있는 자리를 마련해 달라고 부탁하면, 어쩌면 그 부탁을 들어주실지도 모르겠다고 나는 생각했단다. 왜 그것을 마다하시겠니? 뭐니 뭐니 해도 너는 그분의 조카가 아니더냐. 라이커거스에서 큰 셔츠 공장을 경영하고 있는데 대단한 부자라고들 하더라. 한번 편지를 드리는 게 어떻겠느냐? 어쩐지 그분이 네게 일자리를 찾아 주실 거란 생각이 드는구나. 그렇게 되면 너도 확실한 일자리가 생기겠지. 편지를 드리고 어떤 답장이 오는지 내게도 좀 알려주렴.

클라이드, 이제부터는 자주 편지를 보내다오. 무슨 일을 하는지, 또 어떻게 지내는지 편지로 알려 주렴. 그렇게 해 주겠지? 물론 우리는 전처럼 언제나 너를 사랑하고 있으며, 너를 올바른 길로 인도하려고 온갖 노력을 다할 것이다. 너는 우리가 네가 성공하기를 얼마나 바라는지 잘 모를 거다. 그러나 우리는 네가 착한 사람이 되어 깨끗하고 올바른 삶을 살기를 바란단다. 온 세상을 손에 넣어도 영혼을 잃는다면 그게 무슨 소용이 있겠니?'

클라이드, 이 어미에게 편지를 보내고, 이 어미의 사랑이 항상 너와 함께 있어 너를 인도하고 주님의 이름으로 옳은 일을 하기를 간청하고 있다는 사실을 항상 명심해라.

아들을 사랑하는
어미로부터

그래서 클라이드는 새뮤얼 큰아버지를 우연히 만나기 전부터 큰아버지와 그가 경영하는 큰 회사에 대해 생각하기 시작했다. 또한 그가 집을 떠났을 때처럼 집안이 그렇게 경제적으로 궁핍하지 않고 여관인지 하숙집인지 새로운 전도관과 관련한 곳에 안주하게 되었다는 소식을 듣고 적잖이 마음이 놓였다.

어머니의 편지를 처음 받고 나서 두 달쯤 뒤 클라이드는 무슨 일인가 해야 한다, 그것도 즉시 해야 한다고 날마다 생각하고 있을 무렵이었다. 그러던 어느 날 시카고에서 온 여행객이 그의 가게에서 산 넥타이와 손수건 꾸러미를 배달해 주기 위해 잭슨 대로에 있는 유니온리그 클럽으로 우연히 배달하러 간 적이 있었다. 안으로 들어가자마자 바로 그곳에 클럽 종업원 제복을 입은 래터러가 서 있는 게 아닌가! 래터러는 현관에서 안내와 짐을 받는 일을 맡고 있었다. 두 사람은 처음에는 눈을 의심하듯 다시 만난 일이 실감 나지 않았지만 잠시 뒤 래터러가 먼저 큰 소리로 말했다. "아니, 클라이드 아냐!" 그러고 나서 그는 클라이드의 팔 하나를 움켜잡더니 흥분하면서도 조심스럽게 나지막한 목소리로 말을 이었다. "야, 원 세상에! 이런 데서 만나다니! 세상일은 참 알다가도 모를 일이로군. 그 짐은 저기 놓아. 그래 지금 어디서 오는 거야?" 그러자 클라이드도 마찬가지로 흥분된 목소리로 말했다. "야, 맙소사, 톰 아냐? 여기서 만날 줄이야. 그래 이곳에서 일하고 있는 거야?"

클라이드처럼 잠시 두 사람의 괴로운 비밀을 까맣게 잊고 있던 래터러가 덧붙여 말했다. "그래, 맞아. 네 눈으로 보다시피.

벌써 일 년 가까이 되어 가는걸." 그러나 곧 '아무 말도 하지 마!' 라고 말하려는 듯 갑자기 클라이드의 팔을 끌어당기며 그가 클럽에 들어올 때 이야기하고 있던 벨보이에게 들리지 않도록 구석으로 끌고 갔다. "쉿! 난 여기서 본명을 사용하고 있지만 캔자스시티에서 왔다는 건 알리고 싶지 않아. 클리블랜드에서 온 줄로 알고 있거든."

그러고 나서 래터러는 클라이드의 손을 다시 한 번 부드럽게 쥐고 나서 그를 찬찬히 훑어보았다. 클라이드도 래터러 못지않게 반가웠다. "그래, 알았어. 일자리를 얻었으니 다행이구나. 난 테닛이라는 가명을 쓰고 있어. 잊지 말라고." 옛날을 생각하니 두 사람의 얼굴에 기쁨의 빛이 감돌았다.

래터러가 클라이드의 배달부 제복을 보고서 말했다. "어라, 배달차를 운전하고 있구나. 놀랄 '노' 자인데. 이거 웃기네. 네가 배달차를 운전한다니. 생각 좀 해 봐. 이거 죽여 주는데. 도대체 왜 그런 일을 하는 거야?" 그는 클라이드의 표정을 보고 나서야 아픈 상처를 건드렸다는 것을 곧 알아차렸다. 곧바로 클라이드가 "뭐 좋아서 하는 일은 아냐" 하고 말하자 래터러가 다시 말을 이었다. "있잖아, 한번 만나고 싶어. 지금 어디 살고 있니?" 클라이드는 그에게 주소를 알려 주었다. "좋았어. 난 여섯 시에 일이 끝나. 네 일이 끝나는 대로 어디서 만나자. 내가 말해 주지. 가만 있자, 랜덜프 거리*에 있는 '헨리치'가 어때? 괜찮지? 시간은 일곱 시에 말이야. 난 여섯 시면 퇴근할 수 있으니까 너만 상관없으면 그 시간에 그리로 갈게."

클라이드는 또다시 래터러를 만난 기쁨에 가슴이 설레어 기분 좋게 머리를 끄덕였다.

클라이드는 배달차로 배달을 계속했지만 그날 오후 내내 그의 마음은 온통 래터러와 만날 약속에 쏠려 있었다. 다섯 시 반쯤 서둘러 자동차를 차고에 넣은 다음, 웨스트사이드의 하숙집으로 가서 외출복으로 갈아입고 '헨리치'로 달려갔다. 그가 길모퉁이에 서 있자마자 아까보다 한층 말쑥하게 옷을 차려입은 래터러가 매우 다정한 모습으로 나타났다.

"야, 널 만나니 정말 반갑다, 이 빌어먹을 자식!" 래터러가 먼저 입을 열었다. "캔자스시티를 떠난 이후 그 패거리 중 내가 만난 사람은 오직 너뿐이야. 정말이라고. 우리가 그곳을 떠난 뒤 누이동생한테서 편지를 받았는데, 힉비나 헤글런드나 너나 어떻게 됐는지 아무도 모르는 모양 같았어. 그 스파서 녀석 말이야, 일 년 동안 콩밥을 먹었다는 얘기 들었니? 그 친구 톡톡히 혼났지 뭐야. 그런데 그건 그 여자애를 치어 죽인 죄라기보다는 함부로 남의 자동차를 훔쳐 낸 것이랑, 무면허 운전과 신호를 무시한 죄 때문이라더군. 그래서 처벌받은 거란 말이야. 하지만 있잖아……." 이 시점에서 래터러는 의미심장하게 목소리를 낮추더니 말했다. "우리도 잡혔더라면 그렇게 됐을 거야. 아, 맙소사, 어찌나 겁을 집어먹었던지. 그래서 뛰었던 거지." 그러고 나서 그는 또다시 웃기 시작했지만 이번에는 웃음이 꽤 발작적이었다. "참으로 엄청난 일이었지 뭐야! 그런데도 그 작자와 그 여자를 자동차 속에 남겨 놓고 뛰었으니 말이야. 아, 그래. 참 안됐지 뭐야. 하지만 그때로선 어떻게 달리 할 수 있는 일이 없었잖니? 모두 일부러 잡힐 필요는 없잖아. 안 그래? 그 여자 이름이 뭐였지? 그래, 로러 사이프였어. 내가 튀기 전에 넌 벌써 꽁무니도 보이지 않더군. 그리고 네 여자 친구인 브릭스도 마찬가지였고. 그때 넌 그 여자랑 함께 집에 간 거야?"

클라이드는 아니라고 고개를 가로저었다.

"아냐, 함께 가지 않았어."

"그럼 넌 어디로 도망친 거야?"

클라이드는 그에게 그때 일을 설명해 주었다. 도주 이야기가 끝나자 이번에는 래터러가 말을 이었다. "이런, 그렇다면 넌 그 브릭스란 여자가 사건 직후에 어떤 놈팡이 녀석하고 뉴욕으로 도망갔다는 얘기는 모르겠구나? 루이즈 말로는, 시가 담배 가게에서 일하던 놈팡이 녀석이라더군. 뉴욕으로 가기 직전 그 여자는 새 모피코트니 뭐니 입고 있는 걸 봤다나 봐." 이 말을 듣자 클라이드가 서글픈 표정으로 얼굴을 찡그렸다. "에이, 그런 여자랑 어울려 다니다니 너도 한심한 녀석이었어. 그 여자는 너나 다른 누구도 진심으로 좋아할 그런 여자가 아니었거든. 그런데도 넌 그 여자한테 홀딱 반해 맥을 못 추고 있었지 뭐야. 어디, 안 그랬어?" 이렇게 말하고 나서 래터러는 재미있다는 듯 클라이드를 향해 활짝 웃더니 옛날 장난할 때처럼 겨드랑이 아래쪽을 쿡쿡 찔렀다. 이 장난은 예나 지금이나 다르지 않았다.

이번에는 래터러가 자기의 모험담을 꺼내기 시작했는데, 그 이야기는 클라이드가 말한 것과는 달리 고생이라고 할 것도 없었다. 배짱이나 걱정거리는 별로 없고 오히려 강인한 용기와 자신의 행운과 가능성에 의존한 모험담이었다. 그리고 마지막으로 래터러는 "시카고에서라면 언제나 어떻게 해서든지 일자리를 얻을 수 있기 때문에" 지금 하는 일자리도 쉽게 '걸려든 것'과 다름없다는 말로 끝을 맺었다.

이곳에 온 이후로 쭉 래터러는 '물론 얌전히' 지냈지만 그에게 이상한 소리 하는 사람은 하나도 없었다고 했다.

그리고 즉시 래터러는 유니언리그 클럽에 지금 당장은 자리가 없지만 지배인인 헤일리 씨에게 한번 알아보겠다고 설명하기 시작했다. 그러면서 클라이드가 일자리를 얻을 생각이 있고 또 헤일리 씨가 어딘지 일자리를 알고 있다면, 그가 일자리가 있는지 또 그런 자리가 날 만한 가능성이 있는지 찾아볼 것이고, 그렇게 되면 클라이드가 그 자리에 들어갈 수 있다고 했다.

"하지만 걱정 따윈 집어치워. 걱정한다고 무슨 일이 해결되는 게 아니잖아." 그날 밤 헤어질 무렵 그가 클라이드에게 말했다.

이렇게 래터러와 고무적인 얘기를 나눈 지 이틀 뒤 클라이드가 현재의 직장을 그만두고 본명을 되찾고 일자리를 구해 여러 호텔을 찾아다녀 볼까 고심하고 있을 때 유니언리그 클럽의 벨보이 하나가 그의 방으로 쪽지 하나를 가지고 왔다. 그 쪽지에는 이렇게 쓰여 있었다 "내일 오전 중에 그레이트노던 호텔의 라이털 씨를 만나 보게. 그곳에 빈자리가 있으니까. 최상급 일자리는 아니지만 나중에 더 좋은 자리로 옮길 수 있을 거야."

클라이드는 자기가 나가는 직장의 부서 담당 지배인에게 전화를 걸어 오늘은 몸이 불편해서 출근할 수 없다고 알리고는 제일 좋은 옷을 차려입고 호텔로 갔다. 소개해 준 사람들이 괜찮았던지 그는 일자리를 얻게 되었다. 그것도 본명을 쓰게 된 것이 무척 기뻤다. 한 달 월급이 20달러에 식사를 제공한다는 조건도 마음에 들었다. 팁은 일주일에 10달러를 넘지 않았지만 식사를 계산에 넣는다면 현재 직장보다는 훨씬 대우가 좋은 편이라는 사실에 위로를 삼았다. 다만 이렇게 또다시 옛날 일자리로 돌아가면 사람들 눈에 띄게 되어 체포될지 모른다는 위험은 있었지만 업무는 전보다 훨씬 쉬웠다.

유니언리그 클럽에 자리가 난 것은 이 일이 있은 지 미처 세 달도 되지 않아서였다. 얼마 전 클럽 벨보이 우두머리의 주간(晝間) 조수로 승진한 래터러가 그 우두머리와 친한 사이인 터라 결원이 나자 즉시 그레이트노던 호텔에 있는 클라이드 그리피스를 적임자로 추천했다. 그래서 불려온 클라이드는 래터러한테서 그곳의 새 상관을 어떻게 대할 것이며, 무슨 말을 해야 할지를 자세하게 미리 코치를 받고 나서 그곳에 취직할 수 있었다.

클라이드가 보기에 유니언리그 클럽은 그레이트노던 호텔과는 전혀 달랐고 사회적으로나 물질적인 관점에서 볼 때 심지어 그린데이비슨 호텔보다도 고급이었다. 그래서 클라이드는 불행하게도 그의 신분과 명성의 기복에 결정적 영향을 끼치는 삶의 유형을 가까이서 다시 한 번 바라볼 기회를 얻게 되었다. 이 호텔에는 그가 다른 곳에서는 일찍이 볼 수 없었던 지적으로나 사회적으로 세계적인 일류급 명사들, 미국뿐만 아니라 세계 각국에서 온 자기 관리에 철저하고 자기중심적인 사람들이 날마다 드나들고 있었다. 미국 전역의 정치가들 — 유력한 정치가들과 우두머리들, 또는 특정 지역의 자칭 경세가들 — 그 밖에 의사들, 과학자들, 내로라하는 외과의사들, 장군들, 문학계와 사회 각층의 저명인사들이 미국은 말할 것도 없고 전 세계에서 몰려오고 있었다.

클라이드의 호기심을 자극하고 경외심을 느끼게 한 것은, 이 클럽에서는 그린데이비슨 호텔과 최근에 와서는 그레이트노던 호텔에서 가끔 목격한 삶의 단계에서 대부분을 차지하는 섹스의 요소는 그 흔적조차 찾아볼 수 없다는 사실이었다. 사실 그가 기억하는 한, 그가 지금껏 접촉해 온 삶의 단계 전부는 아니더라도 상당 부분에서 섹스의 요소가 결정적인 작용을 하고 있었던 것 같았다. 그러나 유니언리그 클럽에서 성은 말할 것도 없고 그 흔적도 눈에 띄지 않았다. 어떤 여성도 이 클럽에 출입할 수가 없었다. 각계각층의 명사들은 대개 혼자 이곳에 찾아왔으며, 가장 성공한 명사답게 박력이 있으면서도 차분한 신중함을 잃지 않고 출입하고 있었다. 그들 대부분은 혼자서 식사를 하고, 두 사람씩 또는 그룹으로 모여 조용하게 회의를 하고, 신문이나 책을 읽거나 빠른 속도로 모는 자동차를 타고 이곳저곳을 돌아다녔다. 클라이드의 성숙하지 않은 정신에도, 그 사람들은 그가 지금껏 살아 온 저급한 세계에서 너무 많은 일을 치닫게 하고 망치게 하는 정열의 요소를 거의 의식하지 않거나 적어도 영향을 받지 않는 것 같았다.

어쩌면 이 세상에서 이토록 높은 명사의 지위에 오르려면 섹스 같은 천한 정열에는 관심이 없어야만 하는지도 모를 일이었다. 따라서 이런 사람들이 있는 곳이나 그런 사람들이 보는 앞에서는 가끔 사람의 마음을 흔들어 놓는 그런 생각에 조금도 영향을 받지 않은 것처럼 행동해야 했다.

이 클럽에서 얼마 동안 일하는 동안 분위기와 그곳에 찾아오는 온갖 유형의 손님들 영향을 받아 클라이드는 매우 신사다운 의젓한 태도를 몸에 익히게 되었다. 클럽 구내에 있을 때 그는 실제 자신보다도 다른 듯한, 즉 훨씬 차분하고 덜 낭만적이고 더 실리적이 된 듯한 느낌이 들었다. 만약 그렇게 하려고 마음만 먹는다면 좀 더 근엄한 사람들의 흉내를 낼 수도 있을 것 같았다. 그리고 언젠가는 큰 성공까지는 아니더라도 적어도 지금보다는 훨씬 더 나은 삶을 살 수 있을 것 같은 확신이 들었다. 그런 날이 오지 않는다고 누가 단언할 수 있겠는가? 만약 이곳에서 근면하게 일하고, 상대를 신중하게 골라 교제하고 몹시 조심스럽게 처신한다면, 언젠가는 이곳에 드나드는 명사 중 한 사람이 호감을 느끼게 되어 전에 누려 보지도 못한 중요한 일자리를 알선해 줄지도 모른다. 만약 그렇게 되면 그 일이 지금껏 한 번도 상상해 본 적이 없던 세계로 그를 이끌어 주게 될지도 모를 일이다.

사실을 말하자면, 클라이드는 영적으로 성장할 수 있는 그런 인간은 아니었다. 그토록 많은 사람이 삶의 여러 사실과 수단에서 직접 자신들을 향상하는 데 필요한 구체적인 방법을 찾아내는 지적 통찰력과 내적 지향성을 갖추고 있었다. 그러나 누가 보아도 그에게는 그런 능력이 분명히 없었던 것이다.

제4장

　클라이드는 자기가 별 볼일 없는 것이 제대로 교육을 받지 못했기 때문이라고 생각했다. 어렸을 적부터 이 도시에서 저 도시로 이사를 해야 했기 때문에 어느 분야에서도 이런 곳에 드나드는 사람들의 세계를 꿈꿀 만한 실제적인 훈련을 받을 수 없었다. 그러나 이제 그의 영혼은 이런 세계를 동경하고 있었다. 멋진 집에서 살고, 큰 호텔에 투숙하고, 스콰이어스 씨나 이 호텔의 벨보이 매니저들의 시중을 받는 그런 사람들 말이다. 그러나 그는 여전히 한낱 벨보이에 지나지 않았다. 그의 나이는 이제 스물한 살에 가까웠다. 그 때문에 가끔 서글퍼질 때가 있었다. 어떻게 해서든지 출세해서 유명한 인사가 될 수 있는 일자리를 얻고 싶은 생각이 간절했다. 그는 평생 벨보이 노릇이나 하게 되지나 않을까 하고 걱정할 때가 가끔 있었다.

　이렇듯 클라이드가 자신에 관해 이런 결론을 내리고 장래를 개척해 나갈 길을 궁리하고 있던 바로 그즈음 큰아버지인 새뮤얼 그리피스가 시카고에 도착했다. 그는 유니언리그 클럽과 연관이 있어 이곳에서 정중한 대접을 받을 수 있으므로 도착하자 곧바로 이 클럽에 투숙했다. 그리피스는 이곳에서 며칠 동안 자기를 만나러 온 사람들과 업무 협의를 하기도 하고, 여기저기 바쁘게 돌아다니며 사람들을 만나고 중요한 업체들을 방문하기도 했다.

클라이드가 클럽에 도착한 지 한 시간도 채 지나지 않아 그날 투숙자 명단을 팻말에 매다는 일을 맡은 래터러가 클라이드의 큰아버지 이름을 팻말에 달고 나서 클라이드를 손짓해 불렀다.

"언젠가 뉴욕주 어디에서 셔츠 칼라 제조업을 경영하는 그리피스라는 큰아버지인지 누군지 하는 사람이 있다고 그러지 않았냐?"

"응, 그랬지. 새뮤얼 그리피스라는 분이셔. 라이커거스에서 큰 셔츠 칼라 공장을 갖고 계시지. 신문마다 그분 회사 광고가 실려 있더라고. 그리고 미시건 애비뉴'에도 네온사인 광고가 걸려 있어."

"만나면 알아볼 수 있겠니?"

"아니. 아직 한 번도 그분을 만난 적이 없거든." 클라이드가 대답했다.

"바로 그 사람이 틀림없어." 래터러는 손에 들고 있던 조그마한 투숙객 명단을 들여다보며 말했다. "자, 이것 좀 봐. 여기 새뮤얼 그리피스, 뉴욕주 라이커거스라고 되어 있잖아? 어쩌면 바로 그분일지도 몰라. 안 그래?"

"그래, 틀림없는 것 같군." 클라이드가 대답했다. 오래전부터 생각해 오던 그 큰아버지가 이 클럽에 와 있다고 생각하자 크게 호기심이 들면서 가슴이 뛰었다.

"바로 몇 분 전에 이 앞을 지나갔어." 래터러가 말을 이었다. "디보이가 그분의 가방을 들고 K실로 안내했지. 멋지게 생긴 신사던데 그래. 눈을 크게 뜨고 있다가 아래층으로 내려오거든 얼굴을 잘 봐 둬. 아마 네 큰아버지일 거다. 중키에 몸이 좀 마른 편이야. 희끗희끗한 수염을 짧게 기르고 있고, 연한 회색 모자를 쓰고 있어. 잘생겼지. 이제 만나면 내가 알려줄게. 만약 정말 그분이 네 큰아버지라면 그분에게 잘 보이는 게 좋을 거야. 어쩌면 네게 뭔가 해 줄지도 모르잖아. 셔츠 칼라 한두 개쯤 줄지 누가 알겠어." 그는 이렇게 덧붙이며 웃었다.

클라이드는 가슴이 두근거리면서도 그의 농담이 재미있다는 듯 따라 웃었다. 아니, 새뮤얼 큰아버지라니! 그것도 지금 이 클럽에 와 계시다니! 그렇다면 큰아버지에게 자기를 소개할 절호의 기회가 아닌가. 그는 이 직장으로 옮기기 전에 큰아버지에게 한번 편지를 보낼 작정이었는데, 그 큰아버지가 지금 이 클럽에 와 있으니 그가 원한다면 직접 말을 건넬 수도 있을 것이다.

하지만 잠깐! 만약 클라이드가 직접 자기를 소개한다면 큰아버지는 그를 어떻게 생각할까? 이 클럽에서 벨보이 노릇을 하는 그를 말이다. 가령 벨보이들, 특히 자기 또래의 벨보이들에 대해 큰아버지가 어떻게 생각할까? 그는 벌써 스무 살이 넘었고, 벨보이 노릇을 하기에는 꽤 나이가 들어 있었다. 세상에서 무엇인가 다른 일을 해 보려는 젊은이치고는 말이다. 큰아버지처럼 돈 많고 사회적 지위가 있는 사람이라면 벨보이라는 직업을 천하게 볼지도 모른다. 특히 친척이 되는 젊은이가 그런 일을 할 때는 더욱 그럴 것이다. 어쩌면 그와는 아무런 관계도 갖기를 원하지 않을지도 모르고, 심지어 어떤 식으로든지 말을 거는 것조차 싫어할지도 모른다. 큰아버지가 클럽에 와 있다는 사실을 알고 있으면서도 그는 이런 상태에서 꼬박 24시간 동안 마음을 정하지 못하고 있었다.

그는 이튿날 오후 적어도 대여섯 번은 큰아버지의 모습을 볼 수 있었다. 모든 면에서 그의 아버지와는 달리 몹시 기민하고 빈틈없고 날카로워 보이는 모습에 더할 나위 없이 좋은 인상을 받은 데다 큰 부자고 클럽에서 존경을 받고 있어 클라이드는 큰아버지를 만날 이 절호의 기회를 놓치는 것은 아닌지 걱정이 되기도 했고, 때로는 두렵기마저 했다. 큰아버지는 그가 보기에 전혀 무뚝뚝해 보이지 않았다. 아니, 오히려 그 반대로 매우 상냥해 보였다. 얼마 뒤 클라이드는 래터러의 제안으로 특별 배달인에게서 편지를 전달해 달라는 부탁을 받고 큰아버지의 방으로 들어갔다. 큰아버지는 거의 그를 쳐다보지 않은 채 그에게 편지와 1달러를 건네주었다. "이걸 즉시 배달원 소년에게 전해주고, 그 돈은 자네가 갖게나."

그 순간 클라이드는 너무 흥분해 왜 큰아버지가 자기가 조카라는 사실을 추측하지 못할까 이상하게 생각할 정도였다. 그러나 큰아버지는 자신을 알아보지 못하는 게 분명했다. 그래서 그는 조금 풀이 죽어 그 방을 나왔다.

그 후 큰아버지에게 온 대여섯 통의 편지가 편지통에 들어 있는 것을 본 래터러가 클라이드의 주의를 환기시켰다. "네 큰아버지를 다시 한 번 만나 보고 싶으면 이번이 절호의 기회야. 이 편지를 그분의 방으로 갖고 가. 마침 방 안에 있는 것 같더라." 클라이드는 잠시 망설이다가 편지를 갖고 다시 한 번 큰아버지의 방으로 갔다.

편지를 쓰고 있던 큰아버지는 그저 "들어오십시오!" 하고 소리를 지를 뿐이었다. 방 안에 들어간 클라이드는 수수께끼처럼 야릇한 미소를 지으며 입을 열었다. "그리피스 사장님, 편지가 와 있습니다."

"고맙군, 젊은이." 그의 큰아버지는 그렇게 대답하고는 조끼 주머니에 손을 넣고서 잔돈을 꺼내려고 했다. 클라이드는 바로 이때다 싶어 큰 소리로 말했다. "아, 괜찮습니다. 팁은 필요 없습니다." 큰아버지는 벌써 은화 한 닢을 클라이드 쪽으로 내밀고 있었고, 뭐라고 입을 열기도 전에 클라이드는 다시 말을 이었다. "그리피스 사장님, 실은 저는 사장님과 친척 되는 사람입니다. 사장님은 라이커거스의 그리피스 셔츠 칼라 회사의 새뮤얼 그리피스 사장님이시죠?"

"그래, 그 회사와 좀 관계가 있긴 하지. 한데 자넨 누군가?" 큰아버지가 날카롭게 그를 쳐다보면서 되물었다.

"클라이드 그리피스라고 합니다. 제 아버지 에이서 그리피스는 사장님의 동생으로 알고 있습니다."

집안 구성원 모두가 물질적으로 낙오한 사람이라고 알고 있는 동생의 이름을 듣는 순간, 새뮤얼 그리피스의 얼굴이 조금 어두워졌다. 에이서의 이름이 언급되자 오랫동안 만나지 못한 땅딸막하고 몸차림이 볼품 없는 동생의 모습이 눈앞에 떠올라 조금 기분이 언짢았다. 동생에 대해 마지막으로 똑똑히 기억하고 있는 것은 버몬트주 버트윅* 근처 아버지의 집에 있었을 때였다. 그때 그는 클라이드 나이 정도의 청년이었다. 그러나 동생과 그의 아들은 얼마나 다른가! 그 무렵 클라이드의 아버지는 키가 작고 살이 찐 데다 신체적으로나 정신적으로 별 볼일이 없었다. 말하자면 기름기가 많고 조금 흐물흐물했다. 턱은 축 늘어져 보이고, 옅은 푸른 눈은 물기에 젖어 있으며, 머리칼은 고수머리였다. 그런데 그가 본 벨보이들이 대개 그러하듯 그의 아들은 단정하고 기민하고 잘생긴 데다 예의도 바른 듯하고 머리도 총명해 보였다. 더구나 그는 이 아이가 마음에 들었다.

부친 조지프 그리피스는 막내아들 에이서를 못마땅하게 생각했기 때문에 그리 많지 않은 유산 대부분을 새뮤얼과 그의 형 앨런에게 상속했다. 그래서 새뮤얼 그리피스는 어쩌면 에이서에게 너무 불공평하게 대하지는 않았나 하고 늘 생각하고 있었다. 머리가 좋지 않고 실제적이지도 못한 에이서를 그의 아버지는 처음에는 몰아붙이려고 하다가 결국에는 무시해 버렸으며, 끝내 클라이드 나이 정도가 되었을 때 집에서 내쫓아 버렸다. 그리고 나서 3만 달러쯤 되는 유산 대부분을 두 형에게 똑같이 나뉘 주고 에이서에게는 겨우 1천 달러밖에는 남겨 주지 않았던 것이다.

새뮤얼이 조금 호기심 어린 눈초리로 클라이드의 얼굴을 들여다보고 있었던 것은 그런 동생을 생각하고 있었기 때문이다. 그가 보기에 클라이드는 아주 오래전 아버지의 집에서 쫓겨난 에이서와는 달라도 너무 달랐다. 오히려 자기 아들 길버트와 비슷했고, 보면 볼수록 그와 많이 닮은 것 같았다. 더구나 클라이드가 걱정했던 것과는 달리, 큰아버지는 그가 이런 고급 클럽에서 일하고 있다는 사실에 호감을 갖고 있었다. 라이커거스라는 한정된 활동과 환경밖에 잘 모르고 있었던 새뮤얼 그리피스로서는 특정한 이 클럽의 성격이나 위치가 존경스럽게 보였기 때문이다. 이런 클럽에서 손님들을 대접하는 젊은이들의 태도는 대개 능률적이면서도 지나치게 야단스럽지도 않았다. 그러므로 회색과 검은색의 제복을 단정하게 입고서 나무랄 데 없는 예의범절을 갖춘 사람의 태도로 앞에 서 있는 클라이드에게 그는 호감을 느끼지 않을 수 없었다.

"설마 그럴 리가!" 그의 큰아버지는 관심을 보이며 큰 소리로 부르짖었다. "그래 네가 에이서의 아들이란 말이지? 이거 정말 놀랄 일이로구나! 뜻밖이야! 실은 말이다, 난 네 아버지를 꽤 오랫동안 만난 일도 없고 서신 왕래를 한 적도 없다. 그래, 이럭저럭 스무 대여섯 해가 됐나 보다. 네 아버지한테서 마지막으로 소식을 들은 건 네 아버지가 미시건주 그랜드래피즈인지, 여기 시카고인지 어디에 살고 있었을 때였어. 설마 네 아버지가 지금 이곳에 사는 건 아닐 테지."

"네, 이곳에 살고 있지 않습니다." 이 질문에 똑똑히 대답할 수 있어 클라이드는 기뻤다. "가족은 지금 덴버에 살고 있습니다. 저만 혼자 여기에서 살고 있습니다."

"어머니, 아버지 두 분 모두 살아 계시겠지?"

"물론이죠, 두 분 다 살아 계십니다."

"아직도 종교 사업과 관계하고 있느냐? 네 아버지 말이다."

"글쎄요, 네, 그렇습니다." 클라이드는 아버지가 관여하는 전도 사업이 종교 사업 중에서도 사회적으로 가장 초라하고 부질없다고 여전히 생각하고 있었기 때문에 조금 모호하게 대답했다. "지금 갖고 있는 교회에는 숙박 시설이 딸려 있습니다. 방이 마흔 개쯤 되는 듯합니다. 아버지와 어머니가 그것을 운영하면서 전도 일을 하고 있습니다."

"아, 그래."

클라이드는 큰아버지에게 좋은 인상을 주려는 나머지 사정에 따라 조금 과장해서 말해도 좋을 것 같았다.

"음, 잘들 지내고 있다니 다행이구나." 새뮤얼 그리피스는 말쑥하고 발랄한 클라이드의 옷차림에 꽤 감탄하며 말을 이었다. "넌 지금 하는 일은 좋아하는 모양이구나."

"아뇨, 그다지 좋아하지 않습니다. 그리피스 사장님, 오히려 싫어하는 편입니다." 클라이드는 즉시 그 질문이 함축하는 여러 가능성의 의미를 깨닫고 재빠르게 대답했다. "수입은 괜찮은 편입니다. 하지만 이렇게 해서 돈을 벌긴 싫습니다. 제가 생각하는 일은 아니니까요. 하지만 저는 특별한 일을 배울 기회도 없었고, 어느 회사에 들어가 기술을 배우면서 성공할 기회도 없어 이런 일을 하고 있을 뿐입니다. 어머니께서는 언젠가 큰아버님께 편지를 써서, 큰아버님의 회사에서 일을 배울 수 있는 자리가 있는지 한번 알아보라고 하셨지만, 큰아버님께서 좋아하시지 않으실 것 같아 편지를 보내 드리지 않았습니다."

클라이드는 잠시 말을 멈추고는 미소를 지었지만 두 눈에는 큰아버지의 반응을 살피는 표정이 어려 있었다.

큰아버지는 그런 클라이드의 표정과 이 문제를 이런 식으로 접근하는 방식에 호감을 느끼면서 잠시 엄숙한 얼굴로 그를 바라보고 있다가 입을 열었다. "그래, 그거 흥미로운 이야기로구나. 편지를 쓰지 그랬어. 네가 그러고 싶었다면 말이야⋯⋯." 그러고 나서 그는 모든 일에서 언제나 그렇듯 신중한 태도로 잠시 말을 끊었다. 클라이드는 큰아버지가 어떤 언질을 주는 것을 꺼리고 있다는 것을 눈치챘다.

"큰아버님 회사에선 제게 시킬 만한 일이 없겠죠?" 그는 잠시 뒤 대담하게 물었다.

새뮤얼 그리피스는 사려 깊게 클라이드를 바라볼 뿐이었다. 이런 솔직한 부탁이 마음에 들기도 하고 마음에 들지 않기도 했다. 그러나 클라이드는 적어도 그런 목적에 아주 잘 적응할 수 있는 젊은이처럼 보였다. 머리도 좋고, 야심도 있는 것이 그의 아들을 닮은 데가 많았다. 공장의 여러 제조 공정의 지식을 일단 습득하고 나면 어느 부서의 우두머리나 아들을 보좌하는 역할을 할 수 있을지도 몰랐다. 어쨌든 그에게 한번 기회를 주어 볼 만했다. 그런다고 손해 볼 것은 없었다. 더구나 그와 형 앨런 은 막내 동생에게 정확히 보상이라고까지는 할 수 없어도 어떤 의무감 같은 것을 느끼고 있었다.

"글쎄 말이다. 그 문제는 좀 더 생각해 봐야겠다." 그의 큰아버 지는 잠시 뒤 대답했다. "네가 할 만한 일이 있는지 없는지 지금 당장으로선 대답할 수 없구나. 비록 네가 우리 회사에 들어온다 해도 처음에는 여기서 받는 만큼의 급료를 줄 수 없을지도 모른 다." 그가 미리 경고했다.

"아, 그건 상관없습니다." 클라이드는 무엇보다도 큰아버지 와 줄이 닿는 것이 기뻐서 큰 소리로 대답했다. "일을 배울 때까 지는 보수를 많이 받겠다고 기대하지 않겠습니다."

"게다가 셔츠 칼라 공장에 들어오더라도 그 일이 마음에 들지 않을 수도 있을 것이고, 또는 우리 쪽에서 네가 일하는 게 마음 에 들지 않을지도 모르지. 그 일이 모든 사람한테 맞는다곤 할 수 없으니까."

"글쎄요, 그런 땐 물론 파면시키면 되죠." 클라이드가 자신 있 게 대답했다. "하지만 저는 큰아버님과 큰아버님 회사 얘기를 들은 뒤부터는 어떻게 해서든지 저도 그런 일을 해 봤으면, 하 고 늘 생각하고 있었습니다."

이 마지막 말을 듣고 새뮤얼 그리피스는 무척 기분이 좋았다. 그 자신과 그가 이룩한 업적이 분명히 이 젊은이에게 하나의 이 상이 되고 있었기 때문이다.

"그래, 알았다. 지금은 바빠서 더 얘기할 시간이 없구나. 하지만 아직도 하루 이틀 더 이곳에 머물 것이니 그동안 생각해 보마. 어쩌면 뭔가 너를 도와줄 수 있을 것도 같다만, 지금 당장은 뭐라고 말할 수 없다." 그러고 나서 그는 갑자기 쓰고 있던 편지 쪽으로 몸을 돌렸다.

클라이드는 이런 상황에서 기대할 수 있는 가장 좋은 인상을 큰아버지에게 주었다고 느끼고 또 좋은 결과가 생길 것만 같다는 생각이 들어 몇 번씩 거듭 고맙다는 인사를 하고는 급히 방에서 나왔다.

이튿날 새뮤얼 그리피스는 심사숙고한 끝에 클라이드가 민첩하고 총명해서 누구 못지않게 쓸모가 있으리라 판단하고 또 집안 사정도 고려한 끝에 만약 조그마한 일자리라도 나면 알려 주겠다고 말했다. 그러면서도 일자리가 곧바로 생길 것이라고 확실하게 말하지는 않았다. 그러니 클라이드로서는 그때까지 기다려야 했다. 클라이드는 언제쯤이면 큰아버지의 회사에 일자리가 날지 궁금하게 생각할 수밖에 없었다.

한편 새뮤얼 그리피스는 라이커거스로 돌아와서 아들과도 의논한 끝에 클라이드를 사업의 가장 밑바닥 일부터 시키기로 마음먹었다. 그 밑바닥 일이라는 것은 그리피스 공장의 지하실 작업장에서 셔츠 칼라의 제조 원료인 섬유를 수축시키는 작업이었다. 이 공장에서 기술을 배우려는 초심자들은 처음에 누구나 그곳에 배치되었다. 새뮤얼은 클라이드에게 밑바닥부터 시작해 꼭대기까지 점진적으로 일을 가르칠 작정이었다. 그리고 라이커거스에서 그리피스 집안의 체면을 훼손하지 않을 만큼 생활할 수 있도록 임금은 좀 지나치다 싶을 만큼 주급 15달러를 주기로 했다.

새뮤얼 그리피스는 그의 아들 길버트와 마찬가지로 급료가 적다고는 생각했지만(일반 견습공의 급료로서가 아니라, 친척인 클라이드에게는 말이다) 종업원들에 대해서는 온정보다는 현실적인 태도를 보이는 경향이 있어서 신입 사원에게는 최저 생활비를 줄수록 더 좋다고 생각하고 있었다. 큰아버지는 자본가의 착취에 반대하는 사회주의적인 이론에는 전혀 귀를 기울이려고 하지 않았다. 두 사람 모두 자본주의의 착취와 관련한 사회주의 이론을 용납할 수 없었다. 그들 부자(父子)는 사회의 하층 계급이 동경할 수 있는 상층 계급이 존재해야 한다고 생각하고 있었다. 무엇보다도 사회적 신분 제도란 필요했다. 심지어 비록 상대가 친척일망정 누구에게 지나치게 호의를 베푸는 것은 어쩔 수 없이 사회적 기준을 어리석게 간섭하고 교란하는 것이었다. 사업 면에서나 재정 면에서 신분이 낮은 사람들을 다룰 때는 마땅히 그들이 익숙해져 있는 기준에 따라 그들을 다룰 필요가 있었다. 그리고 그 기준 중에서 가장 바람직한 것은 그들 하층민에게 돈을 번다는 것이 얼마나 힘든 일인지 인식시키는 것이었다. 또한 그리피스 부자가 오직 유일하게 건설적이라고 생각하는 사업에—물건을 만들어 내는 사업 말이다—종사하는 모든 사람에게 가혹하고 체계적인 훈련을 통해 그 사업의 온갖 세부 사항과 공정을 익히게 하는 것이 얼마나 필수 불가

결한지 충분히 이해시켜야 했다. 또 그렇게 함으로써 그들을 제한적이고 검소한 생활에 익숙하게 만들 수 있을 터였다. 그것은 그들의 인격 연마에도 도움이 되었다. 성공하게 될 사람들의 마음과 정신을 계발하고 강화할 수 있었다. 그리고 그만한 재능이 없는 사람들에게는 제자리에 머물러 있게 할 수밖에 없었다.

마침내 일주일 뒤 클라이드에게 어떤 일을 시킬지 최종적으로 결정되자, 새뮤얼 그리피스는 시카고로 직접 편지를 써서 그가 원한다면 몇 주일 안에 아무 때라도 좋으니 오라고 전했다. 다만 미리 준비할 일도 있으니 적어도 도착하기 열흘 전에 편지를 보내라는 내용도 들어 있었다. 도착하는 대로 공장 사무실로 길버트 그리피스 씨를 찾아가면 그 사람이 돌봐줄 것이라는 내용도 덧붙였다.

이 편지를 받자 클라이드는 뛸 듯이 기뻐 즉시 어머니에게 편지를 보내 큰아버지 회사에 채용되어 라이커거스로 갈 작정이라고 알렸다. 그러면서 이번에야말로 정말 성공하도록 노력할 것이라는 말도 덧붙였다. 그러자 곧바로 어머니는 그에게 긴 편지를 보내 행실과 친구 교제에 조심하고 또 조심하라고 간곡히 부탁했다. 클라이드 같은 야심 있는 젊은이들이 잘못을 저지르고 앞날을 망치는 것은 거의 대개 친구를 잘못 사귀기 때문이라는 것이다. 그러니 만약 마음이 나쁘거나 어리석거나 무모한 젊은 남녀만 멀리한다면 모든 일이 잘 풀릴 것이라고 했다. 어머니는 그리피스처럼 잘생기고 착한 젊은이는 나쁜 여자에 이끌려 나쁜 길로 빠지기 쉽다고 적었다. 캔자스시티에서 일어났던 사건을 잘 알고 있지 않은가. 그러나 이제 클라이드는 아직 젊은 데다 마음만 먹으면 그를 위해 많은 일을 해 줄 수 있는 한 재산가를 위해 일하게 되지 않았는가. 그리고 그곳에 가거든 앞으로 노력의 결과가 어떻게 되었는지 자주 소식을 전해 달라는 사연이 적혀 있었다.

그래서 클라이드는 큰아버지가 부탁한 대로 그곳에서 일하겠다는 편지를 보낸 뒤 마침내 라이커거스를 향해 출발했다. 그러나 큰아버지의 편지에는 몇 시에 공장으로 찾아가라는 지시가 없었기 때문에 그는 곧장 공장으로 가는 대신 라이커거스의 큰 호텔인 라이커거스 하우스를 찾았다.

그다음 아직도 시간이 충분히 많은 데다 클라이드가 이제부터 일하려는 그 도시의 성격과 큰아버지의 명성이 궁금하여 시내 구경에 나섰다. 일단 공장에 나가 일을 시작하게 되면 그럴 만한 시간 여유도 없겠다는 생각이 들었기 때문이다. 그는 어슬렁어슬렁 걷다가 어느덧 센트럴 애비뉴로 들어섰다. 그 지역은 라이커거스의 상업 거리 몇 개를 가로지르고 있었고, 이 거리들은 센트럴 애비뉴 양쪽에 있는 몇몇 블록과 함께 상업 중심가를 이루고 있는 것 같았다. 바로 이곳이 라이커거스에서 활력과 환락의 중심지였다.

제5장

클라이드가 일단 이 지역에 들어서 걷다 보니 모든 것이 최근까지 살아온 세계와는 너무나 달라 보였다. 그가 지금껏 본 바에 비춰 보면, 이곳에서는 모든 것이 규모가 무척 작았다. 겨우 삼십 분 전에 내린 정거장은 그가 얼핏 보기에도 조그맣고 활기가 없었으며 자동차의 빈번한 왕래도 눈에 띄지 않았다. 또 모호크강'을 가로지른 이 소도시의 맞은편에 있는 공장 지대는 붉은색과 회색의 빌딩이 몇 채 모여 있는 것에 지나지 않았고 여기저기 굴뚝이 솟아 있을 뿐이었다. 그 지역은 대여섯 블록을 간격으로 도시와 두 다리로 연결되어 있었다. 그중 하나는 곧장 역으로 나 있는 폭넓은 차량 다리였는데 그 다리를 가로질러 여기저기 상점과 소형 주택들이 산재해 있는 센트럴 애비뉴의 커브 길을 따라 전찻길이 뻗어 있었다.

그러나 센트럴 애비뉴는 자동차와 사람의 왕래가 빈번하여 번잡했다. 널찍한 통유리 창이 쭉 늘어서 있고 종려나무와 장식 기둥 사이에 의자가 많이 놓여 있는 호텔과 대각선을 이루는 맞은편에는 직물 전문 백화점인 스타크 회사가 서 있었다. 길이 30미터가 넘는 4층짜리 흰 벽돌 건물이었다. 그 건물의 여러 쇼윈도에는 어느 도시에서도 쉽게 볼 수 있는 멋진 마네킹들이 밝은 불빛을 받으며 서 있었다. 그 밖에도 큰 상점들과 두 번째로 큰 호텔, 자동차 쇼룸, 영화관 등이 있었다.

이렇게 어슬렁어슬렁 걷고 있던 클라이드는 마침내 상업 중심가를 다시 벗어나 녹음이 우거진 넓은 주택가로 들어서고 있었다. 어느 집이나 할 것 없이 모두 방이 크고, 잔디밭이 넓었으며, 그가 지금까지 보아 온 지역보다 아늑하고 차분하고 품위가 있어 보였다. 한마디로 중심부를 잠깐 둘러본 것에 지나지 않지만, 이 거리는 비록 규모가 작기는 해도 아주 이례적으로, 심지어 부유하고 사치스럽기까지 했다. 당당하게 서 있는 철책이며, 양쪽에 꽃을 심어 놓은 보도며, 녹음이 우거진 나무와 관목이며, 고급 승용차들이 집 안 차고에 서 있기도 하고, 바깥의 넓은 거리를 질주하기도 했다. 이 멋진 넓은 길이 시작하는 센트럴 애비뉴와 이 근처 상가 중심지에서 가장 가까운 상점들에는 자동차, 보석, 란제리, 가죽 제품, 가구 같은 부유층의 시선을 끌만한 고급 상품들이 멋지게 진열되어 있었다.

큰아버지와 그 가족은 지금 어디서 살고 있을까? 어느 집이 그들 것일까? 어느 거리에 있는 걸까? 지금 그가 이 거리에서 본 집들보다 더 크고 훌륭할까?

클라이드는 곧 돌아가 큰아버지에게 자기가 왔다는 사실을 알려야겠다고 생각했다. 아마 강 건너 공장 지대에 있는 것 같은 공장 주소부터 찾은 뒤 그곳에 가서 그를 만나야 했다. 그가 무슨 말을 하고 어떻게 행동해야 할까? 그리고 큰아버지는 자기에게 어떤 일자리를 맡길까? 그의 사촌 길버트는 어떻게 생겼을까? 사촌은 과연 자기를 어떻게 생각할까? 큰아버지는 마지막 편지에서 아들 길버트 이야기를 했다. 클라이드가 센트럴 애비뉴를 따라 거슬러 올라가 정거장 쪽으로 걸어가자 그가 찾던 아주 큰 회사의 벽이 곧 눈앞에 나타났다. 붉은색 벽돌의 6층 건물로 길이는 300미터가 넘었다. 건물은 거의 유리창만으로 되어 있다시피 했으며, 특히 가장 최근에 증축한 칼라 생산 부문이 있는 곳이 그러했다. 클라이드가 뒤에 알게 된 사실이지만, 오래된 건물은 신축 건물과 여러 다리로 연결되어 있었다. 그리고 이 두 건물의 남쪽 벽은 강가에 지었기 때문에 모호크강과 평행을 이루고 있었다. 리버 거리를 따라 30미터 정도 간격을 두고서 출입문이 여러 개 있었는데 출입문마다 제복을 입은 수위가 지키고 있었다. 1, 2, 3이라는 번호가 붙어 있는 출입문에는 '종업원 전용'이라는 표지가 붙어 있었고, 네 번째 출입문에는 '사무소'라는 표지가 붙어 있었다. 그 밖에 5와 6의 출입문은 화물을 인수하고 수송하는 용도로 사용하는 모양이었다.

클라이드는 사무소 쪽으로 걸어갔고 아무도 막는 사람이 없어 회전문 둘을 통과하자 가로장 뒤 교환대 앞에 앉아 있던 여자 교환수 앞에 이르렀다. 그리고 이 가로장 안에는 조그마한 문이 하나 있었는데 이것이 사무실로 통하는 문인 것 같았다. 말하자면 교환수는 이 문을 지키고 있는 셈이었다. 교환수는 키가 작고 살이 쪄 매력이 없는 서른다섯가량의 여자였다.

"무슨 일로 왔습니까?" 클라이드가 가까이 오는 것을 보고 그녀가 물었다.

"길버트 그리피스 씨를 만나러 왔는데요." 클라이드는 조금 긴장한 목소리로 대답했다.

"무슨 용건이죠?"

"저, 실은 그분의 사촌입니다. 클라이드 그리피스라고 합니다. 큰아버님이신 새뮤얼 그리피스 사장님의 소개장을 갖고 왔습니다. 아마 만나 주실 것으로 알고 있습니다."

클라이드가 편지를 꺼내어 그녀 앞에 놓자 무뚝뚝하고 무관심하던 그녀의 표정이 상냥하다기보다는 겁에 질린 표정으로 바뀌었다. 그녀는 사장의 친척이라는 사실뿐만 아니라 그의 외모에 깊은 인상을 받은 것이 분명하여 그를 호기심 어린 눈으로 슬금슬금 살피기 시작했다.

"자리에 계신지 알아보겠습니다." 그녀는 아까보다 훨씬 정중한 태도로 대답하고 나서, 허둥지둥 길버트 그리피스 씨의 집무실로 통하는 교환대의 스위치에 플러그를 꽂았다. 교환수에게서 돌아온 대답을 보니 지금 길버트 그리피스 씨는 아주 바빠서 시간을 낼 수 없다고 한 모양이었다. 그러자 그녀는 송화기에 대고 다시 설명했다. "전무님, 찾아오신 분은 전무님의 사촌 클라이드 그리피스 씨라는 분인데요. 새뮤얼 그리피스 사장님의 소개장을 갖고 오셨습니다." 그러고 나서 클라이드를 향해 말했다. "잠깐만 앉아 기다리십시오. 이제 곧 전무님이 만나 주실 겁니다. 지금은 아주 바쁘신 모양입니다."

클라이드는 지금까지 남한테서 이만큼 정중하게 대접을 받아 본 적이 없었기 때문에 그 감동이 이상야릇했다. 자신이 이렇게 돈 많고 영향력 있는 집안의 진짜 사촌이라니! 이 엄청나게 큰 공장은 어떤가! 굉장히 길고 넓은 6층 건물이 아닌가! 조금 전 강 반대쪽을 걸으면서 열린 창을 통해 방마다 젊은 아가씨들과 여직공들이 가득 차서 부지런히 일하고 있는 모습을 볼 수 있었다. 그는 자신도 모르게 전율에 가까운 것을 느꼈다. 그가 보기에는 이 건물의 붉은색 높은 벽은 활력과 물질적 성공, 조금도 흠 잡을 데 없는 성공을 암시하는 것만 같았다.

클라이드는 바깥쪽 대기실의 회색 벽을 쳐다보았다. 안쪽 문에는 '그리피스 칼라–셔츠 회사. 사장 새뮤얼 그리피스, 전무 길버트 그리피스'라는 글씨가 적혀 있었다. 그 안은 어떻게 생겼을까? 길버트 그리피스의 성격은 어떨까? 냉정할까, 아니면 다정할까? 친절할까, 아니면 무뚝뚝할까?

그런 것들을 생각하며 우두커니 앉아 있노라니 여자가 갑자기 그를 향해 돌아다보며 말을 건넸다. "이제 들어가 보셔도 좋을 것 같습니다. 길버트 그리피스 전무님 사무실은 강이 환히 내려다보이는 제일 뒤쪽에 있습니다. 아마 그 방에 있는 비서들이 안내해 드릴 겁니다."

여성은 그를 위해 문을 열어 주려는 듯 반쯤 자리에서 일어섰지만 그는 그녀의 의도를 알아채고는 재빨리 그녀 옆을 지나 앞으로 나아갔다. "괜찮습니다. 어쨌든 고맙습니다." 그가 아주 상냥하게 말하고는 유리 긴 문을 열자, 1백 명이 넘고 대부분 젊어 보이는 남녀 종업원이 열심히 일하고 있는 방이 보였다. 하나같이 일감을 앞에 두고 그것에 몰두했다. 거의 모두가 두 눈 위에 초록색 셰이드를 대고 있었다. 남자는 대개 짧은 알파카 사무용 코트를 입고 있거나, 셔츠 소매에 덮개를 끼고 있었다. 젊은 여자들은 깨끗하고도 아름다운 무명옷과 소매가 없는 작업복을 입고 있었다. 둥근 흰 기둥이 서 있을 뿐으로 칸막이도 없이 넓은 공간 주위에는 스밀리 씨, 래치 씨, 곳보이 씨, 버키 씨 등 이 회사의 하급 간부에서 경영진 간부의 이름표가 붙어 있는 사무실이 있었다.

교환원 여자가 길버트 그리피스의 방이 맨 뒤쪽에 있다고 일러 주었기 때문에 클라이드는 머뭇거리지 않고 가로장으로 구분한 통로를 따라 사무실로 갔다. 반쯤 열린 문에는 '전무 길버트 그리피스'라는 이름표가 붙어 있었다. 그는 이대로 곧장 들어가도 좋을지 몰라서 망설이다가 마침내 가볍게 노크했다. 그러자 곧 "들어와요" 하고 날카로운 음성이 들렸다. 클라이드가 방 안으로 들어가자 책상 앞에 앉아 있는 한 젊은이가 눈앞에 나타났다. 자기보다 좀 키가 작고, 나이가 많아 보이고, 훨씬 냉랭하고 빈틈없어 보이는 젊은이 — 한마디로 클라이드가 되고 싶은 그런 젊은이였다. 경영자로서 훈련을 받아서 언뜻 보기에도 위엄 있고 유능해 보였다. 봄이 가까워져 오고 있었기 때문에 무늬가 두드러진 밝은 회색 양복 차림을 하고 있다는 것이 금방 클라이드의 눈에 띄었다. 머리칼은 클라이드보다 조금 밝은 색으로, 이마에서부터 뒤로 말끔하게 빗어 넘겨져 있었고 번드레하게 윤기가 흘렀다. 클라이드가 문을 연 순간부터 꿰뚫듯 자신을 쳐다보고 있는 두 눈은 물기에 젖어 맑고 회색이 감도는 푸른빛을 띠고 있었다. 그리고 책상에 앉아 있을 때만 사용하는 큼직한 뿔테 안경을 쓰고 있었다. 그는 안경 너머로 클라이드가 신고 있는 구두에서 손에 들고 있는 갈색 펠트 모자에 이르기까지 재빠르게 훑어보았다.

"자네가 내 사촌 아우겠지." 클라이드가 책상 앞까지 걸어가 발을 멈추자 길버트는 조금 냉랭한 어조로 말했다. 말할 때 그의 입언저리에는 분명히 호의적이라고 할 수 없는 미소가 살짝 감돌았다.

"네, 그렇습니다." 차분하고 냉랭하게 자신을 맞이하는 태도에 기가 죽고 당황한 클라이드가 대답했다. 그 순간 그는 뛰어난 수완으로 이처럼 훌륭한 사업을 이룩한 큰아버지에게 품고 있는 존경심을 이 사촌에게는 도저히 품을 수 없었다. 오히려 마음 깊은 곳에서 그는 이 큰 사업체의 후계자인 이 젊은이가 아버지의 능력이 아니었더라면 도저히 엄두도 내지 못할 우월감을 지니고 있다고 느꼈다.

그러나 클라이드로서는 여기서 정중한 대접을 요구할 근거나 이유가 없었으며, 어쨌든 자기에게 후의를 베풀어 준다면 오히려 고맙게 생각해야 할 처지였다. 그래서 그는 이미 크게 신세를 입었다는 생각이 들어 있는 힘을 다해 애써 상냥하고 비굴한 미소를 지어 보였다. 그러나 길버트 그리피스는 클라이드의 그런 태도가 조금 건방지다고 생각하는 듯했다. 단순히 사촌인 주제에, 특히 자기 부자에게 신세를 지려고 찾아온 주제에 그런 태도를 보이는 것을 도저히 용납해서는 안 될 것 같았다.

그러나 자기 아버지가 클라이드에게 관심을 보이고 그로서도 어쩔 수 없었기 때문에 길버트는 쓴 미소를 지면서 마음속으로 그를 열심히 살피며 입을 열었다. "오늘이나 내일쯤 올 줄 알고 있었지. 그래, 여행은 재미있었나?"

"아, 네, 무척요." 클라이드는 이 질문에 조금 어리둥절하여 대답했다.

"그래, 칼라 제조 기술을 배우고 싶다고 했다지?" 그 말투와 태도에는 생색을 내려는 기색이 역력했다.

"앞으로 성공할 기회가 있고 장래성 있는 일을 배우고 싶습니다." 클라이드는 되도록 사촌의 감정을 누그러뜨릴 생각에서 공손하게 대답했다.

"한데, 아버님이 시카고에서 자네와 만나 이야기를 나눴다고 들었네. 아버님 말씀으로 미뤄 보면 자넨 어떤 일에도 실무 경험이 별로 없는 듯하던데. 경리 일 같은 건 할 수 없겠지?"

"네, 할 줄 모릅니다." 클라이드가 조금 후회스럽다는 듯 대답했다.

"속기 같은 것도 모르겠지?"

"네, 모릅니다."

이렇게 대답하면서 클라이드는 자신이 이제껏 아무것도 배운 것이 없다는 사실을 절실히 깨달았다. 길버트는 이 회사의 관점에서 보면 전혀 쓸모없는 인간이라는 듯 그를 바라보았다.

"그래서 말인데, 자네에게 가장 적합한 일은 아마 천을 수축시키는 일부터 시작하는 것일 거야." 길버트는 마치 전에 아버지가 그에게 어떤 일자리를 주어야겠다고 아무런 언질도 없었다는 듯 말을 이었다. "그게 바로 우리 공장의 생산 작업이 시작되는 곳이니까. 결국 기초부터 일을 배우는 게 좋겠어. 거기서 자네가 어떻게 일하는지 보고 나서 뒤에 가서 좀 더 좋은 자리를 얘기하기로 하지. 만약 사무 경험 있다면야 지금이라도 이 사무실에서 일할 수도 있을 테지만." 이 말을 듣고 클라이드는 풀이 죽었고, 길버트는 그 반응을 보고 속으로 기분이 좋았다. "무슨 일이든 실무를 배우는 것도 나쁘지 않아." 그는 꽤 냉랭한 말투로 덧붙였다. 클라이드를 위로하려는 생각에서 말한 것이 아니라 사실을 있는 그대로 말한 데 지나지 않았다. 클라이드가 아무 말도 하지 않고 있는 것을 보고 그는 덧붙였다. "이곳에서 일을 시작하기 전에 우선 숙소부터 정해야 할 게 아냐. 아직 방은 얻지 않았을 테지?"

"네, 정오 기차로 방금 도착한 참이니까요." 클라이드가 대답했다. "몸이 조금 더러워 호텔에서 좀 씻고 왔습니다. 숙소는 나중에 찾아볼 생각이었습니다."

"아, 그랬군. 하지만 숙소는 그리 걱정 안 해도 좋아. 공장 감독에게 말해 좋은 하숙을 알아보도록 하지. 자네보다 그 사람이 이 도시를 더 잘 알고 있으니까." 결국 그는 클라이드가 사촌 동생이다 보니 아무 곳에서나 살게 할 수는 없다고 생각하고 있었다. 동시에 길버트는 자기 가족이 그의 거처에 무척 신경을 쓰고 있다고 클라이드가 생각할까 봐 크게 염려가 되었다. 길버트가 보기에 식구들은 전혀 그렇지 않았다. 마지막으로 길버트는 어쨌든 누구에게든— 부친이든 그의 가족이든 회사 종업원들이든— 그다지 중요하지 않은 존재로 보이도록 그를 배치하고 쉽게 통제할 수 있다고 느끼고 있었다.

길버트는 책상 위에 있는 초인종에 손을 뻗쳐 그것을 눌렀다. 그러자 초록색 무명옷을 단정하게 차려입은 젊은 여자가 엄숙하고 차분한 표정으로 나타났다.

"위검 씨더러 좀 오라고 해요."

여자가 나가고 얼마 안 되어 중간 체구의 사내가 나타났다. 심리적으로 압박받고 있는 듯 초조해하는 조금 뚱뚱한 사내였다. 마흔쯤 되어 보였는데, 또 무슨 귀찮은 일이 생기지나 않았나 걱정하듯 억눌리고 의심쩍은 태도로 이리저리 주위를 둘러보았다. 클라이드가 금방 눈치챘지만, 그는 버릇처럼 고개를 앞쪽으로 수그리는 동시에 고개를 위쪽으로 들기 싫다는 듯 두 눈만을 쳐들고 있었다.

"위검 씨, 이 사람은 내 사촌인 클라이드 그리피스입니다. 언젠가 얘기한 적이 있죠."

"네, 그렇습니다."

"음, 당분간은 수축 부서의 일을 보도록 했어요. 그러니 작업

내용을 잘 가르쳐 주도록 해요. 그러고 나서 브레일리 부인더러 그가 있을 방을 안내해 주도록 말하는 게 좋겠소." 사실 이 이야기는 벌써 일주일 전에 길버트와 위검 사이에서 의논이 되어 결정된 일이지만, 그는 마치 방금 머리에 떠오른 생각을 말하는 듯한 태도를 취했다. "그리고 내일 아침부터 출근할 테니 출근부 명단에 이름을 올리도록 하시오. 알겠죠?"

"네, 알았습니다. 그뿐입니까?" 위검은 공손히 머리를 숙이며 물었다.

"네, 그게 전부입니다." 길버트가 재빨리 대답했다. "그럼 그리피스 씨, 위검 씨를 따라가 보세요. 당신이 해야 할 일을 설명해 줄 거요."

그러자 위검 씨가 클라이드 쪽으로 고개를 돌렸다. "그리피스 씨, 자, 저하고 같이 가시죠." 클라이드가 보기에 그는 공손하게 말했다. 그의 사촌은 생색을 내려는 기색이 역력했는데도 말이다. 클라이드는 위검 씨를 따라 방에서 나왔다. 길버트는 얼른 책상에서 하던 일로 돌아갔지만 동시에 머리를 가로저었다. 그 순간 그는 클라이드가 고작해야 대도시의 착실한 호텔 벨보이에 지나지 않는다고 내심 생각하고 있었다. 그렇지 않고서야 무엇 때문에 이런 식으로 이곳에 찾아왔겠는가? 그는 여전히 생각을 계속했다. '이곳에서 뭘 하겠다는 거야? 도대체 뭣이 되겠다는 거야?'

한편 클라이드는 위검 씨를 따라가면서 길버트 그리피스가 얼마나 멋진 지위를 누리고 있는지 생각하고 있었다. 틀림없이 기분 내키는 대로 늦게 출근하고 일찍 퇴근할 것이다. 또 이 흥미로운 도시의 호화로운 어느 저택에서 부모와 형제자매와 함께 살고 있을 것이다. 그런데 지금 자신의 모습은 어떤가? 길버트의 사촌이요, 부유한 큰아버지의 조카인 그는 이 큰 기업체의 아주 하찮은 말단 부서로 안내되어 가고 있었다.

그러나 일단 길버트 그리피스의 모습도 보이지 않고 그의 말소리도 들리지 않는 곳에 들어서자, 클라이드는 큰 공장의 모습과 소음 때문에 기분이 조금 나아졌다. 같은 층에 널찍한 사무소를 지나 좀 더 가니 한층 더 큰 방이 나타났다. 이 방에는 1.5미터가 넘는 넓은 통로를 바라보고 큰 통들이 줄지어 늘어서 있었는데, 클라이드가 보니 그 통 속에는 사이즈에 따라 작은 종이 상자에 넣은 엄청난 수량의 셔츠 칼라가 들어 있었다. 이 통에는 재고품 담당 청년들이 포장실에서 큰 나무 손수레로 운반해 온 칼라 상자들을 다시 채워 넣거나, 주문 전표 사본을 손에 들고 작은 손수레를 밀고 온 주문 담당 종업원들이 다시 재빠르게 비우고 있었다.

"그리피스 씨, 칼라 공장에서 일해 본 적은 없겠죠?" 일단 길버트 그리피스 앞에서 물러나자 조금 생기를 되찾은 위검 씨가 물었다. 클라이드는 즉시 그가 '그리피스 씨'라고 부르는 사실에 주목했다.

"아, 네, 이번이 처음입니다. 이런 데서 일해 본 적은 없어요." 그가 얼른 대답했다.

"그렇다면 차례차례 이 제조 공정을 익히고 싶으시겠죠." 그가 이렇게 말하면서 긴 통로를 민첩하게 걸어갔지만, 클라이드가 보기에 그는 교활한 눈초리로 주위를 살피고 있었다.

"네, 그렇게 하고 싶습니다만." 그가 대답했다.

"이런 공장에선 배울 게 별로 없다는 말을 가끔 합니다만, 몇몇 사람이 생각하는 것보다는 조금 어려운 일도 있습니다." 그는 또 다른 문을 열고 컴컴하고 넓은 복도를 지나 또다시 아까와 같은 통이 쭉 늘어선 방으로 들어갔다. 통마다 하얀 천이 필(疋)로 산더미처럼 높다랗게 쌓여 있었다.

"수축 작업실에서 일을 시작하신다니 이쪽 일도 좀 알아 두는 게 좋을 듯합니다. 이것들이 칼라와 안감의 원자재입니다. 원단이라고 부르죠. 이렇게 둘둘 말려 있는 게 원단 한 필입니다. 이대로는 사용할 수 없어 원단을 지하실로 갖고 가서 수축시킵니다. 그렇게 수축시키면 칼라가 재단을 한 뒤에도 줄어들지 않죠. 이제 보시겠지만, 이것을 물통에 담갔다가 말립니다."

위검 씨는 엄숙한 걸음걸이로 계속 걸어 나갔고, 클라이드는 이 사내가 자기를 일반 종업원들과 다르게 보고 있다는 사실을 다시 한 번 느꼈다. '그리피스 씨'라는 호칭을 사용한다든지, 클라이드가 이 공장의 제조 공정을 모두 익혀야 한다고 생각한다든지, 원단을 설명하면서 정중한 태도를 보이는 것을 보면 클라이드에게 적어도 조금이라도 경의를 표해야 하는 대상으로 생각하고 있는 것만은 확실했다.

클라이드는 위검 씨의 태도가 무엇을 의미하는지 호기심을 품고 그의 뒤를 따라갔다. 다음 세 번째의 홀 끝에 있는 계단을 내려가자 널찍한 지하실이 나타났다. 네 줄로 쭉 늘어서 있는 백열등의 불빛에 보니 한쪽 벽에서 다른 쪽 벽까지 사기로 만든 수조(水槽)가 세로로 몇 줄씩이나 놓여 있었다. 수증기가 날 만큼 뜨거운 물이 들어 있는 이 수조에는 방금 위층에서 본 것과 똑같은 원단이 많이 담겨 있었다. 그리고 통 바로 근처 남쪽과 북쪽에, 또 그것과 평행으로 방 한쪽 끝에서부터 다른 쪽 끝까지 45미터 넘는 길이의 엄청나게 큰 건조대, 즉 상자 모양의 움직이는 플랫폼이 늘어서 있었다. 그 건조대 상하좌우로 온통 뜨거운 증기 파이프가 설치되어 있고, 그 사이에 두루마리 형태지만 상하좌우로 파이프의 열기를 받도록 연결되어 더 많은 원단이 놓여 있었다. 이 원단들은 젖은 상태로 펼쳐져 두루마리 형태로 서서히 방의 동쪽 끝에서 서쪽 끝으로 이동하고 있었다. 원단은 움직이면서 요란한 소리를 내고 있었다. 그 소리는 길게 펴진 원단을 자동으로 흔들면서 동쪽에서 서쪽으로 이동시키고 있는 톱니바퀴 장식에서 나오고 있었다. 이렇게 운반되는 동안 원단은 건조되어 자동으로 건조대 서쪽 끝에서 나무 실패에 다시 한 번 필로 감겼고, 한 젊은이가 그것을 들어내고 있었다. 이 청년이 하는 일은 건조대에서 그것을 '들어 올리는' 것이었다. 클라이드가 보니 한 젊은이가 서쪽 끝에서 두 대의 건조대에서 원단을 '들어 올리고' 있고, 동쪽 끝에서는 자신 나이 또래의 젊은이가 건조대에 원단을 '걸고' 있었다. 다시 말해서 부분적으로 수축은 되었어도 아직 젖은 원단의 한쪽 끝을 이동식 고리에 걸어 그것이 천천히 제대로 풀리면서 건조대 위에 자동으로 잘 들어가는지 모든 과정을 지켜보고 있었다. 원단 한 필이 모두 건조 과정을 거치고 나면 곧 이어 다른 원단 한 필을 건조 대에 걸었다.

방 한복판에는 두 줄로 늘어선 수조 사이로 원심 분리 방식의 거대한 건조기인지 탈수기인지 하는 것이 몇 대 보였다. 24시간 수조에 담겨 수축한 원단을 이 건조기에 넣어 건조대에 보내기 전에 원심 분리 방식으로 될수록 많은 수분을 제거하고 있었다.

클라이드는 겨우 이 방의 표피인 작업에 대해 이해할 수 있을 뿐이었다. 즉, 소음과 열기, 증기, 열두서 명의 종업원이 여러 공정에서 열심히 일손을 놀리고 있는 것을 파악할 정도였다. 종업원들은 하나같이 소매 없는 셔츠와 허리에 벨트를 두른 낡은 바지를 입고 맨발에 고무창을 댄 운동화를 신고 있었다. 방에는 물과 습기와 열이 많아 어쩔 수 없이 그런 옷차림을 할 수밖에 없을 것 같았다.

"이곳이 천을 수축하는 작업실입니다." 두 사람이 방으로 들어서자 위검 씨가 설명했다. "다른 분야 일과 비교하면 그리 편한 일은 아닙니다만, 바로 제조 공정이 시작하는 곳이죠. 어이, 케머러!" 하고 그가 갑자기 소리를 질렀다.

그러자 키가 작고 가슴이 딱 벌어진 뚱뚱한 사내 하나가 나타났다. 주름투성이의 더러운 바지에 소매 없는 플란넬 셔츠 차림으로 팔심은 세어 보였지만 얼굴은 창백하고 둥그스름해 보였다. 위검이 길버트 앞에 서 있었을 때와 마찬가지로 그 사내도 위검 앞에 위축된 상태로 서 있었다.

"이분은 길버트 그리피스 전무님의 사촌 동생인 클라이드 그리피스라는 분일세. 지난주에 자네에게 말한 거 기억나지?"

"네, 기억납니다."

"이 지하실 일부터 시작하실 걸세. 내일 아침부터 출근하실 거야."

"네, 알겠습니다."

"그러니 출근부 명단에 이분의 이름을 올려놓게. 정시부터 일을 시작하실 거야."

"네, 알겠습니다."

클라이드가 보기에 위검 씨는 지금까지보다 머리를 좀 더 높이 쳐들고 훨씬 권위 있게 똑바로 말했다. 이제 그는 하급 종업원이 아니라 이 회사의 주인 같았다.

"이 공장의 출근 시간은 아침 일곱 시 반으로 되어 있습니다. 하지만 그보다는 조금 더 일찍 출근합니다. 일곱 시 20분경에 출근해 옷을 갈아입고, 기계가 있는 곳에 가 있죠." 위검 씨가 클라이드에게 자세하게 설명했다.

"원하신다면 오늘 가시기 전에 케머러 씨한테 내일 할 일에 관해 미리 설명을 들어 두는 게 좋을 듯합니다. 그렇게 되면 시간을 좀 절약할 수 있을 것 같습니다. 물론 원하신다면 내일로 미뤄도 좋습니다. 저로선 아무래도 좋습니다. 다섯 시 반경에 정문의 교환원한테 다시 오시면 브레일리 부인을 그곳에 대기시켜 두겠습니다. 그분이 머물 곳을 안내해 드릴 겁니다. 저는 그곳에 없겠지만 교환원한테 브레일리 부인을 불러 달라고 하십시오. 교환원이 알아서 할 겁니다." 그는 몸을 돌리더니 한마디 덧붙였다. "자, 그럼 저는 이만 실례하겠습니다."

가볍게 머리를 숙이고 자리를 떠나는 위검을 보고 클라이드가 말했다. "아, 여러모로 고마웠습니다, 위검 씨." 그는 그 인사에 대답하는 대신 수상쩍은 손을 살짝 쳐들어 보이고는 그대로 통 사이를 지나 서쪽 문 쪽으로 걸어 나갔다. 그러자 즉시케머러 씨가 아직도 초조하고 벌벌 떠는 태도로 그에게 말을 건넸다.

"아, 그리피스 씨, 내일 일은 별로 걱정할 필요 없습니다. 내일은 우선 위층에 있는 원단을 아래로 내려오기만 하면 되니까요. 헌옷이 있으면 그걸 입고 오시는 게 좋을 듯합니다. 지금 입고있는 옷은 이곳에선 오래가지 못하죠." 그는 비싼 것은 아니지만 말쑥한 클라이드의 옷을 야릇한 눈초리로 바라보았다. 그의태도는 클라이드 앞에서 위검 씨가 그랬던 것처럼 의구심과 권위가 아주 조금 뒤섞인 것이었다. 즉, 극단적인 경의와 개인적인 의혹이 약간 뒤섞인 것으로 시간이 지나야만 해소할 수 있을것 같았다. 어쨌든 비록 그가 전무의 조카요, 권세 있는 친척들한테 제대로 환영을 받지 못한다고 할지라도 그리피스 가문 사람이라는 신분은 이곳에서는 대단한 것이 틀림없었다.

이 공장에 기대를 걸었던 만큼 클라이드는 처음에는 혐오를 느꼈다. 그가 이곳에서 만난 젊은이들과 좀 더 나이 먹은 사람들은 얼핏 보기에도 그가 만날 것으로 기대했던 부류의 사람들보다 꽤 수준이 낮았다. 이곳 종업원들은 유니언리그 호텔이나 그린데이비슨 호텔에 근무하던 사람들처럼 그렇게 똑똑하지도 않았고 기민하지도 않았다. 설상가상으로 이곳 종업원들은 기가 죽어 있고 교활하고 무식해서, 말하자면 한낱 시계 장치에 지나지 않았다. 클라이드가 위검 씨와 함께 안으로 들어갔을 때 그들은 두 사람 쪽을 보지 않는 척하면서도 실제로는 무슨 일이 일어나고 있는지 모든 것을 알아차리고 있은 것 같았다. 사실 위검 씨와 그는 그들이 비밀리에 주시하는 대상이 되어 있었다. 동시에 종업원들의 허술한 복장을 보는 순간, 이곳의 일이 세련된 일일 것이라는 그의 기대는 산산조각이 나고 말았다. 그는 훈련받은 것이 없어서 위층에서 사무 일이나 그런 비슷한 일을 할 수 없게 된 자신이 한없이 원망스러울 뿐이었다.

케머러는 클라이드와 함께 걸으면서 이것은 밤새 원단을 물에 담가 두는 수조라느니, 이것은 원심 분리식 건조기라느니, 또 이것은 건조대라느니 하고 설명했다. 그러고 나서 클라이드는 이제 가도 좋다는 말을 들었다. 그때 시간은 겨우 세 시밖에는 되지 않았다.

클라이드는 가장 가까운 문을 통해 공장 밖으로 나왔다. 일단 밖으로 나오자 이런 큰 공장에서 일하게 된 것이 새삼 기쁘게 느껴지면서 케머러 씨나 위검 씨 마음에 들게 일할 수 있을까, 하고 생각했다. 만약 그 사람들 마음에 들지 않는다면 어떻게 될까? 아니면 그 자신이 이 모든 일을 견딜 수 없다면? 그렇다면 그것은 꽤 큰 문제였다. 글쎄, 최악의 경우에는 시카고로 돌아가거나 뉴욕*으로 가서 일자리를 구할 수도 있을 것이다.

그러나 새뮤얼 그리피스는 왜 그를 직접 반갑게 만나 주지 않는 것일까? 길버트 그리피스는 왜 그렇게 냉소적인 미소를 지어 보였을까? 또 브레일리 부인은 어떤 사람일까? 그가 이곳에 온 것이 과연 잘한 일일까? 이곳에 온 이상 큰아버지 가족은 그를 위해 무엇인지 해 주려고 할까?

이런 생각을 하면서 클라이드는 다른 공장들이 서 있는 리버 거리를 따라 서쪽으로 어슬렁어슬렁 걷다가 북쪽으로 양철 그릇 공장, 고리버들 제품 공장, 큰 카펫 진공청소기 공장, 융단 제조 공장 등 더 많은 공장이 서 있는 다른 거리를 따라 걷다 보니 어느새 비참한 빈민가에 이르렀다. 비록 규모는 작지만 이런 빈민가는 시카고나 캔자스시티를 벗어나서는 본 적이 없었다. 한마디로 사회적 불행을 의미하는 이곳의 가난과 사회적 불균형과 조야함에 너무 짜증이 나고 낙담하여 그는 즉시 발길을 돌렸다. 멀리 서쪽 다리로 모호크강을 다시 건너가자 아주 다른 지역이 나타났다. 공장을 향해 출발하기 전에 그가 감탄해 마지않으면서 바라본 그런 저택들이 서 있는 또 다른 지역이었다. 여전히 남쪽으로 좀 더 걸어가자 아까 본 것과 똑같은 가로수가 늘어선 널찍하고 큰길이 나타났다. 겉모습만 보아도 라이커거스 중심 주택가 거리라는 것을 금방 알 수 있었다. 매우 넓고 포장이 잘된 이 거리에는 사람들의 눈을 끄는 주택들이 죽 늘어서 있었다. 즉시 그는 이 거리에 사는 주민들에 대해 호기심이 생겼다. 어쩌면 그의 큰아버지 새뮤얼이 이 거리에 살지도 모른다는 생각이 곧 떠올랐기 때문이다. 잘은 몰라도 이 저택들은 대부분

지난 시대의 프랑스, 이탈리아, 영국의 건축 양식을 훌륭하게
흉내 내어 지은 것들이었다.

그 저택들의 아름다움과 큰 규모에 압도되어 클라이드는 길
거리를 걸으며 이 집 저 집을 바라다보았다. 만약 큰아버지의
집이 이 근처에 있다면 과연 어떤 집일까, 하고 생각해 보았다.
또 이토록 엄청난 돈의 위력에 깊은 감명을 받기도 했다. 매일
아침 이런 저택에서 출근하는 그의 사촌 길버트는 얼마나 득의
만만하고 우월감에 차 있을까?

그러다가 클라이드는 어느 저택 앞에서 걸음을 멈췄다. 나무
와 보도, 꽃은 떨어졌지만 새로 손질한 정원, 뒤쪽의 큰 차고, 집
왼쪽으로 한가운데에 두 손으로 백조를 안고 있는 소년의 조상
(彫像)이 있는 분수, 집 오른쪽으로 사냥개들에게 쫓기는 수사
슴을 새긴 철제 조각'들에 이끌려 그는 발길을 멈췄다. 그는 옛
날 영국식 건축 양식을 개조한 이 집의 위풍당당한 모습에 매
료되어 감탄했다. 그래서 마침 길을 지나가던 노동자처럼 보
이는 초라한 중년 남자에게 물어보았다. "아저씨, 이 집은 어
떤 분의 저택입니까?" 그러자 사내가 대답했다. "아, 새뮤얼 그
리피스 씨 저택입니다. 강 건너 쪽에 큰 셔츠 칼라 공장이 있는
분 말이죠."

그러자 클라이드는 갑자기 찬물을 맞기라도 한 듯 몸을 쭉 폈
다. 이 집이 큰아버지의 저택이란 말인가! 바로 이곳에 사신다
고! 그렇다면 뒤뜰 차고 앞에 서 있는 저 승용차도 큰아버지의
차일 테지. 차고의 열린 문을 통해서도 그 안에 있는 자동차가

한 대 보였다.

정신적으로 아직 발달하지 않은 미숙한 그의 마음에 갑자기 장미꽃과 향기로운 냄새와 밝은 빛과 달콤한 음악이 한데 뒤엉켜 빚어낸 감정이 용솟음쳤다. 이 아름다움! 이 편안함! 그의 식구 중 누가 그의 큰아버지가 이렇게 살고 있으리라고 어디 상상이나 할 수 있었으랴? 이 화려함! 그런데 그의 부모는 캔자스시티와 덴버의 길거리에서 설교하면서 너무나 비참하고 가난하게 살고 있었다. 겨우 한다는 일이 전도 사업이라니! 그런데 큰아버지 가족 중에서 지금껏 자기를 만나 준 것은 그 냉정한 사촌한 사람뿐이었다. 그마저 공장에서 만나 주었고, 또 무관심하게 그에게 보잘것없는 일자리를 배정해 주었을 뿐이었다. 그래도 클라이드는 하늘을 날 듯 기분이 좋았다. 어쨌든 그는 그리피스가문 사람인 데다 이 저택에서 사는 두 명사의 사촌이자 조카이며, 적어도 그 두 사람을 위해 무슨 일이든 하게 된 것이 아닌가? 그렇다면 그에게도 지금까지 살아온 것보다 좀 더 나은 미래가 보장된 것이 아니겠는가? 이곳에 사는 그리피스 집안사람들과 이를테면 캔자스시티인지 덴버인지에서 사는 그리피스 집안사람들을 비교해 보라. 그야말로 하늘과 땅만큼의 차이가 아닌가! 어떻게 해서라도 숨겨야 할 사항이었다. 이와 동시에 클라이드는 즉시 또다시 기가 죽었다. 만약 이곳에 사는 그리피스 집안사람들— 그의 큰아버지나 사촌이나 그들의 친구나 대리인 말이다—이 그의 부모와 그의 과거를 조사한다면 어떻게 될 것인가? 맙소사! 캔자스시티에서 어린 여자아이를 자동차로 치어 죽인 사건! 하루하루 입에 풀칠하면서 살아가는 그의 부모의 삶! 에스터! 이런 일에 생각이 미치자 금방 그의 얼굴이 어두워지면서 그의 꿈이 산산조각 났다. 만약 그들이 이런 것들을 추측한다면! 만약 그들이 눈치챈다면 어떻게 될까!

아, 빌어먹을! 도대체 그는 누구란 말인가? 정말이지 어떤 존재란 말인가? 만약 큰아버지네 식구들이 그가 굳이 이곳에 온 이유를 일단 알아차린다면 그가 이렇게 화려한 세계에서 무슨 희망을 품을 수 있단 말인가?

클라이드는 조금 메스껍고 마음이 울적해져 발길을 돌려 오던 길로 되돌아갔다. 갑자기 자신이 너무 초라하게 느껴졌던 것이다.

제6장

클라이드가 브레일리 부인의 주선으로 바로 그날 들어간 방은 소프 거리에 있었다. 그의 큰아버지가 사는 지역과는 그리 멀리 떨어져 있지 않았지만, 질적으로는 엄청난 차이가 있는 거리였다. 그는 결국 자신이 큰아버지의 조카라고 점차 생각하고 있었는데, 이런 마음에 찬물을 끼얹을 만한 차이였다. 이 거리에 있는 집들은 갈색이나 회색 또는 황갈색의 평범한 집들로 연기에 그을려 있거나 낡은 것들이었다. 집 앞에는 겨울 추위에 시달려 잎이 떨어진 앙상한 나무들이 연기와 먼지를 뒤집어쓰고 서 있었지만 다가올 5월의 신록과 꽃 같은 새로운 삶을 기약하는 것 같았다. 그러나 클라이드는 브레일리 부인과 함께 이 거리로 걸어 들어갔을 때 우중충하고 평범한 옷차림을 한 사내들과 젊은 여자들, 그리고 어딘지 브레일리 부인과 닮아 보이는 노처녀들이 강 건너 공장에서 집으로 돌아가고 있었다. 짙은 갈색 옷에 깨끗한 무명 앞치마를 두른 그다지 세련되지 않은 여자가 문에서 나와 브레일리 부인과 클라이드를 맞았다. 그 여자는 두 사람을 2층으로 안내했다. 방은 그다지 작거나 불편할 만큼 가구가 딸려 있지 않은 것은 아니었다. 식사를 하지 않으면 일주일에 4달러, 식사를 하면 7달러 50센트라고 했다. 이 지역에서 이만한 가격으로 얻기 힘들다는 브레일리 부인의 충고에 따라 그는 방을 얻기로 했다. 브레일리 부인에게 고맙다는 인사를 하고 돌려보낸 뒤 그는 자기 혼자 방에 남았다. 그러고 난 뒤 상점 점원과 공장 종업원 몇 사람과 한 자리에서 저녁 식사를 했다. 클라이드가 시카고에 있을 때 유니언리그 클럽의 좀 더 나은 분위기로 옮기기 전 폴리나 거리에서 어느 정도 익숙해 있던 그런 부류의 사람들이었다. 저녁 식사를 하고 나서 클라이드는 라이커거스의 중심가로 나갔다. 대낮에 보았을 때의 광경으로 미뤄 본다면, 밤이 되어 이처럼 몰골이 말이 아닌 공장 종업원들이 들끓고 있으리라고는 꿈에도 생각지 못했다. 마음이 우둔하거나 몸이 무디거나, 취향이나 민첩함이나 대범함 같은 것을 별로 찾아볼 수 없는 미국인들, 폴란드인들, 헝가리인들, 프랑스인들, 영국인들 등 여러 국적과 여러 유형의 남녀노소들로 붐비고 있었다. 그들 전부는 아니더라도 그중 대부분은 이상야릇한 분위기를 풍겼다. 그들은 하나같이 바로 그날 오후 공장 지하실에서 본 사람과 비슷했다. 그러나 와이키지 애비뷰에 가까운 거리와 상점에는 옷차림이 단정하고 민첩한 것으로 보아 강 건너 여러 회사에서 사무를 보고 있는 게 틀림없는 좀 더 세련된 젊은 남녀들의 모습이 보였다.

클라이드는 여덟 시부터 열 시까지 거리를 이리저리 걸어 돌아다녔다. 그런데 열 시가 되자 번화가에 있던 군중은 마치 약속이라도 한 것처럼 갑자기 사라지면서 길거리가 텅 비다시피하고 말았다. 그는 줄곧 이 거리를 시카고나 캔자스시티와 비교해 보고 있었다. 만약 래터러가 지금의 그와 큰아버지의 저택과 공장을 본다면 어떻게 생각할까? 규모가 작아서 그는 이 도시가 마음에 들었다. 깨끗하고 밝은 데다 이 소도시의 활발한 중심이 되는 라이커거스 호텔처럼 말이다. 우체국과 아름다운 첨탑이 있는 교회며, 그 뒤편에 있는 흥미롭게 생긴 고색창연한 묘지며, 바로 옆에 있는 조그마한 자동차 판매 대리점처럼 말이다. 옆 골목 모퉁이에는 새로 지은 영화관이 있었다. 거리를 걷고 있는 남녀노소 중에는 서로 시시덕거리며 희롱하는 젊은이들도 클라이드의 눈에 띄었다. 그리고 어딘지 모르게 그런 모습 위로 온갖 희망과 정열과 젊음─ 이 세계 어디에서나 모든 창조적 에너지의 밑바탕에 깔린 희망과 열정과 청춘이 감돌고 있는 것 같았다. 소프 거리의 하숙으로 돌아가면서 그는 이곳이 마음에 들고 이곳에 머물러야겠다고 결론을 내렸다. 이 멋진 와이키지 애비뉴! 큰아버지의 큰 공장! 그가 길에서 보았던, 바쁘게 길을 오가는 예쁘고 정열이 넘치는 저 수많은 젊은 아가씨들!

한편 길버트 그리피스로 말하자면, 그는 아버지가 뉴욕 출장으로 집에 없었기 때문에(클라이드는 이 사실을 알 수 없었고 길버트가 구태여 그에게 알려주지도 않았다) 그날 클라이드를 만났다는 이야기를 어머니와 누이동생들에게 했다. 그는 클라이드가 아주 우둔한 친구는 아닐지 모르지만 이 세상에서 그렇게 흥미를 끌 만한 인물은 분명히 아니라고 말했다. 길버트는 클라이드를 만난 그날 다섯 시 반에 집에 돌아오면서 제일 먼저 만난 마이라에게 말했다. "있잖아, 시카고에서 온다는 그 사촌 말이야 오늘 갑자기 나타났지 뭐야."

"아, 정말! 어떻게 생겼어?" 마이라가 물었다. 그녀는 라이커거스의 공장 생활과 아버지의 회사 같은 데서 일하는 사람들의 앞길이 어떤 것인지 잘 알고 있던 터라 클라이드가 왜 굳이 이런 시골 도시로 왔을까 하고 이상하게 생각했다. 게다가 아버지가 그를 지적인 젊은 신사라고 묘사했기 때문에 그에게 꽤 흥미를 느끼고 있었다.

"글쎄, 그리 대단해 보이지는 않더라." 길버트가 대답했다. "영리해 보이는 편이고 생김새도 괜찮지만, 어떤 직업 교육도 전혀 받지 않은 거야. 호텔에서 일하는 젊은이들과 다를 바 없지 뭐. 녀석은 옷이 날개라고 생각하는 것 같아. 옅은 갈색 양복에 갈색 넥타이, 그것에 어울리는 모자를 쓰고 구두까지 모두 갈색이더라. 넥타이는 지나치게 화려한 데다 3, 4년 전에 이미 유행했던 밝은 분홍색 줄무늬 와이셔츠를 입고 있더군. 게다가 옷은 재단이 엉망이었어. 방금 왔는데 이러쿵저러쿵 떠들고 싶지는 않구나. 이곳에서 끝까지 버텨 낼지 어떨지도 잘 알 수 없는 노릇이고. 하지만 만약 계속 눌러 앉아서 우리 친척 행세를

하려면 좀 더 품위 있게 구는 게 좋을 거야. 그렇지 않으면 '주지
사"더러 몇 마디 단단히 주의를 주라고 부탁할 수밖에 없지. 그
것 말고는, 얼마 동안 어느 부서에서 감독이나 뭐 그런 일을 할
수 있을 테지. 나중에 세일즈맨으로 일하게 될지도 모르고 말이
야. 하지만 그런 일 하려고 이곳까지 오다니 알다가도 모를 일
이야. 귀재니 뭐니 하는 그런 사람이라면 몰라도 이곳에서 일하
는 사람에게는 별로 성공할 기회가 없다는 말을 '주지사'가 분
명하게 말씀하시지 않은 것 같아."

길버트는 큼직한 벽난로에 등을 기대고 서 있었다.

"아, 있잖아. 며칠 전 엄마가 그 사촌의 아버지에 관해 얘기
하셨잖아. 엄마 생각으로는, 그 사촌이 한 번도 어떤 식으로든
재능을 펼쳐 볼 기회가 없었다고 아빠가 생각하고 계신 것 같
대. 그러니까 그 사촌을 공장에 계속 두든, 두지 않든 아빠는
뭣인가 해 주실 모양 같던데. 엄마 말로는, 할아버지가 사촌의
아버지를 제대로 대접해 주지 않았다고 아빠는 느끼고 계신다
는 거야."

마이라는 여기서 말을 중단했다. 어머니에게서 전에 똑같은
암시를 들은 적이 있는 길버트는 그 말이 내포하고 있는 의미를
애서 무시해 버리기로 했다.

"아, 그런 건 내가 알 바 아니지." 그가 말을 이었다. "'주지사'
가 그 친구가 아주 쓸모없는 작자여도 회사에 그대로 붙잡아 둘
작정이라면 그건 그분이 알아서 하실 일이야. 다만 그분은 어느
부서든지 능률을 중시하고 불필요한 종업원을 줄여야 한다고

늘 말씀하시거든."

길버트는 그 뒤 어머니와 벨라를 만나서도 이와 똑같은 소식을 전하고 똑같은 의견을 말했다. 그러자 그리피스 부인은 한숨을 내쉬었다. 라이커거스 같은 곳에서 유지 행세를 하고 있는 그들로서는 자신들의 친척이라면 모든 면에서 신중하고 몸가짐과 취향과 사리 판단에서도 조심성이 있어야 한다고 생각하기 때문이었다. 이런 모든 것을 갖추지 못한 사람을 불러들인 남편의 태도는 현명하지 못한 것 같았다.

한편 벨라는 오빠가 클라이드를 묘사하는 말이 곧이들리지 않았다. 그녀는 클라이드에 대해서는 잘 몰랐지만 길버트 오빠에 대해서는 너무 잘 알고 있었다. 그녀가 아는 한, 오빠는 이런저런 사람이 거의 모든 면에서 부족하다고 너무 쉽게 판단해 버리는 경향이 있었다. 실제로는 그렇지도 않은데 말이다.

"아, 있잖아. 만약 아빠가 원하신다면 사촌을 우리 회사에 데리고 있거나, 아니면 그에게 뭔가 해 주실 거야." 저녁 식사 때 길버트가 클라이드의 이상한 점을 더 들춰내자 벨라가 마침내 입을 열었다. 그러자 길버트는 속으로 움찔했다. 그 말은 아버지 밑에서 공장에서 누리고 있는 자신의 권위에 직접적인 도전이 되기 때문이었다. 그리고 그는 그 권위를 모든 면에 더욱더 늘려 가는 데 열중하고 있다는 사실을 누이동생은 잘 알고 있었다.

한편 이튿날 아침 클라이드가 공장에 나가자 그의 이름 때문인지 얼굴 때문인지 또는 어쩌면 그 양쪽 모두 때문인지 모르겠지만— 그는 길버트 그리피스 씨와 닮은 데가 많았다—지금으로서는 무엇인지 이해할 수 없지만, 이상하게도 모든 일이 자신에게 유리하게 돌아가는 것 같았다. 1번 출입구로 이르자 그곳에서 경비를 서던 수위가 깜짝 놀란 표정을 지었다.

"아, 클라이드 그리피스 씨죠? 케머러 씨 밑에서 일하시게 됐죠? 네, 알고 있습니다. 저기 저 사람이 출근부 열쇠를 내줄 겁니다." 그는 몸집이 땅딸막한 노인을 가리켰다. 클라이드가 나중에 알게 되었지만, 사람들은 그 노인을 '제프 노인'으로 부르고 있었다. 그 노인은 근무 시간을 기록하는 시계 담당자로 같은 복도의 한쪽 끝 스탠드 앞에 서서 7시 30분에서 7시 40분 사이에 종업원들에게 모든 열쇠를 내주고 다시 받는 일을 맡고 있었다.

클라이드는 노인에게로 다가가 말했다. "클라이드 그리피스라고 합니다. 지하실에서 케머러 씨 밑에서 일하게 됐습니다." 이 말을 듣더니 노인 역시 깜짝 놀란 표정을 짓고 나서 대답했다. "네, 잘 알고 있습니다. 알고말고요. 여기 있습니다, 그리피스 씨. 어제 케머러 씨한테서 들어 알고 있었습니다. 번호는 71번이 되겠습니다. 듀비니 씨가 사용하던 열쇠를 드리겠습니다." 클라이드가 계단을 따라 지하 수축실로 내려갈 때 노인이 가까이 다가온 수위에게 큰 소리로 말했다. "어이, 저 젊은이는 길버트 그리피스 씨를 꼭 빼닮았군그래. 형제나 사촌, 뭐 그런 사이인가?"

"난들 어떻게 알겠습니까?" 수위가 대꾸했다. "나도 처음 보는 사람이에요. 어쨌든 친척인 것만은 틀림없어요. 맨 처음 봤을 때 길버트 전무님인 줄로 착각했으니까요. 하마터면 모자를 벗고 인사를 할 뻔했거든요."

클라이드가 수축실로 들어가자 어제와 마찬가지로 케머러가 공손하면서도 모호한 태도로 그를 맞았다. 케머러는 위검과 마찬가지로 클라이드가 이 회사에서 어떤 지위인지 판단을 내릴 수 없었기 때문이다. 전날 위검이 케머러에게 알려 준 바에 따르면, 길버트 전무는 클라이드에게 특별히 쉬운 일을 시키라거나, 아니면 어려운 일을 맡기라고도 말한 적이 전혀 없었다. 오히려 이와는 반대로 길버트 전무는 이렇게 말했다. "근무 시간이나 작업에서 다른 종업원들과 똑같이 취급하도록 하게. 아무런 차별을 하지 말란 말이야." 그러나 클라이드를 처음 소개할 때는 또 이렇게 말했다. "이분은 내 사촌으로 이제부터 앞으로 이 공장 일을 배우게 될 걸세." 이 말은 클라이드가 이 부서에서 저 부서로 이동하면서 점차 공장의 모든 공정을 익히게 될 것이라는 의미로 들렸다.

그런 까닭에 클라이드가 돌아간 뒤 위검은 케머러와 다른 사람들에게 어쩌면 클라이드는 사장의 총애를 받는 사람이 될지도 모르니 적어도 이곳에서 그의 지위가 확실해질 때까지는 모두 '처신을 조심하도록' 하라고 귀띔해 주었다. 클라이드는 곧 그것을 눈치채고는 속으로 기뻤다. 길버트가 어떻게 생각하고 어떻게 할 작정이든 이 사실 자체로도 큰아버지가 그에게 상당한 호의를 갖고 그에게 무슨 좋은 지위를 주고 싶어 한다는 것만은 쉽게 알 수 있었기 때문이다. 그래서 케머러가 그에게 일이 그리 어렵지 않고 당분간은 할 일도 별로 없다고 설명했을 때 그는 그 말을 조금 생색내는 태도로 받아들였다. 그러자 케머러는 한층 더 정중한 태도를 취했다.

"모자와 웃옷은 저기 사물함 속에 넣어 주십쇼." 케머러가 환심을 사려는 듯 상냥한 목소리로 말했다. "그러고 나서 이 운반차를 2층으로 끌고 가서 원단을 아래로 날라다 주십시오. 거기 가면 원단이 어디 있는지 가르쳐 줄 겁니다."

그 후 며칠 동안 클라이드의 생활은 흥미로우면서도 힘들었다. 무엇보다도 먼저 그가 놓여 있는 특수한 사회와 작업 분위기가 때로는 어색하고 당황스러웠다. 첫째로 그가 공장에서 직접 접촉하게 된 사람들은 평소 그가 친구로 삼을 수 있는 그런 부류의 사람들이 아니었다. 호텔 벨보이들이나 운전기사들 또는 사무원들보다도 훨씬 더 사회 계층이 낮은 사람들이었다. 그가 보기에는 누구 할 것 없이 모두가 정신적으로나 육체적으로 짐승처럼 둔하고 미련한 사람들이었다. 그들은 최하층 노동자들이나 입는 옷을 입고 있었다. 노동과 힘겨운 물질적 삶밖에는 몰라 옷차림 따위에는 별로 신경을 쓰지 않는 노동자들이 입는 그런 옷 말이다. 게다가 클라이드가 어떠한 인간인지 모르거나, 이제부터 그가 이 공장에서 일하는 것이 그들의 개별적인 지위에 어떠한 영향을 주게 될지 잘 몰라 그들은 의구심과 불신을 품고 있었다.

그러나 한두 주일쯤 지난 뒤 클라이드가 사장의 조카이고 전무의 사촌으로 이런 천한 일을 오랫동안 하고 있을 리 없다는 것을 알게 되자, 그들은 태도가 훨씬 부드러워졌지만 오히려 굴욕감 때문에 다른 의미에서 그를 시기하고 의혹의 눈을 보내는 경향이 있었다. 결국 클라이드는 그들에 속해 있는 일원이 아니었으며, 또 그런 상황에서는 일원이 될 수도 없었다. 클라이드가 그들에게 미소를 짓고 공손하게 대할 수 있을지도 모르지만, 결국 그가 늘 접촉하는 사람들은 노동자들의 윗사람들이 아니겠는가? 적어도 그들은 그렇게 생각하고 있었다. 그들이 보기에 그는 어디까지나 부유하고 특권층에 속한 사람일 뿐이고, 가난한 사람들이라면 하나같이 그것이 무엇을 의미하는지 잘 알고 있었다. 가난한 사람들은 어디에서나 서로 똘똘 뭉쳐야 했다.

클라이드는 클라이드대로 처음 며칠 동안은 그들과 함께 지하실에서 점심을 먹으면서 그에게는 그렇게 따분하고 재미도 없는 일에 그들이 무척 비상한 흥미를 느끼고 있다는 사실을 의아하게 생각했다. 가령 아래층으로 운반해 오는 원단의 질이라든지, 무게와 짜임새에서 사소한 결함이라든지, 마지막 원단 스무 필은 그 전의 열여섯 필과 비교하면 수축이 덜 되었다든지 하는 화제였다. 또 크랜스턴 고리버들 회사에서는 지난달보다 종업원을 감원할 것이라든지, 앤터니 목공품 회사에서는 작년 5월 중순부터 토요일을 반공휴일로 정하고 있었지만, 올해는 6월 1일부터 그렇게 할 것 같다든지 하는 이야기였다. 그들은 이렇게 단조롭고 따분한 일과밖에는 생각할 것이 없는 듯했다.

그래서 클라이드는 자연히 과거의 즐거웠던 추억을 회상하게 되었다. 시카고나 캔자스시티로 돌아가고 싶은 생각이 들 때도 가끔 있었다. 래터러, 헤글런드, 힉비, 루이즈 래터러, 래리 도일, 스콰이어스 씨, 호튼스 등 그가 철없이 함께 어울려 다니던 그들을 모두 떠올리면서 지금쯤 무엇을 하고 지내고 있을지, 호튼스는 어떻게 되었을지 궁금했다. 결국 그녀는 그 모피 코트를 수중에 넣었다. 그토록 자기를 좋아한다고 단언하던 그녀였지만 결국 모피 코트를 사 준 것 같은 그 시거 매점 점원과 함께 캔자스시티를 떠난 모양이었다. 그 여우 같은 년! 더구나 그한테서 돈을 우려먹을 대로 우려먹고 나서 말이다. 일만 그렇게 되지 않았더라면 그 여자와 어떻게 됐을지도 몰랐다. 그 생각만 해도 그만 속이 메스꺼워질 때가 있었다. 지금은 어떤 남자에게 꼬리를 치고 있을까? 캔자스시티를 떠난 뒤 어떻게 살고 있을까? 그녀가 지금 여기서 그를 만나게 된다면, 지금 그에게 부유한 친척이 있다는 사실을 알게 된다면 그녀는 어떻게 생각할까? 아, 저런! 그녀의 생각이 조금 달라질 테지. 그러나 그녀는 지금의 그의 위치에 대해서는 별로 대수롭지 않게 생각할지도 모른다. 그것은 당연했다. 그러나 그녀가 큰아버지와 사촌, 이 공장, 그리고 그들의 저택을 본다면 훨씬 더 존경의 눈으로 그를 바라볼 것이다. 그에게 좀 더 나긋나긋하게 굴 게 분명했다. 만약 그녀를 우연히 다시 만나게 된다면 본때를 보여 주고 싶었다. 물론 그러면 틀림없이 그녀의 코를 납작하게 만들어 줄 터였다.

제7장

커피 부인 집에서의 하숙 생활로 말하자면 그다지 유쾌하지는 않았다. 평범한 보통 하숙집으로, 기껏해야 보수적인 공장과 사무실의 종업원들이 주로 이용하는 곳이었다. 그들은 일과 임금 그리고 라이커거스 중산층의 종교 생활이 이 세계의 질서와 안녕에 가장 필수적이라고 생각하는 사람들이었다. 무릇 여흥이나 향락의 관점에서 보면 따분하기 그지없는 장소였다.

다만 최근 폰다*에서 온 월터 딜러드라는 조금 머리가 모자라는 젊은이 덕택에 클라이드는 그나마 겨우 따분함을 덜 수 있었다. 딜러드는 클라이드 나이 또래에 클라이드 못지않게 사회적 야심이 있었지만 세상을 살아가는 데 필요한 처세술이나 분별력이 없었다. 그는 스타크 회사의 남성용 장신구 부서에 근무하고 있었다. 동작이 민첩하고 활력이 넘치고 몸매도 꽤 매력적인 그는 매우 옅은 머리칼에 옅은 콧수염을 기르고 있었는데 소도시에서 브루멜* 같은 멋쟁이의 섬세한 분위기와 태도를 지니고 있었다. 그의 아버지는 어느 소도시에서 포목상을 하다가 실패한 탓에 그는 사회적 지위나 이용할 만한 어떤 발판도 없었지만 핏속에 어떤 격세 유전적인 기질이 흐르고 있는지 무슨 종류든 사회적 지위를 얻으려고 발버둥치고 있었다.

그러나 딜러드는 지금껏 그런 뜻을 이루지 못하자 그것을 성취한 사람들에게 흥미와 선망을 느끼고 있었다. 심지어 클라이드보다 훨씬 더 그랬다. 니컬슨, 스타크, 해리엇, 그리피스, 핀칠리 같은 이 도시의 쟁쟁한 가문의 명성과 활동은 그에게 엄청난 의미가 있었다. 클라이드가 도착한 지 며칠 되지 않아 그가 이 세계와 어정쩡하게나마 연관되어 있다는 사실을 알고는 딜러드는 그에게 몹시 깊은 관심을 보였다. 아니, 뭐라고? 그리피스 집안사람이라! 라이커거스의 부호 새뮤얼 그리피스의 조카라! 그런데도 지금 이런 하숙집에서 살고 있다니! 지금 그 옆에서 밥을 먹고 있어! 딜러드는 즉시 호기심이 발동하여 될수록 빨리 이 젊은이와 사귀어야겠다고 결심했다. 이제야말로 사회적으로 출세할 기회가 바로 눈앞에 펼쳐져 있는 게 아닌가. 가장 으뜸가는 명문 집안 중의 하나와 이어질 수 있는 연결고리 말이다. 더구나 이 낯선 친구는 자신처럼 젊을뿐더러 잘생기고 아마 야심만만한 친구 — 가능하다면 같이 어울리고 싶은 친구가 아니던가! 그래서 그는 즉시 클라이드에게 접근했다. 정말 믿기 어려운 행운이 찾아온 것만 같았다.

그래서 딜러드는 즉시 클라이드에게 산책을 나가지 않겠느냐고 제안한 뒤 모호크 극장에서 많이 재미나고 유쾌한 영화를 보러 가자고 권했다. 클라이드는 그 영화를 보고 싶지 않단 말인가? 옷차림이 단정하고 세련된 그에게 클라이드는 그만 넘어가고 말았다. 적어도 공장이나 하숙집의 실리를 따지는 따분하고 투박한 패거리들과는 조금 거리가 있었다.

그러나 클라이드는 이 도시에 명문 친척이 살고 있어 일거수일투족을 조심해야 한다고 생각했다. 아무런 생각 없이 쉽게 교제하는 일이 큰 실수를 저지르는 게 아닌지 누가 알겠는가? 그가 이제까지 접촉한 사람들의 태도로 미루어 보건대, 그리피스 집안사람들은— 그들이 속해 있는 세계의 모든 사람도 마찬가지지만— 이곳의 서민층과는 꽤 거리를 두고 있는 것이 틀림없었다. 이지적인 판단보다는 본능에 따라 클라이드는 잘난 체하는 경향이 있었다. 지금 상대하고 있는 이 젊은이를 포함하여 그럴수록 사람들이 그에게 더 존경심을 갖는 듯했기 때문에 그는 더더욱 그런 태도를 보이며 본능적으로 거만하게 굴었다. 젊은이가 애원하듯 끈덕지게 권유하는 바람에 클라이드는 함께 따라 나섰지만 여전히 신중하게 행동해야 했다. 그의 그런 도도하고 생색을 내는 듯한 태도를 딜러드는 곧바로 '계급'과 '연줄' 때문이라고 해석했다. 어쨌든 이렇게 무미건조하고 답답한 하숙집에서 그를 만나지 않았던가. 그것도 이 도시에 도착하자마자, 또 이곳에서 사회생활을 막 시작하려는 순간에 말이다.

이리하여 클라이드보다 직급도 높고 수입도 주급 22달러로 그보다 많이 받는데도 딜러드는 그에게 알랑거리는 추종자가 되었다.

"이곳에서 친척들과 보내는 시간이 많겠네." 함께 산책을 나간 날 밤에 딜러드가 그에게 말했다. 클라이드에게서 될수록 많은 정보를 얻어 내려고 했지만, 클라이드는 아무런 정보다운 정보도 주지 않았다. 오히려 클라이드가 묻지 않는데도 딜러드는 자신의 내력을 사뭇 부풀려 들려주었다. 자기 아버지는 지금 상당히 큰 포목점을 경영하고 있다든지, 새로운 영업 방법을 배우기 위해 이곳에 왔다든지 따위 말이다. 이 도시에 삼촌 한 분이 살고 있는데 그분은 스타크 회사와 연줄이 있다고 했다. 이곳에 온 지 아직 통틀어 네 달밖에 되지 않기 때문에 훌륭한 사람들을 많이는 만나지 못했어도 몇 사람은 만나 봤다고 했다.

하지만 클라이드의 친척들과 비교하면 명함도 내놓지 못할 것이 아닌가!

"그래, 형의 큰아버지는 재산이 백만 달러 넘겠지? 소문에 따르면 그렇다고 하던데. 저 와이키지 애비뉴에 위치한 주택은 그게 성(城)이지 어디 집인가? 그처럼 훌륭한 저택은 올버니나 유티카나 로체스터*에 가도 없을 거야. 정말 형은 새뮤얼 그리피스 사장의 친조카가 맞아? 정말 놀랍겠는걸! 이곳에선 그건 정말 엄청난 일이지 뭐야. 나한테도 그런 친척이 있다면 얼마나 좋을까. 나 같으면 틀림없이 그걸 멋지게 이용할 텐데."

딜러드는 클라이드에게 열정적이면서도 희망에 찬 시선을 던졌다. 클라이드는 그런 말을 듣고 보니 새삼스럽게 혈족 관계가 얼마나 중요한지 알 것 같았다. 이 낯선 젊은이에게 그것이 얼마나 큰 의미가 있는지 보는 것만으로도 충분히 알 수 있었다.

"아, 난 잘 모르겠는걸." 클라이드는 모호하게 대답했지만 이렇게 친한 척하는 태도에 기분이 적잖이 우쭐해졌다. "난 칼라 제조업을 배우러 온 거니까. 놀러 온 게 아니란 말이지. 큰아버지는 내가 일을 열심히 배우기를 몹시 바라고 계시거든."

"물론 그렇겠지. 그건 나도 잘 알아." 딜러드가 대꾸했다. "우리 큰아버지도 마찬가지니까. 빈둥빈둥 놀지 말고 이곳에서 일에 열중하라는 거야. 그분은 스타크 회사의 구매자거든. 하지만 사람이 밤낮 일만 하고 있을 순 없지 뭐야. 때론 좀 재미도 봐야지."

"그건 그렇지." 클라이드는 태어나 처음으로 조금 손아랫사람을 대하는 태도로 말했다.

두 사람은 얼마 동안 말없이 걸어갔다. 그러고 나서 딜러드가 물었다.

"춤출 줄 알아?"

"물론이지." 클라이드가 대답했다.

"그래, 나도 출 줄 알지. 이 근처에 싸구려 댄스홀이 꽤 많은데 난 그런 곳에 발을 들여놓지 않거든. 그런 곳에 드나들면서는 훌륭한 사람들을 만날 수가 없지. 듣자 하니 이곳은 아주 좁은 바닥이라던데. 아무나 하고 만나는 사람은 상류층에서는 아예 상대를 안 해 준다는 거야. 하기야 그건 폰다에서도 마찬가지야. 어느 집단에 '속해' 있지 않으면 아무 데도 갈 수 없지. 내 생각에도 그게 맞는 거 같아. 하지만 이 도시에는 데리고 다녀도 좋을 만한 젊은 아가씨들이 얼마든지 있어. 꽤 괜찮은 양가집 아가씨들이야. 물론 사교계의 여자들은 아니지만 사람들 입에 오르내릴 그런 여자들은 아니거든. 물론 재미없는 여자들은 아니고, 그중 몇 명은 꽤 섹시한 여자도 있지. 그렇다고 반드시 그런 여자와 결혼해야 한다는 것도 없고 말이야." 클라이드는 사내가 이 도시의 새로운 생활에 조금 지나치게 들떠 있는 것이 아닌가 하고 생각하기 시작했다. 그래도 이 사내에게 조금 호감이 갔다. 딜러드가 물었다. "그런데 있잖아. 다음 주 일요일 오후에 무슨 계획이라도 있는 거야?"

"글쎄, 지금 같아선 특별한 일은 없는 것 같은데." 클라이드가 대답하면서 새로운 문제에 부딪히고 있다는 생각이 들었다. "그때 가서 무슨 일이 생길지는 모르지만 지금 같아서는 별로 계획이 없어."

"그다지 바쁘지 않다면 나하고 놀러 가는 게 어때? 이곳에 온 뒤 젊은 아가씨들을 꽤 많이 사귀었거든. 괜찮은 여자들이야. 괜찮다면 우리 큰아버지 식구들을 소개해 주지. 좋은 분들이셔. 그리고 나서 찾아갈 만한 아가씨 둘을 알고 있어. 예쁘게 생겼지. 한 아가씨는 가게에서 일하다가 쉬고 있어. 그래서 지금은 아무 일도 하고 있지 않아. 다른 아가씨는 그 아가씨의 친구야. 집에 축음기를 갖고 있고, 춤도 출 줄 알지. 이 도시에선 일요일에 춤을 춰선 안 된다고 알고 있지만 춤을 춘다 해도 알 까닭이 없지 뭐야. 아가씨들 부모도 신경 쓰지 않아. 그리고 난 뒤 그 여자들을 영화관이나 어디 데리고 갈 수도 있어. 물론 원한다면 말이지. 공장 지역 근처 영화관이 아니라 좀 더 고급스러운 곳으로 말이지. 내 제안 어때?"

클라이드는 이 제안을 받고 어떻게 대답해야 좋을지 몰라 머뭇거렸다. 캔자스시티의 사건 이후 그는 시카고에 있을 때도 될수록 얌전하고 조심스럽게 행동하려고 애썼다. 그 사건 이후 유니언리그 클럽에서 일하는 동안 그 클럽 건물의 엄격한 겉모습이 풍기는 이상(理想)에 걸맞게 살아가려고 노력하고 있었다. 즉 보수주의, 근면, 절약, 그리고 단정하고 신사다운 외관 같은 것 말이다.˙ 그것은 하와가 없는 낙원 같은 세계였다.

그러나 클라이드를 에워싸고 있는 환경은 차분했지만 이 도시의 분위기는 바로 딜러드가 지금 제안하고 있는 환락을 암시하는 듯했다. 어쩌면 타락과는 무관할지 모르지만 이성과 관련 있는 오락이요, 기분 전환을 암시하고 있는 것 같았다. 그가 보기에도 이 도시에는 젊은 여자들이 많았다. 저녁 식사를 마친 뒤의 길거리는 미끈한 젊은 아가씨들과 젊은 남자들로 붐볐다. 그러나 만약 그가 이 젊은이가 제안하는 듯한 들뜬 기분으로 돌아다니다가 발각이라도 된다면 큰아버지네 가족들은 그를 어떻게 생각할 것인가? 딜러드 자신이 이 도시는 아주 좁은 바닥이라서 누구나 다른 사람의 일을 시시콜콜 다 알고 있다고 말하지 않았던가? 클라이드는 얼른 대답하지 못하고 잠시 머뭇거렸다. 그러나 이제 결정을 내려야 했다. 외로운 데다 친구가 몹시 그리운 나머지 그는 이렇게 대답했다. "좋아. 하지만 말이야, 아니, 괜찮겠지 뭐." 그러나 조금 애매하게 덧붙였다. "물론 이곳에 살고 있는 큰아버지네 가족은⋯⋯."

"아, 그런 걱정은 하지 마. 물론 조심을 해야겠지만. 그건 나도 마찬가지야." 딜러드가 재빨리 대꾸했다. 이곳에 온 지 오래되지 않아 아는 사람도 별로 없었지만, 그래도 그리피스 집안사람과 어울려 다닐 수만 있다면 그로서는 큰 명예가 아닌가? 확실히 그럴 것이고, 이미 그렇게 되어 가고 있었다.

딜러드는 즉시 클라이드에게 담배든 청량음료든 그가 좋아하는 것이 있으면 사 주겠다고 제의했다. 그러나 여전히 석연치 않고 이상한 기분이 드는 클라이드는 지나치게 사회적 지위와 명성을 숭배하는 그의 태도가 조금 마음에 걸려 그와 헤어져 하숙집으로 돌아갔다. 어머니에게 안부 편지를 쓰겠다는 약속을 한 터라 빨리 돌아가 편지를 쓰고 싶었기 때문이다. 또한 이렇게 친구를 새로 사귄 것이 과연 잘한 일인지에 대해서도 조금 생각해 보고 싶었던 것이다.

제8장

 이튿날은 토요일로 이 회사에서는 일 년 내내 토요일은 반공휴일로 지정되어 있었다. 위검 씨가 주급 봉투를 가지고 그에게 가까이 다가왔다.

 "그리피스 씨, 이번 주 급료입니다." 그는 클라이드의 지위에 자못 경의를 표한다는 말투로 말했다.

 클라이드는 봉투를 받으면서 이처럼 자신을 '씨'라고 부르는 것이 싫지 않았다. 사물함으로 돌아가 곧바로 그것을 열어 돈을 꺼내 주머니 속에 집어넣었다. 그러고 나서 모자와 웃옷을 입고 공장을 나와 하숙집 쪽으로 걸어가 그 근처에서 점심을 먹었다. 그러나 클라이드는 몹시 외롭고 딜러드는 아직 근무 중이라서 전차를 타고 글로버스빌'에 가 보기로 했다. 그곳은 인구가 2만 명 정도로 라이커거스만큼 아름답지는 못해도 꽤 활기찬 도시로 알려져 있었다. 그곳은 사회 구조가 라이커거스와는 크게 달라서 그는 이 여행이 재미있고 즐거웠다.

클라이드는 이튿날 일요일 역시 라이커거스에서 혼자 무료하게 보내지 않을 수 없었다. 딜러드가 급한 일로 폰다로 돌아가야 해서 그와의 약속을 지킬 수 없었기 때문이다. 그러나 딜러드는 월요일 저녁 클라이드를 만나자 수요일 저녁 딕비 애비뉴에 있는 회중교회(會衆敎會)* 지하실에서 다과가 나오는 사교 모임이 있다고 알려 주었다. 딜러드의 말대로라면 한번 가 볼 만한 사교 모임이었다.

"한번 가 보는 게 어때. 젊은 아가씨들과 얘기도 좀 할 겸." 딜러드가 이런 식으로 클라이드에게 권했다. "우리 큰아버지랑 큰어머니를 소개하고 싶어. 좋은 분들이시거든. 아가씨들도 마찬가지고. 몸가짐이 단정한 애들이야. 열 시쯤 슬쩍 빠져나와 젤러네 집이나 리터네 집으로 가지 뭐. 리터네 집에는 레코드판이 많지만, 춤추는 데는 젤러네 집 쪽이 더 낫지. 한데 혹시 정장 양복은 갖고 왔나?" 딜러드가 물었다. 그는 클라이드가 없는 동안 3층에 있는 클라이드의 방에 몰래 들어가서 살펴본 적이 있었다. 방에는 달랑 슈트케이스가 하나 있을 뿐 여행용 가방도 없을뿐더러 야회복을 가진 것 같지도 않았다. 그래서 클라이드의 아버지는 호텔을 경영하고 있고, 그 자신은 시카고의 유니언리그 클럽에 근무하고 있었지만 사교용 복장에는 무관심하다고 판단했던 것이다. 그렇지 않다면 남의 도움을 받지 않고 자신이 혼자서 삶을 개척하려고 애쓰고 있는 게 틀림없었다. 물론 그런 태도가 딜러드의 취향에는 맞지 않았다. 남자라면 절대 무시할 수 없는 이런 사교에 필수적인 것들을 소홀히 해서는 절대로 안 되었기 때문이다. 그러나 클라이드는 그리피스 집안의 일원이고 보니 적어도 당분간은 거의 무엇이든 너그럽게 봐줄 수 있었다.

"아니, 갖고 오지 않았는데." 클라이드가 대답했다. 그는 비록 외로운 처지에 있었지만 그렇게 사교 모임에 가는 게 잘하는 일인지 확신이 서지 않았다. "하지만 한 벌 장만할 생각이야." 사실 이 도시에 온 뒤로 그는 그런 옷이 없다는 점을 느끼고 땀 흘려 어렵게 모은 돈 중에서 적어도 35달러쯤 꺼내 한 벌 장만하려고 생각하고 있었다.

딜러드는 젤러 슈먼의 가정은 그리 유복하지는 않아도—물론 지금 사는 집을 소유하고 있었다—이 도시의 좋은 집안 아가씨들과 사귀고 있다는 이야기를 늘어놓았다. 리터 딕커먼도 마찬가지라는 것이다. 젤러의 아버지는 폰다 근처 에커트 호수에 조그마한 별장을 갖고 있다고 했다. 만약 클라이드가 리터와 친한 사이가 되면, 올해 여름 또는 휴일이나 주말을 이용해 그곳으로 놀러 갈 수 있다고 말했다. 리터와 젤러는 거의 떨어질 수 없이 친한 사이라는 것이다. 그리고 두 아가씨 모두 예쁘게 생겼다고 했다. "젤러는 얼굴색이 검은 편이고, 리터는 흰 편이야." 이렇게 그는 열심히 덧붙여 늘어놓았다.

클라이드는 아가씨들이 예쁘다는 말에 귀가 솔깃했다. 마침 외로움을 느끼고 있는 데다 갑자기 딜러드가 나타나 환심을 사려고 하는 것도 싫지 않았다. 그러나 과연 이 사내와 친하게 지내도 괜찮을까? 그것이 문제였다. 따지고 보면 그는 딜러드에 대해 아는 것이 아무것도 없었다. 그리고 딜러드가 그 사교 모임에 부쩍 끼여 있는 것을 보면, 그는 그 아가씨들이 대변하는 사교적인 역할보다도 오히려 여자로서의 아가씨들, 즉 여자들을 특징짓는 어떤 자유로움이나 은밀한 방종에 훨씬 더 마음을 빼앗기고 있는 것 같았다. 캔자스시티에서 그가 실패한 것도 결국 그런 것 때문이 아니었던가? 지금보다 무엇인가 더 나은 삶을 살아 보겠다고 와 있는 그로서는 모든 도시 중에서도 특히 이곳 라이커거스에서 이 사실을 결코 잊어서는 안 될 터였다.

수요일 밤 여덟 시 반이 되자 클라이드는 잔뜩 기대에 부풀어 딜러드와 함께 하숙집을 나섰다. 그리고 아홉 시에는 절반은 종교적이고 절반은 사교적이고 감정적인 교회 행사 한복판에 있었다. 이 행사의 목적은 교회의 기금을 모으는 데 있었는데, 나이 지긋한 신자들에게는 한담을 나눌 기회가 되고, 젊은 남녀들에게는 남의 흉을 보고 어느 정도 시치미를 떼면서도 열렬히 구애하고 추파를 던지는 기회가 되었다. 파이, 케이크, 아이스크림부터 그 밖에 레이스, 인형, 온갖 자질구레한 장신구에 이르기까지 각종 물건을 파는 판매대가 있었다. 이 물건들은 신자들이 내놓은 것으로 물론 수익금은 교회에 헌납할 예정이었다. 이 모임에는 피터 이스리얼스 목사 부부도 참석하고 있었다. 딜러드의 큰아버지와 큰어머니도 참석했지만 클라이드가 보기에 쾌활하지만 그다지 흥미로운 사람들은 아니었고 이곳 사교 모임에서 중요한 인물도 아닌 것 같았다. 스타크 회사의 구매원이라는 그로버 윌슨은 때로는 진지하고 엄숙한 태도를 보이려고 애썼지만, 특정한 이웃 간의 교제라는 관점에서 보면 자못 상냥하고 사교적인 사람이었다.

보통 사람보다 키가 작고 땅딸막한 그로버 윌슨은 옷을 입을 줄을 모르거나 좋은 옷을 사서 입을 여유가 없는 것 같았다. 흠 잡을 데 없이 빼입은 조카의 옷차림과 비교해 볼 때 그의 옷은 전혀 몸에 들어맞지 않았다. 게다가 다림질도 하지 않았고, 때도 조금 묻어 있었다. 그 점에서는 매고 있는 넥타이도 마찬가지였다. 상점 점원처럼 그는 두 손을 싹싹 비벼 대기도 하고, 심사숙고 끝에 무슨 중대한 말이라도 하려는 듯한 표정으로 이맛살을 찌푸리고 머리 뒤쪽을 북북 긁는 버릇이 있었다. 그러나 클라이드가 보기에는 그의 입에서 나오는 말은 하나같이 들으나 마나 한 말뿐이었다.

그 점에서는 몸집이 크고 뚱뚱한 윌슨 부인도 마찬가지였다. 남편이 클라이드 못지않게 중요한 인물이 되려고 애쓰는 동안, 남편 옆에 서 있던 그녀는 살찐 얼굴에 미소를 띠고 있었다. 윌슨 부인은 얼굴이 불그스레하고 이중 턱이 있을 정도로 몸이 육중했다. 타고난 성격이 온화한 데다 이 모임에서는 예절을 지켜야 했지만, 그보다도 클라이드가 누구인지 알고 있어서 한순간도 얼굴에서 웃음이 떠나지 않은 채 싱글벙글하고 있었다. 클라이드가 눈치챘지만, 월터 딜러드는 벌써 친척들에게 그가 그리피스 집안사람이라는 사실을 말했다. 또 클라이드를 만나 친구가 되어 지금 이 도시 이곳저곳에 보호자처럼 안내하고 있다는 사실도 말했던 것이다.

"월터한테 큰아버님 회사에서 일하러 이곳에 왔다고 들었습니다. 그리고 지금 커피 부인 집에서 하숙하고 있고요. 난 아직 그 부인을 만나 본 적은 없지만 소문에는 아주 훌륭한 하숙집을 경영하고 있다고 하더군요. 그 집에 머무는 파슬리 씨와는 학교 동창이죠. 하지만 요즘엔 통 볼 수가 없답니다. 그 사람을 만나 본 적이 있나요?"

"아니, 아직 만나 보지 못했습니다." 클라이드가 대답했다.

"지난주 일요일에는 꼭 저녁에 초대하리라고 기대하고 있었는데, 월터가 그만 갑자기 집에 갈 일이 생겨서 정말 미안하게 됐어요. 하지만 앞으로 가까운 시일 안에 꼭 놀러 와요. 언제든지 좋으니까요. 우리 집에 한번 꼭 와 줘요." 그녀가 방긋 웃자 잿빛이 도는 조그마한 갈색 눈이 반짝거렸다.

클라이드는 자기가 이처럼 사교 모임에서 뜻밖의 인물로 환대를 받는 것이 큰아버지의 명성 때문이라는 것을 잘 알 수 있었다. 윌슨 부부뿐만 아니라 이 장소에 모인 다른 남녀노소도 마찬가지였다. 가령 피터 이스리얼스 목사 부부, 이 지방에서 인쇄용 잉크를 판매하는 상인 마이커 범퍼스 부부와 그 아들, 건초와 곡물과 사료 도매 및 소매상인 맥시밀리언 피크 부부, 꽃가게를 경영하는 위트니스 씨, 부동산 중개업자 스루프 부인이 그랬다. 그들은 하나같이 새뮤얼 그리피스와 그 가족의 명성을 듣고 잘 알고 있었다. 그렇게 돈 많은 부자의 친조카라는 사람이 이 장소에 그들과 함께 어울리고 있다는 것이 적잖이 흥미롭고 이상하다는 눈치였다. 다만 문제는 예상과는 달리 클라이드의 태도가 부드럽고 조금도 강한 인상을 주지 않다는 데 있었다. 그렇게 위압적이지도, 그렇게 거만하지도 않았다. 그들 대부분은 무례한 태도를 경멸하는 척하면서도 속으로는 은근히 존경해 마지 않고 있었다.

젊은 아가씨들에 관한 한 이런 현상은 한층 더 뚜렷하게 눈에 띄었다. 딜러드는 클라이드가 명문 가문의 친척이라는 사실에 대해 모든 사람에게 나팔을 불고 돌아다니다시피 했다. "이분은 새뮤얼 그리피스의 조카며, 길버트 그리피스의 사촌이 되는 클라이드 그리피스 씨야. 큰아버지네 공장에서 칼라 제조업을 배우려고 이번에 이곳에 왔지." 클라이드는 얄팍한 수작이라는 것을 잘 알면서도 적잖이 우쭐했고 그 효과에 감명을 받았다. 딜러드는 얼마나 뻔뻔스러운 녀석인가! 클라이드를 등에 업고 주제넘게 이곳에 모인 사람들에게 은혜를 베푸는 듯한 태도를 보이고 있는 게 아닌가! 그는 클라이드에게 거의 숨 쉴 틈도 주지 않고 계속 이 구석 저 구석으로 끌고 돌아다녔다. 실제로 그는 자신이 알고 있거나 좋아하는 젊은 남녀 모두가 클라이드가 누구고 무엇을 하는 사람인지 알아야 한다고 마음먹고 있었다. 또한 자기가 싫어하는 사람들에게는 만나게 하거나 아예 소개하려고 하지도 않았다. "저 여자는 별 볼일 없어. 아버지가 콧구멍만 한 자동차 정비소를 운영하고 있을 뿐이니까. 내가 너라면 신경 쓰지 않을 거야"라든가 또는 "저 친구는 이곳에서 별 볼일 없는 녀석이야. 우리 가게 점원이거든" 하는 식이었다. 그러나 다른 어떤 사람들에게는 얼굴에 가득 미소를 지으면서 칭찬을 늘어놓거나, 최악의 경우에는 자신들의 사회적 지위가 낮다는 점을 변명했다.

그리고 나서 클라이드는 이번에는 젤러 슈먼과 리터 딕커먼에게 소개되었다. 두 아가씨는 여기 모여 있는 다른 젊은 여자들보다 좀 더 똑똑하고 세련되어 있다는 것을 보여 주려고 일부러 조금 늦게 나타났다. 사실 클라이드도 나중에 알게 되었지만 그들은 좀 다른 데가 있었다. 즉, 딜러드가 소개해 준 대부분의 다른 아가씨들처럼 덜 소박하고 덜 답답했다. 또한 다른 여자들과 달리 종교적으로나 도덕적으로 분별력이 없었다. 그들을 만나면서 클라이드도 알게 되었지만, 그들은 스스로 그렇다고 시인하지 않으면서도 사회적으로 손가락질을 받지 않는 범위에서 될수록 이교도적인 쾌락을 추구하는 데 열중했다. 그들의 태도에서도, 소개받을 때 자세에서도 클라이드는 이곳에 모인 나머지 교회 사람들과는 어딘지 모르게 다르다는 느낌이 들었다. 그렇다고 꼭 도덕적으로나 종교적으로 불건전하다고는 할 수 없었고, 다만 다른 사람들보다 훨씬 자유분방하고 덜 억압받고 덜 수줍어했다.

"아, 당신이 클라이드 그리피스 씨로군요." 젤러 슈먼이 말했다. "어머, 정말 사촌 길버트 씨를 많이 닮았네요. 그 사람이 자동차를 몰고 센트럴 애비뉴를 지나가는 걸 자주 봐요. 월터한테서 당신 얘기 많이 들었죠. 라이커거스가 마음에 드나요?"

클라이드는 '월터'라고 부르는 것이라든지, 그 목소리에서 풍기는 '너는 이제 내 것'이라는 듯한 친밀함으로 미루어 보아 그녀는 딜러드가 설명한 것보다 훨씬 더 가깝고 자유로운 사이라는 것을 느낄 수 있었다. 그녀는 목에 조그마한 주홍색 벨벳 리본을 감고 있고, 두 귀에는 석류석 귀고리를 걸고 있었다. 몸에 꼭 들어맞는 단정한 검은색 드레스에 지나칠 정도로 주름 장식이 많은 스커트를 입고 있는 것을 보면 몸매를 드러내 보이는 것에 마다하지 않고 오히려 드러내려고 일부러 애쓴 것 같았다. 만약 일부러 얌전을 빼고 새침한 척하지 않았더라면 그녀의 분위기는 이런 장소에서 틀림없이 사람들 입에 오르내렸을 것이다.

한편 리터 딕커먼은 핑크빛 뺨에 밝은 밤색 머리칼과 푸른색을 띤 잿빛 눈을 한 몸매가 풍성한 금발의 아가씨였다. 젤러 슈먼만큼 적극적으로 맵시를 부리지는 않지만 클라이드가 보기에 그녀도 은밀하면서도 자유분방한 분위기에 어울리는 그 무엇인가를 발산하고 있었다. 클라이드의 눈에 비친 그녀의 태도는 젤러처럼 드러내놓고 허세를 부리지는 않지만, 타고날 때부터 도발적인 데다 특히 클라이드가 원하면 그에게 무엇이든 응하겠다는 듯이 보였다. 어쩌면 처음부터 클라이드를 유혹하려 작정하고 있었는지도 모른다. 젤러한테 매료당해 그녀의 뒤를 졸졸 따라다니는 그녀는 젤러와는 떨어질 수 없는 사이 같았다. 소개받으며 그녀가 남자의 마음을 녹일 것 같은 육감적인 미소를 짓자 클라이드는 적잖이 마음이 혼란스러웠다. 이곳 라이커거스에서 사람을 사귀는 데 매우 조심해야겠다고 마음속으로 다짐하고 있었기 때문이다. 그런데 불행하게도 그녀는 호튼스 브릭스의 경우와 마찬가지로, 문제가 있거나 가까운 사이는 아니었지만 내심 아주 친밀한 생각이 머리에 떠올라 마음이 어지러웠다. 이전에 말썽을 일으켰던 것도 딜러드가 암시했던 이런 자유분방한 태도와 이 아가씨들의 몸가짐 때문이 아니었던가.

"그럼, 여기서 잠시 아이스크림과 케이크를 먹고 난 뒤에 이곳에서 빠져나가기로 하지." 서로 인사가 대충 끝나자 딜러드가 제안했다. "너희 둘은 말이야, 같이 이리저리 걸어 다니며 사람들에게 인사를 하도록 해. 그러고 나서 아이스크림 먹는 곳에서 만나기로 하자. 그런 뒤에 함께 나가는 거야, 알았지? 내 제안이 어때?"

딜러드는 '어떻게 하는 게 제일 좋은지 넌 잘 알고 있잖아' 하고 말하는 것처럼 젤러 슈먼을 바라보았다. 그러자 그녀는 그 말뜻을 알았다는 듯 생긋 미소를 지으며 대답했다.

"알았어. 오자마자 지금 당장 나갈 순 없으니까. 저기 사촌 메리가 있네. 엄마도 보이고. 그리고 프레드 브루크너도 와 있어. 그럼 이제부터 잠깐 리터와 둘이서 여기저기 돌아다닐 테니 조금 뒤에 다시 만나기로 해." 그러면서 리터 딕커먼은 곧바로 클라이드에게 '너는 이제 내 것'이라는 듯한 친밀한 미소를 지어 보였다.

20분쯤 실내를 왔다 갔다 한 뒤 딜러드는 젤러한테서 신호를 받았고, 딜러드와 클라이드는 방 한가운데에 의자를 내다놓은 아이스크림 코너 근처로 가서 기다렸다. 잠시 후 젤러와 리터가 아무렇지도 않은 듯 합류했고, 네 사람은 아이스크림과 케이크를 먹었다. 그때쯤이면 이곳에서 해야 할 일도 다 했고, 몇 사람은 벌써 집으로 돌아가기 시작하고 있었다. 그러자 딜러드가 말했다. "자, 이제 꺼지자. 네 집에 가는 게 어때?"

"물론, 갈 수 있고말고." 젤러가 속삭이는 듯한 목소리로 대답했다. 모두들 외투를 받아 두는 곳으로 갔다. 클라이드는 이런 짓을 해도 괜찮은지 아직도 미심쩍어하고 있었기 때문에 별로 말이 없었다. 자기가 리터를 좋아하는지 어떤지조차 알 수 없었다. 그러나 일단 교회에 놀러 나왔다가 집으로 돌아가는 사람들의 모습이 보이지 않는 거리로 나오게 되자 그는 리터와 단둘이서만 남게 되었다. 딜러드와 젤러는 앞쪽에 걷고 있었다. 클라이드는 예의를 차릴 셈으로 그녀의 팔을 잡았지만 그녀는 팔을 살며시 빼고 그의 팔꿈치에 애무하는 듯한 자기의 따뜻한 손을 갖다 댔다. 그러고는 어깨가 맞닿을 정도로 그에게 몸을 절반쯤 기대면서 라이커거스 생활에 대해 재빠르게 지껄이기 시작했다.

리터의 목소리에는 어딘지 털처럼 부드럽게 애무하는 듯한 그 무엇이 묻어났다. 클라이드는 그 음성이 마음에 들었다. 그녀의 몸에는 무엇인가 무겁고 나른한 기운이 감돌고 있었으며, 그녀의 몸에서는 광선이랄까 전자파랄까 하는 것이 발산돼 그를 유혹하고 있었다. 그는 그녀의 팔을 살며시 애무해 주고 싶었고, 그렇게 해도 될 것 같았다. 심지어 그는 벌써 그녀의 허리를 한 팔로 감고서 꽉 껴안을 수 있을 것으로 생각했다. 그러나 상황 판단이 빠른 그는 자신이 그리피스 집안사람이라고— 라이커거스의 명문 집안 사람 말이다— 생각했다. 그 때문에 그가 다른 사람들과 다르게 취급받은 것이 아니었던가. 교회 사교 모임에 모인 여자들이 모두 그에게 관심을 느끼고 다정하게 군 것도 결국은 그 때문이었다. 그러나 유혹에 끌리지 말자고 생각하면서도 그는 그녀의 팔을 살며시 누르고 있었다. 그런데도 그녀는 어떤 언급이나 항의도 하지 않았다.

슈먼의 집은 네모반듯하고 큼직한 구식 목조 건물로 지붕도 역시 그런 모양이었다. 집은 나무들과 잔디밭 안쪽으로 깊숙이 들어간 곳에 자리 잡고 있었다. 일행은 집에 들어가자 클라이드가 이제까지 보아 온 어떤 집보다 가구가 잘 갖추어져 있는 거실에 편안하게 앉았다. 딜러드는 곧바로 잘 알고 있는 듯 레코드를 고르기 시작했다. 또 그가 커다란 융단을 마루에서 걷어 내자 매끄러운 원목 마룻바닥이 드러났다.

"이 집이 좋은 점 하나는 앞마당에 나무가 많다는 점이랑, 이부드러운 소리를 내는 음반 바늘이 있다는 점이지." 클라이드가 자기의 일거수일투족을 주목하고 있을지 모른다고 생각하며 딜러드가 그를 위해 설명했다. "아무리 축음기를 틀어도 길거리에서는 소리가 들리지 않거든. 이봐, 젤,' 안 그래? 그리고 이 바늘을 사용하면 2층에서조차 들리지 않아. 그러니까 새벽 세 시, 네 시까지 춤을 춰도 위층에선 전혀 모르고 있을 정도란 말이지. 그렇지, 젤?"

"응, 그렇고말고. 하기야 우리 아버지는 귀가 잘 들리지 않는 편이야. 그리고 어머니는 일단 방에 들어가 책을 읽기 시작하면 아무것도 귀에 들어오지 않는 그런 사람이고. 어쨌든 음악 소리가 거의 들리지 않거든."

"그런데 이곳 사람들은 왜 춤추는 걸 그렇게 싫어하는 거지?" 클라이드가 물었다.

"아, 싫어하는 건 아니야. 공장 사람들은 싫어하지 않아. 싫어하다니 천만의 말씀!" 딜러드가 끼어들었다. "하지만 교회 사람들은 대개 싫어해. 우리 큰아버지와 큰어머니도 그렇고. 오늘 밤 교회에서 만난 사람들 중 거의 대부분은 아마 그럴 거야. 물론 젤러와 리터만 빼고 말이지." 그는 그래도 아주 괜찮고 오히려 격려하는 듯한 시선으로 두 여자를 힐끗 쳐다보았다. "이 아가씨들은 마음이 탁 트여서 그런 하찮은 일로 신경 쓰지 않거든. 안 그래, 젤?"

딜러드가 완전히 반해 있는 이 젊은 아가씨는 소리 내어 웃으면서 고개를 끄덕였다. "두말하면 잔소리지. 춤추는 게 뭐가 나쁘다는 건지 모르겠어."

"내 생각도 그래. 우리 부모님도 마찬가지야. 다만 춤 이야기를 입에 올리기 싫어하실 뿐이지. 또 내가 너무 많이 춤을 추지 않았으면 좋겠다는 눈치이셔." 리터가 맞장구를 쳤다.

이때쯤 딜러드는 〈갈색 눈동자〉라는 노래 음반을 축음기에 걸었다. 곧이어 클라이드, 리터, 딜러드, 젤러는 춤을 추기 시작했다. 클라이드는 자기도 모르는 사이에 점점 그녀와 친밀하게 되어 가고 있었지만, 그런 친밀함이 앞으로 어떤 의미가 있게 될지에 대해서는 알 길이 없었다. 그녀는 매우 열광적으로 춤을 추었다. 마치 직물을 짜듯 몸을 움직이는 동작에서는 그동안 온갖 종류의 정열이 억압되어 있었음을 알 수 있었다. 즉시 그녀의 입술에 정열적인 미소가 감돌면서 이런 행위에 얼마나 갈증을 느꼈는지 암시해 주었다. 춤을 추며 미소를 짓고 있는 그녀의 모습은 그 어느 때보다 정말로 아름다웠다.

'사랑스럽구나! 조금 지나치게 헤프긴 하지만' 하고 클라이드는 생각했다. '누구나 사내라면 나 같은 생각을 하고 있을지도 몰라. 하지만 이 여자는 내가 대단한 사람인 줄로 생각하고 나를 좋아하는군.' 바로 그때 그녀가 입을 열었다. "아, 정말 멋지지 않아요! 어쩌면 그렇게 춤을 잘 춰요, 그리피스 씨."

"아, 천만에요. 춤을 잘 추는 건 아가씨죠." 그는 그녀의 두 눈을 향해 미소를 띠면서 대답했다. "아가씨하고 같이 추고 있으니까 나도 춤이 잘 춰지는군요."

이제 보니 그녀의 팔이 굵고 부드러우며 나이에 비해 젖가슴이 풍만하다는 것을 알 수 있었다. 춤을 추어 신바람이 난 그녀는 흥분되어 있었으며 몸짓은 거의 도발에 가까웠다.

"이번엔 〈사랑의 유람선〉을 걸 거야." 〈갈색 눈동자〉가 끝나자 딜러드가 소리를 질렀다. "이번엔 젤러와 추지 그래. 난 리터하고 출 테니까. 괜찮지, 리터?"

그러나 딜러드는 태생적으로 춤을 좋아할 뿐만 아니라 춤 실력에 꽤 자부심을 느끼고 있는 터라 다음 곡 레코드를 거는 시간을 기다릴 여유도 없이 리터의 두 팔을 잡고서 잠시 이리저리 움직이며 클라이드로서는 도저히 엄두도 낼 수 없는 스텝을 밟고 동작을 취했다. 이로써 딜러드는 더할 나위 없이 훌륭한 댄서라는 사실을 즉석에서 입증했다. 그러고 나서야 그는 클라이드에게 〈사랑의 유람선〉 레코드를 축음기에 걸어 달라고 소리를 질렀다.

젤러와 춤을 한번 추고 보니 클라이드는 이 자리가 남녀 두 쌍이 함께 즐거운 시간을 즐기며 전혀 서로 간섭하지 않고 여러 방법으로 상대방을 즐겁게 해 주도록 계획된 자리임을 알 수 있었다. 클라이드와 춤을 추는 동안 내내 젤러는 여러 이야기를 걸기도 하고 열심히 춤을 추기도 했지만, 오직 딜러드에게만 관심이 있고 그와 함께 있고 싶어 한다는 것을 느낄 수 있었다. 몇 번 춤을 추고 나서 클라이드가 리터와 긴 의자에 앉아서 대화를 나누고 있는 동안 젤러와 딜러드는 마실 것을 찾으러 부엌으로 갔다. 그런데 클라이드가 눈치챈 일이지만, 두 사람은 무엇을 한 잔 마시는 시간치고는 너무 오랫동안 부엌에 머물러 있었다.

마찬가지로 이렇게 쉬는 사이 리터는 의도적으로 클라이드에게 좀 더 바짝 몸을 갖다 대려고 하는 것 같았다. 긴 의자에 앉아서 나누던 대화가 잠깐 뜸해지자 그녀는 자리에서 일어서더니 난데없이 불쑥 음악을 틀지도 않고 말도 없이 좀 더 춤을 추자고 손짓했다. 그녀는 조금 전 딜러드와 추던 스텝을 그에게 가르쳐 주는 척했다. 그 춤을 추기 위해서는 두 사람이 아까보다도 한 층 더, 아니, 상당히 몸을 밀착시켜야 했다. 서로 바짝 다가선 위치에서 그녀가 팔꿈치와 팔로 클라이드에게 스텝을 가르치다 보니 그녀의 얼굴과 뺨이 그의 얼굴에 스칠 정도로 아주 가까웠다. 그의 의지력으로는 차마 감당하기 어려웠다. 그의 뺨을 그녀의 뺨에 갖다 대자 그녀는 얼굴을 돌려 미소를 지으면서 유혹하는 듯한 시선으로 그를 빤히 쳐다보았다. 그 순간 그는 모든 자제심을 잃고 그녀의 입술에 키스했다. 한 번 더, 또 한 번 더 키스를 되풀이해 퍼부었다. 그녀는 그의 기대와는 달리 물러나는 대신 더 키스를 해 달라는 듯 그 자리에 가만히 서 있었다.

바짝 달라붙는 그녀의 따뜻한 몸이며 그의 키스에 응하는 그녀의 입술 무게를 느끼자 클라이드는 갑자기 이제 이 여자와 쉽게 바꿀 수도 피할 수도 없는 관계에 빠져들고 말았다는 사실을 깨달았다. 더구나 그녀가 마음에 들고 그녀 또한 그를 좋아하기 때문에 그로서는 그런 유혹을 물리치기란 여간 어렵지 않을 터였다.

제9장

이런 행동에서 느끼는 순간적인 흥분과 전율은 접어 두고라도 클라이드는 지금 이 일로 이 도시에서 올바르게 행동하기로 한 결심을 전처럼 다시 생각하지 않을 수 없었다. 지금 이 여자는 노골적으로 그에게 유혹의 손을 뻗고 있었기 때문이다. 캔자스시티에서 파멸을 불러온 그런 접근과 관계를 청산하고 이곳에서는 다르게 살겠다고 스스로 다짐하고 어머니에게도 약속한 것이 바로 엊그제 일이 아니던가. 그런데…… 그런데…….

클라이드는 지금 강한 유혹을 받고 있었다. 리터와 접촉하면서 클라이드는 자신이 그녀에게 한 걸음 더 바짝 다가서기를, 그것도 지체하지 말고 어서 다가서기를 그녀가 기대하고 있음을 느낄 수 있었다. 하지만 어디서, 또 어떻게 하란 말인가? 크고 낯선 이 집에서는 그렇게 할 수 없는 노릇이었다. 물론 딜러드와 젤러가 짐짓 구실을 만들어 모습을 감춰 버린 부엌 말고도 다른 방들이 있었다. 그렇기는 하지만 만약 두 사람 사이에 그런 관계가 일단 일어난다면! 그렇게 된다면 앞으로 어떻게 될 것인가? 아마도 그 관계를 계속해 나가야 할 것이다. 그리고 만약 그가 그 관계를 지속하기를 거절한다면 골치 아픈 문제들이 생기게 될지도 몰랐다. 그는 그녀와 춤을 추며 대담하게 그녀의 몸을 어루만지면서도 마음속 한구석에서 이렇게 생각했다. '이 래서는 안 되지 않는가? 이곳은 라이커거스야. 그리고 나는 이 곳에서 그리피스 집안의 일원이야. 이 사람들이, 심지어 그들의 부모들조차 나를 어떻게 생각하고 있는지 나는 잘 알고 있잖은 가. 나는 정말로 이 여자를 좋아하고 있는 걸까? 너무 쉽고 헤픈 이 여자의 태도는 비록 내 장래를 위태롭게 하지는 않는다고 해도 바람직한 것은 아니지 않은가? 너무 지나치게 빨리 친밀해 지는 게 아닐까?' 그는 언뜻 캔자스시티의 사창가에서 느꼈던 것과 다르지 않은 그런 기분을 느꼈다. 한편으로는 끌리면서도 다른 한편으로 메스꺼운 기분 말이다. 이곳에서는 조금 자제를 하면서 그저 키스나 하고 포옹이나 할 수밖에 없었다. 그러다가 마침내 딜러드와 젤러가 돌아오자 그때부터는 더 이상 그렇게 할 수도 없었다.

얼마 뒤 괘종시계가 새벽 두 시를 알리자 갑자기 리터는 집에 가야겠다고 했다. 너무 늦게까지 밖에 나가 있으면 부모한테서 꾸중을 듣는다는 것이다. 딜러드는 젤러와 헤어지려는 기색을 보이지 않았기 때문에 결국 클라이드 혼자서 리터를 집에까지 바래다 줘야 했다. 그녀를 집에 바래다 주게 되어 기뻤지만 두 사람 모두 막연한 실망감과 좌절감 때문에 그 기쁨은 줄어들었다. 그는 자신이 그녀의 기대에 부응하지 못했다고 생각했다. 그녀는 그녀대로 그가 자신의 호의를 받아들이지 못하는 것은 아직 용기가 없기 때문일 것이라고 생각하고 있었다.

리터의 집 문에서 그리 멀지 않은 곳에서 두 사람이 나누는 대화에는 가까운 장래에 좀 더 친밀한 관계를 암시하는 내용이 들어 있었다. 심지어 이곳에서도 그녀의 태도는 확실히 도발적인 데가 있었다. 두 사람은 그곳에서 헤어졌지만 클라이드는 이 새로운 여자관계가 너무 급속도로 진전되고 있다고 생각했다. 이 도시에서 그런 관계를, 그것도 그렇게 빠른 속도로 진척되는 것이 과연 옳은지 확신이 서지 않았다. 이곳에 도착하기 전 다짐했던 그 좋은 결심들은 모두 어디로 갔단 말인가? 도대체 어떻게 해야 할까? 그러나 리터의 육감적인 따뜻한 몸과 자석 같은 마력에 빠진 그는 자신의 결심 때문에, 또한 그런 결심을 실행하지 못하기 때문에 짜증이 났다.

마침내 이 문제에 관해 클라이드가 결심하게 된 데는 두 가지 일이 서로 밀접하게 일어난 덕분이었다. 그중 하나는 그리피스 집안사람들의 태도와 관련이 있었다. 그들은 길버트를 제외하고는 클라이드를 그렇게 싫어하지도, 완전히 무관심하지도 않았다. 오히려 처음에는 새뮤얼 그리피스 쪽에서, 그 뒤에는 그 때문에 다른 식구들 쪽에서도, 만약 그들이 클라이드에게 적어도 조금이라도 관심을 보이거나 때때로 진심으로 충고를 해 주지 않는다면 그가 아주 외로운 상태는 아닐지라도 꽤 무명(無

名)의 상태에 놓여 있을지도 모른다는 사실을 깨닫지 못하고 있었다. 그러나 새뮤얼 그리피스는 언제나 시간에 쫓겨 처음 한 달 동안은 클라이드에 대해 거의 신경을 쓸 겨를이 없었다. 그는 클라이드가 이곳에 도착했고, 적당한 일자리를 얻었으며, 앞으로 적절히 보살펴 줄 예정이라는 보고를 받았을 뿐이다. 그러니 적어도 지금으로서는 달리 해 줄 일이 없지 않은가?

이렇듯 그들은 처음 다섯 주 동안 아무런 조치도 취하지 않고, 그래서 길버트가 마음 편하게 지내는 동안 클라이드는 자신을 어떻게 하려는 것일까 궁금하게 생각하면서 지하실에서 나날을 보내고 있었다. 딜러드와 두 아가씨들을 포함한 주위 사람들의 태도로 마침내 그의 지위가 이상해 보였다.

그러나 클라이드가 이곳에 도착한 지 한 달쯤 지난 뒤 길버트가 클라이드에 대해 한마디도 뻥긋하지 않자 새뮤얼 그리피스가 어느 날 아들에게 물어보았다.

"그래, 네 사촌은 어떻게 지내더냐? 일은 잘하고 있느냐?" 길버트는 아버지의 말이 무슨 의미를 내포하고 있는지 조금 불안해하면서 대답했다. "네, 잘하고 있습니다. 수축 작업실에서 일하도록 했습니다. 그래도 괜찮은 거죠?"

"그래, 괜찮을 것 같구나. 처음 일을 배우기에는 역시 괜찮은 자리다. 한데 지금 넌 그 애를 어떻게 생각하느냐?"

"아, 그리 특출난 데는 없습니다." 길버트는 신중하지만 단호하게 대답했다. 아버지는 아들의 이런 성격을 늘 좋아했다. "그저 괜찮은 정도죠. 일은 그런대로 잘 해낼 수 있을 겁니다. 하지만 이 분야에서 두각을 나타낼 친구는 아닌 것 같습니다. 아시다시피, 어떤 교육도 받은 적이 없고요. 그건 누가 봐도 알 수 있습니다. 더구나 적극성이 있는 것도 아니고, 박력이 있는 것도 아니죠. 뭐랄까, 너무 나약하다고 할까요. 사촌을 깎아내릴 생각은 없습니다. 어쩌면 잘해 나갈지도 모르죠. 아버지가 좋아하는 친구니까 제 생각이 틀릴지도 모릅니다. 하지만 친척이니까 아버지가 자기를 다른 누구보다 잘 봐주실 거로 생각해서 이곳에 오지 않았나 하는 생각을 떨쳐 버릴 수가 없습니다."

"아, 넌 그렇게 생각하는구나. 글쎄다, 만약 그 애가 그렇게 생각하고 있다면 그건 큰 오산이지." 그러나 동시에 새뮤얼은 조금 놀리는 듯한 미소를 지으면서 다시 덧붙였다. "하지만 그 애는 네가 생각하는 것처럼 그렇게 무능하지 않을지도 몰라. 이곳에 온 지 얼마 되지 않았으니 아직은 잘 모르지 않겠어? 내가 시카고에서 만났을 때 그런 생각은 들지 않았구나. 그 애가 특출한 재능은 없어도 무리하지 않으면서 그 애에게 어울릴 만한 자리는 얼마든지 있지 않겠니? 물론 그 애가 이 세상에서 작은 일에 만족한다면 그거야 제가 알아서 할 일이지만. 그것까지야 난들 어떻게 하겠어. 하지만 말이다, 어쨌든 아직은 내보내서는 안 된다. 너무 초라한 자리에 묶어 놔서도 안 돼. 그건 모양새가 좋지 않아. 결국 우리 친척이 아니냐? 그러니 당분간 그냥 내버려 두면서 어떻게 하는지 지켜보자꾸나."

"네, 그렇게 하겠습니다, 주지사님." 아들이 대답했다. 그는 아버지가 방심한 상태에서 클라이드를 지금 있는 자리에, 즉 공장에서 줄 수 있는 가장 낮은 일자리에 그냥 있게 놔두기를 바라고 있었다.

그러나 이런 그의 기대를 뒤엎고 새뮤얼 그리피스가 이렇게 덧붙였다. "가까운 시일 안에 한번쯤은 그 애를 집에 불러 저녁을 먹어야 할 거야. 안 그러냐? 생각은 하고 있었지만 그럴 경황이 없었거든. 네 어머니한테 미리 얘기할 걸 그랬구나. 그 애는 아직 우리 집에 와 보지 않았겠지?"

"네, 제가 알기로는 아직 온 적이 없습니다." 길버트가 시무룩하게 대답했다. 그는 이런 초대가 조금도 마음에 들지 않았지만, 반대할 만큼 눈치가 없지도 않았다. "아버지가 먼저 말씀을 꺼내시기를 기다리고 있던 참이었습니다."

"그럼 잘됐구나." 새뮤얼이 계속 말했다. "그 애가 어디 머물러 있는지 알아내서 연락을 하도록 해라. 다른 특별한 일이 없다면 다음 일요일이 좋겠구나." 아들의 눈에 의구심인지 불만인지 하는 표정이 스치고 지나가는 것을 보자 그가 덧붙였다. "길버트, 결국 내 조카이자 너에겐 사촌이니까 전혀 모르는 체할수만 없는 일이 아니냐. 너도 잘 알겠지만, 그래선 안 되는 법이거든. 오늘 밤 네가 어머니한테 말씀드리는 게 좋겠구나. 아니면 내가 말하거나." 그러고서 그는 무슨 서류를 찾고 있던 책상 서랍을 닫고 자리에서 일어서더니 모자와 코트를 들고 사장실을 나갔다.

두 사람이 이렇게 상의한 결과로 다음 일요일 오후 여섯 시 반에 가족 만찬회에 오라는 초대장을 클라이드에게 발송했다. 그리피스 집에서는 일요일 한 시 반에는 늘 이 지방이나 먼 곳에 사는 친구를 몇몇 초대하여 점심을 대접하곤 했다. 여섯 시 반 가까이 되면 손님들은 대부분 가 버렸고, 집안 식구들도 외출하는 경우가 많았다. 벨라와 길버트는 흔히 다른 곳에 약속이 있었기 때문에 그럴 때는 그리피스 부부와 마이라 셋이서만 간단하게 저녁을 먹었다.

그러나 이번 경우는 가족 모두가 한자리에 모이기로 의견을 모았다. 다만 길버트만은 처음부터 클라이드가 싫은 데다 다른 약속도 있고 해서 나가기 전에 잠깐 얼굴만 비치겠다고 설명했다. 만약 그날 오후 우연히 집에 들르는 중요한 손님들이 있더라도 클라이드는 그들을 만나거나 소개받거나 설명을 듣지 않고 그냥 식사만 대접받기로 했다. 어쨌든 그들은 또한 자기들 눈으로 직접 클라이드를 평가하고 자신들이 직접 나서지 않고서도 그에 대한 생각이 맞는지 확인해 볼 기회를 얻을 수 있을 터였다.

한편 딜러드와 리터와 젤러와의 관계는 이제 새로운 국면에 접어들었지만, 그것도 이 그리피스 집안의 초대 때문에 영향을 받지 않을 수 없었다. 슈먼의 집에서 댄스파티가 있은 뒤 그들은 이번에는 모두들 어디로— 유티카 아니면 올버니로 말이다— 주말 여행을 가자는 계획을 세우고 있었다. 그날 밤 클라이드는 망설이는 태도를 보였지만 리터를 포함한 세 사람은 하나같이 그가 분명히 리터의 매력에 반했거나 반할 것으로 확신하고 있었다. 그래서 딜러드는 네 사람의 우정을 돈독히 하기 위해 그런 계획을 여러 번 넌지시 말하다가 마침내 직접 그를 초대하거나 제안하기에 이르렀다. 물론 여자들은 싫다고는 하지 않을 게 분명했다. 만약 클라이드가 이 계획에 대해 타협할 수 있을지 어떨지 의구심이나 두려움을 느낀다면 딜러드는 젤러를 통해 리터를 설득할 수 있었다. "어쩐지 그 애가 너를 마음에 들어 하는 모양이던데. 며칠 전 젤러한테서 들은 얘기인데, 그 여자는 너를 대단한 사람이라고 말했다더군. 젊은 여자들한테 너무 인기가 많은 거 아냐?" 이러면서 그는 클라이드의 옆구리를 자못 친근하게 쿡 찔렀다. 그로서는 클라이드와 그런 관계로 발전한 것이 자못 새롭고 자랑스러워 한 짓이겠지만, 현재의 클라이드에게는 그다지 호감이 가지 않는 태도였다. 그 사람들은 자신들보다 무엇인가 조금 나은 친구를 만나면 그토록 건방지게 구는 게 아닌가! 그는 그것을 알 수 있었다.

딜러드의 제안은 한 가지 관점에서 보면 확실히 짜릿한 자극과 흥미를 끌었지만 클라이드에게는 아무래도 계속해서 귀찮은 문젯거리가 될 것 같았다. 첫째, 그에게는 그만한 돈이 없었다. 그는 지금까지 일주일에 15달러밖에는 받지 못했다. 그런데 그렇게 돈이 드는 여행을 즐긴다는 것은 그로서는 생각할 수 없었다. 교통비, 식비, 호텔 요금, 그 밖에 자동차를 한두 번 탈 돈도 필요할 것이다. 게다가 여행을 같이 갔다 오고 나면 아직 잘 알지도 못하는 리터와 좀 더 깊은 관계에 빠지게 될 것이다. 그렇게 되면 그녀는 으레 이곳 라이커거스에서 그와 친밀한 관계를 유지하려고 기대할 것이다. 가령 그가 정기적으로 그녀의 집을 방문하고, 여기저기 함께 돌아다니기를 기대하면서 말이다. 그렇게 되면 맙소사, 그리피스 집안 식구들, 특히 사촌인 길버트의 귀에 들어가거나 직접 그런 현장을 들키게 될지도 몰랐다. 젤러가 라이커거스 거리 이곳저곳에서 자주 길버트를 만난다고 말하지 않았던가? 그녀와 함께 걷고 있을 때 언제 어디서 그를 만날지 모를 일이 아닌가? 그렇게 되면 딜러드처럼 별 볼일 없는 또 다른 회사 사무원과 친하게 지낸다고 생각해 버릴 것이 아닌가? 그러다 보면 이 도시에서 그의 성공은 끝장이 나고 말 것이 아닌가! 그렇게 되지 않는다고 누가 보장할 수 있단 말인가?

클라이드는 연방 헛기침을 하면서 여러 이유로 핑계를 댔다. 마침 바쁜 일이 생겼다고 말이다. 더욱이 그런 여행으로 말할 것 같으면 먼저 좀 더 생각해 봐야 했다. 친척들이 이 도시에 살고 있지 않은가. 게다가 다음 일요일과 그다음 일요일은 공장 잔업 때문에 라이커거스를 떠날 수 없을지도 몰랐다. 그 뒤라면 어떻게 될지 모르겠지만. 이렇게 망설이는 동안 리터의 매력이 자주 그의 뇌리를 스쳐 가는 바람에 그는 두세 주 넘게 될 수 있는 대로 절약하여 여행을 떠나는 것이 바람직한 게 아닐까 하는 생각이 들었다. 물론 그래서는 안 된다는 생각도 들긴 했지만 말이다. 그는 지금껏 야회복과 접을 수 있는 실크해트를 사려고 열심히 돈을 모으는 중이었다. 비록 그 여행 계획이 좋은 것은 아니었지만 그 돈의 일부를 꺼내 쓸 수 있지 않을까?

그 통통하고 아름답고 관능적인 리터!

그러나 그때는 여행을 갈 수가 없었다. 얼마 되지 않아 그리피스 집안에게서 초대를 받았기 때문이다. 녹초가 되어 피곤한 몸을 이끌고서 딜러드가 제안한 즐거운 여행의 공상을 머릿속에서 그리면서 하숙집으로 돌아와 보니, 방 테이블 위에 두툼하고 멋진 종이에 적힌 쪽지가 놓여 있었다. 그리피스 집안의 하인 하나가 그가 없는 동안에 전달한 것이었다. 봉투 덮개에 분명히 양각(陽刻)한 글씨로 'E. G.'라는 머리글자가 찍혀 있어 더더욱 멋지게 보였다. 그는 즉시 봉투를 뜯고는 단숨에 읽었다.

　사랑하는 조카에게

　네가 이곳에 도착한 이후 큰아버지는 회사 일로 거의 집에 있은 적이 없었기 때문에 너를 빨리 초대해야겠다고 생각하면서도 아무래도 큰아버지가 한가한 시간이 생기기를 기다리는 게 제일 좋을 것 같다고 생각했다. 이제 좀 한가해지셨으니 다음 주 일요일 여섯 시에 우리와 함께 저녁 식사를 하면 좋겠구나. 우리는─집안 식구끼리─격식을 차리지 않고 저녁 식사를 한단다. 그러니 만약 네가 올 수 있든 오지 못하든 간에 서면으로나 전화로 그 뜻을 전할 필요는 없다. 또 이 식사 자리에 야회복 같은 것을 입을 필요도 없다. 웬만하면 꼭 와 주기 바란다. 집안 식구 모두가 너를 몹시 만나고 싶어 한다.

큰어머니
엘리자베스 그리피스

아직 큰아버지의 집에서는 아무런 기별이 없는 데다 원단 수축 부서의 일이 너무 마음에 들지 않았기 때문에 클라이드는 결국 이곳까지 온 게 아무런 소용이 없고 명문 친척 집안과 접촉다운 접촉도 못 해 보는 것이 아닌지 점점 마음이 불안해 가던 참이었다. 바로 그즈음 편지를 읽자 그는 마치 꿈을 꾸는 것 같은 생각이 들면서 터무니없이 가슴이 벅차올랐다. 다른 것은 그만두고라도 "너를 몹시 만나고 싶어 한다"라고 쓴 이 멋진 편지가 있지 않은가. 그렇다면 그들은 결코 그를 나쁘게 생각하고 있었던 것 같지가 않았다. 아직 그를 집에 초대하지 못한 것은 새뮤얼 그리피스 씨가 언제나 집에 없었기 때문이었다. 어쨌든 그는 드디어 큰어머니와 사촌들을 만나고 그 웅장한 저택 내부를 볼 수 있게 된 것이다. 신바람 나는 일이 아닐 수 없었다. 이제부터는 가끔 그를 불러 줄지도 모른다. 누가 알겠는가? 마침 모른 척하지 않나, 하고 생각하고 있던 터여서 이처럼 초대를 받고 보니 무척 감개무량했다.

이와 동시에 젤러와 딜러드는 아니더라도 리터에 대한 클라이드의 관심과 집념도 사라지기 시작했다. 그렇다! 그리피스 집안의 일원인 그가 이곳 사회 계층에서 자신보다 훨씬 아래 사람들과 어울리다니 어림도 없는 소리였다. 저 지체 높은 친척과의 관계가 하마터면 깨질 뻔하지 않았던가. 하늘이 무너져도 그럴수는 없는 노릇이지 않은가! 그것이야말로 엄청난 실수다. 바로 이즈음에 도착한 편지가 그것을 증명해 주지 않는가? 다행스럽게도(정말 다행스럽게도!) 그는 아직 아무 일이나 덤벼들 만큼 이성을 잃지는 않았다. 그래서 클라이드는 그래야 할 만한 이유가 있으므로 별다른 어려움 없이 이제부터는 딜러드와 더 이상 접촉하지 않기로, 커피 부인의 집에서 나가기로 점차 마음을 굳혔다. 만약 필요하다면 큰아버지에게 경고를 받았다는 식으로 뭐든지 말할 수도 있을 것이다. 어쨌든 그들 무리와는 이제 더 어울리지 않을 터였다. 그들과 어울려서는 신통한 일이 생길 것 같지 않았다. 자칫 친척과 모처럼 겨우 싹튼 관계의 싹이 자라지 않게 될지도 몰랐다. 클라이드는 벌써 리터와 유티카 여행으로 골머리를 앓는 대신 다시 한 번 그리피스 집안사람들의 개인 생활이며, 그들이 출입하는 멋진 장소들이며, 그들이 교제하는 사람들에 관해 혼자서 제멋대로 상상해 보기 시작했다. 그러자 갑자기 정장 양복이나 적어도 턱시도에 양복바지 정도는 필요하지 않을까, 하고 생각했다. 그는 이튿날 아침 케머러 씨에게 부탁하여 열한 시부터 한 시까지 외출 허가를 받아, 그사이에 쓸 만한 윗도리와 바지, 에나멜 구두, 흰 실크 머플러를 지금까지 저금해 두었던 돈으로 샀다. 이렇게 모든 것을 갖추고 나니 이제 마음이 놓였다. 어쨌든 친척들에게 좋은 인상을 줘야 했던 것이다.

클라이드는 편지를 받은 날부터 일요일 저녁까지 줄곧 리터나 딜러드, 젤러 같은 여자는 이제 더 이상 안중에도 없었다. 그 대신 그는 오직 앞으로 올 기회만을 생각할 뿐이었다. 누가 보아도 굉장한 세계에 드나들 수 있는 출입증을 받은 것이나 다름없는 사건이었다.

그런데 여기서 다만 한 가지 마음 쓰이는 것은 그의 사촌 길버트 그리피스였다. 길버트는 언제 어디서 그와 만나도 그에게 차갑고 냉랭한 눈초리를 보낼 뿐이었다. 길버트도 그 자리에 있을 테고, 그렇게 되면 아마 잘난 척하는 태도로 클라이드를 비굴하게 만들 것이다. 그리고 클라이드는 때로 비굴해질 수 있다고 스스로 인정하는 약점이 있었다. 클라이드가 만약 집안 식구들 앞에서 너무 의젓하게 버티고 앉아 있는 날에는 길버트가 그것을 미끼 삼아 공장 일과 관련해 앙갚음하려고 들지도 몰랐다. 가령 그에게 불리한 말만 큰아버지에게 전달되도록 할지 모를 일이었다. 계속 원단 수축 부서에서만 일하고 다른 어떤 일도 주지 않는다면 어디서 어떻게 성공할 수 있단 말인가? 우연히도 클라이드가 이 도시에 도착하여 자신과 꼭 닮은 길버트를 만나고 이렇다 할 이유도 없이 미움을 받는 것도 결국 짓궂은 운명이라고 하지 않을 수 없었다.

　　그러나 이런 모든 의구심에도 불구하고 클라이드는 어쨌든 최선을 다해 이 기회를 이용해 보기로 했다. 일요일 오후 여섯 시 그는 그리피스 집안의 저택을 향해 집을 나섰다. 눈앞에 닥친 시련 때문에 그의 신경은 몹시 긴장되었다. 얼마 뒤 큼직한 아치형의 쇠문 앞에 이르자 구불구불 벽돌을 깐 넓은 보도가 현관 앞까지 죽 뻗어 있는 게 보였다. 무슨 큰 모험을 하는 듯 떨리는 기분으로 그는 큼직한 쇠문에 걸려 있는 육중한 걸쇠를 풀었다. 보도를 따라 걷고 있노라니 마치 누군가가 날카로운 비판의 시선으로 자신을 관찰하고 있는 것 같은 기분이 들었다. 어쩌면 큰아버지 그리피스 사장이나 길버트, 아니면 그의 누이동생 중한 명이 두꺼운 커튼이 걸려 있는 창에서 지금 그를 지켜보고 있는지도 몰랐다. 아래층에는 마치 유혹하는 듯 부드러운 전등불이 몇 개 켜져 있었다.

그러나 그런 기분도 오래가지 않았다. 곧 하인 하나가 현관문을 열어 주고 외투를 받아 매우 인상적인 아주 넓은 거실로 그를 안내했다. 그린데이비슨 호텔과 유니온리그에서 일한 적이 있는 클라이드의 눈에도 그 거실은 참으로 아름답게 느껴졌다. 거실에는 고급 가구들이 여기저기 놓여 있고 두꺼운 융단 카펫과 커튼도 있었다. 크고 높다란 벽난로에는 불이 이글이글 타고 있었고, 그 앞에는 긴 의자와 보통 의자들이 둥글게 여럿 놓여 있었다. 램프 등, 커다란 시계, 큼직한 테이블도 보였다. 거실에 아무도 없었지만 클라이드가 잠시 주위를 두리번거리며 둘러보고 있노라니 2층 방에서 내려오는 커다란 계단이 있는 거실 뒤쪽에서 비단옷 스치는 소리가 들려왔다. 그 층계를 따라 그리피스 부인이 그를 향해 걸어 내려오고 있었다. 상냥해 보이는 여윈 얼굴에 젊음이 지난 부인이었다. 그러나 걸음걸이는 활발했고, 늘 그런 것처럼 비록 어정쩡하기는 해도 몸가짐도 고상해보였다. 몇 분 동안 이야기를 나눈 뒤에 클라이드는 이 부인 앞에서 마음이 가라앉고 편안해지는 것을 느꼈다.

"우리 조카구나." 그녀가 생긋 미소를 띠며 말했다.

"네, 그렇습니다. 클라이드 그리피스라고 합니다." 클라이드는 너무 긴장한 탓에 유별나게 위엄을 갖추고 간단히 대답했다.

"이렇게 만나니 반갑구나. 우리 집에 온 것을 환영한다." 그리피스 부인은 이 지방의 상류 사회에서 오랫동안 지내면서 몸에 밴 침착한 태도로 인사했다. "우리 아이들도 너를 만나게 돼 여간 기뻐하지 않을 게다. 벨라와 길버트는 좀 볼일이 있어서 지금 집에 없지만 곧 돌아올 거야. 네 큰아버지는 지금 쉬고 계시지만 아까 움직이는 소리가 들렸으니 이제 곧 내려오실 거다. 자, 이쪽으로 와서 앉아라." 그녀는 두 사람 사이에 놓여 있는 큼직한 긴 의자를 가리켰다. "일요일 저녁은 언제나 가족들끼리 저녁을 먹기 때문에 네가 와서 우리들과 같이 식사를 하는 게 좋겠다고 생각했단다. 그래, 라이커거스 생활은 어떠냐?"

그녀는 벽난로 앞에 있는 긴 의자 하나에 앉았고, 클라이드는 그녀와 적당한 거리를 두고 조금 어색한 태도로 의자에 앉았다.

"아, 이곳이 무척 좋습니다." 클라이드는 애써 기분 좋은 듯 미소를 지으며 대답했다. "아직 이 도시를 많이 보지 못했습니다만, 지금까지 본 바로는 좋습니다. 특히 이 거리는 제가 지금껏 보아 온 거리 중에서 가장 아름다운 거리 중 하나인 것 같습니다." 그가 열성적인 목소리로 덧붙였다. "저택들이 아주 크고, 정원도 무척 아름답습니다."

"그렇지, 라이커거스에 사는 우리는 이 와이키지 애비뉴를 자랑스럽게 생각한단다." 그리피스 부인은 이 거리에 우아하고 멋진 집을 갖고 있다는 사실에 자못 자랑을 느끼고 있던 터라 미소를 지으며 대답했다. 그녀와 그녀의 남편은 이곳에 저택을 소유하기까지 오랜 세월을 보내야 했다. "이 집을 보는 사람이라면 누구든 그런 생각이 드는 모양이더구나. 이 거리는 라이커거스가 아직 조그마한 마을에 지나지 않던 아주 오래전에 설계됐어. 지금처럼 멋지게 된 것은 한 십오 년밖에 안 되거든.

그건 그렇고, 네 부모님 얘기를 들려줘야지. 난 아직 한 번도 그분들을 만난 적이 없다만, 물론 네 큰아버지한테서 가끔 얘기를 듣곤 했지. 아니, 네 큰아버지의 동생에 대해서 말이다." 그녀가 말을 고쳤다. "네 큰아버지는 아직 네 어머니를 뵌 적이 없겠지. 그래, 아버지는 안녕하시고?"

"네, 안녕하십니다." 클라이드가 짧게 대답했다. "그리고 어머니도 별일 없습니다. 두 분은 지금 덴버에 살고 계십니다. 그전엔 얼마 동안 캔자스시티에 살고 있었습니다만, 3년 전에 덴버로 이사 가셨죠. 바로 며칠 전 어머니한테서 편지를 받았습니다. 모두들 잘 지내시고 있답니다."

"그럼, 넌 어머니와 소식을 전하고 있는 거구나. 참 기특하기도 해라." 큰어머니는 미소를 지으며 말했다. 이제 그녀는 클라이드의 옷차림에 관심을 갖고 그것에 꽤 호감이 갔다. 무척 단정하여 어디 내놓아도 손색이 없을 것 같았다. 자기 아들과 너무나 똑같아 처음에는 적잖이 놀랐고 마음이 끌렸다. 구태여 말하자면 클라이드 쪽이 좀 더 키가 크고 체격도 좋아 아주 잘생겨 보였다. 다만 그녀는 이 사실을 솔직히 인정하려 들지 않았다. 그녀가 보기에 길버트는 여전히 누구를 향해서도 거리낄 것 없이 당당히 자신과 자신의 소신을 말할 수 있을 만큼 역동적이고 적극적인 젊은이였다. 물론 그는 심지어 어머니에게도 아랑이 없고 때로는 경멸적인 태도를 보일 때가 있었으며, 여느 때나 다름없이 애정을 가장(假裝)했지만 말이다. 한편 클라이드는 자기 아들보다 나약하고 모호하고 어설펐다. 하기야 길버트의 강한 기질은 부친의 타고난 능력 때문인 게 틀림없었다. 또한 길버트와 다르지 않은 외가의 혈통을 이어받은 탓도 있었다. 그러나 클라이드의 연약한 기질은 별 볼일 없는 그의 부모한테서 물려받은 것 같았다.

그리피스 부인이 이 문제에 대해 자기 아들에 유리하도록 결론을 내린 뒤 클라이드의 남동생과 누이들의 안부를 막 물어보려고 할 때, 새뮤얼 그리피스 씨가 거실로 들어오는 바람에 대화가 끊겼다. 그는 의자에서 벌떡 일어선 클라이드를 아주 날카로운 시선으로 다시 한 번 바라보고는 적어도 외모가 매우 만족스럽다고 판단되자 이렇게 입을 열었다. "아, 그래 왔구나. 내가 너를 만나 볼 기회도 없이 직원들이 네게 일자리를 배정했다지."

"네, 그렇습니다." 클라이드는 그렇게 훌륭한 사람 앞에서 아주 공손하게 허리를 숙이며 가볍게 대답했다.

"그래, 잘됐다. 어서 앉아라! 어서 앉자! 네게 일자리를 배정했다니 마음이 놓이는구나. 지금은 지하 원단 수축 부서에서 일하고 있다고 들었다. 그곳은 그다지 유쾌한 일자리는 아니지만 처음 일을 시작하기엔 그리 나쁜 곳도 아니지. 밑바닥부터 말이다. 가장 훌륭한 사람들도 때로는 거기서부터 시작하거든." 그는 싱긋 미소를 짓고 나서 다시 말을 이었다. "네가 이 도시에 도착했을 때 난 마침 출장 중이었다. 그렇지만 않았어도 너를 만났을 거야."

"네, 큰아버님." 클라이드는 큰아버지가 긴 의자 옆 덮개를 씌운 큼직한 의자에 앉을 때까지 감히 의자에 앉을 수 없었다. 그리피스 씨는 일반 턱시도와 주름 잡힌 멋진 셔츠에 까만 나비넥타이를 매고 있는 클라이드의 모습이 시카고에서 클럽의 제복을 입고 있었을 때와는 사뭇 달라 보인다고 생각했다. 그래서 전보다 훨씬 매력적인 젊은이, 즉 아들 길버트가 묘사한 것처럼 보잘것없고 대수롭지 않은 젊은이로는 도저히 보이지 않았다. 여전히 사업에 박력과 정력의 필요성을 느끼는 그로서는 클라이드에게 이런 기질이 확실히 결여된 것처럼 느껴졌고, 그래서 클라이드한테 좀 더 박력과 정력이 있었으면 싶었다. 그렇게만 되면 그리피스 가문의 혈통에 한층 더 빛을 더해 줄 것이며, 그의 아들도 어쩌면 기뻐할지 몰랐다.

"지금 일하고 있는 작업은 마음에 드느냐?" 그가 짐짓 겸손한 듯한 말투로 물었다.

"글쎄요, 네, 괜찮습니다. 딱히 좋아한다고 말씀드릴 순 없을 것 같습니다만." 클라이드가 아주 솔직하게 대답했다. "하지만 괜찮습니다. 무슨 일이든 처음 시작할 때는 다 그렇죠." 그 순간 마음속으로는 큰아버지에게 자신은 지금 하는 일보다 더 좋은 일자리에 어울린다고 넌지시 알리고 싶었다. 마침 사촌 길버트가 자리에 없어서 용기를 내어 말할 수 있었다.

"옳지, 그런 마음가짐이 무엇보다도 중요하지." 큰아버지는 반색하며 대꾸했다. "그 일은 확실히 아주 유쾌하지는 못한 일이지만, 무엇보다도 먼저 알아야 할 가장 필수적인 공정이란다. 더구나 최근에는 무슨 사업이든 성공하려면 조금 시간이 걸리는 법이거든."

그 말을 듣고서 클라이드는 과연 언제쯤이면 계단 아래 음침한 지하실 신세를 벗어날 수 있을 것인가, 하고 생각했다.

클라이드가 그런 생각을 하고 있을 때 마이라가 불쑥 거실에 들어왔다. 그녀는 클라이드가 과연 어떻게 생겼을까, 길버트가 묘사한 것처럼 그렇게 멋없는 젊은이인지 알고 싶은 호기심으로 가슴이 두근거렸다. 지금 그녀가 바라본 바로는 클라이드의 눈은 어딘지 초조하고 조금은 수상쩍고, 호소하거나 무엇을 찾는 듯한 빛을 띠고 있었다. 그래서 곧바로 그녀의 관심을 끌뿐더러 사교적으로 그다지 성공을 거두지 못하고 있는 자신과 어딘지 통하는 데가 있을 것 같다는 생각이 들었다.

"네 사촌 오빠 클라이드 그리피스다." 클라이드가 자리에서 일어서자 새뮤얼 그리피스 씨가 조금 무심하게 말했다. 그러고는 클라이드 쪽을 향해 "큰딸 마이라야" 하고 덧붙였다. "마이라, 내가 네게 말해 온 그 젊은이다" 하고 이번에는 그녀에게 클라이드를 소개했다.

클라이드는 가볍게 머리를 숙이고는 그녀가 내민 그다지 활기 있어 보이지 않는 차가운 손을 잡았다. 그래도 다른 두 사람의 환영보다는 마이라 쪽이 한결 더 다정하고 친밀함이 깃들여 있는 것처럼 느껴졌다.

"라이커거스에 오셨으니 이곳이 마음에 들면 좋겠어요." 그녀는 정중하게 입을 열었다. "우린 모두 라이커거스를 좋아해요. 하지만 시카고에서 오셨다면 이곳이 그다지 인상적일 순 없겠죠." 이렇게 말하며 그녀는 클라이드에게 상냥하게 미소를 지었다. 그러나 그는 아주 지체 높은 친척들 앞이라 격식을 차려야 되고 몸이 뻣뻣하게 굳어지는 것을 느끼며 "고마워요" 하고 딱딱하게 대답하고는 자리에 앉으려고 했다. 그때 마침 바깥문이 열리며 길버트 그리피스가 성큼성큼 걸어 들어왔다. 그가 들어오기 전 붕붕 하고 자동차의 엔진 소리가 들려왔다. 커다란 동쪽 입구 밖에 자동차를 세워 둔 모양이었다. "잠깐만 기다려, 돌지." 길버트는 밖에 있는 누군가에게 소리쳤다. "곧 돌아갈게." 그러고 나서 그는 집안 식구들 쪽으로 얼굴을 돌리고는 이렇게 덧붙였다. "잠깐 실례할게요. 곧바로 돌아올게요." 뒤쪽 계단으로 성급히 뛰어 올라가더니 곧바로 다시 돌아와서 다른 집안 식구들은 아니더라도 클라이드 쪽을 마주 보았다. 공장에서 지금껏 클라이드를 불안하게 했던 그 냉정하고도 무관심한 태도로 말이다. 벨트가 달린 지나치게 화려한 줄무늬의 드라이브 코트를 입고, 검정색 가죽 모자를 쓰고 긴 가죽 장갑을 낀 그의 모습은 군인 같은 느낌을 주었다. 그는 클라이드 쪽을 향해 무뚝뚝하게 머리를 끄덕여 보인 뒤 "잘 있었어?" 하고 한마디 던지고는 거만한 태도로 아버지의 어깨에 한 손을 얹고서 말했다. "아버지, 안녕하세요. 어머니, 안녕하세요. 죄송하지만 오늘 저녁은 실례해야겠습니다. 지금 돌지, 유스티스와 함께 콘스턴스와 재클린을 데리러 가려고 암스테르담에서 막 돌아온 참입니다. 브리지먼의 집에서 파티가 있거든요. 하지만 내일 아침까진 돌아오겠습니다. 어쨌든 늦어도 회사에 출근하겠습니다. 특별한 일 없이 모든 일이 잘 돌아가는 거죠, 그리피스 사장님?" 그가 자기 아버지에게 물었다.

"그래, 별로 불평할 만한 일은 없구나." 그의 아버지가 대꾸했다. "하지만 그렇게 늦게까지 놀아도 괜찮은 거냐?"

"아, 그런 뜻이 아닙니다." 그는 클라이드쯤은 전혀 안중에 없다는 말투로 말을 이어 나갔다. "제 말은요, 다만 두 시까지 돌아오지 못하게 되면 그 집에서 자고 오겠다는 거죠." 그는 또다시 그의 아버지의 어깨를 다정하게 두들겼다.

"길버트, 평소 그러듯 너무 속력을 내지 않도록 조심해라. 위험하니까." 어머니가 불평 섞인 목소리로 말했다.

"어머니, 24킬로미터로 달리면 되잖아요. 한 시간에 24킬로미터로요. 저도 교통 규칙쯤은 알고 있다고요." 그는 거만한 말투로 대꾸했다.

클라이드는 길버트의 건방지고 안하무인격인 말투를 놓치지 않고 눈여겨보고 있었다. 회사에 있을 때와 마찬가지로 집에서도 그는 무시하지 못할 인간이었다. 그의 아버지를 제외하면 어쩌면 이 세상에 무서운 사람이라곤 하나도 없는 모양이었다. 이 얼마나 거만한 태도인가! 클라이드는 이렇게 생각했다.

아무런 수고도 없이 다만 아들이라는 사실 하나만으로 이렇게 대단하게 행세하고 그토록 잘난 척하고 그런 힘과 권위를 행사할 수 있다니 이 얼마나 멋진 일인가. 분명히 그는 클라이드를 대하는 태도에서 몹시 우월감을 품고 있고 무관심한 태도를 보이고 있었다. 그토록 막강한 힘을 마음대로 행사할 수 있는 그런 젊은이가 된다고 한번 생각해 보라!

제10장

그때 가정부가 저녁 식사 준비가 다 되었다고 알렸고, 길버트는 곧바로 거실에서 나갔다. 그와 동시에 모두가 의자에서 일어났고, 그리피스 부인이 가정부에게 물었다. "벨라한테서는 아직 전화 안 왔어요?"

"네, 아직 안 왔습니다." 가정부가 대답했다.

"그럼, 투르스테일 부인에게 핀칠리 씨 댁에 전화를 걸어 그 애가 거기 있는지 알아보도록 해요. 그곳에 있거든 곧바로 집으로 돌아오라고 내가 그러더라고 일러요."

가정부가 물러가자 식구들은 뒤쪽 계단 서쪽에 있는 식당으로 다 같이 들어갔다. 클라이드가 보기에 이 식당 또한 아주 밝은 갈색으로 멋지게 장식한 방으로 조각을 한 호두나무 식탁이 중앙에 길게 놓여 있었다. 식탁은 분명히 특별한 경우에만 사용하는 것으로 보였다. 식탁 주위에는 등이 높은 의자가 둘러 있었고, 일정한 간격을 두고 매단 샹들리에가 밝게 빛났다. 이 식당 건너 쪽 천장이 낮은 원형 별실에도 6인용의 조그마한 식탁이 하나 놓여 있었다. 그곳으로부터는 남쪽 정원이 내다보였다. 저녁 식사는 그쪽에서 들기로 되어 있었는데 클라이드로서는 무슨 이유인지 기대했던 것과는 다르게 느껴졌다.

　조용히 앉아 있는 클라이드는 주로 그의 가족에 대해, 전에는 어떻게 살았고 지금은 어떻게 살고 있는지 묻는 말에 하나하나 대답했다. 이를테면 아버지는 몇 살인가? 어머니 나이는? 덴버로 이사 가기까지 어떤 곳에서 살고 있었는가? 형제자매는 몇 명인가? 그의 누이 에스터는 몇 살인가? 무슨 일을 하고 있는가? 나머지 형제들은 어떻게 지내고 있는가? 아버지는 호텔 경영을 좋아하시는가? 캔자스시티에서는 어떤 일을 하고 계셨는가? 그곳에서 가족이 몇 해나 살았는가?

　클라이드는 큰아버지와 큰어머니가 꽤 진지하고 엄숙한 말투로 퍼붓는 질문에 적잖이 불안하고 어리둥절했다. 특히 캔자스시티의 생활에 관한 질문에는 자못 애매하게 대답했다. 그래서 그가 머뭇거리며 대답하는 모습, 특히 캔자스시티에서 가족들의 생활과 관련하여 쩔쩔 매는 모습을 보고 큰아버지와 큰어머니 두 사람은 몇몇 질문 때문에 그가 당황하고 괴로워한다는 사실을 짐작했다. 물론 그들은 매우 가난했기 때문에 그러는 것이려니 하고 생각했다. "그러면 넌 학교를 졸업하자 캔자스시티에서 호텔 일을 시작했겠구나?" 하고 질문을 받았을 때 클라이드는 예의 자동차 도난 사건과 그가 거의 학교에 다니지 않았다는 생각이 다시 고개를 쳐들었기 때문에 몹시 얼굴을 붉혔다. 캔자스시티에서 호텔 벨보이 노릇을 하던 일, 특히 그린데이비슨 호텔에서 하던 일은 더더욱 생각하고 싶지 않았던 것이다.

그러나 다행히도 때마침 현관문이 열리며 벨라가 두 젊은 아가씨와 함께 안으로 들어왔다. 클라이드가 언뜻 보기에도 그 아가씨들은 벨라와 마찬가지로 상류계급에 속한 것 같았다. 최근 그의 머리를 괴롭혔던 리터나 젤러와는 정말로 하늘과 땅만큼 다른 아가씨들이었다. 물론 그는 벨라가 집안 식구에게 말을 건넬 때까지는 세 아가씨 중 어느 쪽이 벨라인지 알 수 없었다. 다른 두 아가씨 중 하나는 벨라와 큰어머니가 자주 언급하던 손드라 핀칠리였다. 그녀는 클라이드가 지금껏 보아 온 어떤 여성보다도 똑똑하고 자만심 강하고 귀여웠다. 그가 이제껏 알고 있던 그 누구와도 다르고 그들보다 훨씬 멋졌다. 손드라는 몸에 꼭 들어맞는 맞춤 드레스를 입고 있어 몸매가 정확하게 드러나 있었으며, 조그마한 검정 가죽 모자를 눈 위에 나지막하게 눌러 쓰고 있었다. 같은 색깔의 가죽끈이 그녀의 목에 매어 있었다. 한 손에는 프랑스 불도그를 가죽 목줄로 끌었고, 다른 쪽 팔에는 검은색과 회색 바둑무늬의 매우 화려한 코트를 걸친 모습이었다. 그다지 눈에 띄지는 않지만 남성용 패션 코트 같은 느낌을 주는 코트였다. 클라이드의 눈에 그녀는 이제껏 그가 보아 온 아가씨 중에서 가장 사랑스러웠다. 정말이지 그는 전류에 감전이라도 된 것처럼 전신이 짜릿하게 떨렸다. 손에 넣고 싶지만 막상 손에 넣을 수 없을 때 느끼는 야릇한 아픔을, 갈망하면서도 자기를 한 번 힐끗 쳐다보지도 않을 것 같은 가슴 저린 아픔을 느꼈다. 정신이 아찔하고 고통스러웠다. 한순간 그는 눈을 꼭 감아 그녀의 모습을 지워 버리고 싶은 마음이 간절했다. 그러다가도 다음 순간 그녀에게서 도저히 눈을 뗄 수 없었다. 이처럼 그는 완전히 그녀의 포로가 되고 말았다.

그러나 손드라는 그를 보았는지 보지 못했는지 처음에는 아무런 내색도 하지 않고 개에게 소리를 지르고 있었다. "안 돼, 비셀, 얌전히 굴지 않으면 밖에다 매 놓을 테야. 아, 얘가 얌전히 굴지 않으면 나도 못 있게 되잖아." 불도그는 이 집 고양이를 보고서 그쪽으로 가려고 자꾸 줄을 잡아당기고 있었다.

손드라 옆에는 또 다른 아가씨가 있었다. 손드라처럼 그렇게 매혹적이지는 않았지만 그 나름의 매력이 있었고, 그녀에게 끌리는 남자들도 있을 것 같았다. 머리칼은 금발, 아니 아마(亞麻) 색깔이었는데, 편도 모양의 녹회색 눈이 맑았고, 조그맣고 우아한 몸이 고양이처럼 살금살금 움직였다. 그녀는 식당 안으로 들어오는 즉시 그리피스 부인이 앉아 있는 식탁 끝으로 조심스럽게 다가가 몸을 굽히더니 곧바로 가르랑거리는 목소리로 말했다.

"아, 안녕하세요, 아주머니. 다시 만나 뵙게 되어 반갑습니다. 한동안 찾아뵙지 못했어요. 어머니랑 이곳에서 떠나 있었거든요. 오늘 어머니와 그랜트는 올버니에 가셨어요. 방금 램버트 댁에서 벨라와 손드라를 데려왔어요. 이제 막 식사를 하시려는 참이었군요? 잘 지내죠, 마이라 언니?" 그녀는 마이라에게 인사를 하더니 그리피스 부인의 어깨 너머로 손을 뻗어 아무렇게나 마이라의 팔을 건드렸다. 마치 무엇보다도 형식을 차려야 한다는 듯한 태도였다.

한편 클라이드에게는 셋 중에서 손드라 다음으로 귀엽게 생긴 벨라가 소리를 질렀다. "아, 늦었어요. 아빠, 엄마, 미안해요. 늦어서. 하지만 이번만은 괜찮은 거죠?" 그러고 나서 아가씨들이 들어올 때부터 줄곧 서 있던 클라이드를 이제야 비로소 처음 보았다는 듯 다른 두 아가씨와 마찬가지로 일부러 조금 수줍어하는 척하며 수다를 그쳤다. 벌써 아까부터 의자에서 일어서서 소개받기를 기다리고 있던 클라이드는 이런 장소의 분위기와 재산의 위력에 워낙 과민한 나머지 오지 못할 데 온 것 같은 생각이 들어 몸을 조금 떨고 있었다. 그에게 이런 위치에서 젊음과 아름다움은 여성의 궁극적인 승리와 다름없었다. 이 세 아가씨 중 어느 누구의 매력에도 미치지 못하는 리터는 말할 것도 없고 호튼스 브릭스 같은 여자를 무척 좋아했다는 사실은 그가 장점과는 관계없이 예쁜 여자 앞에서는 맥을 추지 못한다는 것을 보여 주는 증거라고 할 수 있었다.

"벨라, 네 사촌 클라이드다." 클라이드가 아직도 서 있는 것을 보고 새뮤얼 그리피스가 근엄하게 입을 열었다.

"아, 그렇죠." 어쩌면 저렇게도 길버트를 꼭 빼닮았을까 생각하면서 벨라가 대답했다. "안녕하세요? 엄마한테서 언제 한번 들른다는 말을 들었어요." 그러면서 손가락 한두 개를 내밀더니 곧 친구들을 향해 고개를 돌렸다. "제 친구 미스 핀칠리와 미스 크랜스턴입니다, 그리피스 씨."

그러자 두 아가씨는 형식적인 딱딱한 자세로 허리를 굽히고 인사를 하면서 동시에 꽤 노골적으로 클라이드를 자세히 훑어보았다. "어머, 길버트와 꽤 닮았잖니?" 손드라가 옆에 바싹 온 버타인에게 귓속말로 속삭였다. 그 말에 버타인이 대답했다. "정말 놀랍지 뭐야. 하지만 이분이 더 잘생겼잖아. 훨씬 더 미남이잖니?"

손드라는 자신이 별로 좋아하지 않는 벨라의 오빠인 길버트보다 그가 조금 더 잘생겼다는 것을 보고 우선 기분이 좋아 고개를 끄덕였다. 그다음으로는 그가 자기에게 매혹당한 것이 분명한 것 같아 기분이 좋았다. 젊은 사내들이 자기에게 반하는 것이 당연한 것처럼 손드라로서는 이 청년이 자기에게 매혹되는 것도 당연한 노릇이라고 생각했다. 그렇게 생각한 뒤에도 또 그의 시선이 여전히 어쩔 수 없다는 듯 맥없이 자기에게 자꾸만 쏠리는 것을 보고 손드라는 적어도 당분간은 이 사내에게 더는 주의를 기울일 필요가 없다고 판단했다. 너무도 다루기 쉬운 만만한 사내였기 때문이다.

이런 방문을 예기치 못했던 그리피스 부인은 벨라가 그녀의 친구들을 클라이드에게 소개하여 이곳에서 그의 사회적 위치 문제를 부각한 것에 조금 짜증이 나서 말했다. "자, 너희 둘도 코트를 벗고 앉으렴. 곧 네이딘에게 이쪽 끝에 음식 접시를 더 가져오라고 할 테니까. 벨라, 너는 아버지 옆에 앉아라."

"아, 아니에요, 괜찮아요", "아니에요, 우리도 지금 집에 가는 길이에요. 더 머물러 있을 수 없어요" 하고 손드라와 버타인이 동시에 대답했다. 그러나 그들은 이왕 이곳에 온 데다 클라이드가 제법 매력적인 젊은이라는 사실을 안 이상, 심술궂게도 그가 얼마나 사교적인지 알고 싶은 충동이 일었다. 길버트 그리피스는 일부 사람들, 특히 그 아가씨들 사이에서는 그다지 인기가 없었다. 아가씨들이 벨라를 아주 좋아하면서도 말이다. 자기중심적인 이 두 아가씨가 보기에 길버트는 때로 너무 공격적이고 고집스럽고 거만했다. 반면 클라이드는 외모로 판단하자면 훨씬 온순한 것 같았다. 만약 그의 사회적 신분이 그들과 동등하거나, 그리피스 집안사람들이 그렇게 생각한다면 그는 이 도시의 사교계에서 좋은 상대가 될 수 있지 않을까? 어쨌든 그가 부자냐 아니냐 하는 문제를 알아보는 것만으로도 흥미를 끌 터였다. 그러나 그 문제에 관해서는 그리피스 부인이 버타인에게 의도적으로 분명하게 말함으로써 곧 해결되었다. "그리피스 씨는 우리 조카인데 이번에 남편 공장에서 일하게 되어 서부에서 온 거란다. 혼자 힘으로 성공해 나가야 할 젊은이지. 그 애 큰아버지가 친절하게도 그를 도와주기로 하신 거지."

이 말을 듣고 클라이드는 얼굴을 붉혔다. 큰어머니는 자신의 사회적 위치가 그리피스 집안의 가족이나 이 아가씨들보다 훨씬 낮다는 것을 분명히 밝혔기 때문이다. 동시에 돈과 지위가 있는 젊은이들에게만 관심을 두는 버타인 크랜스턴의 얼굴이 호기심 가득 찬 표정에서 극단적으로 노골적인 무관심으로 바뀌는 것을 클라이드는 눈치챘다. 한편 그녀의 친구처럼 그렇게 현실적이지 못한 손드라 핀칠리는 얼굴에 '참 안됐다'라는 표정을 역력히 드러내면서 클라이드를 다시 한 번 쳐다보았다. 손드라는 아주 예뻤고 부모도 훨씬 재력이 있어 친구들보다 더 우위에 있으면서도 말이다. 어쨌든 클라이드는 참으로 매력적인 젊은이인 게 틀림없었다.

바로 그때 버타인은 아니어도 손드라에게 특별히 호감을 느끼고 있던 새뮤얼 그리피스가 입을 열었다. "이봐, 손드라, 개를 식당 의자에 매 놓고 이리 와 내 옆에 앉아라. 코트는 이 의자 위에 걸쳐 놓고. 자, 어서, 여기 자리가 비어 있잖아." 버타인은 너무 약삭빠르고 교활해 그리피스 부인도 그다지 좋아하지 않았다. 새뮤얼은 손드라에게 와서 앉으라고 손짓했다.

"하지만 정말 안 돼요, 아저씨!" 손드라는 환심을 사려는 듯 아양을 떨며 허물없이 귀여운 목소리로 말했다. "너무 늦었어요. 게다가 비셀이 얌전히 있지 않을 거예요. 버타인도 저도 정말로 이제 막 집에 돌아가는 길인걸요."

"아, 그래요, 아빠." 벨라가 옆에서 재빨리 맞장구를 쳤다. "버타인의 말[馬]이 어제 못을 잘못 밟아서 지금 절룩거리고 있어요. 게다가 그랜트도 아버지도 집에 안 계시거든요. 말을 어떻게 손 써야 할지 몰라 의논하러 우리 집에 들른 거예요."

"어느 쪽 다리인데?" 그리피스 씨가 무척 관심을 두고 물었다. 그러는 동안 클라이드는 계속 손드라의 모습을 훔쳐보고 있었다. 그렇게 귀여울 수가 없었다. 조그마한 코는 위쪽으로 향하고 있고, 윗입술은 익살맞게 코 쪽으로 굽어 있었다.

"왼쪽 앞다리예요. 어제 오후 제가 타고서 이스트 킹스턴 도로를 달리고 있었어요. 그런데 제리의 말굽이 그만 빠져 무슨 뾰족한 파편이 박힌 모양이에요. 존이 아무리 찾으려 해도 어디 눈에 띄어야죠."

"못이 박힌 줄도 모르고 꽤 오래 달린 거야?"

"집까지 돌아왔으니까 한 13킬로쯤 달린 셈이죠."

"그렇다면 존더러 약을 바르고 붕대를 감아 주고 나서 수의사를 부르도록 해야겠다. 확실히 괜찮게 될 거야."

그러나 아가씨들은 떠날 기미를 전혀 보이지 않았고, 잠깐 혼자 있는 동안 클라이드는 이 도시의 사교계는 얼마나 편하고 즐거운 세계인가, 하고 생각하고 있었다. 근심·걱정 있는 사람은 아무도 없는 것처럼 보였다. 이 사람들이 입에 올리는 화제란 온통 지금 짓고 있는 저택이라든지, 그들이 타고 다니는 말들이라든지, 최근 만난 친구들이라든지, 그들이 앞으로 놀러 가고 싶은 장소, 또 하고 싶은 일에 관한 이야기뿐이었다. 게다가 길버트는 바로 조금 전 젊은 친구들과 함께 어디론지 드라이브를 한다고 가 버리지 않았는가. 그리고 그의 사촌 누이동생인 벨라는 이 아가씨들과 어울려 이 거리의 멋진 저택들로 놀러 다니고 있는 게 아닌가. 한편 자기는 커피 부인네 3층 단칸방에 어디 갈 곳도 없이 처박혀 있었다. 그리고 일주일에 겨우 15달러로 살아가야 했다. 아침이 되면 이 아가씨들은 지금보다도 몇 배 즐거운 일을 위해 잠자리에서 깨어날 때 자신은 지하실에서 또다시 일해야만 했다. 한편 덴버에서 그의 부모는 이곳에서는 도저히 입에 올릴 수도 없을 만큼 조그마한 하숙집 겸 전도소를 경영하고 있었다.

갑자기 두 아가씨는 인제 그만 가 봐야겠다고 하고는 자리를 떴다. 그래서 또다시 클라이드와 그리피스 집안 식구들만이 남게 되었다. 클라이드는 어쩐지 자기가 이 자리에 별로 어울리지 않고 푸대접을 받는 것 같은 느낌이 들었다. 마이라는 아닐지라도 새뮤얼 그리피스 부부와 벨라는 그가 속하지 않는 세계를 들여다볼 기회를 준 것에 지나지 않는다고 느끼고 있는 것 같았다. 또한 그가 아무리 이 아름다운 아가씨들과 사귀는 일을 꿈꾼다 해도 가난한 탓에 결코 이 세계에 발을 들여놓을 수 없다고 느끼고 있는 듯했다. 이렇게 생각하자 그는 갑자기 몹시 서글퍼졌다. 눈빛과 기분이 너무 우울해지자 새뮤얼 그리피스뿐만 아니라 그 부인과 마이라도 눈치채지 않을 수 없었다. 만약 이 세계에 발을 들여놓을 수만 있다면 어떻게 해서든지 그 방법을 찾고 싶었다. 식당에 있는 사람 중에서 오직 마이라만이 그가 모르긴 몰라도 외롭고 우울하다는 사실을 깨닫고 있었다. 그래서 식사가 끝나고 모두들 커다란 거실로 자리를 옮길 때— 새뮤얼은 벨라가 늘 식사 시간에 늦는다고 나무라고 있었다— 마이라가 클라이드의 옆으로 다가와 말을 건넸다. "이제 조금만 더 있으면 지금보다는 훨씬 라이커거스가 마음에 들 거예요. 이 근처에는 가 볼 만한 재미난 곳이 많이 있거든요. 이곳에서 북쪽으로 110킬로미터쯤 가면 호수와 애디론댁산맥*이 있어요. 여름이 되면 우린 모두 그린우드에서 머무는데, 아버지와 어머니가 가끔 한 번씩 그리로 초대할 거예요."

마이라는 그러리라는 확신이 조금도 없었지만 그때의 상황에서는 사실이든 사실이 아니든 클라이드에게 이렇게 말하고 싶었다. 그때부터 클라이드는 그녀에게 더욱 편안함을 느꼈기 때문에 벨라와 다른 가족을 무시하지 않는 범위에서 될수록 그녀와 얘기를 나누었다. 그러나 아홉 시 반경이 되어 갑자기 또다시 자리에 어울리지 않는 것 같고 외로움을 느끼게 되자 이튿날 아침 일찍 일어나야 하니 그만 가 봐야겠다고 말하면서 자리에서 일어났다. 새뮤얼 그리피스는 그를 현관까지 뒤따라 나와 배웅했다. 그는 클라이드가 꽤 매력적인 젊은이지만 가난한 탓에 앞으로 자기 가족뿐만 아니라 자신에게서도 무시당할 것 같다는 생각이 들었다. 무슨 보상이라도 해 주려는 마음에서 그는 자못 다정하게 말했다. "바깥에 나오니 기분이 좋구나. 아직 봄이 오지 않아서 와이키지 애비뉴는 화려한 모습을 보여 주지 않고 있구나." 그는 무엇을 찾는 듯 밤하늘을 우러러보며 4월의 늦봄 공기를 마음껏 들이마셨다. "하지만 두세 주일 뒤에 너를 다시 초대해야겠다. 그때가 되면 이곳 나뭇잎과 꽃들이 활짝 필 테니 그 멋진 모습을 보게 될 게다. 그럼 잘 가거라."

그리피스 씨는 빙긋 미소를 지으며 아주 다정한 목소리로 말했다. 클라이드는 길버트의 태도가 어떻든 그의 아버지만은 자기에게 전적으로 무관심하지만은 않다고 다시 한 번 확신할 수 있었다.

제11장

하루하루 며칠이 지나가고 그리피스 집안으로부터는 아무런 소식도 없었지만 클라이드는 여전히 단 한 번 그들과 접촉했다는 사실을 과장해 생각하는 경향이 있었다. 더구나 때때로 그 아가씨들과 다시 만날 행복한 꿈을 꾸며 그들 중 어느 하나와 사랑에 빠지게 된다면 얼마나 멋질까, 하고 생각했다. 그녀들이 살아가고 있는 세계는 참으로 아름다웠다. 그가 속해 있는 세계와는 달리 너무 호화롭고 매력이 흘러넘쳤다. 딜러드! 리터! 쳇, 사라져라! 그들의 존재는 이제 그에게는 티끌만큼도 가치가 없었다. 지금 그의 심정으로는 이 세계에 발을 들여놓거나, 그렇지 않으면 아무것도 필요 없었다. 그래서 될수록 딜러드를 멀리했으며, 그의 이런 태도 때문에 그는 점차 딜러드와 완전히 소원해지게 되었다. 딜러드는 클라이드를 속물로 간주했는데, 실제로 클라이드는 원하는 것을 손에 넣을 수만 있다면 충분히 그럴 인물이었다. 그러나 뒤에 깨닫게 된 일이었지만, 그러는 동안 시간은 계속 흘렀고 그는 여전히 똑같은 일을 하고 있었다. 마침내 판에 박은 듯한 작업과 몇 푼 안 되는 임금과 따분한 원단 수축 작업실 사람들과 만나는 일에 의기소침해진 그는 리터나 딜러드에게 돌아가려고 생각하기보다는— 이제 그는 그들 생각을 해도 조금도 기쁘지가 않았다— 차라리 이 도시에서의 야심을 포기하고 시카고로 돌아가거나 뉴욕에 가서 필요하다면 어느 호텔에서 일자리를 구해야겠다고 생각하기 시작했다. 그런데 그때 마침 마치 그의 용기를 북돋아 주고 처음 품었던 꿈을 확인해 주려는 듯한 사건이 일어났다. 확실히 그리피스 부자가 자기를 평가하는 것이 달라지기 시작했다고 생각하기에 충분한 사건이었다. 사회적으로 그를 환대해 주려고 애쓰는지 아닌지는 잘 알 수 없지만 말이다. 어느 봄날 토요일, 새뮤얼 그리피스가 조셔 위컴을 데리고 공장을 순시하기로 마음먹었다. 정오쯤 되었을 무렵 수축 작업실을 방문한 그는 클라이드가 윗저고리를 벗어던지고 바지 바람으로 두 건조대의 한쪽 끝에서 원단을 '넣는' 작업을 하고 있는 모습을 보고 조금 당황스러웠다. 이 무렵 그의 조카는 원단을 '넣는' 기술과 '빼는' 데 필요한 기술을 몸에 익히고 있었다. 불과 몇 주일 전 자기 집에서 만났을 때 어디 내놓아도 손색없던 말쑥한 그의 모습을 기억하는 그리피스로서는 너무나 대조적인 모습에 가슴이 아팠다. 우선 그는 시카고에서나 그의 집에서 클라이드가 매우 단정하고 호감이 가는 젊은이라는 인상을 받았다. 더욱이 자기 아들 못지않게 그는 공장 종업원은 물론 세상 사람들 앞에서 그리피스 가문의 이름뿐만 아니라 이 도시의 사회적 체면을 중시하고 있었다. 그런데 그곳에서 본 클라이드는 길버트와 너무 닮았으면서도 소매 없는 셔츠에 헌 바지를 입고 다른 직공들과 함께 일하고 있었다. 그는 그 모습을 보자, 클라이드는 자기 조카이며 그를 언제까지나 이렇게 천한 일을 시켜서는 안 되겠다는 생각이 새삼 들었다. 사장이 자기 친척에게 너무 무관심하다고 다른 종업원들이 생각할지도 모를 일이었다.

그러나 그리피스 씨는 위검에게도 다른 누구에게도 한마디도 하지 않고는, 아들이 도시 밖으로 여행을 떠났다가 월요일 아침에 돌아오기를 기다렸다가 즉시 집무실로 불러 이야기를 꺼냈다. "지난 토요일에 공장을 한 바퀴 순회하다가 보니 클라이드가 아직도 원단 수축 부서에서 일하고 있더구나."

"그게 어떻다는 말씀인가요, 아버지?" 길버트는 아버지가 왜 지금 새삼스럽게 클라이드의 이야기를 꺼내는 것일까 하고 이상하게 생각하면서 대답했다. "그 애가 오기 전부터 다른 사람들도 그곳에서 일해 왔습니다. 거기서 일한다고 해도 아무 문제없습니다."

"그건 그렇다만, 뭐니 뭐니 해도 그 애는 내 조카가 아니냐. 더구나 그 애는 다른 직공들과는 달리 너를 빼닮았단 말이다." 이 말은 길버트를 몹시 언짢게 했다. "이대론 안 되겠구나. 내 생각엔 옳은 처사가 아니야. 다른 사원들도 그 애가 너를 아주 빼닮은 것을 보거나, 그 애가 네 사촌이고 내 조카라는 걸 알게 된다면 종업원들 생각도 내 생각과 크게 다르지 않을 거야. 난 지금 껏 현장에 내려가 보지 않아서 미처 몰랐다만, 그 애를 그런 곳에서 그런 일을 시키는 건 옳지 않아. 그래선 안 되고말고. 그러니 그런 모습으로 일을 하지 않아도 되는, 어디 다른 부서로 옮겨야겠다."

그리피스 씨의 눈빛이 어두워지면서 미간에 주름이 잡혔다. 다 해진 옷을 입고 이마에 구슬땀을 흘리며 일하고 있는 클라이드의 모습은 생각만 해도 기분이 좋지 않았다.

"하지만 제 말도 들어 보십시오, 아버지." 클라이드에게 처음부터 반감을 느낀 길버트는 그를 지금 그 자리에 그대로 묶어 놓아야겠다고 마음을 굳힌 채 고집을 부렸다. "그 자리 말고는 그 애에게 줄 마땅한 자리가 없을 듯합니다. 적어도 지금 자리에서 오랫동안 열심히 일해 온 누군가를 옮기지 않고서는 말이죠. 그 애는 지금 하고 있는 일 말고는 훈련받은 일이 아무것도 없습니다."

"그건 잘 모르겠고, 또 내가 알 바도 아니다." 새뮤얼 그리피스는 아들이 클라이드를 조금 질투하고 있기 때문에 공평하게 대하고 있지 않다는 것을 느꼈다. "그곳은 그 애가 있을 데가 못 돼. 어쨌든 난 그 애를 더 이상 그곳에 두지 않겠다. 그 정도면 충분히 있을 만큼 있었어. 더욱이 이건 그리피스 가문의 체면이 걸린 문제야. 차분하고 유능하고 박력 있고 사리 판단이 정확하다는 이곳에서의 우리 집안 평판에 흠이 되게 할 수는 없어. 그건 우리 사업에도 좋지 않아. 오히려 우리에게 부담이 되거든.

어디 내 말 알아듣겠니?”

“네, 잘 알겠습니다, 주지사님.”

“그렇다면 내가 하라는 대로 해라. 위검과 의논해서 적당한 자리로 옮겨 주도록 해. 삯일이나 육체 노동이 아닌 곳으로 말이다. 애당초 그런 곳으로 배치한 게 잘못이었어. 어느 부서의 무슨 우두머리나, 누군가의 부서장 자리같이 그 애에게 어울리는 자리가 있을 거야. 점잖은 옷차림으로 의젓하게 보일 수 있는 곳 말이다. 필요하다면 그 애에게 적당한 자리가 나타날 때까지 그대로 급료를 주고 집에 가 있게 해도 좋아. 어쨌든 자리는 옮겨 주거라. 한데 그 애는 지금 얼마 받고 있느냐?”

“아마 15달러 정도일 겁니다.” 길버트는 냉담한 목소리로 대답했다.

“그 돈으로는 이곳 사람들 앞에서 창피하지 않을 몸차림을 할 수 없지. 25달러로 올려 주는 게 좋겠다. 물론 지나친 봉급이라는 걸 알지만 지금으로서는 어쩔 수 없어. 그 애가 이곳에 있는 한 충분히 생활할 수 있는 돈은 있어야겠지. 부당하게 취급하고 있다는 소리를 듣는 것보다는 보수를 더 많이 주는 편이 낫지.”

“네, 잘 알겠습니다, 주지사님. 잘 알겠다고요. 그러니 이 일로 너무 언짢아하지 마십시오.” 길버트는 아버지가 화나 있다는 것을 눈치채고서 애원하듯 말했다. “그건 제 책임만도 아닙니다. 애당초 제가 말씀드렸을 때 아버지도 좋다고 하지 않으셨나요? 하지만 아버지 말씀이 옳으십니다. 제게 맡겨 주십시오. 적당한 자리를 찾아보겠습니다.” 이렇게 말하고 나서 길버트는 돌아서 나와 위검을 찾으러 갔다. 그러는 동안 그는 클라이드가 이곳에서 그렇게 중요한 인물이라는 생각을 하지 않도록 이 문제를 어떻게 처리하면 좋을지 곰곰이 궁리하고 있었다. 즉, 그가 능력이 있어서가 아니라 그리피스 집안의 일원이기 때문에 호의를 베풀어 주는 것이라는 사실을 인식시켜 주고 싶었다.

위검이 나타나 곧바로 길버트 편에서 아주 외교적으로 이 문제에 접근하여 아이디어를 짜내기 위해 머리를 긁적거리며 물러갔다가 한참 뒤 돌아와서 말했다. 그는 클라이드가 분명히 아무런 기술 부문 훈련을 받은 적이 없으므로 생각해 낼 수 있는 자리는 5층의 큰 봉제실 다섯을 감독하는 리짓 씨의 조수밖에는 없다고 말했다. 리짓 씨 밑에는 기술 분야와는 전혀 관계없는 아주 특수한 작은 부서가 하나 있는데 그곳은 여자나 남자 조수의 감독이 별도로 필요한 부서라는 것이다.

이곳은 스탬프를 찍는 작업실이었다. 스티치 담당 층의 서쪽 끝에 따로 방 한 칸을 차지하고 있는 이곳에는 날마다 7만 5천에서 10만 다스의 온갖 브랜드와 사이즈의 셔츠 칼라가 스티치되지 않은 채 2층 재단실에서 운반되어 내려왔다. 그러면 여공들이 사이즈와 브랜드에 부착된 전표나 지시에 따라 스탬프를 찍었다. 길버트도 잘 알고 있는 일이었다. 이 방을 책임 맡고 있는 감독 조수의 임무는 격식과 질서를 유지하고 난 뒤 스탬프를 찍는 작업이 차질 없이 진행되도록 감독하는 것이었다. 또한 7만 5천에서 10만 다스의 셔츠 칼라에 스탬프를 찍으면 바로 밖에 있는 좀 더 큰 방의 스티치 직공들에게 운반된 뒤 그 수

량을 장부에 기록하는 일도 했다. 여공 한 사람, 한 사람이 스탬프를 찍은 다스의 숫자를 정확하게 기록하여 그들이 받는 보수가 그 작업량에 따라 산정되도록 하는 것도 그의 임무였다.

이런 목적으로 이 방에는 조그마한 사무용 책상 하나와 사이즈에 따라 여러 권의 장부가 비치되어 있었다. 스탬프 찍는 직공들은 재단사들이 붙인 전표를 칼라에서 떼어 한 다스나 그 이상의 단위로 굴대에 철하여 최종적으로 조수에게 넘겨졌다. 이 일은 한낱 아주 간단한 사무직으로 과거에는 그때그때 공장의 상황에 따라 젊은 남녀나 중년이나 노인들이 맡아 왔다.

그러나 클라이드에게 이 일을 맡기는 데 위검이 염려하고 또 길버트에게 지적한 것은, 클라이드가 젊고 아직 경험이 없어 무엇보다도 먼저 그 부서의 책임자로서 이 작업에 필요한 박력과 일관성을 유지할 수 없을지도 모른다는 점이었다. 또한 그 작업실에서 일하는 사람들은 하나같이 젊은 아가씨들뿐이었으며, 그중에는 꽤 매력적인 아가씨들도 있었다. 클라이드처럼 젊고 잘생긴 젊은이를 그토록 많은 여직공과 함께 일하게 하는 것이 과연 현명한 일일까? 나이가 젊어 정에 약할지 모르니 아가씨들을 충분히 엄격하게 다루지 못하고 너무 관대할지도 모른다. 여자들이 그를 이용하려 들 수도 있었다. 만약 사정이 그러하다면 그를 그곳에 너무 오래 둘 수 없을 터였다. 그러나 공장을 통틀어 지금 당장 임시로 빈자리가 남아 있는 것은 그곳밖에 없었다. 당분간 시험적으로 그를 그곳에 배치하는 게 어떨까? 오랜 시간이 걸리지 않고도 리짓 씨나 클라이드 자신이 다른 부서 자리를 찾을 수도 있을 것이고, 아니면 클라이드가 5층 일자리에 적당한지 여부도 알게 될 것이다. 그곳 자리가 적당하지 않다면 그때 가서 다른 자리로 옮기는 쪽이 쉬울 터였다.

그리하여 그날 오후 세 시쯤 클라이드는 길버트의 방으로 불려가 그의 방식에 따라 십오 분가량 기다린 뒤 그의 근엄한 얼굴 앞으로 안내되었다.

"어때, 지금 지하에서 하는 일?" 길버트가 따지는 듯 냉랭한 말투로 물었다. 그의 사촌 앞에 서면 언제나 이상하게도 의기소침해지는 것을 느끼는 클라이드는 어설프게 억지로 미소를 지으며 대답했다. "아, 네, 여전히 잘해 나갑니다, 그리피스 씨. 별로 불만은 없습니다. 아주 마음에 듭니다. 일도 조금씩 배우고 있는 것 같고요."

"배우고 있는 것 같다고?"

"아, 물론 제 말은 일을 몇 가지 좀 배웠다는 겁니다." 클라이드는 얼굴을 조금 붉히며 덧붙였다. 마음속으로는 몹시 분개하면서도 겉으로는 아첨과 변명을 뒤섞어 억지로 미소를 띠고 있었다.

"그래, 아까 말보다는 조금 낫군. 자네처럼 그곳에 오래 있은 사람이 뭔가 배웠는지 어떤지 모른다면 말이 안 되지." 길버트는 그 말이 좀 지나쳤다고 생각했던지 조금 말투를 누그러뜨려 덧붙였다. "하지만 그런 문제로 자네를 부른 것은 아냐. 하고 싶은 말이 있거든. 지금까지 살면서 누구라도 다른 사람들을 부려 본 적이 있었나?"

"무슨 말인지 잘 이해가 안 갑니다." 클라이드가 대답했다. 조금 초조하고 당황한 나머지 그는 질문의 의미를 제대로 파악하지 못했던 것이다.

"내 말은 자네가 우두머리로 일해 본 적이 있느냐는 거지. 말하자면 무슨 부서라도 좋으니 다른 몇 사람을 감독해 본 일이 있어? 감독이나 감독 대리 같은 업무를 맡아 본 적이 있었느냔 말이야."

"아뇨, 없습니다. 그런 일은 한 번도 해 본 적이 없습니다." 클라이드는 너무 긴장하여 그만 말까지 더듬거렸다. 길버트의 말투는 매우 가혹하고 차가웠으며 자신을 몹시 깔보는 것 같았다. 그러나 동시에 질문의 성격이 분명해지면서 그 질문의 함축적 의미를 짐작할 수 있었다. 사촌의 태도는 가혹하고 거만했지만 회사 경영진에서 자기를 감독으로, 아랫사람들을 부리는 자리로 승진시킬 생각을 한다는 것을 알 수 있었다. 정말 그런 것 같지 않은가! 그런 생각이 들자 갑자기 그는 귀와 손가락이 짜릿하면서 흥분되기 시작했다. 머리칼의 모근도 얼얼해지는 것을 느꼈다. "하지만 호텔이나 클럽에서 어떻게 하는지 보아 왔습니다." 그가 곧바로 덧붙였다. "그러니 한번 시험 삼아 시켜 준다면 잘해 낼 수 있을 것 같습니다." 이제 그의 두 뺨은 불그스름하게 물들었고, 두 눈도 수정처럼 초롱초롱하게 빛이 났다.

"그 일과는 다르지. 물론 다르고말고." 길버트가 날카롭게 대꾸했다. "남이 하는 걸 보는 것과 자기가 실제로 하는 것과는 전혀 다르니까. 아무런 경험이 없는 사람은 생각은 많이 해도 막상 그 일을 맡기면 속수무책이거든. 어쨌든 우리 사업은 업무를 잘 아는 사람이 필요해."

길버트가 클라이드를 비난하고 시험하는 듯한 눈초리로 흘겨보고 있는 동안 클라이드는 자기를 위해 무엇인가 기회를 준다고 생각했던 게 잘못이었다고 깨닫고 마음을 차분히 가라앉히기 시작했다. 그의 두 뺨도 평소처럼 창백해지면서 눈에서도 빛이 사라졌다.

"네, 맞습니다. 그런 것 같습니다." 그가 한마디 했다.

"이런 경우 그런 것 같다고 말할 순 없지." 길버트가 끈질기게 물고 늘어졌다. "아는 게 없는 사람들은 늘 이러니 곤란하단 말이야. 늘 추측만 하거든."

사실 길버트는 전혀 업적도 없는 사촌에게 자리를 마련해 줄 수밖에 없다는 사실에 꽤 화가 치밀어 그런 불편한 심기를 거의 감출 수가 없었다.

"전무님 말이 맞습니다." 클라이드는 비위를 맞추려는 듯 말했다. 조금 전 길버트가 넌지시 내비친 승진을 여전히 기대하고 있었기 때문이다.

"한데 사실을 말하자면 말이지, 난 자네가 처음 이곳에 왔을 때 업무적 자격만 갖추고 있었으면 즉시 회계 일을 맡기려고 했단 말이야." 길버트가 말을 이었다. 이 '업무적 자격'이라는 말의 의미를 잘 알 수 없는 클라이드는 위압감을 느끼면서 두려웠다. "그런데 실은 그렇지가 못해서." 길버트가 냉담한 태도로 다시 말을 이었다. "그러니 우리로서는 자네를 위해 할 수 있는 데까지 해 줄 수밖에 없었지. 그곳 지하실 작업이 그리 유쾌한 곳이 아니라는 건 우리도 잘 알고 있었어. 하지만 그때는 그보다 더 나은 곳으로 배정할 수 없었지 뭐야." 이렇게 말하면서 길버트는 손가락으로 책상을 두들겼다. "그런데 오늘 자네를 부른 까닭은 말이지, 위층 한 부서에 임시 자리가 하나 나서 그 일로 상의하고 싶어서야. 우린 — 아버님과 나 말이야 — 자네가 과연 그 자리를 맡을 수 있을지 생각하고 있었거든." 이 말을 듣자 클라이드는 놀랄 만큼 기분이 되살았다. "아버님과 나는 얼마 전부터 자네에게 뭔가 좀 해 줘야겠다고 생각해 왔지만, 조금 전 말했듯이 자네가 아무런 실무 경험이 없어 어떻게 해 줄 수가 없었단 말이야. 자넨 상업과 관련한 교육이나 사업과 관련한 교육을 전혀 받지 않았으니 문제가 더 어려워지고 있는 거지." 여기서 그는 잠깐 말을 중단하여 클라이드가 이 말을 새겨듣고 이 회사에 끼어든 친척이라고 느낄 만한 시간적 여유를 주었다. 그러고 나서 그는 다시 천천히 말을 이어 나갔다. "하지만 우리가 자네를 이곳으로 부른 이상, 시험 삼아 지금보다는 좀 나은 일을 시켜 보기로 했어. 언제까지나 지하실에서 그런 일을 하도록 내버려 둘 수 없는 노릇이거든. 자, 그럼 내가 생각하고 있는 그 자리에 대해 좀 설명하도록 하지." 그러고 나서 그는 5층에서 할 일의 성격을 설명하기 시작했다.

잠시 뒤 길버트는 위검을 불러왔다. 위검이 클라이드와 인사를 나누자 길버트가 말했다. "위검, 지금 막 내 사촌에게 오늘 아침 우리가 의논한 얘기를 한 참이었어요. 그 부서의 책임자로써 보자고 했던 것 말이오. 그러니 이제 이 사람을 리짓 씨에게 데리고 가서 리짓 씨나 다른 누군가에게 그곳 일의 성격을 설명해 줬으면 고맙겠소." 그러고 나서 그는 책상 쪽으로 고개를 돌렸다. "그 일이 끝나거든 이 사람을 다시 이리로 돌려보내 줘요. 할 얘기가 더 남아 있으니까요."

길버트는 자리에서 일어나 점잔 빼며 두 사람을 내보냈다. 위검은 이 실험적인 발령에 아직도 약간 의아한 마음을 품고 있으면서도 클라이드가 앞으로 어떤 직책을 맡게 될지 모르기 때문에 환심을 사고 싶은 나머지 그를 리짓 씨가 일하는 5층으로 안내했다. 몹시 시끄러운 소리가 울리는 가운데 클라이드는 이 건물의 맨 서쪽 끝에 있는 아주 작은 방으로 안내되었다. 이 방은 큰 방과 낮은 나무판자 울타리로 겨우 칸을 막아 놓았을 뿐이었다. 이곳에는 스물댓 명가량의 여직공들과 바구니를 든 조수들이 위층에서 활강 장치를 통해 계속 쏟아져 내려오는 아직 스티치 하지 않은 셔츠 칼라 뭉치와 씨름을 하며 부지런히 일하고 있었다.

클라이드는 리짓 씨에게 소개되고 난 뒤 곧바로 판자 울타리에 둘러싸인 조그마한 책상 앞으로 안내되었다. 그곳에는 그와 비슷한 나이 또래의 그다지 예쁘지 않은 키 작은 젊은 여자가 앉아 있었다. 그 여자는 그들이 다가가자 자리에서 일어섰다. "이 분은 미스 토드인데, 앤지어 부인이 그만둔 뒤 열흘쯤 전부터 이 일을 맡아 보고 있습니다." 위검이 말하기 시작했다. "미스 토드, 여기 있는 그리피스 씨에게 될수록 빠른 시간에 아가씨가 지금 하는 일을 잘 알아들을 수 있도록 분명하게 설명해 줘요. 그리고 그리피스 씨가 오늘 중으로 다시 이곳에 올라오면 업무를 파악하여 혼자서 일할 수 있을 때까지 도와줘요. 그렇게 해 줄 수 있겠죠?"

"그럼요, 물론입니다, 위검 씨. 기꺼이 그렇게 해 드리겠습니다." 미스 토드는 이렇게 대답하고는, 곧 여러 장부를 꺼내 반입과 반출을 기재하는 방법, 또 뒤에 스탬프를 찍는 방법, 바구니를 가진 여직공들이 할강 장치에서 내려오는 묶음들을 받아 스탬프 찍는 여직공들에게 필요에 따라 골고루 배분하고, 그러고 난 뒤에 바구니를 갖고 있는 여직공들이 스탬프가 찍히는 대로 그 묶음들을 바깥에 있는 스티치 직공들에게 날라다 주는 절차를 설명하기 시작했다. 매우 흥미를 느낀 클라이드는 이런 일이라면 해낼 수 있겠다는 생각이 들었다. 다만 한 가지, 이 층에서 이렇게도 많은 여성들 사이에 끼여 일을 한다고 생각하니 기분이 아주 이상야릇할 뿐이었다. 저쪽 동쪽 건물 끝으로 흰 벽과 기둥 사이에서 아주 많은 여공들이 — 아마 백여 명은 될 것 같았다 — 스티치 작업을 하고 있었다. 마루에서 천장까지 이르는 높다란 창에서는 밝은 햇살이 방 하나 가득 폭포처럼 흘러들어 오고 있었다. 이 여직공들은 하나같이 그다지 예쁘지는 않았다. 미스 토드의 뒤를 이어 위검이, 나중에는 리깃까지도 나서 작업의 요점을 설명하는 것을 들으면서 클라이드는 가끔 곁눈질로 여직공들을 살피고 있었다.

"무엇보다 중요한 건 위층에서 내려와 이곳에서 스탬프를 찍는 수천 다스의 셔츠 칼라의 숫자에 착오가 없게 하는 겁니다."
위검이 잠시 뒤 설명했다. "또한 칼라에 스탬프를 찍은 뒤 스티치 작업실로 지체하지 않고 보내게 하는 일이죠. 그리고 여직공들의 작업 상황을 정확하게 기록해 근무 시간 계산에 착오가 없게 하는 일입니다."

마침내 클라이드는 자기가 해야 할 임무와 작업 상황을 파악하자 그렇게 하겠노라고 말했다. 그는 몹시 불안했지만 이 아가씨가 할 줄 아는 일이라면 자기인들 못 하겠느냐고 서둘러 판단했다. 게다가 그가 길버트와 친척 관계에 있어서 리짓과 위검은 매우 친절하게 대했으며, 이곳을 쉽게 떠나려 하지 않고 그라면 충분히 이 일을 하고도 남을 것이라고 말했다. 조금 뒤 클라이드는 위검과 함께 다시 길버트에게 돌아갔다. 길버트는 그가 사무실에 들어오는 것을 보자 곧바로 말했다. "그래 어떤가? 예스, 아니면 노? 할 수 있을 것 같아, 아니면 못할 것 같아?"

"네, 해낼 수 있을 것 같습니다." 클라이드는 그로서는 꽤 용기를 내어 대답했다. 그러나 속으로는 지금도 운명의 여신이 조금 도와주지 않으면 일을 제대로 해내지 못할지도 모른다는 의구심이 들었다. 고려해야 할 일들이 ─ 운명의 여신은 말할 것도 없고 주위 사람들의 호의 말이다 ─ 아주 많았다. 그런데 그가 언제나 그런 도움을 받을 수 있을까?

"그러면 됐어. 자, 거기 좀 앉지." 길버트가 말을 이었다. "자네가 그곳에서 맡게 된 일과 관련해 자네에게 하고 싶은 얘기가 있거든. 자네가 보기에 그 일이 쉬운 것 같던가?"

"아뇨, 그리 쉬운 일 같지는 않던데요." 클라이드는 긴장된 표정으로 얼굴이 조금 창백해지며 대답했다. 경험이 없는 그로서는 이 일이 다시없이 좋은 기회인 만큼 능력과 용기를 다해야 한다고 생각했다. "그렇지만 해낼 수 있습니다. 할 수 있으니 정말로 열심히 해 보겠습니다."

"음, 아까보다는 듣기 좋군." 길버트는 전보다 우아하고 산뜻하게 말했다. "그 일에 대해 한마디 얘기해 둘 게 있어. 자네는 아마 한 층에 그렇게 여직공들이 많이 있다는 걸 몰랐겠지?"

"네, 몰랐습니다." 클라이드가 대답했다. "여직공들이 공장 안 어디에 있다는 건 알고 있었지만, 딱히 어디에 있는지는 몰랐습니다."

"몰랐을 테지. 이 공장은 지하실에서 옥상까지 거의 모든 일을 여직공들이 하고 있어. 모르긴 해도 제조업 부서에서는 아마 남자 직공 하나에 여직공 열이 일하는 셈이지. 그래서 이곳에서 책임자 지위에 있는 사람은 누구나 다 도덕적으로나 종교적으로나 믿을 수 있어야 한단 말이야. 만약 자네가 우리 친척이 아니었다면, 또 그래서 자네에 대해 뭔가 조금이라는 아는 사실이 없었다면, 아마 자네를 그런 자리는 물론이고 다른 어떤 자리에도 앉힐 생각을 하지 않았을 거야. 자네에 대해 좀 더 알 때까지는 말이지. 하지만 친척이라고 해서 위층에서 일어나는 모든 일이나 자네 행동에 대한 책임을 묻지 않을 것으로 생각하는 건 큰 오산이야. 오히려 친척이기 때문에 더 혹독하게 책임을 물을 거야. 어디 내 말 알아듣겠나? 이곳에서는 그리피스 가문의 명성에 걸맞게 행동거지를 조심하란 말이야."

"네, 잘 알겠습니다." 클라이드가 대답했다.

"그럼 됐어." 길버트가 말을 이었다. "신사처럼 늘 처신을 잘 하는지, 또 이곳에서 일하는 여직공들을 언제나 점잖게 대해 줄 수 있는 인물인지 먼저 완전히 확신이 서지 않고서는 우린 이 회사에서 책임 있는 자리를 절대로 맡기지 않지. 한 젊은이가 — 이 점에선 나이 많은 사람도 마찬가지지만 — 어느 때고 우리 회사에 들어와서 여직공들이 많다고 해서 그들과 시시덕 거리고, 일을 게을리하고, 또 그들과 희롱을 하거나 놀아나도 괜찮다고 생각한다면 그런 사람은 이곳에 오래 붙어 있을 수가 없거든. 남자든 여자든 우리 회사에서 일하는 사람은 첫째도 종 업원, 둘째도 종업원, 셋째도 종업원이라는 사실을 늘 명심해야 해. 그리고 공장 밖에 나가서도 그런 태도를 잊어선 안 돼. 만약 그러지 못하고 불미스러운 소문이 우리 귀에 들어오게 되면 남 녀 불문하고 우리 회사와는 끝장이지. 우린 그런 사람을 원하지 도 않고 그대로 둘 수도 없어. 일단 관계가 끊어지면 그것으로 끝장나는 거란 말이야."

그는 말을 잠시 멈추고는 클라이드를 빤히 쳐다보았다. '자, 이만하면 내 말뜻을 분명히 전달했겠지. 자네에 관한 한, 절대 로 어떤 문제도 생기지 않기를 바라네.' 마치 이렇게 말하려는 것 같았다.

클라이드가 대답했다. "네, 잘 알겠습니다. 지당한 말이죠. 사 실 저도 그래야 마땅한 줄로 알고 있습니다."

"당연히 그래야지." 길버트가 덧붙였다.

"네, 당연히 그래야 하죠." 클라이드도 맞장구를 쳤다.

그러면서도 그는 길버트가 한 말이 사실일까 하고 속으로 의아하게 생각했다. 공장 여직공들을 업신여기는 말투로 얘기하는 것을 그는 이미 듣지 않았던가? 그러나 지금 그로서는 의식적으로 위층에서 일하고 있는 여직공 중 누구와도 연관 지어 생각하고 싶지 않았다. 원래 여자에 대해 유난히 관심이 있는 탓에 그는 아가씨들과는 아무 관계도 맺지 말고, 이야기도 하지 말며, 길버트가 자기를 대하고 있는 것처럼 그렇게 거리를 두고 차갑게 대하는 게 좋겠다고 생각하고 있었다. 적어도 이 회사에서 맡은 자리를 지키려면 그의 사촌이 말한 대로 항상 조심스럽게 행동하리라고 다짐했다.

"자, 그렇다면 말인데." 길버트는 마치 클라이드의 그런 생각을 더욱 보충이라도 해 주듯 이렇게 덧붙였다. "만약 내가 자네를 비록 일시적일망정 그 자리에 앉혀 주면, 신중하게 처신하고 양심적으로 일을 하고, 또 여자들 틈에서 일한다고 해서 엉뚱한 생각을 하지 않으리라고 믿어도 되겠지?"

"물론이죠. 잘 알고 있습니다." 클라이드는 리터에 관한 일도 있는지라 조금 자신이 없었지만 길버트의 단도직입적인 요구에 그만 얼떨결에 대답하고 말았다.

"자신이 없거든 차라리 지금 분명히 그렇다고 말해." 길버트는 끈질기게 말했다. "자넨 그리피스 가문의 일원이란 말이야. 우리 종업원들에게는 말이지. 특히 이런 지위에 있을 때는 우리

가문을 대표하는 것이나 다름없거든. 어떤 경우에도 이곳에선 자네 행동에 작은 실수라도 있어선 안 돼. 그러니 이제부터 행동 하나하나에 조심했으면 해. 조금이라도 남에게 손가락질 받지 않도록 조심하란 말이지. 어디 내 말 알아듣겠어?"

"네, 물론이죠." 클라이드는 매우 엄숙하게 대답했다. "충분히 알겠습니다. 처신을 잘하겠습니다. 만약 처신을 잘못하면 물러나겠습니다." 그 순간 그는 마음속으로 그렇게 할 수 있고 또 그렇게 하겠다고 진심으로 생각하고 있었다. 위층의 많은 여직공은 자기와는 거리가 멀고 아무 상관없는 존재처럼 느껴졌다.

"자, 좋아. 그리고 또 한 가지. 오늘은 이제부터 곧 집으로 돌아가 잠을 자면서 다시 한 번 깊이 생각해 봐. 그래도 마음이 달라지지 않거든 내일 아침 돌아와 위층 부서에 일하도록 해. 그리고 자네 급료는 이제부터 25달러가 될 거야. 다른 부서를 맡은 다른 책임자들에게 모범이 되도록 복장을 단정히 하도록 해."

길버트는 여전히 냉랭하고도 거리감을 두고 자리에서 일어났다. 갑자기 급료가 대폭 인상됐다는 말과 복장을 단정히 하라는 부탁을 받고 용기가 솟아오르고 감격한 클라이드는 그의 사촌에게 고마운 마음이 들며 친하게 지내고 싶어졌다. 확실히 사촌이 매정하고 냉정하고 자만하기는 했지만, 그래도 자신을 배려하고 있는 게 틀림없었다. 그것은 그의 큰아버지도 마찬가지였다. 그렇지 않고서야 이렇게 빨리 이런 기회를 마련해 줄 리가 없을 것이다. 만약 사촌과 가까워질 수 있고 그의 호감을 살 수 있다면, 이 회사에서 유망한 자리로 옮길 수 있지 않겠는가? 또 사업 면에서나 사회적 지위 면에서나 밝은 장래가 약속될 것이 아닌가?

클라이드는 그 순간, 마치 하늘을 날 듯 기분이 좋아 그 큰 공장에서 의기양양하게 걸어 나왔다. 앞으로 무슨 일이 있더라도 인생과 사업과 관련해 자신을 시험하기 위해서라도 무엇보다도 큰아버지와 사촌의 기대에 부응하겠다고 굳게 다짐했다. 그가 책임 맡은 부서의 여직공들에 관한 한 냉정하고 심지어 쌀쌀맞게까지 대하고 필요하다면 엄격한 태도를 보이겠다고 말이다. 어쨌든 딜러드나 리터 또는 그런 부류와는 더 이상 상종하지 않기로 굳게 다짐했다.

제12장

일주일에 25달러의 급료를 받는다는 게 바로 이런 것이로구나! 스물다섯 명이나 되는 여직공을 거느리는 한 부서의 책임자가 된다는 것도 이런 거로구나! 또다시 멋진 정장 차림을 할 수 있다니! 거의 두 달 가까이 지하실에서 막노동을 한 뒤 아름다운 강의 경치가 내려다보이는 사무실 한구석의 책상에 앉아 있는 클라이드는 이제 이 큰 회사의 꽤 중요한 인물이 아니던가! 더구나 사장과 친척인 데다 새로 맡은 직책 때문에 리짓과 위검은 때때로 그의 주위에 맴돌며 조언을 주기도 하고 친절하고도 공손하게 일에 관한 논평을 아끼지 않았다. 또 앞쪽 사무실에 있는 몇몇 사람을 포함하여—회계과와 홍보과 직원 말이다—그 밖의 다른 몇몇 매니저들도 어쩌다 그를 만나면 걸음을 멈추고는 인사를 했다. 점차 세부 일에 익숙해지면서 클라이드는 주위를 돌아보며 제품 생산에서 원단 공급에 이르기까지 공장 전체에 관심을 두게 되었다. 즉, 엄청난 양의 린넨과 면직물이 어디서 오는지, 임금을 많이 받는 유능한 재단사 수백 명이 일하는 위층 드넓은 재단실에서 어떻게 재단되는지, 직공을 모집하는 부서와 회사 전속의 의사와 병원도 있고, 본관 건물에는 간부들 말고는 아무도 이용할 수 없는 특별 식당이 있다는 것도 알았다. 클라이드도 이제 한 부서의 책임자이기 때문에 마음이 내키고 경제적으로 그럴 여유만 있다면 다른 간부들과 함께 그 식당에서 식사할 수도 있었다. 또 얼마 안 가서 그는 라이커거스에서 몇 킬로미터 떨어진 모호크강변에 있는 밴트룹이라는 시골 마을에 여러 회사에서 공동으로 경영하는 컨트리클럽이 있어 여러 회사 간부들이 회원으로 가입되어 있다는 것도 알았다. 그러나 아, 유감스럽게도 그리스피스 회사에서는 자기 간부들이 다른 회사 간부들과 접촉하는 것을 그다지 좋아하지 않았기 때문에 거의 이용하지 않는다고 했다. 하지만 그는 그리피스 집안의 일원이기 때문에 그곳에 가고 싶다면 가도 상관없을 것이라고 리짓이 언젠가 말해 준 적이 있었다. 그러나 클라이드는 길버트의 엄중한 경고도 있었고 또 혈연관계가 있으면 있을수록 그곳에는 접근하지 않는 쪽이 좋겠다고 판단했다. 그는 되도록 모든 사람에게 상냥하게 웃는 얼굴로 대답했고, 딜러드와 그 또래를 피하려고 전보다도 훨씬 더 외롭게 지냈다. 토요일이나 일요일 오후에는 하숙집으로 돌아가거나 적적한 기분을 달래기 위해 이 도시나 근처 도시의 공원으로 놀러 가곤 했다. 또 큰아버지와 사촌의 신용을 살 수 있다는 생각에서 그리피스 집안

사람들이 간혹 다닌다는 중요한 장로교회 중 한 곳에―'제2교회' 또는 '하이거리 교회'라고 불렀다―나가기 시작했다. 그러나 그들은 6월부터 9월까지 주말에는 그린우드 호수에 가 있었으므로 아직껏 한 번도 만난 적이 없었다. 그때까지만 해도 그 기간에는 대체로 이 도시의 사교 활동은 그곳에서 이루어지고 있었던 것이다.

실제로 사교 생활에 관한 한, 라이커거스의 여름은 아주 따분했다. 그동안 이 도시에서는 특별히 무슨 행사다운 행사가 하나도 없었다. 그러나 이보다 앞서 5월에는 그리피스 집안과 그 친구들 사이에서는 여러 행사가 이루어지고 있다는 것을 클라이드는 신문에서 읽기도 했고, 또 먼발치에서 바라보기도 했다. 가령 스네데커 학교에서는 졸업 축하 연회와 댄스파티가 열렸는가 하면, 그리피스 집안의 정원 잔디 위에서는 줄무늬 텐트를 치고 나무 사이에 중국식 등불을 매달고 원유회를 벌이기도 했다. 클라이드는 이 도시를 혼자서 산책하다가 우연히 이 원유회를 목격했다. 그는 원유회를 보면서 친척 집안과 이 집안의 높은 사회적 지위에 대해, 그리고 자신과의 관계에 대해 여러모로 강한 호기심이 생겼다. 그리피스 집안사람들은 그를 회사의 조그마한 간부 자리에 편안하게 앉혀 주고는 이제는 한시름 놓았다는 듯 그를 까맣게 잊어버리고 있는 것 같았다. 어쨌든 그는 맡은 일을 그럭저럭 잘해 내고 있었고, 어쩌면 그들은 나중에 가서 그를 좀 더 생각해 줄지도 몰랐다.

그 후 며칠이 지난 뒤 클라이드는 해마다 이 지방의 여러 도시가 ─ 폰다, 글로버스빌, 암스터담, 스케넥터디 말이다 ─ 연합하여 개최하는 정기적인 꽃자동차 퍼레이드와 콘테스트가 이해 6월 20일에 라이커거스에서 개최된다는 기사를 「스타」지에서 읽었다. 이 신문에 따르면 해마다 여유 있는 사람들이 호숫가와 산으로 피서를 떠나 버리므로 그전에 열리는 이 지방의 마지막 중요한 사교 행사였다. 길버트는 말할 것도 없고, 벨라와 버타인, 손드라도 라이커거스의 명예를 안고 출전하는 선수로 언급되어 있었다. 이 행사는 토요일 오후에 열리기 때문에 클라이드는 외출복으로 갈아입고 구경꾼들 틈에 섞여 눈에 띄지 않으려고 하면서 첫눈에 반해 버린 그 아가씨를 멀리서 다시 한번 바라볼 수 있었다. 그녀는 모호크강에 얽힌 인디언 전설을 꽃으로 재현하고 있었는데, 흰 장미로 뒤덮인 개울에서 노란 수선화로 장식한 노로 배를 젓는 모습이었다. 검은 머리칼을 인디언식으로 노란 깃털과 삼잎국화로 장식한 그녀는 상을 탈 만큼 매력적이었을 뿐만 아니라 또다시 클라이드의 마음을 사로잡을 만큼 무척 인상 깊었다. 그녀가 속해 있는 세계는 참으로 황홀했다.

길버트 그리피스는 네 계절을 상징하는 꽃자동차 네 대 중 하나에 아주 아리따운 아가씨를 태우고 운전하고 있었다. 그가 운전하는 꽃자동차는 겨울을 나타내는 것으로 거기에 타고 있는 이 도시 상류 가정의 아가씨는 흰 눈을 상징하는 하얀 장미에 온통 뒤덮인 채 담비 모피를 몸에 두르고 있었다. 바로 뒤에는 봄을 상징하는 벨라 그리피스의 꽃자동차가 뒤따랐다. 그녀는 엷은 옷을 몸에 걸치고 검은 제비꽃으로 만든 폭포 옆에 웅크리고 앉아 있었다. 그 효과는 아주 압도적이어서 클라이드를 사랑과 젊음과 로맨스의 세계로 인도했지만, 그에게는 그 세계가 감미로우면서도 무척이나 고통스러웠다. 결국 그는 리터를 붙잡아야 했을지도 모를 일이었다.

그러는 동안 클라이드는 여전히 전처럼 살아가고 있었지만 그의 생각의 폭은 전보다 훨씬 넓어졌다. 인상된 주급을 받고 그가 제일 먼저 생각한 것은 커피 부인의 하숙집에서 나와 조금 불편할지는 모르지만 좀 더 환경이 좋은 거리에 있는 개인 주택의 방을 빌리는 것이었다. 그렇게 되면 딜러드와 만나게 될 일도 전혀 없을 터였다. 더구나 큰아버지가 그를 승진시켜 주었기 때문에 앞으로 큰아버지나 길버트가 보내는 사람이 무슨 용건이 있어 그의 집을 찾아올지도 몰랐다. 그럴 때 자기가 지금처럼 조그마한 방에서 사는 것을 본다면 그 사람이 어떻게 생각할 것인가?

주급이 오른 지 열흘 만에 그는 와이키지 애비뉴에서 겨우 몇 블록밖에 떨어지지 않은 곳에 길과 평행으로 뻗어 있는 제퍼슨 애비뉴에 위치한 꽤 괜찮은 집의 방을 찾아낼 수 있었다. 어떤 공장의 지배인으로 있던 남편이 사망한 뒤 그 부인이 관리하는 집으로, 집의 유지비에 충당하기 위하여 음식을 제공하지 않고 방만 두 개 세놓고 있었다. 그 집은 라이커거스에서 그와 비슷한 사회적 신분의 주민에게는 벅찬 수준이었다. 더구나 이 집 주인인 페이턴 부인은 이 도시에서 오랫동안 살아온 데다 그리피스 집안에 대해 잘 알고 있었기 때문에 그리피스라는 이름뿐만 아니라 클라이드가 길버트를 닮았다는 사실도 알고 있었다. 그런 사실과 그의 일반적인 외모에 끌린 부인은 즉시 아주 훌륭한 방을 일주일에 5달러라는 싼값으로 빌려 주겠다고 제의했고, 그는 그 자리에서 그 제안을 받아들였다.

한편 공장 일로 말하자면, 아랫사람들과 관련해 굳게 다짐했지만 클라이드는 기계적으로 반복하는 틀에 박힌 작업에만 항상 골몰할 수는 없었다. 또한 여직공 가운데 적어도 몇 명은 예쁘게 생겼기 때문에 항상 그들을 멀리할 수도 없었다. 게다가 계절이 마침 6월 하순의 여름이었다. 특히 단조롭게 반복되는 작업의 피로가 모든 종업원에게 쏟아지는 오후 두 시부터 네 시경까지는 권태와 때로는 관능과 크게 다르지 않은 방심 비슷한 기분이 공장 전체에 감도는 것 같았다. 작업실에는 저마다 기질과 나이가 다른 나이 든 여자와 젊은 여자들이 너무 많이 있었다. 이곳에서 일하는 여자들은 클라이드를 제외하고는 완전히 남성들과 절연되어 있거나 어떤 형태로든 한가로운 여유를 누릴 수가 없었다. 게다가 작업실 안의 공기는 거의 언제나 무겁고 몸을 나른하게 했다. 바닥에서 천장에 닿는 많은 열린 창으로는 모호크강의 잔물결과 마치 융단을 깐 것 같은 푸른 잔디에 덮인 강둑과 여기저기 흩어져 있는 나무들이 그 위에 서늘한 그림자를 던지고 있는 것이 보였다. 강둑을 따라 한가롭게 어슬렁어슬렁 거닐면 얼마나 신바람이 날까 하는 기분이 언제나 들었다. 특히 그 작업실의 여직공들은 워낙 기계적인 일에 종사하는 만큼 이 일 저 일 즐거운 공상의 날개를 한껏 펼쳤다. 그래서 대부분 자신의 작업, 이 단조로운 일에 얽매여 있지 않다면 무슨 일을 할까, 하고 생각하기 일쑤였다.

여직공들은 활달하고 열정적이었기 때문에 그들은 가장 가까운 곳에 있는 대상에 마음이 끌리기 일쑤였다. 게다가 그녀들 가까이에 있는 이성으로는 클라이드 한 사람밖에 없었기 때문에―이 무렵 그는 언제나 멋진 옷을 차려입고 있었다―그들의 관심은 자연히 그에게 쏠리게 마련이었다. 실제로 그들은 클라이드가 그리피스 집안이나 그들과 비슷한 집안과 어떤 개인적 관계를 맺고 있는지, 어디에 살고 있는지, 어떤 여자에게 관심을 두고 있는지 온갖 상상을 하고 있었다. 한편 클라이드는 길버트가 한 말이 그다지 마음에 걸리지 않을 때는 여직공들을―특히 몇몇 아가씨들을―욕정에 가까운 감정을 품으며 생각하곤 했다. 여직공들에게 접근하지 말라는 그리피스 회사의 요청이 있었고, 또 리터를 버렸는데도, 아니 어쩌면 그녀를 버렸기 때문에 클라이드는 도리어 여직공 세 명에 대해 관심을 품게 되었다. 이들 세 아가씨는 하나같이 이교도적이고 향락적인 기질의 소유자로 클라이드를 아주 잘생겼다고 생각하고 있었다. 루자 니코포리치는 러시아계 미국인 아가씨였다. 몸집이 크고 동물적인 느낌을 주는 금발의 처녀로 축축이 젖어 있는 듯한 갈색 눈에 코와 턱이 뭉뚝한 그녀는 클라이드에게 홀딱 빠져 있었다. 다만 그의 태도가 늘 도도하여 그녀는 감히 이 사실을 자신에게도 인정할 수 없었다. 머리를 말쑥하게 갈라 빗고, 늦여름철이라 밝은 무늬의 셔츠 소매를 팔꿈치까지 걷어 올리고 있는 그의 모습은 그녀에게는 너무나 완벽하여 현실과는 동떨어진 느낌이었다. 그녀는 그의 잘 닦은 갈색 구두며, 번쩍번쩍 빛나는 버클이 달린 검은 가죽 벨트며, 윈저 스타일로 맨 넥타이가 무척 멋져 보였다.

그다음으로는 마서 보달루라는 몸집이 크고 활달한 프랑스계 캐나다 아가씨가 있었다. 몸매와 발목이 토실토실 살이 찌긴 했지만 맵시 있는 아가씨로 불그스레한 빛이 도는 금발에 푸르스름한 눈, 통통하고 불그스름한 볼, 살이 포동포동 쪄 있지만 손이 조그마했다. 무지하고 이교도적인 이 아가씨는 상대방이 환영만 해 준다면 단 한 시간이라도 좋으니 그에게 모든 것을 바치고 싶은 ― 그것도 아주 열렬하게 말이다 ― 그런 남성을 클라이드에게서 발견했다. 그와 동시에 고양이처럼 야성적인 성격이어서 이 여자는 감히 클라이드에게 조금이라도 관심을 보이려는 여자라면 누구를 막론하고 적대시했고, 바로 그 때문에 루자를 증오하고 있었다. 루자가 보기에 마서는 클라이드가 가까이 다가올 때면 언제나 일부러 몸을 그쪽으로 쑥 내밀어 보기도 하고, 팔꿈치로 쿡 찔러 보려고 하기도 했다. 동시에 마서는 블라우스를 흰 젖가슴 바로 위까지 열어 놓기도 하고, 일하면서 스커트를 넓적다리의 아슬아슬한 부위까지 추켜올리기도 하고, 살이 포동포동한 두 팔을 어깨까지 드러내는 등 그녀 자신이 적어도 육체적으로 시간을 투자할 가치가 있는 여자라는 사실을 과시하기 위해 알고 있는 온갖 기교를 다 부렸다. 그리고 클라이드가 자기 옆에 가까이 올 때는 일부러 애처로운 한숨을 내쉬기도 하고, 나른한 표정을 지어 보이기도 했다. 루자는 이런 모습을 보다 못해 마침내 어느 날 이렇게 소리를 지르고 말았다. "쳇, 저런 프랑스 고양이 같은 년! 저 꼬락서니 좀 보시지!" 클라이드를 좋아하는 루자는 그녀를 마구 때려 주고 싶은 충동이 강하게 일었다.

이 밖에 누가 봐도 전형적인 하층 미국인인 플로러 브랜트라는 체격 좋고 성품이 쾌활한 아가씨가 있었다. 이목구비는 투박하지만 유혹적이고, 새까만 머리칼과 속눈썹이 길고 물에 젖어 있는 듯한 검은 눈, 뭉툭한 코, 두툼하고 육감적이면서도 아름다운 입술, 그리고 박력이 있으면서도 우아한 몸집의 여자였다. 그녀는 날마다 클라이드가 나타나기만 하면 으레 매혹적인 눈으로 쳐다보면서 마치 이렇게 말하는 듯했다. "뭐라고요! 내가 예쁘지 않다고요?" 또 얼굴에는 이런 표정도 어려 있었다. "어떻게 나를 그렇게 무시할 수 있어요? 당신이 지금 누리는 이런 기회를 한번 누리고 싶어 안달하는 남자들이 얼마든지 있거든요. 정말이라고요."

이 세 아가씨로 말하자면, 그들은 저마다 서로 다르면서도 일반 여자들보다는 좀 더 야비한 데다 조심성도 적고 대인 관계에서 인습에는 별로 관심이 없어 보였기 때문에 얼마 뒤 클라이드는 누구도 눈치채지 못하게 그들 중 한 아가씨나 또는 마음이 내키면 세 아가씨와 번갈아 가며 놀 수 있을지도 모른다고 생각했다. 특히 그가 그들을 상대해 주는 것은 어디까지나 호의를 베푸는 것일 뿐이라는 사실을 그녀들에게 먼저 인식시키면 발각될 염려는 없었다. 그들의 행동으로 미뤄 보건대 확실히 그 아가씨들은 어디에선가 기꺼이 그가 하자는 대로 할 것 같았고, 뒤에 이곳에서의 지위를 유지하기 위해 그녀들을 무시해 버리기로 마음먹는다고 해도 말썽을 일으킬 것 같지 않았다. 그러나 그는 아직 길버트 그리피스에게 한 약속을 깨뜨리고 싶지 않았다. 다만 그것은 무척 감당하기 힘든 상황에서 불쑥불쑥 그의 머리에 떠오르는 생각일 뿐이었다. 클라이드는 성(性)의 화학 작용과 미(美)의 공식에 쉽게 그리고 자주 강렬하게 불붙는 그런 성격의 소유자였다. 성적 욕구는 말할 것도 없고 성적 매력에도 쉽게 저항할 수 없었다. 이 세 아가씨가 저마다 보이는 행동과 접근은 푹푹 찌는 나른한 여름인 데다 갈 곳도 교제할 친구하나 없는 클라이드로서는 확실히 견디기 어려운 유혹이었다. 가끔 그는 온갖 방법으로 자신을 유혹하려 드는 아가씨들 곁으로 어쩔 수 없이 가까이 다가갔다. 물론 그럴 때도 그는 아가씨들의 노골적인 표정과 팔꿈치 짓 앞에서도 짐짓 아무렇지도 않은 듯 초연하고 무관심한 태도를 보였다. 그런데 그런 일은 그로서는 여간 예사로운 것이 아니었다.

때마침 이 무렵 회사에 주문이 갑자기 쇄도하여 클라이드는 위컴과 리짓의 충고에 따라 '견습 여직공' 몇 사람을 채용해야 했다. 이들 여직공들은 기술을 습득하기까지는 작업을 한 분량에 따라 아주 적은 임금으로 채용되지만 충분히 일을 배운 뒤부터는 더 많은 임금을 받을 수 있었다. 본관 건물 1층 사무실 인사과 창구에는 그런 지원자들이 많이 몰려왔다. 물론 주문이 많지 않을 때는 지원자들을 모두 돌려보내거나 '구직자 사절'이라는 표지판을 내걸었다.

클라이드는 지금 하고 있는 일에 경험이 부족한 데다 아직까지 사람을 채용하거나 해고한 경험이 없었기 때문에 위검과 리짓의 상의대로 역시 스티치 부서 직공을 뽑고 있는 리짓이 일단 모든 지원자를 만나 보기로 했다. 그 가운데에서 스탬프 직공으로 일할 만한 사람들이 발견되면 그들을 클라이드에게 보내 그가 써 보기로 합의했다. 다만 견습공을 클라이드에게 보내기 전에 리짓은 임시 채용과 해고와 관련한 절차를 아주 조심스럽게 설명했다. 새로 채용되는 견습공이 아무리 일을 잘해도 그 능력을 완전히 검증받을 때까지는 일을 아주 잘한다는 생각을 하게 해서는 절대로 안 되었다. 그런 자만심을 갖게 되면 삯일꾼으로서의 적절한 능력을 개발하는 데, 즉 누구든 한 개인이 최대한 능률을 발휘하는 데 저해가 되기 때문이었다. 또한 이렇게 일감이 많을 때는 얼마든지 여직공들을 고용해도 좋지만 일단 고비를 넘기고 나면 아무 거리낌 없이 그들을 다시 해고해야 했다. 물론 신규 채용자 중에 어쩌다 유난히 일을 빨리하는 직공이 있다면 예외였다. 이럴 때 언제나 그런 우수한 직공을 채용하기 위해 작업 성적이 부진한 근로자를 해고하거나 다른 부서로 옮기게 하여 직장의 신진대사를 돕도록 권했다.

주문이 폭주한다는 통지가 있던 이튿날, 리짓은 견습공 지원자 네 아가씨를 간격을 두고 클라이드의 방으로 데리고 와서 일

일이 그에게 소개했다. "이 아가씨를 써 보면 어떨까 합니다. 이름은 미스 틴덜입니다. 한번 일을 시켜 보시죠"니 "이 아가씨에게 한번 일을 시켜 보십시오"니 하고 말이다. 클라이드는 그때마다 지금까지 어디서 일했는지, 어떤 일을 한 경험이 있는지, 이곳 라이커거스의 집에서 살고 있는지 아니면 혼자서 사는지 (회사에서는 독신녀들을 그다지 환영하지 않았다) 등을 물어본 뒤 일의 성격과 임금을 설명했다. 그러고 나서 미스 토드를 부르면, 그녀가 견습공 지원자들을 우선 화장실의 탈의실로 데리고 가서 사물함에 코트를 넣게 한 뒤 작업대로 데리고 가 작업 절차를 가르쳤다. 이렇게 잠시 일을 시켜 본 다음 견습공으로서의 채용 여부를 결정하는 것이 클라이드와 미스 토드가 하는 역할이었다.

지금까지 클라이드는 자신이 확실히 좋아하는 세 아가씨를 제외하고는 대체로 이곳에서 일하는 여직공들에게 별로 호감이 없었다. 그들은 대개가 우둔하고 그다지 영리하지 못한 여자들뿐이어서 좀 더 똑똑해 보이는 아가씨들을 뽑을 수 없을까, 하고 생각하고 있던 참이었다. 도대체 왜 그럴 수가 없단 말인가? 라이커거스에 있는 공장에는 그런 여자들이 하나도 없단 말인가? 이들 여직공의 대부분은 하나같이 손이 두툼하고, 얼굴이 넓적하고, 다리와 발목이 굵었다. 그중에는 공장 북쪽 빈민가에서 사는 폴란드계 이민자들이나 그들의 딸로 심지어 외국 억양으로 말하는 아가씨들도 있었다. 그런 아가씨들은 모두가 '사내'를 낚아서 댄스홀로 춤을 추러 가고, 그 뒤에는 좀 더 재미를 보려고 호시탐탐 기회만 엿보고 있었다. 클라이드가 보기에 이곳에 있는 미국 계통의 아가씨들은 질적으로 전혀 다른 유형으로 몸매도 날씬하고 좀 더 신경질적이고 대개가 좀 더 무뚝뚝한 여성들로 인종적·도덕적·종교적 편견이 강해 다른 여자들이나 어떤 남자들과도 좀처럼 어울리려 하지 않는 것 같았다.

그러나 이날 이후 며칠 동안 클라이드에게 온 임시 여직공 중에 마침내 이곳에서 일하는 어떤 여자보다도 그의 흥미를 끈 사람이 하나 있었다. 그는 첫눈에 그 여자가 누구 못지않게 발랄하고 몸매가 우아하게 균형 잡혀 있으면서도 여기에서 일하는 여직공들보다도 지적이고 예쁘고 좀 더 내면적 깊이가 있다고 판단했다. 사실 처음 만났을 때 그 아가씨는 작업실의 다른 어느 여자들이 갖추지 못한 매력을 지니고 있었다. 항상 무엇을 그리워하는 듯한 동경심과 무엇에 놀란 듯한 경외감이 자립적인 용기, 결의와 결합해 어느 정도 의지력과 신념이 있는 여성이라는 인상을 즉시 주었다. 그러나 그녀 자신의 고백대로 그녀는 이런 종류의 일에는 전혀 경험이 없어서 이 공장에서나 다른 어떤 곳에서나 일을 잘할 수 있을지 어떨지 자신이 없었다.

그녀는 로버타 올든이라는 여자였다. 그녀 자신의 말에 따르면, 이곳에 오기 전에는 라이커거스에서 북쪽으로 80킬로미터쯤 떨어진 곳에 있는 트리페츠밀스라는 소도시의 한 양말 공장에서 일했다. 그리 새것 같아 보이지 않는 조그마한 갈색 모자를 쓰고 있었는데 푹 내려쓴 모자 밑으로 균형 잡힌 작고 예쁜 얼굴이 환한 옅은 갈색 머리칼을 후광 삼아 방긋이 내다보고 있었다. 그녀의 눈은 투명한 회색빛을 띠고 있었다. 그녀가 입고 있는 옷은 평범한 싸구려 옷이었고, 신고 있는 낡은 구두 밑창에는 아주 튼튼한 창이 대어 있었다. 그녀는 성실하고 진지해 보이면서도 성격이 명랑하고 단정해 보였으며 일에 대한 의욕도 있어 보였기 때문에 그녀를 처음 만나 본 리짓뿐만 아니라 클라이드도 그녀가 곧 마음에 들었다. 분명히 그녀는 이 작업실에 있는 다른 아가씨들의 평균 수준을 능가했다. 그래서 클라이드는 자신이 그녀에게 이야기하고 있는 동안 도대체 어떤 여자일까 하고 궁금하게 생각하지 않을 수가 없었다. 그녀는 마치 무슨 큰 모험을 치르거나 하는 것처럼 몹시 긴장하면서 면접 결과에 조금 걱정하고 있었기 때문이다.

로버타는 빌츠라는 소도시 근처에서 부모와 함께 살다가 지금은 이 도시에 와서 친구들과 함께 살고 있다고 설명했다. 그녀가 말하는 모습이 어찌나 순진하고 소박한지 클라이드는 매우 감동하였고, 되도록 그녀를 도와주고 싶다는 생각이 들었다. 그와 동시에 그녀가 지원하는 이 일을 하기에는 조금 아깝지 않나 하는 생각도 들었다. 그녀의 둥글고 푸른 두 눈은 총명해 보였고, 입술과 코와 귀와 손도 매우 작고 귀여웠다.

"이곳에 취직한다면 라이커거스에서 살 작정입니까?" 클라이드는 무엇보다도 그녀에게 말을 걸고 싶은 생각이 들어 물었다.

"네, 그렇습니다." 그녀는 머뭇거리는 기색도 없이 솔직하게 똑바로 그를 쳐다보며 대답했다.

"이름이 뭐라고 했죠?" 그는 기록 카드를 책상에 내려놓았다.

"로버타 올든이라고 합니다."

"이곳 주소는요?"

"테일러 거리 228번지입니다."

"그곳이 어딘지 잘 모르겠습니다." 그녀와 말을 나누는 게 좋아서 클라이드는 그렇게 말했다. "나도 여기에 온 지 아직 얼마되지 않았거든요." 나중에 생각하니 그는 무엇 때문에 그 아가씨에게 자기 자신에 관한 이야기를 많이, 그것도 그렇게 신속하게 했는지 의아하게 생각되었다. 그러고 나서 그는 이렇게 덧붙였다. "리짓 씨한테서 이곳 일에 관한 이야기를 들었는지 모르겠습니다만, 여기서 하는 일이란 알다시피 셔츠 칼라에 스탬프를 찍는 삯일입니다. 잠깐 이쪽으로 오시죠. 설명해 드릴 테니." 그는 그녀를 스탬프 찍는 직원들이 일하는 가장 가까운 작업대로 데리고 갔다. 어떻게 작업을 하는지 보여 준 다음 미스 토드를 부르지 않고 칼라 하나를 집어 들더니 전에 자신이 설명을 들었던 모든 것을 직접 그녀에게 설명하기 시작했다.

동시에 클라이드는 자신의 얼굴과 몸짓을 지켜보면서 그의 설명에 귀를 기울이는 그녀의 태도가 너무도 열성적이고 진지하여서 조금 겁이 나면서 당황했다. 그녀의 시선에는 탐색하고 그의 마음속을 꿰뚫어 보는 듯한 그 무엇이 담겨 있었기 때문이다. 또 그는 다시 한 번 작업량에 따른 임금의 비율을 설명했고, 가장 열심히 하면 얼마나 많이 받는지, 또 부진하게 하면 얼마나 적게 받는지에 대해 설명했다. 그녀가 한번 일해 보고 싶다고 하자 그는 미스 토드를 불렀고, 미스 토드는 그녀를 탈의실로 데리고 가 모자와 코트를 벗어 걸어 놓게 했다. 얼마 후 다시 돌아온 그녀는 옅은 머리칼이 이마까지 흘러내렸고, 뺨이 빨갛게 상기되어 있었으며, 눈은 진지하고도 열성적인 빛을 띠었다. 미스 토드의 지시에 따라 그녀는 소매를 걷어 올려 아름다운 두 팔뚝을 드러내 놓고 있었다. 그러고 나서 그녀는 일하기 시작했는데 그 동작으로 미루어 보아 클라이드의 눈에는 그녀가 빠르고도 정확하게 일을 해낼 수 있을 것 같았다. 그녀는 무슨 일이 있어도 이 공장에서 일자리를 얻고 싶은 생각이 굴뚝같았기 때문이다.

로버타가 잠깐 일하고 난 뒤 클라이드는 그녀 곁으로 다가가 옆에 산더미처럼 쌓아놓은 칼라를 그녀가 하나씩 집어서 스탬프를 찍어 한 편으로 던지는 것을 지켜보았다. 그는 재빠르고도 정확한 솜씨를 빼놓지 않고 눈여겨보았다. 그러다가 한순간 그녀가 그에게로 얼굴을 돌리면서 천진난만하면서도 생기에 넘치는 환한 미소를 지어 보이자 그도 몹시 기분이 좋아 빙그레 미소를 보냈다.

"좋습니다. 그만하면 잘할 수 있을 듯합니다." 클라이드가 불쑥 말했다. 그녀가 그럴 수 있으리라고 생각하지 않을 수가 없었기 때문이다. 그러자 그녀는 다시 한 번 잠깐 고개를 돌리더니 생긋 웃어 보였다. 클라이드는 그 순간 저도 모르게 전율을 느끼다시피 했다. 그는 순식간에 그녀에게 반하고 말았다. 그러나 길버트와의 약속도 약속이려니와 공장에서 그의 지위를 보더라도 공장에서 일하는 어느 여직공에게도—비록 이 아가씨처럼 매력 있는 여자라 할지라도 말이다—친절한 태도를 보여서는 안 되겠다고 스스로 다짐했다. 그러나 그렇게 하기가 쉽지 않아 보였다. 지금껏 다른 여직공들에 대해 경계를 해 왔고, 이 아가씨에 대해서도 그렇게 해야 했다. 그러나 웬일인지 자꾸만 그녀에게로 몹시 마음이 끌려 그렇게 하는 것이 조금 이상하게 보였다. 그녀는 너무나 예쁘고 귀여웠다. 그렇지만 이 아가씨는 길버트가 입버릇처럼 말하는 대로 공장의 여직공에 지나지 않았고, 자기는 그녀의 상사였다. 그렇긴 해도 그녀는 너무나도 예쁘고 너무나도 귀여웠다.

클라이드는 곧바로 오늘 입사한 다른 견습공이 있는 곳으로 갔다. 마침내 미스 토드에게 가서 미스 올든의 작업 능력이 어떤지 즉시 보고하도록 일렀다. 그 결과를 빨리 알고 싶었기 때문이다.

그러나 클라이드가 아까 로버타에게 이야기를 건네고, 그녀가 그에게 미소를 생글 지어 보냈을 때, 두 사람과 떨어진 작업대 쪽에서 일하고 있던 루자 니코포리치가 그 옆에서 일하고 있던 아가씨를 팔꿈치로 쿡 찌르며 아무도 눈치채지 못하도록 먼저 곁눈으로 두 사람을 흘겨본 다음 가볍게 그쪽으로 머리를 흔들어 보였다. 그러자 곁의 여직공이 클라이드와 로버타 두 사람을 쳐다보았다. 클라이드가 로버타의 옆을 떠나고 로버타가 또 다시 일을 시작하자, 그녀는 상대방 여직공 쪽으로 몸을 내밀고는 속삭였다. "벌써 저 여자가 일을 잘할 거라고 말하는군." 그러고 나서 그녀는 눈썹을 추켜올리며 입술을 꼭 깨물었다. 상대방 여직공은 아무에게도 들리지 않게 나지막한 목소리로 대답했다. "빛의 속도만큼이나 빠르잖아? 전에는 아무도 거들떠보지 않는 것 같더니만."

그리고 나서 두 여직공은 아주 의미심장하게 히죽 미소를 지었는데, 두 사람 사이의 특별한 행동이었다. 루자 니코포리치는 질투심을 느꼈다.

제13장

로버타 같은 젊은 여성이 하필이면 왜 이 무렵 이런 일자리를 그리피스 회사에서 찾아야 하는지는 짚고 넘어갈 필요가 있다. 클라이드가 한때 자신의 가족과 삶에 관해 생각했던 것처럼 그녀도 자신의 삶에 크게 실망을 느끼고 있었기 때문이다. 로버타는 이곳에서 북쪽으로 70킬로미터쯤 떨어진 미미코군(郡)의 조그마한 마을인 빌츠' 근처에서 농사를 짓고 살아가는 타이터스 올든의 딸이었다. 그녀는 어려서부터 가난을 뼈저리게 느끼며 자라 왔다. 그녀의 부친은 역시 그 지방의 농부인 이프레임 올든의 세 아들 중 막내로 하는 일마다 실패하는 바람에 부친에게서 물려받은 폐가에 가까운 집에서 살고 있었다. 그 집은 물려받을 때도 벌써 여기저기 수선하지 않으면 안 될 만큼 낡아 있었다. 집 자체는 뉴잉글랜드의 소도시와 거리들을 흔하게 장식하고 있는, 박공 달린 아담한 주택들에서 보이는 고상한 취향의 전형적인 본보기였다. 그러나 지금은 페인트가 벗어지고 지붕널이 날아가 버린 데다 길 쪽 문에서 현관에 이르는 구불구불한 길을 이루던 판석도 없어져 이제는 누가 보아도 외부 세계에 우울하기 짝이 없는 모습이었다. 마치 콜록콜록 기침하며 이렇게 말하고 있는 것 같았다. "거참, 나한테는 되는 일이 하나도 없군."

집의 내부도 외관과 크게 다르지 않았다. 마룻바닥과 계단의 판자가 들떠 발을 디딜 때마다 매우 불길한 소리를 내며 삐걱거렸다. 창에는 커튼을 친 곳도 있었고, 치지 않은 곳도 있었다. 가구는 구식의 것과 비교적 신식의 것이 서로 어지럽게 뒤섞여 있고 하나같이 낡을 대로 낡아 뭐라고 형용하기가 어려울 정도였다.

로버타의 부모로 말하자면, 현실을 외면하고 환상을 좇는 토착 아메리카니즘'의 더할 나위 없는 좋은 본보기였다. 타이터스 올든은 태어나 무엇 하나 제대로 이룬 것 없이 그럭저럭 살다 죽는 숱한 인간 중의 하나였다. 이 세상에 태어나서 안개 속을 헤매듯 살다가 하직하는 그런 부류 말이다. 역시 구름 잡는 듯한 두 형과 마찬가지로 타이터스도 그저 아버지가 농부니까 자신도 농부가 되었을 뿐이었다. 아버지가 물려준 농장이었고 또한 다른 지방에 가는 것보다는 이 농장에 남아 일하는 쪽이 편했기 때문에 그는 이 농장에서 살았다. 마찬가지로 그의 아버지가 공화당원이었고 이 지역이 공화당' 지역이었기 때문에 그는 공화당원이었다. 타이터스는 공화당원 말고는 달리 생각해 보려고 한 적이 한 번도 없었다. 또한 정치와 종교의 경우와 마찬가지로 무엇이 옳고 무엇이 그른지에 대한 윤리 의식도 모두 주위 사람들의 의견을 그대로 답습한 것이었다. 그의 가족 중 어느 누구도 진지하거나 지적인 책, 올바른 정보를 주는 책을 단 한 권도 읽어 본 적이 없었다. 한 사람도 말이다. 그러나 인습과 도덕과 종교에 관한 한 그들은 아주 훌륭했으니 정직하고 올곧으며 하나님을 경외하고 공경했다.

이런 부모에게서 태어난 딸 로버타로 말할 것 같으면, 부모의 세계보다 더 좋은 세계에 적응할 수 있는 자질을 갖고 태어났는데도 이 무렵 이 지방의 종교관과 도덕관, 즉 이 지방의 목사들과 일반 사람의 생각 틀에서 완전히 벗어나지 못하고 있었다. 그러면서도 다정다감하고 상상력이 풍부하며 관능적인 기질 때문에 열대여섯 살이 되자, 가장 못생긴 여자에서 가장 잘생긴 여자에 이르기까지 무릇 하와의 모든 딸이 예로부터 간직해 온 꿈—자신의 미모나 매력이 머지않아 언젠가는 한 사내나 뭇 사내의 넋을 사로잡게 되리라는 꿈에 가슴이 한껏 부풀어 있었다.

그래서 로버타는 어린 시절과 소녀 시절을 늘 가난에 관한 이야기만 들으며 살아왔으면서도 타고난 상상력 때문에 좀 더 나은 세계가 오리라고 항상 기대했다. 나이가 들면 올버니나 유티카 같은 좀 더 큰 도회지로 나갈 수 있을지 누가 알겠는가! 그렇게 되면 좀 더 새롭고 멋진 삶이 펼쳐질 것이다.

로버타에게는 얼마나 꿈이 많았던가! 그 뒤 열네 살부터 열여덟 살까지 어느 봄날 이른 5월의 태양이 고목마다 분홍색 등불을 매단 듯 곱게 물들이고 대지 역시 떨어지는 향긋한 꽃잎으로 분홍색 카펫을 깐 듯 가득 뒤덮인 과수원에 서서 그녀는 하늘을 향해 높이, 삶을 향해 넓게 두 팔을 벌리고 가슴을 쫙 펴고서 숨을 쉬면서 때로는 웃어 보기도 하고 때로는 남몰래 한숨을 지어 보기도 했다. 아, 살아 있다는 것은 얼마나 위대한가! 젊음과 세상을 누리고 있다는 것 또한 얼마나 신비로운가! 그녀는 어쩌다 우연히 그 옆을 지나가다 자신을 보았고 두 번 다시 보는 일이 없을지도 모르는 그 지방의 어느 젊은이가 던져 주는 미소와 시선을 머릿속에 떠올렸다. 그렇지만 그 청년은 그녀를 쳐다봄으로써 그녀의 젊은 영혼을 마구 흔들어 꿈속에서 헤매게 만들어 놓았다.

그런데도 로버타는 수줍음을 많이 탔고 소극적이었다. 그녀는 사내들, 특히 이 지역의 좀 더 촌스러운 사내들을 두려워했다. 사내들은 사내들대로 그녀가 이 지역에서는 보기 드물게 육체적 매력을 지니고 있는데도 그녀의 정숙함과 수줍음이 싫어 그만 뒷걸음질을 쳤다. 열여섯 살 때 그녀는 빌츠에 가서 일주일에 5달러의 급료로 애플먼 포목점에서 일하면서 마음이 끌리는 젊은이들을 여럿 만났다. 그러나 이곳에서도 가족 환경에 대한 열등감에다 세상 경험이 없어 그 남자들이 자신보다 훨씬 나은 위치에 있어 그들이 아무래도 자기를 거들떠보려 하지 않을 것이라는 생각이 들었다. 그곳에서도 그녀는 바로 이런 열등감 때문에 사내들과 거의 완전히 절연 상태에 있었다. 그녀는 열여덟 살에서 열아홉 살이 될 때까지 애플먼 씨 가게에서 일했다. 그렇게 일하는 동안 가족에 대한 부담 때문에 자신을 위해서는 아무것도 못 하고 있다고 느낌을 떨쳐 버릴 수 없었다.

그때 마침 이 지역에서 거의 혁명이라고 해도 좋을 만한 사건 하나가 발생했다. 이런 벽지의 값싼 노동력 때문에 트리페츠밀스에 조그마한 양말 공장 하나가 들어선 것이다. 로버타는 이 근처 지역 사람들의 관념과 기준에 따르면 그런 일은 체면을 손상하는 일이라는 생각이 들었지만 임금을 많이 준다는 소문에 귀가 솔깃했다. 그래서 로버타는 트리페츠밀스로 나가 전에 빌츠에서 이웃에 살고 있던 사람의 집에 하숙하고 토요일 오후마다 원래 집으로 돌아갔다. 그러면서 돈을 모아 직업 교육을 좀 더 받을 수 있는 방도를 찾았다. 그녀는 좀 더 나은 직업을 얻기 위해 호머나 라이커거스 또는 그 밖의 다른 곳에 있는 실업학교에서 부기나 속기 같은 과목을 배울 생각이었다.

이런 꿈을 품고 돈을 모으려고 애쓰는 사이 2년이라는 시간이 훌쩍 흘렀다. 그동안 그녀의 수입이 전보다 늘었지만—나중에는 일주일에 12달러를 받았다—여러 식구들에게 돈이 들어갈 자질구레한 일이 너무 많은 데다 가족들의 가난을 덜어 주고 싶은 나머지 번 돈 대부분을 식구들을 위해 써 버리고 말았다.

빌츠에 있을 때와 마찬가지로 그곳에서도 지적으로나 기질적으로 그녀에게 어울릴 만한 도시 젊은이들이 몇 명 있었지만 그들은 공장 여직공 같은 여자들을 여러모로 자신들보다 신분이 낮다고 거들떠보려고 하지 않았다. 물론 로버타 자신은 그런 유형의 여자들과는 달랐지만 그들과 가까이 지내고 있다 보니 여공들이 자신들을 바라보는 심리 상태를 어느새 몸에 익히게 되었다. 이 무렵 그녀가 관심을 두고 있는 젊은이들은 아무도 결혼까지 생각할 만큼 진지하게 자신에게 관심을 두지 않을 것이라고 체념하다시피 하고 있었다.

그로부터 얼마 뒤 그녀의 결혼에 관해서뿐만 아니라, 결혼하든 하지 않든 그녀의 장래를 진지하게 생각하게 해 주는 두 가지 사건이 일어났다. 그녀보다 세 살 아래로 스무 살 난 여동생 애그니스가 올든 농장 근처에서 교사 생활을 하던 젊은 교사와 다시 만났는데, 학교에 있을 때보다 청년에게 더 끌려 그와 결혼하기로 한 것이었다. 그 때문에 로버타는 자기도 빨리 결혼하지 않으면 그만 노처녀처럼 보이게 될지도 모른다는 생각이 문득 들었다. 그렇다고 해서 갑자기 무엇을 어떻게 하면 좋을지 모르는 채 그날그날 보내고 있던 터에 뜻밖에도 트리페츠밀스의 양말 공장이 영원히 문을 닫고 말았다. 그래서 그녀는 어머니를 돕고 또 동생의 결혼 준비를 거들기 위해 빌츠로 돌아왔다.

얼마 후 또다시 로버타의 꿈과 계획에 결정적인 영향을 끼치는 세 번째 사건이 일어났다. 트리페츠밀스에서 알게 된 그레이스 마라는 아가씨가 라이커거스에 간 지 몇 주 뒤 핀칠리 진공청소기 회사에 주급 15달러 임금으로 취직했다. 그녀는 취직하자마자 곧바로 로버타에게 편지를 보내 라이커거스에 있는 일자리를 알려 주었다. 날마다 그 앞을 지나다니는 그리피스 공장의 동쪽 고용 부서 문 위에 '여직공 모집 중'이라는 게시물이 큼직하게 붙어 있는 것을 본 것이었다. 그녀가 문의해 본 바로는, 처음 일을 시작하는 여직공에게는 주급 9달러에서 10달러를 주고, 여러 삯일 중 한 가지 기술을 가르쳐 주며, 일단 일에 숙련된 여공에게는 각자의 능력에 따라 주급 14달러에서 16달러까지 지불한다는 것이었다. 그리고 숙식으로 7달러를 지불하기 때문에 자기가 좋아하는 로버타에게 알려서 만약 원한다면 그곳에 와서 같이 하숙을 하자고 제안했다.

때마침 시골 생활이 더 이상 견딜 수 없어 다시 한 번 일자리를 찾아 나서고 싶다고 생각하고 있던 참이라 로버타는 마침내 어머니와 상의하여 임금을 받아 어머니를 돕기로 하고 집을 떠나기로 했다.

그러나 일단 라이커거스에 와서 클라이드 밑에서 일하고 보니, 자신에게 무슨 큰 변화가 있을 것만 같았던 처음 흥분이 가시자 로버타의 삶은 사회적으로나 물질적으로나 빌츠나 트리페츠밀스에 있을 때에 비해 별로 나아진 것이 없었다. 그레이스 마는 로버타만큼 예쁘지는 않았고 또 로버타의 매력과 짐짓 그런 척하는 쾌활함 때문에 자신에게 부족할지 모르는 명랑함과 친구를 그녀한테서 찾고 있었다. 이렇게 그레이스가 친절하게 잘해 주는데도 로버타는 이곳에서의 새 생활이 전해 비해 좀 더 자유롭지도 다채롭지도 않았다.

무엇보다도 로버타가 함께 살게 된 그레이스 마의 언니와 그녀의 남편인 뉴턴 부부는 불친절한 사람들은 아니었지만, 빌츠와 트리페츠밀스에서 그녀가 늘 접촉하던 사람들보다 오히려 더 평범한 소도시 공장 노동자 유형으로 꽤 종교적이고 생각이 편협한 사람들이었다. 조지 뉴턴은 감정이 그다지 풍부하다거나 낭만적인 사내는 아니었지만 사람이 좋았으며, 자신과 자신의 장래에 관해 온갖 자질구레한 계획을 자못 소중하게 생각하고 있었다. 무엇보다도 그는 크랜스턴 고리버들 공장의 세공 직공으로 버는 임금을 조금이라도 저축하여 언젠가는 자기 적성에 맞는 사업을 벌일 계획이었다. 그리고 그 목적을 일찍 달성하고 저축을 늘리기 위해 아내와 의논하여 테일러 거리의 낡은 집 한 채를 인수해 하숙을 치기로 했다. 하숙인을 다섯 명쯤 받아 그 돈으로 집세는 물론 가족과 하숙인의 식비를 충당할 수 있었다. 물론 거기에 따르는 노력과 잔걱정은 전혀 계산에 넣지 않았다. 한편 그레이스 마도 조지의 아내인 메리도 이곳에서나 다른 곳에서나 작은 가정을 꾸려 가며 초라하고 매우 인습적인 동네에서 그 가정의 의미와 품위를 유지하고, 또 순전히 종파적인 교리라는 렌즈를 통해 삶과 행동을 바라보는 등 그런 자질구레한 일에서 사회적 만족을 느끼는 그런 부류의 여자들이었다.

일단 이 특수한 가정의 일원이 되자 로버타는 얼마 되지 않아 라이커거스 전체는 아니더라도 이 집 역시 빌츠의 여러 가정처럼 꽤 편협하고 답답한 곳이라는 사실을 깨닫게 되었다. 뉴턴 부부와 그 부류 사람들에 따르면 오히려 이런 생활신조는 마땅히 엄격하게 지켜야 했다. 그런 신조를 깨뜨려서 좋을 것이 하나도 없을 것이기 때문이다. 만약 공장 종업원이라면 기독교를 믿는 착한 직원들의 세계와 생활 습관에 적응해야 한다는 것이었다. 그러므로 로버타는 이 집에 하숙한 지 얼마 되지 않아서 매일 아침 일찍 일어나 뉴턴 부부네 식당에서 그리 만족스럽지 못한 아침 식사지만 고맙게 먹으려 했다. 그레이스와 크랜스턴 고리버들 세공 공장에 나가는 비슷한 또래의 오펄 펠리스와 올리브 포프라는 두 여자도 함께 아침 식사를 했다. 또한 시(市) 전기 회사에 근무하는 프레드 셜록이라는 젊은 기사도 이 하숙의 일원이었다. 아침 식사가 끝나면 곧바로 날마다 이 시각에 강 건너 공장 지대로 이어진 긴 출근 행렬에 끼어야 했다. 바로 집을 나서면 영락없이 근처 길거리와 집집에서 쏟아져 나오는, 인간이라기보다는 유령처럼 보이는 나이가 지긋하고 피로에 지친 노파들은 말할 것도 없고 그녀와 나이가 비슷한 남녀 직공들과 얼굴을 마주치곤 했다. 이 거리 저 거리에서 쏟아져 나오는 사람들로 센트럴 애비뉴에서 인파를 이루면 어떤 부류의 공장 사내들은 좀 더 예쁜 여자들에게 추파를 던지며 수작을 걸었다. 로버타가 보기에도 그 사내들은 잘 알지도 못하는 아가씨들과 방종한 관계, 아니 그보다 더 추잡한 관계를 맺으려고 하고 있었다. 그러나 어떤 부류의 여자 중에는 킥킥 웃기도 하고 먼저 눈웃음을 치는 여자들도 있었다. 지금까지 다른 곳에서 그녀가 보아 온 대부분 여자처럼 얌전한 여자들이라곤 아무리 눈을 씻고 찾아도 찾아볼 수가 없었다. 이 얼마나 충격적인 광경이란 말인가!

저녁이 되면 여러 공장에서 쏟아져 나온 노동자들이 다시 떼를 지어 역 근처 다리를 건너 아침에 온 길을 되돌아갔다. 로버타는 미모와 매력과 강렬한 욕망에도 불구하고 사회적으로나 도덕적으로 엄격한 훈련을 받은 데다 기질 때문에 늘 외롭고 무시당하는 느낌이 들었다. 아, 주위 세상 사람들이 모두 쾌활하게 즐기고 있는데 자신만이 홀로 외롭게 있는 것이 아닌가. 그녀는 언제나 여섯 시가 넘어서야 집에 돌아왔다. 저녁을 먹고 나면 그레이스와 함께 영화를 보러 가거나, 어쩌다 뉴턴 부부와 그레이스와 함께 감리교 교회의 모임에 나가는 것 말고는 아무런 할 일이 없었다.

그런데도 일단 이 가정의 일원이 되고 클라이드의 밑에서 일하게 되자 로버타는 그런 변화가 반가웠다. 이 얼마나 큰 도시인가. 여러 상점과 영화관이 있는 멋진 센트럴 애비뉴. 큰 공장들. 그리고 젊고 매력적이고 늘 미소를 잃지 않고 그녀에게 관심을 갖는 클라이드 그리피스 씨가 있지 않은가.

제14장

클라이드 역시 로버타를 만나 마음이 크게 흔들리기는 마찬
가지였다. 딜러드, 리터, 젤러와의 교제가 물거품으로 돌아간
뒤 무의미하게 그리피스 집안에 초대되어 벨라, 손드라 핀칠리,
버타인 크랜스턴 같은 상류 사회의 여자들을 잠깐 만나 볼 기회
를 누렸지만 무척 외로웠다. 아, 저 상류 사회! 그러나 확실히 그
세계에 들어가는 문은 그에게 굳게 닫혀 있었다. 그런데도 그는
어떻게 해서든지 그 세계에 들어가고 싶다는 헛된 소망 때문에
고독한 나날을 보내기로 했다. 도대체 무엇 때문에 이런 생활을
해야만 하는가? 전보다도 더 외로운 처지에 놓여 있지 않은가?
말동무가 되어 주는 사람이라곤 오직 페이턴 부인밖에 없다니!
회사에 출퇴근할 때 그저 고개를 끄덕이거나 한두 마디 인사를
나누는 사람들 — 아니면 아는 체 인사를 하는 센트럴 애비뉴의
두서넛 상점 주인 — 또는 관심이 없거나 감히 사귈 수 없는 여

직공들뿐이었다. 그들이 그에게 과연 무슨 의미가 있을까? 정말로 아주 쓸모없는 존재들이었다. 그렇지만 이런 모든 것을 상쇄하고 남을 만큼 그는 그리피스 집안의 일원이었고, 마땅히 사람들의 존경을 받을 자격이 있지 않은가? 그래도 이게 무슨 처지란 말인가? 도대체 어떻게 하면 좋단 말인가?

한편 로버타 올든도 이 도시에 자리를 잡고 이곳의 사정에 익숙해지고 또 클라이드의 지위와 매력 그리고 자기에게 은근히 관심을 두고 있다는 사실을 알게 되면서 자신의 처지에 대해 고민하게 되었다. 일단 뉴턴 부부의 하숙집 식구가 되면서 그녀는 이 지방 나름의 금기와 제약이 있어 어느 때든 공적으로 클라이드나 그 어떤 상사에게도 관심을 표현할 수 없다는 사실을 알게 되었다. 이 도시에서는 여직공 신분으로 상사들을 넘보거나 그들에게 호감을 품는 것은 금기시되어 있었다. 신앙심이 있고 도덕적이고 얌전한 여자들은 그래서는 안 된다는 것이다. 곧 알게 된 사실이지만, 라이커거스에서는 가난한 사람들과 부유한 사람들은 마치 칼로 두부를 자르거나 높은 담벼락을 세워 갈라놓은 것처럼 뚜렷이 구분되어 있었다. 또한 무식하고 비천하고 비도덕적이고 비미국적인 외국인 가족의 아들딸에 관한 금기 사항도 있지 않았던가! 무엇보다도 그런 사람들과는 절대로 어울려서는 안 되었다.

그러나 이런 사람들 사이에서는— 그녀와 그녀의 모든 친구가 속한 신앙심 두텁고 도덕적인 하위층 말이다— 춤을 춘다거나 길거리를 산책한다거나 영화를 보러 간다거나 하는 즐거운 오락거리도 금기였다. 그러나 이 무렵 로버타는 댄스에 흥미를 느끼고 있었다. 그보다도 더 고약한 것은 로버타와 그레이스 마가 처음 출석한 교회의 젊은 신도들이 그들을 대등한 사람으로 취급하지 않는다는 점이었다. 그들 대부분은 이 지방에 오래 뿌리를 박은 부유한 집안의 자녀들이었다. 그래서 몇 주일 동안 교회의 여러 행사와 집회에 참석해 보았지만 로버타와 그레이스의 처지는 처음과 크게 달라지지 않았다. 결국 인습적인 여자들로 받아들여지긴 했지만, 집안이 더 좋은 남녀들만큼 즐겁게 놀고 재미있는 시간을 보낼 수는 없었다.

그러나 로버타는 클라이드를 만난 뒤부터 그가 속해 있다고 상상한 상류 사회를 의식하고 그의 매혹적인 인품에 마음이 끌렸다. 그 때문에 클라이드를 괴롭히고 있던 바로 그 야심과 불안의 병균에 그녀도 감염되고 말았다. 그녀는 날마다 공장에 나가면 그가 조용히 뭔가 갈구하는 듯하면서도 망설이는 듯한 눈초리로 자신을 바라보는 것을 감지할 수 있었다. 공연히 섣불리 나섰다가 그녀한테 거절당하거나 오해를 받는 것이 두려워서 저러는 게 아닐까 하는 생각도 들었다. 그러나 일을 시작한 지두 주일이 지나자 로버타는 때로는 클라이드 쪽에서 먼저 말을 건네주기를, 그가 무슨 일이든 먼저 시작하기를 은근히 바랐다. 또 어떤 때는 그가 감히 그렇게 나오지 않기를, 그런 끔찍하고 있을 수 없는 일이 일어나지 않기를 바랐다. 만약 그렇게 되면 다른 여직공들이 곧 그것을 눈치챌 것이 아닌가. 여공들은 그를 너무 지체 높고 손이 닿을 수 없는 존재로 알고 있었으므로 클라이드가 로버타를 예외적으로 취급한다는 것을 눈치채고 제멋대로 해석할 것이 아닌가. 그녀는 그리피스 공장의 스탬프 작업장에서 일하는 여직공들이라면 그런 행동을 오직 한 가지로, 즉 추잡하다고 받아들이리라는 걸 잘 알고 있었다.

한편 로버타에 대한 클라이드의 관심으로 말할 것 같으면, 길버트가 내세운 규칙을 망각할 수는 없었다. 지금까지 그는 어느 한 여직공을 눈여겨보거나 특별한 관심을 보이지 않으려고 애썼다. 그러나 로버타가 일단 나타나자 웬일인지 무의식적으로 자꾸만 그녀의 작업대 쪽으로 걸음을 옮겨 그녀 가까이 서서 일하는 모습을 지켜보는 때가 많아졌다. 로버타는 그가 처음 생각한 것처럼 일을 빠르고 정확하게 했으며, 다른 사람의 가르침을 별로 받지 않고서도 혼자서 작업 요령을 터득하여 다른 여공들처럼 주급 15달러를 받고 있었다. 그녀는 이곳에서 일하게 되어 행복한 듯 보였고 클라이드가 조금이라도 관심을 보여 기쁘다는 태도였다.

동시에 로버타는 겉보기에는 매우 품위 있고 다른 여자들과 달라 보이지만, 실제로는 감정이 풍부할뿐더러 놀랍게도 달콤한 시를 떠올리게 해 주는 관능적인 명랑함과 쾌활함을 간직하고 있었다. 또 로버타는 다른 여자들과는 달리 과묵하면서도 자신과 본질에서 다른 외국계 여공들과도 친하게 지냈으며, 그녀들의 관점을 이해하는 것 같았다. 그녀가 일 문제로 처음에는 리너 슐리크트, 호다 펫캐너스와 앤절리나 피티, 그 뒤에는 다른 여직공들과 얘기하는 것을 넌지시 들은 클라이드는 그녀가 대부분의 미국 아가씨들처럼 그렇게 인습적이거나 편협하지 않다고 결론 내렸다. 그런데도 그녀는 그들로부터 존경을 받는 것 같았다.

어느 점심 휴식 시간에 클라이드가 여느 때보다 빨리 아래층 식당에서 돌아와 보니 로버타는 외국계 여공 몇 명과 미국인 여직공 네 명과 함께 메리라는 폴란드 여자를 에워싸고 있었다. 외국인 여직공 중에서도 가장 쾌활하고도 왈가닥인 메리는 전날 밤 만난 어떤 '건달'한테서 구슬 핸드백을 받게 된 경위부터 시작해서 어떤 목적으로 그것을 받게 되었는지 큰 목소리로 수다를 늘어놓고 있었다.

"말하자면 나더러 자기 애인이 돼 달라는 거지 뭐." 그녀는 열심히 자기 이야기를 듣고 있는 여직공들 앞에서 핸드백을 흔들어 보이면서 신바람이 나서 자랑스럽게 떠들어 댔다. "어쨌든 이 핸드백을 받아 갖고 오긴 했지만 좀 생각해 보지 않을 수 없었지. 어때, 핸드백 멋지지?" 그녀는 핸드백을 쳐들어 두서너 번 이쪽저쪽으로 보였다. "글쎄, 어떡하면 좋지?" 메리는 자극적이면서도 일부러 진심인 듯한 표정을 짓고 있는 눈으로 로버타를 쳐다보면서 핸드백을 그녀의 코앞에서 흔들어 댔다. "어떡하면 좋지? 차라리 이걸 받아 두고 그의 애인이 돼 줄까? 그렇지 않음 돌려보낼까? 하지만 이런 멋진 핸드백을 돌려보내긴 아까운데……."

로버타의 가정 교육으로 판단해 본다면 아마 그녀는 이런 이야기에 그만 충격을 받을 것이라고 클라이드는 생각했다. 그러나 그녀는 전혀 그런 기색이 없었다. 그녀의 표정으로 미루어 본다면 오히려 아주 재미있어 죽겠다는 표정이었다.

로버타는 얼굴에 쾌활한 미소를 띠며 즉석에서 대답했다. "그건 그 사람이 얼마나 잘생겼는가에 달려 있어. 만약 그 사람이 잘생겼다면, 나라면 그 사람을 잠시 잡아 두고 할 수 있는 한 오랫동안 핸드백을 갖고 있겠어."

"아, 하지만 그 남자는 기다릴 수 없대." 메리는 상황이 아슬아슬하다는 것을 충분히 알아차리고 있다는 듯 능글맞게 말했다. 그리고 나서 가까이 다가온 클라이드에게 윙크를 했다. "이 핸드백을 돌려주거나, 오늘 밤 애인이 되거나 해야 하거든. 하지만 이런 멋진 핸드백을 내가 무슨 수로 살 수 있느냔 말이야." 그리고 나서 이런 상황이 우습다는 듯 콧등에 주름을 지으며 짓궂고 능글맞은 눈초리로 핸드백을 훑어보았다. "어떡하면 좋담?"

'저런, 미스 올든 같은 순진한 시골 아가씨에게는 어려운 질문 같은데. 이런 질문이 달갑지 않을 텐데.' 클라이드는 속으로 그렇게 생각하고 있었다.

그러나 클라이드가 보기에 겉으로는 난처한 표정을 지었지만 로버타는 사실 아무렇지도 않은 모양이었다. "거, 곤란하겠는걸. 어떻게 해야 좋을지 나도 모르겠어." 그녀는 눈을 크게 뜨고는 곤란한 듯 행동했다. 물론 연극이었지만 연극치고는 훌륭했다.

그러자 고수머리인 네덜란드계의 레너가 몸을 앞으로 쑥 내밀고서 한마디 했다. "네가 싫다면 핸드백과 그 사내를 내게 넘겨. 지금 그 남자 어디 있지? 내겐 지금 남자가 없거든." 이렇게 말하며 그녀가 핸드백을 빼앗으려는 듯 손을 뻗자 메리는 얼른 그것을 뒤로 뺐다. 이렇게 야단법석 떠는 모습이 하도 우스워서 여직공들의 입에서 일제히 폭소가 터져 나왔다. 로버타까지도 큰 소리로 웃자 클라이드는 기분이 흐뭇했다. 터무니없는 농담이라고 생각하면서도 이런 서툰 농담이 싫지 않았기 때문이다.

"레너, 어쩌면 네 말이 옳을지도 몰라." 로버타가 이렇게 한마디 덧붙이는 말이 들리자 때마침 옆방에서 작업 시작을 알리는 경적이 울리며 수백 대의 재봉틀이 일제히 윙윙거리며 돌아가기 시작했다. "멋진 남자란 날마다 나타나는 법이 아닌데." 로버타의 푸른 눈이 반짝이고 매혹적인 입술에는 미소가 방긋 번지고 있었다. 물론 클라이드가 보기에 그녀의 말은 한낱 농담과 허세에 지나지 않았지만, 그가 걱정하는 만큼 그렇게 옹색한 여자는 아니라는 것을 느낄 수 있었다. 인간적이고 명랑한 데다 포용력 있고 마음이 너그러운 여자였다. 누가 봐도 그녀에게는 장난기가 많았다. 처음 여기 왔을 때처럼 조그마한 둥근 갈색 모자와 푸른색 무명옷을 입은 그녀는 옷차림이 초라했지만 다른 어떤 아가씨보다도 예뻤다. 외국인 여공들처럼 뺨과 입술에 립스틱을 바를 필요가 없었다. 때로는 외국인 여공들은 핑크색 설탕 과자 같은 얼굴을 하고 있었다. 그녀의 팔과 목덜미는 또 얼마나 예쁜지! 토실토실한 모습이 여간 우아해 보이지 않았다. 재미있다는 듯 일에 열중할 때 그녀의 모습에는 뭔가 우아함과 자유분방함이 느껴졌다. 하루 중 제일 무더운 시간에 재빠른 솜씨로 일하고 있을 때 그녀의 윗입술과 턱과 이마에 조그마한 땀방울이 맺히면 그녀는 늘 잠깐 손을 멈추고는 손수건을 꺼내어 땀을 닦았다. 그런데 그 땀방울은 오히려 보석처럼 그녀의 아름다움을 한층 더해 주는 것 같았다.

이즈음은 클라이드에게 즐거운 나날이었다. 다시 한 번 이 도시에서 종일 옆에서 바라보며 조금씩 욕정을 다하여 갈망할 수 있는 여자가 생긴 것이다. 호튼스 브릭스에게도 그런 욕정을 품었지만 로버타 쪽이 보다 순박하고 다정다감하고 의젓했기 때문에 지금 느끼는 욕정이 훨씬 더 만족스러웠다. 물론 처음에는 그에게 다소 냉정하고도 무관심한 태도를 보인 적도 있었지만, 처음부터 그것은 진심이 아니었다. 다만 그녀는 어떤 태도를 보이는 게 적절한지 갈피를 잡지 못하고 있었을 뿐이었다. 잘생긴 얼굴과 손, 부드러운 검은 머리칼, 애수를 지닌 듯한 유혹적인 검은 눈─그는 매력적이었다. 아, 그것도 아주 많이 말이다. 로버타에게는 참으로 멋진 사내였던 것이다.

그러던 어느 날 길버트 그리피스가 이곳을 지나가다 방에 들어와 뭐라고 클라이드에게 이야기를 건네는 것을 보자 로버타는 클라이드가 전에 상상한 것보다 사회적으로나 경제적으로 높은 지위에 있다고 생각하게 되었다. 길버트가 가까이 다가오자 그녀 바로 옆에서 일하고 있던 레나 슐릭트가 몸을 앞으로 쑥 내밀고는 이렇게 속삭였기 때문이다. "길버트 그리피스 씨가 이곳에 오네. 이 공장의 사장 아들인데 사장이 죽으면 이 공장은 저 사람 것이 된대. 저 사람은 그의 사촌이야." 그녀는 클라이드

쪽으로 고갯짓을 했다. "두 사람이 쌍둥이처럼 닮지 않았니?"

"어머나, 정말 닮았네." 로버타는 클라이드뿐만 아니라 길버트의 얼굴을 몰래 훑어보면서 대답했다. "하지만 클라이드 그리피스 씨 쪽이 좀 더 잘생긴 것 같지 않니?"

로버타의 건너편에 앉아 있던 호다 펫캐너스가 마지막 말을 엿듣고서 웃으며 말했다. "모두들 그렇게 생각해. 또 그 사람은 길버트 그리피스 씨처럼 도도하지도 않아서 좋거든."

"그 사람도 부자니?" 로버타는 클라이드를 생각하며 물었다.

"그건 모르겠어. 소문엔 그렇지 않다던데." 자신도 다른 여직공 못지않게 클라이드에게 꽤 관심이 있던 터라 그녀는 의심스러운 듯 입술을 오므렸다. "이곳에 오기 전에 그 사람은 지하 수축실에서 일하고 있었어. 아마 모르긴 몰라도 일당을 받고 일했을 거야. 하지만 사업을 배우러 이곳에 온 지 얼마 안 됐거든. 그러니 이곳에 오래 있지 않을지도 모르지."

로버타는 이 마지막 말에 마음이 심란해졌다. 물론 그녀는 클라이드를 로맨스의 대상으로 생각해 본 적이 없었고 또 자신에게 그렇게 타일러 왔지만, 그가 언제 갑자기 이곳을 떠날지 모르고 다시는 만날 수 없다고 생각하자 마음이 심란하지 않을 수 없었다. 그는 젊음이 넘치고 활발하고 매력적인 사내였다. 게다가 그녀에게 관심을 품고 있는 사내가 아닌가. 그렇다, 그것은 분명했다. 하지만 그가 그녀에게 관심이 있을지도 모른다는 것, 또는 그녀 쪽에서 어떤 수작을 부려 그의 관심을 끌려고 한다는 것은 잘못인지도 몰랐다. 이곳에서 그는 그녀가 쳐다볼 수도 없는 너무나 중요한 인물이었기 때문이다.

클라이드가 사장의 가까운 친척인 데다 아마 부자일지 모른다는 말을 듣는 순간, 로버타는 마침내 열등감에 사로잡혀 그가 자기에 대해 진지한 관심을 두고 있을 리 만무하다고 확신했다. 자신은 한낱 가난한 여직공에 지나지 않지 않은가? 그리고 그 사람은 부호의 조카가 아니던가? 그가 자기 같은 여자와 결혼할 리 만무했다. 그렇다면 그는 결혼 말고 자기에게 무슨 적절한 관계를 요구할 수 있단 말인가? 그러니 그를 단단히 경계하지 않으면 안 될 터였다.

제15장

　이 무렵 로버타에 관한 클라이드의 생각과 라이커거스에서의 자신의 처지에 관한 그의 생각은 대체로 꽤나 혼란스럽고 난처했다. 길버트는 공장의 여직공들과 교제해서는 안 된다고 경고하지 않았던가? 한편 그의 일상생활에 관한 한, 그의 사회생활은 전과 조금도 다르지 않았다. 페이턴 부인의 집으로 이사하게 되어 전보다는 좀 더 나은 거리와 이웃에서 살게 되었다는 사실을 제외하고 나면 실질적으로는 커피 부인 집에서 하숙할 때보다 오히려 못한 편이었다. 적어도 그곳에 있었을 때는 이쪽에서 마음이 내킬 때면 어울려 기분 전환을 할 수 있는 젊은이들이 있었다. 그러나 이곳에서는 페이턴 부인 자신과 그다지 나이 차가 없는 그녀의 남동생과 서른 살쯤 되는 부인의 아들을 ─ 라이커거스의 한 은행에 근무하는 홀쭉하고 말수가 적은 사람이었다 ─ 제외하면 결국 말벗이 되어 줄 만한 사람은 아무도 없었다. 클라이드가 접촉하는 다른 사람들과 마찬가지로 그 사람들도 그의 친족 관계로 미루어 보아 그를 즐겁게 해 줄 방법을 찾을 필요가 없을뿐더러 심지어 조금 주제 넘는 일이라고 생각하고 있었다.

한편 로버타는 클라이드가 동경하는 상류 사회에 속한 여자는 아니었지만 그를 한없이 유혹하는 야릇한 매력을 지니고 있었다. 하루하루가 너무 외로운 데다 격렬한 화학적 또는 내적 충동이 고개를 쳐드는 바람에 그는 그녀에게서 눈을 뗄 수가 없었다. 그것은 그녀 쪽도 마찬가지였다. 서로 피하면서도 그들 사이에는 긴장되고 열띤 눈짓이 오갔다. 때로 눈치채지 않게 그녀가 힐끗 그를 쳐다보는 것 같은 일이 있고 나면 — 그녀는 그런 행동을 그가 보도록 의도했음이 틀림없었다 — 그는 갑자기 온몸에 힘이 빠지며 가슴이 활활 불타는 것 같았다. 그녀의 귀엽게 생긴 입술이며, 예쁘장하게 생긴 두 눈이며, 환하게 빛나면서도 아주 가끔 수줍음을 머금고 있는 이상야릇한 미소. 그리고 아, 팔은 얼마나 아름답고, 또 몸매와 동작은 얼마나 가냘프고 귀엽고 민첩한가! 그녀와 사귈 수만 있다면, 그녀에게 말을 걸고 나중에 어디에선가 만날 수만 있다면 얼마나 좋을까. 만약 그녀가 응해 주고 그에게도 그럴 용기만 있다면 말이다.

갈피를 잡을 수 없는 혼란. 간절한 동경. 몇 시간씩이나 계속 불타는 듯한 강렬한 욕망. 클라이드는 자신이 놓여 있는 역설적이고 모순적인 이곳에서의 생활에 당혹감과 짜증이 났다. 자기를 아는 사람들은 모두 그가 꽤나 화려하고 즐겁게 사교 생활을 즐기고 있다고 생각하고 있었지만, 막상 그의 삶은 고독과 아쉬움의 나날이었다.

그래서 현재의 지위에 어울리는 기분 전환을 얻기 위해, 또 그가 실제보다 즐겁게 시간을 보내고 있을 것이라고 상상하는 사람들의 눈을 피하려고 클라이드는 최근 토요일 오후나 일요일이면 글로버스빌, 폰다, 암스테르담 등지로 구경하러 다니거나 그레이 호수와 크럼 호수로 놀러 다녔다. 그 호수들에는 보트와 수영장과 목욕탕이 있었고 수영복도 빌려주었다. 만일 우연이 그리피스 집안사람들이 자신을 받아들여 줄 경우 될수록 사교술을 많이 익힐 필요가 있다는 생각에서였다. 우연히도 그곳에서 친절한 사내 하나를 만나게 되어 그 사람한테서 두 가지 기술을 배워 이제 곧잘할 수 있었다. 그러나 그가 가장 마음에 들어하는 것은 카누를 타는 것이었다. 스포츠 셔츠에 운동화 차림으로 시간제로 빌려주는 화려한 빨간색과 초록색, 푸른색 카누를 타고 크럼 호수에서 노를 젓고 돌아다닐 때의 여름 풍경 같은 자신의 모습이 무척 마음에 들었다. 창공에 구름 한두 점이 나는 듯한 환상적인 분위기가 여름 풍경에 감도는 듯했다. 그래서 그는 좀 더 북쪽에 있는 래킷 호수와 슈룬 호수, 조지 및 샘플레인 호수 등의 좀 더 이름난 피서지를 자주 찾는 부유층의 일원이 되어 라이커거스의 상류 사회 사람들과 댄스, 골프, 테니스, 카누 등을 즐기며 놀면 어떤 기분일까 하고 백일몽에 잠기곤 했다.

마침 이즈음 로버타도 뉴턴 부부의 허락을 얻어 그레이스와 함께 크럼 호수를 발견하고 이곳이 이 근처에서는 물놀이를 하기에는 가장 좋고 조용한 곳이라고 판단했다. 그래서 두 사람은 토요일이나 일요일 오후 가끔 그곳에 놀러 가곤 했다. 그곳에 도착하면 호수 서쪽의 오솔길을 따라 산책하며 무성한 나무 그늘에 앉아 넋을 잃고 호수 경치를 바라보았다. 그들은 보트를 저을 줄도 몰랐고, 수영을 할 줄도 몰랐기 때문이다. 그곳에서 들꽃을 꺾기도 하고, 나무 열매를 딸 수도 있었다. 습지 쪽으로 6미터쯤 넘게 더 올라가면 그곳에서는 노란 꽃술이 예쁘게 달린 흰 백합을 꺾을 수도 있었다. 그녀들은 그곳이 아주 마음에 들어 몇 번씩 들판과 호반에서 꺾은 꽃을 한 아름 가득 안고 와서 뉴턴 부인에게 갖다 주었다.

7월 셋째 주 일요일 오후 클라이드는 여전히 외롭고 반항적인 마음으로 보트 하우스에서 짙은 청색 보트를 타고 크럼 호수 남쪽 기슭을 따라 2킬로미터하고도 반 킬로미터쯤을 더 노를 저으며 돌아다니고 있었다. 그는 윗옷과 모자를 벗은 채 무엇인가를 갈구하고 또 조금은 못마땅한 기분으로 자신이 정말 원하는 미래 삶에 대해 이것저것 부질없이 공상의 나래를 마음껏 펼쳤다. 호수 위에는 여기저기 카누가 떠 있고, 그보다 투박하게 생긴 보트에는 남녀 아이들과 어른들이 타고 있었다. 호수 수면 위로 웃음소리와 대화 소리가 이따금 들려왔다. 멀리 떨어져 있는 카누들에도 클라이드가 판단하기에 행복하게 사랑에 취해 있는 다른 몽상가들이 타고 있었다. 그들의 모습은 고독한 자신과는 사뭇 대조되어 보였다.

어쨌든 클라이드는 다른 젊은이가 애인과 사랑을 나누는 모습을 보면 그의 억압된 애욕 본능이 반발하며 불협화음을 냈다. 이런 광경을 볼 때마다 그는 자신의 현실과는 너무나 동떨어진 다른 세계를 그려 보았다. 즉, 좀 더 좋은 집안에서 태어났더라면 자신도 지금쯤은 쉬론 호수나 래킷 호수, 또는 샘플레인 호수에서 손드라 핀칠리나 그녀와 비슷한 부류의 여자와 함께 카누를 타고 노를 저으며 이보다 경치 좋은 호반의 풍경을 바라보고 있을 것이라고 말이다. 또는 승마나 테니스를 하거나 이브닝 댄스파티에서 댄스를 즐기거나, 손드라를 옆에 앉히고 성능 좋은 자동차를 몰고 이곳저곳 드라이브할 수도 있으리라. 그러나 눈을 돌리는 곳마다 보이는 것은 사랑, 로맨스, 기쁨이 넘쳐흐르는 장면뿐이어서 클라이드는 이곳과는 참으로 어울리지 않는 데다 너무 쓸쓸하고도 초조하고 눈에 보이는 것 하나하나가 고통스러웠다. 어떻게 하면 좋단 말인가? 어디로 가면 좋단 말인가? 이대로 언제까지나 혼자서 외롭게 지낼 수만은 없는 노릇이었다. 그는 너무나도 비참한 생각이 들었다.

기억에서나 기분에서나 자연히 클라이드의 마음은 그 끔찍한 사건이 일어나기 전 캔자스시티에서 보낸 즐거웠던 시절로 돌아갔다. 래터러, 헤글런드, 힉비, 티나 코젤, 호튼스, 래터러의 누이동생 루이즈 등 모두 유쾌한 무리였다. 그가 그 무리의 일원이 되려던 바로 그 순간 그 사건이 일어나는 바람에 모든 일이 끝장나고 말았지만 말이다. 그다음에 떠오른 것은 딜러드, 리터, 젤러로 그들과 어울린다면 지금보다는 훨씬 즐거웠을 게 틀림없었다. 그리피스 집안사람들은 그를 위해 이제 더 아무것도 해 주지 않을 셈이란 말인가? 그는 겨우 사촌에게 멸시를 받고 소외당하기 위해, 아니면 삼촌의 자녀들이 어울리는 행복한 사람들에게 완전히 무시를 당하려고 이곳에 왔단 말인가? 이렇게 무더운 한여름에도 온갖 재미난 행사를 즐기며 그 서클 구성원들이 얼마나 특권을 누리며 행복하고 안락하게 실컷 즐기고 있는지 불을 보듯 뻔히 알 수 있었다. 이 지방 신문에는 거의 날마다 그들이 어디를 갔다가 돌아왔다는 둥의 기사를 실었고, 새뮤얼 그리피스와 길버트가 라이커거스에 있을 때는 그들의 큼직한 고급 승용차가 회사 정문 현관 앞에 언제나 서 있었다. 가끔 라이커거스 호텔 앞이나, 와이키지 애비뉴의 훌륭한 저택의 한 정문 앞에서는 사교계 청년들의 모습이 눈에 띄기도 했다. 누군가가 피서지에서 한 시간 또는 하룻밤 지내려고 시내로 돌아온 것이다.

공장 자체에서는 새뮤얼이나 길버트 중 한 사람이 가장 멋진 여름 옷차림으로 나타날 때면 스밀리 씨, 래치 씨, 고트보이 씨나 버키 씨 등 회사의 고위 임원들을 대동하고 무리를 지어 위풍당당하게 심지어 제왕처럼 공장 안을 순시하거나, 부서 책임자들로부터 보고를 받았다. 그런데 바로 길버트의 사촌이며, 그 저명한 새뮤얼의 조카인 그는 별 볼일 없다는 이유로 혼자 배회하며 고독을 되씹고 있는 게 아닌가. 결국 그의 아버지는 큰아버지처럼 능력이 없고, 어머니(하나님이시여, 그분을 지켜 주소서!) 또한 저 냉담하고 기품 높고 무관심한 큰어머니와는 달리 사교계의 명성도 경험도 없었다. 차라리 다 집어치워 버리고 이곳을 떠나는 게 낫지 않을까? 처음부터 이곳에 온 것이 바보 같은 짓 아니었을까? 저 잘난 척하는 친척들은 그에게 뭣인가 해 줄 생각이 조금이라도 있는 것일까?

고독과 분노와 실망 가운데 클라이드의 마음은 이제 그리피스 집안과 그들의 세계, 특히 생각만 해도 가슴이 쿵쿵 뛰는 저 아름다운 손드라 핀칠리에게서 멀어져 로버타와 자신이 속해 있는 세계로 옮겨 갔다. 로버타는 한낱 여직공에 지나지 않았지만 그가 날마다 접촉하고 있는 다른 여직공들보다는 훨씬 매력적이었다.

그리피스 집안사람들이 클라이드 같은 지위에 있는 사람을 보고 이를 테면 공장에서 일한다는 이유만으로 로버타 같은 여성과 교제를 해서는 안 된다고 주장한다는 것은 얼마나 부당하고 또 얼마나 우스꽝스러운가. 그런 이유로 심지어 그녀와 사귀어 이런 호수로 데리고 오거나 그녀의 초라한 집을 방문하는 것조차 안 될 것이다. 그렇다고 돈도 없고 연줄도 없으니 그에게 걸맞은 다른 여성들과 어울릴 수도 없는 노릇이었다. 더구나 로버타는 매력이 넘치는— 그것도 아주 매력이 넘치는— 매혹적인 여자였다. 그는 기계 앞에서 빠르고도 우아한 동작으로 일하는 그녀의 모습을 눈앞에 그려 볼 수 있었다. 날씬한 팔과 잘생긴 손, 매끈매끈해 보이는 살결, 그를 쳐다보며 생긋 미소를 지을 때의 반짝이는 눈이 떠올랐다. 그러자 공장에 있을 때 그토록 자주 느낀 격렬한 감정이 되살아났다. 가난하든 말든— 여공이 된 것은 오직 불우한 환경 때문이었다— 만약 그녀와 결혼할 필요만 없다면 그녀와 함께 아주 행복할 수 있을 것이라는 생각이 들었다. 결혼에 대한 야심은 그리피스 집안이 속해 있는 세계에 자석처럼 이끌려 있었다. 그런데도 그의 욕망은 그녀 때문에 활활 불타고 있었다. 그녀에게 말을 건네고, 언젠가는 그녀를 공장에서 집까지 바래다주며, 어느 토요일이나 일요일에 이곳 호수로 데려와서 같이 보트를 타고 한가하게 꿈을 꿀 수 있다면 얼마나 좋을까.

클라이드는 카누를 타고 나무들과 관목으로 숲을 이룬 곶[岬]을 한 바퀴 돌아가 여울 있는 데로 갔다. 그런데 그곳에는 수많은 수련이 물 위에 떠 있고, 큼직한 잎들이 고요한 호수 수면 위를 넓게 뒤덮고 있었다. 왼쪽 둑 위에 젊은 여자 하나가 서서 모자를 벗고 한 손으로 햇빛을 가리면서 수면을 내려다보고 있었다. 그녀는 정신없이 꽃을 바라보느라고 입술이 조금 벌어져 있었다. 노를 젓던 손을 멈추고 그녀를 바라보니 아주 예쁜 여자라는 생각이 들었다. 옅은 남빛 블라우스 소매를 겨우 팔꿈치 있는 데까지 걷어 올린 모습이었다. 좀 더 짙은 남빛 플란넬 스커트가 균형이 잡힌 그녀의 모습을 한층 더 아름답게 드러내 보였다. 아니, 로버타가 아닌가! 설마 그럴 리가! 하지만 로버타가 아닌가!

로버타라고 미처 단정 짓기도 전에 어느새 클라이드는 호반에서 6미터쯤 떨어진 곳까지 로버타의 곁에 가까이 가서 그녀를 쳐다보고 있었다. 믿을 수 없을 만큼 갑자기 꿈이 현실로 이루어진 사람처럼 그의 얼굴은 기쁨으로 환하게 빛났다. 한편 그녀도 클라이드가 마치 어디선지도 모르게 나타난 유령이나 연기나 아지랑이가 만들어 낸 시적(詩的) 환상이라도 되는 것처럼 서서 그를 물끄러미 내려다보고 있었다. 그러는 동안 그녀의 입술은 기분이 좋을 때면 언제나 그러는 것처럼 귀엽게 살짝 미소를 짓고 있었다.

"아니, 미스 올든 아닙니까! 맞죠?" 그가 큰 소리로 물었다. "혹시나 했습니다. 거리가 멀어서 긴가민가했죠."

"네, 저예요." 그녀도 어리둥절했지만 지금 바로 앞에 서 있는 사람이 클라이드라는 것을 알자 조금도 부끄러워하지 않은 채 웃으며 대답했다. 그와 여기서 만나게 되다니 더할 나위 없이 기쁜 일이었지만 그 기쁨도 잠깐일 뿐 다음 순간에는 그와 접촉하면 무슨 언짢은 일이라도 일어날 것 같은 예감이 들어 마음이 괴로웠다. 이것이 계기가 되어 그와의 교제가 생길지도 모를 일이었고, 누가 어떻게 생각하든 그녀는 그를 도저히 거절할 마음이 들지 않았기 때문이다. 그러나 이곳에는 그녀의 친구 그레이스 마가 함께 있었다. 클라이드에 대해, 또 그에게 관심을 품고 있는 것에 대해 그녀에게 알려야 할까? 로버타는 마음의 갈피를 잡을 수 없어 괴로웠다. 그렇다고 그녀는 미소를 짓고 솔직하게 반기는 표정으로 그를 바라보지 않을 수도 없었다. 지금까지 그를 그토록 생각해 왔고, 그와 행복하고 안정되고 점잖은 관계를 맺었으면 하고 바래 왔기 때문이다. 그런데 지금 그가 바로 자기 눈앞에 있었다. 더구나 두 사람이 지금 이곳에서 이렇게 만난 것은 정말로 우연일 뿐 어느 쪽에서도 불순한 의도 같은 것은 조금도 없었다.

"산책을 나왔군요?" 클라이드는 애써 말을 건넸다. 그녀와 갑자기 마주하게 되자 한편으로는 기쁘기도 하고 다른 한편으로는 겁나기도 하여 그는 적잖이 당황스러웠다. 동시에 그녀가 열심히 물위를 들여다보고 있었던 사실을 생각해 내고는 덧붙였다. "수련이 갖고 싶나요? 그래서 그렇게 꽃을 보고 있는 건가요?"

"어, 어." 로버타는 여전히 얼굴에 미소를 지으며 똑바로 그를 바라보면서 대답했다. 바람에 휘날리는 그의 검은 머리칼, 목 주위 가슴이 환히 들여다보이는 엷은 푸른색 스포츠 셔츠, 소매를 걷어 올린 팔, 멋진 푸른색 카누 위에서 손에 쥐고 있는 노란 노─이런 것들 하나하나가 그녀에게는 짜릿한 쾌감을 주었다. 이런 사내를 자기 것으로 만들 수만 있다면, 누구에게도 뺏기지 않고 혼자서 차지할 수만 있다면 얼마나 좋을까. 만약 그렇게 되는 날에는 아마 온 세상이 천국처럼 느껴지리라. 만약 그를 차지할 수만 있다면 더 이상 이 세상에서 바랄 것이 없을 것만 같았다. 그런데 지금 그가 이 청명한 여름 오후 햇살을 받으며 빛깔도 아름다운 카누를 타고 자신의 발밑에 있는 것이 아닌가. 멋지고 싱그러운 모습으로 말이다. 더구나 그는 지금 매혹된 시선으로 자신을 똑바로 바라보며 미소를 짓고 있었다. 같이 온 친구는 지금 어디론가 멀리 가서 들국화를 찾고 있었다. 그러니 어떻게 해야 할까?

"꽃을 따러 갈 길이 없을까 하고 찾던 중이었어요." 로버타는 조금 흥분되어 떨리는 듯한 목소리로 말을 이었다. "이쪽에선 수련을 본 적이 없었거든요."

"얼마든지 내가 따 줄 테니 그곳에 잠깐만 그대로 있어요." 그가 경쾌하게 말했다. 바로 그 순간 그 여자가 같은 배에 타고 있다면 얼마나 멋질까 하는 생각이 들어 그는 이렇게 덧붙였다. "어때요, 그러지 말고 배에 올라타는 게? 자리는 넉넉하니까 어디든 가고 싶은 곳에 데려다줄게요. 여기서 조금만 더 가면 훨씬 예쁜 수련이 많아요. 그리고 저 반대쪽에도 말이죠. 저 섬 건너편에서도 수백 송이를 봤는걸요."

로버타는 호수를 바라보았다. 마침 그때 클라이드 또래의 청년이 그녀 비슷한 나이의 아가씨를 카누에 태우고 그들 바로 앞을 지나가고 있었다. 아가씨는 흰 드레스에 핑크색 모자를 쓰고 있었고, 카누는 초록색이었다. 저 멀리 클라이드가 말하는 섬에도 밝은 노란색 카누에 젊은 남녀 한 쌍이 타고 있었다. 로버타는 가능하다면 그레이스 없이 혼자 타고 싶다고 생각했다. 물론 꼭 그래야 할 필요가 있다면 친구와 같이 탈 수도 있지만 말이다. 로버타는 혼자서 그를 독점하고 싶었다. 차라리 혼자 왔으면 좋았을걸, 하는 생각이 들었다. 그레이스 마와 함께 카누를 타면 그녀는 눈치를 챌 것이고, 두 사람과 관련하여 소문을 들으면 뒤에 이 일을 입에 올리거나 멋대로 상상할지도 모른다. 그렇다고 카누를 타지 않으면 그가 더 이상 그녀를 좋아하지 않을지도 모른다. 심지어 싫어하거나 자신에 관한 관심을 잃을 수도 있었다. 그렇게 되면 끔찍스러운 일이었다.

로버타는 생각에 잠겨 물끄러미 그를 바라보고만 있었다. 클라이드는 그녀가 이런 상황에 주저하는 것이 괴로웠고, 또 자신의 고독과 그녀에 대한 욕망 때문에 갑자기 큰 소리로 말했다. "아, 제발 싫다고는 말아요. 그저 카누에 올라타요, 네? 타 보면 좋아할 겁니다. 타 줬으면 좋겠습니다. 그러면 원하는 대로 얼마든지 수련을 볼 수 있으니까요. 내리고 싶을 땐 십 분 이내에 어디서든지 내려 드리겠습니다."

로버타는 '타 줬으면 좋겠습니다'라는 말이 귀에 솔깃했다. 그 말은 그녀에게 안도감과 용기를 불어넣어 주었다. 절대로 그가 자기를 속여 이용하려는 말같이 들리지는 않았다.

"하지만 친구와 함께 왔는걸요." 그녀는 여전히 혼자서 카누를 타고 싶었기 때문에 섭섭한 듯 머뭇거리며 말했다. 지금껏 이때처럼 그레이스 마가 귀찮은 존재인 적은 없었다. 무엇 때문에 그녀를 데리고 왔을까? 그렇게 예쁘지도 않으니 클라이드가 싫어할지도 모른다. 그렇게 되면 모처럼 좋은 기회를 망칠 수도 있었다. 그녀는 착잡한 마음으로 단숨에 덧붙였다. "역시 타지 않는 게 좋을 것 같아요. 안전한가요?"

"물론 안전하죠. 타는 게 좋을걸요." 클라이드는 그녀가 탈 생각이 있다는 것을 눈치채고는 껄껄 웃었다. "조금도 위험하지 않습니다." 그는 열심히 말을 이었다. 그러고는 카누를 수면에서 30센티미터쯤 높은 둑에 대고 카누가 흔들리지 않도록 나무뿌리 하나를 잡으며 말했다. "조금도 걱정할 필요 없어요. 원하신다면 친구도 부르세요. 두 분 다 태워 드릴 테니까요. 카누도 두 분이 탈 수 있을 만큼 자리가 넉넉합니다. 수련은 어디에나 잔뜩 깔려 있으니까요." 그는 호수 동쪽을 가리키며 고갯짓을 했다.

로버타는 더 이상 거절할 수가 없어 호반에 늘어진 나뭇가지를 붙잡고 몸을 가누었다. 그와 동시에 큰 소리로 친구를 부르기 시작했다.

"얘, 그레이-스! 그레이-스, 어디 있니?" 로버타는 결국 역시 친구와 같이 카누를 타는 게 좋겠다는 생각이 들었다.

그러자 멀리서 곧 대답하는 소리가 들렸다. "야! 왜 그래?"

"어서 이리 와. 할 얘기가 있어!"

"네가 이리 와. 데이지 꽃이 참 예뻐."

"아냐, 네가 이리로 오라니까. 보트에 태워 주겠다는 분이 계셔." 그녀는 이 말을 큰 소리로 할 생각이었지만 웬일인지 목소리가 제대로 나오지 않았다. 그레이스는 계속 꽃을 꺾고 있는 모양이었다. 로버타는 미간을 찌푸렸다. "그럼, 좋아." 그녀는 갑자기 결심한 듯 몸을 펴면서 덧붙였다. "그럼, 친구 있는 데로 보트를 저어 가면 되겠네요."

그러자 클라이드는 너무 기뻐서 소리를 질렀다. "아, 그러죠. 그게 좋겠군요. 자, 어서 타세요. 우선 여기서 꽃을 좀 꺾고, 그래도 친구 분이 오지 않으면 친구 있는 쪽으로 배를 저어 가면 되겠네요. 한가운데로 발을 디뎌 놓아요, 그래야만 배가 흔들리지 않습니다."

클라이드는 몸을 뒤로 비스듬히 젖히고는 그녀의 얼굴을 쳐다보았다. 로버타는 불안하면서도 따뜻한 시선으로 그의 두 눈을 들여다보고 있었다. 분명히 그녀는 갑자기 기쁨에 도취하고 장밋빛 아지랑이 속에 휩싸여 있는 듯했다.

그녀는 한 발로 몸의 균형을 잡았다. "정말로 안전할까요?" "걱정 말아요. 염려 없으니까요." 클라이드는 힘을 주어 말했다. "내가 꼭 붙들고 있을 테니까요. 그쪽 나뭇가지를 꼭 잡고 몸을 가눠요." 그는 그녀가 탈 때까지 카누를 꽉 잡고 있었다. 조금 한쪽으로 기울어지자 로버타는 방석이 깔린 자리로 쓰러지면서 나지막하게 소리를 질렀다. 그 소리가 클라이드에게는 꼭 어린애가 지르는 소리처럼 들렸다.

"괜찮아요. 한가운데 바로 그 자리에 가만히 앉아 있어요." 클라이드는 그녀를 안심시키려 했다. "배가 뒤집히지는 않을 겁니다. 아 참, 신통한 일도 세상에 다 있군요! 알다가도 모르겠어요. 사실은 막 저 곳을 빙 돌아오면서 아가씨 생각을 하고 있었거든요. 어쩌다 이런 곳에 오지 않을까 해서요. 그런데 우리가 이렇게 함께 있으니 상상 그대로 일이 일어난 셈이죠." 그는 한 손을 흔들면서 손가락을 탁탁 튕겼다.

로버타는 이런 고백에 정신이 아찔하면서도 한편으로는 두렵기도 하여 이렇게 덧붙였다. "그게 정말이에요?" 그녀는 그에 대한 자기 생각을 살피는 중이었다.

"네, 정말입니다. 어디 그뿐이겠습니까?" 클라이드가 말을 이었다. "실은 온종일 아가씨 생각을 했습니다. 그것도 사실입니다. 오늘 아침 어디서든지 아가씨를 만나서 이리로 데리고 오면 얼마나 좋을까 생각하고 있었습니다."

"어머나, 부장님도. 설마 그럴 리가요." 로버타는 이 갑작스러운 만남이 너무 빨리, 너무 친숙하고 감상적인 관계로 발전하는 것은 아닌지 불안했다. 그가 두렵고 자기 자신이 두려우므로 그녀로서는 달갑지 않았다. 그래서 그녀는 조금 냉담한 태도나 적어도 그다지 관심 없는 태도를 보이려고 애써 봤지만 헛수고였다.

"어쨌든, 사실인걸요." 클라이드는 고집스럽게 말했다.

"한데 제가 봐도 여긴 정말 아름다워요." 로버타도 인정했다. "저도 몇 번 친구랑 이곳에 와 본 적이 있어요." 클라이드는 다시 한 번 기분이 좋았다. 그러자 그녀도 매우 놀라서 생긋 미소를 지었다.

"아, 그래요?" 그가 큰 소리로 말했다. 그러고 나서 왜 이런 곳에 오게 되었는지, 어떻게 해서 수영을 배우게 되었는지 설명했다. "그런데 이곳까지 카누를 젓고 왔더니 아가씨가 둑에서 수선화를 보고 있는 게 아니겠습니까? 이상한 일이 아닌가요? 하마터면 카누에서 굴러떨어질 뻔했죠. 저곳에 서 있을 때처럼 아가씨의 모습이 아름답게 보인 적은 없었습니다."

"어머, 부장님도. 그런 말씀은 제발 그만두세요!" 로버타는 경계하는 듯 조심스럽게 말했다. "그러시면 듣기 좋은 말만 하시는 분이라고 생각하겠어요. 만나자마자 그런 말씀을 하시면 그렇게밖에는 생각할 수 없죠."

클라이드는 다시 한 번 힘없이 그녀를 바라보았고, 그녀는 그가 전보다 훨씬 잘생겼다는 생각이 들어 미소를 지었다. 그러나 그가 그 섬의 곶을 돌아 그녀 쪽으로 오기 직전에 그녀도 그를 생각하고 있었으며, 그레이스와 함께 있는 게 아니라 그와 함께 있었더라면 얼마나 좋았을까 생각하고 있었다고 고백하면 그가 어떤 반응을 보일까 궁금했다. 둘이서 손을 마주 잡고 이런 저런 이야기를 나누면 말이다. 어쩌면 그는 그녀의 허리에 팔을 감고, 그녀는 그에게 그렇게 하도록 허용할 수도 있었다. 하기야 그런 짓을 누구에게 들키는 날에는 그야말로 끔찍할 것이다. 어쨌든 그런 생각을 하고 있다는 사실을 클라이드에게 알려서는 결코 안 될 일이었다. 그런 고백은 너무 허물없고 너무 당돌한 짓이지 않은가. 그러나 그것은 사실이었다. 그렇지 않다고 해도 벌써 이렇게 그와 함께 카누에 타고 있는 것을 이곳 라이커거스 사람들이 보면 어떻게 생각할 것인가! 그는 공장의 간부였고, 그녀는 그 사람 아래에서 일하고 있는 여직공에 지나지 않았다. 그 결론은 불을 보듯 뻔하지 않은가! 금방 스캔들이 될 것이다. 그러나 그녀는 그레이스 마와 함께 있지 않은가. 아니, 이제 곧 함께 있게 될 것이다. 그렇게 되면 그레이스에게 분명히 잘 설명할 수도 있었다. 그 사람은 우연히 카누를 타다가 그녀를 발견하고 수선화를 꺾는 것을 도와주었을 뿐이 아닌가? 이런 상황은 거의 피할 도리가 없지 않겠는가?

클라이드는 벌써 수련이 가득 피어 있는 곳으로 카누를 몰았다. 그러고는 노를 놓고서 그녀에게 말을 건네면서 손을 뻗어 수련을 줄기째 뽑아 그녀의 발 앞에 수북이 던졌다. 그러는 동안 그녀는 다른 아가씨들이 그랬던 것처럼 한 손을 배전에 내밀어 물에 담근 채 자리에 몸을 비스듬히 기대고 있었다. 그 순간만은 그의 얼굴과 팔, 눈 위로 흘러내린 머리칼의 아름다운 모습을 보고 마음이 차분히 가라앉으며 진정되었다. 얼마나 잘생긴 젊은이인가!

제16장

그날 오후의 일은 두 사람에게는 너무나도 놀라웠기에 그 후 며칠 동안 두고두고 그 일을 생각하지 않을 수 없었다. 또한 두 사람은 여직공과 매니저 이상으로 가까워져서는 안 된다는 사실을 알면서도 낭만적이고 매혹적인 일로 그토록 친밀한 사이가 된 사실에 감탄을 금할 수 없었다.

클라이드는 로버타를 카누에 태우고 수련이 예쁘다느니, 그녀를 위해 수련을 꺾어 줘서 더없이 기쁘다느니 하고 얼마 동안 농담을 나눈 뒤 그녀의 친구 그레이스를 배에 태우고서 마침내 보트 하우스로 돌아왔다.

일단 육지에 오르자 로버타도 클라이드도 이제부터 어떻게 하면 좋을지 적잖이 망설여졌다. 라이커거스에 함께 돌아가는 문제에 직면했기 때문이다. 로버타가 판단하기로는 함께 돌아간다는 것은 적절하지 않을뿐더러 좋지 못한 소문이 날지도 몰랐다. 클라이드는 클라이드대로 길버트와 그가 알고 있는 사람들에 대해 생각하고 있었다. 들키면 귀찮은 문제가 생길지도 몰랐다. 만약 이 소문이 길버트의 귀에라도 들어가는 날에는 뭐라고 할까. 그래서 두 사람은 말할 것도 없고 그레이스까지도 즉시 함께 돌아가는 것이 과연 현명한 일인지 망설였다. 그레이스는 자신의 체면도 체면이지만 클라이드가 자기에게 전혀 관심을 보이지 않는 데 기분이 상해 있었다. 로버타가 그레이스의 태도에서 그것을 눈치채고 물었다. "우리들끼리 돌아가는 게 어떨까?"

로버타는 곧바로 어떻게 하면 클라이드의 기분을 상하지 않게 하면서 둘이서 빠져나올 수 있을까 생각해 보았다. 그녀로서는 너무 황홀하여 만약 자기 혼자 왔다면 그와 함께 전차를 타고 돌아가고 싶었다. 그러나 그레이스와 함께 이곳에 와 있고 이런 조심스러운 분위기에서는 절대로 그렇게 할 수 없는 노릇이었다. 어떻게 해서든지 구실을 찾아내지 않으면 안 되었다.

한편 클라이드도 어떻게 하면 좋을지 생각하고 있었다. 아가씨들과 함께 전차를 타고 돌아가 누구한테 들키게 되어 결국 길버트 그리피스의 귀까지 들어갈 가능성에 직면할 것인가? 아니면 이런저런 구실을 대어 그런 가능성을 회피할 것인가? 그러나 그는 아무것도 생각해 낼 수 없었다. 그래서 돌아서서 두 아가씨를 전차가 있는 쪽으로 데려가려는데 마침 뉴턴 부부 집에 하숙하고 있는 젊은 전기 기사 셜록이 가설 건물의 발코니에 있다가 그들을 발견하고는 소리를 질렀다. 소형차를 갖고 있는 친구와 함께 와 있던 그는 마침 라이커거스로 돌아가려는 참이었다.

"이거 참 잘 만났군. 안녕하세요, 미스 올든? 안녕하십니까, 미스 마? 두 분 역시 같은 방향으로 가는 길이 아닌가요? 가는 길이 같으면 우리 차로 함께 가시죠."

로버타뿐만 아니라 클라이드도 그 말을 들었다. 그녀는 시간도 조금 늦은 데다 자기와 그레이스가 뉴턴 부부와 교회 집회에 나가기로 되어 있으니 그 차로 돌아가는 편이 좋겠다고 막 말하려던 참이었다. 그러나 셜록은 클라이드에게도 함께 타고 가자고 권하고 그 권유에 응하기를 은근히 기대하고 있었다. 그러나 클라이드는 셜록의 권유를 받자마자 즉시 사양했다. 그러면서 조금 더 머물러 있다가 가겠다고 했다. 로버타는 눈짓으로 즐거운 시간을 보내게 해 줘서 고맙다는 인사를 하고 그와 헤어졌다. 그들은 정말로 즐거운 시간을 보냈다. 클라이드는 이렇게 하는 것이 현명하다고 생각하면서도 로버타와 함께 두서너 시간 더 머물러 있지 못하는 것이 못내 아쉽기만 했다. 그들이 떠나자 그도 곧장 혼자서 라이커거스로 돌아갔다.

이튿날 아침 클라이드는 평소보다 더 로버타가 보고 싶어졌다. 공장에서는 여러 사람이 보고 있는지라 그의 감정을 겉으로 드러낼 수 없었지만, 그의 얼굴과 눈에 떠도는, 사모하면서도 갈구하는 듯한 미소를 재빠르게 보내는 것으로 보아 로버타는 전날 저녁보다도 더하지는 않더라도 여전히 그가 자기에게 열렬히 관심을 두고 있다는 것을 알 수 있었다. 로버타는 로버타대로 어떤 위기가 다가오고 있었고 또 비밀을 지켜야 하는 것이 화가 났지만 그에게 다정하면서도 고분고분한 미소를 보내지 않을 수 없었다. 그가 정말로 그녀에게 관심을 두고 있다니! 이 얼마나 가슴 뛰고 몸이 떨리는 일인가!

클라이드는 로버타가 자신의 친절을 여전히 반기고 있다는 사실을 즉시 알 수 있었다. 그래서 적당한 기회를 보아 그녀에게 말을 건네 보리라 결심했다. 그 후 한 시간쯤 기다렸다가 그녀 양쪽에서 일하는 두 여직공이 자리를 뜨자 그 기회를 놓칠세라 일부러 그녀 옆에 다가가 그녀가 방금 스탬프를 찍은 칼라 하나를 집어 들고 마치 일 이야기를 하는 것처럼 말을 건넸다. "엊저녁엔 그렇게 헤어지게 돼 정말 섭섭했습니다. 오늘 당신과 단둘이서만 여기 말고 다른 곳에서 만나고 싶은데 어때요?"

로버타는 이제야말로 그의 관심을 받아들일 것인지, 아니면 거절할 것인지 분명히 결정해야 할 순간이 왔다고 생각하면서 그에게 고개를 돌렸다. 그러면서도 어떤 문제가 생기든 그런 것에 아랑곳하지 않고 그의 친절을 받아들이고 싶은 생각이 간절했다. 그의 두 눈! 그의 머리칼! 그의 손! 그의 친절을 거절하거나 탓하기는커녕 항복과 불안한 기색을 띤 채 나약하고 녹아드는 듯한 시선으로 그를 바라볼 뿐이었다. 클라이드는 그녀가 어쩔 수 없이 자기에게 끌리고 있다는 것을 알아차렸다. 그는 순간 아무도 모르는 곳에서 만나자고 말해야겠다고 마음먹었다. 남의 눈에 띄는 것을 꺼려 한다는 점에서는 그녀도 그와 크게 다름없었기 때문이다. 그는 그 어느 때보다도 자신이 지금 살얼음판을 딛고 있다는 사실을 잘 알고 있었다.

클라이드는 계산하면서 실수를 했고, 로버타가 자기 근처에 있어서 하는 일이 전혀 손에 잡히지 않았다. 그녀는 여러모로 매력적이어서 그를 사로잡고 있었다. 그녀한테는 다정하고 명랑하고 붙임성 있는 그 무엇이 있었다. 그는 그녀를 설득해 그녀의 사랑을 얻을 수만 있다면 가장 행복한 남자 축에 들 수 있을 것 같았다. 그러나 회사에는 앞서 말한 엄격한 규칙이 있었다. 어제 호수에 놀러 갔을 때는 이곳에서의 처지가 전혀 마음에 들지 않는다고 불평했지만, 로버타가 이곳에 있는 한 자신도 이 공장에 그대로 눌러앉아 있는 편이 훨씬 좋지 않을까? 적어도 당분간은 그리피스 집안의 냉담한 태도를 참아 낼 수 있지 않을까? 만약 그들의 비위를 거스르는 행동을 하지 않는다면 그를 사교계의 일원으로 받아들여 줄지 누가 알겠는가? 그런데 지금 그는 절대로 해서는 안 되는 일을 하려는 것이다. 길버트가 내린 금지 명령은 도대체 어떤 명령이란 말인가? 만약 그가 로버타에게 양해를 구할 수만 있다면 그녀는 남의 눈에 띄지 않는 곳에서 그를 만날 수 있을 것이고, 그렇게 되면 소문이 날 가능성을 미리 방지할 수 있을 터였다.

클라이드는 책상에 앉아 있거나 사무실을 이리저리 걷고 있을 때나 이런 생각을 하고 있었다. 심지어 업무를 수행하면서도 그의 머릿속은 온통 로버타 생각으로 가득 차서 다른 일은 전혀 생각할 수 없었다. 그는 제일 가까운 모호크강변 교외 유원지 바로 서쪽에 있는 조그마한 공원에서 만나자고 말하기로 마음을 정했다. 그러나 그날은 하루 종일 여직공들이 그녀의 옆을 떠나지 않았기 때문에 그런 마음을 그녀에게 전할 수가 없었다. 점심시간이 되자 그는 점심을 먹으러 아래층으로 내려갔다가 그녀 옆에 누가 없으면 어디선가 만나고 싶다고 귓속말을 할 생각으로 조금 일찍 돌아왔다. 그러나 그녀는 역시 다른 여직공들에게 둘러싸여 있어 그날 오후 내내 그럴 기회가 없이 시간이 지나가고 말았다.

클라이드는 퇴근하면서 만약 길거리 어디에서 혼자 있는 로버타를 만나게 되면 그녀에게 말을 건네겠다고 생각했다. 그녀가 무슨 말을 하든지 간에 자신이 말을 걸어 주기 바란다는 것을 그는 알고 있었기 때문이다. 말을 건넬 때는 주위에 있는 사람들이 이상하게 생각하지 않도록 우연히 만난 것처럼 해야 했다. 그러나 작업을 마치는 경적이 울리자 그녀는 다른 여직공들과 함께 공장을 나가 버렸다. 그는 결국 다른 방법을 찾을 수밖에 없었다.

그날 저녁 클라이드는 여느 때처럼 페이턴 부인의 집에서 빈둥거리거나 영화를 보러 가거나, 혼자서 근처를 산책하면서 초조감이나 외로움을 달래는 대신, 테일러 거리에 있는 로버타의 하숙집을 찾아가기로 했다. 그가 찾아가기로 한 집은 볼품이 없고 커피 부인의 하숙집이나 지금 있는 집보다도 보잘 것없었다. 그 집은 오래되어 갈색으로 퇴색했고, 이웃집들도 보수적으로 보일지는 몰라도 이렇다 할 특색이 없었다. 그러나 아직 초저녁인데도 방마다 환히 불이 켜져 있어 친근감이 있고 아늑해 보였다. 집 앞에 몇 그루 나무가 서 있어 기분이 좋았다. 로버타는 지금 무얼 하고 있을까? 왜 그녀는 공장에서 그를 기다리지 않았을까? 왜 자신이 여기에 와 있다는 것을 깨닫고 밖으로 나오지 않을까? 그는 어떻게 하든 그녀에게 알아차리게 하여 밖으로 나오게 할 방법이 있었으면 하고 열렬히 바랐다. 그러나 로버타는 밖에 나오지 않았다. 오히려 셜록이 그 집에서 나와 센트럴 애비뉴 쪽으로 사라지는 것이 보일 뿐이었다. 얼마 뒤 이 집 저 집에서 산책을 나온 사람들이 센트럴 애비뉴를 향해 어슬렁어슬렁 걸어가기 시작했다. 클라이드는 사람들의 눈을 피하려고 근처를 이리저리 왔다 갔다 했다. 몇 번이나 한숨이 나왔다. 아홉 시 반쯤에는 누런 보름달이 굴뚝 위로 육중한 모습을 드러내는 등 참으로 아름다운 밤이었다. 그는 견딜 수 없이 외로웠다.

열 시가 지나 달빛이 너무 밝고 로버타도 나타나지 않자 클라이드는 돌아가기로 작정했다. 이곳에서 서성거린다는 것은 현명하지 못했다. 그러나 밤이 너무 아름다운지라 그는 곧장 하숙방으로 돌아가고 싶지도 않아 와이키지 애비뉴로 나와, 큰아버지 새뮤얼 그리피스 저택을 비롯한 근처의 훌륭한 집들을 구경하며 걸어 다녔다. 지금 그곳 주민들은 모두 피서지로 떠난 터라 집집마다 불이 꺼져 있었다. 손드라 핀칠리와 버타인 크랜스턴과 그 무리들은 이런 밤에는 무엇을 하고 있을까? 어디서 춤을 추고 있을까? 한껏 페달을 밟으며 어디서 드라이브를 즐기고 있을까? 어디서 사랑을 속삭이고 있을까? 가난하고 돈도 지위도 없고, 그래서 하고 싶은 일도 하지 못하고 있는 자신의 신세가 슬퍼졌다.

이튿날 아침 클라이드는 여느 때보다도 기대에 부풀어 일곱 시 십오 분 전에 페이턴 부인 집을 나왔다. 무슨 수를 써서라도 로버타에게 자기의 관심을 전달하고 싶었다. 센트럴 애비뉴를 따라 노동자 무리가 북쪽으로 줄을 짓고 걸어가고 있었다. 물론 일곱 시 십 분쯤 되면 그녀도 그 무리에 합류할 것이다. 그러나 결국 공장까지 가는 동안에도 헛수고가 되고 말았다. 우체국 근처 조그마한 레스토랑에서 커피를 마시고 센트럴 애비뉴에서 공장을 향해 걸어가면서 잠시 담배 가게 앞에서 걸음을 멈추고 있는데 아니나 다를까 로버타가 또다시 그레이스 마와 함께 나란히 걷고 있는 모습이 보였다. 얼마나 비참하고 미친 세상이란 말인가? 어찌하여 이 도시에서는 누구와 혼자서 만나는 일이 그토록 어렵단 말인가? 이곳에서는 서로 모르는 사람이 거의 없다시피 했다. 더구나 그가 말을 걸 기회를 잡고 싶어 한다는 것은 로버타도 잘 알고 있었다. 그렇다면 그녀는 왜 혼자서 걷지 않는 것일까? 어제 그는 충분히 그녀에게 눈길을 주었다. 그런데도 그녀는 그레이스 마와 함께 걷고 있었고, 겉으로는 태연해 보였다. 도대체 어찌된 영문이란 말인가?

공장에 도착했을 때쯤 클라이드는 기분이 엉망이었다. 그러나 작업 벤치에 앉아 있는 로버타가 명랑하게 미소를 지으며 "안녕하세요?" 하고 부드럽게 인사를 하자 그는 기분이 한결 좋아졌다. 모든 일이 허사로 돌아간 것은 아니었다.

오후 세 시가 되자 더위에 따른 노곤함과 쉬지 않고 계속된 노동 그리고 공장 밖 강물 위에 반사되는 햇빛이 공장 안을 온통 뒤덮고 있었다. 옆방 재봉틀의 둔탁한 소리보다 언제나 조금 더 크게 들리던 탁, 탁, 탁! 하고 칼라에 스탬프를 찍는 금속성 소리가 보통 때보다 약하게 들렸다. 루자 니코포리치, 호다 팻캐너스, 마서 보달루, 안젤리나 피티, 레나 쉴릭트가 누군가가 먼저 부르기 시작한 〈연인들〉*을 함께 부르고 있었다. 로버타는 늘 클라이드의 눈과 기분을 의식하며 언제 옆에 다가와 무슨 말을 건네 올까 생각했다. 그녀는 그러기를 바라고 있었다. 어제 그녀에게 속삭인 말로 미루어 보면 그는 그러지 않고서는 배기지 못할 것이기 때문에 곧 그렇게 하리라는 생각이 들었다. 어제 퇴근할 때의 시선으로도 그것을 알 수 있었다. 그러나 주위 사정이 사정이니 만큼 그가 그녀에게 말을 걸 기회를 잡기 어려우리라는 것을 잘 알고 있었다. 그런데도 그녀에게는 오히려 그것이 다행이라는 생각이 드는 순간도, 그렇게 많은 여자가 옆에 있어 안심되는 순간도 있었다.

이런 생각을 하면서 다른 여직공들과 함께 스탬프를 찍고 있을 때 로버타는 갑자기 지금까지 40.5센티미터로 알고 찍은 칼라 묶음이 규격보다 작다는 사실을 발견했다. 그녀는 흥분하여 그 묶음을 재빨리 바라보다가 한 가지 방법밖에는 없다고 판단을 내렸다. 묶음을 옆으로 치워 놓고 클라이드를 포함한 감독자 중 한 사람의 입에서 무슨 말이 떨어지기를 기다리든지, 아니면 지금 곧바로 클라이드에게 가지고 가는 방법 말이다. 사실 다른 감독자의 눈에 띄기 전에 클라이드한테 가지고 가는 쪽이 더 나았다. 다른 여직공들도 무슨 실수를 저지르면 언제나 그렇게 하고 있었다. 더구나 일에 익숙한 여직공들은 그런 종류의 실수를 찾아내게 되어 있었다.

로버타는 클라이드 앞으로 달려가고 싶은 생각이 절실했지만 머뭇거렸다. 그렇게 되면 그의 앞으로 직접 다가가 지금 그가 갈망하고 있는 바로 그 기회를 그에게 주는 셈이었기 때문이다. 아니, 그보다 더 두려운 것은 그녀 자신이 갈구하고 있던 기회를 스스로 얻게 된다는 점이었다. 감독관으로서의 클라이드에 충실하고 자신의 낡은 인습적 사고에 충실할 것인가, 아니면 클라이드에게 말을 걸 기회를 주고 싶은 새롭게 일어난 강렬한 욕망, 억압된 소망에 충실할 것인가? 잠시 머뭇거리다가 그녀는 결국 칼라 묶음을 들고 클라이드에게 다가가 그의 책상 앞에 올려놓았다. 그렇게 하는 동안 그녀의 손이 떨렸다. 얼굴은 창백하고 목 안이 바싹 탔다. 바로 그때 클라이드는 여직공들이 가지고 온 전표를 앞에 놓고 작업량을 계산하고 있었지만, 생각이 다른 데 가 있어 자꾸만 실수를 되풀이했다. 마침내 고개를 쳐들고 보니 로버타가 자기를 향해 다가오고 있는 것이 아닌가. 클라이드는 그가 바라던 기회가 눈앞에 나타났기 때문에 긴장되고 목과 입술이 바싹 타들어 갔다. 로버타는 대담하고 자기기만적인 행동 탓에 신경과 심장에 부담이 되는지 숨도 제대로 쉬지 못하고 있었다.

"위층에서 묶은 이 칼라에 실소가 있었나 봅니다(그녀는 '실수'라는 말을 '실소'라고 잘못 발음했다)." 그녀가 말문을 열었다. "스탬프를 거의 다 찍고 나서야 겨우 발견했어요. 39.4센티미터짜리를 모조리 40.5센티미터로 찍어 놨어요. 죄송합니다."

이렇게 설명하면서 로버타는 조금 미소를 띠면서 침착하려고 애쓰고 있었지만 두 뺨은 핏기 하나 없이 백지장처럼 창백하고 두 손, 특히 칼라를 든 손이 떨리고 있다는 것을 클라이드는 알 수 있었다. 그 순간 클라이드는 그녀가 실수를 알리러 온 것은 물론 상사에 대한 성실성과 규칙 때문만은 아니라는 것을 알아차렸다. 그녀는 소극적이고 겁에 질려 있으면서도 사랑의 힘에 떠밀려 그가 구하고 있던 기회를 주어 그것을 이용하면서 구애를 하고 있었다. 클라이드는 그녀가 갑자기 찾아온 사실에 순간적으로 당황하면서도 이 여자에게 지금껏 한 번도 느껴 본 적이 없는 뻔뻔스러움과 용기가 생겼다. 그녀가 지금 그를 찾고 있다는 것은 불을 보듯 뻔했다. 그녀는 그에게 관심을 지니고 있고, 이것을 이용해 그에게 말을 건넬 기회를 만들어 줄 만큼 현명했다. 이 얼마나 멋진 일인가! 그는 그녀의 당돌함이 무척 마음에 들었다.

"아, 괜찮습니다." 클라이드는 있지도 않은 용기와 대담성을 억지로 드러내면서 대답했다. "아래층 세탁부서로 보내 빨게 한 뒤 다시 스탬프를 찍을 수 있을지 어디 두고 봅시다. 사실 우리 쪽 실수는 아니죠."

클라이드는 자못 다정하게 미소를 지었고, 그녀도 떠오르는 미소를 억지로 참으며 그를 바라보았다. 그러면서 그녀는 속마음을 너무 드러내 보인 것은 아닌지 걱정하며 뒤돌아섰다.

"잠깐만 기다려 봐요." 그가 재빨리 덧붙였다. "할 말이 있습니다. 요전 일요일부터 말할 기회를 찾고 있었습니다. 어디서 좀 만나 주지 않겠어요? 물론 밖에서요. 공장에선 간부 직원이 그 밑에서 일하는 여직공들과 어울려서는 안 된다는 규칙이 있어서요. 규칙이야 어쨌든 당신이 날 만나 줬으면 합니다." 그는 그녀의 눈 속을 들여다보며 달래듯 정겹게 미소를 지었다. "아가씨가 이 공장에 처음 온 날부터 난 미칠 것 같았어요. 지난 일요일에 만난 뒤로는 더 심해졌고요. 이 공장의 케케묵은 규칙 때문에 아가씨와 나 사이가 멀어지게 하지 않을 겁니다. 그래 줄 거죠?"

"하지만 그럴 수 있을지 어떨지 잘 모르겠어요." 로버타가 대답했다. 일이 의도했던 대로 이루어지자 이번에는 자신의 대담한 행동에 겁이 났다. 그녀는 모든 사람의 눈이 자기에게 쏠려 있는 것만 같아 안절부절못하면서 방 안을 둘러보기 시작했다. "전 지금 친구의 언니와 형부인 뉴턴 부부 집에 살고 있어요. 그분들은 아주 엄격한 사람들이에요. 그러니까 집에서 지낼 때와는⋯⋯." 그녀가 '다르다' 하고 말하려고 할 때 클라이드가 그녀의 말을 가로막았다.

"아, 안 된다는, 그런 말은 제발 하지 마세요. 부탁입니다. 만나고 싶습니다. 그게 무슨 상관입니까. 정말로 당신과 만나고 싶습니다. 아가씨에게 폐를 끼칠 생각은 없어요. 그렇지만 않다면 집으로 찾아갔을 거예요. 하지만 그럴 사정이 아니니."

"아, 아녜요. 그건 안 돼요." 로버타가 경고하듯 말했다. "어쨌든 지금은 안 돼요." 너무 당황한 나머지 그녀는 자신도 모르게 나중에는 클라이드가 집으로 찾아와도 된다는 말을 하고 말았다.

"그렇다면 말이죠……." 클라이드는 그녀가 어느 정도 굽히고 있는 것을 알아차리고는 미소를 지으며 말했다. "어디 변두리라도 산책하러 나가면 되죠. 원한다면 아가씨가 지금 사는 거리도 좋고요. 그쪽에는 집들도 없습니다. 아니면 모호크라는 조그마한 공원도 있어요. 모호크 거리의 전차 노선에 있는 드림랜드 바로 서쪽에 있는 공원 말이죠. 그곳 전차 종점에서 아가씨를 기다릴 수도 있습니다. 그렇게 해 줄 거죠?"

"아, 그럴 수 없을 것 같아요. 그렇게 멀리까지 가는 것 말이에요. 이제껏 그래 본 적이 한 번도 없거든요." 이렇게 말하는 그녀가 여간 솔직하고 천진난만해 보이지 않아 클라이드는 그만 정신이 아찔할 정도였다. 지금 그는 그녀와 남의 눈을 피해 밀회를 약속하고 있는 것이 아닌가. "이곳에선 혼자서 어디를 간다는 게 왠지 무서워요. 이곳 사람들은 말들이 많다던데 혹 누군가에게 들킬지도 모르잖아요. 하지만……."

"하지만 뭔가요?"

"제가 여기서 너무 있는 거 같지 않나요?" 그렇게 말하면서 로버타는 실제로 숨을 헐떡거렸다. 별로 남의 의심을 살 것이 없었지만, 그녀가 드러내 놓고 말하자 클라이드는 빠르게, 그러면서도 강하게 말했다.

"그럼, 아가씨가 사는 그 거리 끝에서 만나면 어떨까요? 오늘밤 잠깐 나올 수 있겠죠? ……한 삼십 분 정도라도 좋으니."

"아, 오늘 밤은 안 될 것 같아요……. 너무 빠른 것 같아요. 우선 형편부터 살펴야죠. 준비 말입니다. 하지만 다른 날이라면 괜찮아요." 그녀는 이런 엄청난 모험에 흥분도 되고 불안한 생각이 들어 클라이드가 가끔 그러듯이 살짝 미소를 짓다가 얼굴을 조금 찌푸렸다. 물론 그녀는 얼굴에 나타나는 이런 변화를 알아차리지 못했다.

"그럼, 수요일 밤 여덟 시 반이나 아홉 시로 하면 어떨까요? 그러면 되겠죠? 그렇게 해 주십시오."

로버타는 아주 상냥하지만 안절부절못하면서 생각하고 있었다. 그 순간 클라이드는 그녀의 태도에 몹시 마음이 끌렸다. 그는 참을 수 없는 매력을 느꼈다. 그녀는 다른 사람들의 시선이 자기에게 쏠리고 있을뿐더러 처음 그의 책상 앞에 온 사람치고는 너무 오래 머물러 있었다는 사실을 의식하고는 주위를 둘러보았다.

"이젠 그만 일하던 자리로 돌아가야 할 것 같아요." 그의 물음에 대답하지 않은 채 그녀가 대꾸했다.

"잠깐만요. 아직 수요일 몇 시에 만날지 결정하지 않았어요." 클라이드가 애원하듯 말했다. "만나 줄 거죠? 아홉 시나 여덟 시 반, 아니면 아가씨가 원하는 시간으로 해요. 만나 준다면 여덟 시부터 그곳에서 기다리고 있겠습니다. 나와 줄 거죠?"

"그럼, 나갈 수 있다면, 여덟 시 반, 아니 여덟 시 반에서 아홉 시 사이로 해요. 그래도 괜찮겠죠? 나갈 수 있으면 나가겠지만, 혹 무슨 사정이 생겨 나갈 수 없게 되면 이튿날 아침에 말할게요.” 그녀는 얼굴을 붉히고는 다시 한 번 당황하고 어색한 얼굴로 주위를 둘러본 뒤 서둘러 자리로 되돌아갔다. 그녀는 발끝에서 머리끝까지 짜릿한 흥분을 느끼면서도 마치 무슨 끔찍한 짓을 하다가 현장에서 잡힌 사람처럼 죄책감을 느꼈다. 한편 책상에 앉아 있던 클라이드는 흥분하여 그만 숨이 막힐 것만 같았다. 참으로 신바람 나는 일이지 않은가!

로버타는 로버타대로 달빛 비치는 밤에 그와 이야기를 나누고 산책하면서 그의 팔의 무게를 느끼고 그의 부드러운 목소리에 귀를 기울일 것을 상상하니 마음이 황홀했다.

제17장

　수요일 밤 로버타가 클라이드를 만나려고 살그머니 하숙집을 빠져나왔을 때 바깥은 벌써 어두웠다. 그러나 그녀는 나오기에 앞서 기꺼이 그와 만나기로 약속한 것에 얼마나 양심의 가책을 느꼈는지 모른다. 내면의 갈등을 극복하는 것도 어려웠지만 뉴턴 집안의 따분하고 편협한 종교적 분위기까지도 고려해야 했기 때문이다. 로버타는 이 집에서 살게 된 이후 혼자서는 외출한 적이 단 한 번도 없었다. 그리고 깜박 잊고 클라이드에게 미처 말하는 것을 잊어버렸지만, 그날 밤은 뉴턴 부부와 그레이스와 함께 기드온 침례교회의 수요 기도회에 가기로 약속되어 있었다. 기도회가 끝나면 참석자들은 놀이와 다과, 아이스크림으로 사교 모임을 즐길 예정이었다.

　로버타가 어떻게 하면 좋을까 고민하고 있을 때 리짓 씨가 그녀가 빠르고도 능률적으로 일하는 것을 보고 괜찮다면 옆방에서 봉제 작업 중 하나를 배우고 싶으면 브레일리 부인에게 보내 일을 배우게 해 주겠다고 한 말이 생각났다. 클라이드와 한 약속과 교회 행사가 같은 밤에 겹치자 로버타는 브레일리 부인 집에 가기로 약속했다고 말하기로 마음먹었다. 그녀는 수요일 저녁 식사 때까지 기다렸다가 브레일리 부인이 집으로 오라고 했다고 말을 꺼낼 생각이었다. 그렇게 되면 클라이드를 만날 수 있었다. 또 뉴턴 부부와 그레이스가 돌아오기 전에 집에 돌아올 수도 있었다. 아, 클라이드가 그녀에게 말을 건넨다면 어떤 기분일까. 그때 그가 카누를 타고 했던 말처럼, 호숫가에 서서 수련을 내려다보고 있는 그녀의 모습처럼 그렇게 아름다운 모습을 본 적이 없다는 말을 다시 들을 수 있다면 과연 어떤 기분이 들까. 온갖 생각이 막연하면서도 두렵고 다채롭게 떠올랐다. 이제부터 두 사람이 함께 어디에 어떻게 가고 또 무슨 일을 할 수 있을까? 상대방에게 상처를 받지 않고 친구로 사귈 수 있다면 말이다. 만약 필요하다면 공장을 그만두고 다른 곳에 일자리를 찾을 수도 있을 것이다. 그렇게 하면 그녀와 관련한 클라이드의 책임이 없어지게 될 것이 아닌가.

이 일과 관련하여 정신적이고 감정적인 문제가 하나 더 있었는데 바로 옷과 관련한 문제였다. 라이커거스에 온 뒤로 로버타는 이 도시의 젊은 인텔리 여성들이 빌츠나 트리페츠밀스의 여성들보다 훨씬 더 몸치장에 신경 쓴다는 것을 알게 되었다. 그러나 로버타는 번 돈의 대부분을 집에 있는 어머니에게 부치고 있었다. 지금 생각해 보면 그 돈을 모두 갖고 있다면 꽤 맵시 나게 몸치장을 할 수 있을 만큼 충분한 돈이었다. 클라이드에게 사뭇 마음을 빼앗긴 지금 그녀는 옷차림에 신경이 쓰였다. 공장에서 클라이드와 이야기를 나눈 날 밤, 그녀는 조그마한 옷장을 뒤져 클라이드가 아직 보지 못한 엷푸른 모자와 푸른색과 흰색의 바둑무늬 플란넬 스커트와 작년 여름 빌츠에서 산 흰 캔버스 신을 찾아냈다. 그녀는 뉴턴 부부와 그레이스가 교회에 나갈 때까지 기다렸다가 곧장 그것으로 바꿔 입고 집을 나갈 작정이었다.

로버타는 여덟 시 반쯤 마침내 날이 컴컴해지자 테일러 거리에서 센트럴 애비뉴를 향해 걸어가다가 서쪽으로 오른쪽 도로를 따라 약속 장소를 향해 걸음을 재촉했다. 클라이드는 벌써 그곳에 와서 기다리고 있었다. 그는 2만 제곱미터가 넘는 옥수수밭 둘레에 쳐 놓은 낡은 나무 울타리에 몸을 기대고 서서 흥미로운 소도시 쪽을 바라보고 있었다. 많은 집에서 나무 사이로 불빛이 밝게 비쳤다. 주위에는 온갖 풀과 꽃들 냄새가 뒤섞여 향기를 짙게 풍겼다. 산들바람이 그가 서 있는 뒤쪽 옥수수의 칼처럼 뾰족한 잎사귀를 흔들었고, 머리 위 나뭇잎들도 흔들며 지나갔다. 하늘에는 북두칠성, 작은곰자리, 은하수 같은 별이 보였다. 오래전 어머니가 그에게 손가락으로 가르쳐 준 성좌였다.

클라이드 캔자스시티에 있을 때와 너무나 달라진 이곳에서의 처지를 생각하고 있었다. 그때는 호튼스 브릭스에 대해, 아니 어떤 다른 아가씨에게도 너무 겁이 많아 제대로 말을 걸지도 못했다. 그러나 지금 이곳에서는, 특히 스탬프 작업실의 책임자가 된 뒤부터는 자기가 생각했던 것보다도 훨씬 매력적인 사내라고 자신감을 느끼게 된 것 같았다. 또한 여직공들은 거의 모두 그에게 호감을 느끼고 있었고, 그는 그들이 그다지 두렵지 않았다. 오늘 로버타의 눈을 보아도 그녀가 얼마나 그에게 끌려 있는지 알 수 있었다. 그녀는 이제 그의 애인이었다. 그녀가 오면 꼭 껴안고 키스할 생각이었다. 그녀는 아마도 그런 그에게 저항할 것 같지 않았다.

클라이드는 귀를 기울이고 꿈을 좇으면서 길거리를 지켜보았고, 등 뒤에서 들리는 옥수수 잎이 서로 부딪치는 소리로 인해 옛 추억에 잠겼다. 바로 그때 갑자기 로버타가 다가오는 모습이 눈에 띄었다. 그녀는 단정하고 활발하면서도 어딘지 불안해 보였다. 길거리 끝에서 걸음을 멈추고는 마치 겁에 질려 경계하는 짐승처럼 주위를 둘러 돌아보았다. 클라이드는 얼른 그녀 쪽으로 달려가면서 나지막하게 불렀다. "안녕하세요. 나와 주어 고마워요. 별다른 일은 없었죠?" 그는 호튼스 브릭스나 리터 딕커먼보다 그녀가 더 마음에 들었다. 호튼스는 너무 계산적이었고, 리터는 성적으로 자유분방했다.

"별일 없었냐고요? 아, 왜 없었겠어요." 그녀는 곧바로 그동안의 사정을 자세히 설명하기 시작했다. 뉴턴 부부와 교회에 가기로 한 일, 그레이스 마가 그녀가 가지 않으면 자기도 교회 사교 모임에 가지 않겠다고 버틴 일, 또 브레일리 부인 집에 봉제 일을 배우러 가야 한다고 끔찍스럽게 거짓말을 한 일 등을 흥미진진하게 늘어놓았다. 그런데 리짓 씨와 로버타 사이의 얘기는 클라이드로서는 처음 듣는 일이라 몹시 호기심을 느꼈다. 리짓이 벌써 로버타를 클라이드의 감독에서 떼어 놓으려고 하는지도 모른다는 생각이 순간적으로 머리에 스쳐 갔기 때문이다. 클라이드는 그녀에 관한 이야기를 할 여유도 주지 않고 즉시 그 문제부터 꼬치꼬치 캐묻기 시작했다. 그가 관심을 보이는 사실을 알고 그녀는 자못 기분이 좋았다.

"하지만 오늘 밤은 오래 있을 수가 없어요." 로버타는 말을 할 기회가 오자마자 얼른 다정하게 설명했다. 그러는 동안 벌써 클라이드는 그녀의 한쪽 팔을 붙잡고 북쪽에 있는 강 쪽을 향해 걸음을 옮겼다. 그렇게 먼 곳에는 집들이 없었다. "침례교회 집회는 열 시 반이나 열한 시를 넘기는 법이 없어요. 그 사람들이 곧 돌아올 거예요. 그러니 그들이 돌아오기 전에 먼저 돌아가야 해요."

그러고 나서 로버타는 왜 열 시 이후에 밖에 나와 있는 것이 좋지 않은지 여러 가지로 설명했다. 클라이드로서는 못마땅하면서도 생각해 보면 일리 있는 이유였다. 그는 좀 더 오래 그녀를 붙들어 두고 싶었다. 그러나 시간이 별로 없다는 것을 알자 그녀와 좀 더 친밀해지고 싶은 생각이 간절한 나머지 모자와 케이프가 아주 예쁘다느니, 그녀에게 썩 잘 어울린다느니 칭찬을 늘어놓기 시작했다. 그러다가 그는 갑자기 그녀의 허리를 껴안으려고 했다. 그녀는 그런 행동이 너무 성급하다는 생각이 들어 그의 손을 뿌리치거나 달래듯 부드러운 목소리로 말했다. "아니, 아니, 이러시면 곤란하잖아요. 제 팔을 잡으세요. 아니면 제가 잡아 줄까요?" 허리에 감은 팔을 풀도록 하고 나서 로버타는 매달리며 안기듯 바싹 다가붙으며 그의 팔을 꼭 붙잡고 그와 발걸음을 맞추며 걷기 시작했다. 그 순간 그는 두 사람 사이에 허물이 없어지고 나니 그녀의 태도가 너무 꾸밈없고 자연스럽다고 생각했다.

로버타는 얼마나 잘도 지껄이는지! 그녀는 라이커거스가 마음에 들기는 하지만 지금껏 알고 있는 도시 중에서 가장 종교적이라고 했다. 그 점에서는 빌츠나 트리페츠밀스보다도 더 심하다는 것이다. 또 그녀는 빌츠와 트리페츠밀스에 관해 설명했다. 그녀의 집 이야기도 했지만 별로 하고 싶지 않은지 조금밖에는 하지 않았다. 그러고 나서 그녀는 뉴턴 부부와 그레이스 마의 이야기로 되돌아가, 그들이 어찌나 자신의 일거수일투족을 감시하는지 모른다는 이야기도 했다. 클라이드는 그런 이야기를 들으면서 그녀가 호튼스 브릭스나 리터, 그 밖에 그가 이제까지 알고 있던 여자들과는 전혀 다르다고 생각했다. 그녀는 그 여자들보다 훨씬 순진하고 솔직했다. 리터처럼 감상적이지도 않고, 호튼스처럼 뻔뻔스럽거나 허영심 많거나 잘난 체하지도 않았다. 그들 못지않게 예쁘면서도 훨씬 상냥했다. 옷만 잘 차려입으면 그녀가 얼마나 예쁠까, 하고 생각하지 않을 수 없었다. 만약 로버타가 그 사실을 안다면 지금 그가 그녀에게 보이는 태도와 그가 호튼스에게 보인 태도와 어떻게 비교할까 생각해 보기도 했다.

"아가씨도 알겠지만 난 아가씨가 공장에 들어온 첫날부터 말을 걸어 보려고 무척 애를 썼습니다." 클라이드는 입을 열 기회가 생기자 곧바로 말했다. "하지만 워낙 보는 눈이 많아서요. 내가 처음 회사에 들어왔을 때 공장 여직공들에 관심을 가져서는 안 된다는 말을 들었습니다. 그래서 그러지 않으려 노력해 왔죠. 하지만 어찌 그럴 수 있겠어요?" 그는 말하면서 다정하게 그녀의 팔을 꼭 쥐었다가 걸음을 멈추고는 잡았던 팔을 놓고 두 팔로 그녀의 허리를 껴안았다. "아, 로버타, 당신이 너무 좋아 미칠 것 같습니다. 정말입니다. 당신이야말로 이 세상에서 가장 사랑스럽고 아름다운 여자입니다. 아, 이런! 이런 말을 해도 괜찮겠죠? 당신이 처음 이곳에 나타났을 때부터 난 잠도 제대로 자지 못했어요. 어쩌면 그렇게도 눈과 머리칼이 고우십니까? 오늘 밤은 유난히도 예쁘게 보여요. 아름답습니다. 오, 로버타!" 그는 갑자기 두 손으로 그녀의 얼굴을 잡더니 그녀가 피할 사이도 주지 않고 재빠르게 키스했다. 그리고 나서 그는 그녀를 안았다. 그녀는 밀치려 했지만 그녀로서는 거의 불가능한 일이었다. 오히려 두 팔로 그의 허리를 꼭 부둥켜안거나 그가 꼭 껴안아 주었으면 하는 충동을 느꼈다. 그에게 이런 기분이 들자 그녀는 당황스러웠다. 끔찍한 일이었다. 만약 세상 사람들이 이 일을 안다면 어떻게 생각하고 또 뭐라고 말할까? 얼마나 나쁜 계집애란 말인가. 그래도 그녀는 이런 상태로 그 사람 옆에 그냥 있고 싶었다. 전에는 느껴 보지 못한 감정이었다.

"아, 이러시면 안 돼요, 그리피스 씨." 로버타가 애원했다. "정말 안 돼요. 제발 놔 주세요. 누가 볼지 몰라요. 누가 오는 소리가 나요. 제발 놔 주세요." 그녀는 정말로 겁먹은 눈으로 주위를 살펴보았지만 클라이드는 황홀한 듯 웃음만 짓고 있었다. 마침내 그에게도 인생의 달콤한 행복이 찾아온 것이었다. "전 이런 일은 처음이에요." 그녀는 말을 이었다. "정말이지 전에는 이런 적이 없었어요. 제발 놔 주세요. 부장님이 그저 만나자고 하기에……."

클라이드는 아무 대꾸도 하지 않고 한층 더 힘을 주어 그녀를 껴안았다. 그는 창백한 얼굴과 굶주린 검은 눈을 그녀의 얼굴에 바짝 갖다 댈 뿐이었다. 그러고는 그녀의 반항에는 아랑곳하지 않고 몇 번씩이나 키스를 퍼부었다. 키스할 적마다 입술이 닿는 그녀의 입과 뺨은 견딜 수 없을 만큼 무척 아름다웠다. 다음 순간 그는 애걸하듯 나지막한 목소리로 중얼거렸다. 이제는 힘찬 목소리로 말할 수 없을 만큼 전신의 힘이 빠져 있었기 때문이다.

"아, 로버타, 사랑스러운 로버타! 나를 사랑한다고 제발, 제발 좀 말해 줘, 제발. 로버타, 당신은 날 사랑하고 있어. 난 그것을 잘 알고 있어. 그러니 제발 그렇다고 말해 줘. 난 미칠 듯 당신을 사랑해. 우리한테는 시간이 별로 없잖아."

클라이드는 다시 한 번 그녀의 뺨과 입에 키스했다. 그때 갑자기 그녀는 몸에서 기운이 쑥 빠지는 것을 느꼈다. 그의 품 안에 안긴 채 그녀는 꼼짝도 하지 않고 반항도 하지 않았다. 그녀는 웬일일까 하고 이상하게 생각했지만 그 이유를 알 수 없었다. 갑자기 그녀의 뺨에 두 줄기 눈물이 주르르 흐르더니 갑자기 그의 어깨에 얼굴을 파묻었다. "네, 네, 네. 저도 사랑해요. 네, 네, 저도 부장님을 진심으로 사랑해요. 사랑한다고요."

그러더니 로버타는 흐느껴 울었다. 그녀의 목소리에는 비애와 기쁨이 뒤섞여 있었다. 클라이드는 그것을 알 수 있었다. 그녀의 솔직하고 단순한 감정에 어찌나 감동되었던지 그 자신마저 눈물이 쏟아지고 말았다. "이제 됐어요, 로버타. 이제 괜찮아요. 그러니 울지 말아요. 아, 당신은 정말 예뻐요. 정말이라고요, 로버타."

클라이드는 고개를 들어 하늘을 쳐다보았다. 동쪽으로 나지막한 도시의 스카이라인 위로 더할 나위 없이 옅고 희끄무레한 칠월의 초승달 위쪽 호선(弧線)이 이제 막 모습을 드러내고 있었다. 그 순간 인생은 그가 삶에서 요구할 수 있는 모든 것을― 그렇다, 모든 것을 ― 그에게 안겨 준 것만 같았다.

제18장

클라이드와 로버타는 두 사람이 만난 일이 앞으로 있을 일련의 접촉과 기쁨의 서곡에 지나지 않는다는 사실을 깨닫고 있었다. 두 사람은 마침내 서로의 사랑을 찾았다. 그 사랑을 실현하는 데 어떤 문제가 따르든 그들은 그야말로 행복하기만 했다. 그러나 그런 상태를 어떻게 계속 유지해 나갈 수 있는지는 또 다른 문제였다. 클라이드로서는 로버타가 뉴턴 부부 집에 그대로 하숙한다는 것은 두 사람의 정상적인 교제에 방해가 될뿐더러 이와는 별도로 그레이스 마의 존재도 여간 귀찮은 문제가 아니었다. 그레이스는 얼굴이 못생겼다는 이유 말고도 어렸을 때부터 사회와 종교 생활에서 편협한 교육을 받고 자라서 로버타와는 비교도 되지 않을 만큼 융통성이 없었다. 그런데도 그레이스는 자유분방해지고 싶었다. 로버타는 때로 쾌활했고 허세도 부렸지만 여전히 그레이스를 얽매고 있는 인습의 쇠사슬에 그녀도 매여 있었다. 그러나 그레이스는 로버타를 자기처럼 그렇게 구속받지 않는 사람으로 생각했다. 그 때문에 그녀는 귀찮을 정도로 로버타에게 매달렸다. 그녀는 서로에게 상처를 주지 않은 채 애정 생활과 각자의 꿈에 관해 농담과 비밀을 말할 수 있다고 생각하고 있었다. 지금까지 그것만이 그레이스의 따분한 삶에 위안을 주는 한 요소였다.

로버타는 그녀의 삶에 클라이드가 나타나기 전에도 다른 사람이 자기에게 매달리는 것이 싫었다. 그녀는 그런 일을 귀찮게 여겼다. 그래서 그레이스 앞에서는 클라이드의 이야기를 피하려고 했다. 그레이스가 갑자기 버림을 받았다고 느끼리라는 것을 알고 있을 뿐만 아니라, 갑자기 자신의 마음을 사로잡은 기분을 외부에 드러내 놓고 싶지 않았기 때문이다. 클라이드를 만나 그를 사랑하게 된 그녀는 이제부터 앞으로 어느 정도까지 자기 자신을 허락해야 할지를 생각할 때 자신도 모르게 두려움이 앞섰다. 이곳에서는 신분이 다른 사람들이 교제하는 일이 금기라는 것도 알고 있지 않은가? 로버타는 클라이드에 관한 이야기를 아예 입에 올리기 싫었다.

호수로 놀러 간 일요일의 다음 날인 월요일 밤, 그레이스가 이상하리만큼 쾌활하고도 허물없이 클라이드에 관해 물었을 때 로버타는 곧바로 그레이스가 제멋대로 이미 상상하고 있는 것처럼 관심 있어 하지 않는 척하기로 마음먹었다. 따라서 로버타는 그가 매우 친절하게 대해 주며 그레이스의 안부를 묻더라는 정도로 말하는 데 그쳤다. 그러자 이 말에 그레이스는 의심쩍은 시선으로 그녀를 노려보며, 정말로 로버타가 사실대로 말하고 있는 것일까, 하고 생각했다. "그 사람이 너무도 친절하게 굴기에 난 너한테 반한 줄로 알았지 뭐야."

"어머, 말도 안 되는 소리를 다 하는구나!" 로버타는 조금도 경계심을 늦추지 않고 능청스럽게 대꾸했다. "야, 그 사람은 나 같은 건 거들떠보지도 않을 거야. 더구나 내가 회사에서 일하는 한 그래선 안 된다는 엄격한 규칙이 있거든."

무엇보다도 이 최후의 말을 듣자 그레이스는 클라이드와 로버타의 관계에 관해 여러 가지로 생각하고 있던 억측을 한꺼번에 말끔히 씻어 버렸다. 로버타는 인습적인 여자여서 회사 규칙에 어긋나는 행동을 하리라고는 생각되지 않았기 때문이다. 그래도 로버타는 그레이스가 혹 두 사람 사이에 은밀한 관계가 있는 것으로 의심하지 않을까 걱정되었다. 그래서 클라이드에 관한 한 더더욱 조심하리라 생각하고 실제와는 달리 그와 거리가 있는 것처럼 행동하기로 마음먹었다.

그러나 이런 일들은 지금까지 있었던 일과는 아무런 관련이 없으면서도 그 뒤 곧바로 생긴 여러 곤란한 문제에서 비롯한 걱정과 긴장, 두려움의 서곡에 지나지 않았다. 그녀는 클라이드와 감정 교류가 완전히 이루어지고 나서도 남의 눈을 피해서, 그것도 아주 드물고 어정쩡하게 만날 수밖에 없었다. 그래서 이런 상태라면 언제 또다시 그를 만날 수 있을지 분명히 기약할 수 없었다.

"있잖아요, 실은 곤란한 문제가 생겼어요." 며칠 뒤 어느 날 밤, 겨우 한 시간쯤 집을 빠져나오는 데 성공한 로버타는 테일러 거리 끝에서 들판과 잔잔히 흐르는 강물 위로 강둑이 낮게 솟아 있는 모호크강 쪽으로 걸으면서 클라이드에게 설명했다. "뉴턴 부부가 어딜 갈 때면 언제나 나를 데리고 가려고 해요. 설령 그 사람들이 그러자고 하지 않을 때도 그레이스는 내가 가지 않으면 아무 데도 가지 않으려 하고요. 트리페츠밀스에서 늘 함께 지내던 터라 그 앤 나를 집안 식구처럼 생각하고 있지 뭐예요. 하지만 지금은 사정이 달라졌잖아요. 어떻게 빨리 이런 처지에서 벗어날 수 있을지 모르겠어요. 어디를 간다, 누구를 만나러 간다, 어떻게 말해야 좋을지 모르겠거든요."

"나도 그건 알아요. 정말 곤란한 문제죠." 클라이드가 부드럽고도 상냥한 목소리로 대꾸했다. "그렇다면 어떻게 한다? 설마 날더러 공장에서만 당신 얼굴을 보는 것으로 만족하라는 건 아니겠지?"

클라이드가 그토록 근엄하고 애절한 눈길로 그녀를 쳐다보자 로버타는 그에 대한 동정심으로 그만 가슴이 뭉클했다. 그녀는 그의 울적한 마음을 위로해 주고 싶어 이렇게 말했다. "아뇨, 그렇게 하고 싶진 않아요. 부장님도 그건 잘 알고 있잖아요. 하지만 내가 어떻게 하면 좋을까요?" 이렇게 말하며 그녀는 클라이드의 가늘고 길쭉하며 초조해 보이는 손등에 가만히 자기 손을 얹었다.

"이렇게 하면 될 것 같아요." 그녀는 잠시 생각하고 나서 말을 이었다. "제 여동생이 뉴욕주 호머*에 살고 있어요. 여기서부터 북쪽으로 56마일쯤에 있어요. 그러니 토요일 오후나 일요일에 거길 간다고 하면 될 거 같아요. 전부터 언니가 꼭 한번 놀러 오라고 편지를 보냈는데 한 번도 갈 생각이 들지 않았지 뭐예요. 하지만 지금은 갈 수 있겠죠. 그러니까……."

"아, 그럼 되겠네." 클라이드가 신바람이 나서 큰 소리로 말했다. "그거 기똥찬 생각인데! 참으로 기발한 생각이야!"

"가만있자." 클라이드의 환호를 무시하며 그녀가 덧붙였다. "내 기억이 맞는다면, 먼저 폰다로 가서 그곳에서 전차를 갈아타야 할 거예요. 나는 언제라도 전차로 이곳을 떠날 수 있어요. 하지만 폰다에서 떠나는 기차는 하루에 두 번밖에 없어요. 토요일에는 두 시와 일곱 시에 떠나요. 그러니 나는 두 시 전에 아무 때나 이곳을 떠나면 돼요. 두 시 기차를 놓치면 일곱 시 차를 타면 되니까요. 당신이 먼저 가 있어도 되고, 도중에서 만나도 돼요. 아무한테도 들키지 않도록 말이에요. 그러고 나서 나는 언니한테 가고, 당신은 시내로 돌아오면 돼요. 확실히 애그니스랑 의논할 수 있어요. 여동생에게 편지를 쓰겠어요."

"하지만 그때까지는 어떻게 하고? 아직 날짜가 많이 남았는데." 그가 투정을 부리듯 말했다.

"그 문제는 좀 생각해 봐야죠. 하지만 어떻게 할지 자신은 없어요. 어쨌든, 한번 생각해 볼게요. 부장님도 궁리 좀 해 보세요. 자, 인제 그만 돌아가 봐야 해요." 그녀가 초조한 듯 덧붙였다. 그녀가 즉시 자리에서 일어나자 클라이드도 그녀를 따라 자리에서 일어나면서 시계를 쳐다보았다. 벌써 열 시가 가까워져 오고 있었다.

"어떻게 할 수 없을까!" 그는 집요하게 따지고 들었다. "다음 주 일요일 어디 다른 교회로 간다고 하고서 나랑 만나면 되지 않을까? 그 사람들이 그걸 알까?"

클라이드는 즉시 로버타의 얼굴에 어두운 그림자가 조금 드리우는 것을 보았다. 지금 그는 그녀가 어렸을 때부터 배워 온 어떤 신념 같은 것을 짓밟고 있었기 때문이다.

"아뇨! 난 그런 짓은 하고 싶지 않아요." 그녀는 자못 심각한 표정으로 대답했다. "양심의 가책을 느낄 거예요. 또 옳지 못한 일이고요."

그러자 클라이드는 곧바로 자신이 실수했다고 생각하고는 얼른 그 제안을 취소했다. 조금이라도 그녀의 감정을 해치거나 두려움을 주고 싶지 않았기 때문이다. "아, 알았어. 당신 말대로 해요. 다만 난 당신이 다른 좋은 생각이 떠오르지 않은 것 같아서 그저 그렇게 생각해 봤을 뿐이야."

"어머, 괜찮아요." 로버타는 그가 그녀의 기분을 상하게 한 게 아닌지 걱정하고 있는 것을 눈치채고 부드럽게 말했다. "괜찮아요. 다만 난 그렇게 하고 싶지 않을 뿐이에요. 그럴 순 없잖아요."

클라이드는 머리를 끄덕였다. 어려서 받은 가정 교육을 생각하니 옳지 못한 일을 한 느낌이 들었다.

두 사람은 폰다로 갈 여행 계획 말고는 뾰족한 결론을 내리지 못한 채 테일러 거리 쪽으로 되돌아갔다. 그저 몇 번 키스를 되풀이하고 그녀를 놓아주기 전에 그는 폰다에 가기 앞서 되도록 만날 방법을 서로 생각해 보자고 제안한 것이 고작이었다. 그녀는 잠시 그의 목에 매달려 있다가, 다음 순간 달빛 아래 조그마한 몸을 흔들며 테일러 거리를 따라 동쪽으로 달려갔다.

로버타가 또 한 번 브레일리 부인과의 약속을 핑계대고 만난 것 말고는, 다음 토요일 그녀가 폰다를 향해 떠날 때까지 두 사람은 두 번 다시 만나지 못했다. 클라이드는 미리 정확한 시간을 확인해 두었다가 앞차로 출발하여 서쪽 첫 번째 역에서 로버타와 합류했다. 그 시간부터 그녀가 일곱 시 기차를 탈 때까지 두 사람은 비교적 낯선 이 조그마한 도시의 주변을 이리저리 거닐면서 더할 나위 없이 행복한 시간을 보냈다.

폰다에서 몇 킬로미터 떨어진 곳에 스타라이트라는 유원지에는 선회 비행기, 페리스식 회전 관람차*, 회전목마, 구식 물방아와 댄스홀 같은 시시한 유락 시설 말고도 보트 놀이를 할 수 있는 조그마한 호수가 있었다. 유원지가 으레 그렇듯 호수 한복판의 섬에서는 조그마한 밴드 스탠드가 있었고, 호수 기슭에는 우리에 갇힌 큰 곰이 있어 풍경이 제법 목가적이었다. 로버타는 라이커거스에 온 이후로 주변의 좀 더 요란한 유원지에는 한 번도 가 본 적이 없었다. 그런 유원지들은 이 유원지와 비슷했지만 이곳보다 훨씬 거슬렸다. 그래서 이 유원지를 보자 두 사람은 "어머, 저기 좀 봐!" 하고 환호성을 질렀다. 클라이드도 곧바로 이렇게 덧붙였다. "여기서 내리지 않겠어, 어때? 어쨌든 폰다엔 거의 다 왔어. 여기서 노는 게 더 재미있을 거 같은데."

두 사람은 즉시 그곳에서 내렸다. 로버타는 핸드백을 맡겨 놓고 나서 먼저 소시지를 파는 가게부터 들렀다. 그러고 나서 회전목마가 신나게 계속 돌고 있었으므로 그녀는 클라이드와 함께 목마를 타는 수밖에 없었다. 그들은 신바람이 나서 목마에 올라탔다. 그는 그녀를 얼룩말 위에 올려놓고 나서 그녀의 허리를 껴안을 수 있도록 그녀 옆에 바짝 붙어 앉았다. 두 사람은 놋쇠 고리를 붙잡으려 애썼다.* 모든 것이 극히 평범하고 시끄럽고 천박했지만 두 사람은 누구의 눈에도 띄지 않는 곳에서 상대방을 독차지하고 있다는 사실만으로도 황홀감을 느끼기에 충분했다. 그런데 이런 황홀한 기분은 주위의 너절하고 초라한 경치에는 전혀 걸맞지 않았다. 귀에 거슬리게 요란한 소리를 내며 돌아가는 기계에 몸을 맡긴 채 두 사람은 호수 위에 보트를 띄우고서 한가하게 즐기는 사람들이며, 야한 초록색과 흰색으로 칠한 회전 비행기를 타고서 공중을 돌고 있는 사람들이며, 공중에 매달린 페리스식 관람차의 상자 속에 앉아서 천천히 올라갔다 내려갔다 하는 유람객들을 번갈아 바라보았다.

두 사람은 호수 저쪽의 숲과 하늘을 바라보았고, 댄스홀에서 꿈을 꾸듯 흥겹게 춤을 추는 남녀의 모습을 지켜보았다. 그때 갑자기 클라이드가 그녀에게 물었다. "로버타, 춤출 줄 알아?"

"아니, 못 춰요." 그녀는 조금 아쉬운 듯 대답했다. 마침 그녀도 즐겁게 춤을 추고 있는 행복한 사람들을 부러운 듯이 바라보면서 춤을 배울 기회가 허락되지 못했던 사실을 새삼 서글프게 생각하고 있었다. 춤은 좋지 않은 것인지도 모른다. 교회에선 그런 짓이 분명 나쁘다고 설교했다. 그러나 두 사람이 함께 이곳에 와서 사랑하고 있는 데다 여기 있는 사람들이 모두 더할 나위 없이 즐거워 보이고 초록색과 갈색 댄스홀에서 온갖 색깔의 옷을 입은 사람들이 빙빙 돌아가고 있는 모습을 바라보니 그다지 나쁜 것 같지 않았다. 왜 춤을 춰서는 안 된다는 것일까? 그녀자신과 클라이드 같은 청춘 남녀가 춤을 춰서 안 되는 까닭이 과연 어디에 있단 말인가? 그녀의 남동생과 여동생은 부모가 무슨 말을 하던 기회만 생기면 반드시 춤을 배울 작정이라고 큰소리를 치고 있었다.

"아, 춤추는 게 그렇게 나쁜 건가!" 로버타를 껴안고서 춤을 출 수 있다면 얼마나 기분이 좋을까 생각하며 그가 큰 소리로 부르짖었다. "춤을 출 수만 있다면 참 재미있을 텐데. 배우고 싶다면 몇 분 안에 가르쳐 줄 수도 있어."

"자신 없어요." 로버타는 애매한 말투로 대답했지만 그녀의 눈에는 그의 제안에 귀가 솔깃한 표정이 감돌았다. "그쪽 방면으론 꽤 무딘 편이라. 우리 고향 쪽에선 춤추는 걸 그렇게 좋게 보지 않거든요. 더구나 교회에서도 금하고 있고요. 우리 부모님도 제가 춤추는 걸 좋아하지 않으셔요."

"오, 저런 그게 무슨 바보 같은 소리야!" 클라이드가 바보처럼 멍청하게, 그러면서도 유쾌하게 말했다. "아니, 요즘 세상에 춤을 추지 않는 사람이 어디 있어? 춤추는 게 왜 나쁘다는 거야?"

"아, 저도 알아요." 로버타가 이상야릇한 표정으로 말했다.

"어쩌면 부장님 사회에선 그럴지 모르죠. 하기야 여직공들 대부분도 춤을 추는 것 같고. 부장님처럼 돈 많고 신분이 높으신 분은 무슨 짓을 해도 괜찮겠지만 저 같은 여자는 사정이 다르죠. 부장님 부모님은 우리 부모님만큼 엄격하지 않으신가 보죠."

"아니, 천만에 말씀." '부장님의 사회'니 '부장님처럼 돈 많고 신분이 높으신 분'이니 하는 말을 놓칠 리 없는 클라이드가 껄껄 웃었다.

"글쎄, 자기는 그렇게 생각할지도 모르지." 그가 계속 말을 이었다. "하지만 우리 부모님도 자기 부모 못지않게 엄격하셨어. 아니, 더 완고했을지도 모르지. 그래도 난 춤을 췄지 뭐야. 로버타, 춤추는 게 나쁜 건 아니야. 자, 내가 지금 가르쳐 줄게. 정말 신바람 난다고. 춤추러 가지 않을래?"

클라이드가 한 팔로 그녀를 끌어안고는 눈 속을 들여다보자 그녀는 그에 대한 황홀한 마음에 누그러들었다.

마침 그때 회전목마가 섰고, 두 사람은 이렇다 할 계획이나 제안도 없이 무의식적으로 댄스장이 있는 쪽으로 어슬렁어슬렁 걸음을 옮겼다. 그곳에는 그리 많지는 않았지만 춤에 열중하고 있는 남녀 몇 명이 짝을 지어 쾌활하게 춤을 추었다. 꽤 규모가 큰 악단이 폭스트롯'과 원스텝'의 곡을 연주했다. 댄스장 회전문이 있는 곳에 예쁘장한 아가씨가 앉아 표를 받고 있었다. 남녀 한 쌍이 한번 추는 데 10센트였다. 온갖 다채로운 색깔과 음악과 리드미컬하게 미끄러지듯 춤을 추는 사람들의 모습이 클라이드와 로버타를 매혹시키고도 남았다.

악단의 연주가 끝나고, 춤을 추고 있던 사람들이 밖으로 나왔다. 그들이 나오자마자 곧바로 이번에는 새 댄스를 위한 5센트짜리 입장권을 다시 한 번 팔았다.

"춤출 수 있을 것 같지 않아요." 클라이드가 그녀를 매표소 쪽으로 끌고 가자 로버타는 애원하듯 말했다. "너무 어색할 것 같아요. 정말 한 번도 춤을 춰 본 적이 없거든요."

"어색하다 이거지, 로버타. 그가 큰 소리로 말했다. "아, 그런 말이 어디 있어. 자기처럼 우아하고 멋진 여자 있으면 어디 나와 보라고 해. 두고 봐. 멋지게 추게 될 테니."

클라이드는 이미 입장료를 치렀고, 두 사람은 댄스홀 안으로 들어갔다.

로버타가 라이커거스의 명문 집안의 한 사람이자 돈과 지위가 있는 사람으로 인정했기 때문에 클라이드는 자못 의기양양하게 한구석으로 데리고 가 곧바로 각각의 동작을 설명하기 시작했다. 그다지 어려운 것은 아니었으며, 특히 로버타처럼 처음부터 우아한 동작과 열정을 지닌 젊은 여성은 배우기가 쉬웠다. 일단 음악이 시작되고 클라이드가 그녀의 몸을 끌어당기자 그녀는 힘들이지 않고 위치를 잡고 스텝을 밟았다. 두 사람은 본능적으로 리듬을 타고 춤을 추기 시작했다. 로버타는 그에 이끌려 이리저리 스텝을 밟으며 달콤한 기분에 그만 사로잡히고 말았다. 그녀의 몸이 그의 멋진 율동에 따라 움직이는 것이 아닌가.

"아, 귀여운 아가씨. 당신이 얼마나 춤을 잘 추는지 알아?" 그

가 속삭였다. "벌써 다 배웠어. 이거 놀라운 걸. 믿을 수 없을 정
도야."

두 사람은 다시 한 번 댄스홀을 돌았고, 음악이 멈추기 전에
세 번째로 댄스홀을 돌았다. 이때쯤 로버타는 일찍이 맛본 적이
없는 기쁨에 흠뻑 도취해 있었다. 그녀가 춤을 추고 있다니! 춤
이 이렇게 재미있는 건지 전혀 모르고 있지 않았던가! 그것도
클라이드를 상대로! 그는 날씬하고 멋있었다. 이 댄스홀에 있는
어떤 젊은이보다도 잘생긴 것 같았다. 한편 클라이드는 클라이
드대로 로버타만큼 귀여운 아가씨를 여태껏 본 적이 없는 것 같
았다. 사랑스럽고, 상냥하고, 다소곳했다. 그녀라면 절대로 그
를 이용하려고 들지 않을 터였다. 손드라 핀칠리가 있었지만,
그녀는 그를 거들떠보지도 않으니 차라리 마음속에서 지워 버
리는 게 나았다. 하지만 로버타와 함께 있는 지금도 그는 그녀
를 완전히 잊을 수는 없었다.

다섯 시 반이 되어 손님들이 없자 악단이 연주를 멈추고, "이
다음 연주는 일곱 시 반부터 시작합니다"라는 팻말을 매달았는
데도 그들은 여전히 계속 춤을 추었다. 그러고 난 뒤 아이스크
림소다를 마시고, 대충 식사를 끝마쳤을 때는 시간이 어찌나 빠
르게 지나갔는지 벌써 폰다 역으로 출발해야 할 시각이 되었다.

정거장에 가까워지자 클라이드와 로버타는 이튿날 어떻게 할
까 이런저런 계획을 세우느라 정신이 없었다. 이튿날 로버타는
돌아오기로 되어 있었는데, 일요일 조금 일찍 동생 집을 떠난다
면 그가 라이커거스에서 돌아와 그녀를 만날 수도 있었다. 그렇

게 되면 호머에서 오는 막차가 폰다에 도착하는 열한 시까지는 폰다에서 시간을 보낼 수 있는 셈이었다. 만약 라이커거스행 전차에서 아는 사람을 만나지 않는다고 가정하면, 그녀가 그 기차를 타고 온 척하면서 두 사람은 함께 라이커거스로 돌아올 수도 있으리라.

이렇듯 그들은 약속대로 그 이튿날 만났다. 그리고 그 도시의 어두운 변두리 길을 걸으며 대화를 나누고 장래 이야기를 했다. 로버타는 클라이드에게 빌츠 고향 집 이야기를 조금 들려주었다.

두 사람은 이처럼 사랑을 속삭이고 키스와 포옹으로 직접 애정을 표현하는 것을 제외한다면 가장 큰 문제는 앞으로 어디서 어떻게 만나느냐 하는 일이었다. 그들은 방법을 찾아내야 했고, 로버타가 보기에는 결국 자신이 그 방법을, 그것도 되도록 빨리 찾아내야 할 것 같았다. 클라이드는 되도록 많이 그녀를 만나고 싶어서 조바심치고 있었으면서도 막상 이렇다 할 묘안이 떠오르는 것 같지 않았기 때문이다.

그러나 그녀가 보기에도 그것은 쉬운 일이 아니었다. 또 호머의 여동생 집에 간다거나 빌츠의 부모를 만나러 간다는 구실도 한 달 안으로는 조금 무리였다. 그렇다고 해서 그것 말고 그럴듯한 구실도 없지 않은가? 클라이드는 공장을 비롯하여 우체국, 도서관, YMCA 등에서 새로 친구를 사귀었다는 핑계를 대라고 했다. 그런 핑계를 댄다 해도 두 사람이 함께 지낼 수 있는 시간은 고작 한두 시간밖에 되지 않았다. 클라이드는 지금 같은 주말을 생각하고 있었다. 그런데 여름의 주말은 이제 앞으로 몇 번밖에는 남아 있지 않았던 것이다.

제19장

로버타와 클라이드는 도시를 떠날 때와 마찬가지로 돌아올 때 역시 누구한테도 들키지 않았다고 생각했다. 폰다에서 돌아오는 전차에는 그들이 아는 사람이라곤 하나도 없었다. 로버타가 하숙으로 돌아왔을 때 그레이스는 벌써 잠자리에 들어 있었다. 그레이스는 잠결에 여행에 관해 몇 마디 물었지만 대수롭지 않은 것들이었다. 여동생은 잘 지내고 있어? 온종일 호머에만 있었던 거야? 빌츠나 트리페츠밀스에는 들르지 않았니? 로버타는 줄곧 여동생의 집에만 있었다고 대답했다. 그레이스도 이제 곧 부모를 만나러 트리페츠밀스에 갈 것이라고 했다. 그러더니 그녀는 다시 잠이 들었다.

그러나 이튿날 저녁 식사 때, 전날 폰다에서 로버타가 토요일 오후를 보낸 그 유원지로 놀러 갔다가 아주 늦게 돌아오는 바람에 아침 식사 때 얼굴을 내비치지 않았던 오펄 펠리스와 올리브 포프 두 사람이 자리에 앉아 있다가 로버타가 들어오자 악의는 전혀 없어도 그녀로서는 가슴이 철렁 내려앉는 말을 몇 마디 던졌다.

"아, 돌아왔구면! 스타라이트 유원지에서 재미 보고 돌아온 거야! 이봐, 올든, 그래 춤추는 재미가 어땠어? 우린 너를 봤지만 넌 우리를 보지 못했거든." 로버타가 미처 대답할 말을 찾기도 전에 미스 펠리스가 덧붙였다. "우린 네 눈길을 끌려고 했지만 넌 그 남자 말고는 보이는 사람이 없더군. 춤 솜씨가 제법이던데."

로버타는 이 두 젊은 여성과는 가깝게 지낸 적이 없는 데다 뜻밖에 비밀이 탄로 나자 뭐라고 뻔뻔하게 핑계를 댈 수도, 그렇다고 둘러댈 재치도 없어서 그저 얼굴만 붉혔다. 말문이 막혀 잠시 그저 멍하니 상대를 쳐다보고 있을 뿐이었다. 그러는 동안 주말에는 쭉 동생 집에 있었다고 그레이스에게 둘러댄 말이 머리에 떠올랐다. 식탁 맞은편에 앉아 있던 그레이스는 "아니, 세상에 이럴 수가! 춤을 추었다고! 남자랑!" 하고 소리를 지를 듯 입을 조금 벌리고 그녀를 똑바로 바라보았다. 식탁 윗자리에서는 호기심 많고 깐깐하고 몸이 야윈 조지 뉴턴이 날카로운 두 눈과 코와 뾰족한 턱을 그녀 쪽으로 돌리고 있었다.

그러나 그 순간 로버타는 무슨 말이든 해야겠다는 생각에서 대꾸했다. "아, 그래 맞아. 그곳에 잠깐 들렀어. 여동생 친구들 몇이 그곳에 간다기에 따라갔을 뿐이야." 이렇게 말하고 나서 "하지만 그리 오래 있진 않았어" 하고 말하려다가 입을 다물었다. 바로 그 때 어머니한테서 물려받았고 그레이스 앞에서 보인 적이 있는 그 호전적인 기질이 그녀를 위기에서 구출해 주었다. 도대체 그녀가 원하면 스타라이트 유원지에 가든 말든 무슨 참견이야? 뉴턴 부부나 그레이스, 그 밖의 사람들은 무슨 권리로 그녀에게 따지는 거야? 그녀는 하숙비도 꼬박꼬박 내고 있었다. 그런데도 그녀는 자신이 거짓말한 게 탄로 난 것을 깨달았다. 따져 보자면 그것은 이 집에 살며 일거수일투족을 끊임없이 의심받고 감시받고 있기 때문이 아닌가. 미스 포프가 호기심에 넘친 목소리로 덧붙였다. "그 남자는 라이커거스 사람 같진 않았어. 이 도시 근처에선 본 적이 없거든."

"그래, 맞아. 이곳 사람은 아냐." 로버타는 냉정한 말투로 짤막하게 쏘아붙였다. 그레이스 앞에서 거짓말이 탄로 난 것을 생각하니 온몸이 떨렸다. 그레이스는 남자와 사귀면서 자기에게 숨기고 자기를 배제한 것에 감정이 상했을 게 틀림없었다. 그녀는 지금 당장 자리를 박차고 일어나 두 번 다시 돌아오지 않고 싶은 심정이었다. 그러나 있는 힘을 다해 침착하려고 애쓰면서 한 번도 친하게 사귄 적이 없는 두 여자를 빤히 쳐다보았다. 동시에 로버타는 반항적인 태도로 그레이스와 뉴턴 부부를 바라보았다. 만약 더 이상 말이 나온다면 그녀는 호머에 사는 여동생 친구라며 이름 한둘을 꾸며 댈 작정이었다. 아니, 그보다는 아무런 대꾸를 하지 않는 쪽이 더 좋을 것 같았다. 도대체 무엇 때문에 그런 걸 설명해야 된단 말인가?

그러나 그날 저녁 곧 깨닫게 된 일이지만 로버타는 대답을 거부할 수가 없었다. 식사가 끝난 뒤 그레이스가 곧바로 방에 들어와 비난했던 것이다. "거기 가서 줄곧 여동생 집에 있었다고 하지 않았어?"

"참, 그게 어떻다는 거야?" 로버타는 도전적으로, 심지어 신랄하다 싶을 만큼 대꾸했지만 한마디도 변명하지 않았다. 그레이스는 분명히 도덕적인 이유로 그녀에게 잔소리해 대는 척했지만 실제로는 로버타가 자기와 멀어지고, 따라서 자기를 대수롭지 않게 생각하기 때문이라는 것을 로버타는 잘 알고 있었다.

"앞으로 어딜 가든 누구를 만나든 내게 거짓말할 필요 없어. 나도 너하고는 다니긴 싫으니까. 더구나 네가 어디를 가든, 누구랑 가든 알고 싶지 않거든. 하지만 나한테 말한 거랑 우리 언니와 형부에게 말한 게 다르지 않았으면 좋겠어. 또 네가 내게서 멀어지려 한다거나, 내가 너를 두둔하려고 언니랑 형부에게 거짓말을 한다는 걸 들키고 싶지 않아. 나를 그런 난처한 처지에 놓이게 하지 말란 말이지."

그레이스는 몹시 화가 나고 감정이 상해 싸움을 할 듯한 기세였다. 로버타는 이런 거북한 처지에서 벗어나려면 이 집에서 이사를 하는 방법밖에 없다고 생각했다. 그레이스는 거머리처럼 찰싹 달라붙어 떨어지려 하지 않는 여자였다. 자신만의 삶이라곤 전혀 없고 자신의 생활을 설계할 줄도 몰랐다. 그곳이 어디든 로버타와 가까이 있는 한, 그녀에게 온 힘을 다해 매달려 자기 생각, 자신의 감정을 낱낱이 공유하지 않고서는 못 배겼다. 그런데도 만약 로버타가 그녀에게 클라이드 이야기를 털어놓으면 그녀는 충격을 받고 이러쿵저러쿵 따지고, 결국에는 등을 돌리거나 심지어 비밀을 폭로할 게 분명했다. 그래서 로버타는 이렇게 대꾸할 따름이었다. "아, 그래. 그럼 네 마음대로 해. 난 상관없어. 내키지 않으면 난 아무 말도 하지 않겠어."

그러자 그레이스는 곧바로 로버타가 이제 더는 자기를 좋아하지 않으며 아무 관계도 갖지 않으려 한다고 생각했다. 그녀는 벌떡 자리에서 일어나더니 머리를 곧추세우고 꼿꼿한 자세로 방에서 나가 버렸다. 한편 로버타는 완전히 그녀와는 원수처럼 사이가 벌어졌다는 사실을 깨닫고는 이제 이 집에서 나가야겠다고 다짐했다. 어쨌든 이 집 사람들은 하나같이 너무 옹졸했다. 그 사람들은 어쩌면 그녀와 클라이드의 관계를 이해하지도, 용납하지도 않을 터였다. 두 사람의 교제는 클라이드가 설명한 대로 그에게는 아주 중요한 것이었다. 보기에 따라서는 그녀에게 그런 교제가 문제가 있고 심지어 수치스러운 일이었지만 무척 소중한 것이었다. 로버타는 그를 극진히, 아주 많이 사랑하고 있었다. 그래서 그녀는 자신과 그를 보호할 어떤 방도를 찾아야만 했다. 다른 집으로 이사를 가든지 해야 했다.

그러나 그러기 위해서는 로버타가 생각하는 것 이상으로 용기와 결단력이 필요했다. 낯선 사람의 집에 세를 든다는 것은 보통 일이 아닌 데다 보호를 받지 못하는 일이었다. 더구나 집 생김새도 생각해야 했다. 또 어머니와 여동생에게도 이사에 관해 설명해야 할지도 몰랐다. 그렇다고는 하지만 이런 일이 있고 나서 이 집에 그대로 살 수는 없었다. 뉴턴 부부는 물론이고 그레이스는— 특히 그레이스의 언니인 뉴턴 부인이 그러했지만— '형제'나 '자매'가 죄를 범하는 것을 발견한 초기 청교도'나 친우애' 회원 같은 태도를 취했다. 그녀는 춤을 추었고 그것도 몰래 숨어서 그랬던 게 아닌가! 스타라이트 유원지에 있었다는 사실은 말할 것도 없고 여동생 집에 간다고 해 놓고 젊은 남자와 함께 있었던 사실도 충분히 설명되지 않은 부분이었다. 더구나 로버타는 감독관 같은 위압적이고 불만에 찬 그레이스의 태도는 말할 것도 없고 앞으로 틀림없이 감시가 따를 것이므로 그녀가 간절히 바라는 만큼 클라이드와 만날 기회가 거의 없을 것 같다는 생각이 들었다. 그녀는 이틀 동안 가슴을 태우다가 클라이드와 상의했다. 그랬더니 클라이드는 그녀가 감시를 당하지 않아도 될 만한 집으로 곧바로 옮기는 게 좋겠다고 찬성했다. 그녀는 공장에 한두 시간 외출 허가를 받아 뉴턴 부부나 뉴턴 씨 집에서 알고 지낸 그 밖의 사람들을 만날 기회가 가장 적은 도시의 남동쪽 지역을 골라 한 시간 남짓 돌아다닌 결과 마음에 드는 방 하나를 발견했다. 엘름 거리에 있는 오래된 벽돌집으로, 가구상 주인 부부와 두 딸이 살고 있었다. 그런데 큰딸은 지방에서 모자 가게를 하고 있었고, 다른 딸은 아직 학교에 다니고 있었다. 이 집에서 세를 놓을 방은 작은 현관 오른쪽 아래층에 있었는데 길거리가 내려다보였다. 이 똑같은 현관에서 떨어진 곳에 문 하나가 있어 집의 다른 곳을 통하지 않고서도 출입을 할 수 있었다. 그녀는 여전히 클라이드와 몰래 만나고 싶었기 때문에 이 사실은 중요했다.

더욱이 로버타가 이 집 안주인 길핀 부인과 이야기를 나누면서 알아낸 일이지만, 이 집은 뉴턴 씨 집처럼 엄격하다거나 남의 일에 참견하는 그런 곳이 아니었다. 길핀 부인은 몸집이 크고 소극적이고 몸단장이 깔끔했으며, 나이는 오십 전후로 그다지 야무져 보이지는 않았다. 부인 이야기로는 별로 살림이 궁색하지 않은 터라 하숙을 치거나 셋방을 놓을 필요는 없었다. 그러나 다른 방과 좀 떨어져 있는 현관 옆에 있는 방은 별로 사용하지 않아 남편과 의논한 끝에 세를 놓기로 했다는 것이다. 그리고 로버타처럼 회사에 나가는 사람으로— 남자가 아니라 젊은 여자로 말이다 — 아침과 저녁은 가족들과 함께 식사할 수 있는 사람을 원하던 참이라고 했다. 부인은 로버타의 가족과 친척 같은 것에 관해서는 한마디도 묻지 않았으며, 다만 그녀의 외모가 마음에 든다는 듯 흥미 있는 눈초리로 그녀를 쳐다볼 뿐이었다. 그래서 로버타는 뉴턴 씨 집처럼 까다로운 가정이 아니로구나, 하고 생각했다.

　그러나 로버타는 막상 이런 식으로 이사한다고 생각하니 마음이 께름칙했다. 이렇게 남의 눈을 피해 몰래 일을 진행하는 것이 그녀가 생각하기에도 떳떳하지 못하고 심지어 죄스러운 느낌마저 들었다. 게다가 이 도시에서 알고 지낸 유일한 친구인 그레이스 마와 다투고 헤어져야 했고 그 때문에 뉴턴 씨 부부하고도 헤어져야 했다. 로버타는 자신이 이 도시에 와 있는 것이 전적으로 그레이스 덕분이라는 것을 잘 알고 있었다. 만약 그녀의 부모나 호머에 사는 여동생이 그레이스가 아는 누군가로부터 이 소문을 듣게 된다면 아마도 그녀가 이런 식으로 라이커거스에서 혼자 사는 것을 이상하게 생각할지도 모르지 않는가? 이렇게 하는 게 과연 잘하는 짓일까? 라이커거스에 온 지 얼마나 됐다고 이렇게 해도 되는 것일까? 그녀는 지금껏 흠잡을 데가 없던 가치 기준이 허물어지고 있는 듯한 느낌이 들었다.

그러나 지금은 클라이드가 있었다. 어떻게 그를 단념할 수 있단 말인가?

숱한 마음의 갈등을 겪은 끝에 로버타는 그를 도저히 단념할 수 없다는 결론에 이르렀다. 마침내 그녀는 마음을 정하고는 보증금을 치르고, 며칠 안으로 이사 오기로 약속한 뒤 다시 공장으로 돌아갔다. 그날 저녁 식사가 끝난 뒤 그녀는 뉴턴 부인에게 집을 옮기겠다고 통고했다. 얼마 전부터 남동생과 여동생을 이 도시로 불러 함께 살아야겠다고 생각하고 있었는데, 동생 중 하나나 둘 다 곧 올 것 같으니 준비를 해 놓는 게 좋을 것 같다고 미리 궁리한 대로 설명했다.

뉴턴 부부와 그레이스도 로버타가 최근 이성 교제를 시작하여 그 때문에 그레이스의 곁을 떠나고 싶어 한다고 느끼고 있었으므로 별로 아쉬워하지 않았다. 분명히 로버타는 지금 그들로서는 도저히 용납할 수 없는 어떤 모험에 빠져들고 있었다. 또 그녀는 그들이 맨 처음 생각하고 있었던 만큼 그레이스에게 도움이 될 것 같지도 않았다. 어쩌면 그녀는 트리페츠밀스에서 보낸 정숙한 생활과는 거리가 먼 쾌락을 추구함으로써 잘못된 길에 들어서고 있는지도 몰랐다.

한편 로버타 자신도 일단 집을 옮기고 새로운 환경에 자리를 잡고 보니 (클라이드와 좀 더 자유롭게 만날 수 있다는 사실을 접어 두고라도) 자신이 취한 행동에 의혹을 품지 않을 수 없었다. 정말로 어쩌면 홧김에 너무 서둘러 집을 옮긴 것 때문에 후회하게 될지도 몰랐지만 이미 저지른 일이니 이제는 어찌할 수 없는 노릇이었다. 그래서 당분간 새집에서 살아 보기로 마음먹었다.

무엇보다도 양심의 가책을 달래기 위해 로버타는 어머니와 여동생에게 편지를 보내 뉴턴 집에서 나올 수밖에 없었던 사연에 대해 그럴듯한 이유를 늘어놓았다. 그녀는 그레이스가 너무 소유욕이 강하고 고집이 세고 이기적으로 변한 바람에 참을 수 없게 되었다고 했다. 그렇다고 어머니는 걱정할 필요가 없다고 덧붙였다. 좋은 집에 이사 와서 살고 있기 때문이다. 독방을 사용하고 있으므로 톰과 에밀리 또는 어머니나 애그니스가 이곳을 방문할 때는 묵을 수도 있다고 전했다. 또한 식구들이 방문하면 길핀 씨 부부에게 소개하겠다는 말에 이어 길핀 씨네 이야기를 덧붙였다.

그런데도 이런 모든 일과 관련하여 로버타의 마음 한구석에는 클라이드와 그녀의 관계에 관한 한, 실제로 그녀는 지금 불장난을 하고 있으며 어쩌면 세상 사람들로부터 지탄받게 될지도 모른다는 생각이 자리 잡고 있었다. 이 무렵 그녀가 처음 이 방을 보았을 때 다른 방과는 기하학적으로 동떨어진 위치에 있다는 것이 그녀에게는 아주 중대한 의미가 있다는 사실을 의식적으로 직시하지 않으려 했지만, 의식 밑바닥에서 그녀는 그 사실을 충분히 깨닫고 있었다. 지금 자신이 걷고 있는 길이 위험하다는 것을 그녀도 잘 알고 있었다. 그러나 욕망이 실용적인 감각과 사회 윤리와 갈등을 일으키는 순간, 그녀는 자주 자신에게 물어보곤 했다. 그렇다면 도대체 어떻게 하면 좋단 말인가?

제20장

    로버타와 클라이드 두 사람이 몇 주 동안 도시와 도시를 오가
는 철도를 이용해 이곳저곳에서 편리하게 만나면서 알게 된 일
이지만, 그들에게는 여전히 해결해야 할 문제가 남아 있었다.
그중에서도 로버타와 클라이드 두 사람이 그녀의 방을 어떻게
함께 사용할 수 있을 것인지 하는 문제가 가장 심각했다. 클라
이드는 지금껏 로버타에 품고 있는 의도가, 흔히 젊은이가 젊은
여자에게 사회적 인습에 따라 품고 있는 의도와 어떤 식으로든
다르다고 공개적으로 시인한 적은 한 번도 없었다. 그러나 로버
타가 이 방으로 옮기고 난 뒤부터 그는 그 이상으로 무엇인가를
바라며 끈질기고 어쩌면 비난을 받아야 할, 그러면서도 도저히
피할 수 없는 인간적인 욕망을 느꼈다. 그는 로버타와 좀 더 가
깝게 친해지고 그녀의 마음과 행동을 지배하여 완전히 자기 것
으로 만들고 싶었다. 그러나 어떻게 그녀를 자신의 것으로 만든

단 말인가? 결혼하고, 그에 따라 평범하고 인습에 따라 결혼 생활을 통해서일까? 그는 지금껏 그렇게까지 하고 싶다고 생각해 본 적이 한 번도 없었다. 이 도시의 그리피스 집안 같은 상류 사회의 여자들이나(이를테면 손드라 핀칠리나 버타인 크랜스턴 따위의 여자들 말이다) 이곳 그리피스 집안보다 사회적 신분이 낮은 로버타나 어떤 여자를 희롱 삼아 연애하다가 결혼하는 게 바람직하다고 생각해 본 적이 없었다. 그것은 최근에 만난 친척의 태도, 또 그들의 사회적 지위 때문이었다. 만약 그들이 이 사실을 알게 된다면 어떻게 생각할까? 이 도시에 오기 전이라면 몰라도 지금 그는 사회적으로 로버타 같은 부류보다는 높은 위치를 차지하고 있었고, 따라서 마땅히 그런 사회적 위치 덕을 보아야 했다. 더구나 이 도시에는 그를 알고 있는 사람들, 적어도 말을 건넬 수 있는 사람들이 많았다. 한편 그녀의 성품에 끌린 탓에 클라이드는 그녀가 자기에게는 어울리지 않는다거나 비록 결혼한다 해도 불행해질 것이라고 지금 당장은 말할 수 없었다.

사태를 어렵게 만드는 또 다른 일이 있었다. 그것은 찬 바람이 불고 밤에 서리가 내리는 가을이 점점 가까워지고 있다는 사실이었다. 이미 10월 초엽이 다가오자 9월 중순까지 즐길 만했고 라이커거스로부터 비교적 안전한 거리에 있던 야외 유원지 대부분이 벌써 문을 닫고 있었다. 또 가까운 도시에 댄스홀이 있지만, 그녀가 그런 곳을 좋아하지 않았기 때문에 춤도 당분간은 출 수 없었다. 그렇다고 라이커거스의 교회나 영화관, 레스토랑은 클라이드의 신분 때문에 어떻게 모습을 드러낸단 말인가? 그런 곳에 갈 수 없다는 데는 두 사람의 생각이 같았다. 행동에 제약을 받지 않는 그녀지만 그래도 두 사람의 관계를 속여 그가 길핀 씨 집으로 그녀를 찾아가지 않는 한, 두 사람이 갈 만한 곳은 이제 그 어디에도 없었다. 그러나 그녀가 그런 생각을 하지 않으리라는 것은 그도 잘 알고 있었고, 그 역시 처음에는 차마 그 말을 꺼낼 용기가 나지 않았다.

로버타가 이사 온 지 6주쯤 지난 10월 초의 어느 날 밤, 그들은 어느 길거리 끝자락에 있었다. 별이 얼어붙고 공기가 차가웠다. 나뭇잎은 물들어 갔다. 일찌감치 마른 잎은 벌써 떨어져 가고 있었다. 로버타는 해마다 이맘때면 입는 초록색과 크림색 줄무늬 7부 코트를 입고 있었다. 갈색 가죽 단을 두른 갈색 모자를 쓰고 있었는데 디자인이 그녀에게 여간 잘 어울리지 않았다. 그들은 처음 만난 후로 줄곧 지치지 않는 열정으로 몇 번씩이나 거듭거듭 키스했다. 오히려 키스의 열기가 점점 더해 가는 것 같았다.

"이제 날씨가 점점 추워지지?" 클라이드가 물었다. 시간이 벌써 밤 열한 시로 바람이 차가웠다.

"네, 그러네요. 이제 곧 두꺼운 외투를 입어야 할 것 같아요."

"이제부턴 우리 어떻게 하지? 이제는 갈 데도 별로 없고, 그렇다고 매일 밤 이렇게 길거리를 걸어 다니는 것도 그렇고. 내가 가끔 길핀 씨 집으로 찾아가는 방법은 없을까? 지금 집은 뉴턴 씨 집과는 다르잖아."

"아, 그건 그렇지만. 그 집 식구들은 밤 열 시 반이나 열한 시까지 거실에 있는걸요. 게다가 두 딸 모두 열두 시까진 아무 때나 들락날락하는 데다 거실에 있을 때도 있어요. 그러니 나로서는 어쩔 수 없어요. 게다가 부장님은 그런 식으로 나랑 함께 있는 걸 누구에게 들킬까 봐 걱정이라고 말씀하신 것 같은데. 만약 그 집에 와도 집안 사람에게 소개하지 않을 수도 없잖아요?"

"아, 내가 한 말은 그런 뜻이 아니야." 클라이드는 뻔뻔스럽게, 그러면서도 로버타가 너무 융통성이 없으며, 정말 그를 좋아한다면 자신에 대한 태도를 좀 누그러뜨릴 절호의 기회라고 생각하면서 말했다. 만약 정말로 자기를 사랑하고 있다면 이렇게 중대한 시기에 좀 더 대담하게 행동해도 좋을 법한 일이 아닌가. "그저 잠깐 들르는 게 뭐가 나쁘지? 그 집 식구들이 알 리 없잖아." 그러고 나서 그는 시계를 꺼내 성냥을 그어 시간을 보았다. 열한 시 반이었다. 그녀에게 시간을 보여 주었다. "지금쯤은 거실에 아무도 없을 거 아니겠어?"

로버타는 그럴 수 없다고 고개를 내저었다. 생각만 해도 무섭고 속이 메스꺼웠다. 그런 말을 하는 클라이드가 너무 당돌해 보였다. 더구나 그의 제안에는 지금껏 마음속에 있었지만 직면하고 싶지 않았던 남모를 두려움과 강렬한 욕망이 내포되어 있었다. 뭐랄까 죄스럽고 천박하고, 두려운 감정 말이다. 그녀는 그런 짓은 하고 싶지 않았다. 그것만은 분명했다. 그러나 동시에 그녀의 내면에서는 그동안 억압받고 두려움의 대상이었던 강렬한 욕망이 제발 들여보내 달라고 쿵쿵쿵 노크를 해 대고 있었다.

"안 돼요, 절대로 안 돼요. 그렇게 할 순 없어요. 그건 옳지 않아요. 그러고 싶지도 않고요. 누군가에게 들킬지도 몰라요. 누군가가 부장님을 알아볼지도 모르잖아요." 순간 도덕적인 혐오감이 너무 커서 그녀는 무의식중에 그의 품에서 빠져나오려고 했다.

클라이드는 그녀의 갑작스러운 반항이 꽤 심각하다는 것을 느꼈다. 그만큼 더 그는 당장 손에 넣을 수 없는 것을 손에 넣고 싶다는 욕망에 사로잡혔다. 그래서 그녀를 유혹하기 위한 달콤한 구실이 계속 그의 입에서 튀어나왔다. "아, 이런 늦은 밤에 어떻게 사람 눈에 띈다는 거야? 근처에 아무도 없잖아. 잠깐 자기 방에 들르자는데 뭐가 어때서? 우리가 하는 말을 듣는 사람도 없을 거야. 큰 소리로 말할 필요도 없어. 봐, 길거리에 개미 새끼 한 마리 없잖아. 집 쪽으로 걸어가 어디 깨어 있는 사람이 있는지 알아보자고."

로버타는 지금껏 그 집에서 한 블록 이내 구역 안에 한 번도 그를 들어오게 한 일이 없었기 때문에 신경질적이고 완강하게 거절했다. 그러나 이번에는 클라이드도 쉽게 물러설 것 같지 않았다. 연인인 동시에 상사인 그에게 위압을 느끼던 로버타는 집에서 몇 미터 앞까지 함께 걸어간 다음 거기서 걸음을 멈췄다. 개 짖는 소리 말고는 쥐 죽은 듯 주위가 고요했다. 집에서는 전혀 불빛이 보이지 않았다.

"저 봐, 모두들 자고 있잖아." 클라이드가 안심시키려는 듯 말했다. "잠깐 들어가지 못할 까닭이 없잖아? 누가 알겠어? 별로 큰 소리를 낼 것도 아니고. 게다가 도대체 뭐가 잘못됐다는 거야? 다른 사람들도 다 그러는데. 자기가 원할 때 잠깐 남자를 방에 들이는 게 그리 큰 잘못은 아니잖아."

"아, 그런가요? 당신 부류 사람들에겐 그럴지도 모르죠. 하지만 난 뭐가 옳다는 건 알아요. 그건 옳은 일이라는 생각이 들지 않아요. 그러니 난 그렇게 하지 않겠어요."

로버타는 이렇게 말하고 나자 가슴이 철렁 내려앉았다. 클라이드를 만나고 나서 그 앞에서 자신의 개성과 도전적인 태도를 보인 것이 처음이었기 때문이다. 그녀는 자신이 그 앞에서 이런 태도를 보이리라고는 상상도 하지 못했다. 그녀는 적잖이 덜컹겁이 났다. 그녀가 이런 식으로 말한다면 그는 그녀를 그다지 좋아하지 않을 수도 있었다.

클라이드의 얼굴이 순간 어두워졌다. 그녀는 왜 이런 식으로 행동하는 것일까? 너무 조심스럽고 두려워하는 나머지 사소한 삶의 쾌락을 아예 경계하는 것은 아닐까. 다른 여자들은 그렇지가 않았다. 리터나 공장의 다른 여직공들은 달랐다. 로버타는 그를 사랑하고 있는 척했다. 물론 길거리 끝자락의 나무 그늘 밑에서 포옹하거나 키스해도 싫다고 하지 않았다. 그러나 조금이라도 깊고 친밀해지려고 하면 허락하지 않으려 했다. 도대체 어떻게 된 여자일까? 그러니 그녀를 쫓아다녀 봐도 결국 아무 소용이 없는 것이 아닐까? 온갖 계략으로 피하던 호튼스 브릭스의 전철을 밟는 것이 아닐까? 죽도록 사람의 애만 태우게 하고 결국 끝까지 몸을 허락하지 않은 호튼스. 물론 로버타는 호튼스와는 전혀 다른 여자였지만 고집이 센 것은 서로 같았다.

그녀는 클라이드의 얼굴을 볼 수 없었지만 그가 화를 내고 있다는 것만은 알 수 있었다. 그가 화를 내는 것은 이번이 처음이었다.

"그래, 좋아. 아가씨가 싫다면 할 수 없지." 클라이드가 냉정한 말투로 내뱉었다. "나도 달리 갈 곳이 없는 건 아냐. 하지만 아가씨는 내가 원하는 걸 하고 싶어 한 적이 단 한 번도 없어. 도대체 우리가 어떻게 하면 좋다는 거지? 밤마다 길거리를 싸다닐 수도 없는 노릇이고." 그의 말투는 어둡고 불길했으며, 그 어느 때보다 시비조인 데다 매서웠다. 또한 얼마든지 갈 데가 있다고 한 말은 로버타에게 충격적인 데다 몹시 어리둥절하게 만들어 지금까지 느끼던 기분이 순식간에 달라졌다. 그 말은 그가 가끔 만나는 상류 사회 여성들을 두고 한 것이 아닌가! 공장에서도 그에게 늘 추파를 던지려는 여직공들이 얼마든지 있지 않은가! 로버타는 여공들이 그러려는 것을 자주 보아 왔다. 그런 여자 중에는 천박하지만 꽤 예쁘게 생긴 루자 니코포리치가 있었다. 또 저 플로러 브랜트도 있지 않은가! 그리고 아, 마서 보달루도! 그런 형편없는 여자들이 클라이드처럼 멋진 남자를 쫓아다닌다고 생각하니 정신이 그만 아찔했다. 그런 이유로 그가 그녀를 너무 융통성 없고 상류 사회에서 익숙해진 경험이나 대담성이 없는 여자로 간주하여 공장의 다른 여자 중 하나에 관심을 돌리지 않을까 걱정되었다. 그렇게 되면 그녀는 그를 잃고 말

터였다. 생각이 거기에 미치자 그녀는 덜컥 겁이 났다. 그래서 도도하던 태도가 금방 애걸하는 태도로 바뀌고 말았다.

"아, 제발, 클라이드, 화를 내지 말아요. 난들 그렇게 하고 싶은 생각이 왜 없겠어요. 이 집에서는 그런 짓을 할 수 없잖아요. 왜 그걸 모르세요? 아시잖아요. 반드시 들키고 말 거예요. 만약 누군가가 우리를 보거나 자기를 알아본다면 어떻게 하겠어요?" 그녀는 애원하듯 말하면서 한 손으로 그의 팔에 매달린 뒤 그의 허리를 감았다. 조금 전에 그녀가 완강히 거절했으면서도 고통스러울 정도로 자기를 걱정해 주고 있다는 것을 그는 알 수 있었다. "제발 제 방에 들어오게 해 달라는 부탁은 하지 마세요." 그녀는 애원하는 목소리로 덧붙였다.

"그렇다면 왜 뉴턴 씨 집에서 나오려고 했지?" 그가 퉁명스럽게 물었다. "가끔 한 번씩 이 집에 오게 해 주지 않는다면 이제 우리가 갈 곳이라곤 없어. 아무 데도 없다고."

이 말을 듣자 로버타는 잠시 생각에 잠겼다. 분명히 두 사람의 관계는 인습적인 테두리 안에서 계속 유지될 수 있을 것 같지 않았다. 그렇다고 그의 뜻에 따를 수도 없는 노릇이었다. 그것은 인습에서 벗어나도 한참 벗어나는 일이고 비도덕적이며 타락한 일이었다.

"이리로 이사 온 거야 토요일과 일요일에 자유롭게 함께 놀러 다니기 위해 한 거로 생각했죠." 로버타는 그를 달래듯 힘없이 말했다.

"하지만 지금은 토요일과 일요일에 어디를 갈 수 있어? 어디를 가나 문을 닫았는데."

그러자 로버타는 늘 두 사람을 괴롭히던 딜레마에 부딪쳐서 할 말을 잃고 말았다. 그녀는 그저 이렇게 무의미하게 내뱉을 수밖에 없었다. "아, 나도 그 방법을 알면 얼마나 좋을까요."

"아, 그거야 자기가 마음만 먹으면 쉬운 일이지 뭐야. 하지만 하고 싶지 않으니 늘 그런 거지."

로버타는 집 근처에 서 있었고, 밤바람이 마른 잎사귀를 흔들어 바삭바삭하는 소리를 내고 있었다. 이제껏 그와 사귀면서 그녀가 두려워하던 문제가 마침내 들이닥친 게 분명했다. 그동안 올바른 가정 교육을 받아 온 그녀가 과연 지금 그가 제안하는 대로 할 수 있을까? 그녀의 마음속에서는 상반되는 두 힘이 서로 그녀를 차지하려고 다투고 있었는데 두 힘 모두 강력하고 집요했다. 한쪽에는 도덕적·사회적 감정에 아무리 어긋나더라도 따르고 싶은 욕망이 자리 잡고 있었고, 다른 한쪽에는 무모하고 부자연스러운 제안을 단호하게 거절하고 싶은 욕망이 자리 잡고 있었다. 그러나 그의 제안을 뿌리치고 싶으면서도 그에 대한 어쩔 수 없는 애정 때문에 그녀는 상냥하게 애원하는 말을 내뱉을 수밖에 없었다.

"그건 안 돼요, 클라이드. 그렇게 할 순 없어요. 할 수만 있다면 나도 그렇게 하고 싶어요. 그건 옳지 못한 짓이에요. 나도 그럴 수만 있다면 그렇게 하겠어요. 하지만 안 돼요." 그녀는 어둠 속에 달걀 모양으로 흐릿하게 떠 있는 그의 얼굴을 쳐다보며 자신의 간청에 동정해 주는지 쳐다보려 했다. 그러나 보기 좋게 거절당한 데 화가 난 그는 좀처럼 마음을 누그러뜨리려고 하지 않았다. 호튼스 브릭스에게 관심을 기울이다가 맛본 일련의 좌절감이 떠올랐다. 이제는 두 번 다시 그런 꼴을 당하고 싶지 않았다. 그녀가 끝까지 이런 식으로 나온다면 그렇게 하도록 그냥 내버려 둘 수밖에는 별 도리가 없지 않은가. 자신은 물러서고 말이다. 그에게는 이보다 잘해 줄 여자들이 많이 — 그것도 아주 많이 — 얼마든지 있었다.

클라이드는 즉시 짜증난다는 듯 어깨를 으쓱하고는 몸을 홱 돌려 그녀 곁을 떠나려고 했다. 그러면서 한마디 내뱉었다. "아, 좋아. 자기가 그렇게 생각한다면." 그러자 로버타는 망연자실한 채 겁에 질려 그 자리에 멍하니 서 있었다.

"가지 마세요, 클라이드. 제발 나를 떠나지 마세요." 그녀는 도전과 용기가 깊은 슬픔으로 바뀌면서 갑자기 애처롭게 호소했다. "제발 부탁이에요, 클라이드. 당신을 무척 사랑해요. 할 수 있는 일이라면 왜 그렇게 하지 않겠어요? 그건 당신도 알고 있잖아요."

"물론 알고말고. 그러니 자기가 말하지 않아도 돼." 그가 이런 태도를 보이는 것은 호튼스와 리터와의 경험 때문이었다. 그는 몸을 비틀어 그녀의 팔을 뿌리치고는 어두운 거리를 성큼성큼 걸어가기 시작했다.

두 사람 모두에게 고통스러운 이 갑작스러운 사태에 어안이 벙벙해진 로버타는 "클라이드!" 하고 외쳤다. 그러고 나서 그가 걸음을 멈추고 그녀의 호소에 귀를 기울여 주기를 바라면서 그의 뒤를 조금 쫓아 달려갔다. 그러나 그는 뒤도 돌아보지 않았다. 오히려 빠른 걸음으로 성큼성큼 계속 걸어갈 뿐이었다. 지금 이 순간 그녀가 할 수 있는 일이란 그의 뒤를 쫓아가지 말고 필요하다면 완력으로라도 그를 붙드는 것밖에는 없었다. 그녀의 클라이드가 아니던가! 그녀는 그의 뒤를 쫓아가다가 갑자기 걸음을 멈췄다. 그 순간 남에게 애걸하고 간청하고 타협하는 태도를 보이는 게 태어나서 처음이라는 생각에 그만 발걸음이 떨어지지 않았다. 한쪽에서는 그녀가 받은 보수적인 교육이 이런 식으로 자신을 낮추지 말라고, 결연한 자세를 취하라고 부추기고 있었다. 그러나 다른 한쪽에서는 사랑과 이해와 우정을 갈구하는 욕망이 때를 놓쳐 그를 잃기 전에 어서 빨리 그의 뒤를 쫓아가라고 부추기고 있었다. 그의 잘생긴 얼굴과 아름다운 손. 아름다운 눈. 그의 발소리가 점점 멀어져 가고 있었다. 그러나 지금까지 그녀의 정신을 지배하고 있던 인습의 힘은 너무 커서 가슴은 무척 아팠지만 이 두 상반된 힘은 팽팽하게 평형을 이루고 있었다. 그녀는 이제 더 앞으로 나아갈 수도 없고, 그렇다고 가만히 서 있을 수도 없어 잠시 멈춰 섰다. 두 사람의 다정하던 관계에 갑자기 균열이 생긴 사실을 이해할 수도, 견딜 수도 없었다.

로버타는 고통으로 가슴이 미어지는 듯하고 입술이 새파래졌다. 몸이 마비된 것처럼 말을 잊은 채 그 자리에 서 있었다. 목구멍에서 자꾸 솟구치는 클라이드라는 이름도 입 밖에 낼 수 없었다. 그녀는 다만 마음속으로 '아, 클라이드, 제발 가지 말아요!

아, 제발 가지 말아요!' 하는 말을 되뇔 뿐이었다. 그러나 그는 이미 그녀가 불러도 들리지 않을 곳에 가 있었다. 화가 나서 성큼성큼 걷는 발걸음 소리만이 점점 멀어져 끝내 그녀의 귓가에 고통스럽게 들리고 있었다.

그녀에게 처음으로 사랑의 비수가 갑자기 섬광처럼 반짝이며 그녀의 눈을 멀게 하고 붉은 피를 토하게 했다.

제21장

그날 밤 로버타의 마음은 쉽게 설명할 수 없었다. 그녀가 지금 느끼는 것은 뼈에 사무치는 고통스럽고 참된 사랑이었고, 젊은 마음에 그것은 감당하기 어려운 것이었다. 더구나 이 사랑에는 클라이드가 이 도시에서 가진 물질적·사회적 지위와 관련하여 지나치게 과장된 환상이 덧칠해져 있었다. 그것은 그가 지금껏 이룩한 일과는 아무 관계가 없는, 그로서는 어찌할 수 없는 사람들의 억측과 소문에 기초를 둔 환상이었다. 그에 반하여 로버타의 집안과 그녀의 개인적인 처지는 너무나 보잘것없었다. 클라이드를 떠나서는 어떤 장래도 보장할 수 없었다. 그런데 지금 그녀는 그와 말다툼을 하여 결국 그를 화난 상태에서 떠나가게 해 버린 것이다. 한편 그는 그녀의 양심으로서는 도저히 용납할 수 없는 곤란하고 끔찍하게 방종한 짓을 하도록 그토록 강하게 밀어붙이기 시작하지 않았던가? 이제 어떻게 하면 좋단 말인가? 도대체 무슨 말을 할 수 있단 말인가?

로버타는 생각에 젖어 천천히 옷을 벗고는 큼직한 구식 침대에 가만히 몸을 눕히면서 컴컴한 방에서 혼자 중얼거렸다. "그래, 그런 짓은 하지 않을 거야. 해서는 안 돼. 정말로 안 돼. 만약 그런 짓을 하면 난 정말로 나쁜 계집애가 되고 마는 거야. 아무리 그 사람이 원해도, 거절하면 영영 헤어지겠다고 위협해도 그런 짓은 절대로 해서는 안 돼. 내게 그런 걸 요구하는 그가 도리어 부끄러워해야 할 거야." 그러면서도 동시에 그녀는 이런 상황에서 다른 방도가 없지 않은가 하고 자신에게 묻곤 했다. 남에게 들키지 않고 만날 수 있는 장소가 방밖에는 없다고 한 클라이드의 주장에도 일리가 있었다. 회사의 규칙은 너무 불공평했다. 그런 규칙이 아니더라도 그리피스 집안사람들은 클라이드가 신분이 낮은 여자와 사귀는 것을 탐탁지 않게 생각할 것이다. 이 점에서는 뉴턴 부부와 길핀 집안사람들도 상대가 클라이드라는 것을 알게 되면 역시 탐탁하게는 생각하지 않을 것이다. 만약 이런 소문이 그 사람들 귀에 들어간다면 그녀도, 그도 두 사람 모두 상처를 입게 될 것이 뻔했다. 그녀는 그에게 상처를 입힐 짓은 하고 싶지 않았다. 하늘이 두 쪽 나도 말이다.

이때 로버타에게 떠오른 생각은 이 문제를 해결하기 위해 다른 회사로 직장을 옮겨야겠다는 것이었다. 그러나 이 문제는 그가 그녀의 방에 오고 싶어 하는 좀 더 다급하고 친밀한 문제와는 이렇다 할 관계가 없어 보였다. 직장을 옮기게 되면 종일 그를 볼 수 없었다. 오직 밤에만 만날 수밖에 없을 것이다. 그것도 밤마다 만날 수는 없을 것이다. 그래서 그녀는 직장을 옮기는 일은 생각하지 않기로 했다.

이와 동시에 로버타에게 먼동이 터 아침이 오게 되면 클라이드가 또다시 공장에 나올 것이라는 생각이 문득 떠올랐다. 그는 그녀에게 말을 건네려고도 하지 않을 것이며, 그녀 또한 그에게 말을 건네는 일이 없다고 가정해 보라. 그것은 있을 수도 없는 일이 아닌가! 말도 안 되는 일이 아니던가! 또 얼마나 끔찍한 일일까! 이런 생각이 머릿속에 떠오르자 그녀는 침대에서 벌떡 일어나 앉았다. 그러자 무관심하고 냉랭한 클라이드의 환영이 그녀의 눈앞에 떠올랐다.

그 순간 로버타는 부리나케 침대에서 뛰어내려 방 한가운데에 매달려 있는 백열전구를 켰다. 그리고 나서 방 한쪽 구석에 있는 오래된 호두나무 옷장 위에 달린 거울 앞에 서서 자기 모습을 물끄러미 들여다보았다. 눈 밑에 벌써 보기 흉한 검은 반점이 보이는 것 같았다. 그녀는 전신이 마비되고 몸에 한기를 느끼면서 절망적으로 마음이 심란해져 머리를 가로저었다. 그 사람이 그렇게까지 비열할 리가 없지 않은가! 지금에 와서 그녀에게 그렇게까지 잔인하게 굴 리 없었다. 아니면 그럴 수 있지 않을까? 아, 지금 그가 그녀에게 요구하고 있는 것이 얼마나 곤란한 것인지, 얼마나 무리한 것인지 알아준다면 얼마나 좋을까? 아, 어서 빨리 날이 밝아서 그의 얼굴을 다시 볼 수 있었으면! 아, 또 밤이 와서 그의 손을, 그의 팔을 잡고 그의 품에 안길 수 있다면 얼마나 좋을까!

"클라이드, 클라이드!" 로버타는 그렇게 크지 않은 목소리로 그의 이름을 불렀다. "설마 내게 그런 짓을 하진 않겠죠. 그럴 순 없어요."

로버타는 방 한가운데 놓인 조그마한 테이블 옆에 자리한, 퇴색해서 볼품없고 속을 두툼하게 넣은 낡은 의자로 다가갔다. 테이블에는 『새터데이 이브닝 포스트』, 『먼세이스』, 『포플러 사이언스 먼슬리』, 『비비의 원예용 씨앗』 같은 책과 잡지가 어지럽게 흩어져 있었다. 심란한 마음과 고통스러운 생각을 떨쳐 버리려고 그녀는 의자에 앉아 팔꿈치를 무릎 위에 세우고는 두 손으로 턱을 고였다. 그래도 고통스러운 생각은 떠나지 않고 한기를 느끼던 그녀는 침대에서 이불을 가져다 몸을 감싸고는 다시 원예 카탈로그를 펼쳤지만 곧 던져 버리고 말았다.

'아냐, 아냐, 절대 아냐. 그 사람이 나한테 그런 짓을 할 리 없어. 그러지 않을 거야.' 그녀는 그렇게 하도록 허용해서는 안 되었다. 아니, 그가 그녀를 좋아한다고, 미치도록 사랑한다고 수없이 말하지 않았던가? 두 사람은 함께 멋진 장소들을 찾아다니지 않았던가!

로버타는 무의식중에 의자에서 벌떡 일어나 침대 끝으로 가서 팔꿈치를 무릎에 괴고 두 손으로 턱을 고이고 앉았다. 거울 앞에 서기도 하고, 아침이 밝아 오는 기미가 보이지 않나 해서 안절부절못하면서 창밖의 어둠 속을 들여다보기도 했다. 여섯 시가 지나고 여섯 시 반이 되자 훤히 먼동이 트기 시작했고, 이제는 옷을 갈아입어야 할 시간이 다가오고 있었다. 그러나 그녀는 여전히 의자와 침대 가장자리, 방 한구석의 거울 앞에 서 있었다.

그녀가 얻은 결론은 오직 한 가지, 즉 어떻게 해서라도 클라이드에게 버림을 받아서는 안 되겠다는 것이었다. 그런 일은 있을 수 없었다. 무슨 말이나 행동을 하든 그가 여전히 자신을 사랑하도록 해야 했다. 비록, 비록 말이다, 이 집에 가끔 들르도록 허용하는 한이 있어도. 이 집이 아니라면 다른 하숙집의 방이라도 구해 미리 오빠니 뭐니 하고 적당한 구실을 붙여 그곳으로 그를 불러들일 수도 있을 터였다.

그러나 클라이드의 마음을 지배하고 있는 기분은 그런 것과는 다른 성질의 것이었다. 그의 감정, 갑자기 생긴 고집스럽고 투쟁적인 감정을 완전히 이해하려면 캔자스시티에서 호튼스 브릭스를 아무 보람 없이 춤을 추러 따라다니던 시절로 돌아가야 한다. 또 리터를 아무것도 얻는 것 없이 단념해야 했던 것도 고려해야 한다. 물론 현재의 조건과 상황은 그때와는 달랐고, 또 호튼스한테서 부당한 대우를 받았다고 해서 무턱대고 로버타를 탓할 도덕적 근거는 없었다. 그렇지만 여자들이란 하나같이 고집 세고 자기 방어심이 강하며 자신들이 늘 보통 남자들과 다르거나 그들보다 낫다는 태도를 취하게 마련이었다. 그래서 남자들에게서는 온갖 것을 바라면서도 자신들은 남자들에게 그 보답으로 무얼 해 주겠다는 마음은 없었다. 래터러도 여자에 관한 한 그가 어리석은 편이어서 너무 쉽게 속마음을 드러내 여자에게 반했다는 사실을 알게 해 준다고 늘 말하지 않았던

가. 또 래터러의 말대로라면 클라이드는 잘생겼으니 — 훌륭한 '상품'을 가지고 있으니 — 여자들 쪽에서 간절히 바라지 않는다면 늘 그들 엉덩이 뒤를 줄줄 따라다닐 필요가 없었다. 이런 래터러의 생각과 찬사가 이 무렵 클라이드의 마음에 깊이 아로새겨 있었다. 호튼스와 리터의 일이 완전히 실패로 끝났기 때문에 지금 클라이드는 전보다 훨씬 더 신중했다. 그런데도 그는 지금 호튼스와 리터의 관계에서 맛보았던 패배를 다시 반복할 것 같은 위험에 놓여 있었다.

동시에 클라이드는 로버타에게 부당하고 장래에 위험할지도 모를 관계로 치닫고 있다는 자책감을 느끼지 않을 수도 없었다. 만약 그녀가 편견과 가정 교육 때문에 악한 행동이라고밖에 생각할 수 없는 관계를 추구할 경우 앞으로 그녀 쪽에서 그가 쉽게 무시할 수 없는 요구를 해 올지도 모른다는 불길하고도 막연한 생각이 들었다. 뭐니 뭐니 해도 가해자는 결국 그 자신일 뿐 그녀가 아니기 때문이다. 이런 사실 때문에, 또한 어떤 결과가 일어나던 그녀는 그가 줄 수 있는 이상의 것을 요구할지도 모르지 않는가? 그의 마음속 한구석에는 로버타와 결혼할 의사가 전혀 없다고 확실히 말해 주는 그 무엇이 도사리고 있었다. 이 도시에 살고 있는 사회적 신분이 높은 친척 때문에라도 그럴 수는 없는 노릇이었다. 그러니 그녀에게 요구하는 것을 계속 밀고 나갈 것인가? 아니면 여기서 그만둘 것인가? 만약 그가 계속 밀고 나간다면 장차 있을 어떤 요구도 미리 방지하려는 욕구를 피할 수 있을까?

클라이드는 마음속 깊은 곳에 자리한 그런 감정을 뚜렷하게 인식한 것은 아니었지만 어쨌든 그의 감정은 대충 그런 것이었다. 하지만 로버타의 기질적·육체적 매력에 너무나 마음이 끌려 있던 그로서는 그런 요구를 밀고 나가면 위험하다고 속삭이는 내면의 경고에도 불구하고 만약 그녀가 그를 방에 오게 하지 않는다면 그녀와의 관계를 끊겠다고 계속 다짐했다. 그녀에 대한 욕망이 그처럼 강력했던 것이다.

결혼을 염두에 두든 두지 않든 남녀가 처음 결합하는 경우에 곧잘 일어나게 마련인 이런 갈등은 이튿날 공장에서도 계속되었다. 어느 쪽도 입을 열지 않았다. 클라이드는 로버타에게 열렬한 사랑을 느끼면서도 아직 깊은 관계에 빠진 것은 아닌 만큼, 타고난 이기적이고 야심적이며 탐욕스러운 성격으로 버티고 모든 충동을 눌러 버리려 했다. 그는 단호하게 감정이 상한 태도를 보이면서 그녀 쪽에서 먼저 양보하여 그의 마음을 풀어 주지 않는 한 절대로 친근한 태도를 취하지 말자고 굳게 결심하고 있었다.

클라이드는 그날 아침 전날 밤 있었던 일과는 아무 상관 없는 것처럼 무척 바쁜 사람의 표정과 태도로 스탬프실로 들어갔다. 그러나 그런 태도는 전혀 효과가 없을 것만 같아 그는 내심 우울하고 심사가 뒤틀렸다. 방금 작업실로 들어온 로버타가 창백한 얼굴에 표정이 멍하기는 해도 전처럼 매력 있고 활기에 넘쳐 있는 것을 보니 지금 당장은 말할 것도 없고 결국 성공하리라는 확신이 서지 않았다. 이제 그가 생각했던 만큼 그녀에 대해 잘 알고 있다고 자부하고 있는 그로서는 어쩌면 그녀 쪽에서 먼저 무릎을 꿇을지 모른다는 막연한 기대에 자신을 맡길 수밖에 없었다.

클라이드는 그녀가 보지 않을 때 몇 번이나 그녀 쪽으로 눈길을 보냈다. 그녀 쪽에서도 처음에는 그가 보고 있지 않을 때 그를 쳐다보았다. 나중에는 그의 시선이 직접 자기에게 쏠려 있든 쏠려 있지 않든 자기에게 관심을 두고 있는 것이 확실한 것 같다고 느껴져 마음이 놓였지만, 그렇다고 아는 척하는 기색은 그의 얼굴에서 찾아볼 수 없었다. 더구나 그녀를 견딜 수 없이 실망스럽게 한 것은, 그가 일부러 그녀를 무시하기로 작정하고 있을 뿐만 아니라, 그가 두 사람이 서로 관심을 둔 이후 처음으로 노골적이진 않았지만 적어도 눈에 띌 정도로 의도적으로 다른 여직공들에게 관심을 보이기 시작했다는 점이다. 그 여직공들은 그에게 늘 관심이 있었고, 언제든지 그가 조금이라도 먼저 수작을 걸어오면 무슨 일이라도 그가 하자는 대로 하려고 호시탐탐 기회를 넘보고 있다는 걸 로버타는 진작부터 알고 있었다.

클라이드는 루자 니코포리치의 어깨를 바라보고 있었고, 그녀는 납작코에 턱이 못생긴 통통한 얼굴에 애교를 띠고 그를 쳐다보고 있었다. 두 사람이 싱겁게 미소를 짓는 것으로 보아 그는 그녀에게 작업과는 별로 상관없는 말을 건네고 있는 게 분명했다. 또 그는 잠깐 마서 보달루 옆에 서 있었는데, 프랑스 여자다운 통통한 어깨와 겨드랑이까지 드러낸 팔이 그의 팔 옆에 놓여 있었다. 살집이 있는 데다 누가 봐도 이국적인 정취를 띠고 있지만, 여전히 대부분의 사내가 좋아할 매력이 충분히 있는 여자였다. 클라이드는 그녀와 시시덕거렸다.

조금 뒤 그의 상대는 지극히 관능적이고 생김새도 괜찮은 미국 여자인 플로러 브랜트로 바뀌어 있었다. 클라이드가 전에도 가끔 그녀를 은근히 염두에 두고 있었다는 것을 로버타도 잘 알았다. 하지만 로버타는 그가 그런 여자들에게 관심을 두고 있으리라고는 한 번도 생각해 본 적이 없었다. 그가 아는 클라이드만큼은 절대로 그럴 리가 없었다.

그러나 클라이드는 지금 그 여자들과 명랑하게 이야기를 나누고 즐거운 표정을 지으면서도 로버타 쪽으로는 시선 한 번 주지 않았다. 아, 이 얼마나 무정한가! 얼마나 잔인한가! 그에게 추파를 던지며 노골적으로 그녀로부터 그를 빼앗아 가려는 여자들 모두가 한없이 미웠다. 아, 어쩌면 이리 끔찍한 꼴이란 말인가! 클라이드는 확실히 그녀가 싫어진 게 틀림없었다. 그렇지 않고서는 어떻게 그렇게 할 수가 있을까. 결국 두 사람은 사랑하고 서로 키스를 나눈 사이가 아니었던가.

클라이드에게도 로버타에게도 고통스러운 시간이 지루하게 흘러갔다. 몽상에 관한 한 클라이드는 열광적이고 다급한 성격이어서 야심 있는 사내들이 특히 그러하듯 지연이나 실망을 참아내지 못했다. 그래서 한 시간, 한 시간 지나면서 어쩌면 로버타를 잃게 되거나 아니면 그녀를 도로 찾기 위해서는 결국 그녀의 뜻에 따르는 수밖에 없겠다고 생각하자 무척 괴로웠다.

로버타는 로버타대로 몹시 괴로워하고 있었다. 이제는 그의 뜻에 따를 것인지(이제 이 문제는 그녀에게 별로 큰 걱정거리

가 아니었다) 하는 문제보다도 일단 그의 뜻에 따르면 방 안에
서 클라이드가 과연 조심스럽게 행동하는 것으로 만족할 것인
지 어떨지 하는 점이 더 문제였다. 그런 행동만으로 그가 그녀
와 다정한 관계를 유지해 줄 것인가. 그녀로서는 그 이상은 허
락할 수 없었다. 절대로 말이다. 그러나 지금 그녀는 불안에 떨
고 있지 않은가. 그의 무관심한 태도가 그녀의 가슴을 쥐어뜯었
다. 한 시간은커녕 단 일 분도 참을 수 없었다. 그래서 그녀는 오
후 세 시쯤 화장실로 가서 마루에 떨어져 있는 종잇조각을 주워
마침 가지고 있던 연필로 짧게 편지를 썼다.

클라이드

제발 내게 화를 내지 말아 주세요. 제발 부탁이에요. 내 쪽
을 보고 내게 말을 건네주세요. 어젯밤 일은 정말 미안합니다.
정말로 사과드립니다. 괜찮으시다면 오늘 밤 여덟 시 반에 엘
름 거리 끄트머리에서 만나고 싶습니다. 할 얘기가 있어요. 그
러니 꼭 나오세요. 화가 나 있더라도 제발 나를 쳐다보고 나오
겠다고 말을 하세요. 실망하지 않을 거예요. 당신을 진심으로
사랑합니다. 그건 당신도 잘 알고 있을 겁니다.

서글픈 마음으로

로버타 올림

고통스럽게 아편을 찾는 중독 환자와 같은 마음으로 로버타

는 가까스로 쪽지를 접어서 작업실로 돌아가면서 클라이드의 책상으로 다가갔다. 그때 그는 책상 위에서 몸을 굽히고 전표를 정리하는 중이었다. 재빨리 그 옆을 지나가면서 그녀는 쪽지를 그의 손안에 틀어넣었다. 그러자 순간 그는 얼굴을 쳐들었고, 그의 눈에는 종일 그에게서 떠나지 않았던 고통과 불안과 불만과 결의가 뒤섞인 표정이 서려 있었다. 그러나 쪽지와 멀어져 가는 그녀의 뒷모습을 바라보자 클라이드는 즉시 긴장이 풀리고 어리둥절하면서도 만족과 기쁨을 느꼈다. 그는 쪽지를 펴서 읽었다. 그러자 순간 따뜻하면서도 몸을 아주 나른하게 하는 어떤 빛이 그의 몸을 휘감았다.

한편 로버타는 작업대로 돌아오자 누구에게 들키지나 않았나 하고 긴장되고 불안한 눈으로 조심스럽게 주위를 살펴보았다. 그러나 다음 순간 클라이드가 그녀 쪽으로 얼굴을 돌리고는 정복감과 굴복감이 뒤섞인 눈으로 그녀를 쳐다보며 입술에 미소를 머금고 기쁜 듯이 빙그레 웃으며 머리를 끄덕이는 것을 보자 그녀는 마치 그때까지 꼭 눌려 있던 심장과 신경이 갑자기 풀어지는 것처럼 현기증이 나는 듯했다. 말라붙은 늪지, 마를 대로 말라 땅이 갈라진 둑과 같은 그녀의 영혼이, 물이 말라 버린 개울과 시내와 호수 같은 비참한 마음이 갑자기 용솟음치는 생명과 사랑의 힘으로 흘러넘쳤다.

클라이드는 그녀를 만나 줄 것이다. 두 사람은 오늘 밤 만날 것이다. 그는 전에 그랬던 것처럼 그녀를 껴안고 키스해 줄 것이다. 그녀는 그의 눈을 빤히 들여다볼 수 있을 것이다. 이제 그들은 두 번 다시 싸우지 않을 것이다. 아, 피할 수만 있다면, 질대로 그렇게 하지 않을 것이다.

제22장

    좀 더 친밀한 형태로 새로운 관계를 정립하고 저항을 이겨 내고 망설임을 극복하고 난 뒤에 오는 경이로움과 황홀함이란! 낮에는 상대방이 더 깊은 친밀한 관계를 바란다는 것을 알면서도 그것에 부질없이 저항하다가 결국에는 그것을 받아들인 뒤, 두 사람은 두려움을 간직한 열병 같은 간절한 마음으로 다가오는 밤을 기다렸다. 로버타로서는 불안한 마음으로 또 얼마나 몸부림을 치며 반항했던가. 클라이드는 클라이드대로 유혹이라는 죄악과 배신을 범하고 있다고 의식하면서도 얼마나 단호한 의지를 보였던가. 그러나 일단 고비를 넘기자 두 사람은 그저 미친 듯 충동적인 쾌락에 휩싸였다. 그래도 로버타는 그 전에 무슨 일이 있어도(걷잡을 수 없는 강렬한 관계가 자연스럽게 몰고 올 결과 말이다) 그가 절대로 자기를 버려서는 안 된다는 취지로 다짐을 받아 내고 있었다. 그의 도움 없이는 그녀는 속수무책이었기 때문이다. 물론 그렇다고 결혼에 대한 직접적인 언급은 없었다. 한편 클라이드로서는 욕망에 완전히 압도되고 노예가 되어 결코 그런 일은 없을 것이라고 — 절대로 없을 것이라고 — 생각 없이 단언했다. 비록 마음속에는 결혼 생각이 전혀 없으면서도 그는 적어도 그것만은 그녀가 믿어도 된다고 했다. 절대로 그런 짓은 하지 않겠다고 말이다. 대낮이면 로버타가 아무리 생각에 잠겨 자책한다 해도, 밤이면 밤마다 당분간은 모든 양심의 가책을 떨쳐 버리고 두 사람은 서로에게 완전히 몸을 던져 버렸다. 그러고 나면 그들은 아무 거리낌 없이 미친 듯 그 일의 희열에 대해 상상했다. 그러면서 하루하루 지루한 낮이 끝나고 모든 것을 감춰 주며 보상해 주는 열띤 밤이 오기를 학수고대하고 있었다.

로버타는 이런 짓이 엄청난 죄악 — 지옥에 떨어질 무서운 죄악* — 이라고 통렬하게 확신하고 있었고, 클라이드도 부모한테서 결혼의 성스러운 영역 밖에서 이루어지는 유혹과 간음의 죄에 관해서 귀가 따갑도록 들어 왔기 때문에 그녀와 똑같은 느낌이었다. 로버타는 초조한 마음으로 막연한 장래를 바라보며 만약 클라이드가 마음이 변하거나 그녀를 저버리면 어찌하나 걱정하고 있었다. 그러나 밤이 돌아오면 그녀의 마음은 또다시 흔들려 어디엔가 밀회 장소로 클라이드를 만나러 달려갔다. 그러고 난 뒤 밤이 이슥해지는 것을 기다렸다가 불도 켜지 않은 그녀의 방으로 몰래 들어갔고, 그 방은 다시는 찾아오지 못할 더할 나위 없이 행복한 낙원이 되었다. 청춘의 열기란 그토록 걷잡을 수 없고 막을 수 없는 것이었다.

클라이드는 다른 회의나 두려움이 없는 것도 아니었지만 로버타가 갑자기 그의 욕망 앞에 몸을 내던지게 되자 그동안 열병에 걸린 것처럼 지내 왔지만 이제 처음으로 자신이 세상 물정을 아는 사람, 제법 여자를 알기 시작한 사람이 되었다고 느낄 때가 가끔 있었다. 그는 표정이나 태도에서 마치 이렇게 말하는 것 같았다. '자, 보라! 이제 나는 몇 주 전의 그런 경험 없고 무시당하던 바보 천치가 아니라 제법 세상을 아는 중요한 인간이다. 내 주변에 있는 건방진 젊은 사내들이나 쾌활하게 추파를 던지며 수작을 거는 젊은 여자들보다 못할 게 뭐가 있단 말이냐? 내가 원한다면 — 내가 지금보다 덜 성실하다면 — 못할 게 뭐가 있단 말이냐?' 그래서 호튼스 브릭스와 최근의 리터와의 관계에서 얻게 된, 여자에 관한 한 서툴거나 운이 없다는 생각은 잘못된 것이었음이 입증되었다. 여러 번 실패를 거듭했고 욕망을 억제했어도 그는 결국 돈 후안˚이나 로사리오˚와 같은 부류에 속하는 젊은이였다.

지금 로버타가 이런 식으로 기꺼이 클라이드의 요구에 몸을 바치고 있다면 그녀처럼 행동할 다른 여자들도 얼마든지 있지 않을까?

이런 변화 때문에 클라이드는 그리피스 집안사람들이 여전히 무관심한 태도를 보였지만 이제까지보다 훨씬 더 거드름을 피우며 돌아다녔다. 그리피스 집안사람들이나 그들과 관계가 있는 사람 중 누구도 그를 인정해 주지 않았지만 그는 때때로 거울을 들여다보면서 전에 느끼지 못한 자신감과 확신을 느꼈다. 로버타는 이제 자신의 장래가 전적으로 클라이드의 의지와 기분에 달려 있다는 생각에서 될 수 있는 대로 그의 비위를 맞추고 그의 뜻에 따르려고 애쓰고 있었다. 그녀가 생각하는 올바른 생활 규범에 따르면, 그녀는 이제 모든 아내가 남편에게 예속되어 있듯이 오직 그 남자 한 사람만이 원하는 대로 행동해야 했다.

클라이드는 그 후 얼마 동안 무시당한 처지를 잊고 장래를 별로 생각하는 일 없이 오직 로버타에게 관심을 쏟는 일에 몰두하고 있었다. 다만 어쩌다가 가끔 그를 괴롭히는 걱정이 있다면, 그에게 온갖 정성을 쏟는다는 것을 고려할 때 그녀가 처음부터 그에게 말한 것처럼 나중에 무엇인가 일이 잘못되어 난처하게 되지나 않을까 하는 점이었다. 그러나 그는 그 문제를 너무 깊이 생각하지는 않았다. 지금 그의 곁에는 로버타가 있지 않은가. 두 사람이 알고 있거나 추측하기에는 그들의 관계는 은밀한 비밀이었다. 이 의심스러운 밀월의 쾌락은 지금 그 절정에 이르고 있었다. 상쾌하고 따스하게 햇볕이 내리쬐는 11월과 12월초의 하루하루가 정말 마치 꿈처럼 지나갔다. 따분하고 틀에 박힌, 초라하고 저임금에 시달리는 일상 세계 한복판에서 황홀한 낙원처럼 보낸 시간이었다.

한편 그리피스 집안사람들은 6월 중순부터 도시를 떠나 있었고, 그들이 떠난 후로 클라이드는 그들이 자기 삶과 이 도시의 삶에서 의미하는 바를 생각하고 있었다. 가끔 그 저택의 앞을 지나가다 보면 정원사들과 운전기사와 하인의 모습이 보일 뿐문이 굳게 닫혀 있어 조용한 집은 그에게는 마치 신전과도 같았다. 그것은 그가 어떤 행운을 얻어 도달해 보고 싶은 상류 사회의 상징이었다. 그는 아직도 언젠가는 눈앞에 펼쳐져 있는 그런 호사스러움을 어떤 식으로든지 누려야 한다는 희망을 끝내 버릴 수 없었다.

그러나 그리피스 집안사람들, 그들과 사회적으로 대등한 사람들이 라이커거스 밖에서 지내는 활동에 관해서 클라이드는 가끔 두 지방 신문 사교란에서 읽은 기사 말고는 아는 게 거의 없었다. 이 신문들은 이 도시의 유명 인사의 동정을 아첨하듯 보도하고 있었다. 클라이드는 로버타와 함께 사람 눈에 띄지 않는 유원지로 놀러 가 있을 때조차 신문에 보도된 대로 멋진 피서지에서 길버트 그리피스가 호화로운 자동차를 몰고 있는 모습이며, 벨라와 버타인과 손드라가 춤을 추고 달빛 아래 카누를 타고 테니스를 하고 말을 타는 모습을 상상해 볼 때가 가끔 있었다. 그럴 때면 클라이드는 견딜 수 없을 만큼 가슴이 아팠고, 새삼 뚜렷하게 대조되는 자신과 로버타와의 관계를 가끔 생각해 보지 않을 수 없었다. 그녀는 누구던가? 뭐니 뭐니 해도 결국 한낱 여직공에 지나지 않지 않은가! 농사짓는 부모의 딸로 생존을 위해 일할 수밖에 없는 여자였다. 한편 그는―그는 말이다―아, 운만 조금 따라 준다면! 이 도시에서 좀 더 나은 삶을 바라던 꿈이 이것으로 모두 끝나고 마는 것인가?

가끔 침울한 기분이 들 때, 특히 그녀와 한바탕 정사(情事)를 치르고 나면 클라이드는 그런 생각에 빠졌다. 사실 로버타는 그와는 신분이 달랐다. 적어도 그가 열렬히 동경하고 있는 그리피스 집안의 신분과는 하늘과 땅 차이였다. 그러나 「스타」지의 사교 기사를 읽고 나서 그가 어떤 기분을 느꼈든 간에 로버타에게 이끌리는 기분이 아직은 식지 않았기 때문에 그는 미모와 쾌락과 감미로움의 관점에서 보면 로버타를 여전히 아름답고 소중하고 무척 가치 있는 여자라고 생각했다. 그런 속성과 매력이야말로 어떤 향락의 대상으로 가장 잘 들어맞는 것이었다.

그러나 그리피스 집안사람들과 그 친구들이 도시로 돌아오고 라이커거스가 또다시 일 년 중 적어도 7개월 동안 사업과 사교 분위기를 되찾아 전처럼 활기를 띠자 클라이드는 전보다도 한층 더 그쪽에 정신이 팔렸다. 와이키지 애비뉴와 그 인접 길을 따라 늘어서 있는 호화로운 저택들! 그곳에 사는 사람들의 유별나고 멋진 활동과 생활이 두드러지게 눈에 띄었다. 아, 그 자신도 그 사회의 일원이 될 수 있다면 얼마나 좋을까!

제23장

    11월의 어느 날 저녁 클라이드는 이 도시에서 유명한 센트럴 애비뉴 바로 서쪽에 위치한 와이키지 애비뉴를 걷고 있었다. 센트럴 애비뉴는 그가 페이턴 부인 집으로 이사 온 이후 출퇴근할 때 지나가는 큰 거리였다. 그때 한 사건이 ─ 앞으로 클라이드나 그리피스 집안사람들이 예측할 수 없는 일련의 사건을 초래할 사건이 ─ 일어났다. 어쨌든 그때 그의 가슴속에는 젊음과 야망이 넘치는 노래, 저물어 가는 한 해마저 음산하기는커녕 오히려 유쾌함을 강조하는 듯한 노랫소리가 울리고 있었다. 그는 좋은 자리에 있었고, 주위 사람들에게 존경을 받고 있었다. 그리고 방세와 밥값을 제외하고도 일주일에 15달러 넘는 돈을 자기와 로버타를 위해 쓸 수 있었다. 물론 그 수입은 그린데이비슨이나 유니온리그에서 벌던 액수에는 미치지 못했지만, 이제는 가난한 가족의 생계를 걱정할 필요도 없었고 또 고독을 괴로워할 필요도 없었다. 더구나 남몰래 그에게 모든 것을 바치는 로버타가 있었다. 다행스럽게도 그리피스 집안사람들은 그 사실을 알지 못했고, 또 알아서는 안 되었다. 귀찮은 문제가 생기면 어떻게 그것을 피할 것인지 하는 문제는 있었지만 그는 그런 것을 애써 생각하려고 하지 않았다. 그는 눈앞에 닥친 일이 아니면 좀처럼 신경을 쓰려 하지 않는 성격이었다.

그리피스 집안 식구들과 그 친구들은 클라이드를 사교적으로 인정해 주려 하지 않았지만, 이 지방의 사교계와 직접 관계가 없는 다른 사람들과 그를 아는 사람들은 점점 그를 인정해 주기 시작했다. 바로 이날만 해도 그해 봄에 부장으로 승진한 데다 새뮤얼 그리피스가 지나가는 길에 걸음을 멈추고 그와 이야기를 나눴기 때문에 회사 상근 부사장 중 하나인 루돌프 스밀리 씨가 그에게 우연이지만 자못 정중하게 골프를 칠 줄 아느냐고 물으며, 만약 칠 수 있다면 봄에 아모스키그 클럽에 가입하지 않겠느냐고 물었다. 이 클럽은 이 도시에서 반경 8킬로미터 이내에 있는 일류 클럽 두 군데 중 하나였다. 그것은 스밀리 씨가 그를 장래 사교계의 한 사람이 될 인물로 생각하고 있다는 증거가 아니겠는가. 또한 스밀리 씨뿐만 아니라 다른 많은 회사 사람들도 그를 회사는 아니더라도 그리피스 집안에서 중요한 인물로 인식하기 시작했다는 증거가 아니겠는가.

이런 생각과 더불어 오늘 밤에도 저녁을 먹은 후 열한 시나 그보다 일찍 로버타의 방에서 그녀를 만날 생각을 하니 클라이드는 기분이 좋아 상쾌하게 발걸음을 옮겼다. 로버타와의 이런 밀회를 거듭하는 동안 두 사람은 자신들도 모르는 사이 점점 더 대담해졌다. 그들은 아직 한 번도 들킨 일이 없었기 때문에 앞으로도 발각되는 일이 없으리라고 생각했다. 또 설사 발각된다고 하더라도 클라이드를 오빠나 사촌 오빠라고 소개해서 우선은 스캔들을 막을 수 있을 터였다. 뒤에 두 사람이 의논해서 결정한 것이지만, 만약 소문이 나거나 발각되는 것을 막기 위해서는 나중에 로버타가 다시 자취방을 옮겨 밀회를 계속할 수도 있었다. 그것은 어려운 일이 아니었고, 적어도 자유롭게 서로 만날 수 없게 되는 것보다는 나았다. 그래서 로버타도 그것에 동의할 수밖에 없었다.

그러나 이때 클라이드의 생각을 전혀 딴 방향으로 쏠리게 하는 사건 하나가 일어났다. 마침 와이키지 애비뉴의 좀 더 화려한 저택 중 첫 번째 집 앞에 이르렀을 때 — 물론 그는 그 집에 누가 사는지 전혀 알 수 없었다 — 그는 높다란 철책과 그 안에 가로등이 희미하게 비치고 있는 손질이 잘된 잔디밭을 호기심 있게 바라보았다. 잔디밭 위에는 갓 떨어져 수북이 쌓인 낙엽이 짓궂은 바람에 여기저기 흩날렸다. 하나같이 더할 나위 없이 위풍당당하고 평온하고 차분하며 아름답게 느껴져서 그는 그 품위와 호화로움에 그만 압도되고 말았다. 그가 조명등 두 개가 주위를 밝히고 있는 중앙 정문에 다가갔을 때 크고 단단하게 생긴 유개차 한 대가 바로 그 앞에 멈춰 섰다. 운전기사가 내려 차문을 여는 순간 그 안에서 몸을 앞쪽으로 기울이고 앉아 있는 손드라 핀칠리의 모습이 보였다.

"데이비드, 옆문으로 돌아가서 미리엄에게 말해 줘요. 난 지금부터 트럼불 씨 댁 만찬에 가는 길이니까 기다릴 수 없다고요. 하지만 아홉 시까지는 돌아올 수 있다고요. 만약 미리엄이 없거든 이 편지를 거기 놓고 빨리 돌아와요." 그 음성과 태도는 지난봄에 그의 호기심을 불러일으켰던 것처럼 오만하면서도 호감이 가는 데가 있었다.

손드라는 그때 길버트 그리피스가 길을 따라 걸어오는 것으로 생각하고 큰 소리로 불렀다. "아, 오빠. 오늘 저녁 산책하는 거예요? 조금만 기다려 주면 나랑 같이 타고 나갈 수 있어요. 데이비드에게 쪽지를 들려 보냈거든요. 금방 나올 거예요."

그런데 손드라 핀칠리는 벨라와 그리피스 집안의 부와 명성에 관심이 있었지만 길버트에게는 그다지 호감이 없었다. 그녀가 그의 마음을 끌려고 한 처음부터 그는 그녀에게 무관심했고 그런 태도는 변함이 없었다. 그녀의 자존심을 상하게 했던 것이다. 허영심과 자부심으로 똘똘 뭉친 손드라에게 그것은 용납할 수 없는 모욕이 아닐 수 없었고, 그녀로서는 도저히 용서할 수 없는 일이었다. 그녀는 다른 사람이, 특히 벨라의 오빠처럼 거만하고 냉정하고 자기중심적인 사람이 자아를 고집하려는 것을 참을 수도, 참을 생각도 없었다. 그녀가 보기에 자기 자신을 과대평가하는 길버트는 허영심이 너무 강해 다른 사람과 친하게 사귈 수 없는 사내였다. '흥! 저 멋대가리 없는 사람!' 손드라는 늘 그를 그렇게 생각하고 있었다. "대단한 사람이라도 된다고 생각하는 모양이지? 괜히 잘난 척이나 하고. 남이 보면 록펠러나 모건 같은 사람으로 보겠는걸. 내가 보기엔 눈곱만큼도 재미없어 보이는데 말이지. 하지만 벨라는 마음에 들어. 예쁜 데다 똑똑하기까지 해. 마음씨가 귀여워. 하지만 저 잘난 체하는 남자는 딱 질색이야. 여자가 받들어 주기를 바라는 것 같아. 하지만 난 아니야." 다른 사람들의 입을 통해 길버트가 이런 행동을 했다, 저런 말을 했다는 소식을 들으면 손드라는 대개 이렇게 말했다.

길버트는 길버트대로 벨라한테서 손드라의 행동과 허세와 야심에 관한 이야기를 전해 듣고는 이렇게 내뱉곤 했다. "뭐, 별 볼일 없는 계집애! 제가 대단하다고 생각하는 모양이지. 저런 건방 떠는 계집애를 봤나……!"

그러나 라이커거스의 상류 사회는 워낙 좁고 그 구성원이 될 만한 수도 제한되어 있어 '내부' 사람들은 다른 '내부' 사람들을 최대한 서로 활용하는 것이 필요할뿐더러 의무처럼 되어 있었다. 그래서 지금 그녀는 그를 길버트로 생각하고 소리를 질렀던 것이다. 손드라가 그가 앉을 자리를 내주려고 문 쪽에서 조금 비켜 앉을 때 이 뜻밖의 사태에 어안이 벙벙해진 클라이드는 걸음을 멈추고 장승처럼 우뚝 섰다. 그러고는 잘못 들은 게 아닌지 생각하며 다가가는 그의 모습은 마치 혈통 좋고 온순한 개가 주인의 비위를 맞추려고 일부러 애교를 부리는 꼴과 거의 같았다.

"아, 안녕하십니까?" 클라이드는 모자를 벗고 허리를 굽히며 큰 소리로 인사했다. "안녕하세요?" 이렇게 인사를 하는 동안 그는 이 여자가 틀림없이 몇 달 전 큰아버지 집에서 만났고 지난 여름 신문에서 사교 활동에 대해 읽었던 그 아름다운 손드라라고 머릿속에 떠올리고 있었다. 지금 멋진 자동차 안에 앉아 그에게 말을 건네고 있는 그녀는 전처럼 여전히 사랑스러웠다. 그러나 손드라는 순간 누군가를 길버트로 오인했다는 사실을 깨닫자 매우 당황하며 어떻게 해야 이 곤란한 상황에서 벗어날 수 있을지 망설이고 있었다.

"어머, 실례했어요. 클라이드 그리피스 씨로군요! 이제 알겠네요. 내가 실수한 거예요. 길버트로 착각했어요. 어두워서 잘 알아보지 못했네요." 순간 그녀는 당황해서 어쩔 줄 모르는 것 같았다. 그런 태도에서 그는 그 자신에게도 유쾌할 리 없고 그녀에게도 무안한 실수를 저질렀다는 것을 알 수 있었다. 그래서 당황한 나머지 그는 얼른 자리를 뜨고 싶었다.

"아, 죄송합니다. 괜찮습니다. 방해하려는 생각은 없었습니다. 다만 그저……." 그는 얼굴을 붉히고 허둥지둥 뒷걸음쳤다.

그러나 손드라는 클라이드가 그의 사촌보다도 훨씬 더 매력 있고 겸손하며 분명히 자기의 미모와 사회적 지위에 적잖이 관심을 보이는 것을 곧 알아차리자 마음을 누그러뜨리고 상냥한 미소를 보냈다. "천만에요! 어때요? 가는 곳까지 데려다드릴게요. 자, 차에 타세요. 태워 드리고 싶어요."

손드라는 자신의 실수로 그를 착각했다는 것을 알아차린 순간, 그가 마음이 상하고 창피와 실망을 느꼈다는 것을 그의 태도에서 알 수 있었다. 그의 눈에 기분이 상했다는 표정이 감돌

앗고, 입가에도 머뭇머뭇 사과하는 듯한 서글픈 미소가 비쳤다.

"네, 그럼요, 물론이죠." 그가 불쑥 말했다. "그래 주신다면. 저도 사정을 이해합니다. 괜찮습니다. 하지만 꼭 그렇게까지 하실 필요는 없습니다만. 제 생각엔……." 그는 가려고 몸을 반쯤 돌렸지만 어쩐지 그녀한테 끌려 차마 떠나지 못하고 있었다. 그러자 그녀가 다시 입을 열었다. "자, 어서 타세요, 그리피스 씨. 타면 좋겠어요. 가시는 곳까지 데이비드가 금방 데려다 줄 거예요. 그리고 또 한 사람, 그리피스 씨에 대해선 정말 미안하게 생각해요. 당신이 길버트 그리피스가 아니라서 그랬던 건 아니에요……."

클라이드는 돌아서려던 발을 멈추고 머뭇거리며 차 안에 들어가 그녀 옆자리에 앉았다. 그의 성품에 흥미를 느낀 손드라는 그가 길버트가 아니어서 오히려 다행이라고 생각하면서 그를 자세히 뜯어보기 시작했다. 그다음 클라이드의 얼굴이 잘 보이도록, 그리고 자신의 매력 넘치는 미모를 그에게 과시하기 위해 차 천장의 라이트를 켰다. 운전기사가 돌아오자 그녀는 클라이드에게 어디로 차를 몰면 좋겠느냐고 물었다. 그는 그녀가 사는 동네와는 너무 다른 곳이어서 머뭇거리면서 주소를 가르쳐주었다. 차가 달리기 시작하자 그는 짧은 시간일망정 그 시간을 유효하게 이용하여 그녀에게 좋은 인상을 주고 싶었다. 어쩌면 막연하게나마 그녀 쪽에서 언젠가 그와 다시 만나고 싶은 생각이 들지 누가 알겠는가. 그는 그토록 그녀가 속한 세계의 일원이 되고 싶었다.

"이렇게 친절하게 태워 줘서 고맙습니다." 그는 손드라 쪽으로 얼굴을 돌리고 빙긋 미소를 지으며 말을 건넸다. "제 사촌인 줄로 착각했다곤 생각하지 않습니다. 그랬더라면 이렇게 차를 타지 않았을 겁니다."

"아, 괜찮아요. 이젠 그런 데 마음 쓰지 마세요." 손드라가 달콤한 말투로 짓궂게 대답했다. 지금 생각해 보니 처음 만났을 때 그녀가 받은 인상은 그렇게 선명하지 않았다. "제 실수였지, 그리피스 씨의 실수는 아니었어요. 하지만 실수를 한 게 도리어 잘됐다는 생각이 들어요." 그녀는 누가 봐도 유혹하는 듯한 미소를 지으면서 덧붙였다. "어쨌든 길버트보다는 당신을 태운 게 더 기뻐요. 당신더러 타 달라고 하는 쪽이 몇 배나 더 기쁜 일인지 모르겠어요. 우린, 나랑 그 사람 말이죠, 별로 사이가 좋지 못하거든요. 만나기만 하면 늘 싸워요." 이제 그녀는 순간적인 당혹감에서 완전히 벗어나 미소를 짓고 마치 공주라도 된 것처럼 몸을 뒤로 기대면서 흥미에 찬 눈초리로 클라이드의 균형 잡힌 이목구비를 살폈다. 미소를 짓고 있는 그의 두 눈이 부드러워 보였다. 어쨌든 따지고 보면 그는 벨라와 길버트의 사촌으로 성공한 사람처럼 보였다.

"그거 안됐군요." 클라이드는 그녀 앞에서 자신감 있고 쾌활해 보이려고 어색한 태도를 보이며 딱딱한 어조로 말했다.

"아, 뭐 그렇다고 심각한 건 아니에요. 그저 어쩌다 한번씩 다툰다는 것뿐이죠."

클라이드는 그녀 앞에서 너무도 안절부절못하고 수줍어하며 변통성이 없어 보였다. 그녀는 자신이 그를 그토록 당황시키고 몸 둘 바를 모르게 하고 있다고 생각하니 공연히 기분이 좋아졌다. "아직도 큰아버님 공장에서 일하고 있나요?"

"아, 네 그렇습니다." 그렇지 않다고 말하면 그녀에게 큰 문제나 되는 것처럼 클라이드는 재빨리 대답했다. "지금은 어느 부서에서 책임자로 있습니다."

"아, 그래요? 모르고 있었어요. 지난번에 한번 만나고는 만난 적이 없잖아요. 바빠서 별로 돌아다닐 시간이 없는 모양이에요." 그녀는 다 알고 있다는 표정으로 그를 바라보면서 '당신의 친척은 당신에게 별로 관심이 없군요' 하고 말하는 듯했다. 그러나 그에게 호감을 느끼고 있는 그녀는 대신 이렇게 말했다. "올여름엔 쭉 이 도시에 있었나 보죠?"

"아, 네, 그럴 수밖에 없잖아요." 클라이드가 붙임성 있게 짤막하게 대답했다. "일 때문에 말입니다. 하지만 아가씨 이름은 가끔 신문에서 봤죠. 승마와 테니스 시합 기사도 읽었습니다. 지난 6월 꽃차 퍼레이드에서도 봤어요. 천사처럼 참 아름답다는 생각이 들었습니다."

클라이드의 눈에 감도는 찬미하고 애원하는 듯한 빛을 보고 그녀는 그만 황홀했다. 이 얼마나 기분 좋은 젊은이인가. 길버트와는 하늘과 땅 차이였다. 그녀로서는 그저 일시적으로 관심을 보인 것뿐이었는데 그는 누가 봐도 그녀에게 완전히 매료되어 있었다. 그래서 그가 조금 안됐다는 생각이 들어 손드라는 그를 다정하게 대해 주었다. 더구나 분명히 그녀를 깔보고 있는 길버트가 자기 사촌이 그녀에게 홀딱 반해 있다는 것을 알면 어떻게 생각할까? 또 얼마나 화가 날까? 만약 누군가가 클라이드를 택하여 길버트 이상의 인물로 만든다면 응당한 앙갚음이 될 것이다. 그런 생각을 하니 그녀는 사이다처럼 톡 쏘는 상쾌한 기분이 들었다.

그러나 아쉽게도 그때 차가 페이턴 부인 집 앞에 멈춰 섰다. 클라이드에게도, 손드라에게도 모험은 여기서 끝난 듯했다.

"그렇게 말해 주니 무척 고마워요. 잊지 않겠어요." 운전기사가 차 문을 열고 클라이드가 차에서 내릴 때 그녀가 애교 있게 미소를 띠며 말했다. 클라이드는 이런 꿈같은 만남의 의미를 생각하자 온몸이 빳빳하게 굳는 것 같았다. "여기 살고 있군요. 금년 겨우내 라이커거스에 머물 작정이에요?"

"아, 그럼요. 확실합니다. 어쨌든 그러고 싶습니다." 그는 몹시 무엇을 갈망하는 듯한 말투로 덧붙였다. 그의 두 눈에도 이 말뜻을 분명히 표현하고 있었다.

"그럼, 언제 어디서 또 만나죠. 어쨌든 그랬으면 좋겠어요."

그녀는 머리를 끄덕이더니 손을 내밀며 더할 나위 없이 멋진 미소를 지어 보였다. 그러자 그는 우스꽝스러울 정도로 간절한 마음으로 덧붙였다. "아, 저도 꼭 만나고 싶군요."

"자, 그럼 안녕! 안녕!" 차가 달리기 시작하자 그녀는 큰 소리로 외쳤다. 멀어져 가는 차를 바라보며 클라이드는 조금 아까처럼 또다시 그렇게 가까이에서 또 친밀하게 다시 만날 수 있을까, 하고 생각하고 있었다. 이런 식으로 그녀와 다시 한 번 만날 수 있을 줄이야! 더구나 그녀는 맨 처음 만났을 때랑 이렇게 다를 수가! 그가 분명히 기억하기로는 그녀는 그를 거들떠보지도 않았다.

클라이드는 한편으로는 희망에 부풀고 다른 한편으로는 조금 아쉬운 마음으로 현관 쪽을 향해 걸음을 옮겼다.

한편 손드라는…… 속도를 내어 달리는 차 안에서 이렇게 생각하고 있었다. 그리피스 집안사람들은 도대체 왜 그 사람에게 이렇다 할 관심을 보이지 않는 것일까?

제24장

　이렇게 우연히 손드라와 만난 결과 클라이드는 여러 의미에서 자못 혼란스러웠다. 지금 클라이드는 로버타로부터 위안과 만족을 얻고 있었지만, 이 도시의 상류 사회에 들어갈 수 있을지도 모른다는 가능성이 다시 한 번 유혹하듯 고개를 쳐들었다. 그리고 이상하게도 그에게 상류 사회의 의미를 구체적으로 과장해 보여 준 사람은 그 상류 사회의 젊은 여성이었다. 아름다운 손드라 핀칠리! 그 아름다운 얼굴이며, 멋진 옷차림, 생기발랄하며 품위 있는 태도! 그녀를 맨 처음 만났을 때 그녀에게 호감을 줬더라면 얼마나 좋았을까. 아니면 지금이라도 그럴 수 있을지 몰랐다.

　클라이드가 로버타와 맺고 있는 관계는 손드라 같은 젊은 여자의 타고난 기질이나 상상력, 그녀가 상징하는 모든 것을 상쇄할 만큼 그렇게 중요하지 않았다. '윔블링거 핀칠리 전기 청소기 회사'는 라이커거스에서도 가장 큰 제조 회사 중 하나였다. 그 공장의 높다란 담과 굴뚝은 모호크강 건너편의 웅장한 스카이라인의 일부를 이루고 있었다. 그리고 와이키지 애비뉴의 그리피스 저택 근처에 있는 핀칠리 저택은 그 지역에 즐비해 있는 호화 주택 중에서도 가장 눈에 띄는 건물 중 하나였다. 크림색 대리석과 더치스군(郡)*에서 나오는 사암을 이용해 이탈리아 르네상스풍으로 지은 매우 안목 있는 최신식 취향의 집이었다. 핀칠리 집안은 이 도시에서도 가장 사람들 입에 자주 오르내리는 가문에 속했다.

아, 이렇게 완벽한 여자와 좀 더 친하게 사귈 수만 있다면! 그녀의 호감을 받을 수만 있다면, 그래서 그 호감에 힘입어 그녀가 속해 있는 상류 사회의 일원이 될 수만 있다면! 그 자신도 그리피스 가문이고 외모도 길버트 그리피스보다 못할 것이 없지 않은가? 길버트만큼 돈만 있다면, 아니 그가 가진 돈 일부라도 있다면 그 못지않게 매력적인 젊은이가 되지 못할 이유가 어디 있단 말인가? 길버트처럼 멋진 옷을 차려입고 그처럼 멋진 자동차를 몰고 다닐 수만 있다면 얼마나 좋을까! 그렇게만 할 수 있다면 손드라 같은 여자도 그에게 눈길을 보낼 것이고 어쩌면 사랑에 빠질지도 모를 일이 아닌가. 그러나 떡 줄 사람은 생각도 않는데 김칫국부터 마시는 건지도 모른다. 지금으로서는 다만 꿈, 허황된 꿈에 지나지 않는다고 그는 우울한 마음으로 생각했다.

빌어먹을! 클라이드는 그날 밤 로버타의 집에 가고 싶은 생각이 들지 않았다. 무슨 구실을 만들어 핑계를 대면 그만이었다. 아침에 만나면 어젯밤은 일 때문에 큰아버지나 사촌에게 불려 갔다고 말하면 되었다. 지금 같은 기분으로는 그녀에게 갈 수도 없었고, 가기도 싫었다.

부(富)와 아름다움, 그리고 그가 그토록 열망하는 사회적 신분이 물거품처럼 속절없고 안정성 없는 성격에 어떤 영향을 끼치는지는 이 정도로 말해 두기로 하자.

한편 손드라는 클라이드와 만난 일을 생각하며 그의 매력이라고 표현할 수밖에는 없는 것에 분명히 마음이 끌렸다. 불쾌감을 자아내는 그의 사촌이 보이는 행동과는 정반대였기 때문에 더더욱 돋보였다. 그의 옷차림과 태도, 또 회사에서 간부 일을 맡고 있다는 취지로 한 말 등으로 미루어 볼 때 그는 그녀가 생각했던 것 이상으로 좋은 지위에 있는 것 같았다. 그러나 그녀는 여름 내내 벨라와 함께 있었고, 길버트와 마이라와 그들의 보모와도 가끔 만났지만, 클라이드에 관한 이야기는 한마디도 들은 적이 없다는 것이 생각났다. 사실 손드라가 클라이드에 관해 알고 있는 정보는 처음 그리피스 부인한테서 들은 것이 전부였다. 즉, 클라이드는 그리피스 씨가 어떤 식으로든지 도와주려고 서부에서 데리고 온 가난한 조카라는 것이었다. 그러나 이날 그녀가 본 클라이드는 별 볼일 없거나 가난에 찌든 사람과는 거리가 멀었다. 오히려 매우 흥미롭고 똑똑해 보이며 매력적인 젊은이일뿐더러 그녀 자신 같은 여성과 진지하게 사귀고 싶어 하는 눈치가 역력했다. 그리고 길버트의 사촌— 그리피스 가문의 일원 — 한테서 그런 관심을 받는다고 생각하니 기분이 우쭐해졌다.

이날 저녁 손드라는 트럼불 집안의 저택에 가는 중이었다. 이 집으로 말하자면 가장 더글러스 트럼불은 이 도시의 잘나가는 변호사이자 투기업자로 자녀들과 함께 사는 홀아비였는데 자녀들과 호감이 가는 태도와 법률에 밝았기 때문에 라이커거스 사교계의 최고 클래스에 들 수 있었다. 이 집에 도착하자 손드라는 변호사의 두 딸 중 큰딸인 질 트럼불에게 느닷없이 털어놓았다. "얘, 오늘 재미있는 일이 있었지 뭐야." 그러고는 조금 아까 겪은 일의 자초지종을 쭉 늘어놓았다. 질이 그 이야기를 너무 재미있어 하는 것처럼 보이자 손드라는 저녁 식사 때 트럼불 집안의 막내딸 거트루드와 외아들인 트레이시 앞에서도 그 이야기를 되풀이했다.

"아, 그래 맞아." 아버지의 사무소에서 법률 공부를 하고 있는 트레이시가 말했다. "그 사람이라면 나도 센트럴 애비뉴에서 서너 번 만난 적이 있어. 길버트와 많이 닮았지? 물론 으스대지 않는 건 다르지만. 금년 여름 두서너 번 길버트인 줄로 잘못 알고 인사를 한 적도 있었지 뭐야."

"아, 그래, 나도 본 적이 있어." 이번에는 거트루드 트럼불이 말했다. "가끔 길버트처럼 모자를 쓰고 벨트 달린 코트를 입고 있지? 언젠가 한번은 애러벨러 스타크가 저 사람이라고 손가락으로 가르쳐 줬거든. 그 뒤 어느 토요일 오후 한번은 질이랑 내가 그 사람이 스타크네 집 앞을 지나가는 걸 봤어. 길버트보단 잘생긴 것 같아."

이 말을 듣자 손드라는 클라이드에 대한 자기의 생각에 확신을 갖고 이렇게 덧붙였다. "버타인 크랜스턴과 난 지난봄 어느 날 저녁 그 사람을 그리피스 댁에서 만났었지 뭐니. 그때 그 사람은 너무 수줍어하는 것 같았어. 하지만 요즘 그 사람을 좀 보란 말이야. 부드러운 눈매며, 더할 나위 없이 매력적인 미소며, 누가 봐도 멋쟁이 남자야."

"어머, 손드라." 질 트럼불이 말했다. 그녀는 버타인과 벨라를 제외하면 스네데커 학교의 클래스메이트인 손드라와 가장 가까운 사이였다. "네가 그런 소릴 하는 걸 들으면 질투할 사람이 있을 텐데."

"사촌이 더 잘생겼다는 말을 들으면 길버트가 좋아할까?" 트레이시가 맞장구를 쳤다. "아, 그런데 말이야⋯⋯."

"아, 그 사람. 자기가 대단한 인물이나 되는 줄 알고." 손드라가 짜증이 나는 듯 콧방귀를 뀌었다. "그리피스 집안사람들이 그 사촌에게 무관심한 건 모르긴 몰라도 아마 길버트 때문일 거야. 지금 생각해 보니 그게 틀림없어. 물론 벨라는 그렇지 않지. 지난봄에 그 사람이 잘생긴 것 같다고 말하는 걸 들은 적이 있으니까. 그리고 마이라야 어느 누구의 감정도 상하게 할 일을 하지 않잖아. 이봐, 우리 중 누군가가 그 사람과 사귀면서 가끔 여기저기 초대하거나 하면 어떨까? 그저 재미 삼아 말이야. 그 사람이 그걸 어떻게 받아들이는지도 보고 싶고. 그리피스 씨랑 벨라와 마이라는 아무렇지 않게 생각할 게 뻔해. 하지만 길버트는 몹시 화를 낼 게 틀림없어. 나야 벨라랑 친하니까 그렇게 나설 순 없지만, 이 일에 나서도 그 집에서 이러쿵저러쿵하지 못할 사람이 하나 있어." 손드라는 길버트와 그리피스 부인을 미워하는 버타인 크랜스턴을 머릿속에 그려 보면서 잠시 말을 멈췄다. "그 사람이 댄스나 승마, 테니스 같은 걸 할 줄 알까?" 그녀가 여기서 말을 끊고서 재미있다는 듯 잠시 생각에 젖어 있는 동안 다른 사람들은 그녀를 물끄러미 쳐다보고 있었다. 그러자 손드라만큼 예쁘지는 않지만 그녀 못지않게 성미가 급하고 열성적인 질 트럼불이 끼어들었다. "그거 재미있는 장난이겠네. 그리피스 집안사람들이 정말로 싫어할까?"

"싫어하든 싫어하지 않든 그게 무슨 상관이야." 손드라가 말을 이었다. "고작해야 그 사람을 무시하는 것 말고 뭘 어떻게 하겠어? 비록 그렇게 한다 해도 상관할 사람이 누가 있담. 그 사람을 초대하는 사람들은 그런 건 상관하지 않아."

"이거 이러다가 한바탕 큰 소동이 일어나겠는걸." 트레이시가 끼어들었다. "결국, 소동이 벌어질 건 불을 보듯 뻔해. 길버트 그리피스는 좋아하지 않을 게 틀림없어. 나라도 가만히 있진 않겠어. 평지풍파를 일으키고 싶다면 좋을 대로 해. 영락없이 소동이 벌어질 테니까."

손드라 핀칠리는 이런 일을 무척 재미있어 하는 성격이었다. 그러나 이런 계획이 그녀에게 아무리 재미있어 보인다 해도, 만약 이런 대화에 이어 버타인 크랜스턴, 질 트럼불과 퍼트리셔 앤터니와 애러벨러 스타크 사이에 몇 차례 대화를 한 뒤 그 모험에 관한 뉴스가 그 자신에 대한 인물평과 함께 마침내 길버트의 귀에 들어가지 않았다면 성사되지 않았을 것이다. 길버트에게 이 소문을 전한 사람은 그와 약혼하기로 되어 있다고 소문이 난 콘스턴스 와이넌트였다. 장래에 그와 결혼하고 싶어 하는 그녀는 손드라가 클라이드에게 관심을 보일 뿐만 아니라— 그녀가 판단하기로는— 전혀 이치에 맞지도 않게 클라이드가 길버트보다도 훨씬 매력적이라는 말을 공공연히 하고 다닌다는 소문을 듣자 기분이 상하고 말았다. 그래서 울분을 가라앉히고 손드라에게 복수하려고 그녀는 길버트에게 모든 것을 낱낱이 털어놓았다. 길버트는 그 말을 듣자 즉시 클라이드와 손드라에게 공격의 화살을 퍼붓기 시작했다. 그가 한 말은 콘스턴스가 과장하여 손드라에게로 전달되었고, 이것이 원하던 효과를 불러오고 말았다. 손드라의 마음에 복수심의 불을 댕긴 것이다. 만약 그녀가 그러기로 마음만 먹는다면 얼마든지 클라이드와 친절하게 지낼 수도 있었고, 다른 사람들도 그에게 친절하게 대하도록 만들 수도 있었다. 그것은 길버트가 사교계에서 자기 사촌과 경쟁자 관계에 놓인다는 것을 의미했다. 그의 사촌은 비록 가난하지만 모든 여자들의 호감을 한 몸에 받게 될지도 몰랐다. 이 얼마나 재미있는 일인가! 동시에 그녀는 별로 내색을 하지 않고서도 클라이드를 사교계에 소개하는 길이 열릴 것이다. 또한 비록 일이 원하는 대로 성사되지 않아도 그녀 자신에게는 그다지 해가 되지 않을 터였다.

라이커거스에는 스네데커 학교 출신인 상류 가정의 젊은이들 사이에 가끔 만나 식사를 하고 춤을 추는 '때때로 만남회'라는, 부정기적으로 만나는 다분히 환상적인 클럽이 있었다. 이 클럽은 정식 규약도 임원도 사무실도 없었다. 사회적 신분이나 연줄만 있으면 누구나 회원이 될 수 있었고, 그 회원은 다른 회원들을 자기 집에 초대하여 만찬이나 댄스파티나 음료를 제공할 수도 있었다.

이거야 무척 간단하군, 하고 손드라는 생각했다. 클라이드를 소개할 길을 찾던 중 그녀는 이 클럽에 속해 있는 다른 누군가를 꾀어 어떤 모임을 열어 그를 초대하게 하면 될 것 같았다. 가령 질 트럼불이 '때때로 만남회'의 만찬 겸 무도회를 열어 클라이드를 초대하면 얼마나 일이 쉽게 풀리겠는가. 이렇게 꾀를 내면 그를 다시 한 번 만날 수 있고 얼마나 자기에게 관심이 있는지, 그가 어떤 인물인지 알아낼 수 있었다.

그래서 12월 첫 번째 목요일에 질 트럼불의 주최로 클럽의 회원과 그 친구들에게 조촐한 만찬회가 열릴 예정이라고 발표되었다. 이 모임에는 손드라와 그녀의 남동생 스튜어트, 트레이시와 거트루드, 애러벨러 스타크, 버타인과 그녀의 남동생, 그 밖에 유티카와 글로버스빌에서 몇 사람이 오기로 되어 있었다. 그리고 클라이드도 초대되었다. 그러나 클라이드가 무슨 실수를 하거나 엉뚱한 말을 하지 못하도록 손드라뿐만 아니라 버타인과 거트루드가 그의 옆에서 주의 깊게 살피고 보살펴 주기로 했다. 그의 댄스 프로그램도 완벽하게 갖춰 놓고 만찬 자리에서도, 댄스 플로어에서도 그를 혼자 내버려 두지 않고, 저녁 모임이 끝날 때까지 차례차례 누군가 빈틈없이 그를 상대해 주기로 했다. 이렇게 하면 다른 사람들도 자연히 그에게 관심을 끌게 될 것이고, 라이커거스의 상류층 젊은이 중에서 손드라만이 클라이드에게 친절하다는 비난을 모면할 수 있을 뿐만 아니라, 벨라나 그리피스 집안사람들은 아니더라도 길버트에 대한 보복의 효과가 한층 더 높아질 것이 분명했다.

이렇듯 모든 일이 계획에 따라 착착 이루어졌다.

손드라와 만난 지 두 주쯤 지난 12월 초 어느 날 저녁, 공장에서 돌아온 클라이드는 크림색 봉투 한 장이 화장대 거울 앞에 세워져 있는 것을 보고 깜짝 놀랐다. 크게 휘갈겨 쓴 낯선 필체로 그의 주소와 이름이 적혀 있었다. 편지를 집어 뒤집어 보았지만 누가 보낸 것인지 도무지 알 길이 없었다. 머리글자가 정교하고 멋지게 엉켜 있어 'B. T.'인지 'J. T'인지 알아보기 힘들었다. 봉투를 뜯고 카드를 꺼내 보니 다음과 같은 내용이 적혀 있었다.

'때때로 만남회'에서 다음과 같이
제1차 겨울 만찬 댄스파티를 개최하오니
부디 참석하여 자리를 빛내 주시기 바랍니다.
때: 12월 4일 목요일
장소: 와이키지 애비뉴 135번지
더글러스 트럼불 저택
추신: 미스 질 트럼불 앞으로 참석 여부를
알려 주시기 바랍니다.

초대장 뒷면에는 봉투에 휘갈겨 쓴 것과 똑같은 글씨로 다음과 같이 적혀 있었다. "그리피스 씨에게, 참석히시리라 생각하고 있겠습니다. 아주 비공식적인 모임입니다. 틀림없이 좋아할 겁니다. 참석하게 되면 질 트럼불에게 통지해 주세요. 손드라 핀칠리."

클라이드는 너무 뜻밖이라 흥분되어 멍하니 넋을 잃고 서서 허공을 바라보았다. 두 번째로 손드라와 만난 이후로 그는 그 어느 때보다 어떤 식으로든지 현재의 비참한 상태에서 벗어날 수 있을 것 같은 환상에 빠져 있던 참이었다. 지금 생각해 보니 그는 역시 현재의 평범한 환경에는 어울리지 않는 인간이었다. 그런데 바로 지금 '때때로 만남회'에서 초대장을 보내온 것이 아닌가. 그는 이 클럽에 관해서는 아직껏 한 번도 들어 본 적이 없었지만 어쨌든 상류 사회에 속한 사람들이 후원하고 있는 만큼 대단한 모임인 게 틀림없었다. 더구나 초대장 뒷면에는 손드라 자신이 직접 메모를 써 놓지 않았는가? 이 얼마나 놀라운 일인가!

이것은 분명히 예삿일이 아니었다. 클라이드는 흥분하고 들뜬 나머지 한자리에 가만히 있을 수 없어 방 안을 왔다 갔다 하면서 거울 앞에서 클럽에 나가는 날에는 무엇을 맬까, 하고 생각하다가, 또 지난번 만났을 때 손드라가 자기를 어떻게 생각했을까, 하고 생각해 보았다. 또한 그녀가 어떻게 웃었는지 떠올려 보기도 했다. 그러면서 만약 로버타가 어떤 초능력으로 이 쪽지를 받고 희희낙락하는 그의 마음을 알아차린다면 어떻게 생각할까 하고 궁금해하지 않을 수 없었다. 이제 더 이상 부모의 인습적인 사고에 구애받지 않기 때문에 클라이드는 만약 그녀가 지금 그의 기분을 알게 된다면 분명히 고통을 받을 상태로 점점 빠져들고 있었다. 그런 기분은 적잖이 그를 혼란에 빠뜨리고 있었지만 적어도 손드라에 관한 한 그의 생각이 조금도 동요되는 일은 없었다.

저 멋진 여성!

저 아름다움!

그녀가 누리고 있는 저 부와 상류 사회의 지위!

동시에 이런 모든 것에 관한 클라이드의 생각이 본디 워낙 이단적이고 인습에서 벗어난 것이어서 그는 자기 마음이 로버타를 떠나 손드라 쪽으로 기울어지는 게 당연하지 않느냐고 진지하게 자문할 수 있었다. 이 무렵 그에게는 손드라를 생각하는 쪽이 훨씬 더 즐거웠기 때문이다. 로버타가 이 일을 눈치챌 수도 없었다. 그녀는 그의 마음속을 들여다볼 수도 없었고, 그가 말해 주지 않는 한 뜻밖의 이런 사태를 알아차릴 수도 없었다. 물론 그는 그녀에게 말할 생각이 추호도 없었다. 자신처럼 가난한 젊은이가 그런 상류 사회를 동경하는 게 무엇이 잘못이란 말인가? 그는 이렇게 자문하고 있었다. 그처럼 가난한 청년들도 손드라 같은 부잣집 딸과 결혼한 예는 전에도 얼마든지 있었다.

클라이드가 분명히 기억하고 있듯이 로버타와 그토록 깊은 관계를 맺으면서도 그는 그녀에게 한 가지 조건을 제외하고는 그녀와 결혼하겠다는 말을 한 적이 없었다. 그리고 그런 조건은 그가 캔자스시티에서 얻은 지식으로 미루어 보아 생길 가능성이 희박했다.

이렇게 뜻하지 않게 그의 생활에 다시 뛰어든 손드라는 그의 공상에 불을 붙인 것과 같았다. 그토록 매력적인 여신이 화려한 신전에서 그를 잊지 않고 공개적으로 직접 초대해 준 것이다. 그리고 그녀 자신도 그 자리에 출석할 것을 생각하니 그는 온몸에 전율을 느꼈다.

만약 길버트를 비롯한 그리피스 집안의 사람들이 이 사실을 안다면 ─ 분명히 알게 될 것이다 ─ 어떻게 생각할까? 아니면 손드라가 그를 초대할지도 모르는 어느 파티에서 그들을 만난다면? 생각해 보라! 그 사람들은 언짢은 기분이 들까, 아니면 좋아할까? 그를 전보다 더 낮게 평가할까, 아니면 더 높게 평가할까? 어쨌든 그가 이 일을 자초한 것은 아니었다. 클라이드는 그리피스 집안사람들도 존경할 수밖에 없는, 그들 나름대로 지위를 갖춘 라이커거스 상류 사회의 사람들한테서 정식으로 초대를 받고 있는 것이 아닌가? 그것도 그가 농간을 부린 것이 아니어서 ─ 우연히 그렇게 된 것이다 ─ 그가 주제넘은 행동을 했다는 비난을 받을 리 없었다. 클라이드는 정신적 분별력이 세련되지는 않았지만, 이제는 길버트를 비롯한 그리피스 집안 사람들도 그에게 호의를 보일 수밖에 없을 것으로 생각하니 야릇한 쾌감마저 느껴졌다. 그리피스 집안에서 그를 집에 초대하든 안 하든 말이다. 이 얼마나 신바람 나는 일이란 말인가! 그는 길버트가 그동안 오만하게 자신을 깔보던 것을 생각하니 더더욱 기분이 좋았다. 클라이드는 길버트가 아무리 언짢아 해도 — 큰아버지나 마이라는 그렇지 않겠지만 말이다 — 이 일로 그에게 은밀하게 복수하지 못할 것으로 생각하고 껄껄 웃었다.

이 얼마나 멋진 초대장이란 말인가! 만약 손드라가 그에게 조금이라도 관심을 두고 있지 않다면 이렇게까지 일부러 메모를 적을 까닭이 없지 않을까? 정말로 그렇게까지 할 까닭이 없지 않은가! 그런 생각이 들자 클라이드는 너무도 기뻐서 저녁밥도 목구멍에 잘 넘어가지 않았다. 그는 초대장을 손에 집어 들고 그녀의 글씨에 키스했다. 그리고 손드라와 두 번째로 만났던 밤과 마찬가지로 로버타를 만나러 가는 것을 단념하고는, 잠시 산책하러 나갔다가 곧 방으로 돌아와서 일찌감치 잠자리에 들기로 했다. 이튿날 회사에 가서 전처럼 적당하게 또 핑계를 대면될 게 아닌가. 말하자면 큰아버지 집에 갔다 왔다거나, 업무에 관한 문제로 설명을 들으러 어느 상사한테 다녀왔다고 말이다. 업무 문제로 회의에 참석하는 일이 가끔 있었기 때문이다. 어쨌든 그날 밤만큼은 로버타를 만나 말을 섞고 싶지 않았다. 도저히 그럴 수가 없었다. 다른 생각이 — 손드라에 대한 생각과 그녀가 자기에게 보이는 관심이 — 너무나도 감미로웠다.

제25장

그 후 클라이드는 공장에서 로버타가 옆에 있을 때나 그녀의 작업실에 있는 동안 손드라가 속해 있는 상류 사회 쪽으로 자꾸 생각이 미치는 것을 막을 수 없었다. 하지만 그는 로버타와 만나는 동안 손드라의 이름을 전혀 입에 올리지 않았다. 한편 로버타는 가끔 그의 생각이 자기와는 아무 상관 없는 쪽으로 기울어지고 있다고 느끼면서 최근에 와서 그가 무엇에 정신을 빼앗기고 있을까, 하고 생각하고 있었다. 클라이드는 클라이드대로 로버타가 다른 곳을 볼 때면(손드라가 일부러 소식을 알려 왔기 때문에) 만약―만약에 말이다―손드라 같은 여자의 마음을 사로잡을 수 있을지 생각하고 있었다. 만약 그럴 수 있다면 로버타를 어떻게 해야 할까? 더구나 두 사람의 관계가 얼마나 가까워졌던가! (맙소사! 맙소사, 이를 어쩌나!) 그가 로버타를 좋아하는 것은 사실이었다. (그렇다. 그건 정말이었다.) 그렇다고는 하지만 이 새로운 발광체의 빛이 너무 강렬해서 지금 그에게는 로버타가 제대로 눈에 들어오지 않았다. 그가 나쁜 인간이기 때문일까? 이런 생각을 품는 것이 죄악일까? 그의 어머니는 그렇다고 말할 것이다. 그리고 그의 아버지도 또 인생을 올바른 눈으로 바라보는 사람들도 하나같이 그렇게 말할 것이다. 어쩌면 손드라 핀칠리와 그리피스 집안사람들마저도 하나같이 같은 생각을 할지 모른다.

그러나 어찌 됐든지 간에 마침내 그날은 오고야 말았다. 그해 첫눈이 가볍게 내리고 있던 어느 날 클라이드는 새로 산 실크해트와 흰 실크 머플러를 목에 감고는—이 두 가지 모두 그가 최근에 알게 된 오린 숏이라는 양품점 주인이 권해서 산 것이다— 눈을 맞지 않으려고 새로 산 실크 우산을 받쳐 든 채 와이키지 애비뉴에 있는 그리 으리으리하지는 않아도 매우 멋진 트럼블 씨 저택으로 가는 중이었다. 트럼블 씨 집은 고풍스럽고 나지막하게 두서없이 퍼져 있는 집이었는데, 닫아 놓은 블라인드에 집 안의 불빛이 비쳐 마치 크리스마스 카드 같은 분위기를 자아내고 있었다. 그는 정확히 약속 시간에 도착했지만, 집 앞에는 여러 모양, 여러 색깔의 멋진 자동차 대여섯 대가 서 있었다. 자동차 지붕 위와 흙받기, 발판 위에 방금 내린 눈송이가 쌓여 있는 모습을 보니 쉽사리 개선될 것 같지도 않은 자신의 가난이 뼈저리게 느껴졌다. 그런 사치스러운 장비를 갖출 수 있는 재력이 자기에게는 없었다. 앞문에 다가가자 집 안에서 웃음소리와 말소리가 한데 뒤섞여 흘러나왔다.

키가 크고 몸집이 호리호리한 하인이 클라이드의 모자와 코트, 우산을 받아들자 클라이드는 그를 살펴보고 있던 게 분명한 질 트럼불과 마주쳤다. 살결이 부드럽고 고수머리인 금발 여성으로 그렇게 눈에 띄게 예쁘지는 않지만 발랄하고 재치 있어 보였다. 팔과 어깨가 훤히 드러난 흰 공단 드레스를 입고 있는 그녀는 이마에 모조 다이아몬드 띠를 두르고 있었다.

"굳이 소개할 필요는 없어요." 그녀가 클라이드 앞으로 다가와서 손을 내밀며 쾌활하게 말했다. "질 트럼불이라고 해요. 미스 핀칠리는 아직 오지 않았어요. 하지만 제가 대신 도와드리죠. 나머지 사람들이 있는 곳으로 들어가시죠."

질은 방 몇 개가 직각으로 연결되어 있는 곳으로 그를 안내하면서 한마디 덧붙였다. "정말 길버트 그리피스를 닮으셨는데요?"

"그렇습니까?" 클라이드는 사촌과 비교하는 말에 기분이 우쭐해 용기 내어 미소를 지으며 짧게 대꾸했다.

이 집은 천장이 낮았다. 색칠을 한 갓을 씌운 전등들이 어두운 벽에 바짝 걸려 있었다. 탁 트인 방 둘에는 벽난로의 불꽃이 쿠션이 있는 아늑한 의자에 불그레한 빛을 던지고 있었다. 그림들과 책, 미술품들이 보였다.

"자, 트레이시 오빠가 소개할래요?" 그녀가 큰 소리로 말했다. "우리 오빠 트레이시 트럼불이에요. 여러분, 이분이 그리피스 씨입니다." 그녀가 좌중을 돌아보며 그렇게 말하자 사람들은 저마다 트레이시 트럼불과 악수를 하는 동안 그를 바라보았다. 클라이드는 사람들이 자신을 살펴보는 듯해서 거북스러웠지만 그런대로 환하게 미소를 지을 수 있었다. 그러고 보니 잠깐이나마 대화가 중단되고 있다는 사실을 깨달았다. "저 때문에 하던 대화를 중단하진 마십시오" 하고 그가 미소를 지으며 말했다. 그러자 방 안에 있던 사람들은 그가 여유 있고 재치 있다고 생각했다. 그때 트레이시가 말을 이었다. "한 사람씩 소개하는 일은 하지 않겠습니다. 그냥 여기서 한 사람씩 지적해 드리죠. 저쪽에 있는 건 내 여동생 거트루드인데, 지금 이야기를 나누고 있는 상대는 스콧 니컬슨입니다." 분홍빛 드레스를 입은 예쁜 얼굴에 거만하고 야무진 표정을 띤, 살색이 가무잡잡한 조그마한 아가씨가 클라이드에게 목을 숙여 인사했다. 그녀 옆에는 관례에 따라 그녀를 동반하는, 체격과 혈색이 좋은 청년이 어색한 동작으로 고개를 끄덕했다. "처음 뵙겠습니다." 그들과 좀 떨어져서 턱이 넓은 창가에는 미인이라고는 할 수 없어도 키가 크고 우아하며 피부색이 검은 여자가 자기보다 키가 작고 어깨와 가슴이 떡 벌어진 청년과 이야기를 나누고 있었는데, 그들은 애러벨러 스타크와 프랭크 해리엇이었다. "두 사람은 지금 코넬과 시러큐스 두 대학 간의 축구 시합' 얘기를 하고 있어요……. 저쪽은 유티카에서 온 버처드 테일러와 미스 팬트입니다." 트레이시가 너무 빨리 소개를 하는 바람에 클라이드는 따라가기가 어려웠다. "펄리 헤인스와 미스 밴더 스틸입니다……. 우선은 소개가 다 끝난 것 같네요. 아니, 저기 그랜트하고 니나 템플이 오고 있네요." 클라이드는 얼굴이 뾰족하고 짙은 잿빛 눈빛에 좀 멋을 부리는 듯한 키 큰 청년이 옅은 황갈색이 섞인 회색 드레스를 입고 엷은 밤색 머리를 땋아서 조심스럽게 이마 위에 얹어 놓은 포동포동한 아가씨를 방 한가운데로 데리고 오는 것을 지켜보았다.

"안녕, 질. 안녕, 밴더. 안녕, 와이넷." 이렇게 사람들이 서로 인사를 하는 동안 클라이드도 그 두 사람에게 소개되었지만, 그들은 그에게 별로 관심을 두는 것 같지 않았다. "못 오는 줄 알았지 뭐야" 하고 젊은 크랜스턴은 계속해서 방 안의 사람들에게 말했다. "오지 않겠다고 했지만 버타인과 질에게 약속을 했거든. 그래서 할 수 없이 온 거야. 배글리 씨 집에 갔었어. 스콧, 거기에 누가 와 있었던 줄 알아? 반 피터슨과 로다 헐이 와 있어. 오늘 중으로 돌아간다는 거야."

"그래?" 스콧 니컬슨이 말했다. 스콧은 고집이 세고 자기중심적인 위인 같았다. 모두들 사회적인 안정감과 여유를 지닌 듯한 느낌을 클라이드는 받았다. "왜 데려오지 않았어? 로다와 반을 만나 싶었는데."

"데려올 수 없었어. 일찍 돌아가야 한다고 했으니까. 하긴 나중에 잠깐 들를지도 몰라. 아직도 식사가 나오지 않나? 난 음식이 다 준비되어 있는 줄 알았지."

"변호사들이잖아? 변호사들은 식사를 자주 하지 않는다는 것도 모르나?" 프랭크 해리엇이 한마디 했다. 프랭크는 키는 작지만 어깨가 넓고 미소를 띠고 있어 매우 매력적이고 아주 잘생긴 젊은이로 이가 가지런했다. 클라이드는 그에게 호감이 갔다.

"변호사들이야 식사를 좋아하든 좋아하지 않든 우린 달라. 식사가 나오지 않는다면 나는 갈 거야. 코넬에서 내년 보트의 조정수(調整手)로 누가 물망에 오르고 있는지 알아?" 해리엇과 크랜스턴, 그 밖의 사람들도 끼어든 이 코넬대학에 관한 화제를 클라이드로서는 전혀 이해할 수 없었다. 이 그룹의 화제에 올리고 있는 여러 대학은 그 이름도 별로 들어 본 적이 없었기 때문이다. 그래도 그는 자기의 부족한 점을 알고 대학들과 관계가 있을지 모르는 질문이나 대화를 피할 만큼은 머리가 잘 돌아갔다. 그러다 보니 그는 소외감을 느낄 수밖에 없었다. 모두가 대학을 나오고 그보다는 학식이 많은 사람들이었다. 어쩌면 그 자신도 어디에선가 학교에 다녔다고 말하는 편이 좋을 것도 같았다. 캔자스시티에 있을 때 그는 시에서 얼마 떨어지지 않은 곳에 있는 캔자스주립대학 이야기를 들은 적이 있었다. 미주리대학의 이야기를 들은 적도 있었다. 그리고 시카고 시절에는 시카고대학의 이야기도 들었다. 그런 대학 중 어느 한 곳, 가령 캔자스주립대학에 한동안 다녔다고 하면 어떨까? 그는 누가 물으면 그렇게 말하기로 작정했다. 나중에 가서 그 대학에 관해서 알아야 할 일들, 가령 무엇을 전공했는가를 생각해 보면 될 게 아닌가? 그는 어디선가 수학이라는 말을 들은 적이 있었다. 수학을 전공했다고 말할 수도 있지 않겠는가?

그러나 이곳에 모인 사람들은 자기네들 일에 너무 열중한 나머지 클라이드에게는 별로 신경을 쓰지 않았다. 밖에서는 그리피스 집안사람이라고 해서 그를 중요하게 생각하는 사람도 있을지 모르지만, 이곳에서는 그리 대단한 존재가 아니었다. 그것은 당연한 일이었다. 트레이시 트럼불은 그에게 등을 돌리고 와이넷 팬트와 이야기를 나누고 있었기 때문에 그는 꾸어다 놓은 보릿자루 신세가 되었다. 그러나 마침 그때 검은 피부에 조그마한 거트루드가 그 옆으로 다가왔다.

"사람들이 모이는 게 좀 늦어지고 있어요. 늘 이런걸요. 시간을 여덟 시로 정해 놓으면 여덟 시 반이나 아홉 시에 나타나거든요. 다 그런 거 아니겠어요?"

"물론이죠." 클라이드는 반가운 나머지 쾌활하고 될 수 있는 대로 여유 있는 척하면서 대답했다.

"거트루드 트럼불이라고 해요." 그녀가 말을 이었다. "잘생긴 질의 동생이죠." 비꼬는 듯하면서도 재미있다는 듯한 미소가 그녀의 입과 눈언저리에 감돌고 있었다. "아까 나더러 아는 척하고 고개를 끄덕였지만 나를 잘 모르죠. 그래도 우린 당신 애기를 많이 들어 왔어요." 그녀는 가능하다면 클라이드를 조금 놀리고 싶은 눈치였다. "아무도 만나 보지 못한 것 같은 수수께끼 같은 그리피스 집안 사람이 라이커거스에 나타났다고요. 하지만 난 언젠가 한번 센트럴 애비뷰에서 본 적이 있죠. 리치 캔디 가게로 들어가던데요. 물론 당신은 몰랐겠죠. 캔디를 좋아하나 봐요?"

"아, 네, 좋아합니다. 한데 왜 그걸 묻는 거죠?" 그 순간 클라이드는 놀림을 당하고 있다는 느낌이 들면서 기분이 상해서 물었다. 그때 그는 로버타에게 줄 캔디를 사려고 과자점에 들어갔었다. 그런데도 그는 다른 사람들과 있을 때보다는 이 아가씨와 있는 것이 오히려 마음이 조금 더 편했다. 그녀는 태도가 냉소적인데다 별로 예쁘지는 않았지만 사근사근하고 소외감과 서먹서먹한 상태에서 벗어날 수 있게 해 주었기 때문이다.

"알면서 그러는 거죠?" 그녀는 두 눈에 장난기 어린 표정을 지으며 웃었다. "어떤 아가씨한테 주려고 사는 것 같았어요. 여자 친구가 있겠죠?"

"어……." 클라이드는 순간 머뭇거렸다. 그녀가 질문하는 동안 로버타 생각이 머릿속에 떠올랐기 때문이다. '로버타랑 있는 걸 혹시 누가 본 게 아닐까?' 하는 생각이 그의 머릿속에 스쳐 갔다. 동시에 그는 지금까지 만난 어떤 여자보다도 당돌하고 짓궂고 머리가 잘 돌아가는 아가씨로구나, 하고 생각했다. 그래도 그는 더 이상 머뭇거리지 않고 이렇게 덧붙였다. "아뇨, 여자 친구는 없습니다. 무슨 생각으로 그런 질문을 하는 거죠?"

클라이드가 이렇게 말하는 동안 만약 로버타가 이 말을 들었다면 어떻게 생각할까 하는 생각이 들었다. "하지만 좋은 질문입니다." 그는 조금 불안해하면서 말을 이었다. "사람을 놀리기 좋아하나 봐요?"

"누가요, 제가요? 천만에요. 그런 짓은 별로 좋아하지 않아요. 하지만 틀림없이 당신한테 애인이 있을 거예요. 사람들이 속마음을 알리고 싶지 않을 때 무슨 말을 하는지 알고 싶어 난 질문하는 걸 좋아해요." 그녀는 재미있다는 듯 도전적으로 그의 눈을 들여다보면서 활짝 웃었다. "어쨌든 틀림없이 여자 친구가 있어요. 애인 없는 미남이 어디 있어요."

"아, 제가 미남인가요?" 그는 기분이 좋아 재미있게, 그러면서도 두려운 듯 웃었다. "누가 그러던가요?"

"시치미 떼지 말아요. 여러 사람이 그러는 걸요. 나도 그중 한 사람이고요. 또 손드라 핀칠리도 당신이 미남이라고 생각하고 있어요. 손드라는 잘생기지 않은 남자에게는 관심이 없거든요. 그건 우리 언니 질도 마찬가지죠. 그리고 언니도 잘생기지 않은 남자는 거들떠보지도 않아요. 난 미인이 아니라서 그렇지 않지만요." 그녀는 냉소적인 표정으로 놀리는 듯 그의 눈을 들여다보았다. 그래서 그는 어딘지 모르게 이런 곳에 어울리지 않는 듯한 느낌이 들면서도 동시에 우쭐해지면서 기분이 매우 좋았다. "어쨌든 사촌보다는 미남이라고 생각하지 않나요?" 그녀는 신랄하면서도 당당하게 말을 이었다. "그렇게 생각하는 사람들도 있어요."

클라이드는 자신이 믿고 싶은 일을 사실이라고 선언하는 이 말에 조금 당황하면서도 기분이 좋았고, 또 이 아가씨가 자기에게 관심을 갖는 것도 싫지는 않았다. 그렇지만 그로서는 감히 그렇다고 말한다는 것을 꿈에도 생각해 볼 수 없었다. 도전적이고 단호하고 때로는 앙심을 품은 듯한 길버트의 모습이 너무나 눈에 선했기 때문이다. 만약 이런 말이 그의 귀에 들어가는 날이면 길버트는 서슴없이 그를 해고해 버릴 사람이었다.

"난 그렇게 생각하지 않습니다. 정말이에요. 설마 그럴 리가 없죠." 그가 웃었다.

"아, 그러는 걸 보니 그렇게 생각하지 않을지도 모르죠. 어쨌든 그건 사실인걸요. 하지만 아무리 잘생겨도 돈이 없으면 별수 없어요. 제 말은요, 돈 있는 사람들과 어울리려면 그렇다는 거죠." 그녀는 그를 올려다보더니 붙임성 있게 한마디 덧붙였다. "사람들은 잘생긴 얼굴보다는 돈을 더 좋아하거든요."

참으로 야무진 아가씨로구나. 얼마나 가슴에 사무치는 냉혹한 말인가 하고 그는 생각했다. 그녀로서는 그럴 의도로 말한 것은 아니었지만 그로서는 그 말에 적잖이 마음이 아팠다.

바로 그때 손드라가 클라이드가 모르는 아주 멋진 옷차림을 한 키가 후리후리하게 큰 젊은이와 함께 나타났다. 그들 뒤를 이어 버타인과 스튜어트 핀칠리를 비롯한 다른 사람들도 도착했다.

"이제 그녀가 왔네요." 거트루드가 좀 못마땅한 듯이 말했다. 자기나 자기 언니보다 손드라가 훨씬 더 예쁜 데다 클라이드에게 관심이 있다는 말을 한 적이 있었기 때문이다. "자신의 미모를 알아보는지 알고 싶어 할 테니 그 여자를 실망시키지 말아요."

거트루드의 그 말이 아니었더라도 거짓말이 아니라 클라이드는 정신을 잃다시피 한 채 열심히 손드라를 바라보지 않을 수 없었다. 이 도시에서의 그녀 신분이나 부유한 처지, 옷차림이나 태도의 취향은 접어 두고라도 손드라는 그의 마음을 가장 사로잡는 그런 미모와 기질의 여자였다. 호튼스 브릭스 못지않게 자기중심적이기는 했지만 그녀보다 좀 더 세련되고(물론 그녀에게 부여된 재산과 신분 때문에 그렇겠지만) 성격이 덜 거칠었다. 손드라는 그녀 나름대로 열심히 사랑을 좇는 아프로디테'로 충분히 매력적인 대상이라면 누구에게나 자신의 파괴적인 매력의 힘을 한껏 과시하는 동시에 성가신 관계나 타협에서 자유로운 인격과 개성의 소유자였다. 그러나 그녀는 자신도 잘 알 수 없는 여러 이유로 클라이드에게 끌리고 있었다. 클라이드는 사회적 신분으로 보나 경제력으로 보나 별 볼일 없는 사내일지 모르지만 그녀에게는 흥미롭게 보였다.

그래서 손드라는 그가 이곳에 와 있는지 먼저 살펴보고, 다음에는 그녀가 먼저 그를 보았다는 사실을 그가 눈치채지 못하게 하고, 마지막으로 그를 위해 가능한 한 멋지게 행동하려고 무척 애썼다. 이것은 그에게 강한 인상을 주려고 용의주도하게 계산된 호튼스식의 절차요, 방법이었다. 그는 아주 옅은 노란빛에서 제일 진한 오렌지색에 이르는 얇은 시퐁의 무도복을 입고— 이 드레스는 그녀의 검은색 눈과 머리칼을 한껏 돋보이게 해 주었다— 이리저리 옮겨 다니는 모습을 응시하고 있었다. 그녀는 열서너 명의 사람과 인사를 나누고 도시에서 일어난 이런저런 일에 관해 수다를 떨고 나서야 비로소 그가 옆에 와 있다는 것을 깨닫는 척했다.

"오, 왔군요. 결국 참석하기로 한 거로군요. 올지 어떨지 확신이 서지 않았거든요. 물론 소개는 다 끝났겠죠?" 그녀는 소개가 아직 다 끝나지 않았다면 자기가 소개를 하겠다는 듯 방 안을 빙 둘러보았다. 클라이드에게 이렇다 할 인상을 받지 못한 다른 사람들은 손드라가 그에게 그토록 관심을 보이는 것에 적잖이 흥미를 느끼고 있었다.

"네, 거의 다 인사를 한 것 같습니다."

"프레디 셀스는 아직 만나 보지 못했겠죠. 방금 나랑 같이 왔으니까요. 이리 와 봐, 프레디." 두 뺨이 반들거리고 머리를 곱실거리게 한 게 분명한, 몸에 꽉 끼는 연미복을 입은 키 크고 몸이 마른 젊은이가 다가오더니 마치 수탉이 참새를 노리는 눈초리로 클라이드를 내려다보았다.

"프레디, 내가 말하던 클라이드 그리피스야." 그녀가 쾌활한 목소리로 말을 꺼냈다. "길버트를 똑 닮지 않았니?"

"어, 과연 그렇군." 얼굴을 바싹 갖다 대는 것으로 보아 눈이 나쁜 것 같은 상냥한 사내가 큰 소리로 대답했다. "길버트와 사촌 간이라죠? 길버트와는 잘 아는 사이입니다. 프린스턴대학에 같이 다녔거든요. 나도 스케넥터디에 있는 제네럴 일렉트릭* 회사로 직장을 옮기기 전까진 이곳에 살았죠. 그래도 아직은 이곳에 자주 드나듭니다. 공장에서 일한다는 말을 들었습니다만."

"네 그렇습니다." 클라이드는 어디로 보나 자기보다 경력과 학력이 훨씬 더 많은 이 젊은이 앞에서 적잖이 열등감을 느끼면서 대답했다. 그는 이 젊은이가 자기에게 이해할 수 없는 무슨 말을, 어떤 종류의 일도 일관되게 훈련을 받은 적이 없어 전문적인 지식이 하나도 없는 그에게 어떤 말을 꺼내지 않을까 하고 겁이 나기 시작했다.

"어떤 부서의 책임자로 있겠군요?"

"네 그렇습니다." 클라이드가 겁이 나서 조심스럽게 대답했다.

"난 전부터 칼라를 만드는 사업이 돈을 번다는 것 말고는 또 무슨 의미가 있을까 하고 늘 생각해 왔어요." 기술적인 문제뿐 아니라 사업 분야에도 관심이 있는 셀스 씨는 흥미가 있는 듯 힘차게 말을 이었다. "대학 시절에 길버트랑 난 그 문제를 두고 논쟁을 벌이곤 했죠. 그 친구는 값싼 칼라가 없다면 그것을 대신해 달리 사용할 것이 없는 사람들에게 예절을 가르쳐 주고 세련되게 해 준다는 점에서 사회적으로도 어느 정도 중요한 의미가 있다 말하곤 했어요, 어디선가 책으로 읽은 거겠죠. 난 늘 그런 그에게 껄껄 웃을 수밖에 없었어요."

클라이드는 무슨 말인지 잘 이해할 수 없으면서도 막 뭔가 한마디 하려고 하고 있었다. '사회적으로 중요한 의미', 도대체 이 말의 의미가 무엇인지는 몰라도 거기에는 셀스 씨가 대학에서 배운 어떤 심오한 과학 정보가 담겨져 있는 것 같았다. 마침 손드라가 그의 난처한 처지를 알지 못하면서도 한마디 던진 탓으로 그는 무슨 말인지 모르는 대답이나, 전혀 엉뚱한 말을 하지 않아도 되었다. "어머, 토론은 벌이지 말아요, 프레디. 그건 재미없어요. 더구나 그리피스 씨를 오빠하고 버타인에게 소개하고 싶어요. 미스 그랜스턴을 기억하겠죠. 지난봄에 저랑 그리피스 씨 댁에 같이 갔었잖아요."

프레디가 그런 핀잔을 듣고도 태연한 채 그가 그토록 존경해 마지않는 손드라를 물끄러미 바라보고 있는 동안 클라이드는 그녀 쪽으로 돌아섰다.

"네, 그러죠." 클라이드가 말했다. 그는 아까부터 다른 사람들과 함께 그 두 사람을 눈여겨보고 있었다. 버타인은 그로서는 이해할 수 없는 여자였지만 손드라를 제외하면 여기에 모인 여자 중에서 제일 예쁜 것 같았다. 이런저런 일에 얽혀 있고 성실하지 못하고 교활한 탓에 버타인은 그녀만의 세계에 관한 한, 무능력하고 또 그래서 우유부단한 것 같은 혼란스런 감정을 그에게 불러일으켜 주었다. 오직 그뿐이었다.

"아, 안녕하세요? 다시 만나게 돼서 반갑습니다." 그녀는 미소를 띠었지만 당혹스런 표정을 지으며 청회색 눈으로 그를 뜯어보았다. 그녀는 그가 잘생기기는 했지만 그녀가 좋아하는 대로 야무지고 강인한 데가 없다고 생각했다. "일이 굉장히 바쁜가 봐요. 하지만 한번 이렇게 나왔으니 앞으로는 종종 만나게 되겠네요."

"네, 그렇게 됐으면 좋겠습니다." 그는 가지런한 이를 드러내 보이며 대답했다.

버타인의 눈에는 자기가 한 말은 마음에도 없는 것이며 클라이드도 그것을 알고 있지만, 예의에서 또 재미있으니 그런 말을 하지 않을 수 없다는 표정이 담겨 있는 듯했다.

손드라의 오빠 스튜어트의 태도도 조금 완화되기는 했지만 버타인의 태도와 크게 다르지 않았다.

"아, 안녕하십니까? 만나서 반갑습니다. 방금 동생한테서 듣고 있었습니다. 라이커거스에는 오래 머물 건가요? 그랬으면 좋겠습니다. 그럼 가끔 만나게 되겠군요."

클라이드는 그 말을 그대로 믿을 수는 없었지만 가지런한 흰

이를 드러내 보이고 웃는 스튜어트의 천박하지만 여유 있는 태도가 부러웠다. 무관심하면서도 상냥하고 민첩하게 웃는 그 모습 말이다. 옆을 지나가는 와이넷 팬트의 팔을 자연스럽게 잡는 그의 태도도 부러웠다. "잠깐, 와이넷. 물어볼 말이 있어." 그는 와이넷에게 바싹 고개를 숙이고 뭐라고 지껄여 대면서 다른 방으로 갔다. 그가 완벽하게 재단한 옷을 입고 있다는 사실을 클라이드는 놓치지 않고 보았다.

정말 화려한 세계로구나 하고 클라이드는 생각했다. 이 얼마나 활기가 넘치는 세계란 말인가. 바로 그때 질 트럼불이 외쳤다. "여러분 식사 준비가 됐어요. 제 잘못이 아녜요. 요리사가 뭣 때문인지 화가 났어요. 어쨌든 여러분도 늦게 나타났고요. 빨리 식사를 끝내고 춤을 추기로 하죠?"

"미스 트럼불이 다른 사람들을 모두 자리에 앉힌 뒤 저랑 그 여자 사이에 앉아요." 손드라가 자신 있게 말했다. "그게 좋겠죠? 자, 나를 안으로 데리고 들어가요."

손드라는 흰 팔로 클라이드의 팔을 살짝 끼었다. 그는 천천히, 그러나 확실히 천국으로 들어가고 있는 듯한 기분이었다.

제26장

만찬 자체는 클라이드가 이 도시에서 개인적으로 접촉해 온 것과는 대부분 아무 상관 없는 장소들과 사람들, 여러 계획에 관한 잡담에 지나지 않았다. 그러나 클라이드는 잘생긴 얼굴 덕택으로 곧 낯선 장소에 와 있다는 어색한 느낌, 다른 사람들, 특히 손드라 핀칠리가 그를 좋아한다는 사실에 흥미를 느끼는 젊은 여성들의 무관심을 극복할 수 있었다. 옆자리에 앉은 질 트럼불은 그에게 어디서 왔는지, 가정생활은 어떠하며 어떤 사람들과 왕래를 하는지, 왜 라이커거스에 오게 됐는지를 물었다. 다른 여자들과 그들의 남자 친구들에 관한 실없는 농담 도중에 불쑥 던진 질문이었지만 클라이드로서는 머뭇거리지 않을 수 없었다. 그는 집안 사정을 사실 대로 털어놓을 생각이 전혀 없었다. 다만 아버지가 덴버에서 별로 크지는 않지만 호텔을 경영하고 있다고 말했다. 또 시카고에서 만난 큰아버지가 이곳에 와서 칼라 사업을 배워 보지 않겠느냐고 제안해서 라이커거스에 오게 된 것이라는 말도 했다. 그는 또 칼라 사업에 깊은 관심이 있는 것은 아니어서 이 일에 언제까지나 몸을 담고 있을 가치가 있을지 어떨지 확신할 수 없으며 지금으로서는 이 일이 그의 장래에 어떤 의미가 있는지 알아보려 하는 중이라고 했다. 그가 질과 이야기하는 동안 옆에서 함께 듣고 있던 손드라는 길버트로부터 나온 모든 소문에도 불구하고 이곳 일이 잘 풀리지 않으면 그에게는 돌아갈 재산과 지위가 있음이 분명하다고 생각하게 되었다.

클라이드가 한 말의 내용은 손드라와 질뿐 아니라 다른 사람들에게도 중요한 의미가 있었다. 그가 잘생기고 매력이 있고 또 그리피스 집안의 한 사람이라 해도 콘스턴스 와이넌트의 말처럼 사촌 집 신세나 지려고 온 별 볼일 없는 사람이었다면 그것은 곤란했기 때문이다. 친척의 연줄이 아무리 좋아도 돈이 없는 점원이나 연금으로 사는 사람과는 그저 친하게 지낼 수 있는 게 고작이었다. 한편 어디에선가 사회적 지위가 확립되어 있고 재산도 어느 정도 있는 사람이라면 사정은 전혀 달랐다.

손드라는 지금 그가 한 말이며 그녀가 상상했던 것 이상으로 괜찮다는 사실에 안심이 되어 그에게 좀 더 잘해 주고 싶은 생각이 들었다.

"식사가 끝나면 나하고 춤을 춰 줄 거죠?" 어디에선가 곧 열릴 댄스에 관한 이야기가 시끄럽게 오가는 틈을 타서 그녀가 지어 보이는 상냥한 웃음에 용기를 얻은 클라이드가 이렇게 말을 건넸다.

"네, 물론이죠. 원한다면 춰야죠." 그녀는 그의 마음을 더욱 더 사로잡기 위해 교태를 부리며 대답했다.

"단 한 번 출 건가요?"

"몇 번이나 추고 싶은데요? 이곳에 남자가 열 사람이 넘잖아요. 들어올 때 프로그램을 받았나요?"

"프로그램을 보지 못했는데요."

"상관없어요. 식사 후 한 장 얻을 수 있을 거예요. 세 번째와 여덟 번째에 나랑 추도록 해요. 그래야 다른 사람들한테도 차례가 오죠." 그녀는 매혹적인 미소를 지었다. "누구에게나 다 잘해 줘야 하거든요."

"네, 알고 있습니다." 그는 여전히 그녀에게서 시선을 떼지 못하고 있었다. "하지만 지난 4월에 큰아버지 집에서 만난 뒤로 혹다시 만날 수 없을까, 하고 생각해 왔습니다. 아가씨의 이름이 나와 있지 않을까 해서 늘 신문을 들여다보고 있죠."

클라이드는 그녀의 대답에 기대를 거는 표정으로 미심쩍게 그녀를 바라보았다. 손드라도 이 순진한 고백을 듣고 자기도 모르게 마음이 흔들리지 않을 수 없었다. 그는 그녀가 가는 곳에 가고 그녀가 하는 일을 할 수 있는 여유는 없는 게 분명했지만 신문에서나마 그녀의 이름과 동정을 알아보려고 애쓰고 있지 않은가. 그녀는 그에게서 그런 말을 더 듣고 싶은 욕망을 억제할 수 없었다.

"아, 그래요?" 그녀가 덧붙였다. "좋네요. 그래 나에 관해 무슨 기사를 읽었나요?"

"트웰프스 호수와 그린우드 호수에 가 있었던 기사하고, 새런에서 수영 대회에 참가했다는 기사를 읽었습니다. 폴 스미스 씨네 별장으로 갔었다는 기사도 읽었죠. 신문 기사에 따르면 슈룬 호수 출신의 어떤 사람에게 관심이 있어 그 사람과 결혼할지도 모른다고 하더군요."

"어머, 신문에 그런 것까지 나왔어요? 터무니없는 소문이에요. 신문들은 그런 말도 안 되는 기사만 실어요." 손드라의 어조에는 그가 그녀의 사생활을 침해하고 있다는 의미가 내포되어 있었기에 그의 얼굴에 겸연쩍은 표정이 감돌았다. 그러자 그녀는 마음이 누그러져 잠시 뒤 아까와 같은 어조로 다시 대화를 이어 나갔다.

"승마를 좋아하나요?" 그녀는 그의 마음을 달래 주려는 듯 정답게 물었다.

"한 번도 승마를 해 본 적이 없습니다. 알다시피 승마를 할 기회가 없었거든요. 하지만 해 보면 할 수 있을 것 같다는 생각이 들었습니다."

"물론이에요. 승마는 그다지 어렵지 않아요. 한두 번 레슨을 받으면 할 수 있어요." 그녀는 조금 음성을 낮추어 덧붙였다. "언제 한번 같이 말을 타고 천천히 달려 보도록 해요. 우리 집 마구간에는 마음에 들 만한 말이 많이 있거든요."

클라이드는 기대에 부푼 나머지 머리끝이 쭈뼛쭈뼛 했다. 실제로 손드라한테서 언젠 한번 승마를 같이하자고, 그것도 자기 집 말을 탈 수 있다고 제의를 받는 것이 아닌가.

"아, 꼭 그러고 싶습니다. 그랬으면 얼마나 좋겠습니까!" 그가 대꾸했다.

일행이 식탁에서 일어나고 있었다. 4인조 실내악단이 도착해서 옆 거실에서 벌써 폭스트롯 준비 곡이 흘러나오고 있어 식사에 관심 있는 사람은 아무도 없었다. 길고 널찍한 거실에서 벽 의자들을 제외하면 방해가 되는 가구는 모두 치워져 있었다.

"다른 사람들이 가기 전에 프로그램과 댄스에 대해 알아 두는 게 좋을 거예요." 손드라가 주의하라고 일러 주었다.

"네, 지금 당장 그렇게 하겠습니다." 클라이드가 대답했다. "그런데 아가씨하고는 두 번밖에는 같이 출 수 없는 건가요?"

"그러면 전반부에는 세 번째, 다섯 번째, 여덟 번째로 정해요." 그녀는 얼른 가 보라고 경쾌하게 손짓을 했고, 그는 급히 프로그램을 얻으러 갔다.

춤은 모두 그 무렵의 정열적인 폭스트롯이었지만 각자의 취향에 따라 스타일이 조금씩 달랐다. 지난 한 달 동안 로버타와 워낙 춤을 많이 추었던 터라 클라이드는 춤 솜씨가 매우 익숙했고, 마침내 손드라 같은 여자와 사교적이고 애정 깃든 접촉을 하게 됐다는 생각에 그만 가슴이 터질 듯 벅찼다.

클라이드는 다른 춤 상대들에게도 애써 예의와 관심을 보이려고 했지만 손드라의 모습이 눈앞을 스치고 지나갈 때마다 현기증을 느낄 정도로 아찔했다. 그녀가 그랜트 크랜스턴의 품에 안겨 꿈꾸듯 나른하게 몸을 흔들며 가까이 있는 그에게 시선을 보내 모든 일에서 그녀의 태도가 얼마나 우아하고 낭만적이고 시적인지 — 그녀야말로 살아 있는 한 떨기 꽃이라는 사실을 느낄 수 있게 해 주었다. 바로 그때 그와 함께 춤을 추고 있던 니나 템플이 한마디 던졌다. "저 애 정말 예쁘지 않나요?"

"누구 말입니까?" 클라이드는 모르는 척 시치미를 뗐지만 그의 뺨과 이마가 발갛게 달아올라 있었다. "누구를 말하는지 모르겠는데요."

"몰라요? 그럼 왜 얼굴을 붉히는 거죠?"

클라이드 자신도 얼굴을 붉히고 있다는 사실을 깨닫고 있었다. 시치미를 뗀다는 것은 우스꽝스러운 일이었다. 그는 몸을 돌렸지만 바로 그때 음악이 멈추자 사람들은 저마다 의자가 있는 곳으로 돌아갔다. 손드라는 그랜트 크랜스턴과 함께 자리를 떠나고, 클라이드는 니나를 서재 창가의 쿠션이 있는 의자로 데려갔다.

클라이드의 다음 번 춤 상대는 버타인이었는데, 그를 대하는 그녀의 쌀쌀맞고 냉소적인 무관심이 조금 당황스러웠다. 그녀가 클라이드에게 관심을 기울이는 것은 주로 손드라가 그에게 흥미를 느끼고 있다는 사실 때문이었다.

"춤을 잘 추는군요. 이 도시에 오기 전에 춤을 많이 춘 모양이죠. 시카고라고 했던가요?"

그녀는 느린 말투로 별로 관심도 없다는 듯 말했다.

"이 도시에 오기 전에 시카고에 있었지만 춤은 별로 추지 않았습니다. 일해야 했으니까요." 그는 속으로 모든 것을 소유하고 있는 버타인 같은 여자와, 가진 것이 아무것도 없는 로버타

같은 여자가 얼마나 다른지 서로 비교해 보고 있었다. 그러나 이 순간만은 그는 로버타 쪽에 더 마음이 쏠렸다. 로버타는 마음이 더 착하고 따뜻하고 친절한 여자였다. 이렇게 차갑지는 않았다.

구슬픈 색소폰 소리가 낭랑하게 울려 퍼지며 다시 음악이 시작되자 손드라가 그에게 다가와 자기의 오른손을 그의 왼손에 맡기고 허리에 그의 팔을 두르게 했다. 그 여유 있고 정답고 자연스런 태도는 꿈속에 있는 클라이드의 가슴을 더욱 두근거리게 했다.

이어 그녀는 교태를 부리고 교활한 표정으로 그의 눈 속을 들여다보며 미소를 지었다. 그 부드럽고 잘은 알 수 없지만 무언가 약속하는 듯한 미소를 보자 클라이드는 가슴의 고동이 빨라지고 목구멍이 죄어들어 가는 것만 같았다. 그녀가 사용하고 있는 은은한 향수가 봄 향기처럼 그의 콧구멍을 자극했다.

"즐겁게 시간을 보내고 있나요?"

"네, 그럼요. 아가씨를 바라보면서요."

"이렇게 쳐다볼 만한 미인들이 많은 데도요?"

"아, 어느 다른 아가씨도 당신처럼 예쁘진 않습니다."

"그리고 난 다른 여자들보다 춤을 더 잘 추고, 다른 어느 여자보다도 매력적이죠. 난 당신을 위해 이런 모든 말을 했어요. 자, 이제 당신은 무슨 말을 할 건가요?"

손드라는 짓궂게 그를 쳐다보았다. 클라이드는 그녀가 로버타와는 전혀 다른 유형의 여자라 어떻게 다루어야 할지 몰라 당황하면서 얼굴을 붉혔다.

"글쎄요." 그는 정색하고 대답했다. "모든 남자가 그렇게 말하니까 나더러는 그러지 말라는 거군요."

"어머, 모든 남자가 다 그러는 것은 아니죠." 너무도 소박한 그의 대답에 그녀는 기분이 좋으면서도 한편으로는 움찔했다. "내가 예쁘게 생겼다고 생각하지 않는 사람도 많아요."

"설마 그럴 리가요!" 그녀가 자기를 놀리고 있지 않다는 것을 알고 그는 쾌활하게 말했다. 그러나 그는 다시 한 번 그녀에게 찬사를 보내기가 두려웠다. 그는 달리 할 말을 찾다가 식탁에서 주고받던 승마와 테니스에 관한 화제로 돌아가 물었다. "야외 스포츠는 모두 좋아하시죠?"

"좋아하느냐고요?" 그녀는 금방 신이 나서 되물었다. "세상에서 제일 좋아하는 게 스포츠예요. 승마, 테니스, 수영, 모터보트, 수상 스키라면 정신을 잃을 정도죠. 수영은 할 줄 알겠죠?"

"아, 그럼요." 클라이드가 호기 있게 대답했다.

"테니스는요?"

"글쎄, 시작한 지가 얼마 안 돼서요." 그는 전혀 할 줄 모른다고 인정하기 싫어 그렇게 대답했다.

"아, 난 테니스를 아주 좋아해요. 언제 한번 같이 쳤으면 좋겠어요."

이 말에 클라이드는 기분이 완전히 되살아났다. 사랑을 노래하는 유행가의 슬픈 가락에 맞추어 스텝을 밟으면서 그녀는 말을 이었다. "벨라 그리피스랑 스튜어트, 그랜트랑 나하고 복식

게임을 하죠. 지난여름에는 그린우드와 트웰프스 호수에서 모든 대회를 휩쓸다시피 한걸요. 그리고 내가 수상 스키와 하이 다이빙을 하는 걸 봤어야 했어요. 지금 트웰프스 호수에 굉장한 쾌속정 모터보트가 있어요. 스튜어트 거예요. 시속 100킬로미터쯤 달릴 수 있는 보트예요."

클라이드는 즉시 손드라가 흥미를 느낄 뿐 아니라 흥분까지 하는 화제를 우연히 생각해 냈다는 것을 깨달았다. 그녀는 분명히 야외 스포츠 자체도 좋아하지만, 그녀와 사교적으로 교제하는 사람들이 가장 관심 있어 하는 스포츠에서 승리의 월계관을 차지하는 능력도 그녀에게는 중요했다. 그러나 무엇보다도 그녀에게 아찔한 흥분을 자아내 주는 것은— 그가 나중에 파악하게 된 것이지만— 그런 일 때문에 자주 옷을 갈아입고, 따라서 사교적인 쇼를 연출할 기회가 생긴다는 사실이었다. 그녀가 수영복을 입은 모습, 승마복, 테니스복, 무도복 또는 드라이브 차림을 한 모습이 얼마나 멋졌던가?

두 사람은 함께 춤을 추며 적어도 지금, 이 순간만은 각자가 상대방에 느끼는 관심이 같다는 사실에 짜릿한 감동을 느끼고 있었다. 어떤 순간적인 온기랄까, 열정이랄까 그런 것이 다정하면서도 아쉬운 눈빛의 형체를 띠었다. 그 눈빛은 손드라의 경우에는 클라이드가 스포츠와 금전과 그 밖의 면에서 이런 세계에 적응할 수만 있다면, 그를 여기저기에 초대할 수도 있다는 암시의 형체를 띠고 있었다. 클라이드의 경우에는 그 순간 그런 것이 얼마든지 있을 수 있는 일이라는 막연하고도 자기기만적인 생각의 형체를 띠었다. 한편 실제로는 언뜻 보기에 확신에 차고 자신 있는 듯한 표면 밑바닥에는 좀 더 깊은 자기 불신의 감정이 흐르고 있었고, 그 감정은 열렬하면서도 어딘지 모르게 서글픈 그의 눈빛과, 힘차고 자신에 넘치는 그의 목소리에 실려 있었다. 만약 손드라가 그것에 대해 정의를 내릴 수만 있었더라면 뭔가 자신감과는 거리가 먼 것과 관련되어 있다는 사실을 알아차렸을 것이다.

"아, 춤이 끝났군요." 그가 아쉬운 듯 말했다.

"앙코르를 청해 볼까요?" 그녀가 손뼉 치면서 말했다. 그러자 악단이 경쾌한 곡을 연주하기 시작했고, 두 사람은 다시 한 번 플로어로 미끄러져 나갔다. 두 사람은 마치 사나우면서도 다정한 바다 위에 시달리는 두 개의 나뭇조각처럼 음악의 리듬에 조화롭게 몸을 내맡기고 이리저리 몸을 낮추었다 흔들었다 했다.

"아, 다시 만나다니, 그래서 이렇게 같이 춤을 추다니 꿈만 같아요…… 손드라."

"날 손드라라고 불러서는 안 되죠. 잘 알지도 못하잖아요."

"미스 핀칠리라고 한다는 게 그만 그렇게 됐습니다. 그렇다고 화는 내지 않겠죠?"

클라이드는 다시 창백해진 얼굴에 슬픈 표정을 짓고 있었다.

손드라는 그의 표정을 읽었다.

"아뇨. 내가 화를 냈나요? 정말 화가 난 건 아녜요. 나도 당신이 좋아요…… 조금요…… 감상적인 표정을 짓지 않을 때 말이죠."

그때 음악이 멈췄다. 경쾌하게 춤을 추던 발들이 걷는 동작으로 바뀌었다.

"밖에 아직 눈이 오고 있는지 보고 싶어요. 나가 보지 않을래요?" 손드라가 물었다.

"아, 물론이죠. 자, 나가요."

두 사람은 움직이고 있는 쌍쌍들 사이를 지나 옆문을 통해 소리 없이 부드럽게 내리고 있는 함박눈이 뒤덮인 바깥세상으로 빠져나왔다. 소용돌이치며 조용히 내리는 눈이 대기를 가득 채우고 있었다.

제27장

12월이 되자 클라이드에게는 즐거우면서도 복잡하고 불안한 일들이 잇달아 일어났다. 클라이드가 자신을 좋아한다는 사실을 알아차린 손드라 핀칠리가 그를 잊으려 한다거나 내버려 두려 하지 않았기 때문이다. 그러나 그녀가 놓여 있는 사회적 위치 때문에 어떻게 해야 할지 처음에는 태도를 결정하기가 모호했다. 클라이드는 너무 가난한 데다 그리피스 집안사람들에게 너무 무시당하고 있어 그녀로서도 그에게 눈에 띄게 드러내 놓고 관심을 보일 수도 없는 노릇이었다.

그런데 손드라가 클라이드에게 접근하게 된 데는 중요한 동기 — 즉, 그의 사촌과 친하게 지냄으로써 길버트의 감정을 상하게 하려는 욕망 — 말고도 또 다른 동기가 있었다. 그녀는 그가 좋았다. 그의 매력도 매력이었지만 그녀 자신과 그녀의 신분을 우러러보는 그의 태도가 기분을 우쭐하게 했다. 그도 그럴 것이 그녀는 클라이드가 보이는 것만큼 그렇게 진지하고 낭만적인 태도로 누군가가 아첨해 주지 않고서는 배기지 못하는 성미였다. 또한 그는 그녀의 마음에 드는 신체적·정신적 조건도 지니고 있었다. 그녀의 비위를 건드릴 용기는 없으면서도 바람기가 있었고 그녀를 우러러보면서도 인간적으로 대하며, 그녀의 정신적·육체적 활력과 잘 조화를 이루는 정신적·육체적 활력을 지니고 있었다.

그러므로 어떻게 하면 지나치게 남의 이목을 끌거나 좋지 못한 소문이 나지 않게 하면서 클라이드와의 관계를 진전시킬 수 있을까 하는 것이 손드라에게는 골칫거리였다. 그녀는 밤마다 잠자리에 들면 그 문제로 깜찍하게 조그마한 머리를 굴렸다. 그러나 정작 트럼불 씨 집에서 그를 만난 사람들은 그날 밤 그녀가 그에게 보인 관심과 그의 친절하고 사근사근한 성격에 감명을 받아 그를 교제해도 무방한 상대라고 생각하고 있었다.

두 주일 뒤 스타크 백화점에서 부모와 누나, 동생들, 그리고 로버타에게 줄 비싸지 않은 크리스마스 선물을 찾고 있던 클라이드는 역시 늦은 쇼핑을 하러 나온 질 트럼불을 만났다. 그녀는 이튿날 저녁 글로버스빌에 있는 밴다 스틸 집에서 크리스마스 전 댄스 모임이 열리는데 오지 않겠느냐고 그를 초대했다. 질 자신은 프랭크 해리엇과 같이 가기로 되어 있었지만 손드라 핀칠리가 참석할지 어떨지는 잘 모르겠다고 했다. 손드라는 다른 약속이 있는 모양이지만 될 수 있으면 그 파티에 갈 생각이라고 했다는 것이다. 동생 거트루드는 그가 에스코트해 주면 기꺼이 같이 갈 거라고 했다. 질은 완곡하게 클라이드에게 그날 밤 거트루드와 짝이 되어 달라고 부탁하고 있는 셈이었다. 더구나 질은 클라이드가 참석한다는 것을 알면 손드라도 틀림없이 다른 약속을 취소할 것 같았다.

"트레이시가 시간을 맞춰 자동차로 데리러 가도 되고, 아니면……" 하고 질이 잠시 머뭇거렸다. "……먼저 우리 집에 들려 같이 저녁 식사를 하고 함께 가도 돼요. 우리 식구끼리 하는 식사지만 참석한다면 환영이에요. 댄스는 열한 시나 돼야 시작하거든요."

댄스파티가 열리는 것은 금요일 밤이었는데, 클라이드는 이날 밤에는 사흘 동안의 크리스마스 휴가를 부모와 함께 보내기 위해 이튿날 떠나는 로버타와 함께 지내기로 미리 약속되어 있었다. 로버타가 이렇게 오랫동안 그의 곁을 떠나 다른 곳에 있는 것은 이번이 처음이었다. 그녀가 새 만년필과 에버샤프* 펜을 그에게 선물로 준비하고 있는 사실을 알고 있는 것 말고도 그녀는 그 마지막 밤을 꼭 그와 함께 보내고 싶어 그에게 다짐을 해 두었던 것이다. 클라이드 자신으로서도 이 마지막 밤을 이용해 흑백 화장품 세트를 선물로 주어 그녀를 놀라게 할 생각이었다.

그러나 클라이드는 손드라를 다시 만나게 될지도 모른다는 생각에 마음이 부풀어 그만 로버타와 함께 마지막 밤을 지내기로 한 약속을 취소하기로 마음먹었다. 물론 어떻게 핑계를 대야 할지 또 그런 행동이 올바른 것인지 하는 문제로 꺼림칙했다. 그는 손드라에게 자꾸만 마음이 끌리면서도 아직은 여전히 로버타를 사랑하고 있어 이런 식으로 그녀를 상심시키고 싶지는 않았다. 그녀가 몹시 실망할 것을 그는 잘 알고 있었다. 그렇기는 하지만 뒤늦게 온 이 뜻밖의 사교계 입문은 그로서는 너무나 기분이 좋고 감격스러운 일이어서 질의 초대를 거절한다는 것은 도저히 생각할 수도 없었다. 어떻게 그럴 수 있단 말인가? 그리피스 집안사람들의 도움 없이 트럼불 남매들과 글로버스빌의 스틸 씨네 집을 방문하는 일을 어떻게 포기할 수 있단 말인가? 로버타에게는 의리를 저버리는 잔인한 배신 행위가 될지 모르지만 어쩌면 손드라를 다시 만날 수 있을지도 모르지 않는가?

결국 클라이드는 파티에 참석하겠다고 말했고, 곧바로 로버타를 찾아가 그럴듯한 핑계를 — 그리피스 집안의 만찬에 초대를 받았다고 — 대야겠다고 생각했다. 그렇게 말하면 그녀도 충분히 주눅이 들고 마지못해 할 것이다. 그러나 로버타 집에 도착했지만 그녀가 외출하고 없었기 때문에 그는 이튿날 아침 공장에서 필요하다면 쪽지를 적어서라도 사정을 설명하기로 했다. 그 대신 그는 일요일에 폰다까지 그녀와 같이 가 주기로 약속하고 선물은 그때 건네주기로 했다.

그러나 금요일 아침 공장에 나가자 클라이드는 전 같으면 심각한 얼굴에 슬픈 표정까지 짓고 설명을 했겠지만, 이번에는 이렇게 귓속말로 속삭였다. "이봐, 오늘 밤 약속은 취소해야겠는걸. 큰아버지 댁에 초대받아서 가지 않을 수가 없어. 나중에 자기한테 갈 수 있을지 어떨지 잘 모르겠어. 너무 늦지 않으면 가도록 해 볼게. 만약 못 가게 되면 내일 폰다로 가는 전차 안에서 만나. 선물 줄 게 있으니까. 너무 기분 나쁘게 생각하지는 마. 오늘 아침에야 연락이 왔어. 좀 더 일찍 연락이 왔다면 미리 알렸을 거야. 기분이 상하지는 않겠지?" 그는 이 문제로 자신도 애석하게 생각한다는 것을 표현하기 위해 될 수 있는 한 슬픈 표정을 짓고 그녀를 바라보았다.

그러나 준비한 선물과 행복한 마지막 밤의 기대가 처음으로 이렇게 무참히 깨지자 로버타는 '아니, 이럴 수가!' 하고 말하는 듯 고개를 내저었다. 그녀는 몹시 침울한 마음으로 그가 이 무렵 그녀에게 갑자기 등을 돌리는 것이 앞으로 무슨 전조가 될까 생각하고 있었다. 지금껏 클라이드는 로버타에게 온갖 관심을 기울이면서 전과 다름없는 애정을 가장해서 — 그것은 아직은 그녀가 속기에 충분한 애정이었다 — 손드라와의 최근 관계를 속이고 있었다. 그의 말대로 피할 수 없는 초대장이 날아와 일이 이렇게 되었다는 것은 사실일지도 몰랐다. 하지만 아, 그녀가 머릿속에 그려 온 행복한 밤은 어떻게 되는가? 앞으로 꼬박 사흘이나 서로 떨어져 있지 않으면 안 되었다. 그녀는 처음에는 공장에서, 그리고 나중에는 자기 방에서 울적한 마음으로 큰아버지 댁 만찬이 끝난 후 선물을 줄 수 있도록 늦게라도 찾아오겠다는 말을 하지 않는 클라이드가 원망스러웠다. 그러나 그날 그의 마지막 변명은 만찬이 늦게까지 계속될 것 같다는 것이었다. 그도 확실히 알 수 없다는 것이다. 만찬이 끝난 뒤에는 함께 어디론가 갈 예정이라는 말도 했다.

한편 트럼불 씨네 집을 거쳐 스틸 씨네 집으로 간 클라이드는 한 달 전만 해도 꿈도 꾸지 못했던 일련의 새로운 일로 기분이 우쭐하고 자신감마저 느끼게 되었다. 스틸 씨네 집에서 그는 곧 바로 20여 명의 인사에게 소개되었는데, 그들은 트럼불 집안의 남매가 그를 데리고 온 것을 보고 또 그가 그리피스 집안사람이라는 사실을 알자 즉석에서 자신들이 열기로 한 모임에 그를 초대하거나 또는 그가 초대될 수 있는 행사에 대해 귀띔해 주기도 했다. 그날 밤 모임이 끝날 때까지 그는 밴담 씨네 집에서 새해 첫날에 열리는 댄스 모임과 라이커거스의 해리엇 씨 집의 크리스마스이브 만찬 무도회에 초대받았다. 크리스마스이브 만찬 무도회에는 길버트와 벨라, 손드라와 버타인, 그 밖의 사람들도 초대받았다.

마침내 자정 무렵 손드라가 스콧 니컬슨, 프레디 셀스, 버타인과 함께 나타나 처음에는 클라이드가 와 있는 것을 전혀 모른 척하다가 그에게 "아, 안녕하세요? 여기서 만나리라곤 생각 못했어요" 하고 인사를 했다. 진홍빛 스페인 숄을 두른 그녀의 모습은 매우 요염했다. 그러나 클라이드는 자기가 와 있는 것을 그녀가 처음부터 알고 있었다는 것을 눈치챌 수 있었다. 그래서 기회가 생기자마자 그는 그녀 옆으로 다가가 동경에 찬 시선으로 물었다. "나하고는 춤추지 않으렵니까?"

"아, 물론이죠, 원한다면야. 지금쯤이면 나를 잊었을 거라고 생각했거든요." 그녀가 놀리듯 말했다.

"마치 내가 아가씨를 잊을 수 있을 거라고 생각이나 한 듯이 말하는군요. 혹시 다시 만날 수 있을지 모른다고 기대하지 않았더라면 오늘 밤 나는 이곳에 오지 않았을 겁니다. 지난번 만난 뒤로 다른 사람, 다른 일은 한 번도 생각해 본 적이 없으니까요."

정말로 손드라에게 넋을 온통 빼앗겨 버린 클라이드는 짐짓 무관심한 척하는 그녀의 태도에 기분이 상하기는커녕 오히려 더욱 매력을 느꼈다. 그는 지금 그녀를 압도하는 어떤 강렬함을 지니고 있었다. 가늘게 뜬 그의 눈은 보기에도 민망할 정도로 욕정으로 이글거리고 있었다.

"어머, 가장 듣기 좋은 이야기를 가장 듣기 좋게 말할 줄도 아네요." 그녀는 머리에 꽂는 큼직한 스페인 빗을 만지작거리면서 미소를 띠었다. "더구나 진심인 것처럼 말하고 있고요."

"손드라, 나를 믿지 못한다는 말을 하려는 건가요?" 그는 열기가 느껴지는 목소리로 물었다. 두 번째로 손드라라고 이름을 부르자 이제는 그 자신뿐만 아니라 그녀에게도 짜릿한 느낌이 들었다. 그녀는 주제넘은 그의 태도에 미간을 찌푸리고 싶었지만 기분이 나쁘지 않아 그냥 아무 말도 하지 않고 넘어가 버렸다.

"아, 물론 그렇죠. 물론이고말고요." 그녀는 그 앞에서 처음으로 당황하면서 조금 애매하게 말했다. 그에 대해 고삐를 더 당길 것인지 아니면 늦출 것인지, 어떻게 행동하는 게 좋을지 갈피를 잡을 수 없었다. "몇 번째로 춤을 추고 싶은지 말해요. 누군가가 나를 데리러 오고 있잖아요." 그녀는 교태를 부리면서 손에 쥐고 있는 작은 프로그램을 그에게 내밀었다. "열한 번째가 좋겠네요. 이번 춤 다음 차례예요."

"그게 전부인가요?"

"그럼 열네 번째도 같이 춰요. 욕심이 많으시네요." 그녀는 웃으면서 그의 눈 속을 들여다보았다. 그녀의 표정은 그를 노예로 만들어 버렸다.

그 뒤 손드라는 프랭크 해리엇과 춤추면서 클라이드가 프랭크네 집 크리스마스이브 댄스 모임에 초대되었고 또 제시커 팬트가 그해 마지막 날에 그를 유티카로 초대했다는 말을 듣자 그가 사교계에서 훌륭히 성공할 수 있을 사람이며 걱정했던 것처럼 사교계의 부담이 되지 않을 것이라고 생각했다. 그는 매력 있는 젊은이였다. 그 사실은 의심할 여지가 없었다. 게다가 그는 그녀에게 헌신적이었다. 그러니 이 자리에서나 다른 장소에서나 그가 이 지방의 유력 인사들에게 인정받는 것을 보고 그에게 관심을 두거나 심지어 애정을 품게 되어 그의 마음을 그녀에게서 자기 쪽으로 돌리려고 할 여자가 나타나지 말라는 법도 없었다. 손드라는 허영심이 많고 교만한 성격이라 그런 일을 허용할 수 없었다. 그래서 클라이드와 두 번째 춤을 출 때 그녀는 이렇게 말했다. "크리스마스이브에 해리엇네 집에 초대받으셨죠?"

"네, 다 아가씨 덕분이죠." 그가 다정하게 말했다. "그곳에 올 건가요?"

"아, 이를 어쩌죠. 그 파티에 초대를 받았지만 갈 수 없는 게 아쉬워요. 새해 연휴 때는 올버니를 거쳐 새러토가에 가기로 얼마 전부터 예정되어 있어요. 내일 떠나지만 새해까지는 돌아와요. 프레디네 친구들이 그해 마지막 날에 스케넥터디에서 큰 파티를 열거든요. 당신 사촌 여동생 벨라, 우리 오빠 스튜어트, 그랜트랑 버타인도 참석하죠. 생각 있으면 우리랑 함께 그곳에 갈 수도 있어요."

손드라는 '나랑'이라고 말하려다가 '우리랑'이라고 고쳐 말했다. 그녀는 팬트 양의 초대가 허사로 돌아가면 그가 그녀의 손아귀에 있다는 사실을 모든 사람이 알게 될 것이라고 생각했다. 클라이드는 손드라와 다시 만나게 될지도 몰랐기 때문에 기다렸다는 듯이 그 제의를 받아들였다.

그러나 손드라가 대수롭지 않게, 친밀하고 분명한 방식으로 그가 벨라를 다시 만나도록 기회를 마련하고 있는 사실을 알자 그는 놀라고 어안이 벙벙했다. 그녀와 함께 그가 스케넥터디로 갔다는 소식이 벨라의 입을 통해서 즉각 그리피스 집안사람들에게 전해질 것은 불을 보듯 뻔한 일이었다. 아직껏 그를 어디에도 초대한 적이 없는ㅡ심지어 크리스마스 때가 되어도ㅡ그리피스 집안사람들은 그 소식을 어떻게 받아들일까? 손드라가 클라이드를 자기의 차에 태워 준 사실, 그가 '때때로 만남회'에 초대된 사실은 이미 그 집안사람들의 귀에 들어갔지만 그들은 잠자코 있었다. 길버트 그리피스는 화가 나서 어쩔 줄을 몰랐지만, 그의 부모는 어떤 조처를 해야 옳을지 몰라 그냥 잠자코 있었다.

손드라의 말로는 일행은 이튿날 아침까지 스케넥터디에 머물게 될지도 모른다고 했지만 그 점에 관해서는 그녀는 처음에는 그에게 자세하게 설명하려고 하지 않았다. 그런데 이때쯤 그는 그때가 되면 로버타가 며칠 만에 빌츠에서 돌아와서 크리스마스 때 자기 곁에 있어 주지 않았던 그가 그해 마지막 날 밤에는 자기와 함께 지낼 것으로 확실히 기대하리라는 것도 잊고 있었다. 그 일은 나중에 가서야 생각났다. 지금의 그로서는 자기를 생각해 주는 손드라의 마음이 그저 감격스럽기만 해서 그 자리에서 열광적으로 찬성했다.

"하지만 당신도 알다시피" 하고 그녀는 조심스럽게 다시 말을 꺼냈다. "거기에서나 여기에서나 어디서든지 너무 저한테만 관심이 있는 것처럼 행동해서는 안 돼요. 저도 그렇게는 안 하겠지만 신경 쓰실 건 없어요. 저한테 너무 관심을 보이시면 앞으로 자주 만날 수가 없게 될지도 몰라요. 왜 그런지는 언젠가 설명을 해 드리겠어요. 우리 아버지, 어머니는 이상한 분들이거든요. 여기 있는 제 친구 가운데도 비슷한 사람들이 있어요. 하지만 당신이 예의를 지키면서 무관심한 체하시면 올 겨울에 자주 만날 수 있을지도 몰라요. 내 말 알겠어요?"

자기의 태도가 너무 적극적이기 때문에 그녀의 입에서 이런 고백이 튀어나왔다는 것을 알아차리자 그는 열광적인 시선으로 그녀를 갈구하듯 바라보았다.

"하지만 나를 조금은 생각해 주는 거죠?" 그는 그녀에게 매혹적으로 보이는 눈빛으로 그녀를 바라보며 요구인지 애원인지 분간할 수 없는 말을 했다. 손드라는 경계심을 늦추지 않으면서도 마음이 끌렸고, 관능적으로나 감정적으로 동요를 느끼면서도 자기의 행동이 옳다고 확신할 수 없었다. 그래서 그녀는 이렇게 대답했다. "그렇다고도 할 수 있고, 그렇지 않다고도 할 수 있어요. 아직은 뭐라고 말할 수가 없거든요. 당신이 무척 좋아요. 때때로 다른 남자들보다 당신이 더 좋아질 때도 있어요. 그래도 우리는 아직 서로 잘 아는 사이가 아니죠. 어쨌든 스케넥터디에는 함께 가는 거죠?"

"네, 그야 물론입니다."

"그 일에 관해서 편지를 보내거나 전화를 걸거나 할게요. 전화 있나요?"

클라이드는 그녀에게 전화번호를 알려주었다.

"혹시 예정이 바뀌거나 내가 약속을 취소하게 되더라도 너무 신경 쓰지 말아요. 나중에 만날 테니까요. 어디선가 꼭 만나게 될 거예요." 그녀는 미소를 지었고, 클라이드는 목이 콱 막힐 정도로 감동했다. 솔직한 데다 가끔 자기를 생각할 때가 많다고 고백한 걸 생각하면 그는 기뻐 눈앞이 아찔할 지경이었다. 주변에 자기를 우러러보는 남자들이 얼마든지 있어 그 중에서 아무나 마음대로 고를 수 있는 이 아름다운 여자가 할 수만 있다면 그를 자신의 삶 속으로 끌어들이려고 애태우고 있는 것이 아닌가.

제28장

　이튿날 아침 여섯 시 반, 클라이드는 글로버스빌에서 돌아온 후 겨우 한 시간 정도 잠을 자고 깼지만 그의 머릿속은 온통 로버타와의 관계를 어떻게 할 것인지 하는 문제로 가득 차 있었다. 로버타는 오늘 빌츠로 가게 되어 있었다. 그는 폰다까지 그녀를 배웅하기로 약속했었다. 그러나 그는 가고 싶지 않았다. 물론 가지 않으려면 구실을 만들어야 했다. 그러나 어떤 핑계를 델 것인가?

　다행히 클라이드는 그 전날 위검이 리짓에게 오늘 일과가 끝난 뒤 스밀리 사무실에서 부장 회의가 있으니 나오라고 말하는 것을 들었고 그는 그 회의에 참석할 참이었다. 클라이드는 리짓의 부서에 소속되었으므로 그에게는 아무 말도 없었지만 그는 이것을 핑계 삼기로 하고 정오가 되기 한 시간 전쯤 로버타의 작업대 위에 쪽지 한 장을 슬그머니 갖다 놓았다.

사랑하는 로버타에게

정말로 미안해. 방금 세 시에 아래층에서 부장 회의가 열린
다는 전갈이 왔어. 그러니 폰다에 같이 갈 수 없게 됐지만 퇴
근한 후 당신의 방에 잠깐 들르겠어. 선물 줄 게 있으니까 꼭
기다려 줘. 너무 불쾌하게 생각하지는 마. 나로서도 어쩔 수
없는 일이니까. 그럼 수요일에 돌아오면 그때 만나기로 해.

클라이드

그 자리에서 쪽지를 읽을 수 없었던 로버타는 처음에는 그 편
지에 오후의 일에 관한 즐거운 사연이 담겨 있는 것으로 알고 좋
아했다. 그러나 잠시 후 화장실에서 쪽지를 펴 본 그녀의 얼굴
에는 실망의 빛이 역력했다. 클라이드가 전날 밤에 끝내 오지
않아서 실망한 데다 그녀에게 냉담하지는 않아도 무엇인가에
정신이 팔려 있는 것처럼 보였던 아침때 그의 태도까지 합쳐져
그녀는 그가 왜 이렇게 갑자기 달라졌을까, 하고 생각해 보았
다. 그가 큰아버지 댁의 초대에 응하지 않을 수 없듯이 부장 회
의에도 빠질 수 없으리라는 것은 이해할 수 있었다. 그러나 전
날 밤 함께 지낼 수 없다고 말하던 때의 그의 태도는 애인과 며
칠 헤어져 있어야 할 때 느끼는 기분에 어울리지 않게 유쾌하고
들떠 있었다. 그녀가 사흘 동안 이 도시를 떠날 것이라는 사실
을 그는 미리부터 알고 있었다. 또한 잠시라도 그와 헤어지기를
싫어하는 그녀의 마음도 그는 잘 알고 있었다.

희망에 부풀어 있던 로버타의 마음은 순식간에 깊은 우울로

변했다. 그야말로 그녀는 마음이 울적했다. 그녀의 삶은 늘 이모양이었다. 이제 이틀만 있으면 크리스마스인데 이런 일이 생긴 것이다. 그리고 이제 그와 함께 있는 시간은 가져 보지도 못한 채 곧 혼자서 즐거운 일이라고는 아무것도 기다리고 있지 않은 빌츠로 가야 했다. 그녀는 작업대로 돌아갔고, 그녀의 얼굴에는 갑자기 엄습해 온 불행의 표정이 감돌았다. 그녀의 행동은 맥이 풀렸고, 동작도 아무래도 좋다는 식으로 무관심했다. 클라이드는 그녀에게 일어난 그런 변화를 눈치챘지만 갑자기 손드라에게 쏠리는 걷잡을 수 없는 감정 때문에 지금은 후회조차 할수 없었다.

오후 한 시에 근처 공장들에서 토요일의 일과 종료 시각을 알리는 기적을 울리자 클라이드와 로버타는 따로따로 그녀의 방으로 향했다. 그는 가는 도중에 뭐라고 말할까, 하고 생각하고 있었다. 어떻게 하면 좋을까? 애정이 이렇게 하루아침에 갑자기 얼음처럼 차디차게 식고 빛이 바랜 이 마당에 어떻게 느끼지도 않는 관심을 가장할 수 있을까? 겨우 보름 전까지만 해도 열렬하게 살아 숨 쉬던 관계가 이렇게 빈혈기에 빛을 잃었는데 어떻게 그것을 유지할 수 있단 말인가? 그렇다고 이제는 사랑하지 않는다는 말을 하거나 그런 태도를 보인다는 것은 너무 잔인할 뿐만 아니라, 로버타가 무슨 말을 하고 또 어떤 행동을 할지도 모르니 피해야 했다. 한편 손드라를 향한 그리움과 그녀가 사는 세계가 제시하는 여러 가능성을 생각한다면, 진실하지 못하고 건전하지 않을뿐더러 현상 유지라는 결과를 가져올 수밖에 없는 행동과 말을 계속한다는 것도 있을 수 없는 일이었다. 그것은 도저히 생각할 수도 없는 일이 아닌가! 게다가 손드라가 그의 사랑에 답한다는 마음을 비치기라도 하는 날에는 그로서는 한시바삐 단호하게 로버타와의 관계를 끊어야 할 것이 아닌가? 그래서는 안 될 까닭이 없지 않은가? 손드라 같은 신분이 높은 미모의 여성과 비교한다면 로버타는 그에게 줄 것이 아무것도 없는 여자였다. 손드라로 말미암아 생길 연줄과 기회를 생각한다면 로버타 같은 여자가 그에게 다른 여자 생각은 하지 말고 앞으로도 계속 자기에게만 깊은 사랑을 바치라고 요구하거나 그가 그렇게 행동하리라고 가정하는 게 정당한 일인가? 그것은 정말로 사리에 맞지 않는 일이 아닌가?

클라이드가 이런 생각에 계속 잠겨 있을 때 먼저 방에 도착한 로버타는 왜 자신에게 — 그리고 클라이드에게 — 이런 갑작스러운 변화가 일어났을까 하고 자문하고 있었다. 그의 갑작스러운 무관심, 크리스마스이브의 데이트 약속을 깨뜨리려는 그의 마음, 사흘 동안이나 그것도 크리스마스 때 그와 헤어져 집으로 떠나는 그녀를 폰다까지도 배웅하기 싫어하는 그의 태도에 대해 자신에게 묻고 있었다. 그는 부장 회의 때문이라고 말했지만 그게 사실일까? 필요하다면 그녀는 네 시까지 기다릴 수도 있었지만 어딘지 모르게 쌀쌀맞고 회피하는 듯한 그의 태도 때문에 차마 그런 말을 꺼낼 수가 없었다. 아, 이 모든 일에 도대체 어떤 의미가 담겨 있는 것일까? 적어도 지금까지 두 사람을 서로 떨어질 수 없도록 할 만큼 친밀하게 된 지가 얼마나 되었다고 그러는 것일까? 어떤 변화를 의미하는 것일까? 두 사람의 감미로운 사랑의 꿈이 위기에 놓여 있다는 의미일까? 아니면 심지어 종말을 고한다는 의미일까? 아, 맙소사! 그녀는 그에게 모든 것을 바쳤고, 그녀의 장래—그녀의 삶—그 모든 것이 그의 성실성에 달려 있었다.

로버타가 방 안에 서서 이 새로운 문제에 대해 골똘히 생각하고 있는데 클라이드가 크리스마스 선물을 옆구리에 끼고 나타났다. 그러나 로버타와의 관계를 가능한 한 바꿔야겠다는 그의 결심에는 추호도 변함이 없었다. 그러면서도 그는 끝까지 시치미를 뗄 작정이었다.

"아, 일이 이렇게 돼서 정말 미안해, 로버타." 그가 쾌활하게 말을 꺼냈다. 그의 태도에는 유쾌함과 동정심과 불안한 마음이 뒤섞여 있었다. "부장 회의가 있다는 걸 겨우 두서너 시간 전에야 알았지 뭐야. 회사 일이란 게 이렇다는 건 자기도 잘 알잖아. 빠져나올 수도 없는 노릇이지. 너무 기분 나쁘게 생각하지는 않겠지?" 공장에서나 이 방에서나 로버타의 기분이 몹시 언짢다는 것을 클라이드는 그녀의 표정에서 알 수 있었다. "그래도 이걸 가져올 수 있어서 다행이야." 그는 그녀에게 선물을 건네주면서 말했다. "어젯밤에 가져오려고 했는데, 그만 그 일이 생겼거든. 일이 그렇게 돼서 미안해. 정말이야."

전날 밤에 이 선물을 받았더라면 몹시 기뻐했을 로버타였지만 지금은 아무 감흥 없이 선물 상자를 테이블 위에 올려놓았다.

"어젯밤에는 재미있었어요?" 그를 그녀에게서 빼앗아 간 그

일의 결과가 어떠했는지 알고 싶어 그녀가 물었다.

"어, 재미야 있었지." 클라이드는 그 자신에게는 매우 중요한 의미가 있었고 그녀에게는 큰 위험을 초래할 지난밤의 일에 관해 시치미를 떼려고 애쓰면서 대답했다. "어제 말한 것처럼 큰아버지 집에서 저녁만 먹으면 다 끝날 줄 알았거든. 그런데 가보니까 실은 나더러 벨라와 마이라를 글로버스빌의 어떤 모임에 데리고 가라는 거야. 큰 장갑 공장을 경영하는 스틸 씨라는 큰 부잣집으로 말이지. 그 집에서 댄스파티가 열리는데 길버트가 갈 수 없어 나더러 그 아가씨들을 데리고 가 달라는 거였지. 하지만 그리 재미있는 파티는 아니더군. 파티가 끝나니까 오히려 다행스럽다는 생각이 들었으니까." 그는 오래전부터 친분이 있는 사이나 되는 것처럼 벨라와 마이라와 길버트의 이름을 입에 올렸다. 그런 친분은 로버타의 마음에 언제나 경외심을 불러일으켰다.

"너무 늦어서 여기 오시지 못한 거죠?"

"그래, 맞아. 벨라와 마이라가 돌아올 때까지 기다려야 했거든. 빠져나올 수가 있어야지. 선물 상자를 열어 보지 않겠어?" 그는 그녀를 괴롭히고 있는 그의 배신행위에서 그녀의 마음을 딴 데로 돌리려고 선물 상자 이야기를 꺼냈다.

로버타는 상자를 묶은 리본을 끄르기 시작했지만 그녀의 마음은 그가 입에 올리지 않을 수 없었던 그 파티에서 무슨 일들이 있었을지에 관심이 쏠리고 있었다. 벨라와 마이라 말고 또 어떤 여자들이 있었을까? 혹시 그녀 말고 그가 최근에 관심을 두게 된 여자가 있었던 것은 아닐까? 그는 늘 손드라 핀칠리, 버타인 크랜스턴, 질 트럼불 얘기를 하고 있었다. 혹시 그 여자들도 그 파티에 간 것은 아닐까?

"자기 사촌들 말고 또 어떤 사람들이 그곳에 왔어요?" 그녀가 불쑥 물었다.

"아, 당신이 모르는 사람들이 많이 왔어. 이 근처 여러 지역에서 이삼십 명은 왔지."

"자기 사촌들 말고 라이커거스에서 온 사람들도 있었어요?" 그녀가 끈질기게 물고 늘어졌다.

"아, 몇 사람 있었지. 우린 벨라가 원하기에 질 트럼불과 그녀의 여동생도 데리고 갔어. 애러벨러 스타크랑 펄리 헤인스는 우리보다 먼저 와 있더군." 그는 자기 관심을 많이 끄는 손드라나 다른 여자들의 이름은 입에 올리지 않았다.

그러나 그렇게 말할 때의 그의 태도—목소리의 억양 때문이랄까, 눈 표정 때문이랄까 로버타는 그런 답변으로는 만족하지 못했다. 그녀는 이 새로운 사태에 마음이 몹시 상했지만 지금 상황에서는 클라이드를 너무 괴롭히는 것은 현명하지 못하다고 느꼈다. 어쩌면 그가 화를 낼지도 모를 일이었다. 어쨌든 그녀가 처음 그를 알았을 때부터 그는 늘 그쪽 세계의 사람이 아니었던가. 그녀는 실제로는 그러고 싶었지만 자기가 그에게 지나친 요구를 한다는 인상을 주고 싶지는 않았다.

"이 선물을 전하고 싶어서 어젯밤 당신과 만나고 싶었던 거예요." 자기 생각을 딴 데로 돌리고 자신에 대한 그의 마음에도 호소할 겸 그녀가 말했다. 클라이드는 그녀의 음성에 실린 슬픔을 느끼면서 예전처럼 마음이 움직여졌지만 그렇다고 인제 와서 그 때문에 생각을 바꿀 수도 없었고 바꾸고 싶지도 않았다.

"하지만 알다시피 일이 그렇게 됐잖아. 방금 말했듯이 말이야." 그는 일부러 허세에 가깝게 쾌활하게 말했다.

"알아요." 그녀는 감정을 숨기려고 애쓰면서 슬픈 목소리로 말했다. 그러면서 포장지를 벗기고 화장품 세트의 상자 뚜껑을 열었다. 그런 값지고 진기한 물건을 가져 본 적이 없었던 그녀는 기분이 조금 달라졌다. "와, 예쁘네요." 그녀는 순간 자기도 모르게 선물에 눈이 팔려 감탄을 쏟아 냈다. "이런 것까지는 기대하지 않았어요. 이것에 비하면 제가 드릴 두 가지 선물은 초라해 보일 거예요."

로버타는 곧바로 그에게 줄 선물을 가지러 갔다. 그러나 클라이드는 자기가 준 선물이 그녀가 기대한 것 이상이라 해도 그것만으로는 그의 무관심이 초래한 그녀의 어두운 마음을 풀어 줄 수 없다는 것을 잘 알고 있었다. 그의 변함없는 사랑이 그녀에게는 어떠한 선물보다도 소중했다.

"어때 마음에 들어?" 그가 선물로 그녀의 기분이 풀리기를 바라면서 물었다.

"물론이죠. 하지만 제 선물은 초라해 보일 거예요." 그녀는 흥미로운 표정으로 선물을 바라보면서 대답했다. 그녀는 자신의 계획이 모두 빗나간 것에 적잖이 낙심하여 우울하게 덧붙였다. "하지만 당신에게 쓸모 있는 물건일 거예요. 그러니 늘 가슴 가까이 지니고 다녔으면 해요."

로버타는 클라이드가 공장에서 일할 때 요긴하게 쓸 수 있을 거라는 생각에서 고른 금속제 샤프펜슬과 은으로 장식된 만년필이 들어 있는 작은 상자를 그에게 건네주었다. 두 주일 전만 같았어도 그는 그녀를 품에 안고 자기 때문에 불행을 겪고 있는 그녀를 위로했을 것이다. 그러나 지금 그는 서 있는 자리에서 어떻게 하면 너무 소원하게 보이지 않게 그녀의 마음을 달래면서 버릇처럼 되어 버린 애정 표현을 하지 않아도 될까, 하고 생각하고 있었다. 그래서 그는 그녀의 선물에 관해 열심히 마음에도 없는 말을 늘어놓기 시작했다.

"아, 아주 멋져. 내게 꼭 필요한 물건들인걸. 이보다 더 요긴한 물건은 줄 수 없을 거야. 언제나 쓸 수 있는 물건들이잖아." 그는 좋아서 어쩔 줄 모르겠다는 태도로 그것들을 살피다가 언제라도 쓸 수 있게 호주머니에 꽂았다. 그는 그때 풀이 죽고 심란해서 예전의 관계를 생각하고 있는 그녀를 품에 안고 키스했다. 로버타가 매력적인 여자라는 것은 의심할 여지가 없었다. 이어 그녀가 그의 목을 껴안고 울음을 터트리자 그는 그녀를 꼭 껴안고 이럴 까닭이 전혀 없으며 그녀가 수요일에 돌아오면 모든 일이 예전처럼 돌아갈 거라고 말했다. 그러면서도 그는 자기의 말이 진실이 아니라고 생각하고 있었다. 며칠 전까지만 해도 그녀를 지극히 사랑했다고 생각하니 기이한 느낌마저 들었다. 다른 여자 때문에 그의 마음이 이렇게까지 변할 수 있다는 게 놀라웠다. 그러나 그것은 어쩔 수 없는 사실이었다. 그녀가 예전과 다름없이 그가 자기를 사랑한다고 생각하고 있는지는 모르지만 그것은 사실이 아니거니와 절대로 그렇게 될 수도 없는 일이었다. 그래서 그는 정말 그녀에게 미안하다는 생각이 들었다.

로버타는 클라이드의 말에 귀를 기울이고 그의 애무를 받고 있는 동안에도 최근 일어난 이런 감정의 변화를 조금은 느낄 수 있었다. 그의 말과 행동에는 진실이 담겨 있지 않았다. 그의 태도는 너무 불안한 것 같았고, 그의 포옹은 너무 무감각했으며, 그의 목소리에는 참된 애정이 실려 있지 않았다. 마치 그녀의 생각이 옳다고 증명이라도 하는 듯 잠시 후 그는 그녀의 팔을 떼어 놓고 시계를 보면서 말했다. "이제 그만 가 봐야겠는걸. 벌써 세 시 20분 전이야. 회의가 세 시에 열리거든. 같이 차를 타고 갈 수 있었으면 좋겠지만 당신이 돌아오면 그때 만나기로 하지."

클라이드는 허리를 굽혀 키스했지만 로버타는 완전히 자신에 대한 그의 마음이 달라지고 차가워진 것을 느낄 수 있었다. 그는 그녀에게 여전히 관심을 두고 친절하게 대하고 있었지만 그의 마음은 다른 곳에 가 있었다. 하고 많은 시간 중에 왜 하필 이 크리스마스 때란 말인가. 그녀는 의지력과 자존심을 지키려고 애썼고, 어느 정도 그렇게 할 수가 있어 나중에는 꽤 냉정하면서도 단호하게 말했다. "클라이드, 회의에 늦지 않도록 어서 가 봐요. 빨리 서두르는 게 좋겠어요. 하지만 난 크리스마스 밤 전에는 돌아오겠어요. 만약 내가 크리스마스 오후 일찍 돌아오면 이곳으로 와 주겠어요? 수요일 출근 때 지각하고 싶지 않아서요."

"암, 물론이지. 오고말고." 클라이드는 정답게 진심으로 대답했다. 크리스마스 오후에 무슨 예정이 있는 것도 아니었고, 또 이런 식으로 빨리 냉정하게 그녀를 피하고 싶지는 않았기 때문이다. "몇 시에 집에 돌아올 것 같아?"

여덟 시라는 이야기에 그는 그 시간이라면 다시 만날 수 있을 것이라고 생각했다. 그는 다시 한 번 시계를 꺼내 보며 "이제 그만 가 봐야겠어" 하고 말하고 출입문 쪽으로 걸음을 옮겼다.

로버타는 이런 모든 사태의 의미에 불안을 느끼고 장래의 일이 걱정되어 그에게로 다가가 그의 코트 깃을 잡고 그의 눈 속을 들여다보며 반은 애원하고 반은 요구하는 듯 한마디 했다. "클라이드, 크리스마스 날 밤에는 틀림없는 거죠? 이번에는 다른 약속은 하지 않는 거죠?"

"아, 걱정하지 마. 나를 잘 알면서 그래. 어제 일은 어쩔 수 없었잖아. 화요일에는 틀림없이 오겠어." 그가 대꾸했다. 그는 그녀에게 키스하고 서둘러 밖으로 나가면서 자기가 어리석게 행동하고 있을지도 모른다는 느낌이 들었지만 그렇다고 달리 무슨 뾰족한 방법이 있을 것 같지도 않았다. 남자란 무슨 술수나 재주를 부리지 않고서는 원하는 대로 여자와의 관계를 끊을 수는 없단 말인가? 그렇다고 거기에 무슨 의미가 있거나 특별한 수단이 필요한 것 같지도 않았다. 틀림없이 달리 더 좋은 방법이 있을 것 같았다. 그의 마음은 벌써부터 손드라와 그해의 마지막 날 밤으로 치닫고 있었다. 그날 밤 그는 손드라와 스케넥터디에서 열리는 파티에 가기로 되어 있었다. 그러면 그녀가 전날 밤의 태도에서 보인 것처럼 정말 그에게 마음이 있는지 어떤지를 확인할 기회도 있을 터였다.

클라이드가 간 뒤 로버타는 외롭고 지친 몸으로 점점 멀어져 가는 그의 모습을 창문으로 내다보면서 만약 그와의 미래가 있다면 과연 어떻게 될까, 하고 생각하고 있었다. 무슨 이유에서든 그의 애정이 식는다면? 그녀는 그에게 너무도 많은 것을 바쳤다. 그래서 앞으로 그녀의 장래는 이제 그에게, 그의 변함없는 마음에 달려 있었다. 이제 그는 그녀를 만나고 싶지 않고 싫증이 난 것인가? 이제는 더 그녀와 만나기를 원하지 않는다는 말인가? 아, 그렇다면 이 얼마나 끔찍한 일인가? 그녀는 어떻게 하면 좋단 말인가? 도대체 어떻게 해야 된다는 말인가? 그녀는 그의 요구대로 그토록 쉽게, 그토록 빨리 그에게 몸을 맡긴 자신이 원망스러울 뿐이었다.

로버타는 창을 통해 눈가루를 뒤집어쓰고 있는 헐벗은 나뭇가지들을 내다보면서 한숨을 지었다. 크리스마스 휴일이 아닌가! 이런 식으로 떠나 버리다니! 아! 게다가 클라이드는 이 지방에서 높은 사회적 신분을 누리고 있었다. 그리고 그녀로서는 줄 수 없는 온갖 화려하고 좋은 일들이 그에게 손짓하고 있었다.

로버타는 뭐가 뭔지 잘 모르겠다는 듯 고개를 저으며 거울에 얼굴을 비춰 보고 집으로 가지고 갈 몇 가지 선물과 소지품들을 꾸린 다음 집을 나섰다.

제29장

　라이커거스에서 클라이드를 만나고 난 뒤 오게 된 빌츠와 황량한 농장은 로버타의 마음을 어둡게 하기에 충분했다. 눈에 보이는 것이라고는 모든 것이 너무도 역력히 가난과 궁핍에 찌들어 있어 그리운 옛 풍경을 볼 때 느끼는 정상적인 감동마저 퇴색해 버렸기 때문이다.

　로버타가 기차에서 내리자 역 구실을 하는, 우중충하고 낡은 농가에서 10년 넘게 입고 있는 낡은 겨울 외투를 걸치고 그 못지않게 앙상하게 마르고 지친 말이 끄는, 고물이지만 아직은 멀쩡한 이륜마차에— 이것이 이 집안의 교통수단이었다— 앉아서 그녀를 기다리고 있는 아버지의 모습이 눈에 띄었다. 늘 생각해 왔지만 그녀의 아버지는 삶에 패배해 지쳐 있는 사람의 표정을 짓고 있었다. 그러나 늘 귀여운 아이였던 로버타를 보자 그의 표정은 밝아졌다. 로버타가 옆자리에 올라앉고, 마차를 돌려 집으로 향하는 길로 접어들자 그는 아주 기분이 좋은 듯 지껄여 댔다. 이 무렵 훌륭한 자동차 도로를 어디에서나 볼 수 있었는데도 이 길은 굽이진 곳이 많고 땅이 고르지 않은 비포장도로였다.

덜컹거리며 달리는 마차 위에서 로버타는 눈에 익은 나무와 구부러진 길과 도로 표지를 마음속으로 점검하고 있었다. 그러나 그녀의 마음은 도무지 즐겁지 않았다. 모든 것이 그저 황량하기만 했다. 아버지인 타이터스의 만성 질환과 무능력에 일을 잘하지 못하는 막내인 톰이나 어머니도 별로 도움이 되지 못해 농장은 예나 다름없이 집안의 큰 부담이었다. 몇 해 전 농장을 저당 잡혀 빌린 2천 달러의 빚은 아직도 갚지 못했고, 북쪽 굴뚝은 여전히 수리를 하지 않은 상태였으며, 계단은 전보다도 더 축 처져 있었고, 벽과 울타리와 헛간들도 전과 크게 다르지 않았다. 다만 지금은 한겨울의 눈에 덮여 한 폭의 그림처럼 보일 따름이었다. 심지어 가구들조차도 예나 다름없이 뒤죽박죽 상태였다. 클라이드의 이름만 들었을 뿐 그와 딸과의 관계를 전혀 모르는 어머니와 여동생과 남동생은 그녀가 가족 곁으로 돌아와 진심으로 기뻐할 거라고 믿고 있었다. 그러나 자신이 어떤 생활을 했으며 클라이드의 태도가 불안하다는 것을 알고 있는 그녀로서는 그 어느 때보다도 마음이 울적했다.

로버타는 겉보기에는 최근 형편이 나아진 것 같으면서도 실제로는 클라이드와 결혼함으로써 양친이 이해하고 승인하는 도덕 기준을 되찾지 않는 한, 가족의 처지를 조금씩이나마 향상

시키는 구실을 하는 사람이 되기는커녕, 집안을 지금보다도 더 몰락시키는 장본인으로— 즉, 집안의 파괴자로— 간주될 것을 생각하면 더욱더 마음이 우울하고 기가 죽었다. 그런 생각을 하면 참으로 암담해지고 가슴이 아팠다.

이 모든 일을 생각할 때 무엇보다도 고통스러운 것은 클라이드와 사귀면서 처음부터 품었던 여러 환상 때문에 그와의 일을 어머니에게나 다른 누구에게도 털어놓을 수 없다는 사실이었다. 어머니가 그녀의 포부가 너무 주제 넘는다고 생각할까 봐 두려웠다. 게다가 어머니는 그녀와 클라이드의 관계에 관해 난처한 질문을 할지도 몰랐다. 허심탄회하게 사실대로 털어놓을 수 있는 믿을 만한 사람이 아니라면 그녀는 클라이드와의 의심스러운 관계를 끝내 비밀로 할 수밖에 없었다.

로버타는 잠시 톰과 에밀리와 이야기를 나눈 뒤 어머니가 부산하게 크리스마스 음식들을 장만하고 있는 부엌으로 갔다. 그녀는 이곳 농장과 라이커거스에서의 생활에 관한 이야기로 대화를 나눌 기회를 만들 생각이었다. 그러나 그녀가 부엌에 들어서자 어머니는 고개를 들더니 말했다. "얘야, 시골에 돌아온 기분이 어떠니?" 그러더니 어머니는 조금 부러운 듯 이렇게 덧붙여 말했다. "라이커거스에 비하면 모든 게 다 초라해 보이겠구나."

로버타는 어머니의 말투와 감탄하듯이 자기를 바라보는 시선에서 어머니가 그녀를 크게 출세한 사람으로 여기고 있다는 것을 알 수 있었다. 로버타는 곧장 어머니에게로 다가가 정답게 포옹하면서 말했다. "오, 엄마, 엄마가 계시는 곳이 이 세상에서 제일 좋은 곳인걸요. 그걸 모르세요?"

어머니는 대답 대신 딸의 행복을 비는 애정 어린 눈으로 바라보면서 그녀의 등을 토닥거렸다. 그러더니 조용히 한마디 덧붙였다. "그래, 로버타, 네 마음을 내가 알지."

어머니의 음성 속에 오랫동안 그들 모녀 사이의 애정 어린 이해심이 ─ 서로의 행복을 비는 마음뿐만 아니라 서로의 감정과 기분을 조금도 숨김없이 털어놓는 솔직함에 바탕을 둔 이해심이 ─ 담겨 있어 그녀는 감격하여 그만 눈물이 날 것 같았다. 그녀는 감정을 밖으로 나타내지 않으려고 애썼지만, 목이 메고 눈물이 글썽거렸다. 어머니에게 모든 것을 털어놓고 싶었다. 그러나 클라이드에 대한 뜨거운 애정에다 그녀의 무분별한 행동으로 자신을 위태롭게 했기 때문에 모녀 사이에 쉽게 허물어 버릴 수 없는 장벽이 생겨났다. 이 시골 세계의 인습은 너무도 뿌리가 깊었고, 심지어 어머니마저 이런 인습에는 어쩔 수 없었다.

로버타는 자신을 짓누르고 있는 문제를 얼른 어머니에게 털어놓고 도움은 아니더라도 동정을 받고 싶은 나머지 잠시 머뭇거렸다. 그러나 그녀의 입에서는 다른 말이 튀어나왔다. "아, 엄마, 그동안 라이커거스에서 엄마하고 같이 살 수 있었다면 얼마나 좋았을까? 그랬다면 어쩌면……." 그녀는 하마터면 조심성 없이 자신의 마음을 모조리 털어놓을 뻔하다가 입을 다물었다. 그녀는 어머니만 옆에 있었더라면 클라이드의 끈질긴 욕망을 물리칠 수 있었을지도 모른다고 생각했다.

"그래, 내가 없어 아쉽기도 하겠지." 어머니가 말을 이었다. "하지만 너를 위해서는 그편이 낫지 않겠니? 여기 형편은 너도 잘 알고. 게다가 넌 직장이 마음에 들잖아. 직장은 정말 마음에 드는 거야?"

"그럼요, 직장은 좋은 편이에요. 마음에 들어요. 집안을 조금이라도 도울 수 있어 기쁘지만 혼자 산다는 건 별로 좋지 않아요."

"로버타, 왜 뉴턴 씨네 집에서 나왔니? 그레이스가 그렇게 마음에 들지 않던? 너한테 동무가 돼 줄 거로 생각했는데 말이다."

"네, 처음에는 그랬어요." 로버타가 대답했다. "그렇지만 자기에게 남자 친구가 하나도 없으니까 나한테 조금이라도 관심을 두는 남자가 있으면 굉장히 질투해요. 내가 가는 곳이면 어디든지 따라나서려고 하고, 그렇지 않을 때는 꼭 자기하고 함께 있어야 한다는 거예요. 그러니까 나는 혼자서는 아무 데도 갈 수가 없었어요. 엄마도 사정이 어떤지 잘 아시잖아요. 두 여자가 젊은 남자 한 사람하고 다닐 수는 없는걸요."

"암, 나도 알지, 로버타." 어머니는 슬며시 웃고 나서 물었다. "그 남자가 누군데?"

"그리피스 씨예요, 엄마." 그녀는 잠시 망설이고 나서 대답했다. 매우 소박한 이 세계와는 너무도 대조적인 특별한 관계를 맺고 있다는 느낌이 그녀의 눈에 광선처럼 스쳐 갔다. 온갖 걱정에도 불구하고 클라이드와 일생을 같이할 수 있다는 가능성만으로도 그녀로서는 가슴이 벅찼다. "하지만 그 사람 이름은 아직 아무한테도 말하지 마세요." 로버타가 말을 이었다. "그 사람이 그러는 걸 싫어해요. 친척 집이 굉장한 부자거든요. 그 집안이 우리 회사 주인이에요. 그의 큰아버지가 우리 회사 사장이죠. 회사에 근무하는 사람들에게는 규칙이 있어요. 회사에서 부서 책임을 맡은 간부들 말이에요. 제 말은 여직원과 사귀어서는 안 되게 되어 있거든요. 그 사람도 다른 여자와는 사귀지 않아요. 하지만 그 사람은 나를 좋아하고, 저도 그 사람이 좋아요. 그래서 우리 사이만은 특별해요. 게다가 저는 곧 회사를 그만두고 직장을 옮길 생각이니까 그건 그다지 문제가 안 돼요. 그렇게 되면 전 누구한테도 말할 수 있고, 그 사람도 말할 수 있거든요."

로버타는 최근 그녀를 대하는 클라이드의 태도에다 결혼으로 명예를 회복할 수 있도록 조치를 취하지도 않은 채 그에게 몸을 맡겼기 때문에 지금 자신이 한 말이 반드시 맞지 않을지도 모른다고 생각하고 있었다. 어쩌면 그는 지금이건, 아니 언제이건 그녀와의 관계가 세상에 알려지기를 원하지 않을지도 모른다는 막연한, 아직은 뚜렷하지 않은 두려움을 느끼고 있었다. 하긴 그가 변함없이 그녀를 사랑하고 그녀와 결혼하지 않는다면 그녀로서도 그런 관계가 세상에 알려지기 바라지 않을지도 모른다. 이런 모든 문제 때문에 그녀는 비참하고 수치스럽고 난처한 처지에 놓여 있었다.

한편 로버타의 행복만을 바라는 올든 부인은 딸의 입에서 무심코 나온 말로 이상하면서도 조금 비밀스러운 듯한 관계를 알게 되자 불안했을 뿐만 아니라 어리둥절하기도 했다. 로버타가 착하고 순결하고 조심성이 있기는 하지만 — 아이들 가운데서 제일 마음씨가 너그럽고 똑똑했다— 혹시나 하는 두려움이 들었기 때문이다. 그런 로버타를 쉽게 짓밟거나 배반해서 무사할 남자가 있을 것 같지 않았다. 로버타는 그런 꼴을 당하기에는 너무도 보수적이고 선량한 아이였다. 그래서 어머니는 한마디 물었다. "사장님 친척이라고 했니? 그럼 네가 편지에서 말한 새뮤얼 그리피스 씨 친척이란 말이야?"

"네, 그래요, 엄마. 사장님 조카예요."

"공장에서 근무하는 젊은이인 거야?" 어머니는 로버타가 어떻게 클라이드 같은 지위에 있는 사람의 마음을 끌게 됐을까 하고 의아하게 생각하면서 물었다. 로버타는 처음부터 그가 회사를 소유하고 있는 집안의 사람이라는 사실을 분명히 밝혔다. 이런 사실 자체가 문제가 될 만했다. 세상 어디에서나 이런 남녀 관계가 어떻게 끝나는지는 잘 알고 있는 어머니로서는 로버타가 빠져들고 있는 듯한 그런 관계가 몹시 걱정되었다. 그러면서도 어머니는 로버타처럼 예쁘고 똑똑한 애가 그런 관계에 빠졌다 해서 반드시 자신을 망치는 행동을 하리라고는 생각할 수 없었다.

"네, 맞아요." 로버타가 짤막하게 대답했다.

"어떤 사람이니, 로버타?"

"아, 아주 좋은 사람이에요. 잘생긴 데다 나한테 아주 잘해 줘요. 그 사람이 그렇게 품위가 있지 않았다면 직장 분위기도 지금처럼 좋지 않았을 거예요. 여직공들이 함부로 굴지 못하는 것도 그 사람이 있기 때문이거든요. 사장님 조카니까 여자들도 그 사람을 존경할 수밖에 없어요."

"그래, 그것 참 다행이구나. 어떤 사람보다도 품위 있는 사람 밑에서 일하는 쪽이 훨씬 좋을 테지. 넌 트리페츠밀스에서 일할 땐 별로 마음에 들어 하지 않았지. 그래 그 사람이 자주 너를 보러 오니?"

"네, 꽤 자주 와요." 로버타는 대답하면서 얼굴을 조금 붉혔다. 어머니에게 모든 사실을 털어놓을 수 없다는 것을 깨닫고 있었기 때문이다.

그 순간 고개를 쳐든 올든 부인은 딸이 얼굴을 붉히고 있는 것을 수줍어서 그러는 것으로 잘못 알고 딸을 놀려 대듯 말했다. "넌 그 사람을 좋아하는구나?"

"네, 그래요, 엄마." 로버타는 솔직하게 짧게 대답했다.

"그 사람 어디가 좋으니? 그 사람도 너를 좋아하니?"

로버타는 부엌 창문 앞으로 다가갔다. 창문 아래로 육류를 저장하는 창고와 농장에서 소출이 가장 많은 밭으로 이어지는 언덕 아래에는 다른 어떤 것보다도 영락한 이 집안의 초라한 경제 사정을 말해 주는 황폐한 헛간들이 널려 있었다. 사실 지난 10년 동안 이들 건물은 비능률과 궁핍을 상징하듯 서 있었다. 이 순간 눈에 덮인 그 황량한 모습은 그녀가 머릿속으로 상상하는 모든 꿈과 큰 대조를 이루고 있었다. 그녀가 머릿속에 상상하는 꿈이란 물론 클라이드가 그 대상이었다. 그것은 우울함과 행복감, 성공한 사랑과 실패한 사랑 사이의 대조였다. 클라이드가 지금 진정으로 그녀를 사랑하고 그녀를 이런 상황에서 벗어나게 해 준다면 어쩌면 그녀와 어머니의 처량한 처지가 달라질 수 있을지도 모른다. 그러나 만약 그가 그렇게 하지 않을 경우, 그녀의 열망이, 어쩌면 허황된 꿈의 결과가 그녀 자신은 물론이고 가족들, 누구보다도 먼저 어머니에게 미치게 될 것이다. 그녀는 뭐라고 대답해야 할지 몰라 망설이다가 마침내 입을 열었다. "저를 좋아한다고 말해요."

"너하고 결혼할 생각이 있는 것 같으니?" 올든 부인은 은근히 기대를 품고 조심스럽게 물었다. 여러 아이 중에서도 로버타를 가장 아끼고 이 아이에게 가장 큰 희망을 걸고 있었기 때문이다.

"그건 말이에요, 엄마……." 그때 마침 에밀리가 급히 앞문에서 뛰어 들어오는 바람에 로버타는 미처 말을 끝맺지 못했다. "아, 기퍼드 오빠가 왔어요. 자동차를 타고 왔어요. 누군가가 태워 준 것 같아요. 꾸러미를 네다섯 개나 갖고 왔어요."

곧이어 톰이 형과 함께 들어왔다. 스케넥터디의 제너럴 일렉트릭 회사에 취직한 후 첫 봉급으로 산 새 외투를 입은 기퍼드는 먼저 어머니에게 정답게 인사한 뒤 로버타에게 인사했다.

"아, 기퍼드 왔구나." 어머니가 큰 소리로 말했다. "아홉 시가 돼야 오는 줄만 알았지. 어떻게 이렇게 일찍 올 수 있었던 거야?"

"아, 저도 이렇게 일찍 올 줄은 몰랐어요. 스케넥터디에서 리어릭 씨를 우연히 만났는데, 태워 줄 테니 같이 가지 않겠느냐고 하더라고요. 트리페츠밀스에서 보니 팝 마이어스 영감이 드디어 그의 집에 이층을 올렸던데, 누나." 그는 로버타에게 고개를 돌리고 말했다. "누나, 지붕까지 얹으려면 아마 일 년은 더 걸리겠지."

"아마 그럴 거야." 트리페츠밀스의 성격을 잘 알고 있는 터라 로버타가 그렇게 대답했다. 그러는 동안 그녀는 동생의 외투와 짐을 받아 식탁 위에 올려놓았는데, 에밀리가 그것들을 호기심 어린 눈으로 살펴보고 있었다.

"손대면 안 돼, 에밀리!" 기퍼드가 여동생에게 큰 소리로 말했다. "크리스마스 날 아침까지는 건드리면 안 돼. 누가 크리스마스트리를 잘라 왔어요? 작년에는 내가 담당했었는데요."

"올해도 네 담당이야." 어머니가 말했다. "나무는 늘 네가 잘 고르니까 톰더러 네가 올 때까지 기다리라고 일러뒀어."

바로 그때 아버지 타이터스가 장작을 한 아름 안고 부엌문으로 들어왔다. 그의 수척한 얼굴, 앙상한 팔꿈치와 무릎은 비교적 희망에 부풀어 있는 젊은 세대의 모습과 너무도 대조되었다. 서 있는 자세로 웃음을 띤 채 아들을 바라보고 있는 아버지의 모습에서 그것을 눈치챈 로버타는 가족들에게 전보다도 좋은 일이 생기기를 간절히 바라는 마음에서 아버지에게 다가가 두 팔로 안았다. "아빠가 좋아하실 만한 선물을 산타클로스가 갖다 놓았어요." 선물이란 아버지가 밖에서 일하는 동안 춥지 말라고 그녀가 장만한 격자무늬의 짙은 붉은색 나사로 된 짧은 웃옷이었다. 그녀는 빨리 크리스마스 아침이 되어 아버지가 그 꾸러미를 뜯어 보는 모습을 보고 싶었다.

그러고 나서 로버타는 어머니를 도와 저녁 식사를 준비하려고 앞치마를 두르러 갔다. 모녀 모두의 깊은 관심사를 ― 클라이드 이야기 말이다 ― 두 사람끼리만 할 수 있는 기회는 다시 오지 않았다. 몇 시간이 지난 뒤에야 비로소 로버타가 기회를 틈타 어머니에게 말했다. "그래요. 하지만 아직은 아무에게도 말하지 마세요. 아무에게도 말하지 않겠다고 그 사람한테 약속했으니 엄마도 말하면 안 돼요."

"그래, 알았으니, 걱정 마라, 얘야. 하지만 몹시 궁금하구나. 하긴 네가 잘 알아서 하겠지. 너도 네 자신을 돌볼 만한 나이니까. 안 그러니, 로버타?"

"네, 물론이죠, 엄마. 내 걱정은 안 하셔도 돼요." 불안의 빛이 아니고 걱정하는 빛이 사랑하는 어머니의 얼굴을 스쳐 지나가는 모습을 보고 로버타는 덧붙였다. 농장에서 생각할 일도 너무 많은데 어머니에게 걱정을 안겨 주지 않으려고 그녀는 무척 신경을 써야 했다.

일요일 아침에는 로버타의 여동생과 형부인 게이블 부부가 호머에서 사회적으로나 경제적으로 삶이 많이 나아졌다는 소식을 갖고 찾아왔다. 로버타의 여동생 애그니스는 로버타처럼 그렇게 예쁘지는 않고 제부인 프레드 게이블 역시 로버타가 평생 한번쯤 관심을 가져 볼 만한 남자는 아니었다. 그러나 클라이드에 대해 불안한 생각을 하고 있던 터라 결혼 생활과 별로 주변도 없는 남편이 마련해 주는 조그마한 행복 속에서 정신적으로나 물질적으로 안주하고 있는 여동생을 보자 로버타의 마음 속에 전날 아침부터 그녀를 괴롭혔던 회의적인 기분이 되살아났다. 클라이드와의 그런 이례적인 관계를 맺느니 차라리 프레드 게이블처럼 무능하고 매력 없지만 착실한 남자와 결혼하는 편이 낫지 않을까? 게이블은 결혼 생활 일 년 동안 자기네 부부의 처지가 어떻게 나아졌는지 신바람 나게 설명하고 있었다. 그일 년 동안 그는 호머에서 교사직을 그만두고 완구 매장과 소다수 매장이 큰 몫을 하는 작은 서점 겸 문방구점의 동업자가 될 수 있었다. 사업은 순조롭게 잘 돌아가고 있었다. 그래서 모든 일이 순조로우면 내년 여름까지는 미션 양식의 응접실 세트를 들여놓을 수 있을 것 같다고 했다. 프레드는 이미 아내에게 크리스마스 선물로 축음기를 한 대 사 주었다. 잘살고 있다는 증거로 그들 부부는 친정 가족들 모두에게 만족스러운 선물을 갖고 왔다.

그런데 게이블은 라이커거스에서 발행하는 신문 「스타」 한 부를 갖고 와서 몰려든 손님들 때문에 여느 날보다 늦어진 아침 식사 때 그 소도시에 관한 기사를 읽고 있었다. 라이커거스에는 그가 상품을 주문하는 도매상이 있었다.

"처형, 라이커거스는 경기가 좋은 모양이죠." 그가 말했다. 「스타」 지에 따르면 그리피스 회사에는 버펄로 무역 회사에서만도 칼라 주문이 12만 개나 들어왔다네요. 돈을 쓸어 담는 거나 다름없겠는데요."

"우리 부서에선 늘 일이 많아요." 로버타가 쾌활한 목소리로 대답했다. "경기가 좋든 나쁘든 바쁘지 않을 때가 없거든요. 경기가 늘 좋은 것 같아요."

"그 사람들 팔자가 좋은 거죠. 근심 걱정이라고는 없을 테니. 그 회사가 일리온*에 셔츠만 만드는 새 공장을 세운다는 말을 누구한테 들은 적이 있습니다. 그런 소식은 듣지 못했어요?"

"아뇨, 아직 듣지 못했어요. 어쩌면 다른 회사 이야기인지도 모르죠."

"한데 처제 부서의 책임자라고 말한 그 젊은이 이름이 뭐죠? 그 사람도 그리피스 집안사람이 아닌가요?" 그는 라이커거스 사교계 동정란이 있는 사설 면으로 신문을 넘기면서 물었다.

"네, 맞아요. 그리피스예요, 클라이드 그리피스. 그런데 그건 왜 묻죠?"

"조금 전에 그 사람 이름을 본 것 같아서요. 그 사람이 맞는지 확인하고 싶었거든요. 옳지, 여기 있군요. 이 사람이 아닙니까?" 그는 다음과 같은 기사를 가리키면서 신문을 로버타에게 넘겨주었다.

글로버스빌의 미스 밴더 스틸은 금요일 밤 자택에서 친지들을 초청한 비공식 댄스파티를 열었다. 이 모임에는 라이커거스 사교계의 저명인사들이 참석했는데, 그중에는 미스 손드라 핀칠리, 미스 버타인 크랜스턴, 미스 질과 거트루드 트럼불, 미스 펄리 헤인스, 그리고 클라이드 그리피스, 프랭크 해리엇, 트레이시 트럼불, 그랜트 크랜스턴, 스콧 니컬슨 씨 등이 참석했다. 사교계의 젊은 인사들 모임이 으레 그러하듯 파티는 늦게까지 계속되어 라이커거스의 인사들은 새벽녘에야 자동차로 돌아갔다. 이 그룹의 인사들은 올해 마지막 날에도 스케넥터디의 엘러슬리 씨 댁에서 이와 같은 파티를 한다는 소문이 벌써 나돌고 있다.

"그 사람 그곳에선 꽤 유명 인사인 모양이죠." 게이블은 아직도 기사를 읽고 있는 로버타에게 말했다.

그 기사를 읽으면서 로버타의 머릿속에 가장 먼저 떠오른 생각은 클라이드가 파티에 참석했다고 말한 사람들과는 다른 사람들의 이름이 언급되어 있다는 점이었다. 우선 마이라 그리피스나 벨라 그리피스의 이름이 언급되어 있지 않았다. 한편 클라이드가 자주 입에 올리는 바람에 그녀에게도 귀에 익은 이름들이 언급되어 있었다. 손드라 핀칠리, 버타인 크랜스턴, 트럼불 자매, 펄리 헤인스 등이 바로 그랬다. 클라이드는 별로 즐겁지 않았다고 말했지만 신문에서는 즐거운 모임이라는 말을 사용하고 있었고, 또 클라이드 자신은 그녀가 함께 지내기를 기대하고 있는 올해 마지막 날 밤에 같은 파티에 참석한다고 밝히고 있었다. 그는 올해 마지막 날 밤 파티 모임에 대해서는 언급하지도 않았다. 그러나 그는 전번 금요일 밤에 그랬듯이 이번에도 막바지에 가서 무슨 핑계를 댈 것 같았다. 아, 어쩌면 그럴 수가! 도대체 이 모든 것은 무엇을 뜻하는가!

이 기사를 읽자 로버타는 크리스마스를 맞아 집에 돌아오면서 그나마 조금 밝아졌던 마음이 순식간에 다시 사라져 버렸다. 클라이드가 입으로 말하는 것처럼 정말 그녀를 사랑하는지 의심이 들기 시작했다. 그에 대한 어쩔 수 없는 정열이 몰고 온 이 비참한 상태가 너무나 고통스러웠다. 그와 결혼해서 가정을 꾸미고 아이들을 낳아 그녀가 익숙해진 그런 소도시에서 어느 정도의 자리를 갖추지 않는 한, 그녀 같은 여자가 발붙일 곳은 이 세상 어디에도 없었다. 그녀에 대한 그의 애정 문제는 접어 두고라도 만약 그것이 지속된다면, 이런 일련의 사건으로 미루어 볼 때 그가 결국 그녀를 버리지 않는다는 보장도 없지 않은가? 그리고 만약 그게 사실이라면 그녀의 장래는 암담했다. 다른 남자와 결혼한다 해도 그녀는 무엇인가 양보해야 했고, 어쩌면 아예 불가능할지도 몰랐다. 또 그에게 아무런 의지도 할 수 없게 될 수도 있었다.

로버타는 입을 굳게 다문 채 아무 말이 없었다. "대단한 친구인가 봐요" 하고 게이블이 물었지만 그녀는 아무 대답도 하지 않고 자리에서 일어나며 말했다. "잠깐 실례할게요. 가방에서 뭣 좀 꺼낼 것이 있어요." 그러고는 얼른 전에 사용하던 2층 자기 방으로 올라갔다. 방에 들어서자 그녀는 침대에 걸터앉아 걱정이 있을 때나 무슨 생각을 할 때의 버릇대로 두 손으로 턱을 괴고 방바닥을 내려다보았다.

클라이드는 지금 어디에 있을까?

신문에 언급된 여자 중에서 누구를 그가 스틸 씨네 파티에 데려갔다는 말인가? 그 여자에게 관심이 많은 걸까? 이날 이 순간까지 클라이드의 변함없는 애정을 믿어 온 그녀는 그가 관심을 두는 다른 여자가 있으리라고는 한 번도 생각해 본 적이 없었다.

그런데 이제, 이제 와서!

로버타는 자리에서 일어나 창가로 가서 소녀 시절에 그토록 자주 삶의 아름다움에 가슴 벅차 하던 과수원을 내다보았다. 과수원은 비참할 정도로 황량하고 헐벗은 모습이었다. 얼음처럼 차가운 가느다란 나뭇가지들 — 바람에 흔들리고 있는 잿빛 잔가지들 — 어디선지 을씨년스럽게 부스럭 소리를 내고 있는 나뭇잎 하나뿐이었다. 그리고 흰 눈. 손질해야 하는 황폐한 헛간들. 그녀에게 점점 무관심해지고 있는 클라이드. 그녀의 다급한 마음속에 이곳에 오래 머물 수 없다는 생각이 — 될 수 있으면 오늘 중으로라도 떠나야겠다는 생각이 — 문득 떠올랐다. 옛날의 애정을 되살리도록 그를 설득해 보고 그것이 여의치 않다면 옆에서 그가 다른 여자들에게 너무 마음을 빼앗기지 않도록 하기 위해서라도 라이커거스로 돌아가 클라이드 옆에 있어야 했다. 아무리 휴일이라고 해도 이렇게 불쑥 떠나온 것부터가 누가 뭐래도 확실히 잘못이었다. 그녀가 없는 사이 그가 완전히 그녀를 버리고 다른 여자에게로 갈지도 모른다. 그렇게 되면 그 책임은 그녀 자신에게도 있지 않을까? 즉시 그녀는 무슨 핑계를 대고 이날 안으로 돌아갈 수 있을까, 하고 생각해 보았다. 그러나 그동안 집에서 여러 가지로 준비한 일을 생각한다면 오늘 돌아간다는 것은 특히 어머니에게는 너무나 이치에 맞지 않는 짓 같아 처음 예정대로 크리스마스 오후까지 참고 견디다가 돌아가기로 했다. 그녀는 두 번 다시 이번처럼 여러 날 라이커거스를 비우지 않겠다고 결심했다.

그러는 동안 로버타의 머릿속은 어떻게 하면 클라이드에게서 계속 관심을 받고 사회적·정신적으로 그녀를 돕게 하며 앞으로 결혼해 주겠다는 다짐을 받아 낼 수 있을까 하는 생각으로 가득 차 있었다. 만약 그가 그녀를 속였다면 어떻게 다시는 그러지 못하게 영향력을 행사할 수 있을까? 어떻게 하면 두 사람 사이에 거짓말이 있어서는 안 된다는 사실을 느끼게 할 수 있을까? 다른 여자의 매력에 유혹되지 않도록 어떻게 그의 마음을 꼭 붙잡아 둘 수 있을까?

도대체 어떻게 하면 된단 말인가?

제30장

　로버타는 크리스마스 날 밤에 라이커거스로 돌아와 길핀 씨
네 자취방에서 기다리고 있었지만 클라이드는 나타나지도 않
았고 아무런 전갈도 전해 오지 않았다. 그동안 그리피스 집안에
서는 그녀나 클라이드가 알았더라면 적잖이 흥미를 느꼈을 어
떤 일이 일어났다. 스틸 씨 댁 댄스파티가 있은 후 로버타가 읽
은 바로 그 기사가 길버트의 눈에 띄었다. 그는 댄스파티 이튿
날인 일요일 아침 식탁에서 커피를 한 모금 마시려던 참에 그 기
사를 보았다. 그 순간 그는 마치 회중시계 뚜껑을 닫는 것처럼
윗니와 아랫니를 꽉 물고 마시려던 커피잔을 내려놓고 기사를
좀 더 자세히 읽었다. 식당 안에는 그 말고는 그의 어머니 한 사
람밖에는 없었다. 클라이드에 대해서는 다른 가족들보다는 어
머니와 생각이 같다는 것을 알고 있었기 때문에 그는 신문을 어
머니에게 건네주었다.

"누가 사교계에 뛰어들기 시작했는지 한번 읽어 보세요." 그는 매서운 목소리로 빈정거리듯 말했다. "이러다가는 요 다음엔 우리 집에도 나타나겠는걸요!"

"누구 이야긴데?" 그리피스 부인은 신문을 받아들고 침착하게 조용히 기사를 읽었지만 클라이드의 이름을 보자 겉으로는 내색하지 않으면서도 조금 놀라는 눈치였다. 얼마 전 클라이드가 손드라의 자동차에 편승했었다는 것과, 그 후 그가 트럼불 씨 댁에 초대되었다는 것은 그 집안에서도 이미 알고 있었지만 「스타」지의 사교란에 그의 이름이 나왔다면 사정은 달랐다. '어떻게 그곳에 초대됐을까?' 이런 문제에 대해 아들이 어떻게 생각하고 있는지 잘 알고 있는 그리피스 부인은 혼자서 생각했다.

"핀칠리네 그 교활한 계집애가 꾸민 일이 뻔해요." 길버트가 내뱉었다. "어디선가 이 아이디어가 생각이 난 거죠. 틀림없이 벨라한테서 들었을 거예요. 우리 집에서 그를 등한시하고 있다는 걸. 제 딴엔 나한테 복수한다는 거겠죠. 내가 한 일을 두고, 내가 했다고 생각하는 일을 두고요. 어쨌든 그 애는 내가 자기를 싫어한다고 생각한 겁니다. 그건 사실이지만. 그건 벨라도 알아요. 크랜스턴네 그 건방진 계집애도 마찬가지예요. 두 계집애는 늘 벨라랑 어울려 다니잖아요. 멋이나 부리고 돈이나 쓰고 다니는 계집애들이에요. 그 남동생들이라는 작자들, 그랜트 크랜스턴과 스튜어트 핀칠리도 똑같은 패거리들이죠. 어디 두고 보세요. 그 작자들 가운데서 누군가가 언젠가는 무슨 일을 저지를 테니까요. 일 년 내내 아무 일도 하지 않고 놀러 다니지 않으면

춤이나 추느라고 정신이 없는 애들입니다. 마치 놀기 위해 이 세상에 태어난 무리 같아요. 어머니랑 아버지가 그런 무리와 늘 어울려 다니도록 왜 벨라를 가만히 내버려 두는지 이해할 수가 없어요."

이 말에 길버트의 어머니는 이의를 제기했다. 벨라에게 이 고장 사교계의 어떤 사람들에게 등을 돌린 채 그 밖의 사람들의 집에만 드나들게 할 수는 없다고 했다. 모두 서로 자유롭게 왕래하고 있었다. 더구나 벨라도 이제 나이가 들어 자기 나름대로 생각이 있다는 것이었다.

그러나 어머니가 변명한다고 해도 신문에 기사가 나온 데다가 사교계를 넘보고 거기에서 기회를 노리고 있는 클라이드의 태도에 대한 길버트의 반감이 줄어들 리가 없었다. 젠장! 돈도 없는 가난뱅이 사촌은 첫째로는 그 자신을 닮았다는 점에서, 둘째로는 이곳 라이커거스에 와서 이 훌륭한 가문에 빌붙어 지내고 있다는 점에서 용서받지 못할 죄를 짓고 있었다. 더구나 길버트 자신이 처음부터 드러내놓고 그를 싫어하고, 그를 원하지 않으며, 마음대로 할 수만 있다면 단 한 순간도 견딜 수 없다는 태도를 분명히 보이지 않았던가.

"그 녀석은 빈털터리예요." 길버트는 무슨 선고를 내리듯 가혹하게 그의 어머니에게 말했다. "그러면서 이곳에서 가까스로 매달리다시피 지내고 있어요. 뭣 때문에 그러는 거죠? 여기 사람들이 상대해 준다고 해도 그 녀석이 뭘 할 수 있겠어요? 이곳 사람들처럼 행동할 돈이 있어야죠. 돈이 생길 구석도 없어요.

설사 돈이 생긴대도 누군가가 그의 일을 대신 해 주지 않는 한, 일에 얽매여 있으니 어디 놀러 다닐 수 있겠어요? 도대체 어떻게 일을 하면서 그런 패거리들과 어울려 다닐 수 있는지 알다가도 모를 일이에요. 그 패거리들은 언제나 쉴 새 없이 돌아다니고 있거든요."

실제로 길버트는 클라이드가 정말 이제부터는 그 패거리의 일원이 되지 않을까, 만약 그렇게 되면 어떤 조처를 해야 할까, 하고 생각하고 있었다. 만약 그가 이런 식으로 한 패거리가 된다면 그 자신도 그렇지만 가족들까지도 클라이드를 점잖게 대하지 않을 수 없을 것이 아닌가? 그 이전과 그 뒤에 일어난 일들이 증명하듯이 그의 아버지가 진작 그를 쫓아 버리지 않았기 때문에 빚어진 일이었다.

이 대화가 있고 나서 그리피스 부인은 똑같은 아침 식사 식탁에서 남편 앞에 신문을 갖다 놓으며 길버트의 생각을 전했다. 그러나 클라이드에 대한 태도가 전과 크게 다르지 않은 그리피스 씨는 아들의 의견에 동조하려 들지 않았다. 그리피스 부인이 보기에는 오히려 남편은 신문 기사 내용이 처음 클라이드에 관해 내렸던 평가를 부분적으로 정당화한다고 여기는 것 같았다.

"비록 그 애한테 돈이 없다 해도 말이오……." 그리피스 씨는 부인의 말을 끝까지 듣고 나서 입을 열었다. "……어쩌다 가끔 파티에 가거나 여기저기 초대받아서 안 될 게 뭐요? 그건 오히려 사람들이 그 애에게나 우리에게나 경의를 표한다는 뜻이 아니겠소? 길버트가 그 애를 어떻게 생각하고 있는지는 나도 잘 알고 있어요. 하지만 내가 보기에는 길버트가 생각하는 것보다 괜찮은 애예요. 어쨌든 나로서는 그 일에 대해 어떻게 할 수도 없고, 하고 싶지도 않아요. 그 애는 내가 불러서 이곳에 왔으니, 나도 최소한 그 애에게 좀 더 형편이 필 기회를 줘야 하니까. 일도 잘하고 있는 것 같소. 게다가 내가 그 애를 모르는 체한다면 사람들이 어떻게 생각하겠소?"

뒤에 길버트가 어머니에게 덧붙여 한 말을 전해 듣자 그리피스 씨는 이렇게 말했다. "난 그 애가 질이 나쁜 사람들보다는 좋은 사람들과 어울리기를 바라오. 그 애는 몸가짐이 단정하고 예의 바를 뿐 아니라 내가 듣기로는 공장에서도 일을 꽤 잘한다고 하더군. 사실 지난여름 내가 제의한 대로 며칠만이라도 그 애를 호수로 초대할 걸 그랬소. 지금이라도 우리가 곧 무슨 수를 쓰지 않는다면 남들이 인정하는 그 애를 유독 우리 집안에서만 업신여기는 것처럼 보일 거요. 당신이 내 충고를 받아들이겠다면 크리스마스나 새해에 그 애를 집에 초대해서 우리도 그 애를 업신여기지 않는다는 걸 보여 줍시다."

어머니한테서 이 말을 전해 들은 길버트는 화가 나서 버럭 소리를 질렀다. "제기랄! 좋으실 대로 하세요. 하지만 제가 그 녀석에게 친절히 대하리라곤 기대하지 마세요. 그 녀석이 그렇게 능력 있다고 생각한다면 왜 아버지는 그 녀석을 더 좋은 자리에 앉히지 않으시는지 모르겠네요."

같은 날 올버니에서 막 돌아온 벨라가 손드라와 버타인과 만나고 또 전화로 그동안 클라이드와 관련한 최근 근황에 관해 알지 못했더라면 아마 그 일은 그것으로 끝났을지도 모른다. 벨라는 클라이드가 그믐날 밤 스케넥터디의 엘러슬리 씨 댁 댄스파티에 초대되어 손드라와 버타인을 데려오게 되어 있다는 걸 알게 되었다. 물론 벨라는 클라이드의 말이 나오기 전부터 이 그룹과 동행하기로 되어 있었다.

벨라가 어머니에게 알린 이 갑작스러운 근황은 중요하여 길버트는 아니어도 그리피스 부부는 강요받다시피 상황을 이용하여 크리스마스 날 오찬에 클라이드를 초대하기로 했다. 이 오찬은 다른 사람들도 많이 참석하는 점잖은 자리였다. 그렇게 함으로써 몇몇 사람들이 생각하는 것처럼 클라이드를 무시하고 있지 않다는 사실을 한 번에 널리 알릴 수 있을 것이라 판단했기 때문이다. 늦었지만 인제 와서는 이렇게 하는 수밖에는 그럴듯한 방법이 없었다. 이 사실을 전해 듣자 길버트는 이번만은 그로서도 어쩔 수 없다는 것을 알고 몹시 못마땅해서 한마디 했다. "아, 좋습니다. 어머니와 아버지가 그러고 싶으시다면, 두 분이 그렇게 원하신다면 그 녀석을 초대하십시오. 하지만 전 아직도 그럴 필요가 없다는 생각이 듭니다. 좋으실 대로 하십시오. 전 콘스턴스하고 그날 오후 유티카로 가니까 설사 그 자리에 참석하고 싶어도 그럴 수가 없습니다."

길버트는 자기가 그토록 싫어하는 손드라 같은 계집애가 끈질기게 농간을 부려 다른 사람도 아닌 그의 사촌을 그에게 억지로 떠맡기고 있는데도 속수무책일 수밖에 없는 사실에 속으로 분통을 터뜨리고 있었다. 또 환영을 못 받는다는 것을 뻔히 알면서 이런 식으로 달라붙으려는 클라이드는 얼마나 거지 같은 녀석인가? 도대체 무슨 녀석이 그 모양일까?

그래서 클라이드는 월요일 아침 그리피스 집안에서 보낸 편지를 또 한 통 받았다. 이번에는 마이라가 서명한 편지로 크리스마스 날 오후 두 시에 있을 오찬에 참석해 달라는 내용이 적혀 있었다. 크리스마스 날 밤 여덟 시에 로버타와 만나기로 한 약속은 무난히 지킬 수 있을 것 같아 그는 몹시 기뻤다. 마침내 사회적으로 누구도 부럽지 않은 위치에 다가섰다는 느낌이 들었기 때문이다. 비록 돈은 없었지만 사람들이 — 심지어 그리피스 집안까지도 — 그를 받아들이고 있었으니 말이다. 또한 손드라까지도 그에게 많은 관심을 보이면서 마치 언제라도 그와 사랑에 빠질 것처럼 말하고 행동하지 않는가. 길버트는 사교계에서의 그의 인기 앞에서는 속수무책이었다. 이 모든 것에 대해 그가 뭐라고 말하겠는가? 클라이드가 판단하기로는 초대장이 날아온 것은 큰아버지 집에서도 그동안 그를 잊지 않았거나, 아니면 다른 사람들 사이에서 그의 인기가 높아지고 있으니 그에 대해 예의를 지켜야 한다고 여긴다는 증거였다. 마치 경기에 참여한 사람이 승리의 월계관을 쓴 기분이라고나 할까. 그는 그동안 그리피스 집안과 어떤 소원한 감정도 없었던 것처럼 가슴 뿌듯한 마음으로 초정을 받아들였다.

제31장

 불행하게도 스타크 씨 내외와 그들의 딸 애러벨러, 딸 콘스턴스가 길버트와 함께 출타 중이라 그리피스 집안사람들과 함께 식사하게 된 와이넌트 씨 부부, 아널드 씨 부부, 앤터니 씨 부부, 해리엇 씨 부부, 테일러 씨 부부 그리고 그 밖의 라이커거스 명사들이 참석한 그리피스 댁의 크리스마스 오찬회에 그만 압도당한 클라이드는 다섯 시가 지나고 여섯 시가 되어도 자리를 뜨거나 로버타와의 약속을 분명히 기억할 수가 없었다. 여섯 시 조금 전에 손님들 몇 사람이 즐거운 자리에서 일어나 인사를 하고 떠나기 시작했을 때도(그 역시 로버타와의 약속을 생각해서 일어났어야 했는데 말이다) 젊은 손님 중 한 사람인 바이올렛 테일러가 다가와 그날 밤 앤터니 씨 댁에서도 또 무슨 파티가 있다면서 간곡하게 말했다. "우리랑 함께 가시는 거죠? 꼭 그래 줄 거죠?" 그러자 그 순간 로버타와 한 약속 때문에 그녀가 벌써 돌아와 그를 기다리고 있을 것이라는 생각이 머릿속에 떠올랐는데도 클라이드는 즉석에서 그 제안을 받아들였다. 그는 아직 시간이 있다고 생각한 것일까?

그러나 일단 앤터니 씨 댁에 도착해 이 아가씨 저 아가씨와 이야기를 나누고 춤을 추다 보니 로버타와 한 약속은 머릿속에서 점점 희미해졌다. 그러나 아홉 시가 되자 그는 좀 걱정이 되기 시작했다. 이때쯤이면 로버타가 자기의 방에서 그가 오기로 약속해 놓고 어떻게 된 일인지 궁금해하고 있을 게 틀림없었기 때문이다. 더구나 크리스마스 날 밤이 아닌가. 그것도 그녀가 사흘 만에 돌아온 뒤였던 것이다.

클라이드는 속으로는 갈수록 불안하고 걱정이 됐지만 겉으로는 그날 오후 내내 그랬듯이 쾌활한 태도를 보였다. 그런 그의 기분을 이해하기라도 하듯 일행은 지난 주일 동안 밤마다 녹초가 될 때까지 춤을 추고 떠들면서 놀았기 때문에 하나같이 지쳐 버려 열한 시 반이 되자 헤어졌다. 클라이드는 벨라 그리피스를 그녀의 집 앞까지 바래다주고는 혹시 로버타가 아직도 깨어 있지 않을까 생각하며 엘름 거리로 서둘러 걸어갔다.

길핀 씨 집에 가까워지자 눈 덮인 관목과 나무들 사이로 그녀 방에 하나밖에 없는 전등 빛이 보였다. 무슨 말을 해야 할까, 이렇게 늦게 온 이유를 어떻게 변명해야 할까 고민하면서 그는 길가에 있는 큰 나무 근처에서 걸음을 멈추고 로버타에게 할 말을 생각했다. 그리피스 씨 댁으로 갔었다고 다시 한 번 우겨 댈까? 아니면 다른 곳에 갔었다고 둘러댈까? 바로 지난 금요일에도 그 집에 갔었다고 로버타에게 말했었다. 지난 몇 달 동안 사교계와는 접촉이 없었고 그 세계를 다만 동경만 하고 있었을 때는 꾸며 낸 이야기를 해도 전혀 양심의 가책을 느끼지 않았다. 그 이야기는 사실이 아닌 데다 그의 시간을 빼앗은 것도 아니었고, 그가 원할 때 로버타를 만나는 데 방해가 되지도 않았기 때문이다. 그러나 그것이 현실이 되고 새로운 관계가 그의 장래에 어떤 결정적인 의미를 갖게 된 지금에 와서 그는 망설이지 않을 수 없었다. 그는 오늘 밤에도 나중에 받은 두 번째 초청 때문에 올 수 없었다고 변명을 하고, 또 그리피스 집안은 앞으로 그의 물질적 풍요를 책임질지 모르는 사람들인 만큼 그들이 부를 때는 즐거움보다는 의무에 따라 어쩔 수 없이 그녀와의 약속을 지킬 수 없게 될 것이라고 우기기로 얼른 결정을 내렸다. 그로서도 어쩔 수 없는 일이 아닌가? 그는 절반쯤은 진실이라고 할 핑계를 내세우기로 하고 눈 위를 걸어가 그녀의 방 창문을 가볍게 두드렸다.

그러자 곧바로 전등이 꺼지더니 잠시 뒤 커튼이 올려졌다. 이어 그동안 슬픈 생각에 잠겨 있던 로버타가 문을 열고 그를 방 안으로 맞아들였다. 방 안에는 촛불이 켜져 있었다. 로버타는 될수록 사람들의 눈길을 끌지 않기 위해 방 안을 촛불로만 밝히는 버릇이 있었다. 그는 곧 음성을 낮추고 변명을 늘어놓기 시작했다.

"이거야 참, 로버타, 사교 모임이라는 게 정말 사람을 지겹게 만들지 뭐야. 이런 도시는 난생처음이야. 이 사람들과 어울려서 어디로 가면 그 모임으로만 끝나는 게 아니라 반드시 또 다른 데로 가자고 하거든. 잠시도 궁둥이를 붙이고 있지 못하는 사람들이야. 금요일 일만 해도 그렇지(그는 지금 그리피스 댁에 갔다고 거짓말을 한 그날 일에 대해서 말하고 있었다). 난 휴일이 다 끝날 때까지는 이제 아무 행사도 없을 것이라고 생각했지 뭐야. 그런데 어제 약속한 어딘가로 막 가려고 하는데 오늘 오찬이 있으니 참석하라는 쪽지를 받은 거야."

클라이드가 계속 말을 이었다. "오찬이 오후 두 시에 시작하니 내가 말한 대로 여덟 시까지는 시간에 맞게 이리로 올 수 있을 것 같았거든. 그런데 오찬은 세 시나 되어서야 시작되어 조금 전에 겨우 끝났어. 사람이 참는 데도 분수가 있지 않아? 마지막 네 시간 동안은 빠져나올 수가 없었어. 그래, 어떻게 지냈어? 재미있었어? 재미있게 지냈기를 바라. 내가 준 선물을 보고 가족들이 좋아해?"

클라이드는 잇달아 질문을 해 댔지만 로버타는 짤막하게 차가운 목소리로 대답했다. 그러면서 계속 그의 얼굴을 바라보며 '아, 클라이드, 어떻게 나한테 이럴 수가 있어요?' 하고 묻는 듯했다.

그러나 클라이드는 자신의 알리바이에만 관심이 있고 어떻게 하면 로버타를 믿게 할 수 있을지에만 온통 정신이 팔린 나머지 외투와 머플러와 장갑을 벗어 놓고 머리칼을 뒤로 쓰다듬기 전이나 그런 뒤나 그녀를 똑바로 바라보거나 다정하게 쳐다보지도 않았다. 사실 그는 그녀를 다시 만나서 반갑다는 내색은 전혀 하지 않았다. 오히려 그가 몹시 안절부절못하고 당황해하자 로버타는 전에 클라이드가 무슨 말을 하고 또 무슨 행동을 했든 그녀가 돌아와 반가운 것은 별문제로 하고 그녀보다는 자신의 문제와 부분적으로 설명한 자신의 배신행위에만 관심이 있다는 것을 느낄 수 있었다. 잠시 후 그는 그녀를 품에 안고 그녀의 입술에 키스했지만 그녀는 토요일과 마찬가지로 그의 마음이 반쯤은 다른 곳에 가 있다는 것을 알 수 있었다. 다른 일들, 금요일과 오늘 그를 그녀에게서 빼앗아 간 그 일들이 그의 마음과 그녀의 마음을 혼란스럽게 했다.

로버타는 그의 말을 믿을 수도 없고 그렇다고 아예 불신해 버리고 싶지도 않은 심정으로 그를 바라보았다. 그의 말대로 어쩌면 그는 그리피스 댁에 가서 붙잡혀 있었을지도 모른다. 그러나 그는 그 댁에 가지 않았을지도 모른다. 그녀는 금요일에 그 집에 가 있었다는 지난 토요일의 클라이드의 말과, 그날 그가 글로버스빌에 있었다는 신문 기사 내용을 떠올리지 않을 수 없었다. 그러나 지금 그 일을 그에게 따진다면 그는 화를 내고 그녀에게 더욱더 거짓말을 할 것이 아닌가? 따지고 보면 결국 그의 사랑 말고는 그녀가 그에게 권리를 주장할 진정한 근거는 없었다. 하지만 그의 마음이 그토록 빨리 변하리라고는 도저히 믿을 수 없었다.

"그래서 오늘 밤에 오지 않은 건가요?" 그녀는 여느 때보다 생기 있지만 짜증스럽게 물었다. "이번만은 다른 약속을 하지 않겠다고 한 것 같은데요." 그녀는 조금 침울한 어조로 덧붙였다.

"그래, 그랬지." 그는 솔직히 시인했다. "그 초대장만 받지 않았더라면 그렇게 했을 거야. 큰아버지가 아닌 다른 누가 불렀으면 가지 않았을 거야. 하지만 큰아버지가 크리스마스 날에 집에 오라는데 어떻게 안 갈 수 있어? 그건 중요한 일이거든. 게다가 당신이 그날 오후에 이곳에 없었는데 가지 않는다면 옳지 않아 보이지 않겠어?"

로버타는 이렇게 말하는 그의 태도와 말투에서 전에 클라이드가 한 어떤 말보다도 친척들과의 관계를 매우 중요시하는 한편 두 사람의 관계에서 그녀 자신이 소중히 여기는 것을 대수롭지 않게 생각하고 있다는 것을 훨씬 더 명백히 알 수 있었다. 이제 그녀는 두 사람이 서로 사랑에 빠진 초기 단계에 그가 보여준 정열과 온갖 애정 표현에도 불구하고, 그가 그녀를 생각하는 마음이 그녀 자신이 생각하는 것보다 훨씬 사소할지 모른다는 생각이 들었다. 그렇다면 지금까지의 그녀의 꿈과 희생은 모두 물거품에 지나지 않는다는 것을 의미했다. 그러자 로버타는 갑자기 두려웠다.

"그건, 그렇지만." 로버타가 애매하게 말을 이었다. "클라이드, 이 집에 쪽지 한 장쯤은 남겨 놓았더라면 좋았을걸. 그렇게 했다면 내가 돌아왔을 때 그걸 볼 수 있지 않았겠어요?" 그녀는 그의 마음을 너무 상하게 하지 않으려고 부드럽게 물었다.

"하지만 내가 말했잖아. 나도 그렇게 늦어질 줄은 미처 몰랐다고. 여섯 시까진 모두 끝날 줄 알았다니까."

"네, 그래요. 어쨌든…… 그건 그렇지만…… 나도 알아요.

그래도…….”

　로버타의 얼굴에는 두려움과 슬픔과 암담함, 불신, 그리고 약간의 원망과 절망이 뒤섞인 듯한 어리둥절하고 괴롭고 불안한 표정이 감돌았다. 그런 복잡한 감정이 실린 두 눈을 동그랗게 뜨고 심각한 표정으로 그를 응시하자 클라이드는 그녀를 부당하게 취급하고 괴롭혔다는 자책감으로 적잖이 괴로웠다. 그녀의 눈에 그런 감정이 역력히 나타나 있었으므로 그는 평소의 창백한 얼굴빛이 검붉게 변했다. 그러나 로버타는 그의 표정 변화를 알아챈 사실을 전혀 내색하지 않고 잠시 뒤 한 마디 덧붙였다. 「스타」지에 글로버스빌에서 열린 파티 기사를 읽었어요. 당신 사촌들이 그곳에 왔다는 말은 없던데요. 사촌들도 가지 않았나요?”

　로버타가 그의 말을 믿을 수 없다는 듯 질문을 던진 것은 이번이 처음이었다. 클라이드로서는 그녀와 관련해 이제껏 예상도 못 했던 일이었다. 그래서 그는 어느 때보다 당황하고 화가 났다.

　“물론 그들이 갔고말고.” 그는 거짓말을 했다. “사촌들이 거기 갔다고 내가 말했는데 왜 그런 걸 묻는 거지?”

　“뭐 별 뜻이 있어서 물은 건 아녜요. 그냥 알고 싶었을 뿐이에요. 하지만 신문에는 당신이 늘 입버릇처럼 말하는 다른 라이커거스 사람들, 손드라 핀칠리니 버타인 크랜스턴 같은 이름은 다 언급되어 있었어요. 그런데 당신은 트럼불 자매 말고는 말하지 않았거든요.”

그녀의 말투는 더욱 그의 화를 돋우고 있는 것 같았다.

"나도 그 기사를 봤지만 사실과는 달라. 그 여자들도 거기에 왔었는지 모르지만 보지 못했거든. 신문에 실린 기사라고 반드시 옳다는 법은 없어." 클라이드는 이런 식으로 골탕을 먹자 어느 정도 화나고 짜증도 일었지만 그의 태도에는 확신이 없었다. 그 자신도 그 사실을 잘 알고 있었다. 그래서 그렇게 따지고 드는 그녀가 미웠다. 그녀가 왜 이럴까? 이런 식으로 그녀에게 덜미를 잡히지 않고서는 눈앞에 활짝 열린 이 새로운 세계에서 마음대로 활보할 수 없단 말인가?

더 이상 그를 탓하는 대신 로버타는 상심한 듯한 서글픈 표정으로 그저 그를 바라볼 뿐이었다. 그의 말을 전적으로 믿을 수도 없고 그렇다고 믿지 않을 수도 없었다. 그가 한 말 중에는 진실도 있을지 모른다. 그보다 더 중요한 것은 그녀에게 거짓말을 하거나 모질게 대하지 않을 만큼 그녀를 아끼는 마음이 있어야 한다는 점이었다. 그러나 그가 그녀를 다정하고도 진실하게 대하고 싶지 않다면 그것은 이루어질 수 없었다. 그녀는 그에게서 몇 발자국 뒤로 물러나더니 절망스럽다는 몸짓으로 말했다. "아, 클라이드, 나한테는 말을 꾸며 댈 필요가 없어요. 그걸 몰라요? 미리 나한테 말하고 나를 이렇게 크리스마스 밤에 혼자 내버려 두지만 않는다면 당신이 어디에 가든 상관하지 않았을 거예요. 그렇게만 해 줬다면 이렇게까지 마음이 아프진 않았을 거예요."

"내가 무슨 말을 꾸며 댄다고 그래, 로버타." 그는 화가 나서 되물었다. "신문에서 떠드는 말을 난들 어떡하겠어? 내 사촌들은 거기에 있었다니까. 입증할 수 있어. 오늘은 빠져나올 수 있게 되자마자 곧장 달려왔거든. 왜 갑자기 이렇게 화를 내는 거지? 사정이 있었다고 말했잖아. 이곳에선 내가 하고 싶은 대로 행동할 수 없다고. 그 사람들은 맨 마지막 순간에 나를 초대해서 오라고 해. 그러니 난들 어떡하겠어? 그런 일을 두고 화를 내봤자 무슨 소용이 있지?"

클라이드는 이런 막연한 말에 할 말을 잃고 어찌할 바를 모르는 로버타를 사납게 노려보았다. 그녀는 신문에 난 마지막 날 밤의 행사가 마음에 걸렸지만 지금 당장은 더 이상 아무 말도 하지 않는 쪽이 낫겠다고 생각했다. 그녀는 자신과는 달리 그가 화려한 세계에 속해 있다는 사실을 전보다도 훨씬 더 뼈저리게 느꼈다. 그러나 지금조차 그녀는 자신을 공격하고 있는 질투의 화살이 얼마나 아픈지 내색하고 싶지는 않았다. 그는 가까운 사람들과 함께 그 세계에서 마음껏 삶을 즐기고 있었지만, 그녀의 처지는 너무나도 초라했다. 게다가 요즈음에는 손드라 핀칠리와 버타인 크랜스턴이 그의 입이나, 신문에 오르내리지 않는 날이 없다시피 했다. 혹시 이 두 여자 중 어느 한쪽에 그가 깊은 관심을 두고 있는 것은 아닐까?

"그 미스 핀칠리를 몹시 좋아해요?" 로버타는 가까이 있는 그의 얼굴을 쳐다보며 불쑥 물었다. 이 문제에 조금이라도 만족스러운 답을 얻고 싶은 욕망이 — 혼란스러운 이 모든 문제를 해결할 수 있는 희미한 빛이 — 여전히 그녀를 괴롭히고 있었다.

그러자 즉시 클라이드는 그 질문의 중요성을 알아챘다. 부분적으로 잠재운 관심, 질투심, 절망감의 기미가 그녀의 표정보다는 그녀의 목소리에 더 잘 드러나 있었다. 몹시 우울할 때 그녀의 목소리에는 가끔 어딘지 모르게 부드럽고 달래는 듯하고 애잔한 그 무엇이 실려 있었다. 동시에 클라이드는 그녀가 손드라를 지목하며 교활하거나 텔레파시가 통하는 듯한 태도를 보이자 약간 움찔했다. 그래서 곧바로 그는 로버타가 눈치채게 해서는 안 되고 그녀가 사실을 알게 되면 마음이 상할 것이라 생각했다. 그러나 시간이 흐를수록 더욱 확고해져 가는 듯한 일반적 지위에 대한 허영심 때문에 그는 이렇게 내뱉고 말았다.

"아, 물론 좋아하고말고. 예쁜 데다 춤도 잘 추거든. 돈도 많고 옷차림도 멋져." 이에 덧붙여 그가 막 손드라의 매력이 그것으로도 충분하다고 말하려고 하려는 순간, 로버타는 그가 그 여자에 정말로 깊은 관심을 두고 있으며 그녀 자신과 그의 세계 사이에 넘지 못할 장벽이 가로놓여 있다고 느끼자 갑자기 울부짖듯이 소리를 질렀다. "그래요, 그렇게 돈이 많은데 그렇지 못할 여자가 어디 있어요? 나한테도 그렇게 돈이 많다면 그렇게 할 수 있다고요."

로버타의 목소리가 갑자기 떨리는가 싶더니 이윽고 흐느끼기 시작하자 클라이드는 놀라고 당황하지 않을 수 없었다. 그는 그녀가 슬픔과 질투 때문에 깊은 상처를 받고 몹시 괴로워하고 있다는 것을 눈으로 볼 수 있었고, 피부로도 느낄 수 있었다. 그러자 그는 처음에는 다시 화를 내고 도전적인 태도를 보이고 싶은 충동을 느꼈지만 갑자기 마음을 누그러뜨렸다. 지금까지 줄곧 아껴 오던 사람이 자기에 대한 질투 때문에 고통을 겪어야 한다는 것을 생각하니 그 자신도 적잖이 가슴이 아팠기 때문이다. 그도 호튼스 때문에 질투의 고통이 얼마나 괴로운지 잘 알고 있었다. 그래서 로버타의 입장을 어느 정도 이해할 수 있었다. 바로 그런 이유로 그가 부드럽게 말했다. "아, 로버타, 이렇게 화를 내면 그 여자나 다른 여자 이야기를 꺼낼 수도 없지 않아? 그 여자에게 내가 뭐 특별한 관심이라도 있는 것처럼 말하려던 건 아니었어. 그 여자가 좋으냐고 묻기에 자기가 알고 싶어 하는 것 같아서 말한 것뿐인데 뭘."

"아, 알아요. 잘 알고말고요." 로버타가 말했다. 그녀는 갑자기 두 손을 꽉 움켜쥐고 핏기가 가신 얼굴로 긴장하여 초조한 자세로 서서 의심쩍어하면서도 애원하듯 그를 쳐다보았다. "그 여자들은 모든 걸 갖고 있죠. 그건 당신도 잘 알고 있잖아요. 하지만 내겐 아무것도 없어요. 모든 걸 갖춘 그런 여자들과 맞서기란 너무 힘들어요." 그녀는 목소리가 떨려 말을 중단했다. 로버타는 눈물을 글썽이더니 입술을 떨기 시작했고 재빨리 두 손으로 얼굴을 가리고 돌아서 버렸다. 그녀의 어깨가 들썩거렸다. 사실 그 순간 그녀의 몸은 극도로 절망적이고 발작적인 오열로 걷잡을 수 없이 떨리고 있었다. 이렇게 억눌렸던 벅찬 감정이 갑작스럽게 폭발하자 클라이드는 놀라고 당황하면서 마음이 크게 흔들렸다. 그녀의 행동은 그의 마음을 돌이키기 위한 속임수나 연극이라기보다는 지금 그가 그토록 관심을 보이고 세상에 부러울 것 없이 모든 것을 다 갖춘 여자들과는 달리, 자신이 친구도 장래도 없는 외톨이라는 생각이 갑자기 왈칵 들었기 때문이다. 그녀가 지나온 길에는 그녀의 젊음을 일그러지게 했던 고독하고 쓸쓸한 세월이 놓여 있던 모습만이 보였다. 그 모습은 너무나 선명하게 보였다. 그녀는 말할 수 없이 크게 동요되었다. 절망감이 그녀의 마음을 짓눌렀다.

그래서 밑바닥에서 가슴을 쥐어짜듯 그녀는 소리를 질렀다. "내게도 몇몇 그런 여자 같은 기회만 있었으면……. 나도 가고 싶은 곳에 가고, 보고 싶은 것을 볼 수 있었으면! 하지만 시골에서 자라 돈도 없고 옷도 없고 아무것도 없으니……. 또 당신에게 자랑할 사람도 없고. 오, 오, 오, 오, 오!"

이런 말을 하는 순간 로버타는 스스로를 헐뜯는 그런 나약한 고백을 한 자신이 부끄러웠다. 바로 그 사실 때문에 클라이드가 그녀와의 관계에서 흔들리고 있는 게 아니던가.

"오, 로버타!" 클라이드는 자신의 배신행위에 진정으로 양심의 가책을 느끼면서 즉시 그녀를 품에 안고 부드럽게 말했다. "그렇게 울지 마, 제발. 당신 마음을 상하게 하고 싶진 않았어. 정말이야. 정말이라고. 당신이 고통을 겪은 건 잘 알고 있어. 당신의 마음 잘 알고 있다고. 당신이 이런저런 식으로 얼마나 역경을 겪고 있는지 잘 알아. 로버타, 정말이야. 그러니 인제 그만 울음을 그쳐. 어쨌든 난 당신을 사랑해. 정말 사랑해. 앞으로도 언제까지나 사랑할 거야. 당신의 마음을 아프게 해서 미안해. 정말로 미안해. 오늘 밤은 어쩔 수 없었어. 지난 금요일도 그랬고. 어쩔 수 없었다고. 하지만 앞으로는 사정만 허락한다면 다신 그러지 않겠어. 약속하겠어. 당신은 누구보다도 귀엽고 사랑스러운 여자야. 머리칼도, 눈도 이렇게 예쁘고, 몸매도 조그마한 게 얼마나 예쁘다고. 정말이야, 로버타. 누구 못지않게 춤도 잘 추잖아. 얼굴도 누구 못지않게 예뻐. 이제 제발 그만 울어. 제발 부탁이야. 당신 마음을 조금이라도 상하게 했다면 미안해, 정말."

클라이드는 과거에 쓰라린 경험을 하고 실망과 고생을 겪은 탓에 지금 같은 상황에서는 거의 누구 앞에서나 일종의 부드러운 기질을 드러냈다. 이럴 때 그의 목소리는 사람의 마음을 녹일 듯했다. 그의 태도는 아기를 달래는 어머니처럼 다정했다. 로버타 같은 젊은 아가씨가 그에게 끌리게 된 것도 바로 그 때문이었다. 그러나 그의 이런 감정은 강렬한 만큼 오래 지속하지는 못했다. 그것은 한바탕 휩쓸고 지나가는 여름철의 소나기와 같았다. 갑자기 몰려왔다가는 곧 지나가 버렸다. 그러나 지금은 그것만으로도 로버타에게 그가 자기를 완전히 이해하고 동정해서 그 때문에 자기를 더욱 사랑해 줄지도 모른다는 느낌을 주었다. 당장은 모든 것이 암담해 보이지는 않았다. 어쨌든 한층 더 그의 애정과 동정을 받았다. 그래서 안심이 되고 그의 말에 위로를 받은 로버타는 눈물을 닦으면서 자기가 이렇게 울보인 줄을 몰랐다며 그의 흰 와이셔츠 가슴 부분을 눈물로 적셔서 미안하다고 말했다. 그녀는 클라이드가 이번만 용서해 주면 다시는 이렇게 하지 않겠다고 약속했다. 한편 그녀의 가슴속에 그런 열정이 묻혀 있다는 사실에 감동한 클라이드는 계속 그녀의 손과 뺨에 키스하다가 마침내 그 입술에 키스했다.

이렇게 애무와 속삭임과 키스가 계속되는 동안 클라이드는 바보스럽게 그녀에게 자기가 사랑하는 여자는 첫 번째도 마지막도 이 세상에 그녀 한 사람뿐이라고 거짓말을 늘어놓고 있었다. 그가 로버타를 대할 때와는 다르지만 격정적으로 — 어쩌면 더 뜨거운 마음으로 — 손드라를 사랑하고 있었기 때문에 그것은 거짓말이었다. 그 말을 듣자 로버타는 자기가 클라이드를 오해했을지도 모른다고 생각하게 되었다. 또한 자기의 입지가 비록 전보다 나아지지는 않았어도 더 안정되었다고 믿었다. 그녀는 어쩌면 사교적으로는 그를 만날지도 모르지만 이런 식으로 그의 사랑을 받지는 못하는 젊은 아가씨들의 처지보다 자신의 처지가 훨씬 더 낫다고 생각했다.

제32장

클라이드는 이제 이 지방 도시의 겨울철 사교계의 핵심적인 인물이 되어 있었다. 그리피스 집안사람들이 그를 친지들에게 소개한 뒤로 라이커거스의 유지 대부분이 그를 집에 초대했다. 그러나 서로서로 다 잘 알고 있는 이 좁은 세계에서는 호주머니 사정이 연고 관계 못지않게, 아니 때로는 그보다도 더 중요하게 간주되었다. 이 지방 명문 가문에서는 친척 관계뿐 아니라 재산이 사회적 안정을 포함하여 모든 행복한 가정생활의 필수 조건이라고 확신하고 있었다. 그래서 그들은 클라이드를 사교적 모임에 참가할 자격이 있다는 데는 의심의 여지가 없었지만 재력이 신통치 않다고 소문이 났기 때문에 사윗감으로는 간주하지 않았다. 그러므로 그에게 초대장을 보내는 데는 누구보다도 앞장서면서도 막상 딸이나 가까운 친척들과 관련해서는 그와 너무 자주 만나는 것을 피하는 게 좋다고 넌지시 경고했다.

그러나 손드라와 그녀의 그룹은 클라이드에게 우호적인 데다 친구들과 부모들의 의견이 아직은 확정적인 것은 아니었기 때문에 그가 가장 좋아하는 유형의 모임에서는 — 춤으로 시작해 춤으로 끝나는 모임 말이다 — 계속 그에게 초대장이 날아왔다. 비록 주머니 사정은 좋지 않았지만 그는 그런대로 꾸려 갈 수 있었다. 일단 그에게로 마음이 기울어지자 손드라는 그의 재정 상태를 눈치채고 교제하는 데 될수록 돈이 들지 않도록 신경을 썼기 때문이다. 이런 손드라의 행동은 버타인과 그랜트 크랜스턴, 그 밖의 사람들에게도 알려져 클라이드는 대부분은, 특히 지방에서 놀 때는 전혀 돈을 쓰지 않고도 여기저기 다닐 수 있었다. 모임이 라이커거스를 벗어난 곳에서 있을 때도 누군가가 그를 자동차에 태워 주었다.

클라이드와 손드라 모두에게 중요한 의미가 있던 — 손드라가 애정 면에서 클라이드에게로 한 발 더 접근했다는 의미에서 — 그해 마지막 날 밤 스케넥터디의 파티가 있은 뒤 그녀는 그를 자주 차에 태워 파티 장소로 데리고 가곤 했다. 실제로 그는 그녀의 마음을 사로잡는 데 성공했다. 그녀의 허영심을 채워 주는 동시에 잘생기고 사회적인 지위도 있는 클라이드 같은 젊은이를 자신에게 의존하게 만들고 싶은 욕구를 충족시켜 주는 방식으로 말이다. 그녀는 자기 부모가 가난한 클라이드와의 애정 관계를 용납하지 않으리라는 것을 잘 알고 있었다. 그녀 자신도 처음에는 그런 관계를 생각도 해 본 적이 없었다. 그러나 이제 그녀는 결혼 같은 그런 관계까지 바라고 있었다.

그렇지만 그해 마지막 날 밤의 파티가 있은 지 두 주쯤 되는 어느 날 밤까지는 두 사람이 좀 더 가까워질 만한 기회가 없었다. 앰스터댐'에서 있었던 어떤 비슷한 모임에서 돌아올 때의 일이었다. 벨라 그리피스와 그랜트와 버타인 남매가 저마다 차에 올라타고 집으로 떠난 뒤 스튜어트 핀칠리가 뒤돌아보면서 클라이드에게 큰 소리로 말했다. "그리피스, 집까지 태워다 줄게." 그러자 손드라가 클라이드와 좀 더 함께 있고 싶은 나머지 이렇게 말했다. "우리 집에 잠깐 들르고 싶다면 핫초콜릿 한 잔 만들어 줄게. 어때?"

"아, 그거 좋지." 클라이드가 유쾌하게 대답했다.

"자, 그럼 출발한다." 스튜어트는 자기 집 방향으로 차를 돌리면서 말했다. "하지만 난 좀 들어가 잠을 자야겠어. 벌써 세 시가 지났는걸."

"착한 동생이야. 잠을 자면 얼굴에도 좋지." 손드라가 대꾸했다.

차를 차고에 넣은 뒤 세 사람은 뒷문으로 해서 부엌으로 들어갔다. 남동생이 안으로 들어가 버리자 손드라는 클라이드에게 하인들이 사용하는 식탁에 앉게 하고 초콜릿을 만들 재료들을 갖고 왔다. 그러나 이런 부엌 시설을 처음 보는 클라이드는 눈이 휘둥그레져서 주위를 두리번거리며 어느 정도 잘살아야 이렇게 부엌을 꾸밀 수 있을까 생각했다.

"아, 부엌이 굉장히 크네." 그가 말했다. "음식 만드는 기구가 이렇게 많다니!"

그러자 손드라는 그가 라이커거스에 오기 전에 이런 규모의 부엌을 본 일이 없고, 그래서 쉽게 압도되었다는 것을 알고 말했다. "그래? 부엌이란 게 다 이렇게 크지 않나?"

클라이드는 자신이 겪어 온 가난을 생각하고 손드라의 말에서 그녀가 이런 부엌보다 낮은 수준의 생활에 대해서는 거의 모른다고 짐작하자 그녀가 살고 있는 세계의 풍요로움에 새삼 감탄하지 않을 수 없었다. 얼마나 놀라운 재산의 위력인가! 이런 여자하고 결혼한다면 이 모든 것이 다 일상생활의 일부가 될 것이 아니겠는가. 요리사와 하인들을 거느리고 큰 집과 자동차를 소유하고 어느 누구 밑에서도 일하지 않고, 그저 아랫사람들에게 명령만 내리는 생활은 생각만 해도 가슴 벅찼다. 그런 생각을 하니 그에게는 손드라의 온갖 자의식적인 몸짓과 자세가 더욱 매혹적으로 보였다. 클라이드가 이렇게 감탄을 금치 못하고 있는 것을 눈치챈 손드라는 자기가 그 세계와 떼려야 뗄 수 없는 관계에 있다는 것을 과장하고 싶었다. 그에게 그녀는 지금 다른 어떤 여자보다도 사치와 사회적 신분의 화신으로 하늘에 떠 있는 별처럼 찬란하게 빛나고 있었다.

일반 알루미늄 프라이팬으로 초콜릿을 만든 손드라는 클라이드에게 더욱 감명을 주기 위해 다른 방으로 가서 정교하게 무늬를 새긴 은그릇을 들고 나왔다. 그녀는 요란스럽게 장식한 항아리에 초콜릿을 붓고 그것을 식탁으로 가지고 와서 클라이드 앞에 놓았다. 이어 그녀는 가벼운 동작으로 그의 옆에 앉으면서 말했다. "아, 멋지지 않아? 난 이렇게 부엌에 오는 게 재미있어. 요리사가 없을 때나 이렇게 해 보지. 요리사가 있을 땐 얼씬 못하게 하거든."

"아, 그래?" 개인 저택에 고용되는 요리사들의 방식을 전혀 알
지 못하는 클라이드가 물었다. 이 질문을 듣자 손드라는 그가
태어나 자란 세계가 매우 궁금했다는 것을 분명히 알 수 있었
다. 그러나 그녀는 자기 삶에서 중요한 의미가 있게 된 클라이
드에게 등을 돌리고 싶지는 않았다. 마침내 그가 입을 열었다.
"손드라, 이렇게 둘이 같이 있으니까 정말 기분이 좋지 않아? 오
늘 밤에는 자기하고만 이야기를 할 기회가 한 번도 없었잖아."
그러자 그녀는 허물없는 그의 태도에 화도 내지 않고 대꾸했다.
"그렇게 생각해? 그렇게 생각하다니 기분이 좋네." 그러면서 조
금은 오만하지만 다정한 미소를 지어 보였다.

눈처럼 흰 새틴으로 된 이브닝 가운을 입고 옆에 앉아서 슬리
퍼를 신은 발을 다정하게 흔들고 있는 그녀의 모습, 그의 콧구
멍을 자극하는 은은한 향수 냄새가 그를 흥분시켰다. 사실 그녀
에 관한 그의 상상력에 이미 불이 붙고 있었다. 젊음과 아름다
움과 이런 엄청난 재산 — 이 모든 것이 의미하는 게 무엇이겠는
가? 그녀가 그의 열렬한 감탄의 대상이 되어 있는 데다 그를 지
배하고 있는 매혹과 열정에 어느 정도 감염되어 손드라는 그를
사랑할 수 있는 — 뜨겁게 사랑할 수 있는 — 대상으로 볼 만큼
마음이 흔들리고 있었다. 그의 빛나는 검은 눈은 물기를 머금고
정열을 함빡 담고 있지 않은가? 그리고 그의 머리칼! 그의 흰 이
마를 덮은 머리칼 역시 고혹적으로 보였다. 그녀는 그 머리칼을
두 손으로 쓰다듬고 그의 얼굴을 어루만지고 싶은 충동을 느꼈

다. 그의 손은 섬세하고 예민하고 우아해 보였다. 로버타가 그랬고 그녀 이전에 호튼스와 리터가 그랬듯이 손드라도 그의 손이 눈에 들어왔던 것이다.

그러나 지금 클라이드는 말을 하면 방 안의 긴장된 침묵이 깨뜨려질 것 같아 잠자코 있었다. 그는 마음속으로 이런 생각을 하고 있었다. '아, 내가 그녀를 얼마나 아름답다고 생각하고 있는지 말할 수만 있다면! 그녀를 꼭 껴안고 마구 키스를 해 대고 이 여자도 내게 그렇게 키스를 해 주면 얼마나 좋을까?' 로버타에게 처음 접근했을 때를 생각해 보면 이상야릇하게도 그는 성적인 욕망은 느끼지 않은 채 그저 어떤 완전무결한 물체를 꼭 붙잡고 쓰다듬고 싶은 마음뿐이었다. 실제로 그의 두 눈은 이런 격렬한 욕망으로 빛나고 있었다. 손드라는 그의 이런 눈빛을 보자— 사실 그것은 클라이드를 대할 때 가장 두려운 부분이었다— 조금 미심쩍은 생각이 들었지만 그의 그런 눈빛의 의미를 좀 더 알고 싶다는 호기심도 생겼다.

그래서 그녀는 짓궂은 어조로 한마디 던졌다. "혹시 말하고 싶은, 중요한 말이 있는 거 아니었어?"

"손드라, 말하게만 해 준다면 하고 싶은 말이 너무나 많아." 그가 재빨리 대답했다. "하지만 당신이 말을 해선 안 된다고 했잖아."

"아, 내가 그랬지. 한데 그건 사실이야. 내 말을 들어줘서 기분이 좋아." 그녀는 입언저리에 도전적인 미소를 짓고 마치 이렇게 말하려는 듯 그를 바라보았다. '설마 내가 한 말을 고지식하

게 받아들이는 건 아니겠지?'

손드라의 암시적인 눈빛에 그만 자제심을 잃은 클라이드는 자리에서 일어나 그녀의 두 손을 잡고 그녀의 눈 속을 들여다보았다. "손드라, 설마 모두 진심에서 한 말은 아닐 테지? 전혀 말이지. 아, 마음속을 다 드러내 보일 수만 있다면 얼마나 좋을까!" 그의 눈빛이 모든 것을 말해 주고 있었다. 손드라는 그의 마음을 쉽게 불타오르게 할 수 있다는 사실을 새삼 깨닫고는 그가 하고 싶어 하는 일에 조금 미심쩍은 생각이 들었지만 그대로 내버려 두고 싶은 생각에서 몸을 뒤로 빼면서 말했다. "아, 진심에서 한 말이야. 하지만 자기는 모든 걸 너무 고지식하게 받아들이고 있지." 그러면서도 그녀는 자신도 모르게 표정이 누그러지고 다시 한 번 미소를 지었다.

"손드라, 나로선 어쩔 수 없어. 정말 어쩔 수 없다고!" 그가 열띤, 거의 격정적인 어조로 말했다. "자기 때문에 내가 어떤 상태인지 당신은 몰라. 정말 아름다워. 아, 정말로 아름다워. 자기도 잘 알 텐데. 나는 밤이고 낮이고 자기 생각만 하고 있어. 정말이야, 손드라. 당신 때문에 미칠 것만 같아. 그래서 밤에는 잠도 안 와. 맙소사, 정말 미친 것 같다고! 어딜 가든 또 어디서 자기를 만나든 나중에는 자기 생각밖에는 아무것도 머릿속에 떠오르지 않아. 오늘 밤 자기가 다른 남자들이랑 춤추는 걸 보고 견딜 수 없었어. 나 혼자서만 자기를 차지하고 싶었거든, 다른 여자들은 필요 없이. 손드라. 자기는 눈이 아주 예뻐. 입과 턱, 그리고 웃는 얼굴도 무척 매력적이야."

클라이드는 그녀를 부드럽게 애무하려는 듯 두 손을 들어 올렸다가 주춤하고는 마치 열성적인 신도가 성인(聖人)의 눈 속을 들여다보듯이 그녀의 눈을 들여다보다가 갑자기 그녀를 두 팔로 안고 끌어당겼다. 그의 말에 황홀해지고 어느 정도 매혹된 손드라는 여느 때 같았으면 의연하게 그를 뿌리쳤을 텐데 지금은 정열에 압도되어 그의 얼굴을 빤히 바라볼 뿐이었다. 그의 뜨거운 열정에 휘말리다 보니 그녀는 그가 원하는 대로 그를 좋아하게 될지도 모른다는 생각이 들었다. 만약 그녀가 위험을 무릅쓴다면 많이, 아주 많이 그를 좋아할지도 몰랐다. 그 또한 그녀에게는 잘생기고 멋진 존재였다. 비록 가난하기는 해도 정말로 멋졌다. 그녀가 알고 있는 다른 어느 젊은이들보다도 정열적이고 박력이 있었다. 그녀의 부모와 그녀 자신의 신분이 허락하여 이런 분위기에 그와 함께 실컷 젖어 버린다면 얼마나 좋을까? 그러나 동시에 만약 그녀의 부모가 이 사실을 알게 되면 클라이드와의 관계를 더욱 발전시키거나 앞으로 더 재미있게 즐기는 일은 그만두고라도 그것을 지속시키는 일 자체가 아예 불가능해질지도 모른다는 생각이 그녀의 머릿속에 떠올랐다. 그런 생각에 사로잡혀 잠시 주춤했지만 그녀는 그래도 그에 대한 열망이 쉽게 가라앉지 않았다. 그녀의 눈빛은 부드러웠으며 입가에는 감미로운 미소가 감돌았다.

"내게 그런 말을 하면 절대 안 돼. 정말 안 돼." 그녀는 미온적으로 반항하면서도 여전히 다정한 눈길로 그를 바라보았다. "그게 옳지 않다는 걸 난 알거든. 하지만……."

"왜 안 된다는 거야? 왜 그게 옳지 않다는 거지, 손드라? 내가 그토록 사랑하는 사람에게 사랑한다는 말을 해서는 안 될 게 뭐야?" 그의 눈빛이 슬픔으로 흐려졌다. 그 눈빛을 보자 그녀는 입을 열었다. "아, 그거야." 그러고 나서 그녀는 입을 다물었다. "난…… 난…… 부모님이 용납하지 않을 것 같아서 그래" 하고 말하려던 참이었다. 그러나 그녀의 입에서는 다른 말이 튀어나왔다. "난 아직 자기를 잘 모르거든."

"오, 손드라, 이렇게 미치도록 자기를 사랑하고 있는데도! 내가 자기를 사랑하는 만큼 나를 조금도 생각지 않는 거야?"

손드라가 미심쩍은 태도를 짓자 그의 눈빛은 아쉬운 듯하면서도 겁에 질린 슬픈 표정으로 변했다. 온갖 감정이 뒤섞인 그의 눈은 그녀의 가슴을 마구 흔들어 놓았다. 그녀는 그가 보이고 있는 이 뜨거운 정열의 결과가 어떨까, 하고 생각하면서 애매한 표정을 짓고 그의 얼굴을 바라보았다. 그녀의 망설이는 듯한 눈빛을 보자 그는 그녀를 좀 더 바싹 끌어당기면서 키스했다. 그녀는 화를 내기는커녕 오히려 한동안 기꺼이 행복한 듯 그에게 몸을 맡기다가 갑자기 몸을 일으켰다. 이런 식으로 키스를 허락하고 있다니 그가 어떻게 받아들일까, 하고 생각하자 순간적으로 제정신이 돌아왔기 때문이다. "인제 그만 가 보는 게 좋을 것 같아. 안 그래?" 그녀가 단호하게 말했지만 그렇다고 쌀쌀맞은 어조는 아니었다.

클라이드 역시 자신의 당돌한 행동에 스스로 놀라고 뒤에 조금 당황하고 힘이 빠져 그녀에게 애원하듯 비굴하게 물었다.

"화 난 거야?"

　한편 주인 앞에서 굽실거리는 노예 같은 그의 태도가 손드라에게는 기분이 좋으면서도 동시에 언짢았다. 그녀 역시 남을 지배하는 것보다는 차라리 지배받는 것을 더 좋아한다는 점에서는 로버타나 호튼스와 다를 바 없었기 때문이다. 그래서 그녀는 화가 나지 않았다고 조금 슬픈 듯이 고개를 저었다.

　"너무 늦었잖아." 그녀는 다정한 미소를 짓고 이렇게 말할 뿐이었다.

　클라이드는 무슨 이유에서인지 이제는 더 아무 말도 하지 말아야 한다는 생각이 든 데다 또 지금으로서는 더 밀고 나갈 용기나 끈기, 배경도 없어 코트를 집어 들고 슬프고 순종적인 눈길로 그녀를 돌아보면서 그곳을 떠났다.

제33장

　로버타가 얼마 안 가서 알아낸 것 중의 하나는 이런 모든 일과 관련한 그녀의 직감이 곧 실제 사실과 크게 다르지 않다는 점이었다. 나중에 어쩔 수 없어서 그렇게 되었다는 상투적인 변명을 늘어놓았지만, 마지막 순간에 가서 약속을 취소하고 또 아무 말 없이 약속 장소에 나타나지 않는 클라이드의 행동은 전과 다름없이 계속되었다. 로버타는 가끔 항의도 해 보고 호소도 해 보고 때로는 우울한 마음에 혼자서 가슴을 태우기도 했지만 그의 태도는 조금도 달라지지 않았다. 클라이드는 이제 완전히 손드라에게 넋을 잃었기 때문에 로버타 때문에 그의 마음이 달라지거나 움직일 수는 없었다. 손드라처럼 그렇게 멋진 여자가 어디 있던가!

　그러나 동시에 클라이드는 날마다 근무 시간 동안에는 로버타와 같은 방에 있는 터라 그녀의 마음속에 도사리고 있는 생각, 암담하고 슬프고 절망적인 생각들을 본능적으로 느끼지 않을 수 없었다. 이런 생각들은 때로는 마치 비난이나 원망의 소리처럼 명백하게, 또 신랄하게 그에게 전달되었다. 그럴 때면 그는 만나고 싶다느니, 오늘 밤 그녀가 집에 있으면 만나러 가겠다느니 하는 말을 해서 그녀의 감정을 무마하려고 했다. 그녀는 멍하고 넋이 나간 데다 아직도 그에게 흠뻑 빠져 있었으므로 그에게 와 달라는 말을 하지 않을 수 없었다. 그리고 일단 그와 함께 방에 있으면 지난날의 추억과 방 자체의 분위기에 휩싸여 예전 감정에 휩싸였다.

클라이드는 지금의 상황이 보장해 줄 수 있는 것보다 더 나은 미래를 꿈꾸고 있었으므로 현재 로버타와의 관계가 그의 이런 모든 꿈에 어떤 식으로든지 방해가 될까 봐 부쩍 걱정하고 있었다. 만약 어떤 계기로 손드라가 로버타와의 관계를 알게 된다면? 그 얼마나 치명적인 일이란 말인가! 또 로버타는 클라이드가 손드라를 사랑하고 있다는 것을 안다면 분노를 느끼고 그를 비난하거나 두 사람 일을 폭로할 것이 아닌가! 그해 마지막 날 밤의 그 일이 있은 뒤 그는 아침에 공장에 나타나 그리피스 집안, 해리엇 집안, 또는 다른 집안에서 초대를 받은 탓에 하루 이틀 전에 한 그녀와 만나기로 한 약속을 지키지 못했다고 자주 변명을 늘어놓곤 했다. 뒷날 세 번씩이나 손드라가 자동차로 그를 불러내자 그는 한 마디 말도 없이 그냥 떠나간 뒤 이튿날 나타나 그때그때 생각나는 대로 변명을 둘러대 사태를 수습하기도 했다.

그러나 전례가 없다고까지는 할 수 없어도 이례적이라고밖에 할 수 없는 동정심과 반발심이 뒤섞인 이런 상태에서 클라이드는 마침내 무슨 일이 있어도 그녀와의 관계를 끊는 방법을 찾아야겠다고 생각하게 되었다. 비록 로버타가 죽음을 각오할 만큼 상처를 입거나 — 그거야 그가 알 바가 아니지 않은가? 결혼하겠다고 로버타에게 한 번도 말한 적은 없으니 말이다 — 아니면 그가 원하는 것처럼 조용히 놓아주지 않아 그의 지위가 위태로워지는 한이 있어도 말이다. 그는 또 가만히 내버려 뒀더라면 그와 아무런 일도 없었을 여자를 유혹해서 짓밟은 교활하고 파렴치하고 잔인한 놈이라는 자책감을 느낄 때도 가끔 있었다. 이런 기분이 들 때면 가장 명백한 약속에 직면하여 때로는 무시하고 거짓말하고 빈약한 구실을 내세워 약속을 어기면서도 — 인간의 애욕이란 참으로 이상야릇한 것이다 — 아담과 그 후손들에게 내린 "너는 남편을 원할 것이니"라는 지옥 또는 천상의 명령을 다시 실행하기에 이르렀던 것이다.

그러나 클라이드나 로버타나 경험이 부족한 탓에 가장 원시적이고 대체로 믿을 것이 못 되는 피임 수단밖에는 두 사람이 사용해 본 적이 없다는 점을 밝혀 두어야겠다. 2월 중순쯤 클라이드는 손드라의 마음이 계속 그에게로 기울어지고 있어 로버타와의 이런 육체관계뿐 아니라 그 밖의 모든 관계도 끊으려는 단계에 이르렀다. 한편 로버타는 로버타대로 그의 임시 변통적인 태도와 그에 대한 자신의 변함없는 애정에도 불구하고 이제는 더 그에게 매달려 봤자 아무 소용없으므로 이곳을 떠나 다른 직장을 구해 자기도 살고 여전히 부모도 돕고 가능하다면 그를 잊는 편이 가슴의 상처가 가시지 않는다 해도 자존심은 지킬 수 있다고 분명히 깨닫기 시작하고 있었다. 그러나 공교롭게 이 무렵의 어느 날 아침 그녀는 당황하고 겁에 질려 과거의 어느 때보다도 심각하고 무서운 의혹과 두려움에 찬 표정을 하고 공장에 들어서지 않을 수 없었다. 클라이드와 관련해 내린 서글픈 결론 말고도, 적어도 지금 당장은 그 결론을 실천에 옮길 수도 없을지 모른다는 가슴을 짓누르는 두려움이 지난 밤 사이에 생겨났기 때문이다. 두 사람의 감상과 그에 대한 억제하기 어려운 그녀의 애정이 초래한 일시적인 행위 때문에 하필이면 두 사람에게 가장 불리한 시기에 그녀가 임신하게 되었던 것이다.

클라이드의 감언이설에 넘어간 뒤로 로버타는 날짜를 계산해 보고 늘 아무 일이 없다는 것을 알고 안심할 수 있었다. 그러나 언제나 정확하게 계산한 날짜로부터 벌써 48시간이나 지났는데도 이번에는 아무런 조짐도 나타나지 않았다. 더욱이 이에 앞서 나흘 동안 클라이드는 그녀 가까이에 온 적도 없었다. 게다가 공장에서 그의 태도는 전보다도 더 소원하고 무관심했다.

아니, 이런 상황에서 이런 일이 생기다니!

로버타로서는 클라이드밖에는 의지할 사람이 없었다. 그런데도 그는 지금 그녀를 멀리하고 무관심한 것이 아닌가.

클라이드가 도와주든 도와주지 않든 이 난감한 처지에서 쉽게 벗어날 수 없을 것 같은 두려운 생각이 들자 집과 어머니와 친척들과 그녀를 아는 모든 사람의 모습이 떠올랐다. 또 그들이 이런 지경에 이른 그녀를 어떻게 생각할까 헤아려 보았다. 세상의 이목이, 다른 사람들이 뭐라고 할까 하는 것이 로버타에게는 무엇보다도 두려웠다. 인정받지 못한 애욕의 치욕적인 결과가 아닌가! 아이에게는 사생아라는 꼬리표가 붙을 것이다. 예전에 그녀는 늘 젊은 여자들과 나이 든 여자들이 인생이며 결혼, 간통, 남자의 요구에 응했다가 결국에는 버림받아 비참하게 된 얘기를 하고 그것을 듣는 것만으로도 한심스럽다고 생각했다. 안전하게 결혼하고 한 남자의 사랑의 힘으로—가령 제부 게이블이 여동생 애그니스에게, 저 옛날 아버지가 처음에 어머니에게—그리고 클라이드가 자신에게 열렬히 사랑을 고백했을 때 보여 준 그런 사랑의 힘으로 살아가는 한 여자에 비하면 말이다.

그런데 지금은, 지금은 사정이 어떠한가!

로버타는 클라이드의 최근 또는 현재의 태도 때문에 이 일을 미룰 수는 없었다. 어쨌든 그는 이제 그녀를 도와야 했다. 이런 상황에서는 아무리 생각해 봐도 달리 방법이 없었다. 그리고 클라이드는 분명히 어떤 방법을 알고 있을 것 같았다. 어쨌든 그는 언젠가 무슨 일이 생기면 그녀를 돕겠다고 말한 적이 있었다. 처음 사흘째 되는 날에도 공장에 출근하면서 그녀는 자기가 문제를 과장해서 생각하고 있을지 모르며 어쩌면 어떤 신체적인 결함이나 기억 착오 때문일지도 모른다고 기대하고 있었지만, 그날 오후 늦게까지도 아무런 조짐이 나타나지 않자 그녀는 걷잡을 수 없는 공포에 사로잡혔다. 이제까지 억지로 불러온 보잘것없는 용기마저 사라지고 말았다. 그가 지금 와 주지 않는 한 그녀는 이 세상에 혼자였다. 그녀에게 필요한 것은 도움이 되는 조언, 그것도 애정 어린 조언이었다. 오, 클라이드! 클라이드! 제발 그렇게까지 무관심하게 대해 주지 않았으면! 이제 그래선 안 돼! 곧장 — 어서 빨리 당장 — 무슨 조치를 취하지 않으면 어쩌면 끔찍한 결과가 생길지도 모르지 않은가!

오후 네 시와 다섯 시 사이에 로버타는 작업을 중단하고 탈의실로 달려갔다. 그곳에서 그녀는 서둘러 글씨를 휘갈겨 쪽지 한 장을 적었다.

클라이드

오늘 밤에 꼭 만나야 해요. 꼭요, 꼭 만나 줘야 해요. 만나지 않으면 안 돼요. 말할 게 있어요. 퇴근하자마자 방으로 오든가 다른 장소에서 만나요. 어떤 일로 화가 나거나 속상해서 그러는 거 아녜요. 어쨌든 오늘 밤에 꼭 만나야 해요. 어디서 만날지 곧바로 장소를 알려 줘요.

로버타 올림

쪽지를 읽는 순간 어떤 새로운 뜻밖의 끔찍한 일이 생긴 것을 직감한 클라이드는 즉시 고개를 돌려 창백하고 초췌한 그녀의 얼굴을 보자 만나겠다고 신호를 보냈다. 그녀의 표정으로 미루어 보니 그녀에게 매우 중대한 일이 생긴 것이 분명했다. 그렇지 않고서야 이렇게 긴장하고 흥분할 리가 없었다. 생각해 보니 나중에 스타크 씨 댁 만찬에 가기로 한 약속이 기억났지만 우선 로버타부터 만나 볼 필요가 있었다. 하지만 도대체 무슨 일일까? 그녀의 어머니나 아버지, 또는 형제가 죽었거나 부상이라도 입은 것일까?

다섯 시 반에 클라이드는 무슨 일이기에 그녀의 얼굴이 그토록 창백하고 걱정스러울까 생각하면서 약속 장소로 갔다. 동시에 그는 손드라와의 꿈이 이루어지게 된다면 아무리 호소력 있는 동정심이라도 다시 그녀와 얽히는 일 없이 쌀쌀한 태도를 유지하면서 전처럼 그녀를 좋아하지 않는다는 것을 알아차리도록 해야겠다고 다짐하고 있었다. 그가 여섯 시에 약속 장소에 도착해 보니 로버타는 우울한 표정으로 그늘진 곳의 나무에 기대 서 있었다. 마음이 산란하고 풀이 죽은 모습이었다.

"도대체 무슨 일이야, 로버타? 무슨 일인데, 그렇게 겁에 질려 있어? 무슨 일이 있었던 거야?"

애정은 식어 가고 있었지만 언뜻 보아도 도움이 필요한 그녀의 애처로운 모습을 보자 그의 마음이 흔들렸다.

"오, 클라이드, 어떻게 말해야 좋을지 모르겠어." 마침내 그녀가 입을 열었다. "이게 사실이라면 너무 겁나는 일이야." 긴장되어 있지만 나지막한 그녀의 목소리에 이미 그녀의 고뇌와 불안이 실려 있었다.

"아니 무슨 일인데, 로버타? 어서 말을 해 봐." 그는 무뚝뚝하지만 조심스럽게 물었다. "무슨 일이 생긴 거야? 왜 그리 흥분하고 있어? 지금 덜덜 떨고 있잖아."

이렇게 난처한 처지를 한 번도 겪어 본 적이 없는 클라이드로서는 그녀에게 어떤 문제가 생겼는지 아직도 눈치를 채지 못하고 있었다. 동시에 그는 그녀에게서 마음이 멀어진 데다 최근 그녀를 푸대접한 사실이 마음에 걸리기도 해서 무슨 일이 생긴 게 분명한 이런 상황에서 어떤 태도를 보여야 할지 당혹스러웠다. 아직도 인습적이고 도덕적인 규범에 민감한 그는 엄청난 야심을 품고 있는 상황에서도 어느 정도의 자책감이나 적어도 수치심을 느끼지 않고서는 비열한 행동을 할 수 없었다. 또 만찬 약속을 지키고 싶었고, 로버타의 일에는 더 말려들고 싶지 않았기 때문에 그의 태도는 초조했다. 로버타는 그의 그런 마음을 알아차렸다.

"클라이드, 당신은 언젠가 내게 무슨 곤란한 문제가 생기면 꼭 도와주겠다고 약속했죠." 로버타는 사정이 절박하다 보니 대담하고도 적극적으로 변해 진지한 목소리로 간청하듯 말했다.

그러자 곧바로 클라이드는 최근 두서너 번 그녀의 방을 찾아가 두 사람 모두 여진(餘塵) 같은 감상과 욕정에 사로잡혀 지금 생각해 보면 어리석기 짝이 없는 육체적 관계를 맺은 것이 생각나면서 그녀의 문젯거리가 무엇인지 깨달았다. 그것이 사실이라면 그야말로 다급하고 난처하며 위험한 문제가 아닐 수 없었다. 물론 그에게 책임이 있고, 어떻게 해서든지 이 곤경을 뚫고 나가지 않으면 안 되었다. 그것도 되도록 빨리 그렇게 하지 않으면 더욱 큰 위기에 직면할 수밖에 없었다. 그러나 동시에 그가 최근 그녀에게 노골적으로 무관심했던 태도 때문에 어쩌면 일방적으로 그의 관심을 끌고 애정을 되찾기 위한 계략이나 전

략이 아닌가 하는 생각이 들기도 했다. 그러나 그것은 아주 한 순간 그의 마음속을 스쳐 간 생각에 지나지 않았다. 그녀는 너무나도 풀이 죽고 자포자기적인 상태로 보였기 때문이다. 이 문제로 얼마나 치명적인 결과가 초래될 것인지에 생각이 미치자 그는 짜증보다는 겁이 났다. 몹시 공포감을 느낀 나머지 그는 버럭 소리를 질렀다.

"좋아, 하지만 그렇다는 걸 어떻게 알지? 그렇게 빨리 확신할 수 없잖아? 어떻게 알 수 있단 말이야? 내일이 되면 아무렇지 않게 될지도 모르잖아?" 그러나 그 목소리에는 그가 지금 느끼고 있는 불안감이 실려 있었다.

"아, 아니. 그럴 리가 없어, 클라이드. 나도 제발 그랬으면 좋겠어. 벌써 꼬박 이틀이나 지났어. 지금껏 이런 적이 한 번도 없었거든."

이렇게 말하는 그녀가 너무도 힘이 없고 측은해 보였기 때문에 클라이드는 조금 전에 계략일지도 모른다는 생각을 떨쳐 버리지 않을 수 없었다. 그러나 동시에 갑자기 이 절망적인 사실을 빨리 직면하기 너무 두려워 이렇게 덧붙였다. "아, 하지만 아무 일이 아닐 수도 있어. 이틀쯤 늦는 여자들도 있잖아."

그 말투에는 예전의 그에게서 찾아볼 수 없는 불안과 투박스러움이 들어 있어 로버타는 이제 더는 참을 수 없다는 듯 부르짖었다. "아니, 난 그렇게 생각하지 않거든. 어쨌든 만약 이게 사실이라면 그야말로 큰일이잖아. 난 어떻게 하면 좋지? 내가 먹을 수 있는 어떤 약이라도 혹시 아는 게 없어?"

로버타와 이런 관계를 맺는 것에는 민첩하고 열성적이었고 또 자신이 그녀보다 훨씬 세상 물정을 잘 알고 있으며 그런 관계에서 생길지 모르는 문제 따위는 말끔히 해결할 수 있다는 인상을 줬지만, 막상 이렇게 실제 문제에 직면하고 보니 어떻게 해야 할지 어리둥절할 수밖에 없었다. 솔직하게 말해, 클라이드는 그 또래의 청년이라면 알고 있을 성 지식은 말할 것도 없고 이런 상황에 일어날 수 있는 복잡한 일에 거의 무지한 상태였다. 물론 이 도시에 오기 전 그는 캔자스시티와 시카고에서 래터러, 힉비, 헤글런드, 그 밖의 호텔 보이 같은 세상 물정에 밝은 선배들과 함께 세상을 둘러보고 그들이 입에 올리는 여러 소문과 허풍을 들었다. 그러나 지금 생각해 보니 그들은 득의만만하게 이것저것 지껄이고는 있었지만, 그 지식은 그들 못지않게 조심성 없고 무지한 여자들로부터 나온 게 틀림없었다. 그리고 그 범위를 넘어서는 지식으로는, 과연 사실인지 어떤지 알 수 없지만 헤글런드와 래터러 부류의 인간들이 상대하는 돌팔이 의사나 의심쩍은 약사에게 부탁해 낙태용 특효약과 피임약을 구할 수 있다는 정도였다. 그러나 비록 그것이 사실이라고 하더라도 라이커거스 같은 조그마한 도시에서 과연 어디 가야 그런 약을 구할 수 있단 말인가? 그는 딜러드와 교제를 끊어 버린 뒤 이런 위급할 때 의논할 수 있는, 믿을 만한 친구는 물론이고 아는 사람도 하나 없었다.

무엇보다도 먼저 클라이드가 생각한 방법은 이 도시나 근처의 약국을 찾아가 정당한 대가를 지불하고 효과 있는 약을 처방

받거나 그 정보를 얻는 것이었다. 그러나 어느 정도의 값을 달라고 할 것인가? 게다가 그런 약을 써도 위험하지 않을까? 도대체 그런 말을 들어줄까? 여러 이야기를 꼬치꼬치 캐묻지는 않을까? 그가 그런 의논을 하거나 부탁하러 온 것을 다른 사람에게 말하지는 않을까? 그는 이 라이커거스 바닥에서는 잘 알려진 길버트와 아주 많이 닮아서 그를 길버트로 잘못 생각하고는 소문을 퍼뜨려 문제를 일으킬지도 모를 일이었다.

손드라와의 관계가 나날이 호전되어 가는 이 판국에 이런 끔찍한 일이 일어나다니. 이제 그녀는 남몰래 키스를 허락해 주고, 넥타이와 금 만년필과 예쁜 손수건 같은 선물을 조그마한 카드에 머리글자만 써서 그가 없는 사이에 하숙으로 전하여 그녀가 애정과 호의를 품고 있다는 사실을 보여 주고 있었다. 그래서 그는 그녀와의 관계를 점점 낙관하는 중이었다. 만약 그녀의 집안 식구들이 두 사람의 결혼을 그리 극단적으로 반대하지 않는 한, 그리고 그녀의 사랑 열병과 외교 수완이 그 난관을 돌파할 수만 있다면 두 사람의 결혼도 실현 불가능한 일은 아닐지도 몰랐다. 물론 클라이드로서도 거기까지는 확신할 수 없었다. 지금까지 그녀는 진정한 의도와 애정을 조바심 나게 회피하고 있는 탓에 도리어 그녀를 더욱 갈망하도록 만들었다. 어쨌든 이런 일 때문에라도 그는 되도록 빨리 깔끔하게 로버타와의 관계를 청산해야겠다고 생각하고 있었다.

클라이드는 그런 이유에서 짐짓 자신만만한 태도로 말했다. "뭘 그래, 나 같으면 오늘 밤은 아직 그렇게 걱정하지 않을 거야.

아무 일도 아닐지 누가 알겠어. 아직은 확실하지 않잖아. 어쨌든 시간을 갖고 어떻게 할지 좀 더 생각해 볼게. 무슨 좋은 방법이 나올 거야. 그러니 그렇게 걱정하지 않았으면 좋겠어."

그러나 클라이드는 말처럼 자신 있는 것은 아니었다. 사실 마음속으로는 심한 동요를 느꼈다. 되도록 로버타와 관계를 갖지 말자는 최초의 결심이 뜻밖의 궁지에 부딪혀 일이 여간 복잡하게 꼬이지 않았다. 만약 그가 이 문제와 관련하여 어서 빨리 모든 책임에서 벗어나지 않는다면 그에게 치명적인 위험이 될 터였다. 로버타가 여전히 자기 밑에서 일하고 있고, 또 그가 그녀에게 쪽지를 쓰기도 하고 그녀로부터 답장을 받는 데다 그녀가 이 사실을 한마디라도 입 밖에 내는 날이면 조사가 이루어져 그에게 치명적인 결과를 초래하게 될지도 몰랐다. 그래서 그는 이런 소문이 어떤 방향으로든 새어 나가기 않도록 신속하게 그녀를 도와주어야겠다고 생각했다. 동시에 이 문제는 두 사람 사이에서 생긴 문제이기 때문에 무슨 수를 써서라도 그녀를 돕는 것이 당연한 일이었다. 그러나 만약 그렇게 할 수 없을 때는(그는 웬일인지 자꾸만 그럴 수 없을 것 같은 생각이 들었다) 그럴 때 — 정말 그럴 때는 말이다 — 자신이 아닌, 다른 놈팡이 녀석하고 일어난 일이라고, 자신은 그녀와 그런 관계를 맺은 일이 없다고 딱 잡아떼고는 도망칠 수도 있을 터였다. 어쩌면 그것은 그가 빠져나갈 수 있는 한 가지 방법이 될 수 있을지도 몰랐다. 다만 그가 이 도시에서처럼 신뢰할 수 없는 환경에만 있지 않다면 말이다.

그러나 그가 이 문제를 처리하는 데 가장 곤란한 문제는 의사를 찾아가는 방법 말고는 유효한 해결 수단에 대해 전혀 모른다는 점이었다. 그런데 그 방법에는 아마 돈과 시간과 잘은 모르지만 위험이 따를 수도 있었다. 도대체 그게 무엇을 의미할까? 그는 내일 아침 그녀를 다시 만나서 만약 그때까지 아무런 기색이 없다면 즉시 행동으로 옮기기로 했다.

로버타는 이렇게 위급한 상황에서 클라이드의 태평하고 무관심한 태도에 처음으로 버림받은 느낌이 들어 지금까지 살면서 일찍이 경험해 본 적이 없는 번민과 공포로 가슴을 졸이며 터덜터덜 하숙방으로 돌아갔다.

제34장

클라이드에게는 이런 상황에 대처할 만한 능력이 거의 없다시피 했다. 리짓과 위컴, 그 밖에 확실히 호감이 가지만 여전히 서먹서먹한 부서장이 서너 명에 있었지만, 그들은 하나같이 그를 허물없이 접근할 수 없는 상대로 간주하고 있었다. 그래서 그가 터놓고 상의할 수 있는 사람은 하나도 없었다. 또 그가 이제 열심히 들어가려는 상류 사교계의 사람들에게는 아무리 교묘하게 물어본다고 하더라도 그들한테서 정보를 캐낸다는 것은 말도 되지 않았다. 상류 사회에 속한 젊은이들은 이곳저곳 놀러 다니며, 미모와 취향과 재력을 수단 삼아 클라이드를 비롯한 보통 젊은이들로서는 도저히 꿈도 꾸지 못할 방탕한 생활에 몸을 바치고는 있었다. 그러나 클라이드는 그들 중 누구와도 진정으로 친밀하게 지내지 않았기 때문에 접근하여 유익한 정보를 얻는다는 것은 생각조차 할 수 없었다.

로버타와 헤어진 직후 클라이드에게 떠오른 가장 타당한 생각은 라이커거스의 약사나 의사와 상의하는 대신—특히 의사는 다른 곳도 마찬가지로 이 도시에서도 어딘지 낯설고 냉정하고 몰인정한 데다 이런 비윤리적인 모험에 대해서는 호되게 값을 부르고 불친절할 것 같은 생각이 들었다—스케넥터디 같은 이 근처 가까운 도시를 찾아가서 해결 방법을 찾는 것이 좋을 듯했다. 특히 그 도시들은 어떤 곳보다도 가깝고 크기 때문에 이런 문제를 해결하는 데 필요한 정보를 얻을 수 있을 것으로 보였다. 어떻게 해서든지 방법을 찾아보아야 했다.

클라이드는 스타크네 집으로 향하면서도 시급하게 결심하고 행동으로 옮길 필요성을 통감하고, 어떤 약이나 처방을 부탁할지 모르면서도 어쨌든 이튿날 밤 스케넥터디로 가기로 마음먹었다. 그렇지만 곰곰이 생각해 보니, 그렇다면 로버타에 대하여 아무런 처치도 생각하지 않은 채 하루를 헛되이 보내는 셈이 되며, 그렇게 되면 그녀를 그만큼 위험한 상태로 몰아넣게 되는 결과가 될 터였다. 그래서 되도록 즉시 실행할 결심을 세웠다. 그는 스타크 식구들에게 양해를 구하고 일찍 빠져나와 약국이 문을 닫기 전에 전차로 스케넥터디로 가기로 했다. 그러나 일단 그곳에 도착한다고 하자. 무엇을 어떻게 해야 하나? 약사나 약국 점원과 어떻게 대면하며, 또 뭐라고 물어봐야 할까? 약사가 어떻게 생각하고, 어떤 표정을 짓고, 또 무슨 말을 꺼낼까, 하고 생각해 볼수록 걱정이 되었다. 만약 래터러나 헤글런드가 이 도시에 있다면 얼마나 좋을까! 그들은 물론 이 문제를 해결할 방법을 알고 있을 것이고 기꺼이 그를 도와줄 것이다. 아니면 힉비라도 좋다. 로버타는 아무것도 모르고 있는 데다 그는 완전히 고립 상태에 있었다. 그러나 무슨 방법을 찾지 않으면 안 되었다. 만약 찾지 못한다면 집에 가서 시카고의 래터러에게 편지를 보낼 생각이었다. 지금 곤궁에 빠진 친구를 위해 편지를 쓰는 것이라고 하면서 될 수 있는 대로 자신은 이 일과 무관하게 말할 수 있을 것 같았다.

일단 스케넥터디에 가면 그곳에서는 아무도 그의 얼굴을 알고 있는 사람은 없을 테니까 갓 결혼한 신혼부부라고 하며 이야기를 꺼낼 생각이었다. 이 생각은 갑자기 영감처럼 그의 머리에 떠올랐다. 왜 그럴 수 없겠는가? 자기는 이제 결혼해도 좋을 나이가 되었으니 말이다. 그리고 아직 아이를 양육할 능력이 없으면서 아내는 '한 달에 한 번씩 하는 게 지났기 때문에(그는 힉비가 이 표현을 쓰는 것을 들은 게 생각났다)' 그런 상태에서 벗어날 무슨 약이 필요하다고 말하면 될 것 같았다. 이 얼마나 그럴듯한 생각인가. 젊은 부부라면 이런 곤경에 빠질 수도 있을 터였다. 어쩌면 약사도 그런 상태에 동정하여 기꺼이 무슨 방법을 가르쳐 줄 것이다. 그렇게 하면 되지 않을까? 무슨 범죄 행위가 되는 일도 아닐 것이다. 물론 처음 한두 명은 거절할지 모르지만 세 번째 약사는 거절하지 않을 것이다. 그렇게만 되면 이 곤경에서 벗어날 수 있었다. 그러고 나서는 지금보다 훨씬 많은 정보를 알고 있지 않는 한, 두 번 다시는 이런 곤경에 빠질 짓은 절대로 하지 않을 것이다. 하늘이 무너져도 말이다! 너무 끔찍한 일이었다.

클라이드는 마음이 점점 더 불안해지는 상태에서 스타크네에 도착했다. 너무 불안한 나머지 그는 저녁을 먹은 뒤 아홉 시 반에 공장에서 퇴근 시간 직전에 1개월분의 생산 보고서를 정리해 달라는 부탁을 받았다고 말했다. 그러면서 공장 사무실에서 간단히 처리할 수 있는 일이 아니기에 결국 집으로 돌아가서 오늘 밤 처리해야 한다고 했다. 스타크 집안사람들은 그의 일에 대한 열성과 야심에 감탄하고 동정하며 쾌히 승낙해 주었다.

그러나 그가 스케넥터디에 도착했을 때는 이미 늦어 라이커거스행의 막차를 타려면 이리저리 약국을 돌아다닐 시간이 없었다. 게다가 자꾸만 겁이 났다. 정말 그는 어느 약사에게라도 확신을 줄 만큼 갓 결혼한 남자처럼 보일까? 그리고 제아무리 약사라 하더라도 그런 약을 사용하는 것은 나쁜 짓이라고 생각하지 않을까?

이 시간에도 아직 불이 환히 켜져 있는 매우 길게 뻗은 도시의 중심가를 오르내리며 여기저기 약국 창문을 들여다보았지만 서로 다른 이유에서 모두 그의 마음에 들지 않았다. 한 약국에는 살이 찌고 진지하고 말끔하게 면도를 한 쉰 남짓한 사내가 있었다. 그러나 안경을 쓴 품새며, 쇳빛이 도는 희끗희끗한 머리칼이 아무리 봐도 클라이드 같은 젊은 남자의 상담 상대가 되어줄 것 같아 보이지 않았다. 그가 결혼했다는 것을 믿어 주지 않거나, 그런 치료약이 없다고 거절하면서 어느 미혼 처녀와 수상한 관계를 맺은 것이라고 의심만 사게 될 게 틀림없었다. 그 사내는 너무도 진지하고 경건한 데가 지나치게 근엄하고 인습을 중시하는 사람처럼 보였다. 아니, 그 사람과 섣불리 말을 걸었다가는 단단히 혼이 날 것 같았다. 차마 들어가서 그런 사람을 마주할 용기가 나지 않았다.

또 한 군데의 약국에는 몸집이 작고 말랐지만 말쑥하고 약삭빨라 보이는 서른다섯 살가량의 사내가 있었다. 클라이드는 그 사내를 보고서 이만하면 될 것 같다고 생각하고 정면에서 바라보니 스무 살에서 스물다섯 살가량의 여자가 그 옆에서 부지런히 일을 돕고 있었다. 만약 그 남자 대신에 젊은 조수를 상대하게 된다면 난처하여 용건을 말할 수 없을 듯했다. 설령 남자가 상대한다 해도 여자가 엿듣지 말라는 법이 없지 않은가? 그래서 클라이드는 결국 그곳도 단념하고는 세 번째, 네 번째, 다섯 번째 차례차례 기웃거려 보았지만 이런저런 이유로 포기할 수밖에 없었다. 가령 손님들이 안에 있거나, 입구의 소다수를 파는 곳에 젊은 아이들이 있거나, 가게 주인이 문 근처에 서 있어서 안을 들여다보려는 클라이드의 거동을 살피는 바람에 그만 들어갈까 말까 생각해 볼 여유도 없이 허둥지둥 그곳을 떠나 버린 적도 있었다.

이처럼 몇 군데 돌아다닌 끝에 마침내 클라이드는 행동으로 옮기던지, 아니면 시간과 전차 요금만 버리고 그냥 돌아가야 한다고 결심했다. 방금 뒷골목의 어느 조그마한 약국에서 몸집이 작은 약사가 왔다 갔다 하는 것을 본 클라이드는 다시 찾아가 들어가서는 용기를 내어 말을 꺼냈다. "저, 뭔가 물어보고 싶은 게 있습니다. 아닐지 모르겠습니다만. 저, 사정인즉은 최근 갓 결혼한 사람인데 제 아내가 때가 됐는데도 그게 없습니다. 한데 지금은 아직 애를 가질 여유가 없습니다. 그래서 말인데, 애를 없앨 어떤 것이라도 없겠습니까?"

클라이드는 불안한 데다 약사가 자신의 거짓말을 알고 있지 않나 하는 생각이 들었지만 힘 있고 그럴듯한 태도로 말했다. 그는 모르고 있었지만 그 주인은 감리교에 속한 확고부동한 신앙인으로 인간이 자연의 섭리에 간섭하는 것을 믿지 않는 사람이었다. 그런 행동은 하나님의 율법을 어기는 것이기에 그는 창조주의 뜻을 욕되게 하는 어떤 물건도 취급하지 않았다. 그러나 동시에 장삿속이 빠른 사람인지라 단골손님이 되어 줄지도 모른다는 생각에서 이렇게 대답했다. "젊은이, 미안하네. 자네를 도와줄 수 없군. 우리 집엔 그런 게 없거든. 그런 약의 효능을 믿지 않기 때문에 그런 종류의 것을 취급하지 않는다네. 하지만 다른 약국에서는 그런 약을 취급하고 있을지도 모르지. 어느 가게에서 취급하고 있는지는 모르지만." 이렇게 말하는 그의 태도는 위엄이 있었다. 자신이 옳다는 믿는 도덕가의 진지한 말투와 표정이었다.

클라이드는 이 경우 사내가 속으로 자기를 비난하고 있다는 것을 알아차렸다. 그래서 이곳에 올 때 갖고 있던 얼마 안 되는 자신감마저 이제 거의 남지 않았다. 그러나 그 주인이 대놓고 비난한 것도 아니었고, 다른 가게에서는 그런 약을 취급하고 있을지도 모르겠다는 말까지 해 주었으므로 곧 또다시 원기를 회복할 수 있었다. 그래서 유리창을 보며 여기저기 돌아다닌 끝에 마침내 일곱 번째 약국을 찾아냈다. 안에 들어가 아까와 마찬 가지로 첫 번째 설명을 되풀이하자 몸이 마르고 피부색이 까무 스름한 궤변가처럼 보이는 사내가— 이번에는 주인은 아니었 다— 자못 비밀인 척하면서도 태연한 표정으로 그런 치료 약이 있다고 선뜻 대답해 주었다. 아무렴, 있고말고. 한 상자를 원하 나, 하고 물었다. 클라이드가 가격을 묻자 6달러네, 하고 대답했 다. 월급쟁이에게는 눈알이 튀어나올 액수였다. 그러나 물건이 물건인 만큼 값이 비쌀 수도 있겠다는 생각이 들었다. 겨우 안 도의 숨을 내쉬고는 당장 그것을 구매하겠다고 말했다. 점원이 "효능이 있을 것"이라고 암시한 물건을 들고 와 포장해 주자 곧 값을 치르고 약국에서 나왔다.

그때까지의 걱정이 컸던 만큼 안도감도 컸기 때문에 클라이 드는 기쁜 나머지 길 가운데서 춤이라도 덩실덩실 추고 싶은 심 정이었다. 역시 약이 있었고, 물론 효능을 발휘할 터였다. 지나 치게 비싼 가격만 보아도 이 약의 효능을 말해 주는 것 같았다. 지금 같은 상황에서는 이런 곤경을 이렇게 간단히 해결할 수만 있다면 오히려 값이 싸다고 할 수도 있었다. 그러나 그는 도움 이 될 만한 다른 정보나 특별할 지시 사항이 있는지 물어보는 것 도 잊은 채 이런 위기를 극복하게 된 행운과 능력에 대해 자만하 며 구매한 약을 주머니에 넣고는 즉시 라이커거스로 돌아와 로 버타의 하숙집으로 달려갔다.

로버타는 클라이드와 마찬가지로 그런 약이 없으면 어떻게 하나 걱정하고 비록 있다 해도 구하기 무척 어려울 것이라고 생각하고 있었기 때문에 안도의 한숨을 내쉬었다. 사실 그녀는 그의 수완과 민첩함에 새삼 감탄했는데, 적어도 지금까지는 그의 그런 능력을 인정하고 있었다. 또한 곤경에 몰린 상황에서 그녀가 생각하는 것보다도 훨씬 동정심 있고 자상했다. 적어도 공포에 질려 있을 때 그녀가 생각했던 것처럼 그는 비인간적으로 비참한 운명에 그녀를 내팽개치지는 않고 있었다. 과거에 보인 그의 무관심에도 불구하고 이 사실만으로도 그에 대한 마음이 누그러졌다. 그녀는 알약에 큰 희망을 품고 포장을 뜯어 사용 설명서를 읽었다. 그러는 동안 그에게 고맙다고 말하면서 그가 이일을 친절하게 처리해 준 것을 죽어도 잊지 않겠다고 말했다. 한편 이렇게 포장을 풀면서도 불안한 생각이 들었다. 만약 이약이 잘 듣지 않는다면? 그렇다면 어떻게 하지? 이 일을 클라이드와 어떻게 상의하지? 그러나 지금 당장은 그런 것을 걱정하기보다 감사하고 싶은 생각이 앞섰다. 그녀는 곧바로 한 알을 먹었다.

로버타가 그에게 고맙다는 말을 하자, 클라이드는 이 말이 두 사람 사이에 새로운 친밀감의 서곡이 되지는 않을까 하고 걱정되어, 갑자기 최근 며칠 동안 공장에서 보여 준 그런 태도로 돌아갔다. 그는 어떤 일이 있어도 두 번 다시 그녀의 육체를 요구하는 일은 하지 말자고 생각했다. 만약 이 약이 들어 준다면 그녀와는 가끔 지극히 가벼운 말만 나누기로 했다. 이 위기에서도 알 수 있듯이 너무 위험하고, 그의 편에서 잃는 것이 너무 많았다. 한마디로 모든 것을 잃을 수도 있었다. 더구나 근심 걱정과 고통 그리고 비용도 만만치 않았다.

그래서 클라이드는 또다시 전처럼 별로 말이 없는 태도로 되돌아갔다. "뭐, 이젠 괜찮겠지? 어쨌든 그렇게 되길 빌자, 응? 두 시간마다 한 알씩 여덟 시간에서 열 시간 동안 먹으라는군. 조금 메스꺼울 수도 있지만 걱정할 건 없다고 쓰여 있어. 공장 일은 하루 이틀 쉬어야 할지도 몰라. 하지만 그건 조금도 염려할 것 없어. 만약 당신이 내일 공장에 나오지 않으면 내가 내일 밤에 찾아올게."

이렇게 말하며 클라이드는 쾌활하게 껄껄 웃었다. 그러자 로버타는 이전의 열정적인 친절에 가득 찬 그와 지금의 서먹서먹한 그의 태도를 어떻게 연결시켜야 좋을지 몰라 멍하니 그를 쳐다보았다. 이전에 그가 보여 준 열정! 그리고 지금의 태도! 그러나 지금 상황에서 그의 호의를 고맙게 여기고 있는 그녀로서는 진정한 미소를 지을 수밖에 없었고, 그도 미소로 답했다. 그러나 두 사람 사이에 아무런 애정 표시도 없이 그가 돌아가는 뒷모습을 바라보고 문을 닫고 난 뒤 그녀는 이상하다는 듯 고개를 가로저으면서 침대로 돌아왔다. 만약 이 약이 잘 듣지 않는다면? 그리고 그가 저런 서먹서먹한 태도를 그대로 계속한다면? 그렇다면 어떻게 되는 걸까? 만약 이 약을 먹고도 효능이 없다면 그는 여전히 냉담하여 오랫동안 그녀를 도와주려고 하지 않을지도 모른다. 그가 그렇게 할까? 정말로 그렇게 할 수 있을까? 그녀를 이렇게 곤경에 빠뜨린 것은 바로 그 사람이었다. 더구나 그녀가 싫다는 것을 억지로 설득시켜 그렇게 했고, 또 절대로 어떤 문제도 없을 것이라고 안심시키지 않았던가. 그런데 이제 그를 제외하고는 의지할 사람이라곤 아무도 없이, 그저 혼자 누워 걱정하지 않으면 안 되었다. 지금 그는 그녀에게 아무 일도 없을 것이라고 확신한 채 그는 다른 여자들을 만나러 가고 있었다. 그녀를 이 꼴로 만들어 놓은 장본인이 그 사람 아니던가! 이런 태도가 과연 옳은 일일까?

"아, 클라이드! 클라이드!"

제35장

  클라이드가 사 온 약은 듣지 않았다. 구토증과 그의 충고도 있
고 해서 로버타는 공장에 나가지 않고, 고민하면서 침대에 누워
있었다. 그러나 여전히 아무런 효과도 없자 자신에게 뻗친 운
명의 손아귀로부터 무슨 수를 써서라도 빠져나오려고 안간힘
을 쓰며 그녀는 나중에는 한 시간마다 두 알씩 먹었다. 그 때문
에 갑자기 그녀는 몹시 아팠다. 여섯 시 반에 그녀의 집에 도착
한 클라이드는 그녀의 창백한 얼굴, 여윈 뺨, 동공이 이상하게
부어오른 심상치 않은 눈빛을 보고서 깜짝 놀랐다. 중태에 빠진
것이 분명했다. 그것이 자기 탓이라고 생각하자 두려움과 동시
에 그녀가 측은하게 생각되었다. 더욱이 그녀에게 예상되었던
변화가 전혀 없는 것에 당황하여 이런 실패가 불러올 결과를 여
러 가지로 궁리해 보았다. 이렇게 된 이상 의사와 의논하여 모
든 치료를 받는 것밖에는 다른 도리가 없지 않은가! 하지만 어

디에 있는 어느 의사에게 어떻게 부탁하면 좋단 말인가? 더구나 그렇게 할 때 드는 돈을 어디서 구한단 말인가?

이렇다 할 영감이 머리에 떠오르지 않자 클라이드는 즉시 어제 그 약국을 찾아가 다른 약이나 다른 효과적인 수단에 관해 상의할 필요가 있을 것 같았다. 만약 그것도 안 된다면 어딘가로 수상한 구석이 있는 의사를 찾아가 싼 요금이나 할부로 이 위급한 사태를 피할 수 있을 것 같았다.

그러나 클라이드는 이런 중대한 문제에 — 거의 비극에 가까운 문제에 — 직면해 있으면서도 일단 밖으로 나오자 마음이 조금 가벼워졌다. 그날 밤 아홉 시부터 크랜스턴네 집에서 손드라와 만날 약속이 되어 있었기 때문이다. 두 사람은 다른 사람들과 함께 여느 때와 다름없이 파티를 열게 되어 있었다. 그러나 일단 크랜스턴네 집에 도착하여 손드라의 매혹적인 모습을 보아도 로버타의 모습이 마치 유령처럼 눈앞에 어른거려 마음속에서 몰아낼 수가 없었다. 오늘 밤 여기 모인 사람들 — 가령 나딘 해리엇, 펄리 헤인스, 바이얼릿 테일러, 질 트럼불, 벨라, 버타인, 손드라 말이다 — 중 어느 누군가가 어쩌면 그가 방금 보고 온 장면을 조금이라도 눈치채고 있다면 어떻게 될까? 그가 방에 들어갔을 때 피아노를 앞에 놓고 있던 손드라가 어깨너머로 그에게 환영의 미소를 보냈지만 그때조차도 그의 마음은 로버타에게 가 있었다. 이 파티가 끝나면 또다시 그녀의 하숙방에 들러 상태를 살펴보고 상태가 좋아지면 안도할 수 있을 것이다. 그러나 만약 상태가 좋아지지 않는다면 즉시 래터러에게 편지를 보내 상의해야 할 것 같았다.

클라이드는 속으로 걱정하면서도 겉으로는 언제나처럼 명랑하고 태연한 척하면서 우선 펄리 헤인스와 춤을 추고, 다음은 나딘과 춤을 춘 뒤 마지막으로 손드라와 춤을 출 기회를 기다리는 동안 밴더 스틸이 새로운 풍경 찾기 퍼즐을 푸는 것을 도와주고 있는 그룹에 다가갔다. 클라이드는 봉투 속에 밀봉된 종이에 적힌 메시지를 읽어 보이겠다고 제안했다. 이것은 그가 페이턴네 집의 책꽂이에서 발견한 오래된 요술 관련 책 속에 설명된 일종의 글자 맞추기 놀이였다. 본래 그가 다른 사람들에게 자신이 느긋하고 기지 있는 사람이라는 것을 보이기 위해 미리 준비한 것이었지만 오늘 밤 오히려 자기 마음을 무겁게 짓누르고 있는 고민을 잊기 위해 그것을 사용하고 있었다. 그리고 미리 짜 둔 나딘 해리엇의 도움을 받아 모든 사람을 깜짝 놀라게 할 수 있었지만 그의 마음은 여전히 그 일에서 떠나 있었다. 로버타의 일이 마음에서 떠나지 않았기 때문이다. 만약 그녀가 정말로 임신했고, 그것을 어떻게 할 수 없다면 무엇을 해야 하나? 그녀는 부모와 세상 사람들의 눈을 두려워한 나머지 그에게 결혼을 요구할지도 모른다. 그렇게 되면 어떻게 될까? 그는 손드라를 잃게 되고, 손드라는 그와 왜 헤어지게 됐는지 알게 될 것이다. 그러나 로버타가 자기에게 그런 것까지 요구한다는 것은 너무 지나친 일일 것이다. 그는 그렇게 하고 싶지 않았다. 도저히 그렇게 할 수 없었다.

그러나 한 가지만은 분명했다. 아이를 낙태시켜야 했다. 무슨 수를 써서라도 반드시 그렇게 해야 하지 않겠는가! 그러나 어떻게 하면 그렇게 할 수 있단 말인가? 도대체 어떻게 하면?

열두 시가 되어 손드라가 클라이드에게 가자는 신호를 보내며 원한다면 자기를 집까지 좀 바래다달라고(그리고 잠깐 집 안에 들러 주었으면 좋겠다고) 하고는 얼마 후 그녀의 집에 이르자 앞쪽 정문을 장식하는 덩굴 시렁 아래에서 그녀는 그에게 키스를 허락하면서 지금껏 알던 사내들 가운데 그가 가장 마음에 들었다는 말을 했고, 올봄 그녀의 가족이 트웰프스 호수에 휴양을 하러 가게 되면 어떻게 해서든지 그를 주말에 초대할 작정이라는 말도 했다. 하지만 클라이드는 로버타의 문제가 마음에 걸려 있고 너무 걱정되어 그녀로서는 무척 놀랄 만한 이 새로운 애정 표현도, 그의 놀랄 만한 사교적·정서적 승리도 완전히 만끽할 수 없었다.

클라이드는 오늘 밤 래터러에게 편지를 써야만 했다. 하지만 그전에 약속한 대로 로버타에게 들러 그녀의 상태가 호전되었는지 알아보아야 했다. 이튿날 아침에는 스케넥터디로 가서 예의 그 약사를 찾아가 볼 작정이었다. 만약 그녀의 상태가 오늘 밤에도 호전되지 않는다면 무슨 다른 수단을 써야만 했다.

그래서 클라이드는 전율적인 손드라의 키스를 여전히 입술에 느끼면서 그녀와 헤어져 로버타의 하숙집으로 갔다. 방으로 들어가자마자 그녀의 창백한 얼굴과 고통스러워하는 눈을 보고 아무런 변화가 없었다는 것을 알아차렸다. 오히려 그녀의 상태는 전보다 악화되어 있었다. 약을 대량으로 과용한 탓에 누가 보아도 중병이라고 할 만큼 몸이 쇠약해 있었다. 그러나 그녀는 만약 이런 곤경을 빠져나올 수만 있다면 아무리 고생을 해도 상관없다느니 이 끔찍한 결과에 직면하느니 차라리 죽어버리는 편이 낫겠다고 말했다. 클라이드는 그녀가 진심에서 그렇게 생각하고 있는 것을 깨닫고 그녀가 걱정되어 괴로웠다. 그러나 이제까지 그의 무관심이나 오늘 저녁 여기 왔다가 그녀를 그대로 내버려둔 채 부리나케 나가 버린 태도로 미루어 보아 그녀는 그가 이제 자신을 변함없이 사랑한다고 생각하지 않았다. 그래서 그녀는 무척 슬펐다. 아무리 그가 걱정할 필요는 없다느니, 만약 이 약이 듣지 않는다면 다시 들을 만한 약을 사 오겠다느니, 이튿날 아침 일찍 스케넥터디 약사한테 가서 상의하겠다고 말해도 그녀는 그가 정말로 자기를 사랑하지는 않는다는 것을 느낄 수 있었다.

로버타가 하숙하고 있는 길핀 씨 집에는 전화가 없었다. 클라이드는 대낮에 그녀의 방으로 찾아오는 모험을 한 번도 감행한 적이 없었고, 그렇다고 그녀가 페이턴 씨네 하숙집으로 전화를 걸도록 허용하지도 않았기 때문에 그는 결국 이튿날 아침 공장에 출근하기 전에 잠깐 집 앞을 지나쳐 가기로 했다. 만약 그녀의 몸에 반가운 변화가 생긴다면 앞쪽 커튼 둘을 꼭대기까지 들어 올려놓기로 하고, 만약 몸에 좋은 변화가 없다면 한가운데에 내려 두기로 했다. 그리고 후자의 경우라면 그는 리짓 씨에게 전화를 걸어 오늘 회사 밖에서 처리할 일이 있다고 말하고 곧바로 스케넥터디로 갈 계획이었다.

두 사람은 저마다 서로 다른 입장에서 이 문제가 가져올 결과에 대해 몹시 걱정하고 두려워하고 있었다. 만약 로버타가 현재의 상태를 벗어나지 못했을 경우 클라이드는 로버타를 일시적으로 도와주는 노력 이상의 어떠한 종류의 보상을—어쩌면 결혼이라는 것이 되겠지만— 피하기란 도저히 불가능할 것 같았다. 그녀는 언젠가 그가 책임을 지고서 이 문제를 해결하겠다고 약속한 것을 다시 한 번 그에게 환기시켜 주었기 때문이다. 그는 무슨 의도로 그 말을 했는지 지금 자신에게 물어보았다. 결혼한다는 의미는 아니었던 것이 확실했다. 그는 그녀와 결혼하고 싶다고 생각한 적이 한 번도 없었고 다만 그녀와 즐겁게 사랑놀이를 즐기고 싶다고 생각했을 따름이었다. 물론 그녀는 그때의 그의 열띤 기분을 그렇게 생각하지는 않았을 것이다. 그녀로서는 그가 좀 더 진지한 의도에서 말했으며, 만약 그렇지 않았다면 그에게 몸을 허락할 까닭이 없었을 것이라고 그는 인정하지 않을 수 없었다.

　클라이드는 하숙집으로 돌아와 래터러에게 편지를 쓴 다음 괴로운 하룻밤을 보냈다. 이튿날 아침 로버타의 집을 지나가면서 방의 커튼이 한가운데까지 내려져 있는 것을 보고 그는 스케넥터디의 약국을 찾아갔다. 그러나 약국 주인은 뜨거운 물 속에 몸을 담그고 몸을 나른하게 하라는 말 말고는 도와줄 말이 별로 없었다. 이 말마저도 처음에는 언급조차 하지 않았다. 또 몸이 피로해지는 형태의 신체 운동을 하는 것도 하나의 방법이라고 가르쳐 줄 따름이었다. 주인은 클라이드의 침통한 표정을 보고 그가 몹시 걱정하고 있다는 것을 깨닫고는 말했다. "물론 한 달이나 변화가 없다고 정말로 임신했는지 어쩐지는 잘 알 수 없어. 여자란 때때로 건너뛸 때도 있으니까. 두 달이 되어 보지 않고선 확실한 걸 알 수 없거든. 어떤 의사라도 그렇게 말할걸. 만약 부인이 너무 걱정하면, 아까 말한 그런 거라도 해 볼 수밖에 없지. 그게 효과가 없더라도 그리 걱정은 하지 말게. 다음 달이 되면 괜찮아질지 모르니까."

이 말을 듣고 조금 걱정이 덜해진 클라이드는 로버타가 잘못되었을지 몰라 약국에서 막 나오려고 했다. 어쩌면 그도 그녀도 필요 이상으로 쓸데없는 걱정을 하고 있는지도 몰랐다. 그러나 문득 다시 생각해 본즉 그녀는 정말로 위험한 상태에 있는지도 모를 일이고, 두 달 동안 기다린다는 것은 그저 한 달을 통째로 아무 소득 없이 무의미하게 보낸다는 생각이 들었다. 그런 생각이 들자 가슴이 그만 섬뜩해졌다. 그는 이렇게 반문했다. "만약 사정이 순조롭게 되지 않을 경우 어디 아내가 찾아갈 만한 의사라도 아는 분이 없으실까요? 우리 부부에게는 꽤 심각한 문제거든요. 무슨 수를 써서라도 아이를 없애 버리고 싶은데요."

클라이드가 이런 말을 하면서 보여 주는 태도, 무척 불안해하는 모습과 불법적인 수술까지도 사양하지 않는 태도에서 약사는 직감적으로 무엇을 느꼈는지 수상한 눈초리로 그를 쳐다보았다. 약사의 논리에 따르면 그런 수술은 동일한 효과를 얻기 위한 것이지만 조제약을 복용하는 것과는 전혀 다른 것이었다. 어쨌든 약사는 클라이드가 모르긴 몰라도 결혼하지 않았으며,

어느 순진한 처녀와 방탕한 관계를 맺고 있다가 그녀를 곤란하게 만든 그런 사건 중 하나일 것이라고 생각했다. 그래서 이제까지의 태도를 갑자기 바꾸어 기꺼이 도와주는 대신 냉담하게 말했다. "글쎄, 그런 의사가 있긴 하겠지만 난 잘 모르겠네. 도대체 그런 의사에게 사람을 소개하고 싶진 않아. 법에 어긋나는 일이거든. 그런 짓을 하다 발각되는 날이면 의사도 무사하지 못할 테지. 정 원하면 자네가 직접 찾아보게. 그것까지 하지 말라는 건 아니니까." 그는 클라이드를 수상한 눈초리로 바라보면서 이렇게 내뱉으면서 이런 젊은이와는 상대하지 않는 게 상책이라고 판단했다.

클라이드는 결국 똑같은 약을 사서 로버타한테 돌아갔다. 그녀는 먹어도 효과가 없었기 때문에 더 이상 먹을 필요가 없다고 완강히 거부했다. 그러나 그가 집요하게 권고했으므로 그녀는 마지못해 다시 한 번 그것을 먹어 보기로 했다. 다만 클라이드가 감기나 신경과민 때문일지도 모른다고 주장하는 것으로 미루어 보아, 그녀는 그가 그 이상의 해결책을 가지고 있지 않거나, 그렇지 않다면 두 사람 모두에게 이 문제가 얼마나 심각한지 깨닫지 못하고 있는 것 같다고 확신했다. 만약 이 약을 써도 효과가 없다면 도대체 어떻게 해야 할까? 여기서 손을 놓고 사태의 추이를 지켜보고만 있어야 하나?

확실히 클라이드의 성격은 다소 이상야릇한 데가 있어서 자신의 장래에 두려움이 닥쳤는데도 이런 식으로 고민하거나 다른 관심사에 방해되는 것이 짜증스럽게만 생각될 뿐이었다. 그래서 앞으로 한 달만 지나면 그다지 치명적이지 아닐지도 모른다는 약사의 말이 자못 그럴듯하게 들려 그동안 조금 무관심하게 기다려 보기로 했다. 로버타가 잘못 생각하고 있는 것인지도 몰랐다. 대수롭지도 않은 것을 가지고 소란을 피우고 있는 것일 수도 있었다. 이 새로운 방식을 시도해 보고 그녀의 결과를 지켜보기로 했다.

그러나 그런 시도는 실패로 끝나고 말았다. 로버타는 고통을 느끼면서도 몸을 피로하게 만들려고 일부러 공장에 나가 일을 했다. 마침내 다른 여직공들이 그녀의 창백한 얼굴과 괴로워하는 모습을 보고 걱정한 나머지 어서 집에 돌아가 쉬는 편이 좋겠다고 말했다. 로버타는 그렇게 무리해 보았지만 아무런 효과가 없었다. 클라이드가 처음 한 달 정도 지나도 별로 의미가 없다는 약사의 말을 그대로 믿은 것이 오히려 한층 더 그녀의 병을 악화시키고 그녀를 더욱 공포로 몰아넣었다.

이런 위기에 직면한 클라이드에게는 무지와 젊음과 빈곤과 공포가 인간에게 얼마나 엄청난 영향을 주는지 명백히 제시해 주는 흥미로운 한 실례였다. 기술적인 면에서 그는 '조산사'나, 조산사가 어떤 일을 하는지조차 알지 못했다. 이 무렵 라이커거스의 이주민 지역에는 조산사가 세 명이나 있었다. 더욱이 그는 라이커거스에 온 지 아직 얼마 되지 않았고, 사교계의 젊은 축들과 이제는 교제를 끊은 딜러드와 공장의 과장급 사람들 말고는 아는 사람이 한 사람도 없었다. 굳이 말하자면 어쩌다가 만나는 이발사, 잡화상 주인, 담배 가게 주인 같은 사람들이었는

데, 그가 보기에도 그들은 너무 우둔하고 무지해서 이런 목적에
는 그다지 쓸모가 없었다.

클라이드가 결국 의사를 찾아보려고 결심하기 전에 머뭇거리
게 된 이유 중 하나는 누가 의사를 어떻게 찾아가느냐 하는 문
제 때문이었다. 그가 직접 찾아간다는 것은 도저히 생각도 할
수 없는 일이었다. 첫째 그는 길버트 그리피스와 닮은 데가 아
주 많았고, 길버트는 이 도시에서 널리 알려진 사람인지라 자
칫 잘못하다가는 길버트로 오인당하게 될지도 몰랐다. 둘째, 클
라이드는 옷을 잘 차려입기 때문에 의사는 그가 감당할 수 있
는 것 이상으로 비싼 비용을 요구하면서 온갖 난처한 질문을
할 수도 있었다. 한편 만약 다른 사람을 통해 이 일을 처리한다
면 — 가령 로버타를 보내기 전에 먼저 자세한 내용을 설명해 준
다면 — 옳지, 로버타를 보내면 되지 않을까! 그녀가 적격이지
않은가? 그녀는 언제나 참으로 순진하고 가련하고 호소력이 있
어 보였다. 게다가 이런 상황에서는 보기에도 딱할 정도로 낙담
하고 침울해 있는 그녀가 그야말로 안성맞춤이었다……. 결국
즉시 해결해야 할 이 문제에 직면해 있는 사람은 자기가 아니라
로버타라고 그는 궤변을 늘어놓고 있었다.

더구나 로버타라면 훨씬 싼 비용으로 진료를 부탁할 수 있지
않을까? 저토록 보기 딱할 정도니 어떤 의사인들 그녀의 부탁
을 거절할 수 있으랴? 만약 그녀에게 이렇게 말하도록 할 수만
있다면 말이다. 이름은 말할 수 없지만 어느 젊은 놈팡이한테
속아 넘어가 버림을 당했다고, 그녀가 돌봐 줄 사람은 이제 아

무도 없다고 말하면 어떤 의사가 그녀 같은 젊은 아가씨의 딱한 사정을 모른 척할 수 있단 말인가? 그렇게 되면 돈 한 푼 들이지 않고서도 그녀를 위기에서 건져 낼 수 있을지도 몰랐다. 혹 누가 알랴? 그를 모든 문제에서 깨끗이 벗어나게 해 줄 수 있을지 말이다.

그래서 클라이드는 결국 로버타에게 찾아가 적당한 의사를 가르쳐 주고 자신의 입장을 설명해 줄 테니 그녀 혼자서 직접 찾아가 상의하러 가라고 설득할 생각이었다. 그러나 그가 말을 꺼내기도 전에 그녀는 즉시 그가 무슨 말을 더 듣거나 무슨 조치를 했는지 물었다. 어디서 전과는 다른 약을 팔고 있는 데가 없을까? 그는 그것을 기회 삼아 설명하기 시작했다. "그게 말이야, 여기저기 약국을 찾아가 봤지만, 그 약이 듣지 않는다면 다른 어떤 약을 써 봐도 소용없다는 거야. 결국 그렇게 되면 이제 남은 길이라곤 의사에게 부탁해 보는 것밖엔 없어. 그런데 문제는 그런 의사를 찾기가 어렵다는 거지. 진료를 해 주면서 입을 꼭 다무는 의사 말이야. 나도 몇 사람을 만나 얘기해 봤지만 — 물론 누구 때문이라고는 하지 않고 말이야 — 이 도시에선 의사를 구하기 쉽지 않더군. 모두 벌벌 떨고 있어. 법에 어긋나기 때문이지'. 하지만 만약 내가 진료를 해 줄 의사를 찾아내면 당신이 어디 한번 그 의사를 찾아가 문제를 말해 볼 용기가 있어? 난 그게 알고 싶어."

로버타는 자기 혼자서 가야 한다는 말을 제대로 이해하지 못한 채 마땅히 같이 가 주려니 생각하고 그를 멍하니 바라보았다. 그녀는 그와 함께 의사를 만나는 일을 불안한 마음으로 골똘하게 생각하더니 큰 소리로 말했다. "아, 이런 식으로 우리가 의사를 찾아가는 건 끔찍하지 않아? 그렇게 되면 그 사람은 우리에 대해 모든 걸 알게 되지 않을까? 게다가 그 일은 위험할지도 모르고. 물론 그 이상한 약을 먹는 것보다야 훨씬 나을지 모르지만." 그녀는 그다음 어디를 어떻게 수술하느냐고 자세하게 물었지만, 클라이드로서는 무엇 하나 시원스럽게 가르쳐 줄 수 없었다.

"아, 그렇게 걱정하지 않아도 돼." 그가 말했다. "내가 알기로는 전혀 아프지 않아. 더구나 그렇게 해 줄 의사를 찾을 수만 있다면 다행이지. 내가 알고 싶은 건, 만약 내가 그런 의사를 찾는다면 자기 혼자 찾아갈 생각이 있는 거지?" 그 말을 듣고 그녀는 깜짝 놀랐지만 그는 아랑곳하지 않고 계속 말을 이었다. "내 사정을 말하자면, 난 자기랑 갈 수가 없어. 난 이 도시에선 잘 알려진 데다 길버트랑 많이 닮았거든. 길버트의 얼굴을 모르는 사람이 없을 정도잖아. 만에 하나 내가 길버트로 오인되면 큰일일 뿐만 아니라, 그의 사촌이라는 게 알려지면 그야말로 그땐 모든 게 끝장이란 말이야."

클라이드의 눈에는 만약 이 비밀이 라이커거스에 알려지게 되면 얼마나 비참하게 될지 모른다는 공포가 고스란히 담겨 있을 뿐 아니라, 그녀와 관련하여 어쩔 수 없는 그녀의 형편 뒤에 몸을 숨김으로써 구차한 역할을 하려는 어두운 그늘도 도사리고 있었다. 그러나 만약 이 일이 실패할 경우 맞게 될 파멸에 대한 두려움으로 너무나 고통스러웠기 때문에 로버타가 어떻게 생각하고 말하던 자기 태도를 고수하겠다고 굳게 다짐했다. 그러나 로버타는 그가 자기 혼자만 보내려고 생각하고 있다는 것을 깨닫고는 믿을 수 없다는 말투로 버럭 소리를 질렀다. "절대 혼자선 안 갈 거야, 클라이드! 아, 안 돼, 그럴 순 없어! 아 그건 절대로 안 돼! 무서워 죽을 것만 같아. 아, 안 된다고, 클라이드! 너무 무서워 어떻게 해야 좋을지 모를 거야. 그 의사한테 나 혼자서 설명하다니 내 기분이 어떨지 생각 좀 해 봐. 절대로 못 해. 게다가 도대체 뭐라고 해야 좋을지도 몰라. 뭐라고 입을 열지? 맨 처음 당신이 같이 가서 설명해 주지 않는다면, 난 절대로 혼자선 가지 않을 거야. 난 어떻게 되든 상관없어!" 그녀는 흥분한 나머지 눈을 휘둥그렇게 떴다. 얼굴에는 최근에 느꼈던 모든 절망과 공포가 고개를 쳐들며 반항의 표정이 역력하게 떠올랐다.

그러나 클라이드도 쉽게 물러서지는 않았다.

"이봐, 로버타, 이 도시에서 내가 어떠한 위치에 있는지 잘 알고 있잖아. 난 절대로 갈 수 없어. 만약 나라는 것이 탄로 나면 그땐 어떻게 할 거야? 자기도 알다시피 난 이 도시로 온 후 여기저기 얼마나 돌아다녔는지 잘 알고 있잖아. 그런 내가 갈 수 있다니 말도 안 돼. 게다가 나보단 당신이 가는 게 훨씬 일이 쉽게 풀려. 특히 자기 혼자서 가면 어떤 의사도 찾아온 걸 그리 귀찮게 따지지 않을 거야. 그저 난처한 처지에 놓여 있는 데 도와줄 사람이라곤 하나도 없는 사람으로 생각할 거야. 하지만 내가 따라가서, 만약 그 의사가 그리피스 집안에 관해 뭐든 알고 있는 사람이라면 낭패일 게 뻔해. 즉시 내가 돈방석에 올라 있는 사람이라고 생각할 거야. 그리고 만약 내가 그의 요구대로 하지 않으면 그 의사는 내 큰아버지나 사촌에게 이 사실을 알릴 테지. 그렇게 되면 맙소사, 나는 모든 게 끝장이라고! 난 물론 회사에서 모가지가 달아날 테지. 돈 한 푼도 없이 게다가 그런 소문이 날 따라다니게 되면 난 갈 만한 곳이 없어. 또 자기는 어디로 가고? 그렇게 되면 난 자기를 돌봐 줄 수가 없어. 그렇게 되면 자기는 어떻게 되지? 정신 똑바로 차리고 내 제안을 잘 좀 생각해 봐. 만약 내 이름이 표면에 나오면 우리 둘 다 무사할 수가 없거든. 그러니까 절대로 내 이름이 표면에 나오지 않도록 해야 해. 그러기 위해선 내가 의사하고 만나지 않는 방법밖에 없단 말이야. 게다가 나보다도 자기 쪽이 훨씬 더 의사의 동정을 살 수 있어. 제발 내 말 좀 들으라고!"

클라이드의 눈은 고뇌에 차 있으면서도 단호했고, 로버타가 그의 태도로 미루어 보건대 그의 몸짓 하나하나에 굳은 결의나 적어도 공포의 결과라고 할 수 있는 도전 같은 것이 실려 있었다. 그는 무슨 일이 있어도 자기의 이름을 보호하겠다는 결의에 차 있었다. 그래서 이제까지 고분고분 그의 말을 잘 듣고 있던 그녀로서는 여간 큰 중압감을 느끼지 않을 수 없었다.

"아, 클라이드! 어떡하면 좋아." 그녀는 사태에 대한 공포감이 점점 엄습해 오자 두려운 나머지 슬픈 목소리로 부르짖었다. "그렇다면 정말 어떡하면 좋아. 어떡해야 할지 모르겠어. 정말로 그렇게는 못하겠거든. 그건 분명해. 너무 힘들어. 너무 무서

위. 혼자서 가면 부끄럽고 무서워서 벌벌 떨고만 있을 텐데."

그러나 이렇게 말하면서도 로버타는 부득이 혼자 가야만 한다면 그럴 수밖에 없겠다고 생각하기 시작했다. 그 밖에 다른 방법이 없지 않은가? 그를 위태롭게 할 공포와 위험이 있다는 것을 알면서 어떻게 그의 지위를 무릅쓰도록 강요할 수 있단 말인가? 클라이드는 다른 어떤 동기보다도 자기를 방어하고 싶은 나머지 다시 한 번 이렇게 덧붙였다.

"더구나 만약 비용이 너무 많이 들면 사실 그 돈을 어디서 구해야 할지도 모르겠어, 로버타. 정말이야. 알다시피 내가 받는 급료가 신통하지 않잖아. 겨우 주급 25달러밖엔 받지 못하니까." 다급한 나머지 그는 마침내 로버타에게 솔직하게 자기 급료 액수까지 털어놓았다. "게다가 저금해 놓은 돈이라고는 한 푼도 없어. 왜 그런지는 자기도 잘 알고 있을 테지. 대부분은 우리가 노는 데 써 버렸으니까. 만약 내가 찾아간다 치자. 의사가 내가 돈이 많다고 생각하고 구할 수 있는 액수 이상의 돈을 요구할지도 몰라. 하지만 자기가 찾아가서 사정을 말하면 — 가진 돈이 없다고 — 말하자면 남자가 버리고 도망쳤다거나 뭐라고 둘러대면……."

클라이드는 너무도 비열하고 구차한 구실을 대는 것에 대한 수치와 멸시와 절망의 빛이 로버타의 얼굴에 스치는 것을 보고 입을 다물었다. 그러나 확실히 그가 말하는 구실이 교활하고 불분명하기는 할망정 — 사정이 다급하다 보니 별별 생각이 다 들 것이다 — 로버타로서는 그의 말에 일리가 없는 것도 아니라고 느꼈다. 그의 의도는 그녀를 방패 삼아 그 뒤에 숨으려는 것이었는지도 모른다. 하기야 그 가면을 쓰고 정체를 숨기려는 마음은 그녀도 마찬가지였다. 정말로 부끄러운 일이기는 하지만 엄연하고 적나라한 현실이 버티고 서 있었다. 그들의 발밑에는 그럴 수밖에 없다는 필연적인 현실의 파도가 밀려오고 있었다. 그녀의 귓가에 그가 다시 말을 잇는 소리가 들렸다. "자기는 의사를 만나도 본명을 대거나 어디서 왔다고 말할 필요가 없을 거야. 물론 이 도시의 의사를 만나고 싶진 않아. 그러니까 의사에게 별로 돈을 벌지 못한다고 말하면…… 그저 당신의 주급이……."

로버타가 나른한 몸으로 앉아서 생각에 잠겨 있는 동안 설득력 있지만 기만적인 말이 클라이드의 입에서 계속 흘러나왔다. 그래도 그의 말의 요점은 정곡을 찌르고 있었다. 이 모든 계획은 거짓말과 도덕적으로 용납할 수 없는 것이었지만 그녀가 보기에도 두 사람이 현재 놓인 상황은 절망적이었다. 그녀는 진실을 말하고 정직하게 행동하는 습관이 몸에 배었지만 엄연한 현실이 폭풍처럼 소용돌이치는 지금 같은 상황에서는 보통 때의 도덕 기준이 되는 항해도나 나침반은 이렇다 할 도움이 될 수 없었다.

마침내 유티카나 올버니 같은 먼 곳의 의사를 찾아가야 한다는 말로써, 이 말을 함으로써 그녀는 의사를 혼자 찾아가는 일에 동의한 셈이었다. 두 사람의 대화는 일단락되었다. 표면에 나서지 않으려는 뜻을 관철하는 데 성공함으로써 어느 정도 기분이 좋아진 클라이드는 이제는 곧 무슨 수단을 써서라도 로버타를 보낼 수 있는 의사를 찾아야겠다고 생각했다. 그러고 나면 이 끔찍한 일은 다 끝이 날 것이다. 그렇게 되면 이제 이 문제와 관련한 끔찍스러운 고통도 모두 끝나게 될 것이다. 그녀는 이제 자기 갈 길을 갈 수 있을 것이고, 마땅히 그렇게 해야만 했다. 그도 그녀를 위해 힘껏 할 수 있는 일을 모두 해 준 이상, 이 문제가 해결될 경우 그를 기다리고 있을 찬란한 대단원을 향해 그의 길을 갈 작정이었다.

제36장

　몇 시간, 며칠, 그러다가 마침내 일주일하고도 열흘이 지나도 클라이드의 입에서는 로버타가 어떤 의사를 찾아가야 하는지 아무 말도 나오지 않았다. 그녀에게 큰소리를 쳤지만 막상 누구에게 의논해야 할지 몰랐기 때문이다. 지나가는 한 시간 한 시간이, 또 지나가는 하루하루가 그녀에게도 그에게도 큰 위협이 되고 있었다. 그녀의 표정과 질문은 그녀의 고통이 얼마나 심각하고 중요한지 여실히 말해 주었다. 또한 그녀를 도울 수 있는 신속하고도 확실한 방법을 생각해 낼 수 없는 자신의 무능 때문에 클라이드는 거의 신경 쇠약에 걸릴 정도로 걱정되었다. 그녀를 어느 정도 안심시켜서 보낼 만한 의사는 어디에 있을까? 또 그런 의사를 어떻게 찾아낼 수 있을까?

　그러나 얼마 후 클라이드는 아는 사람들을 하나하나 생각해 보던 중 마침내 오린 쇼트라는 사람에게 한 가닥 희망을 걸어 보기로 했다. 쇼트는 라이커거스에서 비교적 부잣집 자녀들을 단골로 삼고 있는 신사 양품점 주인으로 클라이드가 짐작하기로는 나이와 기질이 그와 비슷한 젊은이였다. 클라이드가 라이커거스에 온 뒤로 옷과 스타일 전반에 관해 조언을 해 준 사람이었다. 사실 클라이드가 얼마 전부터 의식한 일이지만 쇼트는 활발하고 호기심이 많고 눈치 빠른 젊은이로 젊은 여자들에게 인기가 많았으며 가게를 찾아오는 고객, 특히 사회적 신분이 자기보다 높다고 생각되는 사람들에게는 ― 클라이드도 그 속에 포함되어 있었다 ― 늘 태도가 매우 정중했다. 쇼트는 클라이드가 그리피스 집안사람이라는 것을 알자 여러 방면으로 자신의 입장을 유리하게 만들기 위해 클라이드와 될수록 친해지려고 애썼다. 다만 클라이드 자신의 생각도 그랬지만 지체 높은 그의 친척들의 입장 때문에 클라이드 쪽에서 지금까지 그와 그런 친분을 맺을 생각을 못 하고 있었다. 그러나 쇼트가 일반적으로 상냥하고 남을 도우려는 사람이라는 것을 알고 클라이드는 스스럼없이 편하게 그를 대하고 있었고, 쇼트는 그의 그런 태도를 고맙게 여기는 것 같았다. 물론 쇼트도 처음에는 뭔가를 바라는 듯하고 때로는 적잖이 아첨하는 듯한 태도를 보였다. 결국 친하게 지내거나 격식을 차리지 않고 지내는 사람 중에서 쇼트는 그에게 도움이 될 정보를 줄 유일한 인물이었다.

그래서 클라이드는 아침저녁으로 쇼트의 가게 앞을 지날 때마다 사흘 동안 일부러 자못 다정하게 목례를 하고 미소를 짓곤했다. 그러는 동안 사흘이 지났다. 지금 같은 다급한 처지에 걸맞게 정비 작업을 했다는 생각이 들자 클라이드는 처음부터 그 위험한 화제를 꺼낼 수 있다는 자신감은 없었지만 일단 쇼트의 가게에 들어갔다. 그는 쇼트에게는 공장에 갓 결혼한 젊은 직원이 있는데 아이가 생겼지만 아직은 아이를 키울 형편이 못되어 어디에 가면 도와줄 의사를 찾을 수 있는지 알려달라고 사정하더라는 말을 할 셈이었다. 흥미롭게도 클라이드는 그 말에다 그 젊은 직공은 가난하고 소심하며 조금 변변치 못해서 말도 제대로 못 하고 또 혼자서는 무엇을 어떻게 할 능력도 없다는 말을 덧붙일 생각이었다. 그리고 그 자신은 이곳에 온 지 얼마 안 되었어도 세상을 좀 더 알고 있으므로 의사를 소개해 줄 수는 없었지만(그 자신은 그렇게까지는 세상을 모르지 않으며, 그 자신이 이런 도움을 청하는 일은 없을 것이라는 점을 쇼트에게 인식시키려고 나중에 생각해 낸 말이었다) 그 직공에게 이미 일시적인 방법을 가르쳐 줬다고 말할 생각이었다. 그러나 불행하게도 그런 방법은 효력이 없었다고도 말할 작정이었다. 그래서 좀더 확실한 방법, 즉 다름 아닌 의사가 필요하다고 말이다. 쇼트는 글로버스빌에서 이 도시로 와서 오래 살았으니 적어도 의사한 사람쯤은 으레 알고 있을 것이 확실했다. 그러나 그는 쇼트가 의심을 품지 않도록 자기 그룹의 사람에게서 정보를 얻을 수 있겠지만 사정이 유별난지라(그런 이야기가 나오면 그가 속해 있는 세계에서는 말이 많을 것이므로) 쇼트처럼 비밀을 지켜 줄 만한 사람에게 묻는 편이 좋다고 말할 작정이었다.

마침 클라이드가 가게에 들어섰을 때 쇼트는 그날 장사가 잘

된 탓으로 기분이 아주 좋았다. 양말 한 켤레를 사러 가게에 들어서는 클라이드를 보자 그가 말을 건넸다. "다시 만나게 되어 반갑습니다, 그리피스 씨. 잘 지내고 계시죠? 지난번 오신 후 새로 들여놓은 물건들을 구경하시러 한번쯤 들르실 때가 됐는데, 하고 생각하던 참이었습니다. 그리피스 회사 사정은 어떻습니까?"

늘 쾌활했지만 쇼트는 클라이드를 좋아하는 탓에 이날따라 더더욱 친절했다. 클라이드는 자신의 모험적인 계획으로 극도로 긴장하고 있었기 때문에 마음먹은 것처럼 태연하게 처신할 수가 없었다.

그러나 일단 가게에 들어선 데다 그 계획에 충실하여 클라이드는 입을 열었다. "아, 잘됩니다. 순조롭게 돌아가고 있죠. 내 할 일은 늘 다 하는 사람이니까요." 그렇게 말하면서 그는 불안한 듯 이동식 진열대에 걸려 있는 넥타이를 만지작거리기 시작했다. 그러나 곧 쇼트는 몸을 돌려 뒤쪽 선반에서 특제 넥타이 상자를 몇 개 꺼내 유리 진열대 위에 펴 놓으면서 말했다. "그리피스 씨, 그쪽 건 보실 것도 없습니다. 이걸 보십시오. 이걸 보여드리고 싶었습니다. 값도 마찬가지죠. 오늘 아침에 뉴욕에서 들어온 것입니다." 그는 최신의 것이라면서 여섯 개씩 묶여 있는 최신 물건을 몇 개 집어 들며 말했다. "이런 넥타이를 시중에서 본 적 있나요? 장담하지만 틀림없이 보지 못했을 겁니다." 그는 미소를 지으며 클라이드를 쳐다보면서 훌륭한 친척들이 있으면서도 다른 사람들처럼 부자가 아닌 이런 젊은이하고 사귀었으면 좋겠다고 생각하고 있었다. 그렇게 되면 이 도시에서 체면

이 설 수 있으니 말이다.

클라이드는 쇼트가 내놓은 물건들을 만져 보고 그의 말이 옳다고 짐작하면서도 마음이 몹시 괴롭고 어수선해서 마음먹었던 대로 생각하거나 말을 할 수가 없었다. "네, 정말 멋지네요." 그러면서 그는 넥타이들을 뒤집어 보고 다른 때 같았으면 아마 적어도 두 개는 샀을 것이라고 생각했다. "어쨌든 이것이랑 이것을 사겠소." 그는 넥타이 두 개를 꺼내 들어 올리면서 마음속으로는 이곳에 온 훨씬 더 중요한 용건을 어떻게 꺼낼까, 하고 생각하고 있었다. 쇼트에게 부탁할 문제는 다른 것인데 왜 이런 식으로 넥타이나 사면서 꾸물대고 있는가? 그러나 막상 와 보니 말을 꺼내기가 무척 어려웠다. 그래도 그렇게 당돌하다는 느낌은 주지 않으면서도 그 문제를 꺼내지 않을 수도 없는 노릇이었다. 그는 좀 더 가게 안을 둘러보고 어떤 양말이 있는지 물어보기도 하면서 쇼트가 의심을 갖지 않도록 했다. 굳이 물건이 필요하지도 않은데 그래야 한다는 게 답답했다. 그는 손수건 한 다스와 셔츠 칼라와 넥타이 몇 개와 양말 몇 켤레를 며칠 전에 손드라한테서 선물로 받았다. 그러나 그는 입을 열려고 할 때마다 명치끝에서 무엇인가가 가라앉는 듯한 느낌이 들었다. 자신 있고 확신에 차서 끝까지 일을 마칠 수 없을 것 같다는 두려움이 들었기 때문이다. 의심스럽고 속이는 일이라 자칫 잘못하다가는 사실이 드러나 망신을 당하게 될 수도 있었다. 아무래도 오늘 밤에는 쇼트에게 끝내 이야기를 하지 못하고 말게 될 것 같았다. 그렇다고 이런 절호의 기회를 놓칠 수 없다고 그는 스스로에게 타이르기도 했다.

그동안 가게 뒤쪽으로 갔던 쇼트가 아첨하는 듯한 미소를 띠고 돌아와서 입을 열었다. "지난 화요일 밤 아홉 시쯤 핀칠리 댁에 들어가는 걸 우연히 봤습니다. 참 멋진 건물과 정원이죠."

클라이드는 쇼트가 라이커거스에서 자신의 사회적 신분에 크게 감명받고 있다는 것을 알 수 있었다. 쇼트의 태도에는 무척 큰 존경심과 함께 비굴함이 뒤섞여 있었다. 그런 쇼트의 태도를 보자 클라이드는 용기가 생겼다. 이 사람에게는 무슨 말을 해도 그 말이 어느 정도 존경을 받게 될 것 같다는 생각이 들었기 때문이다. 그는 양말을 살펴보고 한 켤레라도 사면 말을 꺼내기가 좀 쉬워질 것이라고 생각하면서 입을 열었다. "아 참, 잊어버리기 전에 말해야겠습니다. 당신한테 물어보고 싶은 일이 한 가지 있어요. 아마 당신이라면 내가 알고 싶은 걸 가르쳐 줄 수 있을지도 모르죠. 알 수 있는 일인지 모르니까. 결혼한 지 얼마 안 되는―네 달 정도 된 것 같은데―공장에서 일하는 한 젊은 친구가 아내 때문에 좀 문제가 생겼어요." 쇼트의 표정이 조금 달라진 것을 보고 이런 말이 효과가 있을지 어떨지 확신할 수가 없어서 그는 일단 말을 멈췄다. 그러나 이왕 말을 꺼낸 이상 인제 와서 물러설 수도 없었다. 그는 어색하게 웃고 나서 말을 이었다. "왜 모두 문제만 생기면 나한테 오는지 모르겠어요. 아마 나한테 물으면 죄다 알 거라고들 생각하는 모양이죠." 그는 또 한 번 웃었다. "하지만 나도 이곳에 온 지 얼마 되지 않았으니 별 뾰족한 수가 없는데 말이에요. 하지만 당신은 나보다는 이곳에 오래 살았으니 당신한테 물어볼까, 하고 생각했죠."

클라이드는 될 수 있는 대로 태연한 척하면서 말을 했지만 이곳을 찾아온 것이 실수라는 것을 알아차렸다. 어쩌면 쇼트가 그를 얼간이 아니면 동성애자로 생각할 것이 뻔하기 때문이었다. 그러나 쇼트는 클라이드가 그런 문제를 자기에게 의논한다는 게 이상하고 어리둥절하면서도(그는 클라이드가 갑자기 긴장하고 약간 초조해지는 것을 이미 눈치채고 있었다) 이런 곤란한 문제를 자기를 믿고 의논하러 온 사실에 기분이 좋아져서 침착함과 상냥한 태도를 되찾고는 대답했다. "물론이죠. 제가 도울수 있는 일이라면 기꺼이 돕겠습니다, 그리피스 씨. 무슨 일인지 말씀해 보시죠."

"다름이 아니라 문제는 이래요." 쇼트의 호의적인 반응에 적잖이 용기를 얻은 클라이드는 화제가 심각한 만큼 큰 소리로 이야기할 일이 못 되기에 말하자면 그 화제 걸맞게 목소리를 낮추어서 설명하기 시작했다. "그 친구 아내는 임신한 지 두 달인데, 아직은 아이를 가질 형편이 못 됩니다. 그런데 어떻게 애를 없애야 할지 몰라요. 지난달 나한테 찾아왔을 때 흔히 잘 듣는 어떤 약을 써 보라고 일러 줬죠." 이것은 그 자신이 그런 문제쯤 처리할 능력이 있다는 것을 쇼트에게 인식시키는 동시에 직접 의심받는 일이 없게 하려고 한 말이었다. "하지만 그 친구는 약을 제대로 사용하지 않은 것 같아요. 어쨌든 그 친구는 그 일 때문에 여간 걱정하고 있는 게 아닙니다. 그래서 아내에게 무슨 조치를 해 줄 의사를 찾아가 보고 싶다는 거요. 그런데 이곳에선 내가 아는 의사가 없거든요. 여기 온 지 얼마 안 됐으니까요. 캔자스시티나 시카고라면야······." 그는 이 한 마디를 빠뜨리지 않았다. "······내게도 방법이 있겠지만요. 그 도시에는 내가 아는 의사가 서너 사람 있거든요." 그는 쇼트에게 감명을 주기 위해 세상일을 다 아는 사람처럼 미소를 애써 지어 보였다. "하지만 이곳에선 사정이 달라요. 만약 내가 늘 어울리는 사람들에게 물어보고 또 그 말이 내 친척들의 귀에 들어가기라도 한다면 그 사람들은 이해 못할 거요. 그래서 혹시 당신이 아는 의사가 있으면 나한테 알려줄 거로 생각한 거죠. 내가 이런 일을 사서 할 일은 아니지만 그 친구 사정이 워낙 딱해서 이러는 거죠."

클라이드는 상대방의 호의적인 반응에서 처음보다는 자신감을 얻고는 잠시 말을 중단했다. 쇼트는 여전히 놀라는 눈치였지만 도울 수 있으면 기꺼이 도와주겠다는 태도에는 변함이 없었다.

"두 달 됐다고 했죠?

"그래요."

"그리피스 씨가 권한 약이 소용이 없었다고요?"

"네, 아무 소용이 없었어요."

"그 부인은 이번 달에도 또 약을 써 봤나요?"

"네, 맞아요."

"그렇다면 곤란하게 됐군요. 그 부인 처지가 심각한 것 같아 보입니다. 그리피스 씨, 문제는 나도 이곳에 온 지가 그리 오래되지 않다는 데 있습니다. 이 가게를 구입한 지도 겨우 일 년 반밖에 되지 않거든요. 만약 글로버스빌에 있다면야……." 그는 클라이드와 마찬가지로 이런 문제를 구체적으로 이야기하는 게 과연 현명한 일인지 의심스러운 듯 잠시 말을 멈췄다가 조금 뒤 다시 말을 이었다. "하기야 어디에 있든 이런 문제는 쉽지 않죠. 의사들은 말썽이 날까 봐 늘 조심하거든요. 글로버스빌에서 어떤 젊은 여자가 의사를 찾아간 일에 대해서 들은 적은 있어요. 시에서 조금 떨어진 곳에 사는 의사라더군요. 하지만 그 여자는 집안이 꽤 좋고, 또 여자를 치료한 의사도 글로버스빌에서 꽤 알려진 사람이었죠. 그런데 그 의사가 낯선 사람을 받을지 어떨지는 잘 모르겠습니다. 물론 받을지도 모르지만요. 하지만 그런 일이야 늘 있는 거니까 한번 찾아가 볼 만은 합니다. 만약 그 친구를 그 의사한테 보내더라도 내가 소개했다는 건 말하지 마십시오. 그곳에서는 저도 꽤 알려져 있으니까요. 만에 하나 일이 잘못돼서 문제가 생겼을 때 말려들고 싶지 않거든요. 그리피스 씨도 잘 알잖아요."

클라이드는 고맙게 생각하면서 대답했다. "아, 물론이죠. 그 친구도 충분히 이해할 겁니다. 이름은 절대 입 밖에 내지 말라고 말해 두겠습니다." 쇼트가 의사의 이름을 밝히자 클라이드는 행여 이 중대한 정보를 놓칠세라 호주머니에서 연필과 수첩을 꺼냈다.

클라이드가 안도하는 표정을 살핀 쇼트는 난처한 처지에 놓여 있다는 장본인이 공장 직공이 아니라 클라이드 자신이 아닌지, 하는 의심이 들었다. 왜 클라이드가 공장의 직원을 위해 이렇게 나서야만 하는가? 그렇다고 해도 그는 클라이드를 도울 수 있었던 게 대견하다고 스스로 생각했다. 동시에 그는 만약 자신이 앞으로 이 일을 발설한다면 이 도시에서 좋은 화젯거리가 되겠구나, 하고 생각했다. 그는 또 자신이 건드린 여자의 처지가 난처하게 된 것도 아니라면 굳이 이런 식으로 누군가를, 그것도 공장 직원을 돕고 있다면 클라이드는 어리석기 짝이 없다고 생각하기도 했다.

어쨌든 쇼트는 클라이드에게 의사의 이름을 머리글자와 함께 반복해 주고, 정류장과 의사의 진료실 모양 등 기억이 나는 대로 위치를 정확하게 가르쳐 주었다. 필요한 정보를 입수한 클라이드는 쇼트에게 고맙다는 말을 한 뒤 가게를 나갔고, 쇼트는 상냥하면서도 좀 의심스러운 듯한 시선으로 그의 뒷모습을 지켜보았다. 부잣집 아이들이란 다 저런가. 그런 친구가 나한테 그런 묘한 일을 다 묻다니. 그렇게 아는 사람이 많고 어울려 다니니 나보다 더 빨리 귀띔해 줄 사람이 있을 텐데 말이다. 하기야 그렇게 늘 어울려 다니는 사람들에게 물어본다는 게 두렵긴 할 테지. 저 친구가 곤경에 빠뜨린 여자가 누구인지 아무도 모르지 않는가. 어쩌면 핀칠리 집안의 그 젊은 딸인지도 몰라. 누가 알겠어. 저 친구와 같이 쏘다니는 걸 가끔 봤는데 꽤 쾌활한 여자였거든. 와, 만약 그게 사실이라면 이 얼마나 놀라운……

제37장

　이렇게 정보를 입수해 안심이 되었지만 그렇다고 문제가 모두 해결된 것은 아니었다. 클라이드에게나 로버타에게나 이 임신 문제가 완전히 해결되지 않는 한, 마음을 놓을 수가 없었다. 정보를 입수한 뒤 곧바로 그는 로버타를 찾아가 마침내 그녀를 도와줄 의사를 알아냈다고 설명했다. 그러나 아직도 그녀에게 용기를 불어넣어 혼자서 의사한테 찾아가도록 하는 심각한 문제가 남아 있었다. 또한 그를 끌어들이지 않으면서 동시에 의사의 동정심에 호소해서 아주 적은 돈으로 치료를 받을 수 있도록 그럴듯하게 말하도록 하는 골치 아픈 문제도 남아 있었다.

　그러나 로버타도 이번에는 그가 처음 걱정했던 것처럼 항의하지 않고 그의 말대로 순순히 따랐다. 크리스마스 이후 클라이드의 태도에 워낙 충격을 받았기 때문에 그녀는 당황하여 자신이나 클라이드를 위해서 스캔들이 일어나지 않도록 이번 일을 잘 수습하고 나면—아무리 슬프고 가슴이 아프더라도—자신의 길을 갈 생각이었다. 그녀는 그의 애정이 식어 자기에게서 벗어나고 싶어 하는 게 분명하므로 그를 억지로 잡아 두고 싶지 않았다. 가고 싶다면 보내 줄 작정이었다. 그녀는 그녀대로 자신의 길을 갈 수 있었다. 그 사람 없이 잘 살았고, 이번 일만 수습된다면 그녀는 앞으로도 그 사람 없이 살아갈 수 있었다. 그러나 그렇게 생각하면서도 행복했던 나날이 두 번 다시 돌아오지 않으리라는 것을 깨닫자 그녀는 두 손으로 하염없이 흐르는 눈물을 닦았다. 그 행복한 시간이 이렇게 끝나게 될 줄이야.

그러나 클라이드가 쇼트를 방문한 그날 저녁 무슨 큰일이나 한 사람처럼 로버타를 찾아갔을 때 그녀는 그의 설명을 조용히 다 듣고 나서는 말했다. "그 의사가 있는 곳은 알아, 클라이드? 힘들이지 않고 전차로 갈 수 있는 곳이야, 아니면 많이 걸어야 해?" 그가 의사의 집이 교외선 역에서 반 킬로미터 조금 안 되는 글로버스빌 교외에 있다고 설명하자 그녀가 덧붙여 물었다. "그 의사가 밤에 있을까? 아니면 낮에 있을까? 밤에 갈 수 있으면 훨씬 좋겠는데. 그만큼 남의 눈에 띌 위험이 없으니까." 클라이드가 쇼트에게서 들은 대로 의사가 밤에도 있다고 말하자 그녀는 다시 말을 이었다. "젊은 의사인지 나이 많은 의사인지 모르지? 나이 많은 의사라면 마음이 놓이고, 또 안심할 수도 있을 텐데. 난 젊은 의사가 싫어. 우리 고향 집에는 나이 든 의사가 있었어. 그런 의사라면 말하기가 훨씬 쉬울 텐데."

클라이드는 의사가 나이가 들었는지 젊었는지 알 수 없었다.

그러나 그녀를 안심시키기 위해 중년 의사라고 말했는데, 그것은 우연히 맞는 말이었다.

이튿날 저녁 두 사람은 여느 때처럼 따로따로 폰다에서 전차를 갈아타야 했기 때문에 그곳으로 떠났다. 의사의 진료소 근처에 다다라 전차에서 내린 그들은 한겨울 날씨 탓에 아직 오래된 눈이 녹지 않은 상태로 다져 있는 길을 따라 걸었다. 성큼성큼 걸어가기에는 비교적 표면이 미끄러운 길이었다. 요즈음에는 전처럼 걸음걸이마저 느리게 했던 친밀감은 찾아볼 수 없었다. 불과 얼마 전까지만 해도 그는 상황은 다르지만 이런 장소에서는 걸음을 늦추고 그녀의 허리에 팔을 두르고 대수롭지 않은 화제로, 가령 밤이라든지, 공장의 일이라든지, 리짓 씨라든지, 그의 큰아버지라든지, 상영 중인 영화라든지, 둘이 함께 가기로 한 장소라든지, 함께 하고 싶은 일 따위를 늘어놓았을 것이라는 생각이 로버타의 뇌리에서 떠나지 않았다. 그러나 지금은……. 더구나 지금은 그의 애정과 격려가 다른 어느 때보다 더욱 절실히 필요한 때가 아닌가! 그러나 그녀가 보기에 그는 지금 그녀가 이런 식으로 혼자 의사를 찾아가다가 겁을 집어먹고 '뒷걸음'칠까 봐 몹시 걱정하고 있었다. 또 그녀가 의사에게 제때에 제대로 말을 할 수 있을지, 그래서 아주 적은 돈만 받고 그녀를 치료해 주도록 설득할 수 있을지 걱정하고 있었다.

"로버타, 기분이 어때? 괜찮아? 인제 와서 겁을 집어먹지는 않겠지? 그러지 않았으면 좋겠어. 지금이 이 일을 수습할 수 있는 절호의 기회니까. 이런 일을 처음 해 보는 의사한테 찾아가는 건 아니잖아. 이 의사는 전에 이런 치료를 해 본 경험이 있거든. 내가 미리 다 알아봤으니까. 그저 그 사람한테 가서 이렇게만 하면 돼. 지금 임신해 곤란한 처지에 있다, 찾아가 도움을 청할 친구가 하나도 없으니 의사가 어떤 식으로든지 도와주지 않으면 이런 궁지에서 빠져나갈 수 없다, 이렇게 말하라는 말이지. 더구나 사정이 사정이니 만큼 친구들은 찾아갈 수도 없는 노릇이라고도 말해. 친구들이 소문을 낼지도 모른다고. 만약 내가 어디 있느냐고, 또 누구냐고 물으면 이곳에 사는 남자라고 말해. 그런데 줄행랑쳤다고 그래. 이름은 아무렇게나 대도 좋지만, 도망쳤다고. 도망갔는데 어디로 도망쳤는지 모른다고. 그리고 그 의사한테서 치료를 받았다는 말을 어디서 들었기 때문에 일부러 찾아온 거라고 말하란 말이야. 어떤 여자한테서 들었다고. 그리고 별로 돈을 많이 벌지 못한다는 말도 해야 해. 그래야만 내가 감당할 수 있는 금액을 요구할 테니. 진료비를 몇 달 나눠서 내도 된다면 모르겠지만 말이야.”

클라이드는 이곳까지 로버타를 끌어 온 이상 끝까지 그녀에게 힘과 용기를 불어넣어 일을 밀고 나가 성공시키겠다는 생각으로 초조하고 급급한 나머지 그녀의 곤경이나, 의사의 기분이나 기질에 관한 한 그의 지시나 충고가 얼마나 부적절하고 미숙한지 거의 깨닫지 못했다. 로버타는 그녀대로 자기가 어려운 고비를, 그것도 혼자서 넘겨야 하는데 그가 남의 일처럼 한 걸음 뒤로 물러서서 이래라저래라 하고만 있을 뿐만 아니라, 그녀 걱정보다는 자기 걱정을 더 많이 한다는 느낌을 떨쳐 버리기 어려웠다. 즉, 그는 어떻게 하면 돈을 적게 들이고 그녀의 일을 처리할 수 있을까, 또 자기에게 문제가 생기지 않고 처리할 수 있을까 하는 방법만 찾고 있었다.

그러나 사정이 이런데도 로버타는 클라이드의 흰 얼굴이며 갸름한 손이며 초조해하는 태도에 여전히 마음이 끌렸다. 그녀는 그가 용기나 주변이 없어서 자신도 하지 못하는 일을 그녀에게 시키려고 그런 말을 늘어놓고 있다는 것을 잘 알고 있었지만 그렇다고 화가 나지는 않았다. 오히려 이런 위기에서 그녀는 그가 제멋대로 뭐라고 충고를 하든 그 말을 별로 귀담아듣지 않고 있었다. 지금 그녀는 의사에게 남자가 자기를 버리고 갔다고 하면 창피하고 자신을 탓하는 말이 되기 때문에 결혼했는데 너무 가난해서 아직은 아이를 낳을 형편이 못 된다고 말할 생각이었다. 그녀가 기억하기로는 클라이드가 스케넥터디의 약사에게 한 것과 같은 말이었다. 따지고 보면 클라이드는 그녀의 심정을 어떻게 알 수 있겠는가? 게다가 의사에게 함께 찾아가 그녀의 부담을 조금이라도 덜어 주려고 하지 않고 있으니 말이다.

그런데도 누군가에 매달리고 싶은 여자의 본능 때문에 로버타는 지금 클라이드의 두 손을 잡고 가만히 서서 그가 안아 주고 애무해 주면서 아무 걱정도 하지 말라고 말해 주기를 바라고 있었다. 비록 애정은 이미 식었다 해도 이렇게 자신도 모르게 전에 그에게 지녔던 신뢰감을 나타내는 것을 보자 그는 손을 빼고 다른 뜻이 있어서라기보다는 그녀에게 용기를 북돋아 주려고 그녀를 품에 안고 말했다. "이봐 로버타, 이러면 안 돼. 여기까지

와서 마음이 약해지면 어떻게 해? 일단 찾아가 보면 그렇게 대단한 일이 아니야. 정말이라니까. 가서 벨을 누르고 의사든 누구든 나오면 의사 한 사람 앞에서만 할 말이 있다고 그래. 그러면 은밀히 할 이야기가 있어서 온 줄 알 거고, 일이 수월해질 거야."

클라이드는 똑같은 충고를 계속 늘어놓았다. 바로 이 순간 그가 그녀 자신이 지금 얼마나 절망적인 상태에 있는지 전혀 관심이 없다는 것을 깨닫자 로버타는 몸을 꼿꼿이 세우고 말했다. "그러면 여기서 기다려요. 너무 멀리 가지는 말아요. 곧 돌아올지도 모르니까." 그녀는 정문을 지나 어두운 그늘 속으로 현관으로 이어지는 길을 빠른 걸음으로 걸었다.

로버타가 벨을 누르자 겉으로나 속으로나 근엄하게 생긴 소도시의 개업의가 나왔다. 그는 클라이드나 쇼트가 상상한 것과는 달리 상당히 보수적인 전형적인 시골 의사로 근엄하고 조심스럽고 도덕적이고 어느 정도 신앙심이 있어 그 자신은 진보적이라고 생각하지만 정말 진보적인 사람 같으면 편협하고 융통성이 없다고 생각할 인물이었다. 그러나 주변에 무식하고 어리석은 사람이 하도 많다 보니 그는 꽤 유식하다고 자부할 수 있었다. 근엄함, 박력, 보수주의, 성공 등은 물론이고 무지와 방종의 온갖 모습과 늘 접촉한 탓에 그는 자신이 내린 결론이 사실 앞에서 빛을 잃을 때면 이른바 천국과 지옥의 서로 다른 가치의 중간쯤에서 판단 기준으로 삼고 머리를 썩이려고 하지 않는 경향이 있었다. 생김새로 말할 것 같으면 그는 키가 작아 땅딸막하고 총알같이 생긴 얼굴에 항상 미소를 짓고 재빠르게 움직이는 잿빛 눈과 애교 있는 입술을 하고 있었다. 그는 시골 한량답게 짧은 잿빛 머리칼의 앞머리를 가지런히 자르고 있었다. 팔과 뭉툭하게 살이 쪄 있으면서도 섬세한 손을 양쪽으로 축 늘어뜨렸다. 쉰여덟 살로 세 자녀 중 한 아들은 아버지에 이어 의사가 되려고 의학 공부를 하고 있었다.

의사는 물건이 어수선하게 널려 있는 평범한 대합실로 로버타를 안내해서 기다리게 해 놓고 저녁을 마저 먹고 나서 역시 평범한 안쪽 작은 진료실 문간에 곧 나타나 그녀에게 의자에 앉으라고 손짓했다. 이 진료실에는 책상과 의자 두 개, 의료 기구와 서적들, 그리고 다른 의료용품들을 넣어 두는 것 같은 곁방이 있었다. 잿빛 머리칼, 솔직하면서 우둔해 보이는 모습에다 눈을 깜박이는 묘한 버릇 때문에 로버타는 적잖이 위압감을 느꼈다. 그러나 그녀가 걱정했던 것처럼 그렇게 불쾌감을 느끼지는 않았다. 적어도 그는 나이가 든 데다 동정적이라거나 온화하다고는 할 수 없어도 지적이고 보수적으로 보였다. 그는 마치 동네 사람이 아닌지 알려고 잠깐 호기심 어린 시선으로 그녀를 바라보다가 입을 열었다. "자, 어디서 왔지요? 무슨 일로 왔나요?" 그의 목소리는 나직하고 믿음직스러웠고, 그래서 로버타는 여간 다행스럽게 여기지 않았다.

그러자 마침내 이곳에 도착해 부끄러운 사실을 입에 올려야 할 순간이 왔다는 생각이 들자 로버타는 아무 말도 하지 못하고 의자에 앉아서 처음에는 의사를 쳐다보고 그다음에는 시선을 방바닥으로 떨어뜨리고는 들고 있는 작은 핸드백의 손잡이를 만지작거리기 시작했다.

"저 사실은, 선생님." 로버타는 진지하면서도 불안하게 입을 열었다. 그녀를 짓누르고 있는 무서운 긴장이 한꺼번에 그녀의 온 태도에 나타났다. "제가 이곳에 찾아온 건……. 제가 이곳에 찾아온 것은……. 말씀드릴 수 있을지 모르겠어요. 여기 들어오기 전에는 말씀드릴 수 있을 것 같았는데, 막상 들어와서 선생님을 뵈니……." 로버타는 말을 멈추고 마치 자리에서 일어서려는 듯 몸을 뒤로 뺐다가 한마디 덧붙였다. "아, 이런! 얼마나 끔찍한 일인지 모르겠어요! 너무 불안하고……."

"자, 자, 아가씨." 의사는 그녀를 안심시키듯 친절하게 말했다. 그는 매력이 있으면서도 진지한 그녀의 모습이 마음에 들었고 이렇게 티 없고 얌전하고 차분하게 생긴 아가씨가 무슨 일로 이토록 당황하고 있을까, 하고 생각하고 있었다. 그는 "막상 들어와서 선생님을 뵈니……"라는 그녀의 말이 적잖이 재미있다고 생각했다. "막상 들어와서 나를 보니, 그래 내가 어떤가?" 하고는 로버타의 말을 받아 말했다 "아주 무서워졌단 말인가? 난 평범한 시골 의사야. 아가씨가 생각하는 것처럼 그렇게 무서운 사람은 아니지. 무서워하지 말고 무슨 말이든 죄다 해 봐요. 내가 도울 수 있는 일이라면 도와줄 테니."

의사는 로버타가 생각하기에도 매우 친절했지만 근엄하고 차분한 데다 어쩌면 보수적인 것 같아서 그녀가 하지 못하고 있는 말을 들으면 적잖이 충격을 받을지도 몰랐다. 그렇다면 어떻게 해야 할까? 의사는 그녀의 부탁을 들어줄까? 부탁을 들어준다

해도 돈을 어떻게 마련할 수 있을까? 이런 일에는 돈이 확실히 중요한 문제일 테니 말이다. 클라이드나 누군가가 옆에 있어서 대신 말해 준다면 얼마나 좋을까! 그러나 그녀 혼자 이렇게 왔으니 그녀가 말할 수밖에 없었다. 용건을 말하지 않고 그냥 떠날 수는 없었다. 그녀는 다시 한 번 입고 있는 코트의 큰 단추 한 개를 엄지손가락과 집게손가락으로 집어 비틀면서 다시 몸을 뒤틀었다. 그러고 나서 목멘 소리로 입을 열었다.

"사실은……. 사실은……. 좀 다른 문제로……. 선생님께서 생각하시는 것은 아닐지 모르는데……. 전……. 저는 ……. 그런데……."

로버타는 차마 이야기를 꺼낼 수가 없어서 얼굴빛이 창백해졌다가 검붉어졌다 하면서 하던 말을 다시 멈췄다. 의사는 어쩔 줄 모르는 그녀의 소박한 태도와 맑은 눈, 흰 이마, 수수한 몸가짐과 옷차림을 보고 잠시 인체에 관한 무지나 무경험 때문에 그녀가 그러는 것으로 판단했다. 어떤 병의 경우 나이 어리고 순박한 젊은이들에게서 흔히 볼 수 있는 일이었다. 그래서 그런 경우에는 으레 하는 습관대로 무슨 일이든 두려워하거나 주저하지 않고 말을 하라고 되풀이하려고 했다. 그러나 바로 그때 로버타의 매력과 젊음, 그리고 그에게 전해지는 그녀의 심파(心波)* 때문에 혹시 자기 판단이 잘못되었을지도 모른다는 생각이 떠올랐다. 이 아가씨도 젊은이들이 흔히 말려드는 비도덕적이고 불법적인 문제 때문에 찾아왔는지도 모르지 않은가. 그녀는 젊고 건강한 데다 매력적으로 생겼으니 충분히 있을 수 있는 일이었고, 또 아주 얌전해 보이는 여자들이 그런 문제를 일으키는 경우가 가끔 있었다. 그런 여자들은 의사들에게 늘 골칫거리였다. 그리고 그는 사교성이 없고 퇴행적인 성품과 이 지방 사회의 성격 때문에도 이런 일을 싫어했고 그런 문제에 개입하는 것을 주저했다. 그런 불법적이고 위험한 문제에 개입해 봤자 돈은 아주 적거나 거의 생기지 않는 게 고작이었고, 그런 일에 대해선 이 지방 사람들은 정서적으로 이 문제에 반대했다. 더구나 개인적으로도 그는 본능에 따라 자유롭게 행동하면서 거기에 따르는 결혼이라는 사회적인 책임을 거부하는 철없는 젊은이들을 못마땅하게 여기고 있었다. 그래서 그는 지난 10년 동안 가족이나 이웃 관계 또는 종교적인 이유 때문에 타당하다고 생각되었을 때 어리석은 짓을 한 좋은 가문의 규수 몇 명을 구제해 준 적은 있었지만 누군가가 큰돈을 치러 주지 않는 한 의료 기술로써 그런 처지에 빠진 여자를 돕는 일에 반대하고 있었다. 보통 그는 무조건 곧바로 결혼하라고 충고했다. 그러나 몹쓸 짓을 한 사내가 도망을 가 버려서 결혼이 불가능한 경우에는 그런 모든 문제에는 전혀 관여하지 않는 것이 그의 일반적인 방침이었다. 그런 의료 행위는 너무 위험하고 윤리적으로나 사회적으로도 옳지 않거니와 범법 행위였다.

그래서 의사는 매우 근엄한 얼굴로 로버타를 바라보았다. 그는 동정심 같은 것 때문에 이 일에 말려들지 않겠다고 스스로 다짐하고 있었다. 그는 그녀나 자신이나 마음을 차분히 가라앉혀 어색하지 않게 별일 없이 이 문제에서 빠져나오기 위해 검은 가죽 표지가 있는 진료부를 끌어당겨 열면서 말했다. "자, 우선 어디 아픈지부터 알아봅시다. 이름은 뭐죠?"

"루스 하워드예요. 하워드 부인입니다." 로버타는 불안한 마음에서 긴장하여 즉시 클라이드가 말해 준 이름을 댔다. 묘한 일이지만 그녀가 결혼했다고 말하자 의사는 한결 마음이 놓였다. 그렇다면 왜 눈물을 흘렸을까? 결혼한 젊은 여자가 이렇게 부끄러워하고 초조해 하는 이유가 뭘까?

"남편 이름은?" 의사가 계속 물었다.

쉽게 대답할 수 있는 간단한 질문이었는데도 로버타는 망설인 끝에야 겨우 대답할 수 있었다. "기퍼드입니다." 그것은 그녀의 남동생 이름이었다.

"이 근처에 살겠군요?"

"폰다에 삽니다."

"그래요. 몇 살이죠?"

"스물둘이에요."

"결혼한 지는 얼마나 됐나요?"

자신의 문제와 아주 밀접한 관계가 있는 이 질문을 받자 로버타는 또 한 번 망설이고 나서야 겨우 대답했다. "가만 있자, 세 달 됐어요."

글렌 의사는 내색하지 않았지만, 곧바로 또다시 의심하게 되었다. 그녀가 망설이는 것을 보고 그는 머뭇거렸다. 왜 저렇게 불안해할까? 그는 다시 한 번 이 아가씨가 진실을 말하고 있는 걸까, 그렇지 않으면 조금 전에 그가 의심했던 것이 사실일까,

하고 생각하고 있었다. 그래서 그는 이렇게 물었다. "그래, 하워드 부인, 어디가 아픈가요? 주저하지 말고 무슨 말이든 해 봐요. 조금도 망설일 필요가 없어요. 나야 일 년 내내 남들 아픈 것이 무엇이든 듣는 데 익숙해 있으니까. 남의 고민거리를 듣는 게 내 직업이거든."

"사실은 말씀이에요" 하고 로버타는 다시 불안해하며 입을 열었다. 끔찍한 고백을 하려니 혀가 마르고 목이 타서 그녀는 또 한 번 코트의 단추를 비틀며 마룻바닥을 내려다보고 있었다. "다른 게 아니라…… 사실요…… 제 남편이 별로 돈이 없어요……. 그래서 제가 일을 해서 함께 살림을 꾸려 가지만, 우리 두 사람 누구도 수입이 얼마 되지 않거든요." 그녀는 언제나 거짓말을 끔찍이 싫어했던 자신의 입에서 그런 뻔뻔스러운 거짓말이 거침없이 나오는 게 놀라웠다. "그래서…… 물론…… 저희 형편이 못 되어…… 낳을 만한…… 아이를…… 어쨌든 그렇게 빨리는……."

로버타는 숨이 막히고 더 이상 그런 터무니없는 거짓말을 늘어놓을 수가 없어 말을 중단했다.

그러자 그녀의 말을 듣고 의사는 그가 생각한 대로 그녀의 문제가 무엇인지 깨닫게 되었다. 그녀는 대충 설명하려던 그런 문제에 직면하고 있는 젊은 기혼 여성이었다. 그는 불법 의료 행위를 저지르고 싶지 않았다. 하지만 그렇다고 해서 겨우 새 출발을 한 젊은 부부를 실망하게 하고 싶지도 않아서 좀 더 동정적인 눈길로 그녀를 물끄러미 바라보았다. 누가 봐도 불행하다고 할 수밖에 없는 젊은 부부의 곤경과 이런 미묘한 상황에서도 정숙한 태도를 보이는 그녀의 태도가 의사는 마음에 들었다. 사정이 참 딱했다. 요즈음에는 새 출발을 하는 젊은이들이 고생하는 경우가 꽤 있었다. 어떤 금전 문제 때문에 고통을 겪는 경우가 분명히 있었다. 하기야 젊은이들이 거의 모두가 그런 것은 아니지만 말이다. 그러나 임신중절 수술을 해서 하나님이 주신 정상적인 생명의 과정을 중단시키는 것은 신중을 요하고 부자연스러운 일이어서 그로서는 될수록 말려들고 싶지 않았다. 게다가 젊고 건강한 젊은이들이라면 가난하다 해도 결혼할 때 앞으로 어떤 일이 있으리라는 것쯤은 알고 있었을 게 아닌가? 그리고 부부가 일해서, 어쨌든 남편만이라도 일을 해서 어떻게든 살아가는 것이 전혀 불가능하지는 않았다.

의사는 의자에 몸을 곧바르게 펴면서 아주 근엄하게 입을 열었다. "하워드 부인, 지금 나한테 무슨 말을 하고 싶은 건지 알겠소. 하지만 지금 마음속으로 생각하고 있는 일이 얼마나 중대하고 위험한 것인지 생각해 봤는지 모르겠소. 하지만……." 그러나 그는 여기서 갑자기 말을 멈췄다. 혹시 과거에 수술했다는 소문이 나서 그 때문에 이 도시에서 자신의 평판이 나빠지고 있는 것이 아닌지 하는 생각이 문득 들었기 때문이다. 그래서 그는 로버타에게 덧붙여 물었다. "그런데 어떻게 해서 나를 찾아오게 되었지요?"

의사의 말투와 질문하는 태도에서 이런 의술에 대한 경계심과 함께 그를 이런 수술을 하는 의사라고 의심하는 사람이 있다면 일어날 수 있는 주민들의 분노 때문에 로버타는 머뭇거리며 클라이드의 말과는 달리 누구한테서 말을 들었다거나 누가 보내서 왔다고 하면 위험하겠다고 느꼈다. 누가 보내서 왔다는 말은 하지 않는 게 좋을 것 같았다. 그런 말을 하면 그는 평판 좋은 의사로서의 인격적 모독이라고 화를 낼지도 모를 일이었다. 이 경우 막 익히기 시작한 처세술이 그녀를 도와주었다. "몇 번 이 앞을 지나다가 간판을 봤어요. 선생님이 훌륭한 의사시라는 말도 여러 사람한테서 들었고요."

의사는 불안한 마음이 가시자 다시 말을 이었다. "첫째, 부인이 원하는 일은 나로서는 양심상 할 수 없어요. 물론 부인이 수술을 하고 싶어 한다는 건 이해합니다. 부인이나 남편이나 모두 젊은 데다 돈벌이가 신통치 않아 이런 일이 여러모로 큰 부담이 된다고 생각할 겁니다. 물론 그건 틀린 생각은 아닙니다. 하지만 결혼은 성스러운 것이고 아이는 축복받아야 할 대상이지요. 저주가 아닙니다. 석 달 전 하나님 앞에 선서하고 결혼식을 올릴 때 두 사람은 이런 일을 전혀 예상 못했던 건 아닐 겁니다. 그게 아닙니까? 젊은 신혼부부들이라면 말이지요……." '하나님 앞에'라는 말을 듣고 로버타는 슬펐다. 정말로 그렇게 결혼식을 올렸더라면 얼마나 좋았을까. "……요즈음에는 부인과 같은 생각을 가진 사람이 많으니 안타까운 일이죠. 물론 이런 경우 정상적인 책임을 회피하고 수술을 받아도 상관이 없다고 생각하는 사람도 있지만 그런 수술은 법적으로도, 윤리적으로도, 그리고 의학적으로도 매우 위험합니다. 그런 식으로 수술을 하다가 목숨을 잃는 여자들도 적지 않습니다. 더구나 그런 수술을 하는 의사는 수술의 결과가 좋든 나쁘든 형무소에 가게 됩니다. 그건 아시겠죠? 어쨌든 나로서는 어느 면에서나 그런 수술에는 찬성할 수 없어요. 그런 수술을 하지 않고서는 여자의 목숨을 구할 수 없는 경우라면 모르지만 그 외에는 절대로 찬성할 수 없어요. 그럴 때 수술하는 것은 의학계에서도 용납하죠. 하지만 부인은 그런 경우와는 전혀 다릅니다. 내가 보기에 부인은 아주 건강해요. 설사 아이를 낳는다고 해도 건강에는 아무 문제가 없을 겁니다. 경제 문제로 말하자면, 어쨌든 아기를 낳는다면 남편과 함께 어떻게든 생계는 꾸려 나갈 수 있지 않겠습니까? 남편의 직업이 전기공이라고 했던가?"

"네, 그렇습니다." 로버타는 의사의 엄숙한 설교를 듣고 적잖이 기가 죽어 불안하게 대답했다.

"그렇다면 별문제가 없어요." 의사가 말을 이었다. "전기 기술자면 벌이가 나쁜 직업은 아니죠. 적어도 전기 기술자들은 비용을 꽤 많이 청구합니다. 지금 부인이 계획하고 있는 것이 얼마나 심각한 일인지, 부인이 부인 자신의 생존권을 주장하듯 어린 생명한테도 그런 권리가 있는데 그걸 지금 파괴하려고 하는 겁니다……." 의사는 이 말을 그녀가 잘 이해할 수 있도록 잠시 말을 중단했다. "그러니 부인이나 남편이나 사려 깊게 생각해야 합니다. 더구나……." 그는 여기서 다시 말을 멈추고 그녀를 외교적으로, 마치 아버지처럼 흥미로운 말투로 덧붙였다. "……일단 아기를 낳아 보면 아이 때문에 고생이 돼도 충분히 보람이 있을 겁니다. 그런데 말입니다." 여기서 호기심이 생긴 듯 그가 말을 이었다. "남편도 이 일을 알고 있나요? 아니면 너무 힘들어서 부인 혼자서 결정한 일인가요?" 의사는 로버타가 순전히 집안 살림을 걱정하고 또 두려워하고 있는 것으로 파악하고 얼굴에 밝은 웃음을 짓고는 그녀의 마음을 쉽게 돌이킬 수 있다고 생각했다. 의사의 그런 기분을 알아챈 로버타는 한두 마디 거짓말을 더 해 보았자 뭐가 달라지겠는가 생각하면서 얼른 대답했다. "네, 남편도 알고 있어요."

"그렇다면 말이죠." 의사는 자기의 추측이 빗나간 것이 좀 아쉬웠지만 그래도 그녀의 마음을 돌이켜 놓아야겠다고 생각하고는 말을 계속했다. "당신과 남편 두 사람이 함께 이 문제를 다시 한 번 아주 진지하게 생각해 봤으면 합니다. 처음 이런 일에 부딪힌 젊은이들은 어두운 면만 생각하기 마련이죠. 하지만 세상이 늘 그렇게 어둡기만 한 건 아닙니다. 우리 부부도 첫애를 가졌을 때 그랬어요. 그런데도 우리는 그럭저럭 극복했지요. 그러니 한 번 더 서로 의논해 보면 생각이 달라질 겁니다. 그렇게 되면 두고두고 양심의 가책을 받지 않아도 됩니다." 이제는 로버타의 마음속에서 두려움과 함께 수술을 받겠다는 결심을 포기했으리라고 확신하고 그는 말을 끝냈다. 그는 지각이 있는 평범한 가정주부니 이제는 단념하고 계획을 모두 포기하고 돌아갈 것이라고 판단했다.

그러나 그녀는 의사의 예상대로 기꺼이 그의 말에 승복하거나 자리를 뜨려고 하지 않고 겁에 질린 눈을 크게 뜨고 그를 바라보더니 그만 울음을 터뜨렸다. 의사의 말을 듣자 그녀는 현재 상황에 대한 일반적인 사회적 또는 인습적인 측면을—즉, 지금껏 그녀가 뇌리에서 씻어 버리고 싶었지만 정상적일 때 만약 그녀가 결혼한 몸이었다면 바로 그녀 자신이 취했을 태도였다—새삼 일깨워 줬다. 그러나 지금 적어도 이 의사는 자신의 문제를 해결해 줄 수 없다고 깨닫자 그녀는 병적인 공포라고밖에는 묘사할 수 없는 공포에 사로잡히고 말았다.

갑자기 고통과 공포로 얼굴이 일그러진 로버타는 손을 폈다 쥐었다 하고 무릎을 치면서 비명을 지르듯 큰 소리로 말했다. "하지만 선생님은 이해하지 못하세요. 이해하지 못하신다고요! 전 어떻게 해서든 이 곤경에서 벗어나야 해요! 꼭 그래야 한다고요. 제가 선생님께 말씀드린 건 사실이 아니에요. 전 결혼하지 않았어요. 저한테 남편 같은 건 없어요. 아, 선생님은 제 처지를 전혀 이해하지 못하세요. 제 가족들! 제 아버지! 제 어머니! 말로써는 표현할 수가 없어요. 하지만 어쨌든 이런 궁지에서 빠져나와야 해요. 꼭 그래야만 해요! 정말로 그래야만 한다고요! 아, 선생님은 모르세요. 모른다고요! 전 꼭 그래야만 해요! 꼭 그래야만 해요!" 그녀는 마치 실성한 사람처럼 몸을 전후좌우로 흔들어 대기 시작했다.

그러자 의사는 로버타의 갑작스러운 발작에 놀라면서 측은하게 생각했지만 동시에 자기의 처음 추측이 들어맞았다고 생각했다. 그러면서 그녀가 거짓말을 하고 있었으며, 이 일에 말려들지 않으려면 단호하게 냉정한 태도를 보여야겠다고 결심하면서 근엄하게 물었다. "지금 결혼하지 않았다고 했나?"

로버타는 대답 대신 고개를 저어 그렇다고 인정하면서 계속 울기만 했다. 그녀의 처지를 마침내 완전히 파악한 글렌 의사는 난처함과 경계심과 동정심이 뒤섞인 표정으로 의자에서 일어났다. 그러나 그는 처음에는 아무 말 없이 울고 있는 그녀를 바라보고만 있었다. 나중에야 비로소 한마디 덧붙였다. "허, 허, 이거야 참. 사정이 안됐구면. 미안하이." 그러나 그는 혹시 어떤 식으로든지 이 일에 말려들게 되나 않을까 걱정되어 조금 말을 멈췄다가 위로하듯 자신 없는 말투로 한마디 덧붙였다. "울지 말아요. 운다고 해결될 일이 아니잖아." 그러고 나서 이 일에 말려들지 않겠다고 단단히 마음먹고 그는 입을 꼭 다물었다. 그러나 어떻게 된 사연인지 조금 궁금하여 그는 마침내 입을 열었다. "그런데, 아가씨를 이 지경으로 만든 그 젊은이는 지금 어디 있나? 이곳에 사는 사람인가?"

그러나 수치심과 절망감에 압도되어 말할 수 없었던 로버타는 아니라고 그저 고개를 흔들 뿐이었다.

"하지만 아가씨가 임신한 사실은 알고 있을 테지?"

"네." 로버타가 들릴락 말락하는 조그마한 목소리로 대답했다.

"아가씨하고 결혼하지 않겠다는 거요?"

"저한테서 떠나가 버렸어요."

"오, 저런, 건달 놈 같으니라고! 그래 어디로 갔는지도 모른다는 말이지?"

"네, 몰라요." 로버타는 풀이 죽은 음성으로 거짓말을 했다.

"떠나간 지 얼마나 됐나?"

"한 일주일쯤 됐어요." 로버타는 또다시 거짓말을 했다.

"그래 그 사람이 어디 있는지도 모르는구먼?

"네."

"몸에 이상이 생긴 건 언제부터인가요?"

"두 주일 넘었어요." 로버타는 흐느끼며 대답했다.

"그전에는 늘 순조로웠나?"

"네, 그렇습니다."

"글쎄, 아가씨가 생각하는 것처럼 그렇게 심각하지 않을지도 몰라." 의사의 말투는 전보다는 훨씬 누그러졌다. 그는 위험과 어려움이 따르는 이 문제에서 빠져나가려고 그럴듯한 구실을 찾고 있는 것 같았다. "아가씨는 아주 겁을 먹고 있는 거 같은데, 월경을 한번쯤 거르는 것은 흔히 있는 일이거든. 어쨌든 진찰을 해 보지 않고서는 확실한 건 알 수 없어. 비록 확실하다 해도 두 주일쯤 더 기다려 보는 게 좋아. 두 주일 더 기다려 보면 공연히 걱정했다는 걸 알게 될지도 모르지. 나라면 그렇게 걱정하지 않겠어. 아가씨가 너무 예민하고 초조해하는 것 같은데, 그 때문에 월경이 늦어지는 수가 있거든. 그저 신경만 써도 말이지. 어쨌든 내 말대로 집에 돌아가 모든 게 확실해질 때까지는 아무런 일도 하지 않는 게 좋겠군. 비록 무슨 조치를 취해야 한다 해도 그때까지는 아무런 일도 하지 않는 게 좋아."

"하지만 벌써 무슨 약인가를 먹어 봤는데 아무 소용이 없는데요." 로버타가 애걸하듯 말했다.

"그게 무슨 약이었어?" 의사는 흥미롭다는 듯 묻고는 약 이름을 알자 그는 이렇게 말할 뿐이었다. "아, 그 약 말이군. 그 약은 임신한 사람에게는 소용이 없을 거요. 어쨌든 기다려 보기를 권하네. 만약 두 번째 월경 때도 그냥 지나간다면 그때 가서 무슨 조치를 해도 늦지 않아. 하긴 그렇다 해도 될수록 아무런 일도 하지 않는 게 좋지. 자연의 섭리를 거스르는 건 옳은 일이 아니니까. 아이를 낳아서 기르는 편이 훨씬 더 좋은 방법이야. 그래야 새 생명을 빼앗는 죄까지 짓지는 않을 테니까."

의사는 매우 엄숙했고, 이런 말을 하는 자신이 옳다고 생각하고 있었다. 그러나 의사가 이해하지 못한다는 두려움 때문에 로버타는 전처럼 극적으로 큰 소리로 말했다. "그럴 순 없어요, 선생님, 정말이에요! 그럴 수는 없어요. 그럴 순 없다고요! 선생님은 잘 모르셔요. 아, 이 일을 해결하지 못하면 전 도무지 어떻게 해야 좋을지 모르겠어요. 모르겠어요! 정말 모르겠어요! 정말로요!"

로버타는 고개를 내저으면서 두 손을 꽉 움켜쥐고 몸을 이리저리 흔들었다. 의사는 그녀의 처지와 어리석은 행동에 동정하면서도 의사의 관점에서 골치가 아플 뿐인 이 일에서 손을 떼려고 단호한 태도로 서서 덧붙였다. "아가씨, 내가 말한 대로……." 그는 여기서 일단 말을 중단했다. "하워드, 그 이름이 맞다면, 난 그런 수술에는 절대 찬성을 하지 않아. 물론 그런 수술을 받아야 할 지경에 이른 젊은이들의 불장난도 찬성하지 않지만. 한 십 년쯤 감옥살이를 각오하지 않는 한 어떤 의사도 그런 일에 간섭하지 않으려 하지. 이 경우엔 법도 정당하다는 생각이 드는군. 아가씨 처지가 난처하다는 건 나도 모르지는 않아. 하지만 당신 같은 처지의 여자를 기꺼이 도우려는 사람도 늘 있기 마련이에요. 아가씨가 법적으로나 도덕적으로 말썽을 일으키려 하지 않을 때에는 말이지. 그러나 나로서는 지금이나 나중이나 수술받을 생각 같은 걸 하지 말라고 충고할 수밖에 없어. 집에 가서 부모님에게 모든 것을 고백하는 게 좋을 거야. 그편이 훨씬 좋지. 암, 훨씬 좋을 거야. 걱정하는 것만큼 어려운 일도 아닐뿐더러 수술을 받는 것보다는 나쁘지도 않은 방법이거든. 아가씨 말처럼 그게 사실이라면 한 생명, 한 인간의 생명이 걸려 있다는 걸 잊지 마. 지금 아가씨는 한 인간의 생명을 끊으려 하고 있고, 난 그 일을 도울 수가 없어. 절대로 그건 안 돼. 의사로서의 직업 윤리를 나보다 가볍게 생각하는 의사들이 여기저기 있다는 걸 나도 알고 있지. 하지만 난 그런 의사가 되고 싶지 않거든. 미안해, 정말로.

그러니 내가 지금 아가씨에게 해 줄 수 있는 말은, 집에 가서 부모님께 그 사실을 털어놓으라는 거요. 지금 당장은 어려운 일이라고 생각될지 모르지만 결국은 그러는 쪽이 마음이 편할 거야. 혹 그러고 싶다면 부모님을 나한테 보내도 좋아. 내가 그분들에게 이 세상엔 이보다 더한 일이 얼마든지 있다고 말씀드릴 테니까. 하지만 아가씨가 원하는 건 미안하지만, 정말로 안됐지만, 절대로 할 수 없어. 내 양심이 허락하지 않으니까."

의사는 말을 마치고 동정적인 눈길로, 그러면서도 이제 결론은 났다는 단호한 표정으로 로버타를 바라보았다. 로버타는 이 의사에게 걸었던 모든 희망이 한꺼번에 물거품이 되어 버리자 무척 황당해 벙어리처럼 말문이 막혔다. 또 이 의사에 관한 클라이드의 정보가 엉뚱한 것이었을 뿐만 아니라 그녀 자신의 온갖 감정적·기술적 호소가 실패로 돌아갔다는 사실을 깨닫자 그녀는 불안정한 걸음으로 문 쪽으로 나아갔다. 미래에 대한 공포가 갑자기 그녀에게 엄습해 왔다. 의사는 그녀가 나간 뒤 안쓰러운 표정으로 정중하게 문을 닫았다. 어둠 속으로 걸어 나온 그녀는 그곳에 있는 나무에 기대고 섰다. 정신적으로도 육체적으로도 모든 힘이 빠져나가고 있었다. 의사는 그녀의 부탁을 거절했다. 도와주려 하지 않았다. 그렇다면 이제 그녀는 어떻게 해야 한단 말인가?

하권에서 계속됩니다.

13   **헤스터** 본디 별을 뜻하는 '헤스터'는 '에스터'의 변형이다. 너새니얼 호손의 『주홍 글자』(1850)의 주인공의 이름이 헤스터 프린이다. **예수님의 사랑은 향기롭고 그윽하도다** 이 찬송가는 시어도어 드라이저가 만들어 낸 가공의 곡이다. 그러나 내용에서는 "구주 예수 의지함이 심히 기쁜 일일세"로 시작하는 찬송가 340장과 비슷하다.

16   **하나님께서 마련해 주실 거야** "나의 하나님이 그리스도 예수 안에서 영광 가운데 그 풍성한 대로 너희 모든 쓸 것을 채우시리라."「빌립보서」 4장 19절.

23   **하나님은 사랑이니라** "하나님이 우리를 사랑하시는 사랑을 우리가 알고 믿었노니 하나님은 사랑이시라. 사랑 안에 거하는 자는 하나님 안에 거하고 하나님도 그의 안에 거하시느니라."「요한1서」 4장 16절

24   **정말로 이 집안의~기술까지 동원해야 할지도 모른다** 시어도어 드라이저는 1890년대에 찰스 다윈과 허버트 스펜서, 존 틴들과 토머스 헉슬리의 철학서를 읽기 시작했다. 드라이저는 인간의 행동을 화학이나 물리학의 관점에서 설명하는 이론을 믿고 그것을 '케미즘'이라고 불렀다. 작가의 이런 생각은 「시스터 캐리」(1900)에서 이미

잘 드러난다.

25 **디트로이트** 미국 미시간주 서중부와 남동부에 있는 두 도시. 미시간 호수 동쪽에 위치한 이 두 도시는 미시간주에서 가장 크다.

밀워키 미국 위스콘신주 동부에 위치한 도시로 주에서 가장 큰 도시다. 위스콘신주의 문화 · 경제적 중심지다.

캔자스시티 미국 미주리주에 있는 도시. 미주리강과 캔자스강이 합류하는 지점에 있다.

26 **주님의 의지** "나의 하나님이 그리스도 예수 안에서 영광 가운데 그 풍성한 대로 너희 모든 쓸 것을 채우시리라." 「빌립보서」 4장 19절

27 **약한 술은~현명한 자가 아니리라** "포도주는 거만하게 하는 것이요 독주는 떠들게 하는 것이라. 이에 미혹되는 자마다 지혜가 없느니라." 구약성서 「잠언」 20장 1절.

30 **그들에게 길을 열어 달라** "사람이 감당할 시험 밖에는 너희가 당한 것이 없나니 오직 하나님은 미쁘사 너희가 감당하지 못할 시험 당함을 허락하지 아니하시고 시험 당할 즈음에 또한 피할 길을 내사 너희로 능히 감당하게 하시느니라." 「고린도 전서」 10장 13절.

31 **유티카** 뉴욕주 중부 오네이다군에 위치한 도시.

라이커거스 실제 지명인 유티카와는 달리 라이커거스는 허구적 이름이다.

32 **크로이소스** 기원전 6세기경 소아시아 리디아의 최후의 왕으로 큰 부자로 유명하다.

38 **화학 작용의 힘과 의미** 앞에 언급한 '케미즘'을 참고하라.

40 **세인트루이스** 미시시피 강변 미주리주 동쪽 끝에 위치한 대도시로 상업과 교통의 중심지다.

47 **주님의 뜻이 이루어지기를** "그가 권함을 받지 아니하므로 우리가 주의 뜻대로 이루어지이다 하고 그쳤노라." 「사도행전」 21장 14절

주님의 이름에 영광 있으라 "이르되 내가 모태에서 알몸으로 나왔사온즉 또한 알몸이 그리로 돌아가올지라. 주신 이도 여호와시요 거

두신 이도 여호와시오니 여호와의 이름이 찬송을 받으실지니이
다."「욥기」1장 21절

49   **토너원더** 뉴욕주 북서부에 위치한 소도시.

52   **선디아이스크림** 과일과 시럽을 얹어 만드는 아이스크림.

57   **콜로라도주 덴버** 콜로라도주 북중부에 위치한 도시로 주도(州都)다.
     로키산맥의 프론트산맥 동쪽과 하이평원 서쪽 끝자락에 있는 사
     우스플랫리버 밸리에 걸쳐 있다.

58   **좁은 길** "좁은 문으로 들어가라 멸망으로 인도하는 문은 크고 그
     길이 넓어 그리로 들어가는 자가 많고……"「마태복음」7장 13절

63   **프런트** 호텔 지배인이 벨보이를 부를 때 사용하는 말로 호텔 프런
     트에 용무가 있으니 그곳에 가라는 뜻이다.

72   **저지시티** 뉴저지주 동북부에 있는 도시로 허드슨강 연안에 위치한
     다. 뉴욕 맨해튼에 접하는 뉴욕의 위성도시다.

81   **트위드** 양모사나 양모사와 기타 모사를 섞어 촘촘하게 짠 옷감으
     로 스코틀랜드와 아일랜드가 원산지다.

84   **콤비네이션** 셔츠와 속바지가 하나로 붙은 속옷. 미국에서는 '유니
     언 수트', 영국에서는 '콤비네이션'이라고 부른다.

89   **오마하** 미국 중서부 네브래스카주 동부에 있는 도시. 미시시피강
     과 연결되는 미주리강 서안에 있다.

92   **미국의 양대 산맥** 미국 동부에 위치한 애팔래치아산맥과 서부에 위
     치한 로키산맥을 가리킨다.

     철없는 말괄량이 아가씨들 제1차 세계대전 이후 1920년대 미국에서
     유행한 말괄량이 아가씨들로 생각과 의상과 말투 등에서 기성 전
     통과 인습에 반기를 들었다.

95   **체스터필드 경** 필립 체스터필드(1694~1773). 영국의 정치가요 외교
     관으로 예절, 사교술, 세속적인 성공 비법 등에 관한 안내서라고
     할 「아들에게 보내는 편지」로 유명하다.

99   **버펄로** 미국 뉴욕주 동북부에 위치한 도시로 이 주에서 뉴욕시에

이어 두 번째로 큰 도시다. 이리호(號) 동쪽 끝에 위치하며, 이리호와 온타리오호를 연결하는 나이아가라강에 면한다.

204 **맬린슨** 미국의 H. R. 맬린슨 회사에서 만든 실크로 19세기 말에서 20세기 초엽에 크게 인기를 끌었다.

215 **패커드** 미국 디트로이트 소재 패커드 자동차 회사에서 20세기 초엽부터 제조한 고급 승용차. 1950년대 중엽부터 생산이 중단되었다.

익셀셔 스프링스 미주리주 서부에 위치한 소도시로 캔자스시티에서 48킬로미터쯤 떨어져 있다.

226 **분명히 꿈속처럼~실제로 일어나고 있었다** "우리 역시 꿈이 만들어진 요소로 만들어진 그런 존재/이 보잘것없는 인생은 잠으로 끝나나니." 윌리엄 셰익스피어, 「태풍」, 4막 1장.

233 **배신자의 길은** "선한 지혜는 은혜를 베푸나 사악한 자의 길은 험하니라(「잠언」 13장 15절)."

241 **위그웜** 북아메리카 인디언의 오두막집. 이 지역이 원주민들이 살던 지역임을 알 수 있다.

빅토리아 축음기 미국 뉴저지주 캠든에 본부를 둔 빅터 축음기 회사에서 제작한 축음기.

월리처 미국 오하이오주 신시내티에 본부를 둔 루돌프 월리처 악기 회사. 이 회사에서는 피아노뿐만 아니라 전자 오르간, 아코디언, 주크박스 같은 악기를 제조했다.

244 **캔자스시티** 캔자스시티는 미주리와 캔자스 두 주(州)에 걸쳐 위치해 있다.

코넷 트럼펫과 비슷하게 생긴 금관 악기.

딕시 남북전쟁 당시 남부에서 유행하던 노래.

248 **회색 곰** 1910년에 조지 보츠퍼드가 가사를 짓고 어빙 벌린이 작곡한 노래.

255 **사티로스** 그리스 신화에서 주신(酒神) 바쿠스를 섬기는 반인반수(半人半獸)의 숲의 신.

님프 그리스 신화에서 산, 강, 연못, 숲 등에 사는 예쁜 모습의 정령.

271 **노스캔자스시티** 미주리주 클레이군에 위치한 도시. 캔자스시티 메

트로폴리탄 지역의 일부에 속한다.

289 **라이커거스** 유티카와 올버니는 뉴욕주에 있는 실제 지명이지만 라이커거스는 작가가 창안해 낸 가공의 지역이다. 유티카는 뉴욕 중앙, 주도(州都) 올버니는 동중부에 위치한다.

293 **샤런** 뉴욕주 중부에 위치한 소도시로 유티카 동남부에 있다.

307 **유니언리그 클럽** 시카고 중심가 웨스트 잭슨 대로에 위치한 호텔을 겸한 사교 클럽.

덴버 미국 콜로라도주 중부에 있는 도시로 콜로라도주의 주도다.

308 **길** 길버트의 애칭.

318 **피오리아** 일리노이주 중부에 위치한 도시. 클라이드가 이동한 경로는 미주리주에서 일리노이주를 거쳐 위스콘신주로 계속 북쪽으로 옮겨 갔다.

밀워키 미시건 호수 남서부에 위치한 도시로 위스콘신주에서 가장 큰 도시다.

322 **좁은 길** "좁은 문으로 들어가라 멸망으로 인도하는 문은 크고 그 길이 넓어 그리로 들어가는 자가 많고." 「마태복음」7장 13절

323 **하나님의 이름을 거룩하게 하옵소서** "하늘에 계신 우리 아버지, 아버지의 이름을 거룩하게 하시며, 아버지의 나라가 오게 하시며"로 시작하는 「주기도문」의 일부다.

정의는 곧 힘 "정의가 곧 힘"이라는 기독교의 가르침은 물질주의가 팽배하면서 "힘이 곧 정의"라는 격언으로 바뀌었다.

약한 술은 사람을 우롱한다 "포도주는 거만하게 하는 것이요 독주는 떠들게 하는 것이라. 이에 미혹되는 자마다 지혜가 없느니라." 「잠언」20장 1절

325 **온 세상을~무슨 소용이 있겠니** "사람이 만일 온 천하를 얻고도 제 목숨을 잃으면 무엇이 유익하리요 사람이 무엇을 주고 제 목숨과 바꾸겠느냐." 「마태복음」16장 26절. 킹제임스 성경(KJB)과 새국제 성경(NIV) 같은 영어 성경에서는 '목숨' 대신에 '영혼(soul)'으로

번역했다.

327 랜덜프 거리 잭슨 대로에 위치한 유니언리그 클럽에서 랜덜프 거리까지는 북쪽으로 세 블록이다.

336 미시건 애비뉴 시카고 중심가에 있는 대로로 레이크쇼어 드라이브 바로 서쪽에 위치한다.

340 버몬트주 버트윅 버트윅은 버몬트주가 아니라 메인주에 있다. 버몬트에 있는 소도시 이름은 버윅이다.

349 모호크강 뉴욕주 중심부를 흐르는 강으로 허드슨강으로 흘러 들어간다. 뉴욕주 북중부의 주요 교통수단이었다.

366 뉴욕 뉴욕주 중앙에 위치한 라이커거스에서 뉴욕시까지 거리는 자동차로 4시간 정도 걸린다.

368 철제 조각 그리스 신화에서 아르미테스는 목욕하는 자신의 모습을 본 악타이온을 수사슴으로 변하게 하고, 그는 자신이 데리고 온 사냥개에 쫓기다 물어뜯긴다.

375 주지사 길버트가 새뮤얼 그리피스를 친근하게 부르는 별명.

377 그 노인은 근무 시간을~맡고 있었다 작업 시간을 정확히 기록하는 특수 시계로 종업원들은 이 시계에 열쇠(두꺼운 종이로 만든 카드)를 넣어 출퇴근 시간을 기록한다. '타임리코더를 찍는다'라고도 한다.

382 폰다 뉴욕주 동중부에 위치한 소도시로 라이커거스에 가깝다.

383 브루멜 조지 브라이언 보 브루멜(1778~1840). 영국 섭정시대 남성 패션을 주도한 아이콘 같은 인물로 뒷날 영국 왕 조지 4세의 친구였다.

385 로체스터 뉴욕주 북서부에 위치한 공업 도시로 온타리오 호수 아래쪽에 있다.

388 즉, 보수주의~신사다운 외관 같은 것 말이다 시어도어 드라이저는 여기서 근면, 성실, 정직 같은 덕목을 지키면 누구나 다 미국에서 성공할 수 있다는 '미국의 꿈'을 언급한다. 이런 꿈을 처음 펼치고 실천에 옮긴 사람은 미국 국부(國父) 중의 한 사람인 벤저민 프랭클린

이었다.

390 글로버스빌 뉴욕주 동중부에 위치한 소도시로 이름 그대로 장갑 산업으로 유명하다.

391 회중교회 회중 정치로 교회를 운영하는 개신교 교회로 '조합교회(組合敎會)'라고도 부른다. 미국 회중교회는 영국의 칼뱅주의자들인 회중교회주의자들이 1620년 메이플라워호를 타고 플리머스에 도착하면서부터 뿌리를 내리기 시작했다.

401 젤 '젤러'의 애칭.

437 애디론댁산맥 뉴욕주 북부에 위치한 산맥으로 최고봉은 마시산이다. 주립 애디론댁 공원은 거의 산맥 전체를 차지하고 있다. 업스테이트 뉴욕과 캐나다 몬트리올 주민들, 멀리는 뉴욕시와 보스턴시 주민들의 휴양지로 인기가 많다.

476 빌츠 방금 앞의 '미미코군'과 마찬가지로 실제 지명이 아닌 상상의 공간이다.

477 토착 아메리카니즘 구대륙 유럽의 가치관에 물들지 않은 신대륙의 순수함이나 무지함을 뜻한다. 이런 주제를 즐겨 다룬 대표적인 작가가 헨리 제임스(1843~1916)다.

공화당 미국의 양대 정당 중의 하나로 보수주의의 입장을 취하는 우파 정당. 과거 민주당은 남부에 기반을 두고 있었던 반면 공화당은 주로 북부에 기반을 두고 있다.

521 연인들 1913년 로버타 스미스가 가사를 쓰고 빅터 허버트가 곡을 붙인 노래.

540 호머 뉴욕주 남중부에 위치한 소도시. 고대 그리스의 서사시인 호메로스의 이름에서 따왔다.

543 페리스식 회전 관람차 놀이 기구의 한 종류로 거대한 바퀴 둘레에 작은 방 여러 개가 매달려 있는 형태이며, 바퀴의 회전에 따라 먼 곳을 바라볼 수 있도록 만들어졌다.

544 놋쇠 고리를 붙잡으려 애썼다 옛날 회전목마에는 승객이 목마가 돌아

가는 동안 바깥쪽으로 붙잡을 수 있는 놋쇠 고리가 달려 있었다. 이 놋쇠 고리를 붙잡은 사람에게는 상을 주었다.

546 **폭스트롯** 4분의 4박자의 기본 4비트 리듬을 깔고 진행되는 춤이자 춤곡으로 줄여서 그냥 '폭스'라고도 부른다.

원스텝 20세기 초엽 유행하기 시작한 춤으로 '터키 트롯', '버니 헉', '그리즐리 베어' 등으로도 일컫는다. 주로 래그타임 음악에 맞춰 춘다.

556 **초기 청교도** 16세기에서 17세기 사이 영국 국교에 맞서 전통적인 복음주의를 지향했던 기독교인들을 말한다. 1620년과 1630년에 걸쳐 신대륙에 처음 도착한 사람들은 청교도들이었다.

친우애 '형제들의 단체(Society of Friends)'라는 뜻으로 퀘이커교의 신자를 가리킨다. 퀘이커교는 17세기 영국의 조지 폭스가 창시한 기독교의 교파다.

586 **무서운 죄악** 기독교, 특히 가톨릭교회에서는 사음(邪淫)을 지옥에 떨어질 일곱 가지 무서운 죄의 하나로 간주한다.

587 **돈 후안** 방탕을 상징하는 가공의 인물. 중세 에스파냐의 민간 전설에 나오는 방탕한 귀족으로 여자를 유혹했다가 버리고 죽이는 엽색 행위를 거듭한 인물로 악명 높다.

로사리오 여성을 유혹하는 데 온 정성을 쏟는 남성. 니컬러스 로의 비극 「회개하는 미녀」(1703)에 등장한다.

603 **더치스군** 뉴욕주 남동부에 위치한 군으로 사암 생산지로 유명하다.

618 **축구 시합** 코넬대학은 뉴욕주 중부 이사카에 위치해 있고, 시러큐스대학도 그곳에서 85킬로미터 정도 떨어진 도시에 위치해 있어 이 두 사립대학은 풋볼을 비롯한 운동 경기를 자주 연다.

625 **아프로디테** 그리스 신화에 나오는 아름다움, 사랑, 쾌락, 출산의 여신. 로마 신화의 베누스에 해당한다.

626 **제네럴 일렉트릭** 1896년 뉴욕주 스케넥터디에서 시작한 미국의 다

국적 기업. 지금은 보스턴에 본부가 있다.

643 **에버샤프** 1913년 찰스 로드 키런이 설립한 회사로 미국에서 최초로 샤프 펜을 생산했다. '샤프 펜'이라는 이름은 이 회사 이름에서 유래한 것이다.

648 **새러토가** 뉴욕주 북부 애디론댁산맥 기슭에 위치한 아름다운 도시로 경치 말고도 경마로도 유명하다.

675 **응접실 세트** 20세기 초엽 캘리포니아에서 활약한 스페인 선교사들이 사용한 검고 묵직한 양식의 가구.

676 **일리온** 뉴욕주 중부에 위치한 소도시

704 **앰스터댐** 뉴욕주 북동부에 위치한 소도시. 도시 중심으로 모호크 강이 흐른다.

714 **너는 남편을 원할 것이니** "너는 남편을 원하고, 남편은 너를 다스릴 것이니라(「창세기」 3장 16절)." 하와와 아담이 선악과를 따먹은 뒤 하나님이 하와에게 내리는 명령.

745 **법에 어긋나기 때문이지** 미국에서는 1973년 1월 연방대법원이 '로 대 웨이드' 사건에서 낙태의 자유를 명시했다. 그 이전에는 낙태가 불법으로 이 시술을 하다 발각되면 무거운 처벌을 받았다.

770 **심파** 정신 감흥의 매개물로 여겨지는 가설로 '염파(念波)'라고도 한다.

새롭게 을유세계문학전집을 펴내며

을유문화사는 이미 지난 1959년부터 국내 최초로 세계문학전집을 출간한 바 있습니다. 이번에 을유세계문학전집을 완전히 새롭게 마련하게 된 것은 우리가 직면한 문화적 상황에 적극적으로 대응하기 위해서입니다. 새로운 을유세계문학전집은 세계문학의 역할이 그 어느 때보다 중요해졌다는 인식에서 출발했습니다. 오늘날 세계에서 타자에 대한 이해는 우리의 안전과 행복에 직결되고 있습니다. 세계문학은 지구상의 다양한 문화들이 평등하게 소통하고, 이질적인 구성원들이 평화롭게 공존할 수 있는 문화적인 힘을 길러 줍니다.

을유세계문학전집은 세계문학을 통해 우리가 이런 힘을 길러 나가야 한다는 믿음으로 만들어졌습니다. 지난 5년간 이를 준비하기 위해 많은 노력을 기울였습니다. 세계 각국의 다양한 삶의 방식과 문화적 성취가 살아 있는 작품들, 새로운 번역이 필요한 고전들과 새롭게 소개해야 할 우리 시대의 작품들을 선정했습니다. 우리나라 최고의 역자들이 이들 작품 속 한 문장 한 문장의 숨결을 생생히 전하기 위해 심혈을 기울였습니다. 또한 역자들은 단순히 번역만 한 것이 아니라 다른 작품의 번역을 꼼꼼히 검토해 주었습니다. 을유세계문학전집은 번역된 작품 하나하나가 정본(定本)으로 인정받고 대우받을 수 있도록 최선을 다했습니다. 세계문학이 여러 경계를 넘어 우리 사회 안에서 주어진 소임을 하게 되기를 바라며 을유세계문학전집을 내놓습니다.

을유세계문학전집 편집위원단(가나다 순)
김월회(서울대 중문과 교수)
김헌(서울대 인문학연구원 교수)
박종소(서울대 노문과 교수)
손영주(서울대 영문과 교수)
신정환(한국외대 스페인어통번역학과 교수)
정지용(성균관대 프랑스어문학과 교수)
최윤영(서울대 독문과 교수)

을유세계문학전집

을유세계문학전집 연표